증편 한국구비문학대계

9-6

제주특별자치도 제주시 ③

이 저서는 2008년 정부(교육과학기술부)의 재원으로 한국학중앙연구원(한국학진흥사업단)의 지원을 받아 수행된 연구임.(AKS-2008-AIA-3101)

증편 한국구비문학대계
9-6
제주특별자치도 제주시 ③

허남춘 · 강정식 · 강소전 · 송정희

한국학중앙연구원

역락

발간사

민간의 이야기와 백성들의 노래는 민족의 문화적 자산이다. 삶의 현장
에서 이러한 이야기와 노래를 창작하고 음미해 온 것은, 어떠한 권력이나
제도도, 넉넉한 금전적 자원도, 확실한 유통 체계도 가지지 못한 평범한
사람들이었다. 이야기와 노래들은 각각의 삶의 현장에서 공동체의 경험에
부합하였으며, 사람들의 정신과 기억 속에 각인되었다. 문자라는 기록 매
체를 사용하지 못하였지만, 그 이야기와 노래가 이처럼 면면히 전승될 수
있었던 것은 그것이 바로 우리 민족의 유전형질의 일부분이 되었기 때문
이며, 결국 이러한 이야기와 노래가 우리 민족을 하나의 공동체로 묶어
주고 있는 것이다.

사회와 매체 환경의 급격한 변화 가운데서 이러한 민족 공동체의 DNA
는 날로 희석되어 가고 있다. 사랑방의 이야기들은 대중매체의 내러티브
로 대체되어 버렸고, 생활의 현장에서 구가되던 민요들은 기계화에 밀려
버리고 말았다. 기억에만 의존하여 구전되던 이야기와 노래는 점차 잊히
고 있다. 한국학중앙연구원이 1970년대 말에 개원함과 동시에, 시급하고
도 중요한 연구사업으로 한국구비문학대계의 편찬 사업을 채택한 것은
바로 이러한 시대적 상황에 대한 우려와 잊혀 가는 민족적 자산에 대한
안타까움 때문이었다.

당시 전국의 거의 모든 구비문학 연구자들이 참여하였는데, 어려운 조
사 환경에서도 80여 권의 자료집과 3권의 분류집을 출판한 것은 그들의
헌신적 활동에 기인한다. 당초 10년을 계획하고 추진하였으나 여러 사정
으로 5년간만 추진되었으며, 결과적으로 한반도 남쪽의 삼분의 일에 해당

하는 부분만 조사하게 되었다. 그럼에도 불구하고 한국구비문학대계는 주관기관인 한국학중앙연구원의 대표 사업으로 각광 받았을 뿐 아니라, 해방 이후 한국의 국가적 문화 사업의 하나로 꼽히게 되었다.

21세기에 들어서면서 한국학중앙연구원에서는 미완성인 채로 남아 있는 구비문학대계의 마무리를 더 이상 미룰 수 없다는 생각으로 이를 증보하고 개정할 계획을 세웠다. 20년 전의 첫 조사 때보다 환경이 더 나빠졌고, 이야기와 노래를 기억하고 있는 제보자들이 점점 줄어들고 있었던 것이다. 때마침 한국학 진흥에 대한 한국 정부의 의지와 맞물려 구비문학대계의 개정·증보사업이 출범하게 되었다.

이번 조사사업에서도 전국의 구비문학 연구자들이 거의 다 참여하여 충분하지 않은 재정적 여건에서도 충실히 조사연구에 임해 주었다. 전국 각지의 제보자들은 우리의 취지에 동의하여 최선으로 조사에 응해 주었다. 그 결과로 조사사업의 결과물은 '구비누리'라는 이름의 데이터베이스에 탑재가 되었고, 또 조사 자료의 텍스트와 음성 및 동영상까지 탑재 즉시 온라인으로 접근할 수 있는 시스템을 갖추었다. 특히 조사 단계부터 모든 과정을 디지털화함으로써 외국의 관련 학자와 기관의 선망의 대상이 되고 있다.

이제 조사사업의 결과물을 이처럼 책으로도 출판하게 된다. 당연히 1980년대의 일차 조사사업을 이어받음으로써 한편으로는 선배 연구자들의 업적을 계승하고, 한편으로는 민족문화사적으로 지고 있던 빚을 갚게 된 것이다. 이 사업의 연구책임자로서 현장조사단의 수고와 제보자의 고귀한 뜻에 감사를 표하지 않을 수 없다. 아울러 출판 기획과 편집을 담당한 한국학중앙연구원의 디지털편찬팀과 출판을 기꺼이 맡아준 역락출판사에 감사를 드린다.

2013년 10월 4일
한국구비문학대계 개정·증보사업 연구책임자 김병선

책머리에

구비문학조사는 늦었다고 생각하는 지금이 가장 빠른 때이다. 왜냐하면 자료의 전승 환경이 나날이 달라지고 있기 때문이다. 전승 환경이 훨씬 좋은 시기에 구비문학 자료를 진작 조사하지 못한 것이 안타깝게 여겨질수록, 지금 바로 현지조사에 착수하는 것이 최상의 대안이자 최선의 실천이다. 실제로 30여 년 전 제1차 한국구비문학대계 사업을 하면서 더 이른 시기에 조사를 했더라면 하는 아쉬움이 컸는데, 이번에 개정·증보를 위한 2차 현장조사를 다시 시작하면서 아직도 늦지 않았다는 사실을 실감했다.

구비문학 자료는 구비문학 연구와 함께 간다. 자료의 양과 질이 연구의 수준을 결정하고 연구수준에 따라 자료조사의 과학성이 결정되기 때문이다. 실제로 1차 조사사업 결과로 구비문학 연구가 눈에 띠게 성장했고, 그에 따라 조사방법도 크게 발전되었다. 그러나 연구의 수명과 유용성은 서로 반비례 관계를 이룬다. 구비문학 연구의 수명은 짧고 갈수록 빛이 바래지만, 자료의 수명은 매우 길 뿐 아니라 갈수록 그 가치는 더 빛난다. 그러므로 연구 활동 못지않게 자료를 수집하고 보고하는 일이 긴요하다.

교육부에서 구비문학조사 2차 사업을 새로 시작한 것은 구비문학이 문학작품이자 전승지식으로서 귀중한 문화유산일 뿐 아니라, 미래의 문화산업 자원이라는 사실을 실감한 까닭이다. 따라서 학계뿐만 아니라 문화계의 폭넓은 구비문학 자료 활용을 위하여 조사와 보고 방법도 인터넷 체제와 디지털 방식에 맞게 전환하였다. 조사환경은 많이 나빠졌지만 조사보고는 더 바람직하게 체계화함으로써 누구든지 쉽게 접속하여 이용할 수 있는 데이터베이스를 구축했다. 그러느라 조사결과를 보고서로 간행하는 일은 상대적으로 늦어지게 되었다.

2차 조사는 1차 사업에서 조사되지 않은 시군지역과 교포들이 거주하는 외국지역까지 포함하는 중장기 계획(2008~2018년)으로 진행되고 있다. 한국학중앙연구원 어문생활연구소와 안동대학교 민속학연구소가 공동으로 조사사업을 추진하되, 현장조사 및 보고 작업은 민속학연구소에서 담당하고 데이터베이스 구축 작업은 한국학중앙연구원에서 담당한다. 가장 중요한 일은 현장에서 발품 팔며 땀내 나는 조사활동을 벌인 조사자들의 몫이다. 마을에서 주민들과 날밤을 새우면서 자료를 조사하고 채록하여 보고서를 작성한 조사위원들과 조사원 여러분들의 수고를 기리지 않을 수 없다. 조사의 중요성을 알아차리고 적극 협력해 준 이야기꾼과 소리꾼 여러분께도 고마운 말씀을 올린다.

구비문학 조사를 전국적으로 실시하여 체계적으로 갈무리하고 방대한 분량으로 보고서를 간행한 업적은 아시아에서 유일하며 세계적으로도 그 보기를 찾기 힘든 일이다. 특히 2차 사업결과는 '구비누리'로 채록한 자료와 함께 원음도 청취할 수 있는 데이터베이스를 구축해서 세계에서 처음으로 인터넷과 스마트폰으로 이용할 수 있는 디지털 체계를 마련했다. '구슬이 서 말이라도 꿰어야 보배'인 것처럼, 아무리 귀한 자료를 모아두어도 이용하지 않으면 소용이 없다. 그러므로 이 보고서가 새로운 상상력과 문화적 창조력을 발휘하는 문화자산으로 널리 활용되기를 바란다. 한류의 신바람을 부추기는 노래방이자, 문화창조의 발상을 제공하는 이야기주머니가 바로 한국구비문학대계이다.

2013년 10월 4일
한국구비문학대계 개정·증보사업 현장조사단장 임재해

한국구비문학대계 개정·증보사업 참여자 (참여자 명단은 가나다 순)

연구책임자

　김병선

공동연구원

　강등학　강진옥　김익두　김헌선　나경수　박경수　박경신　송진한　신동흔
　이건식　이경엽　이인경　이창식　임재해　임철호　임치균　조현설　천혜숙
　허남춘　황인덕　황루시

전임연구원

　이균옥　최원오

박사급연구원

　강정식　권은영　김구한　김기옥　김영희　김월덕　김형근　노영근　서해숙
　유명희　이영식　이윤선　장노현　정규식　조정현　최명환　최자운　한미옥

연구보조원

　강소전　구미진　권희주　김보라　김옥숙　김자현　김혜정　마소연　박선미
　백민정　변진섭　송정희　이옥희　이홍우　이화영　편성철　한지현　한유진
　허정주

주관 연구기관 : 한국학중앙연구원 어문생활사연구소
공동 연구기관 : 안동대학교 민속학연구소

일러두기

- 『증편 한국구비문학대계』는 한국학중앙연구원과 안동대학교에서 3단계 10개년 계획으로 진행하는 "한국구비문학대계 개정·증보사업"의 조사 보고서이다.

- 『증편 한국구비문학대계』는 시군별 조사자료를 각각 별권으로 간행하는 것을 원칙으로 한다. 서울 및 경기는 1-, 강원은 2-, 충북은 3-, 충남은 4-, 전북은 5-, 전남은 6-, 경북은 7-, 경남은 8-, 제주는 9-으로 고유번호를 정하고, -선 다음에는 1980년대 출판된 『한국구비문학대계』의 지역 번호를 이어서 일련번호를 붙인다. 이에 따라 『증편 한국구비문학대계』는 서울 및 경기는 1-10, 강원은 2-10, 충북은 3-5, 충남은 4-6, 전북은 5-8, 전남은 6-13, 경북은 7-19, 경남은 8-15, 제주는 9-4권부터 시작한다.

- 각 권 서두에는 시군 개관을 수록해서, 해당 시·군의 역사적 유래, 사회·문화적 상황, 민속 및 구비 문학상의 특징 등을 제시한다.

- 조사마을에 대한 설명은 읍면동 별로 모아서 가나다 순으로 수록한다. 행정상의 위치, 조사일시, 조사자 등을 밝힌 후, 마을의 역사적 유래, 사회·문화적 상황, 민속 및 구비문학상의 특징 등을 중심으로 설명하고, 마을 전경 사진을 첨부한다.

- 제보자에 관한 설명은 읍면동 단위로 모아서 가나다 순으로 수록한다. 각 제보자의 성별, 태어난 해, 주소지, 제보일시, 조사자 등을 밝힌 후, 생애와 직업, 성격, 태도 등을 중심으로 서술하고, 제공 자료 목록과 사진을 함께 제시한다.

■ 조사 자료는 읍면동 단위로 모은 후 설화(FOT), 현대 구전설화(MPN), 민요(FOS), 근현대 구전민요(MFS), 무가(SRS), 기타(ETC) 순으로 수록한다. 각 조사 자료는 제목, 자료코드, 조사장소, 조사일시, 조사자, 제보자, 구연상황, 줄거리(설화일 경우) 등을 먼저 밝히고, 본문을 제시한다. 자료코드는 대지역 번호, 소지역 번호, 자료 종류, 조사 연월일, 조사자 영문 이니셜, 제보자 영문 이니셜, 일련번호 등을 '_'로 구분하여 순서대로 나열한다.

■ 자료 본문은 방언을 그대로 표기하되, 어려운 어휘나 구절은 ( ) 안에 풀이말을 넣고 복잡한 설명이 필요할 경우는 각주로 처리한다. 한자 병기나 조사자와 청중의 말 등도 ( ) 안에 기록한다.

■ 구연이 시작된 다음에 일어난 상황 변화, 제보자의 동작과 태도, 억양 변화, 웃음 등은 [ ] 안에 기록하며, 무가의 경우는 굿의 장단을 ‖ ‖ 안에 표시한다.

■ 잘 알아들을 수 없는 내용이 있을 경우, 청취 불능 음절수만큼 '○○○'와 같이 표시한다. 제보자의 이름 일부를 밝힐 수 없는 경우도 '홍길○'과 같이 표시한다.

■『증편 한국구비문학대계』에 수록된 모든 자료는 웹(gubi.aks.ac.kr/web)과 모바일(mgubi.aks.ac.kr)에서 텍스트와 동기화된 실제 구연 음성파일을 들을 수 있다.

차례

5. 장전리

제주시 서부지역 개관

제주시 서부지역은 애월읍, 한림읍, 한경면을 포함한다. 이곳은 옛 북제주군의 서부지역에 해당한다.

북제주군의 연혁은 곧 제주 전역의 역사적 흐름과 관련하여 이해할 수 있다. 제주는 삼국시대에 탐라국(耽羅國)으로서 한반도 및 그 주변 국가들과 교류하였던 곳이다. 백제나 신라 등의 한반도 고대국가와는 5세기 후반 경부터 속국의 형태로 관계를 맺기 시작하였고, 이것은 고려시대까지 지속되었다. 탐라는 고려 중기인 1105년(숙종 10)에 비로소 고려의 직할군인 탐라군이 되었다. 1300년(충렬왕 26)에는 제주를 동도와 서도로 나누고, 14개의 현촌(縣村)을 설치하였다. 북제주군에 해당하는 곳은 귀일(貴日), 고내(高內), 애월(涯月), 곽지(郭支), 귀덕(歸德), 명월(明月), 신촌(新村), 함덕(咸德), 김녕(金寧) 등이다.

조선시대 들어서는 1416년(태종 16)에 제주목(濟州牧), 정의현(旌義縣), 대정현(大靜縣)으로 행정체계를 갖추고 제주목사를 파견하였다. 이에 따르면 북제주군은 과거의 제주목에 속한다고 할 수 있다. 1680년(광해군 1)에는 제주목에 3면을 설치하였다. 나중에 1895년에는 제주부 제주군, 1896년에는 전라남도 제주목, 1906년에 다시 제주군이 되었다. 1915년에 도제(島制)로 바뀌면서 전라남도 소속 제주도(濟州島)로 바뀐다. 1946년에

비로소 전라남도에서 분리되고 도(道)로 승격되면서 북제주군과 남제주군이 설치되었다. 1955년에는 제주읍이 시로 승격되면서 분리되었다. 1990년대에는 지방자치제도가 실시되면서, 민선 군수와 군의원이 선출되어 군의 운영을 맡아 처리하였다. 그러나 최근 2006년 7월 1일에 제주도가 제주특별자치도로 위상이 바뀌면서 60년 동안 존속하던 북제주군은 폐지되고 제주시와 통합되었다.

북제주군의 행정구역 현황은 다음과 같다. 행정구역은 4읍 3면 체계로 구분되어 있으며, 이들은 옛 제주시 지역을 가운데 두고 양옆으로 서부와 동부지역으로 각각 나뉜다. 한림읍, 애월읍, 한경면, 추자면은 서부지역이고, 조천읍, 구좌읍, 우도면은 동부지역이다. 법정리는 84개이고, 행정리는 96개이다. 자연마을은 279개이고, 1,383반으로 구성되어 있다. 도서수는 60개소, 유인도는 6개소, 무인도는 54개소이다. 2005년 12월 현재 북제주군의 인구는 36,886가구에, 97,744명이다. 남자가 49,374명이고, 여자가 48,370명이다. 행정구역별로 살펴보면 한림읍이 20,615명, 애월읍이 26,341명, 한경면 8,884명, 추자면 2,890명, 조천읍 21,143명, 구좌읍 16,072명, 우도면 1,799명이다. 이를 보면 한림읍과 애월읍, 조천읍이 인구 2만 명을 넘는 비교적 규모가 큰 지역임을 알 수 있다.

북제주군은 그 면적이 722.31km²으로, 제주도 전체 면적의 약 39%를 차지한다. 제주도의 중심인 한라산의 북쪽 사면이 북제주군 지역이다. 화산활동으로 인해 용암평원이 광활하게 펼쳐져 있다. 기온은 대체적으로 온화한 편으로 연평균 기온은 16.1℃, 1월 평균 기온도 5.0℃이다. 연강수량은 1,449mm로 한라산 남쪽 지역에 비해서는 400mm 정도 적은 편이다. 서부지역은 겨울 계절풍이 강하고, 동부지역은 봄에서 여름에 걸쳐 오호츠크해에서 대한해협을 따라 들어오는 북동풍의 바람이 드세다.

북제주군은 경지가 218.41km², 임야가 336.3km², 기타가 167.7km²이다. 토질이 화산회토의 '뜬땅'이고 척박한 편이어서, 벼농사는 거의 없고

대부분 밭농사를 하는 전작지대라고 할 수 있다. 과거에는 보리와 조, 콩 등의 곡물을 중심으로 하였다면, 현재는 감귤과 감자, 마늘, 양파, 당근 등의 환금작물이 주를 이루고 있다. 한편 북제주군은 축산업이 활발한 편이다. 드넓은 초원지대로 인하여 목장의 형성이 가능하였기에, 도내의 규모 있는 목장은 모두 북제주군 지역에 있다. 더욱이 청정지역임을 활용하여 친환경축산업에 대한 열의가 높다. 수산업 역시 매우 중요한 소득원으로, 그 가운데서도 해녀의 물질 수입이 가장 중요하다. 2005년 12월 현재 현업에 종사하는 해녀가 2,881명이다. 그리고 1970년대부터 진흥된 관광업도 빼놓을 수 없다. 특별한 제조업이 없는 제주에서 관광산업은 경제도약의 기틀이 되었다. 북제주군 지역에 산재한 자연경관과 역사유적, 민속유적 등은 중요한 관광지가 되었다. 최근에는 천혜의 용암동굴과 오름 등의 화산지형이 그 가치를 인정받아 유네스코 세계자연유산으로 등록되었다.

북제주군의 교육이나 문화, 종교 등의 양상은 제주 전역의 그것과 전체적으로 다르지 않다. 다만 북제주군은 한라산 남쪽 지역에 비해 상대적으로 선진문물을 접하기 쉽다는 이점이 있고, 특히 도내의 정치·경제·행정·문화의 중심지인 옛 제주시와 인접하여 있기 때문에 교류가 보다 활발하였다고 볼 수 있다. 사정이 이러하니 교육기관이나 교육기회가 상대적으로 많고 지식인들이 꾸준히 양성될 수 있었다. 문화에 대한 인식도 일찍 싹터 지역의 자연·역사·민속적 자원을 발굴하고 보존하며, 축제를 개발하고 문화예술인 마을도 조성하는 등 힘을 기울이고 있다. 이 지역에서는 무속신앙을 바탕으로 한 민간신앙이 뿌리 깊고 사실상 보편적 신앙이라 할 만하나, 그래도 공인종교의 양상도 무시할 수는 없다. 특히 천주교가 한경면과 한림읍 일대에 교세를 확장하고 해당 지역의 교육이나 경제활동에 끼친 영향은 중요하다.

한편 북제주군의 전통문화 역시 제주 전역의 양상과 전체적으로 다르지 않다. 삶의 양식이 바뀌고 현대화되면서 많은 전통문화가 사라지고 있고, 따라서 전통문화의 중요성에 대한 인식과 보존이 소중한 일이다. 그래도 이 지역은 전통문화에 관심이 많은 편이다. 자연생태와 민속생활을 잘 정리하여 제주돌문화공원도 만들고, 들불축제 등을 개최하여 좋은 반응을 얻었다. 해녀박물관을 설립하여 제주 해녀의 생업과 기술, 민속문화를 소개하는 등 여러 방면에서 꾸준한 노력을 하였다.

또한 이 지역은 민속문화를 잘 유지하고 있기도 하다. 대표적인 것으로 유교식 마을제인 포제와 무속신앙을 들 수 있다. 물론 모든 마을이 전부 그러한 것은 아니나, 비교적 많은 마을과 주민들이 아직도 유지하고 있다. 특히 굿을 중심으로 하는 무속신앙은 신화(본풀이)를 동반하므로 매우 중요한 전통문화이다. 지역민들도 무척 신성하고 소중한 것으로 여전히 인식하고 있다. 이런 전통문화에서 파생되는 구비전승도 비교적 많은 것을 확인할 수 있다. 북제주군의 대표적 전통문화라 할 만한 것으로 문화재를 살펴본다면 국가지정이 90개, 도지정이 68개이다. 이 가운데 무형문화재는 북제주군뿐만 아니라 제주 전역의 전통민속문화라 해도 과언이 아니다. '해녀노래', '멸치 후리는 노래', '진사대소리' 등은 대표적인 제주의 민요이다. 물질과 밭농사의 생업문화를 가감 없이 드러내주는 노래이며, 비록 달라진 생업문화로 현재 더 이상 부르지 않는다 하더라도 아직까지 전승되고 있는 소중한 문화이다. 거기다 '송당리 마을제', '납읍리 마을제', '제주 큰굿', '영감놀이'는 제주의 민간신앙을 대표하는 것들이며, 현재까지 현장에서 면면히 이어지고 있어 더욱 그 가치가 귀하다. 이것이 북제주군 지역에서 행해지고 보존된다는 것은 이 지역의 자랑이 아닐 수 없다.

북제주군에 대한 조사는 2년에 걸쳐 이루어졌다. 한국구비문학대계 조사사업 2차년도에 북제주군 동부지역을 먼저 조사하였고, 다음 해 3차년도인 2011년에는 서부지역을 조사하였다. 이번 조사사업에서 제주는 무가를 중심으로 구비전승을 채록하는 것을 주된 목적으로 삼고 있다. 따라서 조사일정을 잡는 데 있어서도 무가 채록의 특성상 무속의례가 실제 벌어지는 일정을 중시할 수밖에 없다. 서부지역 역시 무속의례가 아직까지는 활발하게 행해지고 있어, 조사일정은 제주 지역 구비전승의 양상을 고려하여 정하는 것이 최선이다.

이에 따라 2010년 11월과 12월에는 1차적인 기초조사를 실시하였다. 우선 대상마을을 선정하기 위하여 서부지역 전체의 구비전승에 대한 검토를 하였다. 일단 무가를 중심으로 마을을 선정해야 하기 때문에, 조사사업에 적절하다고 여겨지는 무속의례 유형을 추려내었다. 이때는 기존에 보고된 사례인지, 조사지역의 삶의 문화와 밀접한 관련이 있는지, 현실적으로 조사 및 보고가 가능한 것인지에 대한 검토를 거쳤다. 선정된 내용을 바탕으로 2011년 1월과 2월에 해당 마을과 제보 예정자를 찾아가 조사취지를 설명하고 협조를 구하였다. 그러나 아쉽게도 서부 지역에서 마을공동체의 무속의례를 조사하는 것이 쉽지 않았다. 아직까지 무속의례가 활발하게 전승되고는 있지만, 동부지역에 견주어서 마을공동체의 의례는 많이 사라지거나 약화되고 있는 실정이기 때문이다. 설사 유지되고 있다 하더라도 심방(제주의 무당)이 없는 상태에서 신앙민들만 당에 찾아가서 간단한 비념을 하고 돌아오는 경우가 많다. 게다가 일부 공동체의례가 유지되는 곳이 있긴 하지만 격년제로 벌어지는 등 그 시기가 조사일정과 맞지 않거나, 조사의 성격상 자료가 공개되는 것에 대한 부담으로 허락을 얻는 데 어려움이 많았다. 한편 개인 집의 무속의례는 그래도 활발한 편이나, 이 역시 실질적으로 심방과 신앙민의 협조를 얻는 데 어려움이 있었다.

조사팀은 무가를 채록할 때 가능하면 현장사례를 택하고자 노력하였다. 무가가 행해지고 존재하는 양상을 그대로 살려 그 맥락을 함께 보여주고자 했기 때문이다. 전체 의례양상을 함께 채록하고 전사함으로써 조사사업의 취지를 살리고자 애썼다. 따라서 2011년 3월 이후에도 지속적인 접촉과 섭외노력을 기울였다. 다행히 4월에 개인 집의 무속의례인 '맹감제'를 조사할 수 있었다. 그 뒤로도 조사사업을 마무리하는 시점까지 최대한 조사일정을 늦추어가며 안간힘을 기울였지만 조사보고가 가능한 현장의례를 만나기는 힘들었다. 조사팀이 참관한 의례는 더러 있었지만 자료공개가 가능한 상황은 아니어서 아쉬움이 있다.

사정이 이러하니 무가의 경우 이번 조사에서 마을공동체의 의례는 보고할 수 없었다. 개인 집의 무속의례도 4월에 조사한 맹감제 한 사례에 그쳤다. 대신 조사팀은 실제 현장의례의 면모를 모두 소개하지는 못하더라도 단편적으로나마 무가를 채록하는 것으로 방향을 바꾸었다. 실제 의례를 조사하기는 하였으나 해당 의례의 모든 무가를 채록하지 않는 대신에 현장에서 행해졌던 본풀이만을 추려내어 보고하는 것으로 방침을 정한 것이다. 따라서 평소 교류를 하던 몇몇 심방의 협조를 얻어 2011년 4월에 일주일 동안 제주시 애월읍 상가리 모 굿당에서 벌어진 굿에서 얻어진 본풀이 8편을 제시하기로 한다. 이 자료는 재일교포인 김씨 댁의 굿에서 얻은 것으로 '초공본풀이', '이공본풀이', '삼공본풀이', '세경본풀이', '문전본풀이', '칠성본풀이', '체서본풀이', '지장본풀이'다. 현장상황을 다 밝힐 수 없는 자료이기는 하나 조사의 현실을 감안할 때 더욱 소중하다고 말하지 않을 수 없다. 한편 설화 및 민요는 조사기간 내내 꾸준히 채록하였다. 먼저 서부지역의 각 마을마다 찾아가 제보자를 파악하였고, 제보자에게 사업의 취지를 설명하고 협조를 구하였다. 그 뒤에는 꾸준히 마을을 찾아가 여러 차례 조사를 하였다. 이렇게 채록한 자료는 틈틈이 전사를 실시하였고, 최종 검토를 통하여 구비문학대계 웹하드에 자료를 올렸다. 이번 북제주군 서부지역의 조사에 참여한 조사자는 허남춘(책임연구원), 강정식(박사급연구원), 강소전(박사과정 연구보조원), 송정희(석사과정 연구보조원)이다.

2차년도의 조사지역 범위는 애월읍과 한림읍, 한경면이다. 애월읍에서는 장전리의 민요와 수산리, 상가리의 무가를 보고하였다. 한림읍에서는 명월리의 설화를, 한경면에서는 고산리의 민요와 설화를 보고하였다. 조사성과를 간략히 정리하면 다음과 같다. 우선 무가의 경우 농사와 생업의 풍요를 기원하는 맹감제의 현장자료가 소중하다. 기존에 보고되지 않은 것이어서 더욱 의의가 있다. 본풀이의 경우는 일단 8편으로 그 종류가 다양하다는 데에 의미를 둔다. 게다가 본풀이를 구연한 이들이 제주시 서부 출신 심방들이어서 이번 조사사업 지역과 더욱 연관성이 있기 때문에 다행이 아닐 수 없다. 한편 설화와 민요의 경우에는 마을의 구비전승에서 많이 사라지고 있다는 사실을 절감하였다. 생업현장과 살림살이가 바뀌고 산업화와 현대화가 진행된 요즘에는 과거의 구비전승이 거의 끊겨 버렸다. 그나마 몇 안 되는 제보자들도 과거의 기억을 되살리려 안간힘을 써야 하는 상황이다. 이런 현실 속에서도 귀중한 설화와 민요를 일부 들을 수 있어서 다행스럽다. 설화는 21편으로 굿판에서 부르는 무가를 바탕으로 한 내용과 전설, 우스개도 들을 수 있었다. 민요는 약 60여 편으로 생업과 관련한 것에서부터 창가 등도 채록하였다.

1. 고산리

▌조사마을

제주특별자치도 제주시 한경면 고산리

조사일시 : 2011.3.~2011.7.
조 사 자 : 허남춘, 강정식, 강소전, 송정희

　고산리(高山里)의 구비전승 조사는 3월부터 7월 사이에 집중적으로 이루어졌다. 물론 그 전에도 몇 차례 마을을 방문하여 조사취지를 설명하고, 적절한 제보자를 선정하는 노력을 기울였다. 그리고 노인회관을 방문하여 정식으로 조사를 시작하기 전에 친밀감을 형성하는 시간도 아울러 가졌다.

　고산리의 많은 어르신들이 노인회관에 매일 같이 모여 담소를 나누고

소일거리를 하기 때문에 제보자를 찾는 일이 한결 수월하였다. 실제 조사에 들어가서는 우선 노인회관에서 1차적인 조사를 진행하였다. 민요의 경우 여럿이 함께 만들어가는 분위기가 있기 때문에 노인회관이 조사장소로 적절하였다. 서로 선후창을 바꾼다거나, 같은 노래를 여러 제보자가 부르게 하는 등의 방법을 사용하여 그 다양성을 살펴보려 하였다. 한편 설화는 핵심제보자가 최근 목을 다쳐 소리를 내는 데 어려움이 있는 것을 감안해 제보자의 자택에서 비교적 편안하고 조용한 환경을 만들고 채록하였다.

고산리는 한경면에서 가장 남쪽에 위치한 마을로, 행정적으로는 1리와 2리로 나뉘어 있다. 이 가운데 조사팀이 방문한 고산1리는 해안에 접한 마을이다. 제주특별자치도로 통합되기 전에는 북제주군에 속해 있었으며, 옛 제주시를 기준으로 하면 서쪽으로 약 46km 정도 떨어져 있다. 고산리에서 국가사적 제412호인 신석기 선사유적지가 발굴된 점을 생각하면 매우 오래전부터 이 일대에 사람이 거주하였음을 알 수 있다. 민간에서 부르는 마을 이름은 '자귓벵듸', '당오롬', '놉구메'이며, 문헌기록상 『태종실록』, 『신증동국여지승람』 등에도 마을명이 나타난다.

2007년 12월 현재 고산1리의 인구는 695세대에 1,661명이다. 남녀의 비율이 비슷하다. 각성바지로 구성되어 있다. 현재 고산1리는 중상동, 중하동, 안좌동, 서문동, 한장동, 당가동, 영도동 등 7개의 자연마을로 이루어져 있다. 주요 산업은 농업과 어업이다. 마늘과 감자 등 밭농사를 주로 하지만, 제주도에서는 드물게 논농사를 지을 수 있는 지역이기도 하다. 해안마을이니 해녀들의 물질도 주요 수입원이다. 고산리 앞바다의 '차귀도'와 '자구내 포구'를 중심으로 낚시도 많이 행해진다. 또한 마을사람들이 영산(靈山)이라 일컫는 수월봉에서는 수려한 풍광을 볼 수 있다. 이밖에 당산봉, 선사유적지, 차귀진(遮歸鎭) 등 역사적으로도 이 일대에서 중요한 지역이었다. 교육이나 문화생활은 한경면과 대정읍 일대 또는 옛 제주시와 서귀포시 지역 등에서 고루 이루어진다. 마을 내 종교생활로 본향당을 중심으로 하는 무속신앙이 아직까지 행해진다. 과거 차귀당이라는 큰 신당이 있었던 곳으로도 유명하다.

이번 조사에서 설화의 경우는 주로 무속의례에서 구연되는 서사무가(본풀이)를 바탕으로 한 것과, 육지에서 전승되는 내용과 우스개도 들을 수 있었다. 한편 민요의 경우는 농사와 물질을 병행하는 마을생업의 양상이 드러나고 있으며, 여기에 창가와 육지의 유희요도 일부 구연되었다.

강경임, 여, 1922년생

주 소 지 : 제주특별자치도 제주시 고산리 2200번지
제보일시 : 2011.2.24
조 사 자 : 강정식, 강소전, 송정희

강경임은 어렸을 때부터 물질을 배웠다.
물질을 익히면서 더불어 물질소리도 함께
익히게 되었다. 물질소리는 결혼하기 전부
터 배운 것이라고 한다. 강경임은 물질을 하
면서 '구룡포', '영해 죽당' 등 육지까지 다
녀왔다고 한다. 19세에 고산리에 사는 사람
과 결혼을 하여 슬하에 3남 3녀의 자녀를
두었다. 물질도 하면서 주로 보리, 조, 콩,
감자 등 잡곡을 위주로 농사도 크게 하였다. 남편은 함께 농사일을 하다
가 30년 전에 작고하였다.

제공 자료 목록
10_00_FOS_20110224_HNC_KGI_0001 네 젓는 소리(네 소리)
10_00_FOS_20110224_HNC_KGI_0002 아기 홍그는 소리

강소하, 여, 1933년생

주 소 지 : 제주특별자치도 제주시 한경면 고산리 2204-4번지
제보일시 : 2011.3.30
조 사 자 : 강정식, 강소전, 송정희

강소하는 산양리에서 태어나 우체국에 다녔다. 20세쯤에 고산리로 시

집 온 뒤로 우체국을 그만 두고 식당을 하
였다. 자녀는 6남매를 낳았다.

제공 자료 목록
10_00_FOS_20110330_HNC_KSH_0003 사데소리
10_00_MFS_20110330_HNC_KSH_0001 창가
10_00_MFS_20110330_HNC_KSH_0002
　　이수일과 심순애
10_00_MFS_20110330_HNC_KSH_0004
　　학도야 청년 학도야

고창인, 여, 1928년생

주 소 지 : 제주특별자치도 제주시 한경면 고산리 2191번지
제보일시 : 2011.2.24, 2011.3.30
조 사 자 : 강정식, 강소전, 송정희

　고창인은 일본에서 태어나 3세 때에 고산
리에 왔다. 그래서 실제 나이는 84세이나
호적에는 81세로 되어 있다. 3남 2녀 가운
데 막내로 태어났다. 결혼 전에 살던 동네는
고산리 칠전동 '도논'이라는 웃드르의 작은
마을이었다. 10대 시절에 야학을 몇 달간
다니면서 '한글타령' 노래를 배웠다. '창부
타령'도 동네 잔칫집에 가서 불렀다고 한다.
　20세에 결혼을 하고 콩, 조, 감자 등의 농사를 지으면서 살았다. 물질은
많이 하지 않았다. 교사인 남편이 혼인한 뒤 육지로 전근을 갔으나 따라
가지 않았다고 한다. 남편은 그곳에서 둘째부인을 얻어서 지내다가 간경
화로 건강이 악화되자 다시 고산리로 돌아와서 살았다. 슬하에 아홉 명의

자식이 있었으나 둘은 죽고 3남 4녀가 남았다. 둘째부인의 자녀 2명까지 합하면 자녀가 모두 11명이라고 한다. 방학 때마다 둘째부인의 자녀들도 제주에 내려와서 함께 지내기도 했다. 둘째부인과 다투지 않고 잘 지냈다. 남편이 죽은 뒤에는 둘째부인의 아들이 제주의 제사를 돌아보기도 한다. 현재 자식들은 서울이나 제주시 등에서 지내고 있어서 자주 만나지 못한다.

제공 자료 목록

10_00_FOS_20110224_HNC_KCI_0001 꿩꿩장서방 (1)

10_00_FOS_20110224_HNC_KCI_0003 창부타령 (1)

10_00_FOS_20110330_HNC_KCI_0002 꿩꿩 장서방 (2)

10_00_FOS_20110330_HNC_KCI_0003 창부타령 (2)

10_00_FOS_20110330_HNC_KCI_0004 창부타령 (3)

10_00_FOS_20110330_HNC_KCI_0005 창부타령 (4)

10_00_FOS_20110330_HNC_KCI_0006 창부타령 (5)

10_00_MFS_20110224_HNC_KCI_0002 한글타령 (1)

10_00_MFS_20110330_HNC_KCI_0001 한글타령 (2)

윤복선, 여, 1930년생

주 소 지 : 제주특별자치도 제주시 한경면 고산리 2175-11번지

제보일시 : 2011.3.30, 2011.6.23

조 사 자 : 강정식, 강소전, 송정희

윤복선은 1930년 고산1리에서 출생하였다. 2남 4녀의 형제 가운데 맏이다. 당시는 일제강점기여서 윤복선이 7세 되던 해에 가족 모두 일본 오사카로 건너가 생활하였다. 그는 어린 나이에도 불구하고 부모를 도와 일본에서 버선공장 등을 다니며 여러 가지 일을 하였다. 해방이 되자 16세 되던 해 가족 모두 고향으로 돌아와서 농사를 지으면서 살았다.

윤복선은 정식 학교는 다니지 못하였으나 야학을 다녀 글자를 깨우치기는 하였다. 19세에 7세 연상의 동네 사람과 혼인하였다. 슬하에 1남 1

녀를 두었다. 남편이 28세에 사망하자 혼자
농사 등 갖은 일을 하며 살았다. 일본에서
10년 정도 살다 왔기 때문에 물질은 배우지
못하였다.

윤복선은 타고난 목청이 좋고 마을에서
노래와 이야기를 잘하는 이로 소문났다고
한다. 나이가 들어서도 목소리가 좋아 노래
와 이야기를 즐겨 했는데, 79세에 그만 독
감에 걸려 아픈 뒤로는 예전처럼 목소리가 잘 나오지 않는다. 윤복선은
기억력도 좋아 옛말을 잘 알고 있는 편이다. 주로 친정어머니와 할머니에
게서 어렸을 때부터 들었던 내용이라고 한다. 다른 사람들과 함께 일을
하면서도 옛말 듣기를 좋아했고, 굿판에서 심방(제주의 무당)이 하는 말
역시 관심 있게 들었다고 한다. 조사자들이 찾아가 옛말을 들려주기를 청
하자 기억을 되살리려고 노력하며 적극적으로 제보를 하여 주었다.

제공 자료 목록
10_00_FOT_20110330_HNC_YBS_0001 ᄌ청비와 문도령
10_00_FOT_20110330_HNC_YBS_0002 강림이와 염라데왕
10_00_FOT_20110330_HNC_YBS_0003 남선비
10_00_FOT_20110330_HNC_YBS_0004 할락궁이
10_00_FOT_20110330_HNC_YBS_0005 가믄장아기
10_00_FOT_20110623_HNC_YBS_0001 바리데기
10_00_FOT_20110623_HNC_YBS_0002 대감 집의 불행
10_00_FOT_20110623_HNC_YBS_0003 대감집 딸과 왕
10_00_FOT_20110623_HNC_YBS_0004 마음씨 나쁜 며느리
10_00_FOT_20110623_HNC_YBS_0005 신선이 된 남편
10_00_FOT_20110623_HNC_YBS_0006 도깨비와 나쁜 형
10_00_FOT_20110623_HNC_YBS_0007 조막단지에 걸린 손
10_00_FOT_20110623_HNC_YBS_0008 말모르기와 봉사

10_00_FOT_20110623_HNC_YBS_0009 앚인뱅이와 봉ᄉᆞ와 귀마구리
10_00_FOT_20110623_HNC_YBS_0010 하품하면서 가는 이, 해 보면서 가는 이, 담 옆을 보면서 가는 이, 웃으면서 가는 이
10_00_FOS_20110330_HNC_YBS_0001 회심곡
10_00_FOS_20110330_HNC_YBS_0002 창부타령
10_00_FOS_20110330_HNC_YBS_0003 옛말
10_00_FOS_20110623_HNC_YBS_0001 밧 볼리는 소리
10_00_FOS_20110623_HNC_YBS_0002 새ᄃᆞ림

윤월선, 여, 1925년생

주 소 지 : 제주특별자치도 제주시 한경면 고산리 2190번지
제보일시 : 2011.3.30
조 사 자 : 강정식, 강소전, 송정희

윤월선은 고산리에서 태어나고 결혼하여 현재까지 살고 있다. 5남매 중 막내로 태어났다. 14~15세에 야학을 다녔다. 윤월선은 2년 정도 다녔으나 많이 배우지는 못하였고 자기 이름만 겨우 쓸 줄 안다고 한다. '해녀가(누이야 울지마라)'는 그때 야학에서 배운 노래이다. 17세에 고산리 출신의 남편을 만나 혼인하였다. 보리, 콩, 조, 밭벼, 감자 등의 농사를 지었고 물질도 하였다. 물질하러 육지에도 나갔다 왔는데 경북에 있는 '영덕', '껌댕이', '조사진'이라는 곳에 다녀왔다고 한다. 슬하에 3남 2녀를 두었다. 남편은 10년 전에 작고하였다.

제공 자료 목록
10_00_FOS_20110330_HNC_YWS_0002 아기 홍그는 소리
10_00_MFS_20110330_HNC_YWS_0001 해녀가

이복순, 여, 1928년생

주 소 지 : 제주특별자치도 제주시 한경면 고산리 2855-1번지
제보일시 : 2011.3.30
조 사 자 : 강정식, 강소전, 송정희

이복순은 18세에 결혼하여 슬하에 2남 1
녀를 두었으며 현재 오누이는 육지에 살고
큰아들만 장전리에 거주하고 있다. '고기파
는 소리'는 50년 전쯤 고기 장사를 하러 다
니면서 불렀다고 한다. 주로 장사를 하였기
때문에 물질을 하지도 않았고 농사도 짓지
않았다.

제공 자료 목록
10_00_MFS_20110330_HNC_LBS_0001 고기 파는 소리

이순실, 여, 1932년생

주 소 지 : 제주특별자치도 제주시 한경면 고산리 2290-1번지
제보일시 : 2011.2.24
조 사 자 : 강정식, 강소전, 송정희

이순실은 고산리 3구에서 태어나 고산1
리로 시집을 왔다. 자녀는 1남 2녀를 두었
다. 남편은 군대에서 다리를 다쳐 걷지 못하
는 신세였다. 농사를 지으면서 살았다.

제공 자료 목록
10_00_FOS_20110224_HNC_LSS_0001 말잇기 노래
10_00_FOS_20110224_HNC_LSS_0002 야학노래

조숙현, 여, 1922년생

주 소 지 : 제주특별자치도 제주시 고산리 1881-6번지
제보일시 : 2011.2.24, 2011.3.12
조 사 자 : 강정식, 강소전, 송정희

조숙현은 고산리에서 태어나서 같은 동네 사람과 혼인하였다. 2남 3녀를 두었다. 조, 고구마 등 농사를 지으면서 살았다.

제공 자료 목록

10_00_FOS_20110224_HNC_CSH_0001 방아소리
10_00_FOS_20110224_HNC_CSH_0002 사데소리
(검질 메는 소리)
10_00_FOS_20110224_HNC_CSH_0003 흔다리 인다리
10_00_FOS_20110312_HNC_CSH_0001 ᄀᆞ레ᄀᆞ는 소리
10_00_FOS_20110312_HNC_CSH_0002 네 젓는 소리(네 소리)
10_00_FOS_20110330_HNC_CSH_0001 물질소리
10_00_FOS_20110330_HNC_CSH_0002 방에소리
10_00_MFS_20110224_HNC_CSH_0004 북선노래(북지방 꽃)
10_00_MFS_20110224_HNC_CSH_0005 활발하고 용맹한 우리 동포야(철썩철썩)
10_00_MFS_20110330_HNC_CSH_0003 북조선 꽃
10_00_MFS_20110330_HNC_CSH_0004 활발하고 용맹한

좌신생, 여, 1914년생

주 소 지 : 제주특별자치도 제주시 한경면 고산리
         2220번지
제보일시 : 2011.3.30
조 사 자 : 강정식, 강소전, 송정희

좌신생은 고산리 3구에서 태어나 고산1리 사람과 혼인하였다. 조, 보리, 고구마 등

농사를 지면서 살았다고 한다.

제공 자료 목록
10_00_FOS_20110330_HNC_JSS_0001 물질소리
10_00_FOS_20110330_HNC_JSS_0002 사데소리
10_00_FOS_20110330_HNC_JSS_0003 밧 볼리는 소리

ᄌ청비와 문도령

자료코드 : 10_00_FOT_20110330_HNC_YBS_0001
조사장소 : 제주특별자치도 제주시 한경면 고산리 2175-11번지
조사일시 : 2011.3.30
조 사 자 : 강정식, 강소전, 송정희
제 보 자 : 윤복선, 여, 82세

구연상황 : 윤복선은 고산리에서 옛말을 많이 알고 있는 주민 가운데 하나이다. 나이가
들어도 기억력이 좋아서 여전히 옛말을 잘하는 편이다. 조사자들이 고산리를
방문하였을 때, 자신이 옛말을 많이 알고 있다고 스스로 말하였다. 하지만 최
근에 목을 심하게 다쳐서 막상 옛말을 하는 것을 망설였다. 마을 노인회관에
노인들이 많아 어수선한 분위기에서 말을 조금 들려주다가 그쳤다. 이에 조사
자들이 편안한 분위기를 만들어주기 위하여 자택을 방문하였고, 익숙하고 편
안한 분위기가 되자 마치 기다렸다는 듯이 자신이 알고 있는 이야기를 술술
풀어내기 시작하였다. 조사자들이 옛말을 들려달라고 부탁하자 망설임 없이
가장 처음으로 꺼낸 것이 'ᄌ청비와 문도령'에 대한 이야기였다.

줄 거 리 : 김씨 남편과 조씨 부인이 결혼하였는데 서른이 되도록 아이가 없자 살아가는
재미가 없다며 한탄하는 세월을 보냈다. 어느 날 한 스님이 시주를 받으러 왔
다가 자기 절에서 불공을 드리면 자식을 볼 수 있을 것이라고 하였다. 이에
부부는 절에서 불공을 드려 드디어 여자 아이를 얻고 스스로 자청하여 얻었
다는 뜻에서 ᄌ청비라고 이름을 짓는다. ᄌ청비가 어느덧 커서 하루는 빨래터
에서 빨래를 하다가 글공부하러 가는 하늘 옥황의 문도령을 만난다. ᄌ청비는
문도령과 함께 글공부하러 가고 싶어 자신의 남동생으로 신분을 속이고 남자
로 변복하여 문도령을 따라 나선다. 글공부를 하는 동안 ᄌ청비는 여자임이
드러나지 않도록 갖은 꾀를 써서 위기를 모면한다. 그러던 가운데 하루는 하
늘 옥황에서 문도령에게 서수왕 딸아기에게 장가가라는 편지가 온다. 문도령
이 떠날 준비를 하자 ᄌ청비 역시 함께 돌아가겠다고 하고 길을 가던 중 목
욕을 하자고 하면서 결국 자신이 여자임을 밝힌다. ᄌ청비와 문도령은 서로
사랑하게 되지만, 결혼을 앞둔 문도령은 하늘로 올라가게 되고 ᄌ청비는 갖은
노력 끝에 문도령과 다시 만난다. 문도령은 ᄌ청비를 사랑하기에 서수왕 딸아

기에게 장가가지 않겠다고 말하고, 이에 부모는 여러 시험을 거친 후에 ᄌ청비를 며느리로 받아들인다. 하늘에서는 ᄌ청비와 문도령에게 인간 세상에 가서 사람들에게 농사를 지어 먹여 살리는 일을 하라며 내려 보낸다. 둘이 살아가는데 마을 사람들이 ᄌ청비의 미모를 탐하여 문도령을 죽이고자 음모를 꾸미고 결국 문도령은 죽게 된다. 하지만 ᄌ청비는 서천꽃밭에서 환생꽃을 구해다가 문도령을 살린다. 그 과정에서 ᄌ청비는 사천꽃밭의 딸과 결혼을 하게 되자 ᄌ청비는 문도령에게 자신과 서천꽃밭 딸아기를 번갈아가며 함께 살라고 한다. 문도령은 ᄌ청비가 시키는 대로 서천꽃밭 딸아기와 살다가 그만 ᄌ청비에게 돌아오는 것을 잊는다. 결국 ᄌ청비는 정수남이하고 인간 세상의 농사를 맡는 제석할망으로 들어선다.

저 아방은 김씨, 어멍은 조씨 거난[1] 열다섯에, 결혼ᄒ연 어 서른 나도록 살아도 아기가 엇어.[2] 아기가 엇이난 제미가[3] 없어 야, 살아가는 제미가. 이젠 그 조씨 부인이 남편안티,[4]

"옵서 오널랑 꼿구경이나 가게."

게난 꼿구경 ᄒ여도 제미가 없어이. 돌아오단 보난 비ᄌ리초막,[5] 이 엿날엔 비ᄌ리초막이 쉐막세기[6] 닮은다. 그 문도 엇어 거적문 영 치고 ᄒ디[7] 막 웃임소리가 나.

'영 무신 거 영 웃음소리가 남신고?' ᄒ연,

영 거적을 거돤 보난, 허멀[8] 데작데작 난 애기 하나 놔 막 웃엄서.

'아이고 우리 집인 가민 은단펭(銀丹瓶) 은단펭, 둘이 놀리민 더 제미지주기.' 헨 허난,

집에 오라네 영 영 앚안에, 서방 각시가 은단펭 놀려봐도 제미가 하낫

1) 그러니.
2) 없어.
3) 재미가.
4) 남편한테.
5) 아주 작고 초라한 초막.
6) 외양간.
7) 한데.
8) 부스럼.

토9) 엇어. 제미가 하나, 살아가는 낙이 없어.

게 ᄒ루날은 이제 어 시님이,10) 시님이 이제 권제(勸齊) 받으레 온 거라. 오란 ᄒ난,

"예 저 우리는예 서른 나도록 살아도 아기가 엇이난, 원천강(袁天綱) 스주(四柱)나 둘러봅서." ᄒ난,

원천강 스주를 헤봐도 자식이 엇어 돈은 만헤도. 돈은 만헤도.

"아이고 어떵 허영, 지집아이11) ᄌ식(子息)이라도 하나 나케 헤줍센." 막 ᄒ난에,

"경 허멘은 우리 절에 가그네, 저 불공(佛供) 드령 이제 가세지12)도 삼백 석 공양미(供養米)도 서른 말 헤그네 이젠, 저 석 둘 열흘 벽 일, 이제 불공을 ᄒ면 아덜은 안 나와도 혹시나, 여ᄌ라도 잇을 ᄒ우다." 영 허난,

이젠 벽 날을 이젠 막 기도를 드리는 거라. 기도를 드리는디 그날 처냑13) 오난에 꿈에 나타나. 꿈에 나타난 이제 산신이 꿈에 나타난 사과를 하나 ᄀᆽ다주는 거라. 꿈에.

거난 그떼부떠는 임신이 뒈어서. 임신이 뒈언 벽 날을 경 기도ᄒ단 이젠 임신이 뒌 이젠, 막 이젠 아기 설아가난14) 이젠 하간15) 거 먹고 싶언 허엿는디 이젠, 나는 게 이젠 똘을 낫어. 막 부제칩인디 똘을, 종도 ᄃ리고16) 막 부제칩인디 돈은 하봐도17) 아기가 엇언.

이젠 남편이 ᄒ는 말이,

---

9) 하나도.
10) 스님이.
11) 여자아이.
12) 가사지(袈裟紙). 즉 가사를 짓기 위한 포(布).
13) 저녁.
14) 아기가 서니.
15) 여러 가지.
16) 데리고.
17) 많아도.

"이 아기 이름은 뭣으라고 지으카?" 흐난,

"우리가 자식이 없으니까, 불공 드련 나아시난 즈청(自請), 우리가 즈청 흐게 나난 즈청비엔 일름을 지우주긴."

이젠 즈청비렌 일름을 지와가지고 이젠, 사는디 이젠, 훈 열두어 술 나서, 게난 이젠 그 저기 연못에 가그네 이젠 빨레를 막 헤 오란, 손발이 너무너무 고와. 경 허난,

"어떵 허난 느18) 손발이 경 고왐시니?" 허난,

"아이고 한집님19) 옷 뿔렌 흐난 막 떼도 지렌 흐곡 발로도 뿔고, 겨난 고왐수다." 허난,

"게난 이번이랑 나가 가켜."

이젠 어멍 아방 옷 다허연 질구덕20)에 전 연못디 간 이젠 빨레를 흐노렌 흐난 하늘 옥황(玉皇)에서 문도령이 네려완이.

한양(漢陽) 이제 글공부 흐레 가젠, 이젠 붓흐곡 첵(冊) 아늠21) 구득22) 허연 넘어가단 보난 연못디 막 이쁜 처녀가 이젠, 빨레를 헴시난 이젠 그 문도령이 갓어. 간,

"물이나 얻어먹을 수 엇이녠." 흐난

물 주켄 흐난, 이젠 물통에 간 막 헤쳐둰에 헤체둰 쿡박23) 구져24) 간 소곱에서25) 영 떠단에 이젠, 이파리 홀터단26) 주는 거라. 그 물에.

"얼굴은 곱다만은 속이 나쁘다."

---

18) 너.
19) 상전을 부르는 호칭.
20) 물건을 넣고 등에 져서 나르게 만든 대바구니.
21) 아름.
22) 가득.
23) 박을 쪼개어 씨를 파내고 만든 바가지.
24) 가져.
25) 안에서.
26) 훑어서.

그 문도령 ᄒ는 말이 ᄒ난,

"아이고 보아하니 먼 질 가는 도련님 닮안, 왈락잘락27) 먹으민 물에 물뱅나곡 헙니다. 경 허난 천천히 먹으렌 이젠 그축28) 헷수다." ᄒ난,

그 말도 들언 보난 맞은 거라. 경 허난 이제,

"어디 감수과?" 허난,

"한양 글공부 ᄒ레 감젠." ᄒ난,

"아이고 우리집이도 나영29) ᄀᆞ뜬30) 쌍둥이 하나 잇인디."

엇어도 거짓말 ᄒ는 거라.

"잇인디, ᄀᆞ찌 가민 어떵 헙니까?" 허난,

"아이고, 나도 벗 엇엉 ᄒ난 좋덴게."

경 올레31)에 간 세와둰에 이젠 아방 방에 눌려들언,32)

"아이고 지집아이도 글공부 허기가 어떵 허우까?" 허난,

"남도 낫젠.33)" 이,

못허게 허는 거라. 어멍 방에 눌려들언 어멍도 경 혜.

'엣따 모르겠다.'

이젠 아방 방에 강 이젠 아방 옷을 출련에,34)

옛날엔 머리 질롸부난35) 여ᄌ 남ᄌ 몰라이. 경 허난 이젠 나오라시 나오란 영 보난 올레에 사시난36) ᄀᆞ찌 가는 거라.

ᄀᆞ찌 이젠 한양을 걸어가는디, 막 여ᄌ가 닮아불어. 문도령이 여ᄌ가

---

27) 급하게 하는 모양.
28) 그렇게.
29) 나와.
30) 같은.
31) 거릿길에서 집으로 들어가는 구부구불한 골목길.
32) 날려들어.
33) 나기도 잘 났다.
34) 차려서.
35) 길르니.
36) 서 있으니.

닮아부난,

"아까 연못디 빨레ᄒ는 처자가 닮뎅." ᄒ난,

"ᄒ 날 ᄒ 시에 어 쌍둥이 나난 아이 닮느넨."

아 것도 굴안 보난 나 닮아.

이젠, 한양을 이젠 갓어. 한양을 간 이제 방을 하나 비는디. 이제 ᄌ청비가 너무너무 머리가 영리허난 ᄒ 방에 빈디, 이디 은동이 은동이 물을 떠 놓고 이제 은젯가락 헤 놓고.

"이제 이 사람 이레37) 오민 아이38) 뒌뎅."

거난이 문도령은 ᄒ끔 어리석어.

경 허난 이제 경 허민 이젠 문도령은 그거 젯가락 떨어지카부뎅 허당 보민 예스줌39) 자고, ᄌ청빈 드러40) 글공비를 허는 거라.

이젠 글공비를 허는디 선생(先生)이 아이 게도 글씨도 여ᄌ 닮고 응, 막 뭣이든지 걷는 것도 보라.

ᄒ루날은 이젠 여ᄌ 남ᄌ 구별허젠 베옷 입어그네 동더레41) 돌아사렌. 경 허민 이제 그 선생이 이제 여ᄌ 남ᄌ 구벨ᄒ젠 허난.

게난 올레칩이 할망신디 간,

"아이고 여ᄌ도 글공비 허민 어떵 ᄒ우까?" 허난,

"왕데왓디42) 가그네 왕데 모작43) 쫄라다그네 조쟁이44) 멘들곡 불둑세기45) 멘들고, 저 물총으로 영 허여그네, 동더레 돌아사민 알아진뎅."

---

37) 이리로.
38) 안.
39) 깊이 들지 못한 잠.
40) 계속.
41) 동으로.
42) 왕대밭에.
43) 마디.
44) 사내아이의 자지.
45) 불알.

허멍.

아 겨난[46) 통과 뒈언게.

또 ㅎ루날은 또 이제 지붕 우이 강 오줌 굴길락[47) 선셍이 허난,

또 이젠 그 할망신디 가서 가난 아이고 데불통에 데여그네 일방 네기로이 일방 네기로 헌디, 아이 지붕 위에 올라가난 ㅈ청빈 일방, 문도령은 이방허연 일등 허연. 일등헌디 이젠,

경 허연 사는디 이젠, 옥황에 문도령 아방네신디 장게(杖家) 가렌 이젠 편지가 온 거라. 편지가 오난 이젠,

"아이고 올 떼도 ㅎ디[48) 오고 갈 떼도 ㅎ디 가야주기. 나만 네비됭 어떵 가느닌." ㅎ난,

게난 ㄱ치 이젠 오는 거라. 오단 보난 ㅋ닷롱헌[49) 물통이 두 게 셔.[50)

게난 이젠 ㅈ청비 ㅎ는 말이,

"너는 이제 글을 못 헤시니까 알엣[51) 물에 ㅎ고. 자기는 공부 잘 ㅎ난 우잇 물."

이젠 문도령은 어리석은 사람이난 문들렉기[52) 벗언이 막 모욕ㅎ는디, ㅈ청빈 옷 아이 벗고 그자 멘질락[53) 멘질락 ㅎ당 게낭입[54) 이파리 홀터네 이젠 글을 씨는[55) 거라.

ㅎ 방 안에 글을 연삼년을 헤도 여ㅈ 남ㅈ 모르는 멍쳉이엔 허난,

경 헤뒨 이젠 돌아나부런[56) 돌아나부난 이젠 그 우인 뭣하고 영 헹 보

46) 그렇게 하니.
47) 갈기기.
48) 함께.
49) 가지런한.
50) 있어.
51) 아래.
52) 매끈한 모양.
53) 만지는 시늉만 하는 모양.
54) 누리장나무 잎.
55) 쓰는.

난, 여자게이.

경 허난 이젠 바지 입젠 ᄒᆞᆫ 가달[57]에이, [웃음] 두 가달 드리쳥 바들랑 바들랑,[58]

"아이고 ᄒᆞᆫ디 가게, ᄒᆞᆫ디 가게."

천 장(丈) 만 장 돌아나불어. 돌아나부난 이젠 미쳔[59] 가서. 이젠 ᄌᆞ청비네 집이 갓어. 가난 이젠,

또 이젠 ᄌᆞ청비가 이제 여자 옷을 ᄀᆞ져다가 그 문도령을 입져네,

"글공비 잘 헨 왓수다." 허난,

어멍 아방넨 막 잘 출련 이젠 궈 먹은디.

그날 밤이 이젠 세로 ᄒᆞᆫ 시 퉤면 하늘 옥항에 올라갈 거라 문도령은, 하늘 옥항에 올라갈 꺼난, 자단 보난에 엇어젼. 오꼿[60] 엇어지난 이젠, 이젠 그 발로 이젠이 문도령 ᄎᆞᆽ으레 막 나오란 이젠 허단 보난 어떤 비ᄌᆞ리 초막에, 이젠 비단 짜는 데가 셔. 허난 그디 수양ᄄᆞᆯ로 들어가서. 수양ᄄᆞᆯ로 들어간 허난,

"아이고 아기 엇이난 나 ᄄᆞᆯ로 삼읍서." 허난,

"경 허렌." 오렌.

보난 비단을 참서.[61] 비단을 참시난,

"이건 어떵 헌 비단이우까?" 허난,

"저 문도령이 하늘 옥항에서 문도령이 이제 장게 가젠 허난 비단을 차도렌 헨."

"게민 나도 차쿠다, 나가 차쿠다."

---

56) 달아나버렸어.

57) 다리.

58) 안간힘을 쓰며 버둥거리는 모양.

59) 미쳐서.

60) 그만.

61) 짜고 있어.

게난이 막 ᄌᆞ청비가이 그거 차멍 눈물을 뚜룩뚜룩 그 비단더레 것이 한(恨)이 뒈어이. 한이 뒈언.

"게난 어느 떼 옵니까?" 허난,

"이 밤광 저 밤 세에62) 이거 차는 거 보레 온덴." 허난.

그추룩 헹 막 짜는디. 아이 오난게 문도령이, 오란 허난, 거 짜는 거 보젠 할망 짬시카부덴 오난 이젠,

"문을 올렝.63)" 허난,

아이 ᄋᆞ난64) 이젠,

"손이라도 네믈렌." 허난,

문도령이 손이 네므난 그 바농65)으로 손을 꾹ᄒᆞ게 찍어부난 피가 나난, 눌낭네 눌팟네66) 남젠 오꼿 올라가부럿어. 오꼿 올라가부난 이젠,

'아이고 이거 또 어떵 ᄒᆞ리엔.'

이젠 막 중으로 출리는 거라. 중으로 막 출련 이젠 옥항에 올라가. 하느67) 사람덜이난이.

옥항에 올라간 보난 이제 ᄌᆞ청, 저 문도령은이 막 벵이68) 나. 벵이 난 그 ᄌᆞ청비 셍각허멍, 막 벵이 난.

이젠 그 그 집이 들어간 권제 받으 들어가난, 이젠 그 문도령 어멍이 이젠 그 권젤 준 거라. 주난 이젠 그 집이서 밤을 세우젠 바늘치룩 문딱 숟아불어.69) 문딱,70) ᄌᆞ청비가 숟아부난 이젠 막 줍는 거라. 줏이난 문도

---

62) 사이에.
63) 열라.
64) 여니.
65) 바늘.
66) 생피의 냄새.
67) 하늘.
68) 병이.
69) 쏟아버려.
70) 모두.

령 어멍이,

"줍지 말렌 나가 주켄." 허난,

"아이고 법당 법은 이거 다 줏어사 복을 받읍니덴." 허난,

"게건 느네 법데로 허렌."

그걸 줏어가난 어둔 거라. 어두난 그 밤이 이젠 큰 폭낭이 셔. 그디 올라간 이젠 막 둘이 밝아. 밝으난 아 이젠 문도령은 막 벵난이, 막 혼디 문올안,

"아이고 둘도 밝다." 허난,

이젠 주청비가 이젠 낭71) 우이서,

"아이고, 둘도 밝아도 문도령만인 못허다." 허난,

활딱ᄒ게 나온 거라 문도령이 맨발에 나오란,

"구신(鬼神)이냐 셍인(生人)이냐" 허난,

"무신 구신이 이디 오느넨, 셍인."

"게건72) 네려오렌."

네려오란 보난 머리 믄딱 까까불고게이. 중 헨 이젠, 돌아단 이젠, 펭풍(屛風) 쏘곱에73) 곱져.74) 곱져 그 문도령이 곱져그네 이젠,

경 허난 벵난 사름이 그 사람 오난에 이젠 벵도 좋아지는 거라이. 사랑하는 사람 오난.

경 허난 이젠 물을 이젠 떠다그네 주면은 둘이 싯이면은 물이 팍팍, 혼 사람 먹을 밥 ᄀ져오민 둘이 먹어불민 겨난 이젠 그디 종이 이젠 창고냥을75) 영영 뚤란76) 보난에 펭풍 두이로 이젠 곱닥한 아기가 나오란 이젠

---

71) 나무.
72) 그러면.
73) 속에.
74) 숨겨.
75) 창구멍을.
76) 뚫어.

ᄀ치 밥을 먹는 거라 게난,

하님신디 가네,

"아이고 저양 펭풍 두이로 곱닥한[77] 아기가 나오란 이제 밥을 먹읍다다." 허난,

"기가?" 혜연,

흐를날은 어멍이 이젠,

"나가[78] 방을 청소ᄒᆞ마. 방을 청소ᄒᆞ마." 흐난,

"허지 맙센."

"아이고 경 혜도 나가."

게난 그 구신이 하늘 사름이난 펭풍을 영 거두난 펭풍 소곱에 들어가 비언게. 게난 엇어. 페우민 나오곡 허민 들어가불고. 경 헨 엇어, 이상 허덴.

이젠 그 문도령 어멍넨 이제 서시왕 ᄄᆞᆯ에기, 서시왕 ᄄᆞᆯ에기를 이제 벡년게약(百年佳約)을 멪어서. 벽년게약을 멪어신디.

아덜이 이젠 벵이 난 이제 죽을 지경이난 이젠 그 사람 온 중은 모르곡. 이젠 막 아기가 벵이 낫아간.

"아무 사람 서시왕 ᄄᆞᆯ에기신디 이제라그네 장게 가렌." 허난,

"장게 안 가쿠다."

"무사 안 갈티?"

"나 장게 안 가쿠다."

"게민 어떵 헐, 강 막펜지[79] 준 거 어떵 헐티?"

"강 나가 막펜지 강 촞아오쿠다."

가네 이제 촞아와서. 촞아오난 촞으레 가난 서시왕 ᄄᆞᆯ에긴 살아도 문칩

---

77) 고운.
78) 내가.
79) 막편지. 혼인을 할 때 신랑 쪽에서 신부 집에 건네는 의례 문서.

이 구신 죽어도 문칩이 구신, 이젠 그 막펜지 확호게 뻬연, 문도령 ㄱ정 나오는 거 확호게 뻰 이젠 박박 칮언에 이젠 불 술아80) 먹엇어.

먹언 이젠 궂인 방안에 간 이젠 석 자 오 치 머리로 목을 줄란 자기 데로 죽어부난 이젠 석 돌만이 문 을안 보난 새 몸에 나는 거라. 그 새가 이젠 들어, 사름에 들어그네 이젠, 막 시집가는 디도 그 새가 들고 이젠 막 허영 중허거든.

경 허영 이젠 막 이제 경 허연 오란 허난 이젠,

"장게 안 가쿠다. 나 막펜지 아이 가기로 헷수다." 허난 이젠,

경 혜도 이젠,

"아이 뒌덴." 허난,

"어머니, 묵은 옷이 좁네까, 세 옷이 좁네까?" 허난,

"묵은 옷은 막 ᄆᆞᆫᄆᆞᆫ혜도81) 새, 저 묵은 옷은이 ᄆᆞᆫᄆᆞᆫ 아녀다." 허난.

"나 장게 아이 가쿠다, 장게 아이 가쿠덴."

"이젠 게건 그 여ᄌᆞ를 네어노렌, 네노렌." 허난 이젠,

방 안에 간 이젠 펭풍을 확호게 ᄋᆞ난에 나온 거라. 잘도 고와. 잘도 고난 이젠 나오라, 게건,

"느가 나 메누리 허컨 이제 칼선ᄃᆞ리82) 놔, 칼선ᄃᆞ리 놔 하늘 옥항더레 올라오라."

경 칼선ᄃᆞ리. 줄 벌겋게 구원 혜진 거. 이젠 ᄌᆞ청비 막 비는 거라.

'아이고 하나님 나 살리컨 이 불을 끼와줍서.' 영 허난 이젠,

비가 소나기가 쟌호게 오난 이젠 불을 끈디 올라가. 올라간 막 올라가단 이 세끼 손까락, 춤 세끼 발가락 피나.

피나난 문도령 어멍이,

---

80) 살라.
81) 만만해도.
82) 칼날이 위로 향하여진 모양.

'어떵 ᄒᆞᆫ 피남신고.' 허난,

이제 거짓말을 ᄒᆞ는 거라.

"여즈는 ᄒᆞᆫ 달에 ᄒᆞᆫ 번 그런 거 옵네덴."

것도 들언 보난 맞아. 게난 결혼을 시겨서.

결혼을 시겨신디 이젠, 인간에 가그네 이제 사름을 벡성덜을 다시려그네 응 보리쏠 하간 콩, 하간 씨 다 주어. 다 주어네,

"인간에 가그네 사름덜 이젠 농ᄉᆞ[83] 지어그네 멕영 살리라." ᄒᆞ난,

이제 ᄀᆞ전 둘이 네려오는 거라. 네려오단 아고 ᄆᆞ물[84]씨가 오꼿[85] 잊어부런게. ᄆᆞ물씨가 잊어부난 또 돌아가네 이제 ᄆᆞ물씨 ᄀᆞ져단, ᄆᆞ물은 경 허난 늦동이라이.

경 헨 이젠 막 사는디 너무 고와노난이, 그 ᄆᆞ을에 사람덜이 그 ᄌᆞ청비를 어떵 ᄒᆞ영이, 문도령 죽여둬그네이 ᄌᆞ청비 얻언.

이젠 메날 비단 차는 거라. 찰각찰각. 경 허난 이젠, 그 이제 ᄀᆞ뜨면 이제 이장(里長) 닮은 사름이,

"우리 동네에서 큰잔치 헴시난에 보네렌." 보네렌 허난,

이젠 죽여불젠게이. 데려당 죽여뒹 ᄌᆞ청비 얻언 허젠.

가난 이젠 ᄌᆞ청비 다 알아네 이젠 가시메, 소게[86] 막 ᄒᆞ곡 소게헤주멍 허는 말이,

"술 주건 먹지 말렌. 먹으민 아이 뒐 거난. 먹지 말렌." 허난,

막 이 가심에 소게 하영 문언. 가난 이 사름도 ᄒᆞᆫ 잔, 저 사름도 ᄒᆞᆫ 잔. 경 행 ᄆᆞ찬[87] 오는디 오단 보난 막 날 닮은 사람이, 막 못 셍긴 사람이,

"나 술 ᄒᆞᆫ 잔 먹엉 가렌." 허난.

---

83) 농사.
84) 메밀.
85) 그만.
86) 숌.
87) 마쳐서.

'아 이것사 어떵 아녀주긴.[88]' 먹으난,

집에 완 오꼿 죽어불어. 그 술에 죽어부난 이젠, 뎅○○ 왕놈을 막 허여단 이제 방안에 이젠 막 노는 거라.

호르릉호르릉 ㅎ게 노느젠 허난. 아 그놈덜이 오란게,

"아이고, 어떵 허연 왓수겐." 허난,

"저거 봅서. 막 잘 멕여노난 막 콧소리 막 허염수게."

아 보난 화르릉화르릉. 게 그 사름네 가부난 이젠, 이젠 서천꼿밧딜[89] 가는 거라. 그 사름 살리는 그 꼿을 허레.

가단 보난 아이덜이 이제 둘이가 이젠 막 공작새 공작새 헨 막, 느 허엿져 나 헷져 막 싸와가난, 즈청비가 ㅎ는 말이,

"느네 이거, 느 헷ㄱ라,[90] 나 헷ㄱ라 ㅎ난 이거 갈르민 다 죽어불 거난 나신디[91] 풀라." 허난,

돈 받안 풀안,

"돈이랑 허여그네 느네 둘이 갈랑 앚고 날 도렌.[92]" 허난,

돈 받안 풀안 돈 ㅇ전[93] 서천꼿밧디 가는 거라.

서천꼿밧디 가난 이젠, 막 간 보난 이젠 올레에 큰 개 시난[94] 그 공작세 꼿밧더레 휙ㅎ게 데끼난[95] 이젠, 막 개가 나오란 강강강강 허난 이젠, 이제 왕이 ㅎ는 말이 양반이 온 것 닮덴. 저 개가 ㄱ만히 앚안 주꾸난에,[96] 쌍놈 ㄱ뜨민 드르네닥 네다락 헐 건디.

---

88) 하지 않겠지.
89) 서천꽃밭에.
90) 했노라.
91) 나에게.
92) 달라.
93) 가지고.
94) 있으니.
95) 던지니.
96) 짖으니.

"큰뚤에기야 강 보라." 허난,

"엇덴."

"셋뚤아기야 강 보렌."

"엇덴."

말젯뚤아기 간 보난 시어.[97] 시난 이젠,

"아이고 시수데장 불러오렌." 허난,

"어떵 허난 이디 완디?" 허난,

"꼿밧디 공작새 데껴신디[98] 나 그거 촛으레 왓수덴." 헨,

이젠 들어가서. 들어가네 이젠 공작새 촛고, 그거 그 말젯뚤에기영 이젠 그 꼿구경 허멍 빼 오를 꼿 술 오를 꼿 다 이젠 허여서. 허연 이젠, 게외[99]에 담아네 이젠, 그 공작새가 울어가면은 그 꼿밧디 그 왕뚤에기가 막 이디 아파. 아프난 그거 죽여줫젠. 막 이제 사위를 허켕[100] 허는 거라. 사위.

이젠 경 허영 이젠 네려와서. 네려오난 이젠, 문도령 이젠 그거 다 허연 살려. 살련 이젠 허난 이젠,

"나가 꼿밧디 간 각시 하나 얻어뒌 와시난, 당신이랑 그디 가건 석 둘을 살 건 나신디는 혼 둘을 살렌. 서방도 나가 얻은 서방, 각시도 나가 얻은 각시."

경 허난 이젠 그 서시왕 뚤에기영 나올 떼는 용얼레기[101] 반 딱 끊언 이제 그 여즈 줘두고, 이젠 즈청비가 フ전 오란. 이젠 그 즈청비가 그거 주멍,

"가면은 아이[102] 닮덴 헐 거엔. 아이 닮덴, 이거 주면은 딱 맞으민 이

---

97) 있어.
98) 던졌는데.
99) 호주머니.
100) 하겠다고.
101) 머리빗.

제 받아들인덴.”

가난 아니엔 허여이. 그디서가. ᄌ청빈 너무너무 곱고이 문도령은 물트락헌[103) 게 경 허난 이젠 받아들연게. 받아들연 허는디,

이젠 ᄌ청비신디 아니 오는 거라 잊어불언. 잊어불언 아니 오난 이젠, 궤씸허여이. 서방도 나가 얻고, 각시도 나가 얻은디, 지가 약속을 허여시민 ᄒ 번썩 오라살 건디. 이젠 옷을 ᄆᆞᆮ딱이 장물에 막 ᄃᆞᆼ그는[104) 거라. 막 ᄃᆞᆼ간 이젠 영 잡아뎅기민 다 녹게끔.

경 허난 이젠 가마귀가 까옥까옥까옥 허영 오는 거라. 거난 이젠 ᄌ청비가 가마귀 오라 서천꼿밧디 편지나 전헤다오. 게난 까옥까옥 앚으난 이젠, 편지 써네 이젠 이런 늘게에[105) 영 허연 부쩌주난, 이젠 서천꼿밧디 간 그 문도령은 늧[106) 씻으난 그디 간 ᄄᆞ록ᄒ게 터리쳐서. 터리치우난 영 베려보난 오꼿 잊어분 거라. 그 각시 셍각을.

이젠 ᄆᆞᆯ을 바른 데로도 아이 타고, 꺼꾸로 탄 이젠 급한 ᄇᆞ름에[107) 막 꺼꾸로 타네 이젠 오란 보난 나 잘못헷젠 허멍 문 올안 영 심언 뎅기난 ᄆᆞᆫ딱 녹아. 청나비로도 뒈곡 벡나비로도 뒈곡, 오꼿 죽어불어서.

죽어부난 이젠 서천꼿밧디 간 이젠 살아불고 이젠 제석할망으로 이젠, 정수남이ᄒ고, 지네 집이 종, 살아난 정수남이 ᄒ곡 이젠 제석할망으로 들어산.

이젠 어떤 밧디 간 보나네 막 쉐가이, 두 장남ᄒ고 막 밧[108) ᄇᆞᆯ리는[109) 디 시난에,

---

102) 아니.
103) 통통하고 살찐 모양.
104) 담그는.
105) 날개에.
106) 낮.
107) 바람에.
108) 밭.
109) 밟는.

"아이고 넘어 가던 사름 베고프난 밥이나 흐끔 줍서." 허난,

"아이고 질 질 넘어가단 사름 줄 거랑 말앙 우리 쉐 장남 줄 것도 엇덴."

오꼿 허난 저 쉐라그네이, 저 봉엥이110) 심어놓곡, 장남이랑 광난이111) 심어노렌.

야 가 보난 쉐장남도 광난이 들령 바들랑바들랑 허곡, 이제 쉐는이 봉엥이 탄 잠데영 몬딱 부서진 거라.

가단가단 보난 이젠 할망 하르방이 조그마한 밧디 이젠 둘이 농亽지난,

"아이고 양 점심이나 주건 흐끔 줍서." 허난,

"아이고, 주곡 말곡 허멍 아이고 그디 베려봐." 허난,

범벅 혜단 할망덜은 먹언. 앗안에 허울허울 먹어. 먹언 이젠 그 즈청비가 허는 말이,

"이 밧디 곡석이112) 얼마나 나옵니까?" 허난,

"혜끄만113) 밧이난 우리 둘 이디 지곡, 이 쉐에 혼 발에 시끄민114) 똑 맞아마씨." 허난,

이젠 조를 이제 막 잘 뒈게 혜영, 잘 뒈게 행. 경 행 제석할망으로 결구에는115) 살아.

걸로116) 끗.

---

110) 등에.
111) 곽란. 음식이 체하여 토하고 설사하는 급성 위장병.
112) 곡식이.
113) 조그만.
114) 실으면.
115) 결국에는.
116) 그것으로.

강림이와 염라데왕

자료코드 : 10_00_FOT_20110330_HNC_YBS_0002
조사장소 : 제주특별자치도 제주시 한경면 고산리 2175-11번지
조사일시 : 2011.3.30
조 사 자 : 강정식, 강소전, 송정희
제 보 자 : 윤복선, 여, 82세
구연상황 : ㅈ청비와 문도령에 대한 이야기를 마치자 다른 이야기를 하나 더 들려주겠다
고 하면서 바로 이어서 구연하였다.
줄 거 리 : 버물왕이 아들 아홉 형제를 낳는데 위아래로 각각 세 형제가 명이 짧아 죽어
버리고 가운데 세 형제만 남았다. 어느 날 남은 세 형제가 스님을 만나 자신
들도 명이 짧다는 말을 듣고 한탄하자, 부모는 그 스님을 데려다가 명을 이을
방법을 묻는다. 스님이 자기 절에 가서 불공을 드리면 명을 이을 수 있다고
하자 세 형제는 불공을 드리러 떠난다. 세 형제가 불공을 드리다가 부모를 간
절하게 그리워하자 스님은 집으로 가라고 하면서 과양땅을 지나갈 때 조심하
라고 일러준다. 그러나 세 형제는 과양땅을 넘어갈 때 과양셍이 지집년을 만
나 꼬임에 넘어가 결국 죽게 되어 연못에 버려진다. 과양셍이 지집년은 세 형
제를 죽여서 버린 연못에 갔다가 꽃이 세 개 피어 있는 것을 보고는 가지고
와서 집에 걸어두다가 거치적거리니 불 속에 던져버린다. 버려진 꽃은 나중에
구슬이 되고 과양셍이 지집년은 이를 가지고 놀다 그만 입 속에 삼키게 되고
그 뒤에 임신을 하여 아들 세 형제를 낳는다. 아들들은 커서 과거시험에 붙어
돌아오던 날에 과양셍이 지집년은 다른 집의 아이들인 줄 알고 시기하였다.
나중에 자기 아들임을 알고 원님에게 가서 아들 세 형제가 동시에 죽은 사건
을 해결해달라고 끈질기게 괴롭히며 청원한다. 원님은 그 해결방법을 찾지 못
하여 고심하던 중 부인의 도움으로 마을에 사는 강림이에게 염라대왕을 데려
와 사건을 해결하도록 명령한다. 강림이 역시 염라대왕을 잡아 올 일이 막막
하여 신세를 한탄하자 큰부인이 나서서 강림을 도와준다. 강림이는 큰부인이
시키는 대로 하면서 문전하르방과 조왕할망의 도움을 받아 저승으로 가서 염
라대왕을 잡아온다. 염라대왕은 원님이 있는 동헌 마당에 내려와 과양셍이 지
집년이 저지른 범행을 밝혀내고 죽은 버물왕의 세 형제를 살려내고 과양셍이
지집년을 엄히 벌한다. 그런 뒤에 염라대왕은 똑똑한 강림이의 혼을 빼어 저
승으로 데려가 버린다.

역사이, 버물왕이 버물왕, 왕이 그 일름이 왕이난, 버물왕. 성은 버물

왕이난, 아덜이 아옵117) 성제118) 나서.

아옵 성제 나신디, 우이로도 싀 성제가 멩이119) 줄라120) 죽어불곡, 알로도121) 세 성제가 멩이 줄라 죽어부난, 삼성제가 세로 삼성제가 살아서.

게난 아덜 으섯122) 성제 죽어부난 이젠, 아기상에123) 무음 일언,124) 동동문밧 이젠 독서장(獨書堂)을 정,125) 글공부를 시기는디,

동게남 은중절에 시님이 이젠 인간에 네려그네 권제(勸齋) 받아당 헌 당 헌 절을 수리허젠, 이젠 연화못디 건너가는디, 그 버물왕 아덜덜은 삼성제가 점심 먹으레 오단, 너무 더우나네 연화못 그늘에 영 똠을 들염시난, 시님이 넘어가멍 허는 말이,

"야, 너네덜 잘 셍기긴 잘 셍겨도 모리126) 스오시(巳午時)가 정명(定命)이어."

모리 스오시민 죽는다 그 말이라. 경 허난 이젠 막 돌아오란 이젠 아방신디 욻더레 꿇어 앚안 막 울어.

"무사 울엄느냐. 선셍님안티 메를 맞앗느냐, 욕을 들엇느냐?"

"아닙니다. 넘어가는 데스님이 우리 모리 스오시는 죽넨 허난 공부를 허여서 뭣을 헙니껜." 허난,

"게난 그 시님은 어디레 갓넨?" 허난,

"알엣 무을더레 갑디덴." 허난,

막 이젠 보선 발에 신도 안 신고 막 둘려간127) 보난, 알에128) 소곡소곡

---

117) 아홉.
118) 형제.
119) 명이.
120) 짧아.
121) 아래로도.
122) 여섯.
123) 아기에 대한.
124) 생겨.
125) 지어서.
126) 모레.

네려감시난, 막

"시님, 시님."

혜연 막 불르난 돌아완,

"어떵 허난 죽는 점은 허곡, 사는 점은 못 허느냐?" 허난,

"원천강(袁天綱)을 가졋느냐 화주역(四柱易)도 가졋느냐?" 허난,

"원천강 가졋수다, 화주역도 가졋수다."

게난 집이 둘아단[129) 영 허연, 허연 보난,

"모리 스오시가 정명이우다." 허난,

"어떵 허민 이 아기덜 멩을……."

"우리 우리 절에 강 삼 년만 불공드렴시면은 즈른[130) 멩이 잇어질 듯 허우다." 허난,

"게민 어떵 허영 가느니?"

"큰아덜라그네 어 노 놋기짐,[131) 셋아덜랑 은기짐,[132) 족은아덜랑 공단 (貢緞), 비단(緋緞) 짐을 혜영 석 짐을 혜영, 우리 절에 보넵센." 허난,

게난 이젠 왕이난 게 엇인 거 엇주기게. 경 헨 이젠 그 절에 올라강 이 젠 막 불공을 허는디,

밤이는 그 우잣담덜 막 둘러싸난 둘은 훤ᄒᆞ곡 ᄒᆞ난, 그디서 쉬 성제가 막 부모 생각을 막 허는 거라.

'저 둘은 곱긴 곱다만은 우리 부모 얼굴만은 못허다.'

막 헤가난, 그 시님이,

"이 년 반도 아이 살앙, 벌써 부모 생각나난 홀 수 엇덴, 이젠 네려

---

127) 달려간.
128) 아래로.
129) 데려다.
130) 짧은.
131) 놋그릇짐.
132) 은그릇짐.

가렌.”

은기짐 놋기짐 문딱 이젠 줸 이젠,

“김칫ㄱ을을 건너가건 멩심흐곡 과양땅을 건너가건 멩심흐렌. 그 시간만 멩심허면은 즈른 멩이 잇어질 듯허덴.”

이젠이 그 산에서 네려간 막 발도 아프곡, 연화못을 근당허는 거라.

게난 이젠 은기짐 놋기짐 공단 비단 짐을 다 페와놔네 그디서 소곡소곡 이젠 졸암시난, 과양셍이 지집년 막 나쁜 사름이. 보난이[133] 은기짐 놋기짐 공단 비단,

“도련님, 도련님덜 어떵 허난 영 앚입디겐?” 허난,

“물도 기럽곡,[134] 밥도 기럽곡.”

“아이고 우리집이 가민 이불자리도 좋아지곡 밥도 좋아지곡.”

이젠 데령 가는 거라. 데령 간 이젠, 밥도 헤주고 허는디, 큰아덜은 동문 밧기,[135] 셋아덜은 서문 뱃기, 족은아덜은 남문 밧게 헤그네 장스로 뎅기는디,

이 과양셍이 지집년이엔 헌 건, 이젠 술을 허는 거라. 술 헤여그네 이제 막 다깡,[136] 고양약주[137]로 다깡 멕영 죽여불젠. 그거 허여그네 그거 추지허젠. 경 허난 이젠 흐를날은 곱게 출련, 술 약주 허여네 그 버물왕 아덜덜 자는디 들어가, 들어간,

“아이고 도련님네 이 술 훈 잔 먹엉 잡서.”

“아이고 놔두렌 델 넬랑 먹켄.”

“이 저냑 먹엉 잡서.”

게난 그 약을 먹으난 소르륵기 싀 성제가 다 죽어부는 거라. 다 죽어부

---

133) 보니.
134) 먹고 싶고.
135) 밖에.
136) 닦아서.
137) 탁주.

난, 이제 악기(惡器) 쌀[矢]을 ᄀ져들언 웬[138] 귀로 ᄂ단[139] 귀 ᄂ단 귀로 웬 귀로 허난 오꼿 죽어분 거 아니. 죽어부난, 이제 올레 하르방신디 간,

"거러지가지[140] 서이 우리집이서 죽어시난에 그 영장을 처리헤 도렌."

허난,

"난 말아." 허난.

"영장 하나에 돈 벡 냥썩 삼벡 냥을 주커메[141] 허렌."

그 하르방은 돈이 탐난 이젠 영장 하나에 지어다그네 돌 돌아메멍,[142] 이젠 연못 우에 던지는 거라. ᄉᆡ 성제가 다, 게난 그 하르방은 가불곡,

아척인[143] 그 과양셍이 지집년이엔 헌 사름이 물 우이나 터신가,[144] 물 알에나 터신가, 간 보난에 돌 돌아메난 트지도 아녀곡, 꼿이 세 게가 방실방실방실 막 웃이멍, 꼿이 보난 너무 고와. 너무 고난,

"이레 오라 이레 오라."

방실방실 웃이멍 과양셍이 지집년신디 오란, 이젠 너무 꼿이 고난에 그거 헤다네 일문전(一門前)에 하나 걸곡, 뒷문전에 하나 걸곡, 쌀 거리레[145] 가는 디 하나 걸곡.

앞문전은 들어가젠 머리 박, 뒷문전으로 가젠 머리 박, 쌀 거리레 가젱 허난 머리 박, 그 꼿이 이젠 막 머리 뜯어부는 거라, 뜯어.

궤씸허덴. 이젠 청동화리(靑銅火爐)레 이젠 허여단 이젠 불 송장을 시겨부난, 올레칩잇 할망은 불 담으레 와서. 불 담으레 오란,

"불 담으레 왓수다." 허난,

---

138) 왼.
139) 오른쪽.
140) 거지.
141) 주겠으니.
142) 달아매며.
143) 아침에.
144) 떠올랐는지.
145) 뜨러.

"저 청동화리에 강 봅서. 불 시냐 엇이냐."

간 보난 구실¹⁴⁶⁾ 하나가, 그디 이, 구실 하나가 이젠,

"아이고 구실도 곱다. 아이고 우리 손지(孫子) 강 주켄." 허난,

그 과양셍이 지집년이 확 오란,

"나 아기 닮넨 나 주제로."

이젠 보난 너무 고우난, 손에 놔도 동글동글, 막 허난 너무 고우난 입더레 냥 동글동글 허난 오꼿 목 알레 네려비언게. 거난 이제 그것이 양 아기가 베는 거라. 구실 먹으난 세 게가. 게난 혼 날 혼 시에 아덜 싀 성제가 나이. 그 구실 먹으난.

싀 성제가 나난 이젠, 막 이젠 공부ᄒᆞ민 막 잘ᄒᆞ여. 공부ᄒᆞ민 잘헤노민. 이젠 막 컨 혼 열서너 살 나서. 여섯. 이젠 과거보레 보네는 거라. 과거, 과거 보레. 싀 성제가 다 과거 합격헤서.

합격허연 이젠 그 과양셍이 지집년은 이젠, 높은 동산에서 보리를 불리는 거라.¹⁴⁷⁾ 불리단 막 비비둥둥 비비둥둥 과거 봔 뒈난,

"아이고 누게 집이 아기덜은 저영¹⁴⁸⁾ 과거 봥 오건만은 우리 아기덜은, 발에나 죽어신가."

막 허단 보난 지네 집더레 들어오는 거라. 게난 얼른 간 이젠 밥 헤연 이젠 상 출려네 이젠, 문운제(門前祭)를 지어주는 거라. 문우,

과거 잘 받앗수다 헤연 절 ᄒᆞ난에 일어날 충을¹⁴⁹⁾ 몰라. 거난 영 들런 보난 코이 퍼렇게 죽어불어서.

이젠 압밧디¹⁵⁰⁾ 간 묻어놓곡, 또 ᄒᆞ끔 시난 비비둥둥 비비둥둥 또 경헤서. 그건 보난 과거 잘 봔 왓수덴 또 허난 또 죽어불어서. 영 보난 오꼿

---

146) 구슬.
147) 곡식을 바람에 날려 쭉정이 따위를 털어내는 일.
148) 저렇게.
149) 줄을.
150) 앞밭에.

코이 퍼렇게 죽어불언. 이젠 뒷밧디[151] 간 묻언. 이젠 또 ᄒᆞᆷ[152] 시난 족은아덜이 비비둥둥 이젠 이 아덜도 또 죽어불어. 게난 옆밧디[153] 간 묻어서. 옆밧디 간 묻으난, 이젠 막 부에가[154] 나는 거라이.

ᄒᆞᆫ 날 ᄒᆞᆫ 시 아기 ᄉᆞᆨ 성제 낳고 ᄒᆞᆫ 날 ᄒᆞᆫ 시 죽으난 막 부에난, 그 동네 원님신디 가,

"우리 아기덜 ᄉᆞᆨ 성제 죽어시난이, 저싱 염네데왕(閻羅大王) 데려다그네 이 절판(決判)을 시겨주렌." 허는 거라.

어떵 허여. 메날이 욕을이, 그 심방ᄒᆞ는 그 무신 거 허영 ᄀᆞ정 가그네 막 허멍 허멍. 그거 욕살이 미와네 이젠 다 원님을 떠나는 거라.

아홉체 들어와서. 아홉체, 아홉체 들어온. 그 저싱 강 어떵 염네데왕을 데려옵니까게. 염네데왕을 데령 와야 그 절첼.[155]

경 허난 이젠 아홉체도 이젠이,

'저런 년안테 욕 들엉 나가 어떵 살린.'

이젠 문을 중강[156] 죽을 걸 허난 이젠, 그 부인이 말이 머리 영리헌 사름이라.

"아이고 문 읍서, 문 읍서. 우리가 열다섯 술에 이제 둘이 베필 멪엉 사는디 죽을 일이 시나 살 일이 시나 서로 이논(議論)허영."

"저런 년안티 나 그 욕 들어그네 안 살켄."

"경 말아그네, 경 말아그네, 우리 동네 강림이, 강림체ᄉᆞ(姜林差使)이, 강림이엔 헌 사름이 성(城) 밧기도 아옵 첩(妾), 성 안네도 아옵 첩, 아옵, 그 열ᄋᆞ답[157] 각시 거느령, 너무 똑똑ᄒᆞ난 경 사는 사름이, 모리 이제 에

---

151) 뒷밭에.
152) 조금.
153) 옆밭에.
154) 화가.
155) 절체를. 결처(決處).
156) 잠궈.

저냑이는158) 웨삼춘 제스 먹으러 강 늦줌 자면은."

이제 이제 ᄀᆞ뜨면 예비군 무시거 싸이렝159) 울령 인칙160) 낭 늦게시리 허듯이, 이젠 인칙 낟에 늦게시리 허연, 거난 오꼿 싯게161) 먹으레 간 자단 보난 줌 줌이 늦어불어. 게난 늦언 왓주기.

"너 죽을러냐 살러냐, 저싱 강 염네데왕을 잡아오겟느냐?" 허난,

어이 곱절에162)

"잡아오겟습니다."

거난 이젠 흰 종이에 검은 글을 써네 이젠 저싱 강 염네데왕 잡아올 걸로 주난, 이 각시신디 가도 저싱더레 가는 사름 아녀켄.163) 이 각시신디 가도 아녀 저거, 다 아녀켄. 게난 열일곱에 응 첫 각시, 그디가 아덜 하나난 허난, 그딜 가는 거라, 그딜 간.

[노래하듯이]

이어동 허라~

이어동 허라~

어떵 허난에~

강림이가~

저 올레에 가시 울안 들어왐시~.

[다시 말로 한다.]

아무 말도 아녠164) 이젠 안에 들어간, 눈물을 뚜룩뚜룩뚜룩 흘리멍 이젠 아덜을 안안 막 울어. 울어가난,

---

157) 열여덟.
158) 저녁에는.
159) 싸이렌.
160) 일찍.
161) 제사.
162) 겁결에.
163) 하지 않겠다고.
164) 않고.

"어떵 헌 일이우껜?" 허난,

"이만저만 헨 이젠, 각시 멧 게신디 가도 몰른덴 ᄒ고, 조강지처(糟糠之妻)신디 왓ᄀ렌." 허난,

"게난 날은 어떵 받읍디겐?" 허난 이젠,

그거 주난에 흰 종이에 검은 거 헤주난, 이젠 치메 입언에 이젠, 막 가단 발 탁허게 차민 치멧통에 돌 하나 줏어놓곡 돌 하나 줏어놓곡 헨 이젠 원님 압더레165) 간 탁ᄒ게 이젠 비와서. 베우난 이젠,

"이 날짜 아옵 게, 아옵 게난 이 날ᄀ166) 허여줍센. 경 허민 이제 저싱 보네쿠덴." 허난.

"이젠 저싱에는 흰 종이에 검은 글 안 씝네덴. 붉은 종이에 씝니덴." 허난,

"게겐 느네 법데로 허렌."

이젠 허락받안 이젠 온 거라. 오란 허난, 서 말 써에167) 이젠 막 능거, ᄀ루168) 허연 막 이젠 헤연 떡을 천. 조왕에 혼 빗169) 놓곡, 문전에 혼 빗 놓곡, 자기가 혼 빗 들러. 들렁 이젠 저싱옷 헤연 다 입지고,170) 갓 허연 씌우곡 막 큰각시가 다 허연 이젠, 허멍171) 이 안네 이젠 바농172) 혼 쏨을 이제 딱ᄒ게 ᄒ는 거라. 허연 이젠,

올레 밧끗디173) 나가난게 저싱이 어디멍이,174) 구름산도 넘어가곡, ᄇ름산도 넘어가고이, 막 이젠 가단 보난 아피175) 하르방이 주작주작 걸어

---

165) 앞으로.
166) 날자.
167) 쌀에.
168) 는젱이ᄀ루. 즉 나깨가루.
169) 떡을 세는 단위.
170) 입히고.
171) 하면서.
172) 바늘.
173) 바깥에.
174) 어디며.

가는 거라. 막 제게[176] 강 봐도 그만이 뜨게[177] 강 봐도 그만인디 어떤 동산에 간 툭흐게 앚으난 얼른 둘려가네 절을 허북이 허멍,

"아이고 하르버지 시장헷지양, 정심(點心)이나 잡숩서." 허난,

"나 정심도 먹으렌."

아 네난 보난 똑ㄱ따게.

"아이고 양 하르바지 거영 나영 똑ㄱ따."

"너네 큰각시가 너무 지극정성허난, 나 너 저싱 가는 질을 ㄱ르치레 나왓ㄱ렌." 경 허멍,

"가당가당 보면은 할망이 실[178] 거엔. 그 할망신디 강 문점(問占)허렌."

이젠 하르방은 영 돌아산 보난 구신(鬼神)이난 엇어진 거라. 또 가단가단 보난 물똥 줍는 할망이 셔. 이레 가민 확, 저레 가민 확. 막 조차[179] 뎅기질 못헤 너미 빨란 구신이라노난. 경 허난 또 높은 동산에 간 호~이 허멍 이젠 쉬난에,

"아이고 할머니 똥 줍젠 허난 버쳣지양. 이 떡이라도 정심 헙서."

"나 떡도 먹엉 가라."

영 네노난 똑ㄱ따.

"어떠난 똑ㄱㅌ……."

"너네 큰각시가 너무 지극정성허난, 나 조왕할망이노넨. 조왕할망이난 저싱더레 가는 디 질 ㄱ르치렌 나왓ㄱ렌. ○○○○ 가당가당 보면은 이제 왕덜이, 왕덜이 이제 인간에 왕뚤에기가 아파네 굿을 허는디, 이제 데시 왕맞이[180] 먹으레 네려왐젠." 허난.

---

176) 빠르게.
177) 뒤쳐지고. 사이가 벌어지고.
178) 있을.
179) 좇아.
180) 시왕맞이. 시왕(十王)을 맞아 기원하는 무속의례.

"쳇쩨 가메도 네불곡,[181] 두 번쳇 가메도 네불곡, 세 번쳇 가메라그네 그거 염네데왕 탄 가메난에 질덜 이제 막 다깜시난[182] 그디 가민 이제 그 가메쟁이덜이 베가 고프민 그 떡을 풀어노렌. 그 떡을 풀어노민 먹젱 허거덜라그네 가메에 둘려들어그네, 것이 염네데왕이엔."

가네 이제 막 붙잡안에 이제 허난,

"나 인간더레 데시왕맞아 먹으레 감시난 ᄀ찌[183] 가겐, ᄀ찌 가겐."

이젠 오는디 막 큰굿을 왈랑왈랑왈랑 막 큰굿을 허난, 거난 엿날도 아기업게[184] 말도 들으렌, 아 그 체숫상(差使床)을 안 노난 심방이 막 굿을 허단 막 추곡 추곡 막, 체수가 그디 강 근당헌디 체수상을 안 놔부난, 그 아기업게가,

"아이고 저 올레에 체스님이 오랏수게, 체스상 놉서, 체스상."

경 허난 살아난게. 그 굿허당. 이젠 막 그 강림이 흐고 이젠 염네데왕 흐곡 구경허단 보난 원 엇어져, 염네데왕이.

베려보난에 큰데[185] 꼬그려 가지고 가마귀로 변장허연이. 거난 이젠 그 큰데 꼬그리젠 눅지난[186] 또 염네데왕이 뒈는 거라.

"너 시험 받아보젠. 나가 수술(呪術)을 헌 거라."

또 흐단 보난 또 엇어져.

'아이고 어디 가신고.'

칙간에 간 빗차락으로[187] 변장,

'아이고 요 남ᄌ신 빗차락 싯구나.'

---

181) 내버리고.
182) 닦고 있으니.
183) 같이.
184) 업저지.
185) 큰대. 굿을 할 때 바깥에 세우는 대.
186) 눕히니.
187) 빗자루로.

막 두드려가난 또 염네데왕이 뒈언. 이젠 이젠 염네데왕이 뒈난 이젠 염네데왕이 ᄒᆞ는 말이,

"영력하고 똑똑허덴 경 허난 성 안에도 아옵 게, 성 밧끗디도 아옵 각시 너가, 경 똑똑허난 살아시난, 나 모리 ᄉᆞ오싯 날은 나 인간에 네려강 혜결을 혜주겐." 허멍,

이디 탁ᄒᆞ게 이젠 도장을 찍어주는 거라. 경 헨 이젠 벡강셍이[188] 네 주멍,

"이 강셍이 가는 딜로 가라." 허난,

염네데왕은 가고, 강셍이 오는 디로 졸락졸락졸락 오단 보난, 아이고 물러레 퐁당 빠지난 그 강셍이 심젠[189] 영 허난, 아이 지네 큰각시 문전에 간 사젼게.

경 허난 삼 년 넘언이, 소상(小祥) 데상(大祥) 허연 촛 싯게,[190] 촛 싯게 돌아오는 날은, 이젠 가네 이젠,

"부인 부인 내가 살아왓소." 허난,

"죽건 디가 삼 년을 넘엇수덴. 촛 싯게우덴." 허난,

"경 허건 이젠 이 창문 염더레[191] 들어삽셴."

게난 이런 종이 뜯엉 영 ᄆᆞᆫ직아[192] 보난 바농이 그데로 셔이, 혼 쏨 꽂으고. 게난,

"이젠 들어옵셴."

거난 그 사람은 이제 죽어부난 그디 이제 막 나쁜 놈이 하나 싯주기게. 가그네 이제 소상 얻어먹곡 데상 얻어먹곡, 싯게 얻어먹곡 ᄒᆞ는 계구장이 하나 싯주기. 그 강림이 큰각시 얻젠. 경 헨 이젠, 그 사람이나 기카부

---

188) 백강아지.
189) 붙잡으려고.
190) 기일제사(忌日祭祀).
191) 옆으로.
192) 만져.

덴193) 헹 들어가,

"아이고 싯게 먹으난 다 돌아갓수다." 게난,

"가그네 나가 살아왓젠 굴으렌.194)"

게난 동기간(同氣間)덜 다 오는 거라양. 오란 허난, 아 오란 보난 강림이가 살아시난 어멍아방넨 얼마나 지커.195) 게난 아방, 아버지신디,

"아버지, 나 엇이난 어떵 헙데가?" 허난,

"아이고 느 엇이난이 무디무디 하간디196) 훼(會) 보레 가민 느 셍각난다." 허난,

"아버님은 죽으민 왕데로 지팡이 헹 상제질을197) 허쿠다."

어멍은

"아이고 설운 나 아기야, 좀 자는 시간 벳긴 느 셍각 아이 난 떼가 엇엇져." 허난,

"어머님은 돌아가시민양 머귀낭, 머귀낭 가시가 왁 흐난, 그걸로 방데(喪杖)." 이제

"설운 나 동싱(同生)아 나 엇이난 어떵."

"석 둘 뒈난 오꼿 잊어붑디다."

경 허난 그건 옷 우잇 브름, 형제간 옷 우잇 브름. 경 이젠, 그만 가불어서. 가부난 이제,

뒷날은198) 그 게굴장이가 싯겟밥 얻어 먹젠 간 보난 늧주기게. 누난 원님신디 강 굴아비언.199) 굴아부난 이젠 불러들이렌. 불러오난 이젠,

---

193) 맞은가 하여.
194) 말하라.
195) 기뻐.
196) 여러 군데.
197) 상제(喪制) 노릇.
198) 뒷날은.
199) 말해버렸어.

"모리 ᄉ오싯 날은 염녜데왕이 올 거난 그떼꺼정만 기다리……."

이젠 모리 ᄉ오시가 이 년 반이라 인간에서는 저싱에는이. 이제 사는디 모리 ᄉ오시가 뒈언게. 뒈난 이젠 아니 오라가난 이젠 막 불러들여서.

"압밧디 버떵[200] 걸라, 뒷밧디 장두(斫刀) 걸라." 이젠,

"저 강림이 막 무끄렌."[201]

출련 무껀 이젠, 딱 혜연 죽이기로 헌디, 아이 벳[202] 콰랑콰랑 ᄒ는 날에 쏘나기가 와작착 ᄒ난, 염녜데왕이 이젠 원님 압더레 간 탁ᄒ게 나와.

"어떵 허연 불러들연딘?" 허난,

원님신디 이젠 염녜데왕이 허난,

"이만저만 혜영 과양셍이 지집년이 아덜 ᄒᆞᆫ 날 ᄒᆞᆫ 시에 죽곡, ᄒᆞᆫ 날 ᄒᆞᆫ 시에 과거 보건, 그 절체(決處) 발롸도렌[203] 영 헷수덴." 허난,

"그 강림이, 그 저 그년 불러들이렌."

불러들이렌 허난 불러오난에,

"ᄎᆞᆷ말로 ᄂᆞ 아덜가?" 허난,

"ᄎᆞᆷ말로 나 아덜이렌."

"게건 산[204] 강 ᄀᆞ리치렌."

산 강 ᄀᆞ리치난 구신 묻엇주기. 거 무신 정말로 묻엇게. 산딜 간 판 보난 다 허멩이,[205] 겨난,[206]

"남녀노시[207] 엇이 ᄆᆞ딱 옵셍, 돌아오렌." 허난,

그 연화못을이 푸렌 허는 거라. 푸렌 헨 이젠 막 벡성덜 허여단 푸난

---

200) 벌틀.
201) 묶어라.
202) 볕.
203) 바르게 하여 달라고.
204) 묘.
205) 짚으론 만든 작은 허수아비.
206) 그러니.
207) 남녀노인. 남녀와 장유 모두.

뼈만 술그랑208) 헷주기. 뼈만 술그랑허난 믄딱 이젠 걷어다가 이젠 그 염네데왕이 뼈 오를 꽃 술 오를 꽃 다 헤여노난 이젠,

"아덜 싀 성제 다 너네 줌을 무신 놈으 줌을 경 자느닌?"

금붕체로209) 삼시 번 떼난,

"아이고 줌도 너미 자졌수덴."

오물락기210) 일어난,

"게난 은기짐, 놋기짐 이젠 허여네, 느네 국으로 가렌."

이젠 염네데왕이 느네 국으로 가렌 ᄒ고. 이제 과양셍이 일곱 쉐도 네어노라. 일곱 총각도 네어노라.

거난이 과양셍이 지집년이 다리에 발에이 믄딱이, 무꺼네 일곱 총각ᄀ라 동서러레 몰아불렌. 몰아부난 믄딱 찢어진 거 아니. 믄딱 찢어지난, 방엣통에 낭 뻬져불렌. 뻬져부난 ᄀ다귀211)도 뒈엉 눌아나곡, 모기도 뒈엉 눌아나곡이.

이 역사가 잘도 뭣헤이. 눌아나고 헹, 경 허난 이젠 일곱 총각은 일곱 신앙으로 들어앚아그네 얻어 먹엉 살렌. 경 헨 강림이ᄀ라212)

"나영 갈띠야. 나영 가게."

경 허난 이젠, 원님은,

"아니, 무사213) 보넬 말이우꽈게." 게난,

"인간에선 무신 걸 씨느니. 육신(肉身)을 씨느냐, 혼(魂)을 씨느……."

아니 혼을 씬덴 허주만은이, 육신을 씬덴 헤부난 혼 허여놓고 올라가불어게. 올라가, 아 우두겡이214) 산 거라이. 산 체로.

---

208) 뼈만 앙상하게 남은 모양.
209) 금부체로.
210) 재빠르게 행동하는 모양.
211) 각다귀.
212) 강림이에게.
213) 왜

"야 강림아 너무 큰 체 말아그네 저싱 가온 말이라도……."

구만.215)

"야 저싱 강 온 말 골으라."

죽어부난게,

"저것 강 몽뗑이로 때리라 저거, 큰냥 헴주."

간 건드리난 뎅글랑. 이젠 강림이 큰 각신,

"저싱 강 우리 서방 뭣뭣 혜시녠, 살려네렌."

이젠 그 법으로 이젠이 소렴(小殮)허는 것도 나오고이. 발에 들엉 나오고이. 이젠 죽는 법을 허연 이젠, 소상 데상, 다 강림이 큰각시가 그걸 다 네완. 이젠 그 강림이 큰각시가 다 사람 운 멘들아 네노는.

게난 가마귀가 앞담아, 앞담에 오란 까욱까욱까욱, 잘 갓고렌. 걸로 끗.

남선비

자료코드 : 10_00_FOT_20110330_HNC_YBS_0003
조사장소 : 제주특별자치도 제주시 한경면 고산리 2175-11번지
조사일시 : 2011.3.30
조 사 자 : 강정식, 강소전, 송정희
제 보 자 : 윤복선, 여, 82세
구연상황 : 조사자들이 제보자에게 아는 이야기가 많은 것 같다고 말하자, 이에 제보자는 더욱 흥이 나서 알고 있는 또 다른 이야기를 해 주겠다고 하면서 구연하였다.
줄 거 리 : 남선비가 일곱 아들을 두고 잘 살았는데 어느 날 장사를 하기 위해 오동나라로 떠났다. 남선비는 오동나라에서 노일저데를 만나 가산을 탕진하고 눈까지 멀고 겨우 얻어먹으며 살게 되었다. 남선비의 부인은 남편이 돌아오지 않자 아들들에게 배를 만들어달라고 하여 남편을 찾기 위해 떠났다. 오동나라에서 남편을 만난 부인은 눈이 먼 남편을 데리고 돌아오려 하는데 노일저데가 함

214) 우두커니.
215) 가만.

께 따라오겠다고 하였다. 함께 오는 길에 노일저데는 부인에게 목욕이나 하자 며 속여 부인을 물통에 빠뜨려 죽인다. 노일저데는 부인으로 변장하여 남선비 와 함께 고향에 돌아온다. 아들 형제 가운데 막내아들이 어머니로 변장한 노 일저데를 의심하자 노일저데는 아들 형제를 모두 죽이기로 결심한다. 노일저 데는 남편에게 아들들의 애를 내어 먹으면 눈이 다시 밝아질 거라고 하고는, 점쟁이로 변장하여 문점하러 간 남편에게 역시 같은 말을 해서 남편이 이를 믿게 한다. 이를 알아챈 막내아들이 산돼지의 애를 구해다가 노일저데에게 준 뒤 그 행실을 살펴 노일저데의 음모를 막는다. 노일저데는 변소에 가서 죽고 남선비는 문전에 이마를 부딪쳐 역시 죽는다. 그런 뒤에 아들 형제들은 오동 나라로 가서 물에 빠져 죽은 어머니를 살린다.

(보조 조사자1 : 막 아시는 게 한216) 거 같에예.)

것도 다 알아져. 것도 제미져. 굴아?217)

(보조 조사자1 : 예.)

ᄀ만 셔. 나 뭣 흐끔 먹엉.

(보조 조사자1 : 예. 경 헙서.)

굴아?

(보조 조사자1 : 예, 예.)

남선비가 아덜을 일곱 성제,218) 일곱 성제를 막 부ᄌ로219) 잘 살아. 잘 살안, 너무 잘 살아지난, 오동나라 가그네 이젠 하간 거, 사다그네 이젠 장ᄉ220)허젠. 베로 이젠, 베로 혼 베 시꺼네221) 이젠 오동나라 간 거라.

오동나라 가난 이젠, 그디가 또 노일저데가 하나 셔. 노일저데, 노일저 데가 이젠, 그 남선비 가난이 탐난이 그거 베로 하나 시껀 간 거이 ᄆᆞᆫ딱 들러먹젠. 경 헤 얻어서, 얻언. 둘이 사는디, 아니 그 남선비가 아니 세상

---

216) 많은.
217) 말해.
218) 형제.
219) 부자로.
220) 장사.
221) 싣고.

에 혼 베 헤다그네 그거 문딱 바치고 보리죽, 보리죽 헤그네 남선빌 주는 거라.

이젠, 이젠이 남선비 큰각신 이제나 오카 저제나 오카 막 이젠 바닷가에 막 베만 올 때 막 기다려도 오진 안 허여. 오진 아년. 아덜 일곱 성제도 막 촞아도 오지 아녀. 이젠 흐른 이젠 오동나라 가켄. 남선비 큰각시가. 오동나라에 가켄.

이젠 아덜 일곱 성제 다 이제 신 혼 베썩 삼안 이젠 다 이런디 허여네 어멍을 이젠 베 하나 멘들안 오동나라에 보네는 거라. 보넨 보난 이녁 서방 메어진 베가 셔. 시난, 가젠 허난 이젠 곤쌀도[222] ᄀ젼 갓주게. 하도 잘 살아나난.

겨난 촞안 간 보난에 각신 엇고, 그 보리죽 허영 멕이젠 그거 빌레 가부런.

○○○○○ 이젠 경 혜가난 눈이 어돠분[223] 거라. 연양실주구[224] 뒈언. 이젠 간 굴아서.[225] 굴으난에,

"아이고 부인 왓구나, 부인 왓구나."

막 허연 이젠 허난, 솟을[226] 베려보난 보리죽만 허멍 멕여노난 오꼿 연양실죵(營養失調) 뒈언 오꼿 눈 어둡곡. 이젠 그 솟을 이젠 저 뒷산에 간 산수세[227] 걷어단 막 씻어네, 곤쌀 난 밥을 헨 이젠 상에 들러가. 들러가난,

"아이고······."

가도 이녁 눈 어두워부난 몰란게.

---

222) 흰쌀도.
223) 어두워버린.
224) 영양실조.
225) 말했어.
226) 솥을.
227) 산수세미

"아이고 나도 옛날엔 이런 거 먹어낫구나마는."

"눈 졸바로228) 떵229) 나 베려봅서 누게고." 허난,

눈 꼼박꼼박 꼼박꼼박,

"아이고, 부인 왓구나, 부인 왓구나."

게난 그 밥을 먹언. 흐끔 시난이230) 체 빌고이, 집이 거난 노일저데. 체 빌고 헤연 저 오란 허난,

"보리죽 허멍 멕이단 보난 넘어가는 질타당 년이, 허엇젠." 허멍,

막 욕허는 거라. 욕허난 이제,

"경 허지 말아. 우리 부인 와서. 부인 와서. 경 허지 말아."

"아이고, 성님이우꽈?"

이젠 이 막 언강허멍231) 이젠 막 허연 허난. 이젠 하르방 돌앙이232) 이젠 오켕233) 허는 거라. 오켕 허난.

"게민 나도 혼디234) 가쿠다, 나도 혼디 가쿠다. 나 보리죽 허멍 멕이난 나도 가쿠다."

막 조차235) 오지 말랜 헤도 조차 오는 거라. 조차 오는디 이젠,

막 이젠 남선빈 눈을 스뭇236) 베리지237) 못허난에 이젠 아피 부둣가에 레 오는디, 오단 보난 큰 물통이 셔.238)

"아이고 성님, 옵서 이디 모욕(沐浴)이나 헤영 가겐." 게난,

---

228) 똑바로.
229) 떠서.
230) 있으니.
231) 아양하며.
232) 데리고.
233) 오겠다고.
234) 함께.
235) 좇아.
236) 사뭇.
237) 바라보지.
238) 있어.

"경 허렌." 헨.

이젠이 등 밀어주는 체 허멍이,[239] 오꼿 것밀려부런.[240] 것밀려부난 그디 죽어비서. 죽어부난 이젠, 그 머리 큰각시 머리 엣주고이,[241] 오는디 하르방은이 노일저데도 모르고,

"아이고 그년 잘 죽여벼서. 나 체밥만 헹 멕이는 거."

그년인 줄 몰란게 경. 이젠 베 탕 오는디 아덜덜 일곱 성제가 다 이젠 마중을 나오란 허난, 게난 족은아덜이 영리헤여.

"우리 어멍 아니엔."

족은아덜은, 아기덜 오섯 성젠,

"기여,[242] 기여."

"게민 우리집이 오라그네 우리 일곱 성제 밥을 주는 거 보민 알아진덴."

알아질 필요가 셔게이. 큰아덜 국물 족은아덜에, 족은아덜에, 족은아덜 거 베려보렌게, 상을.

겨난 이젠 아덜덜 일곱 성제도 다 죽이젠게 이젠이, 다 죽이젠. 하르방 신디 이젠 막 아양, 하르방은 반봉스 뒈난 막 아양을 떠는 거라.

"저양 아무디 간 보난양, 차데 썰 중이양, 하르방이 눈 어두우난양, 아덜양 일곱 성제 죽여그네양 애 넹 멕이민 눈 밝으켄 헴수다."

하르방은 고장[243] 들언게이.

"게민 경 허렌게."

그 하르방 허는 거 봥 허렌.

이젠이 산에 올라가는 거 족은아덜이 허는 말이,

---

239) 하면서.
240) 밀려 버렸어.
241) 올리고.
242) 그래.
243) 곧이.

"어떵 어머님이 아덜 일곱 성제 애 네영 멕이쿠강. 나가양 성, ᄋᆞ섯 성제 애 네어당 주커메, 그거 먹엉 좋아가건 나 헙서."

"경 허렌."

이젠 산에 올라 간 보난 이젠이 산톳244) 세끼덜이, 일곱 게 올라감서. 올라감시난, 이젠 족은아덜이 경 굴으난 산톳허는 말이,

"조름에245) ᄋᆞ답246) 게 든 것이 올라왐시난, 그 굴으민 하나 넹겨뒁247) 씨헐 꺼, 넹겨뒁 준덴." 허난,

이젠 거난 주언게. 주난 ᄋᆞ섯 게 이젠 애 네어다네 이젠 ᄀᆞ전 와서. ᄀᆞ전 오란 이제 줘서.

노일저뎔 주난 이젠 지가 영영이, 영 창고냥 뚤롼248) 보난 먹는 추룩 마는 추룩허멍, 이 알에 막 묻는 거라. 묻언 허난,

"아이고 하나만 더 시민 벵(病)이 조켄249) 헴져. 하나만 더 시민. 게건 이번이랑 아방 손으로 허영, 게난 뜨시 ᄒᆞᆫ 번 강 또 점을 쳐봅서." 허난,

또 이젠 간 점을 치난,

"그거 하나 먹어사 벵 조켄 헴져."

이젠 그 족은 것이 머리 영리헤노난이 이젠, 영 허난 또 간 하나 헤단에 이젠 또 줘서. 그 산톳 세끼 허난.

아이고 이젠 벵이 좋아. 벵이 좋안 허난, 이젠,

"ᄋᆞ섯 성제 성님덜 다 나옵서, 다 나옵서. 혼정(魂精) 싯건 다 나옵서." 허난,

와르륵ᄒᆞ게 모단,250) 모단. 이 알에 ᄆᆞᆫ딱 묻엇주기.

---

244) 산돼지.
245) 꽁무니에.
246) 여덟.
247) 남겨두고.
248) 뚫어서.
249) 좋겠다고.

"이거 산툿 세끼우다. 먹으민 벵 좋는 거 마씨."

경 허난 이젠 돌아나는 그 칙간더레 간 목 메언 죽어부난 엿날에 경 죽어부난 그 동티, 아방은 돋단[251] 보난 일문전(一門前)에 간 임뎅이[252] 다 전 오꼿 죽어불어.

경 허난 이젠, 다 묻어뒌에 이젠,

"이제 우리 일곱 성제가 아무 나라에 가그네 물이나 퍼보게. 물이나 퍼보겐." 허난,

간 물 문딱 펀 보난 뻬만 술그랑헤시난 이젠, 그거 다 허여다네, 그 흑[土]꼬지 다 ᄀ져 오란. 흑꼬지 다 헤단 어멍은 문곡.

그 흑으로 이제 시리,[253] 시리 멘들아그네 이제, 일곱 성제 벵벵 돌아가멍 ᄀ냥[254] ᄋ섯 게 ᄒ고 가운딘 족은아덜 경 허영, 이젠 시리 멘들안 떡 허젠 ᄒ면은이, 일곱 일곱 성제. 그 거난 멩심허영.

것 벳기[255] 몰르커라.

할락궁이

자료코드 : 10_00_FOT_20110330_HNC_YBS_0004
조사장소 : 제주특별자치도 제주시 한경면 고산리 2175-11번지
조사일시 : 2011.3.30
조 사 자 : 강정식, 강소전, 송정희
제 보 자 : 윤복선, 여, 82세
구연상황 : 앞의 이야기를 마치자마자 제보자가 조사자들에게 다시 이야기를 하나 더 하

---

250) 모아서.
251) 뛰다가.
252) 이마.
253) 시루.
254) 구멍.
255) 밖에.

느냐고 물었다. 조사자들은 이내 또 들려달라고 대답하였다. 그러자 다시 한 가지 이야기를 더 하겠다고 하며 바로 이어서 구연하였다.

줄 거 리 : 김씨와 이씨가 친구인데 둘 다 결혼을 하여도 아이가 없자 법당에 가서 불공을 드려 아이를 얻었다. 김씨는 아들을 낳아 사례대왕이라 이름 짓고, 이씨는 딸을 낳아 원강아미라고 이름을 지었다. 사례대왕과 원강아미는 결혼을 하여 부인은 임신을 하였다. 하루는 부인이 물을 길러 갔다가 삼차사가 사례대왕을 잡으러 온 것을 알고 걱정하였다. 사례대왕이 차사를 따라 가게 되니 부인도 함께 가겠다고 길을 나섰다. 임신한 부인은 길을 가다가 몸이 지치자 남편에게 자신을 장자 집에 종으로 팔아두고 가라고 한다. 남편은 장자에게 부인을 팔아두고 징표를 주고는 다시 길을 떠난다. 장자는 부인의 미모를 탐하여 범하려고 하지만 부인은 그때마다 슬기롭게 극복한다. 부인은 아들 할락궁이를 낳아 길렀는데 장자가 부인과 아들을 구박하자 할락궁이는 아버지를 찾아 가겠다고 길을 나선다. 고생 끝에 할락궁이는 아버지와 만나고 증표를 내어 놓아 아들임을 인정받는다. 아버지는 아들에게 그동안 어머니가 죽었음을 알리고 환생꽃을 주며 돌아가서 어머니를 살리는 방법을 말해준다. 할락궁이는 아버지가 준 꽃으로 어머니를 살리고 장자 집의 막내딸과 잘 살았다.

옛날에 두 친구가 신디,[256] 하난 김씨(金氏)고, 하난 이씨(李氏)라. 이씬디, 형제 멧엉이 막 허는디, 이제 장게를 가게 뒈난에, 이제 둘이 장겔 간 거라.

가난 아기가 엇언게. 아기가 둘이가 다 엇이난에, 이제 시님이 허는 말이,

"이제 법당에 강 불공 석 둘 열흘 드리면은 아기가 시켄."

경 허난 이젠 법당에 간 석 둘 열흘 불공 드리난에, 다 둘이가 다 임신을 뒈는 거라.

임신 뒈난, 김씨는 아덜이 낳고, 이씨는 뚤이 뚤을 나서. 뚤을 나난에 이름은 원강아미, 이제 아덜은 사례데왕, 일름을 그렇게 지와서. 사례데왕으로 이름을 그렇게 지우난 이젠,

둘이 이젠 막 사는디, 이제 그 원강아미가 얼굴은 너무 곱곡 허난 이젠,

---

256) 있는데.

물을 질어다그네 이젠, 질어가난,

삼체시(三差使), 삼체시가 사레데왕을 이젠 저싱 데려가젠 막 이 골목 저 골목 이젠 막.

경 헌디 이젠 그 원강아미가 이젠 임신이 임신 뒈언게. 경 허난 이젠,

"아이고 물 질레 간 보난 삼체스가 당신 잡으레 왓수다, 삼체스가."

물 질레 간 보난,

"막 이놈우 사레데왕 이놈을 춧암수다." 허난,

어떵 허여게 저싱에서. 겨난 이젠 가게 된 거라. 체스 조름[257] 가게 뒈난,

"아이고 나도 가쿠다. 나도 혼디 가쿠다."

"아이고 아기 베곡 허영 어떵 헹 가젠?" 허난,

"경 헤도 나도 가쿠다."

걸언 서천꼿밧더레 가는디 이젠 막 여즌, 이젠 버치고 임신 뒈난 막 버치고 이젠 겨울이난 이젠 어욱.[258] 어욱 밧디 간 이젠 영 허연 둘이가 추우난에 영 안앙에[259] 시난, 독이[260] 곡곡허게 울어. 우난,

"아이고 어디 인간처(人間處)가 싯젠. 인간처가 싯젠." 허난,

"아이고 난 더 못 가쿠다. 저디 인간처 강 나 종으로라도 풀아둿[261] 갑서. 종으로 풀아그네, 노비(奴婢) 헤여그네 저싱 갑서." 허난,

이젠 그디 들어가서. 거난 그디는 별야기 좌영 들어 좌영장제 말년(萬年) 들어 막 오렌 사름덜. 말년장제(萬年長者), 부잣칩이라. 겨난 이젠 이젠 사레데왕 흐는 말이,

"나는 저싱더레 가는디, 우리 아기 어멍이 이젠 못 가켄 허난 나 종으

---

257) 꽁무니.
258) 억새.
259) 안아서.
260) 닭이.
261) 팔아두고.

로 풀아뒌 가켄." 허난,

그 사름 보난이 막 얼굴이 너무이 여자가 고와, 고난,

"경 허렌게."

게난 이젠 아덜을 나면은 벡 냥, 똘을 나면은 십 냥. 경 허연 이젠 그 사레데왕이 게난, 게난 용얼레기[262] 혼 착[263] 딱 끄차네[264] 여자 주곡, 이젠 아 フ져서봐.[265]

이제이 임신 뒌디 그 사레데왕은 저싱 가불곡, 이젠 그 여자를 탐나는 거라, 그 장제(長者)가. 경 허난 이젠,

"아이고, 우리 인간에서는 아기 나불어사 둘이 상데(相對)허주."

아기 벤 떼난.

"게건 느네 법으로 경 허렌."

이젠양 아덜을 나서. 아덜을 나난, 아이 또 이젠 가는 거라, 찰フ락찰フ락 허멍 가난,

"아이고 이제사 아기 난 뒤 아기 낭 벡일 뒈사 허락헙네다."

"또 경 허녠."

또 이젠 벡일 뒈난 또 가서. 또 가난 이젠 돌 넘어사. 경 허는 것이 세 술 뒈서. 세 술 뒈난 이젠 서당(書堂)에 보네서.

보네난, 한문(漢文) 보네난 막 아기가 영리허여. 게난 일름을 할락궁이로 지와서. 할락궁이로 지완. 막 장원(壯元)허난 이젠, 콩 보깡[266] フ져오렌 막 허여이. 선셍이 콩.

"어머니 콩 보깡 フ져 오렌 헴수다." 허난,

"콩이 어디 시냐."

---

262) 머리빗.
263) 짝.
264) 끊어서.
265) 가지고 있어봐.
266) 볶아서.

"장제에 눌굽267) 강 털어보면은 콩 두 뒌 나옵네다."

아이고 진짜 강 눌굽 터난 막 콩이 나완게. 이젠 콩을 이젠 보까가난에, 그 아기가 다섯 술 난 아기가, 콩을 젓어가난 베수기268) 간 확 곱져불어게. 베수기 간 확 곱져뒌 이젠,

"아이고 콩 다 탐수다. 콩 다 탐수다."

"아이고 베수기 어디 가……."

"어멍 손으로라도, 손으로라도." 허난,

손으로 영 젓어가난 꼭 눌두멍,269)

"우리 아방 간 곳 굴읍센. 우리 아방 간 곳 굴읍센."

"아이고 더 크민 굴아주마. 이제 굴아봣자 못허곡, 가지도 못허곡."

겨난 이제 경270) 정271) 사는 것이 이젠, 그 좌영 들어 그놈은 이젠 그 각시만 얻어보젠 막 그추룩. 게난 영 허영 피박(逼迫)하고 저영 허영 피박 허는 것이 이젠 아기가 열한 술이 뒈서. 뒈난 이젠 막 벌을 주는 거라이. 야 이녁 몸 허락 안 혜주난, 아덜라그네 흐루 노루 삼 벡 동이, 여자라그네 물멩지272) 삼 벡 동을 허영 네여노렌, 벌로.

겨난이 막 천사덜이 눌아오랑이, 막 멩지 짜는 놈 막 흑곡이, 또 스나 놈신딘이273) 그 아이덜 막, 아 ᄀ만히 앚아도 막 사레 주곡 사레 주곡.

게난 이젠 열혼 술이 뒈서. 열흣시 뒈난, 아메도 이젠 가불어사주, 이추룩허멍 막 몰류난에,274) 몰류난에 가벼사주275) 이젠, 이젠,

---

267) 짚이나 꼴 따위를 둥그렇게 쌓은 자리의 밑바닥.
268) 죽젓개.
269) 누르며.
270) 그렇게.
271) 저렇게.
272) 물명주.
273) 사내놈에게는.
274) 괴롭히며 바싹 마르게 하니.
275) 가버려야지.

"어머니, 범벅 혼 말치만 헤여줍서."

가멍 저싱더레 가멍, 게(犬), 게 달렐 꺼. 게 달렐 꺼. 경 허난 이젠 범벅 혼 말치 헤줘서.

헤주난 이젠 차데에 담으멍. 또 그 집이도 게가 싯주기게. 가이 이제 가가난 막 물젠 앙앙앙앙 허난 이젠 그 범벅을 이젠, 탁 쫄란[276] 주난 이젠 먹언 이젠 가부난 이젠,

가단 보난 발등 뜬 물이 셔. 발등 뜬 물이 시난 그거 넘언. 가단 보난 존등[277] 뜬 물이 셔. 존등 뜬 물, 가단 보난 모가지 뜬 물이 셔.

그 지네 어멍 죽여네이, 발등 뜬 건너, 또 존등 뜬 물 건너, 또 모가지 건넝. 게난 어멍 죽여단 청데왓디[278] 데껴분[279] 거라이.

데껴부난, 그거 건넌 가서. 가네 저싱 간 보난에, 게난 아기덜 차롱착에[280] 밥 준 아기는, 그 꼿밧디 물 주젱 허민, 세어불고, 놋상 알에 물 줄 아기는 그게 허젱 허민 오꼿 꿀라앚아불곡.[281] 쿡 쿡박, 쿡박에 준 아기덜은 그거 허영 꼿밧디 오랑 물을 주난 막 번성(蕃盛)허연, 번성허연.

이젠이 그 물 우이 올라간에 이젠 막 올라간, 이젠 이파리 확확확확 훌트멍[282] 이젠 물 우레 던지난, 아이덜은 보난, 브름도 아이 분 날에 이파리 막 훌트멍 노난. 베려보난 낭 우이 앚앗주기.

"너 구신이냐 셍인이냐?"

"셍인이우다."

"네려오라. 어떵 허난 이디 왓느냐?" 허난,

---

276) 잘라서.
277) 허리.
278) 청대밭에.
279) 던져버린.
280) 채롱의 한 짝에.
281) 가라앉아 버리고.
282) 훑으면서.

"나 사례 사례데왕 만네레 왓수다." 허난,

"무시거 어떵, 꼬마 세끼가."

경 허난 이젠 막 이젠 만나켄 허난 간 굴아서. 사례데왕신디 간 굴으난 어떤 꼬마 아기가 오란 이제 막 데왕님을 만나켄 헨. 이젠 보네렌. 보넨 보난 열쇠 술 난 스나놈이,

"너 무신 표시나 가졋느냐?" 허난,

네놔. 용얼렉기 반, 딱 맞촨 보난 지네 아덜게이. 게난 할락궁이. 뚤은 나민 할락데기, 그 아덜 나민 할락궁이로 지언. 게난이 오단 보난에이,

"발등 뜬 물 엇어냐?"

"십데다."283)

"오단 보난 즌등 뜬 물 엇어냐?"

"십데다."

"오단 보난 야갸기284) 뜬 물 셔냐?" 허난,

"십데다."

"거 느네 어멍 죽여단에 청데왓디 데껴부난, 가그네 어멍을 구허렌."

경 허멍 이젠 꼿을 막 꺼꺼주는 거라.

"가그네 허영 그 좌영드르 좌영장제 칩이 셋 세 번체 뚤이 막 착흐난에 그 아이신디 허여그네, 어멍도 살리곡, 가이영285) 허영 살렌. 그 집 맡앙 살렌."

아방이 이제 흐는 거라. 거 이젠 꼿을 ᄀ전 네려완 허난, 막 이젠이 죽일 놈 잡을 놈 그놈은이 막 허주기.

"어디 갓다 왓느냐?" 허난 이젠,

막 막 웃는 꼿 이, 웃는 꼿 이젠 탁 풀어노난, 아으도 웃곡 어른도 웃곡

---

283) 있었습니다.
284) 목의 양 옆과 뒤쪽.
285) 개랑. 그 애하고.

막 웃어.

이젠 또 멜망(滅亡)허는 꽃 빡 뿌리난 다 죽어부는 거라양. 게난 그 아이 하나만 살앗어.

"우리 어멍 간 곳 네노렌."

네노난 그 청데왓디 간 보난 풀 막 난 거라.

게난 빼 오를, 문딱 헤다네 츠례츠례츠례 난에 이젠 어멍 살련. 살련 그 뜰이엉 그 집이 잘 살안.

걸로 끗.

가믄장아기

자료코드 : 10_00_FOT_20110330_HNC_YBS_0005
조사장소 : 제주특별자치도 제주시 한경면 고산리 2175-11번지
조사일시 : 2011.3.30
조 사 자 : 강정식, 강소전, 송정희
제 보 자 : 윤복선, 여, 82세
구연상황 : 제보자가 더 말해 줄 이야기가 없는 것 같다고 하자, 조사자들이 잠깐 분위기를 바꾸어 제보자에게 고산리에서 이루어지던 이러 저러한 과거의 풍속을 물었다. 과거에 무속적으로 행하던 마을 풍속에 대해서 제보자가 조금 이야기하다 자연스럽게 분위기가 다시 옛 이야기의 주인공으로 흘렀다. 제보자가 가믄장아기 이야기는 잘 안다고 하였고 조사자들이 청하자 곧바로 더 들려주었다.
줄 거 리 : 어떤 부모가 딸 세 형제를 낳고 부자로 잘 살았다. 어느 날 부모는 딸들을 하나씩 불러 누구의 덕으로 잘 사느냐고 물었다. 첫째 딸과 둘째 딸은 부모의 덕으로 잘 산다고 대답하여 부모를 기쁘게 하였다. 그러나 셋째 딸인 가믄장아기는 부모의 덕도 있지만 자신의 '선그뭇'(임신선) 덕으로 잘 산다고 대답하였고 이에 부모는 화가 나서 가믄장아기를 내쫓아버렸다. 그래도 부모는 자식을 향한 안타까운 마음에 다른 두 딸에게 가믄장아기가 나가는 길을 살펴보라 했는데 그만 두 딸 모두 지네로 변하고 말았다. 가믄장아기는 길을 가다가 마를 파며 사는 집에 들어 잠깐 머물기를 청하였다. 거기서 가믄장아기는

그 집의 작은아들과 만나 인연을 맺게 된다. 가믄장아기가 작은아들이 마 파는 데를 함께 가서 보니 금이 나오고 있었고 둘은 금을 팔아서 잘 살았다. 하루는 가믄장아기가 떠나온 부모를 보고 싶어 부모잔치를 하였고, 이에 눈이 먼 가믄장아기의 부모는 잔치에 찾아온다. 가믄장아기는 잔치의 가장 마지막에 부모를 대접하며 자신이 가믄장아기임을 알린다. 그러자 눈이 어두웠던 부모는 눈을 뜨게 되고, 지네로 변하였던 언니들도 다시 사람으로 변하였다. 그 뒤로 잘 살았다고 한다.

골아?

(조사자 : 예.)

그 가믄장아기 어멍 아방네가 똘만 싀 성제라양. 똘만 싀 성제난, 가믄장아기 놋장아기 경 허영 싀 성제난,

너무 잘 살아지난양, 비 촉촉ᄒ게 비가 오곡 헌디 너무 잘 살아지난 아기덜 다 앚안,

"넌 누게 덕에 살앗느냐?"

큰똘ᄀ라286) 골으난,287)

"어머님이 덕입니다. 하나님이 덕입니다."

"응. 너가 내 똘이어."

두 번쳇, 셋똘도 경 골으난,

"어머님이 덕이우다. 아바님이 덕이우다. 하나님이 덕입니다."

"응."

족은똘은,

"어머님이 덕이우다. 아버님이 덕이우다. 베똥288) 알에289) 베똥 알에 선ᄀ뭇290)이 덕이우다."

---

286) 큰딸에게.
287) 말하니.
288) 배꼽.
289) 아래.
290) 대개 '여성 생식기'의 뜻으로 쓰이나 제보자는 말 그대로 '배꼽 아래쪽으로 난 금',

게난 셍그믓 이디 신 사름은 막 잘 살아. 베똥 알에 선그믓이 덕이우다.

"넌 내 뚤 아니엔. 이젠 기어나렝.291)" 허는 거라.

기어나렝 허난 이젠, 어린 때 입어난 옷, 다 허연 이젠 물 혼 바리에 그거 싸고 입어난 거영 쑬이영 허연 이젠 네조차부는 거라.

네조차부난 보네뒌도 부모상에 아기상에292) 무음이라.

"보라. 족은년 어느 만이나293) 가신지."

이젠, 엿날엔 물구덕294) 정 영 물상읏도295) 셔나서.296)

그디 오꼿허게 올라 산 베려보젱 허난, 황주넹이297)가 뒈언 오믈렉기 그레 둘아비어298) 큰뚤은.

"셋뚤아기야 올라산 보라."

것도 주넹이 뒈간 디로, 이젠 할망 하르방은 눈이 어둑운 거라 오꼿이. 그 따문에.

겨난 혼 집이 복이 시민 혼 집이 하나라도 부자로 사는 거이. 겨난 그 뚤로 부자 사는디 경 허여불어이 게난,

이젠 가단가단 보난에 이젠 물 몰곡 그축299) 행 가단 보난에 비즈리초막이 셔. 겨난 이젠 그디 가네,

"실녜(失禮)헙니다." 허난에,

이젠 할망이 나오란,

곧 흔히 '임신선'에 해당하는 뜻으로 말함. 여성의 '임신선'은 임신과 무관하게 나타나기도 함.

291) 나가라.
292) 아기에 대한.
293) 만큼이나.
294) 물을 길어오는 동이인 '허벅' 담는 대바구니.
295) 물을 길어 나르는 물구덕을 올려두는 대. 물팡.
296) 있었어.
297) 황지네.
298) 달아나버려.
299) 그처럼.

"아이고, 방이나 싯건 흔 칸 빌립서." 허난,

"넘어가는 사름 빌릴 거 엇덴."

"아이고, 경 허건 정지300) 구석이라도 빌립서." 허난,

경 허연. 이젠 정지 구석이난 이젠 보난 마만 마, 마만 드러301) 허연 먹어나난 솟이302) 이젠, 믄딱 그거 허연 수세미로 이젠 허여단 다 씻언 곤쌀 ᄀ정 가난 밥을 허연, 할망신디 ᄀ져 가서.

"조상 떼도 아이 먹어본 거 아이 먹켄. [웃음] 아이 먹켄."

흐끔 시난 우르릉탕 우르릉탕. 그 큰아덜 마 팡 들어오는 거이.

"저건 무신 소리꽈?"

"우리 큰아덜 마 판 들언."

마 판 들어오란 이젠 그거 허연 이젠 진,303) 어멍은 가운디 또막, 그 나그넨 꼴렝이,304) 진 더가리.305) 경 헤연 먹언. 이젠 밥을 ᄀᆽ다306) 줘.

"아이고 우리 조상 떼도 이런 거 아이 먹어봐서."

아이 먹언게. 또 흐끔307) 시난 와르릉탕 와르릉탕. 셋아덜이308) 온 거라. 아 그것도 경 허는 거라. 줘도 아이 먹어. 그 곤밥을 줘도. 아이고 족은아덜은 오난이 스못 엇언 못 먹어, 엇언. 족은아덜은, 엇언 못 먹어. 경 허난 이젠 그 밤을 자는디 이젠, 그 가믄장아기가 흐는 말이,

"마파는 데나 강 뵈와도렌."309)

게난 가서, 마 파는 딜. 큰아덜 흐는 디 간 보난 무시거 나올 디가 엇

---

300) 부엌.
301) 계속.
302) 솥이.
303) 자기는.
304) 꼬리.
305) 대가리.
306) 가져다.
307) 조금.
308) 둘째 아들이.
309) 보여달라고.

어. 셋아덜도. 아 족은아덜 간 보난 금게, 파는 디가, 금이 반짝반짝반짝 이젠,

'아, 나가 잘 껄렷구나.'

겐 그 사람이영 이젠 허연 이젠 살아. 사는디 이젠, 그거 헤단 허난이 막 좋은 집을, 그 금 헤단 폴안 좋은 집이 뒈는 거라. 좋은 집이 뒈난 이젠, 그 가믄장아기가,

"부모잔치를 헤시믄 조켄.310) 잔치를 헤시믄 조켄." 허난,

"아우게 허렌게."

그 셋쨋 아덜이. 막 잘 출련 허는 거라. 게난 할망 하르방이 눈 어두난 망뗑이311) 하나에 두 늙은이가 짚언이. [웃음] 더듬더듬더듬 허멍 촞아가는 거라. 촞간 보난 막 잘 출련, ᄉ못 봉ᄉ 잔치. 역불로312) 아방 어멍 촞젠 봉ᄉ 잔치, 막 촞안.

이젠 일로 강 먹젱 허민 쫄라불곡, 절로 강 먹젱 허민 쫄라불곡. 막 ᄌ들르는313) 거라. 그 사름덜이.

"막 멘 말쩨라그네314) 주렌."

그 가믄장아기가 허는 말이,

"저건 우리 부모난 날 어둡건 이제 헤그네 잘 모실 거난."

이젠 어두와서. 어두우난 이젠 그 하인덜ᄀ라

"저 할망 하르방 모욕(沐浴)을 시기렌."

모욕을 시기렌, 막 좋은 옷 허연 낫단에 모욕 시겨네 이젠 다 입져서,315) 입져뒌. 이젠 이녁 방에 돌아와. 돌아와,

---

310) 좋겠다고.
311) 막대기.
312) 일부러.
313) 애태우는.
314) 마지막에.
315) 입혀서.

"어머니."

"아이고, 누게가 날 / 라316) 어멍이옌 허여."

"아이고, 어머니 나우다게. 나 가믄장아기우다." 허난,

눈 영영영영 허단 눈 턴게, 눈 터.

경 허난 이젠,

"아이고 느 덕에 산 걸 나 경 헤졋젠." 허난,

"성덜은 어떵 뒛수겐?" 허난,

성덜도 이젠이 주넹이 뒛단 것이 이젠 다 사름으로 나와 다. 허고 잘 살앗젠. [웃음]

것 벳기 몰르쿠다.

바리데기

자료코드 : 10_00_FOT_20110623_HNC_YBS_0001

조사장소 : 제주특별자치도 제주시 한경면 고산리 2175-11번지

조사일시 : 2011.6.23

조 사 자 : 강정식, 강소전, 송정희

제 보 자 : 윤복선, 여, 82세

구연상황 : 윤복선에 대한 1차 조사를 마치면서 다음에 다시 만나기로 하고 헤어졌다. 제
　　　　　보자는 그동안 새롭게 들려줄 옛말을 생각해두겠다며 조사자들에게 재차 방
　　　　　문하여도 좋다고 호의를 베풀었다. 2차 조사를 위하여 자택을 찾아가니 그동
　　　　　안 기억을 되살려 둔 듯 막힘없이 첫 이야기를 들려주었다.

줄 거 리 : 문우왕이 딸 여섯을 낳았는데 왕위를 잇기 위해서는 아들이 필요하기에 무당
　　　　　을 찾아서 점을 보았다. 무당이 불공을 드리면 아들이 있을 거라고 말하니 왕
　　　　　은 왕비와 함께 불공을 드렸지만 또 딸을 낳았다. 왕은 화가 나서 일곱째 딸
　　　　　을 상자에 가두고 물에 띄워서 버렸다. 상자는 다른 나라로 흘러 들어가 고기
　　　　　를 낚는 노인 부부에게 이르렀다. 노인 부부는 자식이 없었던 차에 상자에서

---

316) 나에게.

발견한 아이를 자기 딸로 키웠다. 한편 문우왕은 병이 들어 굿을 하니 예전에 버린 아기를 찾다가 서천꽃밭의 서약물을 길어와 먹어야 낫는다는 말을 듣는다. 왕은 부하를 시켜 버린 아이를 찾았지만 딸은 원망하여 오지 않겠다고 하였다. 왕비가 다시 찾아가 사정하여 딸을 데리고 왔다. 딸은 남자로 변장하여 서약물을 구하기 위하여 서천꽃밭으로 길을 떠났다. 가는 도중에 뿔 돋은 사람을 만나서 서천꽃밭으로 가는 길을 묻자 그 사람이 가다 보면 오막살이가 있을 거라고 가르쳐주었다. 오막살이에 다다르자 다시 뿔 돋은 사람이 나오기에 서약물을 구해야 한다고 말하였는데, 그러자 자기네 집에서 식모살이로 삼 년만 살면 가르쳐주겠다고 하였다. 딸은 할 수 없이 그 집에 식모살이를 하였고 나중에 여자임이 드러나자 뿔 돋은 사람은 자신과 결혼할 것을 요구하였다. 딸은 그 사람과 결혼하여 살면서 아들 셋을 낳았다. 그런 뒤에 뿔 돋은 사람은 딸이 매일 길어다 먹는 물이 바로 서약물이라고 말해주면서 왕은 이미 죽었으니 환생꽃도 함께 가지고 가라고 주었다. 딸이 서약물과 환생꽃을 가지고 돌아오는 동안 나라에서는 다른 딸들이 서로 자기가 왕이 되겠다고 다투고 있었다. 딸은 나라에 도착하여 환생꽃과 서약물로 죽은 아버지를 살렸다. 조금 있으니 천둥소리와 함께 그 뿔 돋은 사람이 아들과 함께 딸을 찾아왔다. 알고 보니 뿔 돋은 이는 벌을 받아 인간 세상에 내려왔었던 하늘의 왕자였다. 죽었다 살아난 아버지는 딸에게 왕위를 물려주었다.

  문우왕이, 문우왕이. 나민317) 똘, 나민 똘. 으섯 겔 나서. 겨난 왕이난 아덜을 잇어야 할 거 아니. 아덜 잇을 거난 이젠, 자기 데(代)를 잇젱318) 허민 아덜이 잇어야 홀 거난. 이젠 어디 간 이젠 무당안티 간 들으난, 절에 가그네 불공을 석 둘 열흘 허민 혹시 아덜이라도 날 듯허덴.

  게난 왕비영 둘이가 이제 석 둘 열흘 이젠이, 막 불공을 헤신디, 난 보난 또로319) 똘 똘이라 일곱체. 겨난320) 이제 왕이 막 부에난.321) 하꼬322) 크게 짜그네 그 아기 하꼬 속에 허영 중가그네323) 바닷물레 강 띄와불라,

---

317) 낳으면.
318) 이으려고.
319) 다시.
320) 그러니.
321) 화나서.
322) 상자. 일본어 はこ.

왕이.

게난 이젠 그걸 이젠 아기가 이젠, 먹을 거영 그 소곱에 다 눈에 이젠, 중간 띄와부난, 흘러 흘러 흘러가는 게 이젠 뙨 나라에 흘러가는디, 아 그 디 그 나라 일름은 오꼿324) 잊어불엇져.

흘러간디 이젠 할망 하르방이 어부, 고기 나끄는 할망 하르방이 어부라. 어분디, 아기가 엇인 할망 하르방인디, 무시 것이 하꼬짝이 둥글둥글 터오난,

'이거 무신 것곤.'

건져네, 건져 보난 이젠 딱ᄒ게 중가불어서. 중가부난 이젠, 멘에, 엿날도 멘에 그걸 허영 간 뜯 뜯어네 보니까 뚤이, 막 지성귀영325) 하영326) 싸네,

하르방네가 이젠 막 키와서 이젠, 자기네도 뚤도 엇곡 ᄒ난 키우난 이젠,

이디 문우왕은 이제 막 아픈 거라. 막 아판, 이젠 또 무당 돌아단327) 이젠 굿을 허는디, 버려분 아기를 촛아다가, 서천꼿밧디328) 강 서약물을 지어당 멕이면은 아방이 살아나켄.

게난 버려분 아기 이젠 촛으레 간디 그 나라에서 그 할망 하르방이 이제 열다섯 나도록 막 키왓어.

게난 키와신디 막 이젠 부하덜 놓아네 이젠 촛으레 간 보난, 촛안. 이젠 데려가켕329) 허난 가이가330) 오켕을331) 안 허여. 오켕을 아녀난,

---

323) 잠궈서.
324) 그만.
325) 기저귀하고.
326) 많이.
327) 데려다가.
328) 서천꽃밭에.
329) 데려가겠다고.
330) 걔가. 그 애가.

"나 데려가컨 우리 어멍이, 왕비가 오랑 데려가주, 무사[332] 부하덜이 오란, 버릴 떼는 어떤 떼고 좇아갈 떼는 어떤 떼냐." 허멍 이젠 허난,

이젠 어멍이 가서. 간 보난 아기가 너무 고와. 너무 곱고 이젠 막 키도 크고 헌디,

"어떵 허느니, 나가 헌 것이 아니라, 느네 아방이 경 허난, 다 죽어감시 난 어떵 허느니."

헤연 수정헨 데려 와서. 데려오난 이젠 서천꼿밧디 가젱 허난 몬딱[333] 남복(男服)으로 출련이.[334] 남복으로 출련 막 이젠,

이젠 등뗑이 이젠 초신도[335] 허연 똥고망에 차고 서천꼿밧디 가는디, 브름산도 넘곡 구름산도 넘고 막 허멍 막 가는디, 베염도[336] 나오락, 이제 더각이 뿔 돋은 사름도 나오락. 막 경 허영, 막 무서와 경. 가단 보난에 이젠 뿔 돋은 사름이,

"말 흐끔[337] 물으쿠다."[338] 허난,

"응 물으라." 허난,

"어디 가면은 서천꼿밧디 어디 가면은 서약물이 잇수과?" 허난에,

"모르켄, 모르켄. 가당 보민 오막살이 실 실 거난, 그디 간 보렌."

자기가 알면서도. 겨난 이젠 간 보난 오막살이 잇어네,

"계십니까, 계십니까?"

헤도 데답을 아넌디, 아 뿔 돋은 놈이 또 나와서,

"웨 좇느냐?" 허난,

---

331) 오겠다고를.
332) 왜.
333) 모두.
334) 차려서.
335) 짚신도.
336) 뱀도.
337) 조금.
338) 묻겠습니다.

"우리 아방 어멍아 이젠 서약물을 져다도렌, 허난 헤시메 살려줍센."
허난,

"경 허렌. 우리집이 식모살이로 삼 년만 살렌. 경 허민 이제 서약물을
가르쳐 주켄."

밥 허여, 이제 방에 지어. 헌다는 거 다. 똑이 여즈라. 남복으로 출려도
허는 헹동이. 허난,

"너가 나를 속엿주기. 속이나네 나영 살아그네 결혼허영 살면은 서약물
을 허여 주켕." 허난,

이젠 홀 수 엇이 이젠 사는 거라 결혼헤연. 그 뿔 이만이 돋은 사름허
고 사난 이젠 아덜을 두 게 나서. 두 게 나난, 두 게 낭 ᄀ르쳐주민 영 하
나썩 들렁 가불 거난 하나 더 나렝 ᄒ는 거라. 가불 갑지 못허게 허젠.
[웃음] 겨난 이젠 세 게 낫어. 세 게 나난에.

"이제랑 가르쳐도렌." 허난,

"메날 져당 먹는 것이 거 서약물이라고."

메날 져다가 밥헹. 이젠 가도 아방은 죽언 흑[土]이 뒈시난 그걸로는
고치지 못허난, 서약물도 허여주곡, 꽂, 막 뼈 오를 꽂 술 오를 꽂 믄
딱339) 이젠 꺼꺼네 이젠, 믄딱 꺼꺼네 이젠 막 혼 아름, 혼 아름 영 안
안340) 이젠 영 허멍 이제,

"아기랑 네불민 나가 돌볼 거난 아기랑 경 허영 가렌." 허난 이젠,

서약물 들르곡341) 꽂 이만이 그 아방 살릴 꽂 들르고 헤연 이젠 막 오
라가난 베락342) 천둥이 와르릉탕 와르릉탕, 아방 죽어부난 큰아덜도, 큰
뚤도 자기가 허켜, 두 번체 뚤도 자기가 왕으로, 막 서로가 막 쌉는343)

---

339) 모두.
340) 안고.
341) 들고.
342) 벼락.
343) 싸우는.

거라.

막 쌉는디, 아방은 죽언 검엉[344] 헤불고. 이젠 우르릉탕 우르릉탕 헤단
그 아피[345] 간 탁 네리난에, 이젠 우뚝 사난에 이젠 아이고 칠공주가 살
안 돌아왔저. 이젠 오섯 공주가 다 나왔어. 오섯 다 나완, 어멍도 확허게
나오는 거라이,

"아이고 칠공주 왔구나 왔구나."

허멍[346] 아방 방에 헤연, 간 보난 검엉이. 그자 검엉 허연 섹깔이. 이젠
그 꼿으로 뻬 오를 꼿 술 오를 꼿 시난 이젠 그 입데레 데고 영 머리맞더
레 데고 모욕 씻건 놘 살아나는 거라.

살아난 저 이젠 살아나가난 그 물을 멕여서. 멕이난 오골락기 살아난
게. 오골락기 살아난디, 흐끔 시난 우르릉탕 우르릉탕 허난,

그 뻬 이거 헌 사름이 그 사름이 아니고, 하늘에 왕자, 왕자가 그 잘못
허난에 인간에 강 벌 받으레 네보네난, 이젠 그 아덜 쇠 성제 데리고, 우
르릉탕 천둥소리 오란 탁허게 이젠 사난, 이젠 나오란 보난 지네 낭군님
얼굴이 얼마나 잘 셍겨신디 몰라.

그떼는 뿔도 돋고 허난 막 무서와나신디. 경 허난 이젠, 아이고 이젠
촛아왔고렌, 아덜 쇠 성제 촛아왔고,

아방이 칠공주 왕으로 앚지렌,[347] 칠공주 왕으로 앚지렌 칠공주 왕으로
앚안.

걸로 끗입데다. 그건. 왕으로 앚이난.

(조사자 : 그 말은 누게안티 들읍디가?)

나게 다 들언. [웃음] 누게 들어그네 다 웨와지는[348] 거 아니.

---

344) 까맣게 된 모양.
345) 앞에.
346) 하면서.
347) 앉게 하라.
348) 외워지는.

(조사자 : 게메349) 어디 어디서 게메 거 들읍디가? 처음에.)

엿날에 우리 할망이 그런 얘길 잘 헙니다게.

(조사자 : 할마님이 헤준 거양?)

예. 어멍도 경 허고.

(조사자 : 할마님은 어디 이디서, 고향이 어딘고예?)

이디 고산.350)

(조사자 : 고산. 아아.)

게난 엿날 얘기가 막 잘 헤줘. 우린양 엿말이영 허민 할망신디 따시 굴아줘 따시 굴아줘.

(조사자 : [보조조사자를 바라보며 작은 소리로] 바릿데기 응.)

(보조 조사자1 : 그 딸예, 그 일곱 번째 딸 이름은 뭐렌 헙니까? 들은 적 잇수가?)

(보조 조사자2 : 칠공주.)

저 바리데기.

(보조 조사자1 : 바리데기예.)

바리데기.

(보조 조사자1 : 게믄 이 이야기가, 이 이야기를 무슨 이야기 굴아주켕351) 허멍 굴아주, 바리데기 얘기 굴아주켄 헹 헤낫수가?)

그거 제목이 바리데기.

(보조 조사자1 : 바리데기예.)

예. 제목이.

(보조 조사자1 : 그 할머님은 삼춘네352) 할머님은 어디 육지 왓다갓다

---

349) 글쎄.
350) 제주시 한경면 고산리.
351) 말하여 주겠다고
352) 삼춘네. '삼춘'은 제주도에서 일가친척뿐만 아니라 주위에 나이 드신 분에게 하는 통상적인 호칭.

헤낫수가? 엿날에.)

예, 물질. 물질 잘허난.

(보조 조사자1 : 아 물질로. 육지.)

우리 어머니도 경 허고.

(보조 조사자1 : 육지 어느 쪽에 할머니는 옛날 왔다갓다 헤낫수가?)

몰라게 나 그거.

(보조 조사자 1 : 건 모르고.)

예. ᄋᆞ든둘에 돌아갓수다만은 막 경 엿날 얘기 잘허여.

(조사자 : 친어머니 말하는 거지예?)

예. 우리 친정 어멍도 막 경 잘ᄒᆞ고. 심방 노레도 영영영영 허멍 막 ᄀᆞᆯ
아주곡.

(보조 조사자1 : 어머니가?)

(조사자 : 게난 이게 친정어머니가 ᄀᆞᆯ아준 말양?)

예. 또 하나 ᄀᆞᆯ읍네까?

(보조 조사자1 : 예.)

그건 그걸로 끝난. 게난 그 노레도 나와. 바리데기 노레. 막 슬프게 나
옵디다. 우리 어멍이 ᄀᆞᆮ는 말이. 슬프게 나와.

(보조 조사자1 : 어머니도 ᄀᆞᆮ고, 할머니도 ᄀᆞᆯ아준 얘기꽈?)

예. 막 앚으민353) 엿말덜 잘 ᄀᆞᆯ아줘.

대감 집의 불행

자료코드 : 10_00_FOT_20110623_HNC_YBS_0002
조사장소 : 제주도 제주시 한경면 고산리 2175-11번지

---

353) 앉으면.

조사일시 : 2011.6.23

조 사 자 : 강정식, 강소전, 송정희

제 보 자 : 윤복선, 여, 82세

구연상황 : 바리데기에 이어 곧바로 슬픈 내용이라면서 대감 이야기를 들려주었다.

줄 거 리 : 옛날에 한 대감이 있었는데 아들을 하나 낳은 뒤 부인이 죽었다. 대감은 아들을 키우기 위하여 작은부인을 얻었다. 작은부인은 대감과 사이에서 아들 형제를 낳고 자기 아들의 장래를 위하여 큰부인이 낳은 아들을 죽일 계략을 세운다. 큰부인의 아들이 커서 결혼하게 되자 작은부인은 종에게 큰아들을 죽이라고 하였고, 종은 큰아들 부부가 자는 방에 들어가 큰아들의 목을 베어 죽인다. 종이 큰아들의 머리를 작은부인에게 가져다주니, 작은부인은 명주에 싸서 장롱 깊숙이 숨겨둔다. 대감은 며느리를 범인으로 생각하여 집에서 내쫓는다. 며느리는 집에서 쫓겨나 돌아다니다가 어느 날 어떤 집에서 하룻밤 머물게 되는데, 우연히 그 집의 주인이 자기 남편을 죽인 범인이라는 사실을 알게 된다. 며느리는 남편의 머리가 작은부인이 머무는 곳의 장롱에 숨겨져 있는 것도 알게 되자 시아버지를 만나 사실을 이야기한다. 시아버지는 작은부인의 출타한 틈을 타서 장롱에 숨겨진 아들의 머리를 찾고 묘를 찾아가 잘 묻어준다. 며느리는 범인을 찾으니 남편의 묘에서 자결한다. 시아버지는 작은부인의 악행에 화가 나서 작은부인과 아들들을 가두어둔 채로 자기 집을 불태우고는 절로 들어가 버렸다.

(보조 조사자1 : 또…….)

또, 또 굴아?

(보조 조사자1 : 예예.)

또 굳는디양 이것도 슬픈 거. 엿날에는 데감 데감끼리 결혼허여양. 이제 ᄀᄅ뜨민354) 국훼의원(國會議員) 닮은 사람덜양. 국훼의원 닮은 그디끼리 결혼허는디. 결혼허여신디 이제 아덜 하나 눠둬두고 죽어불언. 부인이.

경 허난 이젠 데감이난에 그 아덜 키울 돈이 엇엉 못허는 것이 아니라, 아길 곧 눠둰355) 죽어부난 각실 얻어사 허여.

각실 얻어신디 오난에 아덜을 성제 낳어. 작은 각시가. 아덜을 성제 나

---

354) 같으면.

355) 놓아두고.

난, 이제 작은 각시가 몽니가 나빤게이.

큰각시 아덜을 죽여불어사 자기 난, 큰아덜을 장제(長子)로 엿날엔 양 그 장제, 저 무신거 두 번체 온 아기는 아기로 셍각 아녀서 엿날양. 그 데 감집이덜은이.

경 허영 막 그 죽어불어사 자기 아덜을 이젠 장제로 놓젠. 아멩헤도 양356) 죽을, 죽일 기회가 엇어.

막 데감님집이라 종덜 둘앙357) 살곡, 막 농스도 허민 종이 다 허곡 경 헌디, 이 아기가 막 커서. 크난 이젠 장겔 보네살 거난 이젠 장게를 보네 는디, 엿날에는 이제 세각시 칩이서 잔치 초혼허영 오는,

이젠 그 이제 족은어멍이 이제 그 종허고 짜, 짜네 세각시 칩이서 강 죽여불면은 자기네는 운멩(運命)이 저 나쁜 것이 엇덴, 게난 강 죽여오면 은 종문서도 떨어주곡, 밧도 주곡 집도 허여주켄. 게난양 이 종문세 떨어 주켄 허난,

그 종은 만날 살봐도 종질만 허난 이젠 그걸 허젠 이젠, 게난 그 아 덜 처갓집이덜은 닐은 잔치난 오널은 막 잔치를 벌렸어.

벌련 헌디 이젠 서방 각시가 이젠 닐은358) 잔치고 오널은 서방 각시가 이젠 폴덜 베언 둘이 눈디,359) 술거믓이360) 들어간 이젠 야가기를361) 비 어.362) 그 종이.

비언 이젠 족은어멍을 곳다 줘서. 곳다 주난에 이제 멩지 훈 동이 헨 막 싸네 이젠 막 이젠, 싸네 이젠, 엿날엔 데감칩이난이 이제 フ뜨민 농

---

356) 아무리 해도.
357) 데려서.
358) 내일은.
359) 누었는데.
360) 조용히 행동하는 모양.
361) 목을.
362) 베어.

(籠)덜 싯주만은, 엿날은이 또로 영 허영 농 노는 디 잇주기.

그런디 이젠 막 안네 강 곱졋어.[363] 곱지는디 이젠, 세각시가 누멩(陋名)을 씨는 거라. 그찌 넋단에 야가기 베 가부난, 누멩을 씨언 이젠, 그 집이도 데감칩이 똘이난 이런 똘 필요 엇던 이젠 네조차비어서.

네조차부난 실 바농 장시허멍 범인만 촛젠 막 돌아뎅기는디, 어디 강 집을 아이 빌려줘. 집을 아이 빌려주난,

"아이고 정지 구석이라도 좋수다게 집을 빌려줍서. 사름이 집을 지엉 뎅깁니까. 어떵 헙네까?"

막 스정허난,

"허건 정지구석이라도 누렌."

게난 제라헌[364] 집이 촛간 거라. 겡 정지구석이 누난 그 주인덜은 밥 허레 오란 보난에 정지 구석에 돌돌돌 털엄시난,[365]

"아이고 세댁 이제라도 안네 가그네 몸을 녹이렌."

녹이렌 허난 이젠 간 이젠 밧자리 간 영 눈디, 그 남제(男子)가 허는 말이 헌 말을 허는 거라.

"아무집이 장제를 죽여시난 우리가 살면은 얼마나 살리."

아이 헛소리 허난 이 여자는 들엇주기게이. 들언 허난, 아척이[366] 일어나난 밥을 헨 영 먹은디,

"양 언치냑[367] 꿈에, 꿈산디[368] 셍인산디 모르쿠다만은 막 헛소리 허멍."

그 여자는 자기 남편인 줄 알면서도 이젠 꿰빤[369] 듣는 거라.

---

363) 숨겼어.
364) 제대로 된.
365) 떨고 있으니.
366) 아침에.
367) 어제 저녁.
368) 꿈인지.

"막 양 아칙이 양 돌아누멍 아무 집이 장제를 죽여시니, 우리가 살민 얼마나 살린 막, 거 어떵 헌 말이꽈?" 허난,

"아이고 아이 굴으켄."

"얻어 먹으레 뎅기는 사람이 무시걸 압니까게."

허난 굴아주는 거라.

"이제 종문서영 떨어주곡 이제 집이영 밧이영 주켄 허난 야게기 비어 단에 헷젠." 허난,

"게난 그 야긴 어디 낫수가?" 허난,

"장방(長房) 안에, 장방 안에 메[370] 안네 잇젠." 허난,

"게난 고맙수덴."

헹 나와서. 나와신디, 오단 보난에 시아방이,

[조사자에게 녹음이 잘 되고 있느냐는 뜻으로 묻는다.] 뒈엄수과?

(조사자 : 예.)

오단 보난에 시아방이 아덜 산에 나강 구경허젠 나오라 말을 걸언게.

"아이고 아버님." 허난,

"무신 아버님, 사름 죽인 년이."

"경 화네지 말앙 나 말을 ᄒᆞᆷ 들어봅서."

"게건 앚앙 굴아봐."

경 허난 이젠 앚안에,

"이만저만 헤네 이제 그 종네 집이 간 ᄒᆞ룻밤 자신디 경 굴으난, 안방 에 강 보민 장롱 안네 더강이[371] 감아실 거난."

"아이고 마침 잘 뒛젠. 아기덜 둘안 이제 친정에 갓젠."

작은각시가, 친정에 가시난. 간 보난 안네 하양허 멩지 혼 동이로 싸네

---

369) 속마음을 떠보기 위하여.

370) 가장.

371) 머리.

막 헤노난, 가니까 그거 풀어네난 칼도 그디 싯곡,372) ᄀ찌 가온.

더강이, 눈 퍼렁케. 경 허난 이젠 막 울멍 이젠 메누리 안안 울멍,

"가그네 이젠 산373) 헤싸그네,374) 산 헤싸그네 이 더강이 부쩌줘사 주375) 어떵 허느넨." 헨.

이젠 시아방 메누리 간, 산 이젠 관(棺) 헤싸네 더가리 그레 간 부치곡 잘 문젠 베려보난, 그 메누리도 그 서방 죽은 칼로 자살헨 오꼿 죽어불언. 범인 춫으난. 자살헨 오꼿 죽어부난, 이젠 혼 구뎅이에 묻어줘서. 시아방이. 죽어서라도 가그네 행복하게 살렌 시아방이.

이젠 집이 돌아완 보난 친정에 간 다 오란. 이젠 시아방, 그 시아방은 막 부에나난 이젠 좋은 기와집인디, 막 돌아가멍 몬딱 문을 중그는 거라. 문 중간 석유(石油) 지름 혼 통 헤단 올라간 지붕 우이 올라간 몬딱 비완에 불을 탁 부쩌난, 와랑와랑 와랑와랑 불을 탄,

"너네 원망ᄒ지 말아라. 너 에미 잘못 만난에 너가 죽는 거난, 하나 한탄ᄒ지 말렌."

집을 몬딱 불 살아뒹, 사라 사라지난 하르방은 절로 들어갓뎬. 끗.

것도 좋지 아녀꽈?

(보조 조사자1 : 예예. 이 이야기는 어떤⋯⋯.)

이것도 앚이⋯⋯.

(보조 조사자1 : 제목은 무슨 얘기 해주켄 허멍 이런 얘기헙니까? 제목은.) [웃음]

그건 몰르커라.

(보조 조사자1 : 그건 몰르고.)

---

372) 있고.
373) 묘.
374) 헤쳐서.
375) 붙여 주어야지.

예.

(보조 조사자1 : 이 얘기도 어머니한테 들은 얘기꽈?)

예게 앚이민게.

(보조 조사자1 : 앚이면 하는 얘기. 재밌다예.)

앚이민 양 막 제미난 얘기 하영 헙니다게.

대감집 딸과 왕

자료코드 : 10_00_FOT_20110623_HNC_YBS_0003
조사장소 : 제주특별자치도 제주시 한경면 고산리 2175-11번지
조사일시 : 2011.6.23
조 사 자 : 강정식, 강소전, 송정희
제 보 자 : 윤복선, 여, 82세
구연상황 : 조사자가 제보자에게 예전에 '전설의 고향' 같은 텔레비전 프로그램 말을 꺼
　　　　내자마자 곧바로 한 가지 이야기를 하겠다면서 구연하였다.
줄 거 리 : 어떤 대감부부가 있었는데 딸을 하나 낳아두고는 대감이 그만 죽어버렸다. 부
　　　　인은 딸을 의지하여 살아가며 딸을 좋은 곳으로 시집보내기 위해 부처님에게
　　　　기도하며 정성을 드렸다. 하루는 꺽센 놈이 부처님 뒤에 숨어서 부처님의 말
　　　　처럼 행세하며 딸을 꺽센 놈에게 시집보내라고 말하였다. 부인은 부처님의 말
　　　　에 한탄하며 집으로 돌아와 내용을 이야기하자 딸은 자신의 운명이라며 꺽센
　　　　놈에게 시집을 가겠다고 하였다. 드디어 꺽센 놈과 딸은 결혼하게 되었다. 그
　　　　런데 꺽센 놈이 딸을 지게에 태우고 돌아가는 길에 마침 사냥을 나온 왕의
　　　　일행과 마주치자 꺽센 놈은 무서워서 숨어버렸다. 왕이 부인을 발견하고 부인
　　　　이 아주 예쁘니 부인 대신에 꺽센 놈의 지게 위에 돌 한 덩어리를 놓아두었
　　　　다. 꺽센 놈은 지게 위에 여전히 부인이 있는 줄 알고 집에 돌아가서 지게를
　　　　부리자 떨어지는 돌에 맞아 죽어버렸다. 왕은 여자를 데리고 궁궐로 돌아간
　　　　뒤 결혼하고 잘 살았다.

(조사자 : 옛날에 전설이 고향 같은 거 텔레비전에서 하영…….)

예 예, 전설이 고향 헌 거 하나 굴으쿠다양, 양.

데감끼리, 이것도 데감끼리 결혼허여신디 똘 하나 놔둰에 영감은 죽어부난, 데감집이라부난 이거 이건 전설의 고향 보고.

게난 똘 하나 믿어그네, 남편도 죽어부난 똘 하나 믿언 살주긴 막 높은 집인디. 이젠 절에 가는 거라양. 절에. 막 그 마을에 헌 절이 잇어. 헌 절이 시난, 메날 강 기도허영 이 아덜 하나 똘 하나 신 거라도 이 똘 덕에, 살게끔 헤줍센 막 그 부처님안티 메날 석 둘 열흘 간 막 기도를 허는디, 메 막 막날은³⁷⁶⁾ 벡 날체 그 부처님 뒤에 곱아두서³⁷⁷⁾ 껵센 놈이 곱아두서,

"껵센 놈신더레 시집을 보네라."

부처님 곧는³⁷⁸⁾ 것추룩,³⁷⁹⁾ 부처님 곧는 것추룩. 이젠양 막 울멍 메날 기도허단 보난 이런 한탄(恨歎)이 어디 시린, 막 울멍 집이 돌아오란 똘신더레, 똘은 경 허단 보난 열다섯이 낫주게.

"아이고 애야, 이런 노릇도 어디 부처님도 그럴 수가 시냐. 나이 벡 일 동안 기도 드령 느 좋은 디 시집 보네언 살아, 느 덕에나 살아보젠 허난 이 덕세신디 시집을 가렌 허난 어떵 허느닌?" 허난,

"나 타고난 운멩(運命)이난 가쿠덴 가쿠덴." 허난,

"아이 뒌덴." 허난,

그 껵센 놈은 곱앗단 웃이멍 껄껄 웃이멍 나온 거라. 나완, 게건 집이서 이젠 결혼식이라도 시견, 찬물 떠놓고양, 이젠 맞절을 시겨네 둘앙³⁸⁰⁾ 가렌 허난,

지게 우이 둘앙, [웃는다.] 세각시를 테 테와 놓고 지언 가는 거라. 지언 가단 보난 그날은 막 화창흔 날양. 화창흔 날인디, 왕 아덜이 이젠 사

---

376) 마지막 날은.
377) 숨어 있으면서.
378) 말하는.
379) 것처럼.
380) 데리고.

냥을 나와서. 사냥을 나오란양, 막 꼿구경덜 보단 보난, 아 지게에 세각시 곤 세각시 놓고 헨 이젠, 정 가는 놈이 션,381)

그 꺽센 놈은 바싹 므스완382) 네비뒌에 어디 간 곱아불언. 곱아부난, 베려보난 그 왕, 왕이 그 처자를 너무나 너무나 고와. 너무나 너무나 고난 이젠, 저 지게라그네, 아니 그거 아니, 경 허난 이젠 저 꺽세 놈이 그 지게 진양, 이제 굴에 간 곱아서.

곱안 허난 이젠 나오란 보난 그냥 시난 이젠, 이젠 어디 간 이젠, 곱아 베서. 곱아부난 이젠,

"저 굴에 강 보렌."

왕이 허는 말이,

"저 굴에 강 보렌."

그 여자가 너무나 이쁘곡. 간 보난에 너무나 이뻔 세상에 그런 여자를 본 적이 엇어 그 왕이. 게난 이젠,

"둘앙 나오렌."

헨 이제 굴 소굽에서 둘앙 나오난 이젠, 너무나 너무나 이쁘난 이젠,

"그 지게 우테레라그네 돌 흔 덩어리 낭 네불렌."

가메ㄱ찌 영 헌 겁다게. 영 허연. 돌 흔 덩어리 난 네불렌 허난, 이젠 그거 세각시 싯카부덴 껄껄 웃이멍 집이 전 간,

"아이고 낭자 수고헷어이 수고헷어이." 허멍, [웃음]

지게 탁 부리난에, 돌 어염데기383) 탁 맞안 오꼿 죽어불언. [웃음] 꺽센.

견디 왕은 이젠 데려단 이젠 궁궐로 데려간 보난 너무너무 이뻐. 너무 너무 이쁘난에 이젠 고향이 어디고, 부모가 어떵 헌 다 물어보난,

---

381) 있어서.
382) 무서워.
383) 옆.

"아버지는 나 흔 술 때 돌아가곡, 어머니가 살안 싯수덴." 허난,

그 어머니 불러다네 결혼식허연 막 잘 살안. 게난 ᄆᆞ음만 고우민.
[웃음]

그거 전설이 고향 봣수다 거.

(보조 조사자1 : 이건 직접 보신 거마씨?)

이건 나가 본 거. 이 테레비에서.

(보조 조사자1 : 테레비에서. 내용을 다 기억헷구나예.)

마음씨 나쁜 며느리

자료코드 : 10_00_FOT_20110623_HNC_YBS_0004

조사장소 : 제주특별자치도 제주시 한경면 고산리 2175-11번지

조사일시 : 2011.6.23

조 사 자 : 강정식, 강소전, 송정희

제 보 자 : 윤복선, 여, 82세

구연상황 : 조사자들이 제보자에게 알고 있는 다른 이야기를 계속 들려주기를 청하자 제
보자는 더 이상 생각나는 이야기가 없다고 머뭇거렸다. 조사자들이 제보자에
게 우스개 말이나 허무맹랑한 이야기들도 좋다고 거듭 청하자 몇 가지 재미
있는 이야기들을 더 들을 수 있었다.

줄 거 리 : 아들이 과거공부를 하러 떠나자 어머니는 며느리를 데리고 살면서 아기를 함
께 키운다. 하루는 중이 집에 와서 관세음보살 나무아미타불 소리를 하자, 어
머니는 중이 하는 소리를 따라 하며 아기를 재웠다. 그러다가 어머니가 그 소
리를 깜박 잊어버리자 며느리에게 물었는데 며느리는 다른 엉뚱한 소리로 가
르쳐준다. 아들이 돌아와서 자기 어머니가 이상한 소리를 하면서 아기를 재우
고 있는 보자 미쳤다고 여겨 창피하니 어머니를 버리려고 높은 동산으로 데
려갔다. 거기서 아들은 어머니를 밀쳤는데 마침 구름이 아래로 와서 어머니를
받아 올렸다. 이에 며느리도 자기도 하겠다며 동산 아래로 떨어졌는데 오히려
황구렁이가 되어버렸다.

혀뜩헌384) 것덜 하나 ᄀᆞᆯ으카마씨?

(보조 조사자 1 : 예게.)

(조사자 : 굴아줍서게.)

아덜은 선비라. 선빈디양 막 과거 보젠 한양 천 리 글공부허레 가는디, 메누리영 둘앙 메누리영 ᄀ찌 사는디 아기를 막 ᄀ찌 흥글어.385)

게난 ᄒ룻날은 중이 오라네 관세음보살 나무아미타불 영 허난, 할망은 이젠 아기 흥그는 소리를 이젠 그거,

"나무아미타불 관세음보살 나무아미타불 관세음보살."

오꼿 잊어불언게. 잊어부난,

"야 메누리야 시님 오란 뭣이엔 굴아니?"

"무신 뒷칩이 하르방이에사 굴아신디." 경 허난,

"뒷칩잇 하르방, 뒷칩잇 하르방."

아기 흥글멍 경 허난. 아덜이 와서.

"무사 저영386) 허염시니?" 허난에,

"뒷칩이 하르방이사 미쳐사 경사387) 헴신디."

게난 이젠 자기가 과거 보민 쳉피헐 거난 이젠, 져당 데껴불레388) 가는 거라. 져당 데껴불레 간. 막 높은 동산에 올라 강 데껴불레 가서. 이젠 이 건 오름이고, 이건 ○○ 천지만, 탁허게 것물리난389) 알로 구름이 오란 싹 허게 할망을, 구름이 오란 이젠 올렷어.

이젠 메누린 지도 허켄. 우리 시어멍 "뒷칩잇 하르방 하르방." 허는 디 도 저영 허는디 난 못허린. 지냥으로390) 털어젼 밀지 아년 털어지난 황구

---

384) 허무맹랑한.

385) 흔들어.

386) 저렇게.

387) 그렇게.

388) 던져 버리려.

389) 밀리니.

390) 자기대로.

렝이 뒈언 들어가비언. 게난 나쁜 사름은 나쁜. 나쁜 사름은 나…….

신선이 된 남편

자료코드 : 10_00_FOT_20110623_HNC_YBS_0005
조사장소 : 제주특별자치도 제주시 한경면 고산리 2175-11번지
조사일시 : 2011.6.23
조 사 자 : 강정식, 강소전, 송정희
제 보 자 : 윤복선, 여, 82세
구연상황 : 앞서 우스개 말을 한 뒤 잠깐 기억을 더듬다가 이내 다른 이야기를 더 들려
주었다.
줄 거 리 : 어떤 부부가 가난하여 아이들을 먹일 수 없게 되자 부인은 남편에게 도둑질
이라도 하여 오라고 시킨다. 마음씨 착한 남편은 도저히 도둑질을 할 수 없어
그냥 집에 들어가고 이에 부인이 화를 내자 남편은 집을 나간다. 남편은 길을
가다가 사람들이 보이자 신선이 되어서 올라가는 곳이 없느냐고 물었는데 어
떤 사람이 나서서 자신의 집에서 삼 년 동안 종살이를 하면 알려주겠다고 하
였다. 남편은 신선이 되어 올라갈 생각에 열심히 일을 하였고 결국 종살이를
하기로 한 기간이 다 되어가자 주인은 일 잘 하는 종이 없어질 생각에 근심
이 되었다. 주인의 아들이 걱정하는 아버지에게 종을 잘 차려 입히고 먹인 뒤
계곡에 데려가 떨어뜨려 죽여 버리면 된다고 말하였다. 주인은 아들이 시키는
대로 종을 데리고 갔지만 차마 종을 죽일 수 없어 망설였다. 결국 주인은 종
을 나무에서 떨어뜨리기는 하였는데 그 순간 구름이 와서 그 종을 밀어올리
고 종은 진짜 신선이 되었다. 그러자 주인도 똑같이 따라하다가 그만 죽어버
렸다.

아 하나 또 굴으쿠다.

(보조 조사자1 : 예.)

아긴 보글보글 나신디, 이거 엿말이라 들은 말양.

보글보글 나신디. 가을이 가을이 뒈난에, 먹을 건 엇이난 서방ㄱ라³⁹¹⁾

---

391) 서방에게.

강392) 놈이 밧디393) 강 조 도둑질 헤오렌. 호미 주고 베394) 주고 헨 간.

이 마음씨 좋은 사름은양 헐 수가 엇어. 호 이건 호, 저 조면, 영 줴어 그네 호미 영 허영,

"이거 비영395) 좁네까, 말앙 좁네까." 허난,

"안 뒌다."

지냥으로. 또 다른 밧디 강, 또 허여.

"이거 비엉 좁네까, 말앙 좁네까."

"안 뒌다."

지냥으로. 게난 시 번체 경 허난 이젠, 돌아오난 이젠 각시년은 세끼덜 다 굶엉 죽여먹젠 헴젠 도둑질 헤당 멕영 살리지 아녕.396)

이젠 베영 호미영 이젠 획허게 데껴뒌 기어난다고. 이젠 천 장 만 장 가단 보난 아척이,397) 저냑 으답 시에 기어난 것이 아척 열 시가 뒈어. 가 단 보난 이젠 막 넷가에덜 막 빨레허는 사름, 옛날엔 저 그 노 꽈그네398) 오줌항에 둥갓다그네399) 막 줄민, 걸언 막 뿔곡.

"어디 신선 뒈엉 올라가는 디가 엇수가?" 영 허난,

"미친놈 다 봐졈져. 어디 신선 뒈엉 올라가는 디가 셔."

어떠난 그, 세끼 꽌 오줌항에 둥갓당 헌 하르방이,

"우리집이 왕 살민 나 신선 뒈엉 올라간덴 굴아주크라."

"아이고 경 헙서, 경 헙서."

이젠 계약(契約)을 헤서. 삼 년, 삼 년 동안 계약을 허난 이젠, 막 부지

---

392) 가서.
393) 밭에.
394) 바. 밧줄.
395) 베도.
396) 않고.
397) 아침에.
398) 꼬아서.
399) 담았다가.

런히 신선 뒈엉 올라갈 셍각허난 막 부지런히 수못, 시기는 건 다 헤서.

아이 그 날짜가 딱 돌아온 거라. 게난 하르방이 바보라 ○○○. 이 사름 자기가 갈, 신선 뒈엉 올라갈 거만 막 허민. 아덜이,

"어떵 허난 아버지가 경 헴수가?" 허난,

"아이고 우리집이 저 종놈, 신선 뒈엉 올라가는디 굴아주주만은 저 영400) 일 잘ㅎ곡, 이 노릇을 어떵 허민 좋느니?" 허난,

"경 말아그네양, 멩지로 도폭(道袍)ㅎ곡 헹 입져그네 잔치나 허게마씨."

잔치나 허게마씨 허난, 아덜 말도 굴아놘 이젠 막 도세기401) 잡아놓고 이젠, 저 멩지로 도폭 지언 입지고 헹, 막 갓 씌우곡 헨 이젠 막 헌디, 이젠 허여시난 또,

"어떵 허느니?" 허난,

"아맹 아맹헌 디, 낭은 폭낭은402) 하늘만이 올르곡, 알에 물은 치랑치랑치랑 느리는403) 디, 그디 강 것들려그네 헤불민 죽넨."

게난 가서. 굴은. 이 종이 허는 말이,

"아이고 혼저 굴아줍서, 혼저 굴아줍서." 허난,

"이 낭 우티 올라가렌." 허난,

팔팔 막 기분 좋안 올라가는 거라. 팔팔.

"그 낭가젱이404) 잡으라." 잡으난,

"하나 둘 허건 네불라.405)"

게민 털어지민406) 죽을 걸로. 느시407) 셋은 못 허는 거라이. 지네집이

---

400) 저렇게.
401) 돼지.
402) 팽나무는.
403) 내리는.
404) 나뭇가지.
405) 내버려라.
406) 떨어지면.
407) 도저히.

산 셍각을 허난.

"하나 둘."

"아이고 셋 헙서게. 셋 헙서게."

찰랑 네민덜 느시 못허여.

"셋 헙서. 셋 헙서."

"셋." 허난,

구름이 네려오란 싹허게 올려가. 신선 뒌 진짜 올라가는 거라.

이젠 하르방도 지도 허켄 아까 ㄱ찌, 지도 허켄. 살아나게. 죽어불엇

주게.

그것도 그거. 건 엿말.

(보조 조사자1 : 예.)

도깨비와 나쁜 형

자료코드 : 10_00_FOT_20110623_HNC_YBS_0006

조사장소 : 제주특별자치도 제주시 한경면 고산리 2175-11번지

조사일시 : 2011.6.23

조 사 자 : 강정식, 강소전, 송정희

제 보 자 : 윤복선, 여, 82세

구연상황 : 제보자가 이야기를 마친 뒤 잠깐 민요를 하나 불렀다. 그러다가 다시 생각났
는지 다른 이야기를 하나 구연하였다.

줄 거 리 : 옛날에 형은 잘 살고 동생은 가난하게 살았다. 흉년이 드니 동생은 형의 집에
가서 못된 형수에게 얻어맞으면서 먹을 것을 빌었다. 어느 날 동생은 제사를
지내야 하는데 가진 것이 없으니 나무라도 해서 팔아다가 하려고 산에 갔다.
생각처럼 나무도 잘 하지 못하는데 날이 저물어 어두우니 도깨비들이 아강주
를 가지고 나와 놀기 시작하였다. 동생을 보고 놀란 도깨비들은 도망가 버리
고 동생은 아강주를 가지고 나와 집에 돌아가 제사상을 잘 차렸다. 제사를 먹
으러 온 못된 형과 형수는 잘 차려진 제사상을 보고는 어떻게 된 일인지 묻
자 동생은 사실 대로 이야기하였다. 그러자 욕심이 난 형은 자기도 동생처럼

했는데 그만 도깨비들은 지난 번 아강주를 뺏어간 놈이라고 하여 형을 때리고 짓궂게 성기를 길게 늘려버렸다. 동생은 아강주를 사용하여 형의 성기를 줄여주었는데 형수는 자신 몫의 성기는 남겨달라고 통사정을 하였다.

또 하나 골으카.

[모두 함께 웃는다.]

(보조 조사자1 : 생각남서.)

엿말양.

(보조 조사자1 : 예, 골읍서예.)

예 엿말. 엿날엔 막 숭년(凶年) 들언. 숭년 드난에 큰아덜은 좋은 밧408) 다 줘두고 이젠, 나쁜 밧은 하난 ㄱ전 나오라신디, 숭년 드난에 이젠 막 먹을 것이 엇어. 먹을 것이 엇이난 서방 싯게는409) 이젠, 아덜 족은아덜 둘안 나올 떼, 밧을 하나 궂인 밧 ㄱ전 나오난 막 숭년 들언.

성수(兄嫂), 성수님신디 가보민 ㅁ물범벅410) 허여그네 드러 허멍도411) 그 시아주방 주질 아년.

"형수님, 형수님, 그 베수기412)로 나 귀야지나413) 뜨립서.414)"

게난 착 후리민 그디 부뜨주기. 부뜨민 아따아따 할라먹어.415)

"또 이 착416) 뜨립서." 허민,

착 후리민 또 아따아따 허멍 이젠 볼에 부쩌불어.

"어머니, 어머니, 이거 할라 먹읍서. 이거 할라 먹읍서."

---

408) 밭.
409) 제사는.
410) 메밀범벅.
411) 하면서도.
412) 죽젓개.
413) 뺨이나.
414) 때리세요.
415) 핥아먹어.
416) 쪽.

그축417) 허멍. 경 허연 이젠 제스가 돌아와서. 제스가 돌아오난 허여볼 네기가 엇어. 이젠 하양헌418) 솟을 싯엇다가 싯엇다가, 막 허영 물만 드러 꿰우고.419)

이 아덜은 산에 낭이라도 혜당 풀아그네 촛불이라도 싸젠. 산에 낭 허레 간, 가단 보난 죽 죽은 조박 하나 봉가져.420) 또 가단 보난 하나 세 게 봉간.

낭은 허지 못 허곡 날은 어둑어둑어둑 져가는디, 그날 처냑은421) 아버지 제손디 어떵 허민 조콘422) 막. 이젠 헤, 어두난 도께비덜이 나오란. 도께비덜, 밥 나라 덕덕, 은나라 덕덕 허멍. 그 아강주(夜光珠)를 ᄀ정 나오란.

이젠 막 그걸 먹고 싶어. 그 죽을 점 하나 딱허게 씹으난, 아이고 상ᄆ루가 꺼꺼점신가, 또 하나 딱 꺼끄난, 씹으난 중ᄆ루가, 또 하나 딱 씹으난, 아이고 다 멜라점져423) 도께비덜이 다 도망가불어.

도망가부난 이젠 그거 간 아강주 ᄀ젼 나오란 어멍신디 간,

"어머니 걱정을 맙서. 나 오널 제스상은 푸지막이424) 출리쿠다."

"아이고 야 어떵 허난게."

"나 말만 들읍서게."

이젠 [웃음] 곧젠 헌 웃어점져. 이젠 그거 허연 이젠 상 출려지라 허난 이젠, 탁허게 혼 상 출려지는 거라.

그 성수님은 쉐똥425) 허여네이, 쉐똥 허여네 이젠 돌레426)다고 혜 놓

---

417) 그처럼.
418) 하얀.
419) 끓이고.
420) 주워져.
421) 저녁은.
422) 좋을까.
423) 무너진다.
424) 푸짐하게.

고, 오줌 뭐, [웃음] 오줌을 이제 지주(祭酒)다고 헤여 놓곡, 시아방 제스 먹으레 오는 거라. 오란 보난 훤허게 출련 멋지게 출련. 이젠 성수영 지네 성이영,

"어떵 헌 일이곤?"

"나 이만저만 이만저만 허엿수다." 허난,

지도 허켄. 지도 허켄. 지도 허켄 허난 이젠 간 경 허난 요놈도 몬여427) 오란에 우리 아강주 허여간 놈이옌, 심어단에428) 막 뚜드련. [웃음]

[남성 조사자를 바라보며] 이 아저씨신디 골으민 미안허여. 좃을429) 으 든닷 발 일롸비엇주기.430)

[모두 함께 웃는다.]

으든닷 발 일롸뒌 도께비덜 도망가불언. 오단 보난 막 잔치칩이 ○○○ ○ ○○○○,

그 좃을 이제 영 사는디 영 낄안431) 앚안 허난, 국을 헤단 주난에, 바 싹 영 먹젠 허난 이젠, 발발 털멍 탁 허난 와싹 데난 와들랑 허난, 그 좃 낄앙 앚은 놈덜은 몬딱 이제 하늘만썩 뛰어뒌.

"아이고 아지방, 아이고 어떵 헌 일이꽈게? 이제 아이고, 아지방 성은 이만저만 오지도 아녀곡 어떵 헙니까, 어떵 헙니까?" 허단,

이제 막 간, 간 보난, 좃 사련 앚안 이제 아강주 フ뎐. [웃음]

"혼 발 들라 덕덕. 두 발 들라 덕덕. 세 발 들러."

몬딱 들어가난,

---

427) 먼저.
428) 잡아다가.
429) 좆을.
430) 늘려버렸어.
431) 깔고.

"아이고 아지방, 아지방 나 적시도[432] 훈 줌만 넹겨줍서."[433]

[모두 함께 웃는다.]

게난 몽니 궂엉은 경 허여. 몽니 궂엉.

(보조 조사자1 : 이 얘기도 어머니가 굴아준 거꽈? 이 얘기는 어디서 들은 거?)

이것도 다 장난으로 굴앙 들은 거.

(보조 조사자1 : 누가, 어디서 들엇수가?)

다 집이서.

(보조 조사자1 : 집이서.)

우리 형제간 막 하.[434] 하난 무다지믄[435] 할머니 엿말 굴아, 엿말 굴아.

[웃음]

조막단지에 걸린 손

자료코드 : 10_00_FOT_20110623_HNC_YBS_0007

조사장소 : 제주특별자치도 제주시 한경면 고산리 2175-11번지

조사일시 : 2011.6.23

조 사 자 : 강정식, 강소전, 송정희

제 보 자 : 윤복선, 여, 82세

구연상황 : 조사자들이 어떤 이야기도 좋다고 하자, 우스운 말을 한번 하겠다며 구연하였다.

줄 거 리 : 옛날에 팔월 명절 넘으면 쉐기떡을 해서 먹곤 했는데 어느 날 떡을 먹다가 목에 걸렸다. 부인은 조막단지에 있는 김치를 가져오라고 하였다. 남편이 조막단지에서 김치를 꺼내려 하지만 부리가 좁아 손이 나오질 않았다. 손을 펴

---

432) 몫도.
433) 남겨주세요.
434) 많아.
435) 모여지면.

야 단지 부리에서 꺼낼 수 있는데 딱 쥐고 있으니 나오질 않는 것이다. 부인은 할 수 없이 뒷집의 삼승할망을 청하였다. 할망이 와서 살펴보니 손을 펴서 빼면 되는 간단한 일이었다. 어리석은 부부의 행동에 어이없어 한 할망은 비념(간단하게 기원하는 무속의례)하는 상을 차리고는, 손을 펴라며 기원하는 말을 하였다. 할망이 시킨 대로 남편이 손을 펴니 단지 부리에서 꺼낼 수 있었고, 부부는 일을 아주 잘하는 할망이라고 감탄하였다.

우시게 소리 또 혼번 하나 허카.

[모두 함께 웃는다.]

아니양 팔뤌(八月)인디, 팔뤌인디 이젠, 저 멩질436) 넘으난 옛날엔 쉐기떡437)덜 헹 먹어양. 막 이 밀ㅋ루438) 막 주셍이로439) 허영 쉐기떡덜 헤먹는디,

막 먹단 야게440) 걸언게양. 야게 거난 옛날은 조막단지에 짐끼가441) 헤서. 야게 걸건 각시는 아기 좃442) 멕이멍 서방ㄱ라,443)

"저 조막단지 짐끼나 ㄱ져 옵서." 허난,

에 ㄱ져단 조막단지는 부리 족은디 영 허연, ㄱ정 허젠 허난 페와야444) 나올 건디, 딱 쉐언,445) 안 나오는 거라.

"아이고게 무사 경 헴수가게?" 각신,

"아이고 무사 경 헴수광?"

"아이고 이거 보라게."

---

436) 명절.
437) 밀기울 따위로 둥그렇게 만든 떡.
438) 밀가루.
439) 밀기울로.
440) 목.
441) 김치가.
442) 젖.
443) 서방에게.
444) 펴야.
445) 잡아.

조막단지 ᄒᆞ디446) 들런.

"이거 보라게 안 나왐……."

"아이고 뒷칩잇 할망신디나 강 들어봅서. 저 아기 비는 할망신디."

오란 보난 손을 페우면은447) 그걸 헐 건디.

"상 출리라. [웃음] 쏠도 ᄒᆞᆫ 사발 노라. 찬물도 떠 노라."

[노래하듯이]

"고치 ᄀᆞ뜬~ 조젱이광~

감 ᄀᆞ뜬~ 불똥게왕~

손을 노라~. [웃음]

손을 노라~ 손을 페우라~.

감 ᄀᆞ뜬 불똥게광~

고치 닮은 조젱이광~,

손을 페웁서 손을 페웁서.' [웃는다. 다시 말로 한다.]

손을 페우난 오꼿 나완, 아이고 거 잘 아는 할망이여.

[모두 함께 웃는다.]

말모르기와 봉ᄉᆞ

자료코드 : 10_00_FOT_20110623_HNC_YBS_0008

조사장소 : 제주특별자치도 제주시 한경면 고산리 2175-11번지

조사일시 : 2011.6.23

조 사 자 : 강정식, 강소전, 송정희

제 보 자 : 윤복선, 여, 82세

구연상황 : 재미있는 이야기로 분위기가 좋아지자 우스운 말을 한 번 더해 주겠다면서
　　　　　 구연하였다.

---

446) 함께.
447) 펴면.

줄 거 리 : 벙어리와 봉사가 사는데 하루는 동네에 불이 났다. 봉사는 가지 못하니 벙어
리에게 불을 끄고 오라고 시켰다. 벙어리가 불을 끄고 돌아오니 봉사가 물었
다. 어느 정도 탔느냐고 하니 벙어리가 등을 가리키자 봉사는 그것을 보고 등
마루 동네임을 알았다. 어떤 집이냐는 물음에는 털을 씌우는 시늉을 하니 봉
사는 초가집이 탄 것을 알았다. 누구 집이냐고 물으니 불알을 만지자 봉사는
방울이네 집임을 알 수 있었다. 어느 정도 탔느냐고 물으니 성기를 잡아 흔들
자 봉사는 모두 타서 기둥만 남은 것을 알았다. 벙어리가 말을 할 수 없으니
봉사가 그 행동을 보고 해석하는 것이다.

또 하나 골고양. [웃음]

모르기448)영, 모르기영 봉ᄉ영 사는디, 동네 불이 난. 불이 나난 봉ᄉ는
못 가고, 모르기ᄀ라,

"강 불을 끼와둉449) 오렌." 허난,

불을 끼와됀 오란 밤인,

"어느 만이450) 카서니?"451) 허난,

영 등을 영 ᄀ리쳐,452) 말을 못허난.

"아 등ᄆ릇 동네로구나." 허난,

"무신 집이라니?" 허난,

꺼럭을453) 간 영영 씌우난,

"아 초가집이로구나." [웃음]

"누게네 집이라니?" 허난,

불둑세기454) 뭉글뭉글 허난,

"아 방울이네 집이로구나."

---

448) 벙어리.
449) 꺼두고.
450) 만큼.
451) 타버렸니.
452) 가리켜.
453) 털을.
454) 불알.

[모두 함께 웃는다.]

"어느 만이 카서니?" 허난,

조젱이455)가 심어 흔들흔들 허난,

"아아 다 칸 지둥만456) 남앗구나."

[모두 함께 웃는다.]

모르기난 못허고게. 그 봉亽가 혜석혜 줫주기게. 말을 못 굴으…….

(보조 조사자1 : [웃으며] 봉사가 혜석헨예.)

응.

앚인벵이와 봉亽와 귀마구리

자료코드 : 10_00_FOT_20110623_HNC_YBS_0009
조사장소 : 제주특별자치도 제주시 한경면 고산리 2175-11번지
조사일시 : 2011.6.23
조 사 자 : 강정식, 강소전, 송정희
제 보 자 : 윤복선, 여, 82세
구연상황 : 연이어 우스운 말을 구연하였다.
줄 거 리 : 앉은뱅이와 봉사와 귀머거리가 앉아있었다. 귀머거리가 서울굿이 '덩덩'하는 소리가 난다고 하자, 봉사는 기가 흔들거린다고 하였고, 앉은뱅이는 달리자고 대답하였다.

게난 또 또 하나.

앚인벵이영, 이젠 봉亽영 귀마구리457)영 서이458) 앚아신디, 귀마구리 허는 말이,

"야, 서울굿은 덩덩 헴져." 영 허난,

_____

455) 남성의 성기.
456) 기둥만.
457) 귀머거리.
458) 셋이.

봉수는,

"아이고 기, 기가 네불럼구나." [웃음]

거난 앚은뱅인,

"둗자."459)

[모두 함께 웃는다.]

게난 막 잘 들엇수다, 경 허연. 앚은뱅인 둗자. 봉수는 기가 네불럼져.
귀막신 서울굿은 덩덩 헴져.

[모두 함께 웃는다.]

하품하면서 가는 이, 해 보면서 가는 이,
담 옆을 보면서 가는 이, 웃으면서 가는 이

자료코드 : 10_00_FOT_20110623_HNC_YBS_0010
조사장소 : 제주특별자치도 제주시 한경면 고산리 2175-11번지
조사일시 : 2011.6.23
조 사 자 : 강정식, 강소전, 송정희
제 보 자 : 윤복선, 여, 82세
구연상황 : 제보자와 조사자들이 재미있는 이야기에 모두 함께 웃으며 즐거워지자, 또 바
로 이어서 우스운 말을 하였다.
줄 거 리 : 하품하면서 가는 사람은 제사 먹고 가는 사람이고, 해를 바라보면서 가는 사
람은 먼 길을 가는 사람이다. 담 옆을 보면서 가는 사람은 신발 떨어지는 사
람이고, 웃으면서 가는 사람은 남의 각시 떼고 가는 사람이다.

또 줄막헌460) 거이. [웃음] 줄막헌 거.

하우염461) 허영 가는 사름은 제스 먹엉 가는 사름, 헤 베리멍462) 가는

---

459) 달리자.
460) 짤막한.
461) 하품.
462) 보면서.

사름은 먼 질 가는 사름, 담 염에463) 보멍 가는 사름은 신발 떨어지는 사름, 웃이멍464) 가는 사름은 놈으 놈으 각시 띠양465) 가는 사름.

[모두 함께 웃는다.]

그런 이야기 앚으민466) 잘 굴아. 그런, 게난 웃임 웃엉 가는 건 놈이 각시 띠야둥,

이염 베리멍 가는 사름은 신발허곡, 하우염 헤영 가는 사름은……

(조사자 : 제사 먹엉.)

싯게 먹엉 가는 어른, 헤 베리멍 가는 사름은, 먼 디 가는 사름.

(보조 조사자1 : 헤 베리멍 가는 거예.)

(보조 조사자2 : 재미지우다.)

[웃는다.] 히여뜩헌467) 말.

---

463) 옆에.
464) 웃으면서.
465) 떼서.
466) 앉으면.
467) 허무맹랑한.

네 젓는 소리(네 소리)

자료코드 : 10_00_FOS_20110224_HNC_KGI_0001
조사장소 : 제주특별자치도 제주시 한경면 고산리 2250-6번지(고산1리 경로당)
조사일시 : 2011.2.24
조 사 자 : 강정식, 강소전, 송정희
제 보 자 : 강경임, 여, 90세
구연상황 : 조사자가 요청하자 구연하였다.

> 이여도 사나
> 솔솔이 가는것은
> 솔나무로 지은베여[468]
> 잘잘이~ 가는것은
> 잣나무지여 어기여서
> 잘넘어간다 잘넘어간다
> 이여도사나 이여도사나
> 뭣을[469]먹고~ 요노뗑이[470]~
> 궁글궁굴~ 굴거가나
> ᄇᆞ람통을 먹엇느냐
> 지름통을 먹엇느냐
> (청중 : 이여도 사나.)
> 뭣을먹고 궁글궁글~

---

468) 배여.
469) 무엇을.
470) 노.

굴거오나

이여도사나 이여라쳐라

이여라쳐라 쳐라쳐라 이여~

(청중 : 지어라 베겨라)

요목지영~ 못가는건~

물떼무지~ 아니러라

이여도사나 이여라 처

물넘엉가게~ 산넘어가게~

산도못넘고~ 물도못넘엉 헛

물못넘어 가는것은~

베를타고 건나오라~

산넘어서~ 못오거든~

몰을⁴⁷¹⁾타고~ 건나나오라

지어라쳐~ 쳐라쳐

수덕좋은~ 선앙님아~

압발로랑 허우치멍

뒷발로랑 걷우치영

거~셍복~ 좋은딜로~

메역단풍~ 좋을딜로~

닷을주게~ 허옵서서

선앙님아 닷을주게 허옵서서

셍복가득~ 좋은딜로~ 가게헙서

이여도사나~ 이여도사나~

저산천에 푸십세는

---

471) 말을.

헤년마다 돌아오건만은
우리님은~ 어딜가고~
날찾아올줄 모르느냐
이여도사나~ 이여도사나~
이여도사나
누게랑몸에~ 아기랑모여
허리지다~ 베지다~ 허렌말이냐
이여도사나 헛 이여도사나 헛
요목저목~ 울덴목이~
정령하다~
이여도사나~ 이여도사나~
수덕좋은~ 선앙님아~
압발로랑~ 걷우치고~
뒷발로랑~ 오동치영~ 어서나가자
잘잘이 가는것은
잣나무로 지은베여
솔솔히 가는것은
솔나무로 지은베라
어서가자
울덴목이 헛 정령하네 헛
이여도사나
요네상착~ 부러나진덜~
산에올라~ 곧언나무~ 엇을말가~
요네상착~ 부러나진덜~
이여도사나 이여도사나
○○○로 엇을말가

부산항구~ 녹부줄이 엇을말가
이여도사나 이여도사나

아기 홍그는 소리

자료코드 : 10_00_FOS_20110224_HNC_KGI_0002
조사장소 : 제주특별자치도 제주도 제주시 한경면 고산리 2250-6번지(고산1리 경로당)
조사일시 : 2011.2.24
조 사 자 : 강정식, 강소전, 송정희
제 보 자 : 강경임, 여, 90세
구연상황 : 조숙현의 권유에 따라 구연하였다.

자랑자랑 우리아기 잘도잔다 [웃음]
자랑자랑 어서자라
어서자라 우리아기 잘도잔다
눕으아긴 베472)고프난
밥드렌473)허멍 아니자고
우리아긴 잘먹으난
잘도잔다 자랑자랑
어왕우리 아기제와
저레가는 삼동개야
이레오는 은동개야
우리아기 제와드라
너네아기 제와주마
아니 제와주단

---

472) 배.
473) 달라고.

덜목아지 손목아지

무꺼그네

천지소에 들이첫다 네첫다 허키여

어와자라 어서자라

잘도잔다

[웃음]

사데소리

자료코드 : 10_00_FOS_20110330_HNC_KSH_0003

조사장소 : 제주특별자치도 제주시 한경면 고산리 2250-6번지(고산1리 경로당)

조사일시 : 2011.3.30

조 사 자 : 강정식, 강소전, 송정희

제 보 자 : 강소하, 여, 79세

구연상황 : 조사자가 요청하니 구연하였다.

어긴여랑 사데야

앞멍에랑 들어나오라

뒷멍에랑 무너나서라

어긴여랑 사데로다

꿩꿩장서방 (1)

자료코드 : 10_00_FOS_20110224_HNC_KCI_0001

조사장소 : 제주특별자치도 제주시 한경면 고산리 2250-6번지(고산1리 경로당)

조사일시 : 2011.2.24

조 사 자 : 강정식, 강소전, 송정희

제 보 자 : 고창인, 여, 84세
구연상황 : 조사자가 '꿩꿩장서방'을 요청하니 청중들이 고창인을 지목하고 권유함에 따
라 구연하였다.

꿩꿩 장서방

어찌어찌 살았나

내가어찌 못사느냐

알롱다롱 저고리에

백혜멩지 짓을돌고

자지멩지 곰을474)달고

삼년먹은 ᄀ실밭에

사년먹은 ᄀ실밭에

옥신각신 줏엄시난

척척ᄀ튼 메475)아덜놈

날 심으레 오는구나

요만하면 어찌ᄒ료

삼각산에 굽어올라

메누에기476) 방에지라

딸애기477) ᄀ레ᄀ라

창부타령 (1)

자료코드 : 10_00_FOS_20110224_HNC_KCI_0003

---

474) 고름을.
475) 매.
476) 며느아기.
477) 딸아기.

조사장소 : 제주특별자치도 제주시 한경면 고산리 2250-6번지(고산1리 경로당)
조사일시 : 2011.2.24
조 사 자 : 강정식, 강소전, 송정희
제 보 자 : 고창인, 여, 84세
구연상황 : 제보자가 자청하여 구연하였다.

　　　하른산으로478) 네리는479)물에
　　　찹쌀싯어 밥을허니
　　　네도480)많고 돌도많소
　　　님~없는 가실러라
　　　얼씨구나좋다 절씨구 엇나
　　　아니노지는 못허리라
　　　너가나를 뚝떼릴적에
　　　아파냐고나 떼렷느냐
　　　사랑에넘쳐 떼린것~을
　　　조금도섭섭히 셍각마오481)

　　[다 함께 박수치며 웃는다.]

꿩꿩 장서방 (2)

자료코드 : 10_00_FOS_20110330_HNC_KCI_0002
조사장소 : 제주특별자치도 제주시 한경면 고산리 2250-6번지(고산1리 경로당)
조사일시 : 2011.3.30
조 사 자 : 강정식, 강소전, 송정희

---

478) 한라산으로.
479) 내리는.
480) 냄새도.
481) 생각마오.

제 보 자 : 고창인, 여, 84세
구연상황 : 조사자의 요청에 따라 구연하였다.

꿩꿩 장서방
어찌어찌 살았나
내가어찌 몬사느냐482)
알롱다롱 저고리에
백혜멩지 짓을돌고
자지멩지 곰을483)달고
삼년먹은 ᄀ실밭에
사년먹은 ᄀ실밭에
옥신독신 줏엄시난
청촉ᄀ튼 메484)아덜놈
날심으레 오는구나
요만하면 어찌ᄒ료
삼각산에 굽어올라
메누에기485) 방에지라
뚤에기486) ᄀ레ᄀ라

창부타령 (2)

자료코드 : 10_00_FOS_20110330_HNC_KCI_0003
조사장소 : 제주특별자치도 제주시 한경면 고산리 2250-6번지(고산1리 경로당)

---

482) 못사느냐.
483) 고름을.
484) 매.
485) 며느아기.
486) 딸아기.

조사일시 : 2011.3.30
조 사 자 : 강정식, 강소전, 송정희
제 보 자 : 고창인, 여, 84세
구연상황 : 앞의 '꿩꿩장서방'에 이어 바로 구연하였다. 조사자가 제목을 물었지만 기억
이 나지 않는다고 하였다.

하르산이[487] 금전이라도
쉴[488]줄을 모르면 몬[489]쉬어요[490]
섭진 노사리 백미라도
말데가 없으면 몬먹어요
한강수야 소주라도
부량자 없으면 몬마셔요

창부타령 (3)

자료코드 : 10_00_FOS_20110330_HNC_KCI_0004
조사장소 : 제주특별자치도 제주시 한경면 고산리 2250-6번지(고산1리 경로당)
조사일시 : 2011.3.30
조 사 자 : 강정식, 강소전, 송정희
제 보 자 : 고창인, 여, 84세
구연상황 : 조사자가 다시 한 곡 더 부르라고 권유하자 앞의 노래에 이어 가사를 다르게
하여 구연하였다.

형님형님 스춘형님
시집살이가 어떱데가
아이고야야 말도말라

---

487) 한라산이.
488) 셀.
489) 못.
490) 세어요.

장둙ᄀ튼491) 시아방에

암ᄐᆰᄀ튼492) 시어멍에

모질이ᄀ튼 시누이에

물구럭ᄀ튼 서방님에

고추장이 멥다ᄒ여도

시집살이보담사 더멥느냐

창부타령 (4)

자료코드 : 10_00_FOS_20110330_HNC_KCI_0005

조사장소 : 제주특별자치도 제주시 한경면 고산리 2250-6번지(고산1리 경로당)

조사일시 : 2011.3.30

조 사 자 : 강정식, 강소전, 송정희

제 보 자 : 고창인, 여, 84세

구연상황 : 조사자가 다시 다른 노래는 생각나는 것이 없냐고 물으니 바로 이어서 가사
를 달리하여 구연하였다.

하릇산으로493) 네리는 물에

찹쌀 씻어 밥을 ᄒ니

네도494)많고 돌도많소

임~없는 탓일러라

얼씨구나좋다 절씨구나

아니노지는 못하리라

(제보자 : 뭐 따시 잊어벼서.)

---

491) 장닭같은.
492) 암닭같은.
493) 한라산으로.
494) 냄새도.

도량천지 가신님은

돈이나벌면은 오시겠고

공동산천 가신님은

한번가면 올줄몰라

[청중들이 웃는다.]

(보조 조사자 : 아이고 소리 잘헴수다. 진짜.)

너가나를 꼭떼릴적에

아프랴고 날떼렷느냐

사랑에넘쳐 떼린것을

조꼼도섭섭이 셍각마오

[청중들이 웃는다.]

창부타령 (5)

자료코드 : 10_00_FOS_20110330_HNC_KCI_0006

조사장소 : 제주특별자치도 제주시 한경면 고산리 2250-6번지(고산1리 경로당)

조사일시 : 2011.3.30

조 사 자 : 강정식, 강소전, 송정희

제 보 자 : 고창인, 여, 84세

구연상황 : 조사자가 다시 다른 노래는 생각나는 것이 없느냐고 물으니 바로 이어서 가
사를 달리하여 구연하였다.

발동기나기계 하룡산기계

아무리놀려도 죽도않고

우에통통 알로색색

옆으로물결만 살랑살랑

회심곡

자료코드 : 10_00_FOS_20110330_HNC_YBS_0001
조사장소 : 제주특별자치도 제주시 한경면 고산리 2250-6번지(고산1리 경로당)
조사일시 : 2011.3.30
조 사 자 : 강정식, 강소전, 송정희
제 보 자 : 윤복선, 여, 82세
구연상황 : 청중의 권유에 응하여 구연하였다. 제보자 윤복선이 어릴 때 어머니가 부르는
　　　　　 것을 듣고 배웠다고 한다.

여보시오 시조님네

이네나말씀을 들어보소

이세상에 나온사람

누495)덕으로나 나왔는고

석가여리 공덕으로

아버님전 뻬를496)빌고

어머님전에 술을497)빌고

칠성님전에 멩을498)빌고

저승님전에 복을빌어

인간에 탄싱ᄒ여

ᄒᆞᆫ두술에 철을몰라

부모나은공을 알을쏘냐

이삼십이 낳앗던들

부모나은공을 못네갚아

ᄉᆞ오십이 나도

---

495) 누구.
496) 뼈를.
497) 살을.
498) 명을.

부모은공은 못내갚아
어제오늘 성탄몸에
즈냑날은 병이들어
부르는건 어머니요
찾는것은 넹수로다499)
인삼녹용 약을쓴들
약효력이나 잇습니까
심방불러 굿을헌들
굿효력도 없어진다
어제오늘 성탄몸에
즈냑날은 병이들어
부르는건 어머니요
찾는것은 넹수로다
쳐다봐둘 집을삼고
축어름을 의지삼아
그날저날 살단보난
체서님은 체서비는 품에쿰고
홍사슬은 손에심어
잡은문을 탁차면서
어서가자 바삐가자
뒷꼭지를 치데기니
청강진강 호여가니
어서가자 바삐가자
체서님아 체서님아

---

499) 넹수로다.

혼두끼만 묶여가오
일가방상 하직ᄒ고
부모형제 하직하여 가오리다
시각이 어서진다
어서가자 바삐가자
뒷꼭지를 치데기니
청강진강 죽어졋네
저싱길이 멀다헌들
데문밖이 저싱이오
일문전에 하직ᄒ고
저마당에 막은도어
저올레에 나고나보니
저싱길이 완연ᄒ다
체서님은 인정달러
인정줄돈 한푼없네
날적이도 빈손주멍
들적이도 빈손주멍
인정달라 인정달라
인정줄돈 ᄒ푼없네
살아셍전 먹는목이
살아야 셍전에 쉬는목이
원고향에 본풀이요
쉰고향에다 쉰풀이요
지전말라 인정촛냐
황금도복 일날장이나 걸어줍서
저싱더레 건너갈적

물이라도 사먹엉 가쿠다

인정 혼푼줄 돈엇네

살아셍전에 먹는먹이

원고향 본풀이로

쉰고향에 쉰풀이로

지전이나 말앙을 걸어줍서

어여차뒤여차 헹상소리가나네

얼음같은 눈물은

방울방울 떨어지는눈물

꽃딱섬이 다지도록

어여차뒤여차 달귀소리가나네

촘아진정 죽어졌네

나무아미타불 관세음보살

(제보자 : 끗입니다.500))

[다같이 박수를 친다.]

창부타령

자료코드 : 10_00_FOS_20110330_HNC_YBS_0002

조사장소 : 제주특별자치도 제주시 한경면 고산리 2250-6번지(고산1리 경로당)

조사일시 : 2011.3.30

조 사 자 : 강정식, 강소전, 송정희

제 보 자 : 윤복선, 여, 82세

구연상황 : 다른 제보자가 부르겠다고 하니 자신이 먼저 한 곡 더 부르겠다고 하며 구연
하였다.

---

500) 끗입니다.

백구야훨훨 날지를말어

널잡을 내아니라

술을먹고 물마시고

팔을베고나 누윗으니

대장부 살렴살이

요만ᄒ면은 넉넉하다

얼씨구좋다하하 지화자자 좋네

아하니놀지는 못하리라

(제보자 : 불러 이제랑.)

옛말

자료코드 : 10_00_FOS_20110330_HNC_YBS_0003

조사장소 : 제주특별자치도 제주시 한경면 고산리 2250-6번지(고산1리 경로당)

조사일시 : 2011.3.30

조 사 자 : 강정식, 강소전, 송정희

제 보 자 : 윤복선, 여, 82세

구연상황 : 조사자가 요청하자 구연하였다. 제보자 윤복선이 웃기려고 하는 말이라고 하
면서 '말잇기노래'처럼 하였다.

하우염 닷돼

조우름 닷돼

메우난 ᄒ말

지난 닷돼

실르난 서돼

밥은뜨난 조막만이

먹으난 후두룩

똥못싸난 존대오름만이

망아진 새촛으레 뎅기당

오름인가푸덴 올라사난

똥더레빠젼 봉근낭만 고딱고딱

밧 블리는 소리

자료코드 : 10_00_FOS_20110623_HNC_YBS_0001

조사장소 : 제주특별자치도 제주시 한경면 고산1리 윤복선 씨 댁

조사일시 : 2011.6.23

조 사 자 : 강정식, 강소전, 송정희

제 보 자 : 윤복선, 여, 82세

구연상황 : 조사자가 권유하니 구연하였다.

어러러러러 어러 하량

어서어서 요모쉬야 저모쉬야

어서어서 돌랑돌랑 걸어나보라

한밧메기 마ᄇ름불면

마가지뒈영 조랑나건 작박으로 나그네

어서어서 돌랑돌랑 발자국마다 걸으라

어~~ 어려려려려 하량

어서어서 걸어보라 요모쉬야 저모쉬야

훈저 돌랑돌랑 걸어그네

한방메기 마ᄇ름이면 마가지가뒈면

조랑나건 발자국마다 작박으로 솟안

어려려려려려 어려 하량

새드림

자료코드 : 10_00_FOS_20110623_HNC_YBS_0002
조사장소 : 제주특별자치도 제주시 한경면 고산1리 윤복선 씨 댁
조사일시 : 2011.6.23
조 사 자 : 강정식, 강소전, 송정희
제 보 자 : 윤복선, 여, 82세
구연상황 : 조사자가 권유하니 구연하였다.

(제보자 : 아기 새 드리는501) 소리양.)

새물로 사양아어~~

원물로 가양아어~~

어느물에 용아니놀멍어~~

어느물에 새아니놀리랴어~~

용도새도 아니놀던

범친물로 새네와드리자

주어주어 주어라훨쭉

훨쭉드리난 동더레소로롱

서더레호로롱 다눌아간다

어딜로오는고 와자자오더라

쏠주멍물주멍 드리고드리자

주어주어 주어훨쭉

동서더레 돌아난다

서수왕똘에기 문도령한티 시집못가

문도령은 장겔말젠 막펜지춫이레가난

서수왕똘에긴 살아서도 문칩이구신

---

501) 쫓는.

죽어서도 문칩이구신

보띠촛안 박박치선 불살아먹언

고진방안에 들어간 문중간앚안

석자오치머리로 목을졸라 죽엇구나

석둘열흘만에 문열언보난 새몸으로 나더라

눈으로나는샌 곰방새여

코로나는샌 부엉새여

입으로나는샌 악심새여

상가메로 나는새는 인간에들어 혜말림새여

주어주어 주어훨쭉

아기 홍그는 소리

자료코드 : 10_00_FOS_20110330_HNC_YWS_0002

조사장소 : 제주특별자치도 제주시 한경면 고산리 2250-6번지(고산1리 경로당)

조사일시 : 2011.3.30

조 사 자 : 강정식, 강소전, 송정희

제 보 자 : 윤월선, 여, 87세

구연상황 : 청중들이 권유하자 구연하였다.

자랑자랑 자랑자랑

웡이자랑 자랑

우리아기 잘도잔다

웡이자랑 자랑

누웡자라 누웡자라

우리아기 제와주마

(제보자 : 아이고 못허켜게. 못허커라.)

(청중 : 우리 아기도 제와드라.)

우리아기 제와드라

느네아기 제와주마

우리아기 착혼거로구나

우리아기 순덱이여

(제보자 : 아이고 못허켜게.)

말잇기 노래

자료코드 : 10_00_FOS_20110224_HNC_LSS_0001
조사장소 : 제주특별자치도 제주시 한경면 고산리 2250-6번지(고산1리 경로당)
조사일시 : 2011.2.24
조 사 자 : 강정식, 강소전, 송정희
제 보 자 : 이순실, 여, 80세
구연상황 : 조사자가 요청하니 구연하였다.

저산에 꾸벅 꾸벅 헌거 뭣꼬

미우젱이502)

미우젱인 센다503)

세민 하레비504)

하레빈 등굽나

등굽으민 쉐질멧가지

502) '새품' 또는 '억새꽃'라는 뜻임.
503) 하얗다.
504) 할아버지.

쉐질멧가진 네구멍난다

네구멍나민 시리505)

시린 검나

검으민 가마귀

가마귄 늅뜬다506)

늅뜨민 심방이여

심방은 두드린다

두드리민 철젱이

(청중 : 철젱이.)

철젱인

(제보자 : 뭐?)

(청중 : 모르켜.)

(제보자 : 철젱인 붉은다? 두드려가민 빨간 불이 나오잖아.)

붉으민 데추여

데춘 단다

달민 엿이여

(청중 : 엿은 흩든다.)

엿은 흩든다

(제보자 : 그 다음은 모르커라.)

(청중 : 흩트믄 기러기여.)

---

505) 시루.
506) 날뛴다.

(제보자 : 흘트믄 기러기?)

(청중 : 어.)

　　　흘트믄 기러기

(제보자 : 흘트믄 기러기. 거까장밧끼507) 모르큰게.)

야학노래

자료코드 : 10_00_FOS_20110224_HNC_LSS_0002
조사장소 : 제주특별자치도 제주시 한경면 고산리 2250-6번지(고산1리 경로당)
조사일시 : 2011.2.24
조 사 자 : 강정식, 강소전, 송정희
제 보 자 : 이순실, 여, 80세
구연상황 : 제보자 이순실이 어릴 적 야학을 다닐 때 배웠던 노래를 불러보겠다고 하면
　　　　　서 박수치며 구연하였다.

　　　요세상에 무식하면 안돼는세상
　　　열심으로 공부하여 일꾼이로세
　　　동무들아 손을잡고 굳세게잡고
　　　비가오나 눈이오나 앞길을다투며
　　　장래에 우리일을 생각하면서
　　　세상사람 길이길이 밝혀줍시다

방아소리

자료코드 : 10_00_FOS_20110224_HNC_CSH_0001

---

507) 거기까지밖에.

조사장소 : 제주특별자치도 제주시 한경면 고산리 2250-6번지(고산1리 경로당)

조사일시 : 2011.2.24

조 사 자 : 강정식, 강소전, 송정희

제 보 자 : 조숙현, 여, 90세

구연상황 : 조사자가 요청하자 청중들이 서로 하라고 권유하다가 제보자가 기억이 난다
고 하면서 구연하였다. 분명히 '방아소리'라고 하고 불렀지만 '네 젓는 소리'
와 비슷하게 구연하였다.

이여이여 이여도ᄒ라

나 레랑 산넘엉가라

너놀레랑 물넘엉가자

이여이여 이여도ᄒ라

어멍어멍 무사똥508)꿥더가

무사나 똥꿰느니

똥네가509) 아니꿰엿져

굳지말라

이여이여 이여도ᄒ라

ᄀ레ᄀᆯ앙 우리하근거ᄀᆯ앙

하근거허영 먹젠허난

어버치게 ᄀᆯ앙가는구나

이여이여 이여도ᄒ라

(청중 : 싀콜방에. 이여이여.)

이여이여

(청중 : 싀콜방에.)

---

508) '방구'라는 뜻임.

509) '방구냄새'라는 뜻임.

이여도ᄒ라
쉬콜방에 세나동동
맞이민짓나 이여도ᄒ라
세글르민 못짓는다
세나둥둥 맞이민진다
이여이여 이여도ᄒ라

[웃는다.]

사데소리(검질 메는 소리)

자료코드 : 10_00_FOS_20110224_HNC_CSH_0002
조사장소 : 제주특별자치도 제주시 한경면 고산리 2250-6번지(고산1리 경로당)
조사일시 : 2011.2.24
조 사 자 : 강정식, 강소전, 송정희
제 보 자 : 조숙현, 여, 90세
구연상황 : 청중이 요청하자 구연하였다.

어기여랑 ᄉ데야
사데불렁 요검질메게

(청중 : 압멍에랑.)

압멍에랑 들어나오고
뒷멍에랑 무너나사라
이여이여

(청중 : 이여도ᄒ라)
(제보자 : 아니라.)

나놀레랑 산넘엉가자

너놀레랑 물넘엉가라

(제보자 : 따시 뭣이엥 굴 거라. 더 모르커라. 몰라.)

[다 함께 웃는다.]

흔다리 인다리

자료코드 : 10_00_FOS_20110224_HNC_CSH_0003

조사장소 : 제주특별자치도 제주시 한경면 고산리 2250-6번지(고산1리 경로당)

조사일시 : 2011.2.24

조 사 자 : 강정식, 강소전, 송정희

제 보 자 : 조숙현, 여, 90세

구연상황 : 강경임이 '흔다리 인다리'를 부르다가 그만두자 제보자가 자청하여 구연하였다.

흔다리 인다리 게청 데청

윈님 사설 구월 나월

한장 밧디 번어나니

온동 달롱 기둥에 척

[웃는다.]

ᄀ레ᄀ는 소리

자료코드 : 10_00_FOS_20110312_HNC_CSH_0001

조사장소 : 제주특별자치도 제주시 한경면 고산리 2250-6번지(고산1리 경로당)

조사일시 : 2011.3.12

조 사 자 : 강정식, 강소전, 송정희

제 보 자 : 조숙현, 여, 90세

구연상황 : 조사자의 요청에 의해 구연하였다. 제보자 조숙현이 나이가 많아서 민요를 정
확히 부르지 못하는 상황이었다. 청중들이 재차 요청하였다.

　　이여 이여 이여도 ᄒ라

(청중 : 둘이 허여.)

(청중 : 이건 뭐라?)

　　나놀레랑510) 산넘엉 가라

(청중 : ᄀ레 ᄀ는 소리라?)

(청중 : 검질 메는 소리라?)

　　너놀레랑511) 물넘엉가라

(청중 : 아. 네 소리512) 허여게. 네 소리.)

　　이여 이여

(청중 : 그 노래 말앙. 네 소리 헙서. 네 소리.)

(보조 조사자 : 네. 네 소리 허십서.)

(청중 : 네 소리 말앙. ᄀ레ᄀ는 소리 허렌 헴수게.)

　　이여도 ᄒ라

(보조조사자 : 아니 아니 게난. 예.)

　　느네어멍 무사똥513)꿔엿디

---

510) 노래랑.

511) 노래랑.

512) '네 젓는 소리'라는 뜻임.

513) '방구'라는 뜻임.

나무사똥 꿔엿시니

(청중 : 똥 꿔엿시니 말만.)

　　이여이여 이여도ᄒᆞ라
　　나놀레랑 산넘엉가고
　　너놀레랑 물넘어가라
　　이여이여 이여도ᄒᆞ라

네 젓는 소리(네 소리)

자료코드 : 10_00_FOS_20110312_HNC_CSH_0002
조사장소 : 제주특별자치도 제주시 한경면 고산리 2250-6번지(고산1리 경로당)
조사일시 : 2011.3.12
조 사 자 : 강정식, 강소전, 송정희
제보자 1 : 조숙현, 여, 90세
제보자 2 : 강경임, 여, 90세
구연상황 : 조사자의 요청에 의해 구연하였다. 청중 중에 강경임이 받는 소리를 하였다.

　(청중 : 네소리허여. 네 소리.)

제보자 1 이여이여 이여도사나~

　　　　이여도사나 힛

　　　　나놀레랑 힛

　　　　산넘엉가고 헛

　　　　너놀레랑 힛

　　　　물넘엉가라 힛

　　　　이여이여

제보자 1 이여라쳐라

제보자 2 쳐라쳐라

제보자 1 쳐라쳐라

제보자 2 이여도가자

제보자 1 히영514)가자

제보자 2 어서가자

제보자 1 어서가자

제보자 2 물넘엉가자

　(청중 : 홈515) 츠레516) 헙서게.)

　(제보자 2 : ᄀ치517) 허야자. ᄀ치.)

　(제보자 1 : ᄀ치 허염주게.)

물질소리

자료코드 : 10_00_FOS_20110330_HNC_CSH_0001
조사장소 : 제주특별자치도 제주시 한경면 고산리 2250-6번지(고산1리 경로당)
조사일시 : 2011.3.30
조 사 자 : 강정식, 강소전, 송정희
제 보 자 : 조숙현, 여, 90세
구연상황 : 조사자가 권유하여 구연하였다.

　　이여싸나 이~여싸나

　　우리나베는~ 잘도간다

　　참메살길~ 나는듯이

---

514) '헤엄쳐서'라는 뜻임.
515) '같이'라는 뜻임.
516) 차례.
517) 같이.

잘이나잘잘~ 잘도간다

이여싸나 이

지어라보자 이

아니지엉~ 물갈르라~

지고가자~ 어어

베경가게 이여싸

청청혼~ 하늘에는~

존별들아~ 많건마는~

요내야~ 가슴속엔~

수심만 쌓였구나

이여디야 이여라디라

지어라바겨라 이

앞멍에랑

앞발로랑~ 건우치멍

뒷발로랑~ 어둥치멍

저기야 잘잘

우리네배는 잘도간다

이여싸 이여싸

아사노기 끊어진들

부산항구 아사노기 없일말가

부산항구~

(제보자 : 잊어부런 못ᄒ키여.)

방에소리

자료코드 : 10_00_FOS_20110330_HNC_CSH_0002
조사장소 : 제주특별자치도 제주시 한경면 고산리 2250-6번지(고산1리 경로당)
조사일시 : 2011.3.30
조 사 자 : 강정식, 강소전, 송정희
제 보 자 : 조숙현, 여, 90세
구연상황 : 제보자는 기억이 나지 않는다고 하다가 청중들이 권유하자 구연하였다.

(제보자 : 훈번 헤보카.)

　　이여이여 이여도ᄒ라
　　이여이여 이여도ᄒ라
　　요방에나 세나 둥둥 맞으민진다
　　세글러라 세가 글러

(제보자 : 뭣엔518) ᄀᆞᆯ암나게.)519)
[청중들이 떠들자 노래를 그만하였다.]

물질소리

자료코드 : 10_00_FOS_20110330_HNC_JSS_0001
조사장소 : 제주특별자치도 제주시 한경면 고산리 2250-6번지(고산1리 경로당)
조사일시 : 2011.3.30
조 사 자 : 강정식, 강소전, 송정희
제 보 자 : 좌신생, 여, 96세
구연상황 : 조사자가 '물질소리'를 이야기하니 청중들이 제보자에게 권유하였다.

　　이여싸~ 이여사나 허잇

---

518) 무엇이라고.
519) 말하느냐.

요물저물~ 물떼못가
물떼ᄒ기 청명ᄒ네520)
치고나 가자 헤잇
아니지고~ 몬가더라~
지고가자 헤잇
요목저목~ 물뗀ᄒ기
청명ᄒ네
저라저라 헤잇 쿵쿵저라 헤잇
아니지고~ 몬가더라~521)
있는대로~ 지고나가자 헤잇
저라저라 헤잇 쿵쿵저라 헤잇
요목저목~ 물뗀ᄒ가~
물떼노~ 청량ᄒ네 헤잇

사데소리

자료코드 : 10_00_FOS_20110330_HNC_JSS_0002
조사장소 : 제주특별자치도 제주시 한경면 고산리 2250-6번지(고산1리 경로당)
조사일시 : 2011.3.30
조 사 자 : 강정식, 강소전, 송정희
제 보 자 : 좌신생, 여, 90세
구연상황 : 조사자가 권유하자 구연하였다.

요검질을 메고가자
앞멍에야 들어나오라 헤잇

---

520) 청명하네.
521) 못가더라.

뒷멍에랑 무너사고

앞멍에랑 들어나오라 헤잇

밧 볼리는 소리

자료코드 : 10_00_FOS_20110330_HNC_JSS_0003

조사장소 : 제주특별자치도 제주시 한경면 고산리 2250-6번지(고산1리 경로당)

조사일시 : 2011.3.30

조 사 자 : 강정식, 강소전, 송정희

제 보 자 : 좌신생, 여, 90세

구연상황 : 청중들이 권유하자 구연하였다.

어려려려~~려허 어려 가하하하량

요물저물 아랄랑돌랑 걸어나보라 어려려려 어려~가하하~량

창가

자료코드 : 10_00_MFS_20110330_HNC_KSH_0001
조사장소 : 제주특별자치도 제주시 한경면 고산리 2250-6번지(고산1리 경로당)
조사일시 : 2011.3.30
조 사 자 : 강정식, 강소전, 송정희
제 보 자 : 강소하, 여, 79세
구연상황 : 정확히 기억은 나지 않지만 부르겠다고 하면서 구연하였다. 조사자가 언제 배운 노래냐고 물으니 어릴 적에 야학에서 연극을 할 때 어린 동생을 업고 부르던 노래라고 하였다.

복남아 울지말고 어서자거라
너를업고 배조리는 나도있단다
정일에는 너가울면 엄마젖주지
금년부터 문전멸시 요내신세여
복남아 우지말고 우지를말어
너가울면 내눈에서 피가흐른다
이리갈까 저리갈까 방향없고나
다른아혜522) 팔제좋아 엄마손잡고
요세는 명질523)하리 비단옷 입고
가는것을 바라보니 요내신세여
우리둘도 담밑에서 거적잠자고
황천에나 우리남메524) 굽어보소서

---

522) 아이.
523) 명절.
524) 남매.

이수일과 심순애

자료코드 : 10_00_MFS_20110330_HNC_KSH_0002
조사장소 : 제주특별자치도 제주시 한경면 고산리 2250-6번지(고산1리 경로당)
조사일시 : 2011.3.30
조 사 자 : 강정식, 강소전, 송정희
제 보 자 : 강소하, 여, 79세
구연상황 : 할아버지가 자주 불렀던 노래라고 하면서 자청하여 구연하였다.

데동강변 부벽루에 산보하는
이수일과 심순애의 양인이로다
악수한번 하는것도 오늘뿐이요
부부헹진 산보함도 오늘뿐이라
수일이가 학교를 마칠 때까지
심순애야 어찌하여 못참았더냐
남편이 부족함이 있다더냐
불영님이 금전에 탐이났더냐
남편이 부족함도 없지만은
부모님의 말씀데로 순정하여서
당신을 외국유학 시키려하여
김중배의 가정으로 시집을갔소
심순애야 이못난 이수일이도
이세상에 당당한 이기남아여
이상적인 아내를 돈과바꾸어
외국유학 하려하는 내가아니다

(제보자 : 막 셍각나는 데로 불럿수다. 이게 우리 하르방 노래.)

학도야 청년 학도야

자료코드 : 10_00_MFS_20110330_HNC_KSH_0004
조사장소 : 제주특별자치도 제주시 한경면 고산리 2250-6번지(고산1리 경로당)
조사일시 : 2011.3.30
조 사 자 : 강정식, 강소전, 송정희
제 보 자 : 강소하, 여, 79세
구연상황 : 조사자가 노동요 중에 아는 것이 없냐고 물었지만 노동요는 기억이 나지 않
고 야학할 때 부르던 노래가 생각난다며 박수치며 구연하였다.

학도야 학도야 청년학도야
백성의 과정을 들어보소
한소리 두소리 가고못오더니
인생이 백년가기 주먹같도다

(제보자 : 이거 우리 야학할 떼 배운 거게.)

한글타령 (1)

자료코드 : 10_00_MFS_20110224_HNC_KCI_0002
조사장소 : 제주특별자치도 제주시 한경면 고산리 2250-6번지(고산1리 경로당)
조사일시 : 2011.2.24
조 사 자 : 강정식, 강소전, 송정희
제 보 자 : 고창인, 여, 84세
구연상황 : 자청하여 구연하였다.

가갸거겨 가을바람 불어올떼에
고교구규 고요히 지나가도다
나냐너녀 나이525) 가삼526) 쓰라릴떼에

---

525) 나의.

노뇨누규 노래꿰나527) 부러528)봅시다

다댜더뎌 다라에서 부르는소리

도됴두듀 돌아보니 아무도없어

라랴러려 라이는 어데로가나

로료루류 노래꿰나 부러봅시다

마먀머며 마음대로 못노는세상

모묘무뮤 모엿다가 살아봅시다

바뱌버벼 방울방울 떨어지는눈물

보뵤부뷰 보따리에 싸두었다가

사샤서셔 사랑한 엄마오거든

소쇼수슈 소리질러 부러봅시다

(제보자 : 이상.)529)

[모두 박수를 친다.]

한글타령 (2)

자료코드 : 10_00_MFS_20110330_HNC_KCI_0001

조사장소 : 제주특별자치도 제주시 한경면 고산리 2250-6번지(고산1리 경로당)

조사일시 : 2011.3.30

조 사 자 : 강정식, 강소전, 송정희

제 보 자 : 고창인, 여, 84세

구연상황 : 청중들이 권유하자 구연하였다.

---

526) 가슴.
527) 꽤나.
528) 불러.
529) 끝.

가갸거겨 가을바람 불어올때에

고교구규 고요히 지나가도다

나냐너녀 너이가삼 쓰라릴떼에

노뇨누뉴 노래꿰나 불러봅시다

다댜더뎌 다라에서 부르는소리

도됴두듀 돌아보니 아무도없어

마먀머며 마음대로 못노는세상

모묘무뮤 모였다가 살아봅시다

바뱌버벼 방울방울 떨어지는눈물

보뵤부뷰 보따리에 싸두었다가

사샤서셔 사랑한 엄마오거든

소쇼수슈 소리질러 불러봅시다

(제보자 : 이상 끗.530))

해녀가

자료코드 : 10_00_MFS_20110330_HNC_YWS_0001

조사장소 : 제주특별자치도 제주시 한경면 고산리 2250-6번지(고산1리 경로당)

조사일시 : 2011.3.30

조 사 자 : 강정식, 강소전, 송정희

제 보 자 : 윤월선, 여, 87세

구연상황 : 제보자 윤월선은 강경임이 '아기홍그는 소리'를 잘못 부른다고 하며 자청하여
구연하였다.

우리들은 제주도의 가이없는 헤녀들

비참없는 살렴살이 세상 이로다

---

530) 끝.

아침일찍 집을떠나 한군데면 돌아와

우는아기 젖멕이고 저녁밥을 짓노라

고기 파는 소리

자료코드 : 10_00_MFS_20110330_HNC_LBS_0001
조사장소 : 제주특별자치도 제주시 한경면 고산리 2250-6번지(고산1리 경로당)
조사일시 : 2011.3.30
조 사 자 : 강정식, 강소전, 송정희
제 보 자 : 이복순, 여, 84세
구연상황 : 청중들이 권유하자 구연하였다. 제보자는 어릴 때 고기장사를 하였다고 하는
데 그때 이 노래를 부르면서 고기를 팔았다고 한다. 노래를 부르며 장사를 하
면 장사가 아주 잘 됐다고 한다.

골라잡아 골라잡아

골라만잡아요 골라잡아

어디를가면 공짜나있나

어데를가면은 그저주나

골라만잡으세요 골라만잡아

골라만잡으세요 골라잡아

북선노래(북지방 꽃)

자료코드 : 10_00_MFS_20110224_HNC_CSH_0004
조사장소 : 제주특별자치도 제주시 한경면 고산리 2250-6번지(고산1리 경로당)
조사일시 : 2011.2.24
조 사 자 : 강정식, 강소전, 송정희
제 보 자 : 조숙현, 여, 90세

구연상황 : 제보자 조숙현이 '사의찬미'를 부르자 청중이 '북선노래'를 부르라고 권유하여 구연하였다. 제목은 알 수 없다고 하였다.

이곳은- 조~선
북쪽~지방
이천년이 먼먼코
저~압록강
건너가면 넓고넓은
남만~주
그지참에 역~마에 삼십년도

(제보자 : 잘 헷지.)
[웃는다.]

활발하고 용멩한 우리 동포야(철썩철썩)

자료코드 : 10_00_MFS_20110224_HNC_CSH_0005
조사장소 : 제주특별자치도 제주시 한경면 고산리 2250-6번지(고산1리 경로당)
조사일시 : 2011.2.24
조 사 자 : 강정식, 강소전, 송정희
제 보 자 : 조숙현, 여, 90세
구연상황 : 앞의 노래가 끝나고 바로 이어 구연하였다. 조사자가 제목을 묻자 제목은 기억이 나지 않는다고 하였다.

활발하고 용멩한 우리동포야
금수강산 좋은뜻을 이별하고서
산을넘고 물을건너 마리타이
우리야 할록벡이 그뭐인가
사농공상 고전낭월 우리형제는

날이세면 흰노적 검은아까마

철썩철썩 걸어갑니다

(제보자 : 아이고 잘한다.)

[다 함께 웃는다.]

북조선 꽃

자료코드 : 10_00_MFS_20110330_HNC_CSH_0003

조사장소 : 제주특별자치도 제주시 한경면 고산리 2250-6번지(고산1리 경로당)

조사일시 : 2011.3.30

조 사 자 : 강정식, 강소전, 송정희

제 보 자 : 조숙현, 여, 90세

구연상황 : 조사자가 다시 권유하자 제보자는 열두 살에 배운 것이라고 하면서 구연하였다.

이 꽃은 조~선

북쪽지방

이천년이 먼먼콧

저어 압록강

건너가면 넓고넓은

남만주

그치참아 역마에

삼십년도

(제보자 : 아이고 잘한다.)

[웃는다.]

활발하고 용맹한

자료코드 : 10_00_MFS_20110330_HNC_CSH_0004
조사장소 : 제주특별자치도 제주시 한경면 고산리 2250-6번지(고산1리 경로당)
조사일시 : 2011.3.30
조 사 자 : 강정식, 강소전, 송정희
제 보 자 : 조숙현, 여, 90세
구연상황 : '북조선 꽃 노래'를 부르고 바로 이어 구연하였다.

활발하고 용맹한 우리동포야
금수강산 좋은뜻을 이겨나고서
산을넘고 물을건너 마리타야
우리야 한록백이 그뭣인가
사농공상 고전낭월 우리형제는
난리성연 흰노적 검은아까마
철썩철썩 지고 걸어갑니다

2. 명월리

증편 한국구비문학대계 ● 제주특별자치도 제주시 ③

조사마을

제주특별자치도 제주시 한림읍 명월리

조사일시 : 2011.3.~2011.6.
조 사 자 : 허남춘, 강정식, 강소전, 송정희

　명월리(明月里)의 구비전승 조사는 3월부터 6월 사이에 집중적으로 이
루어졌다. 물론 그 전에도 몇 차례 마을을 방문하여 조사취지를 설명하고,
적절한 제보자를 선정하는 노력을 기울였다. 그런데 명월리에서 옛말과
노래를 구연할 만한 제보자를 찾는 일이 수월치 않았다.

　노인회관이 있지만 어르신들이 항상 모여 소일하는 형편이 아니었기에
적절한 제보자를 만나는 것 자체가 힘들었다. 때문에 마을을 돌아다니며

가가호호 방문하기도 하였지만 농번기일 뿐만 아니라, 예전에 견주어 어르신들이 돌아가시거나 연로한 상태여서 옛말이나 노래를 기억하여 구연할 만한 사람이 드물었다. 그런 가운데 마을에 대대로 거주한 한 제보자를 만나 명월리의 설화를 채록할 수 있었다. 먼저 사업취지를 설명하고 자료공개에 대한 허락을 구하였다. 제보자와는 이사무소에서 몇 차례 만나 조사하였다.

명월리는 한림읍의 중산간마을이다. 제주특별자치도로 통합되기 전에는 '북제주군'에 속해 있었으며, 옛 '제주시'를 기준으로 하면 서쪽으로 약 32km 정도 떨어져 있다. 2007년 12월 현재 명월리의 인구는 361세대에 823명이다. 남녀의 비율이 비슷하나, 남자가 약간 많다. 각성바지로 구성되어 있다. 금악리, 동명리, 상명리, 협재리 등과 이웃하고 있다. 마을 안에는 아직도 잘 보존되어 있는 팽나무 군락지와 명월대(明月臺)가 있어 운치를 더한다. 하지만 명월리 역시 지난 '제주 4·3' 당시 해안마을로 소개되는 등 큰 피해를 입었고 나중에 마을을 재건하기 위해 많은 고생이 있었다.

명월리는 예로부터 애월읍과 한림읍 일대에서 행정과 문화의 중심지였다. 명월진성(明月鎭城)이 있어 군사적으로도 요충지였다. 고려시대 충렬왕 때에 '명월현'(明月縣)이라는 행정기록으로 보아 이 마을의 역사는 매우 오래되었음을 알 수 있다. 민간에서도 '맹월'이라 부르는데 명월이라는 한자 표기가 일찍 형성된 것으로 보인다. 조선시대 순조 때에는 지방의 자제들을 교육시키는 기관인 우학당(右學堂)이 설치되어 교육에서도 중요한 지역이 되었다. 이 마을은 예로부터 반촌(班村)이라는 자부심이 남다른 곳이었다.

명월리의 주요 산업은 농업이다. 감귤과 마늘농사를 주로 하며, 축산업도 일부 행해진다. 명월리는 중산간마을이지만 인근 애월읍이나 한림읍 일대에 관광이 활성화 되어 있어 점점 마을을 찾는 이들이 늘어가고 있다. 교육이나 문화생활은 한림리나 또는 옛 제주시 지역 등에서 이루어진다. 마을 내 종교생활은 본향당을 중심으로 아직 무속신앙의 영향이 남아 있다. 다만 일상적 종교생활이라고 할 수는 없으나 정월에 마을 차원에서 지내는 유교식 포제도 매우 중시하고 있다.

이번 조사에서는 설화를 6편 채록할 수 있었다. 특히 월계 진좌수 등 마을에 실제로 존재하였다는 인물들에 대한 이야기로, 주로 마을에서 오래 전부터 전승되는 내용이다. 연로한 마을 원로들은 대개 어렸을 때부터 자라면서 많이 들었던 내용이라 친숙하게 여기고 있다.

제보자

오행춘, 남, 1935년생

주 소 지 : 제주특별자치도 제주시 한림읍 명월리 1674번지
제보일시 : 2011.3.31
조 사 자 : 강정식, 강소전, 송정희

　오행춘은 한림읍 명월리에서 1935년에 출생하였다. 한림초등학교를 졸업하였다. 23세에 입대하여 강원도 춘천 등지에서 군인 생활을 하였다. 군에서 제대한 뒤 26세에 세 살 연하인 부인을 만나 혼인하였다. 부인은 애월읍 귀덕리 출신이다. 군인 생활을 하는 동안 고향을 떠났을 뿐 평생 동안 내내 고향에서 농사를 지으며 살았다. 슬하에 자녀는 3남 2녀를 두었다. 마을에서 노인회장을 역임하기도 하였다. 오씨 집안은 명월리에 터를 잡은 지 오랜 가문으로 한 마을에 아직도 오 씨들이 비교적 많이 거주하는 편이다. 오행춘은 조사자들의 요청에 기억을 되살리려 애쓰며 차분하게 옛말을 들려주었다. 옛말은 대개 어렸을 때 집안의 남자 어른들에게서 들은 말이라고 한다.

제공 자료 목록
10_00_FOT_20110331_HNC_OHC_0001 월계 진좌수 (1)
10_00_FOT_20110331_HNC_OHC_0002 양호렝이
10_00_FOT_20110331_HNC_OHC_0003 월계 진좌수 (2)
10_00_FOT_20110331_HNC_OHC_0004 월계 진좌수 (3)
10_00_FOT_20110331_HNC_OHC_0005 ᄉ목사
10_00_FOT_20110331_HNC_OHC_0006 힘센 베 큰 강당장

월계 진좌수 (1)

자료코드 : 10_00_FOT_20110331_HNC_OHC_0001
조사장소 : 제주특별자치도 제주시 한림읍 명월리 1167-1번지(명월리사무소)
조사일시 : 2011.3.31
조 사 자 : 강정식, 강소전, 송정희
제 보 자 : 오행춘, 남, 77세
구연상황 : 조사자들이 명월리를 방문하여 옛말을 잘하는 어른들을 수소문하다가 제보자를 만났다. 제보자가 예전에는 옛말을 좀 알고 있었지만 지금은 많이 잊어버렸다고 하였지만, 조사자들이 거듭 청하니 생각을 가다듬고 마을에서 전해오는 이야기를 차분하게 하기 시작하였다.
줄 거 리 : 월계 진좌수가 젊은 때에 서당에 다녔는데, 하루는 서당 훈장이 진좌수를 보니까 몸이 갈수록 쇠약해지고 있어서 왜 그러느냐고 물었다. 진좌수는 서당으로 올 때마다 예쁜 여자가 나타나 자기를 안고 구슬을 서로 입안에서 놀리는 일이 있다고 대답하였다. 그러자 훈장은 진좌수에게 여인과 구슬놀이를 할 때 그 구슬을 재빨리 삼킨 뒤 밖으로 나와 하늘과 땅, 마지막에 사람을 보라고 가르쳐주었다. 진좌수는 훈장의 가르침에 따라 여인을 만나서 구슬을 삼켰다. 그런데 그때 여인이 여우로 변신하자 진좌수는 경황이 없어서 그만 하늘과 땅은 보지 못하고 지나가는 사람만을 보았다. 하늘과 땅을 모두 보았다면 천지의 일도 알았을 텐데, 그래도 사람을 보았기 때문에 그 뒤로는 마치 의사처럼 사람의 병을 잘 알고 치료할 수 있게 되었다. 진좌수는 죽은 뒤에도 사람들이 그 묘에 가서 빌면 병이 나았다고 한다. 진좌수는 실제 인물이었다.

(조사자 : 그냥 지난 번에 곧듯이양, 천천히 그냥 셍각나시는 데로만 말씀헤주시면 될 거우다. 뭐 특별헌 거 아니고양. 굳이 뭐 우리가 이게 사실이다 아니다 그걸 따지려고 하는 게 아니고, 옛날 어른덜이 그냥 영 앚앙 곧단 말, 어떤 말 골아나신가 이거 그냥 듣자는 거니까양, 또 이젠 또 그런 말헐 기회도 엇지 아녀꽈양.) [웃음]

거니께 월계 진좌수엔 헌 분은 실제 인물은 인물인데, 어느 때 인물인 처레도[531] 모르고, 그 사름에 데한 묘소가 요 문수동[532] 우에 잇다는 건 확실헤요 그거는.

거곡 그 월계 진좌수 손이 고린동[533]에 진○○이라고 돌아가신 분인데 그디 좀 손덜이 좀 잇고예.

그러면 월계 진좌수에 데한 얘기 시작허까예.

(조사자 : 예.)

월계 진좌수란 분은 우리 듣기로는 에 젊은 떽에, 젊은 적에 서당에들 다녓다고 그레요. 서당에, 서당에 다니 다니는디,

그 서당 훈장(訓長)님이 보니까니 아이가 날날이 좀 쉐약헤진단말여. 그 레서 이상케 여겨가지고 한 번 불러가지고,

"너 어쩨서 몸이 그렇게 약하냐?"고 물엇더니,

"아 이레 서당더레 오다 보면은 꼭 이쁜 여즈가 나타나가지고 자기를 껴안고, 에 구슬을 자기 입에 놧다 그 여자 입에 놧다 왓다갓다 하다가, 한 지금 ᄀ뜨민 약 한 시간 정도 잇다가 돌아오고 잇습니다."

이런 이야기를 훈장님안티 이야기를 허니까니 훈장님은 알아야 먹엇 진 모르지만은,

"그러면은 나 시기는 데로 헤라."

"예. 하겟습니다." 헤서.

그렇게 구슬을 그게 옹준진[534] 몰라도,

"구슬을 주고받고 허다가 확허게 섬겨가지고[535] 밖에 나와가지고 하늘을 보고 땅을 보고 그 다음에라그네 사름을 보라."

---

531) 인물인지도.
532) 명월리의 지명.
533) 명월리의 지명.
534) 옥주인지는. 玉珠.
535) 삼켜가지고.

이렇게 지시를 헷는데,

"아 그렇게 허겟습니다." 헤서,

뒷날은 오다가 그 여자분을 만나가지고 그 구슬을 주고받고 먹다가 딱 섬주니까니 그 여자가 여우로 탁 변신혜가지고,

겁이 나가지고 활짝 나오는 게, 선셍님 훈장님 말씀데로 하늘도 못 보고 땅도 못 보고 믄여[536] 본 게 사름을 봣답니다. 그 지나가는 사름.

그레서 그 훈장님 말씀데로 하늘을 보고 땅을 보고 사름을 봣으민 하늘 천제(天字), 지제(地字) 제 뭐 다 헐 건데,

그걸 못 보기 떼문에 사름을 보앗기 떼문에 사름에 데한 것만 알아가지고 그분이 에 사름에 데한 이사[537] 지금 ᄀ뜨면은 이사죠예. 그렇게 됏다고 말씀 듣고.

그 이제 동네 사름덜이 무슨 벵이 나서 그분한테 가서 지시를 받으면은, 그자 벡발벡중(百發百中) 다 치료가 됏다고 그레요.

그레서 그 분이 돌아가셨는데, 돌아가신 후에도 그 산에[538] 가서 병든 사름이 누워서 좀 날 어떻게 도와주십서 헤서 하룻밤 자고 나면은 에 병이 좋앗다는 이런 게 잇고.

지금까지도 알게 모르게 그런 게, 그런 사름이 잇다고 그럽니다. 지금도. 근데 그 묘는 나는 모르겟는데, 요 문수동, 동명립니다.

문수동 우에 묘소가 잇다고 그럽니다 뭐, 뭐 그 정도에요. 헤서 그 그런 그분이, 실제 인물은 맞은데예.

(조사자 : 예.)

그적에 그 여우가 잇엇는지 없는지 그게 이심이[539] 가는 데목이라예.

---

536) 먼저.
537) 의사.
538) 묘에.
539) 의심이.

근데 실제 인물은 맞습니다.

그걸 알알 필요가 잇다라면은 그 저 아까 고○○씨네 그 사람네 족보만 보면은 그 사람 연령데, 아니면은 어느 시데(時代)에 사름 알 수가 잇을 겁니다.

거 뭐 우리, 나도 뭐 알랴면 알 건데 조금 데움헤가지고예.540) 거 뭐 [웃음] 놈으 일이라 살다 보니까니 그렇고예.

그것은 그 정도로 끝나고.

양호렝이

자료코드 : 10_00_FOT_20110331_HNC_OHC_0002
조사장소 : 제주특별자치도 제주시 한림읍 명월리 1167-1번지(명월리사무소)
조사일시 : 2011.3.31
조 사 자 : 강정식, 강소전, 송정희
제 보 자 : 오행춘, 남, 77세
구연상황 : 월계 진좌수 이야기에 바로 이어서 구연하였다.
줄 거 리 : 명월리에 양호렝이라는 사람이 있었는데 눈의 힘이 아주 세어서 항상 눈을 감고 다녔다. 양호렝이가 눈을 뜨면 짐승이나 사람도 쓰러질 정도였다고 한다. 어느 날 비양도 앞바다에 외적이 나타나자 사람들이 무서워서 가지 못하였다. 이때 양호렝이가 나서서 자신이 외적을 상대하러 가겠다고 하였다. 외적을 만나서는 눈을 번쩍 뜨면서 뭐 하러 왔느냐고 하니 외적들은 겁을 먹어서 도망갔다.

이 한림541)에는 아니 이 멩월리542)에는 원레 이 동멩,543) 멩월, 상멩,544) 옹포,545) 거막546)이 멩월이랏습니다.

---

540) 명심하지 않아서요.
541) 제주시 한림읍.
542) 제주시 한림읍 명월리.
543) 제주시 한림읍 동명리.
544) 제주시 한림읍 상명리.

근데 그쩍에 우리 듣기로는 우리 조상 오씨가 많다고 그러는데 권세(權勢)는 양씨가 ㄱ것다고 그레요. 그떼 권세라는 게 잇지 않습니까? 엿날은.

그떼 그 양호렝이라는 분이 잇엇다고 그레요. 그 분이 어떤 분이냐, 어떤 분인고 하니, 눈을 항시 감고 다녓다고 그럽니다. 눈을 뜨면은 사름이 닭, 오리 정도는 눈을 뜨면은 도망을 갓다고 그레요. 저 쓰러젓다고 그레요.

그레서 눈을 감아서 다니는 분이엇는데, 어느 뗀진 모르겟습니다. 비양도 앞바다에 웨적(外賊)이 나타나니까니, 에 여기서 갈 사람이 없어가지, 가서 데화(對話)헐 사람이 없어가지고, 무셔가지고,547) 안 갓는데,

양호렝이라는 분이 내가 가겟다고, 헤서 가가지고 에 일본 사름덜안테 뭐 우리말로 헷겟죠. 눈을 번찍 트면서,

"너네덜 뭐허레 왓느냐?"고 허니까니,

그 분네가 그 영감 양호렝이 그 헹동, 눈을 봐가지고 좀 겁 집어먹어서 도망갓다는 이런 말도 들엇습니다.

헌데 그게 양칩에서는 알런지, 저는 촘 그 집이 손도 아니고예. 들은 이야기입니다.

(조사자 : 이 분네가 실제 인물인가마씨?)

예. 실제 인물입니다. 근데 양칩이 가면은 조사가 뒐 겁니다 이게.

(조사자 : 그 분네 저 이름자도 알아지고.)

알 겁니다. 양호렝이라고 하면예 양칩이서는 다 압니다.

---

545) 제주시 한림읍 옹포리.
546) 제주시 한림읍 금악리.
547) 무서워서.

월계 진좌수 (2)

자료코드 : 10_00_FOT_20110331_HNC_OHC_0003
조사장소 : 제주특별자치도 제주시 한림읍 명월리 1167-1번지(명월리사무소)
조사일시 : 2011.3.31
조 사 자 : 강정식, 강소전, 송정희
제 보 자 : 오행춘, 남, 77세
구연상황 : 월계 진좌수의 집안 이야기를 좀 하다가, 조사자가 진좌수 이야기를 거듭 청
하자 다른 이야기를 들려주었다.
줄 거 리 : 월계 진좌수가 진짜 병을 고칠 수 있는지 없는지 알아보기 위하여, 어느 날
친구 둘이서 내기를 하였다. 한 사람이 아픈 척 누워 있으면 다른 한 사람이
진좌수에게 가서 어떻게 할지 물었다. 그러자 진좌수는 누워 있는 사람이 죽
었다고 답하였다. 진좌수에게 물어본 사람은 누워있던 친구가 아픈 척 흉내를
낸 것이기에 그럴 리 없다고 생각했지만 진좌수는 정말 죽었다고 말하였다.
이에 가서 확인해 보니 친구가 뒤로 넘어지다가 그만 돌에 부딪쳐 진짜 죽어
버렸던 것이다.

(조사자 : 그 월계 진좌수가 그 어떵 아픈 사람을 영 고쳤다는 사례가
또 잇지 아넵니까? 몇 개 양. 그런 거 ᄒ끔 골아줍서.)

아 아, 그 말 아. 그러니까니 이제는 이심이 갈 거 아닙니까. 저 사람이
이사냐 안사냐. 병을 고칠 수 잇느냐 없느냐 농담을 허다가, 내가 여기서
누울 테니까니, 저 월계 진좌수신디 가서,

"저 사람이 아팟는데 어떻게 허면 뒈겟습니까?" 허고,

물어보라고 헷더니, 물어보라 허니까니,

"알앗습니다." 헤서,

한 사람은 뒤에 간 탁 자빠져버리고, 한 사람은 가서 월계 진좌수안티
가서,

"저기 친구가 오다가 저렇게 누워서 아픈데 어떻게 구완헤주십시오."
허니까니,

"그 놈 죽엇다."

그니까니 웨 아까 게난 그 사람이 약속헷단 말입니다. 이사냐 안사냐 알아보기 위헤서. 거니까니,

"아 그럴 필요가 없습니다."

"가봐라 죽엇다." 헤서,

가보니까니 죽엇더랍니다. 웨 죽엇느냐, 장난으로 춤 여기말로 제주말로 장난으로 이렇게 딱 업더지니까니[548] 그 뒤터레 자빠진디 돌이 잇어가지고, 여기 멩박에 딱 맞아가지고 죽엇다는 그런 게 잇어요.

월계 진좌수 (3)

자료코드 : 10_00_FOT_20110331_HNC_OHC_0004
조사장소 : 제주특별자치도 제주시 한림읍 명월리 1167-1번지(명월리사무소)
조사일시 : 2011.3.31
조 사 자 : 강정식, 강소전, 송정희
제 보 자 : 오행춘, 남, 77세
구연상황 : 예전에 월계 진좌수의 여러 이야기를 들었지만 얼른 잘 생각이 나지 않아 좀 궁리하다가 다른 이야기가 생각났는지 더 들려주었다.
줄 거 리 : 어떤 사람이 아프니 진좌수에 가서 나을 방법을 물었다. 진좌수는 어느 물통에 가서 빨대로 그 물을 빨아먹으면 병이 나을 거라고 말해주었다. 아픈 사람이 그 물을 찾아가 빨아먹고는 병이 나았다. 나중에 진좌수에게 그 물이 어떤 물이냐고 물었더니, 진좌수는 뱀이 지나간 물이어서 약이 되었다고 대답하였다.

허고 그 사름 이야기허는 거는 그레서, 또 한 가지 이야기허죠.

에 하도 아프니까니 가서 물엇다고 그럽니다. 허니까니, 어느 엿날에는 이 지데(地帶)가 다 나무로 우거진 떼니까니 어디 가면은 물에 물이 잇을 거다.

물이 잇을 거니까니, 그 요즘 ᄀ뜨 빨데라고 그러나. 빨데 비셤직,549)

엿날은 그 족데. 족데 알죠?

데(竹) 끊어 가지고 빨델 헷어요. 그거 ᄀ정 가가지고 그 물을 빨아먹으면은 벵이 나을 거라 헷는데,

그 사름이 그 물을 간 뿔아 먹어가지 뿔아 먹어가지고 병이 낫으니까니 와서,

"그 물이 무슨 물입니까."

허니까니 거 베엄이550) 지나가낫, 베엄이 지나가낫, 난 물이라고, 그레서 그게 약이 뒈엇다고. 그런 이야기.

스목사

자료코드 : 10_00_FOT_20110331_HNC_OHC_0005

조사장소 : 제주특별자치도 제주시 한림읍 명월리 1167-1번지(명월리사무소)

조사일시 : 2011.3.31

조 사 자 : 강정식, 강소전, 송정희

제 보 자 : 오행춘, 남, 77세

구연상황 : 명월리 마을에 대해서 여러 가지 이야기를 하다가 명월리 마을 이름을 스목사가 지었다는 말이 있다고 하면서, 문득 생각이 났는지 스목사에 대한 옛말을 구연하였다.

줄 거 리 : 옛날 스목사가 제주도에 부임해서 보니 무연분묘가 많아서 이를 정리하기 위해 모두 벌초를 하라고 하였다. 또 가는 곳마다 신당이 있어서 당도 없애버렸다. 어느 날 스목사가 잠을 자고 있는데 꿈에 어떤 영감이 나와서 자기 묘에 벌초를 해 준 것에 고맙다고 하면서, 당을 없앤 것 때문에 스목사에게 우환이 당할 터이니 피하라고 일러주었다. 스목사는 이상하다고 여겨 몸을 피하기 위해 배를 타고 나갔는데, 어떤 섬에 이르러 폭풍이 일어 파선되었지만 스목사는 목숨을 건질 수 있었다.

---

549) 비슷하게.

550) 뱀이.

한 가지 또 골아주지. 기왕 왔으니까 따시 만나도 못헐 거고.

엿날 ᄉ목사가 제주도에 부임 부임헤가지고.

시간 없어?

(조사자 : 아니우다. 아니우다. 이디[551] 시간 적엄수다. 말 골으는 시간.)

ᄉ목사가 제주에 들어와가지고 보니까니, 사름 골총(骨塚), 저 무연분묘(無緣墳墓)가 많다거든. 이걸 정리헤야 뒈겟다 헤서, 밧 지주(地主)안테 그 벌초(伐草)를 다 허도록 멩령(命令)을 네렷어요. 그떼는 광직(官職)이니까니 우에서 허라 허면 다 헤야 헷거든게. 허엿는데, 그것ᄭᅵᆫ 좋은 일이고.

ᄉ목사가 이 가는 꼿마다[552] 당(堂) 잇지 아녀? 당. 당 잇지 아녀. 이거 당을 없어버려야 뒈겟다 셍각을 헤가지고, 저 동쪽부터 당을 없에기 시작 헷어요. 동쪽에는 우리 듣기로 당이 얼마 남아 잇는 게 없다고 그러데요. 잇긴 잇는데. 이 서쪽에는 많아요.

동쪽으로 허여 오는데. 근데 하룻 저냑은 잠을 자고 잇으니 ᄉ목사가 잠을 자고 잇으니 어떤 영감이 나와 가지고,

"당신 나 묘에 벌초 헤줘가지고 벌초 헤줘가지고 고맙다. 그런데 당신 우환(憂患)이 당헌다. 우환이 당헐테니까니, 그 우환이 당허는 이유는 당을 없에기 떼문에 우환을 당헌다. 당귀신이 당신을 헤친다. 그레서 제주도를 도망쳐라. 나가라."

아 ᄭᅦ고 보니 꿈이란 말입니다. 셍각헤보니까 거 이상타 말입니다. 그날 밤이 베를 탔다 그레요. 베를 타가지고 뭐 그떼는 뭐 저 풍선(風船) 타서 가니까니, 아마도 뭐 스물 시간 걸렷겟죠.

가서 어느 섬엔가 도달허니까니 폭풍(暴風)이 불어가지고 베가 엎어졋는데 그 사름이 그 무인도(無人島)엔지 유인도(有人島)엔진 몰라도 떨어져가지고 살앗다는.

---

551) 여기.
552) 곳마다.

그레서 좋은 일을 허면은 좋게 뒌다는 전설이 아니냐. 그, 말이 뒈는가.
[웃음]

그레서 우리 듣기로 동쪽은 당이 얼마 엇고, 서쪽은 많다 그레요. 지금.
이 근방도 많아요. 저 할망당이라고 그 메칠 날 뒈민 저 동네 사름덜 가
그네 절하고 떡헤영 올리곡 다 허여낫주게. 지금도 허는 디 잇을 거예요.
지금도.

힘센 베 큰 강당장

자료코드 : 10_00_FOT_20110331_HNC_OHC_0006
조사장소 : 제주특별자치도 제주시 한림읍 명월리 1167-1번지(명월리사무소)
조사일시 : 2011.3.31
조 사 자 : 강정식, 강소전, 송정희
제 보 자 : 오행춘, 남, 77세
구연상황 : 명월리 마을에 힘센 장수 이야기는 없느냐고 물으니, 있었다고 하면서 들려
　　　　　주었다.
줄 거 리 : 옛날 명월리에 배가 아주 크고 힘이 센 강단장이 있었다. 하루는 고기와 바꿔
　　　　　다 먹으려고 짚신을 삼아서 바닷가에 내려갔는데 해안 사람들이 고기와 바꿔
　　　　　주지 않았다. 강단장은 화가 나서 밤에 다시 내려가서 배를 모두 윗마을의 동
　　　　　산으로 옮겨버렸다. 해안 어부들이 배가 없어진 것을 알고 수소문을 하니 강
　　　　　단장이 윗마을의 어느 동산으로 배를 옮겨버린 것을 알게 되었다. 어부들은
　　　　　할 수 없이 강단장에게 와서 배를 다시 옮겨달라고 사정을 하였고, 그 뒤로는
　　　　　강단장이 가면 고기를 바쳤다는 것이다.

(보조 조사자1 : 어디 이 동네에는 힘 막 쎄 가지고 뭐 힘센 장수 무슨
어떵 헷다 이런 말 엇수가?)

아 거 잇지. 건 멩월, 엿날은 멩월 사람이주. 베 큰, 베 큰 단, 강당장,
베 큰 강당장. 강씨라. 베 큰 강단장. 베가 워낙 커가지고. [웃음] 힘도 쎄
고. 에이구 춤 셍각나멍. [웃음]

그게 엿날은 멩월인디 문수동 사람이라고 그러는데, 그 그 사······. 엿날은 짚신 삼앗잖아. 짚신 알지예?

(보조 조사자1 : 예.)

짚신 삼아가지고 그걸 가지고 바다에 네려갓단 말입니다. 고기나 바꽈다 먹을라고. 저 짚신도 잘 만들지 못 허고 허니깐 고길 바꽈달라 하니까니 안 바꽈준단 말입니다. 허니까니,

"이놈으 세끼덜 오늘 저냑이랑 봐라." 혜그네,

밤중에 네려가가지고 베를 요 문수동 동산까지 옷다553) 으져와554) 버렷어. 그떼는 테,555) 테. 베가 아니고 테. 테 알죠? 테를 다 이디 올려다부렷어. 한 지금 フ뜨면은 혼 이 키로.556) 옷다다 부니까니 뒷날은 어부들이 베 나갈라고 허니 베가 잇어야지. 테가 잇어야지.

네중에 소문 들으니깐 어느 동산에 그 베가 잇다고 헌단 말이야. 허니까니 소문에 의하면은 그 베 큰 강단장이 혯을 거다. 다른 사름 혼 사람 엇을 거다. 허니까 이제 그분네안티 와서 사정을 헷다고 그레요.

"아이고 [웃음] 베를 어떻게 저레 옷다다557) 주십서."

허니까니 옷다다, 옷다다 주고 뒷날부떤 그 어른 가면은 나 고기부터 フ져가십서 헤네, 고기를 상납헷다는 말이 있어요. [웃음]

우연치 아녀게 또 이야기가 뒈네.

(조사자 : 문수동 어른이라마씨?)

문수동이라고 그레요. 거 원레는 멩월(明月)이에요. 원레는.

(조사자 : 문수동에도 강씨 어른들이 잇입네까?)

그 동네는 나이 한 분이 없네예. 그디, 알아볼 데가 없네예. 거는 거짓

---

553) 갖다.
554) 가져와.
555) 뗏목을 이어서 만든 배.
556) 킬로미터(kilometer).
557) 가져다.

말은 아니에요.

(보조 조사자1 : 예.)

거 오렌 일이 아닌 것 같에요. 그게.

3. 상가리

▌조사마을

제주특별자치도 제주시 애월읍 상가리

조사일시 : 2011.4.~2011.5.

조 사 자 : 허남춘, 강정식, 강소전, 송정희

상가리(上加里)는 애월읍의 중산간마을이다. 옛 제주시를 기준으로 하면 서쪽으로 16km 지점에 위치하여 있다. 북쪽으로는 애월리, 고내리, 하가리와 인접하고, 동쪽으로는 용흥리, 소길리와 이웃하며, 서쪽에는 납읍리와, 남쪽으로 어음리와 경계를 구분한다. 예전부터 민간에서는 '웃더럭'이라고 불렸고, 『탐라순력도』 등에도 그 지명이 보인다.

2007년 12월 현재 상가리의 인구는 294세대에 707명이다. 남녀의 비

율은 비슷하다. 각성바지로 이루어져 있지만, 양씨와 변씨가 집성촌을 이루는 면모도 있다. 상가리는 본동과 서동, 원동 등 3개의 자연마을로 이루어졌다. 마을의 주된 생업은 감귤을 중심으로 하는 농업과 축산업이다. 중산간이어서 해안마을에 견주면 관광객이 많이 찾지는 못하지만, 서부지역 중산간도로가 마을을 지나니 교통이 편리하고 점차 마을을 대외적으로 알리고 있는 중이다. 교육이나 문화생활은 인근의 읍사무소 소재지인 애월리와 옛 제주시 지역에서 이루어진다. 예로부터 전승되어 온 무속신앙이 아직도 종교생활의 근간을 이룬다.

이번 한국구비문학대계 조사사업에서는 상가리에 있는 한 굿당에서 4월에 벌어진 큰굿을 조사하고, 그 굿에서 구연된 무가 가운데 8편의 본풀이를 채록하여 제시하였다. 상가리의 해당 굿당은 도내 북서부 지역에서 굿이 자주 열리는 곳이다. 조사팀은 이번 사업기간 동안 해당 굿당을 여러 차례 방문하여 제주도 굿을 관찰하였다. 그러나 촬영허락이나 자료공개, 자료의 적절성 등에서 어려움이 있어 그동안 조사관찰한 굿을 보고하기는 힘든 사정이 있었다. 그러다가 4월에 큰굿을 조사하게 되었는데 비록 의례의 전체적인 모습을 밝히기는 힘들지만, 평소 교류하던 심방들의 협조를 얻어 부분적으로나마 자료를 보고할 수 있게 되었다. 그 결과 현장의 무속의례 전체는 아니더라도 해당 굿판에서 행해졌던 본풀이 가운데 일부를 정리할 수 있었다.

이번 굿의 조사과정은 다음과 같다. 우선 2011년 3월에 굿이 벌어진다는 사실을 인지하였고, 굿판에 참여하는 심방을 만나 조사사업의 취지를 설명하여 협조를 구하였다. 굿은 4월 중순에 일주일 동안 벌어졌다. 조사팀은 굿당에서 굿을 의뢰한 본주에게 인사를 하며 역시 협조를 얻었고 기간 내내 촬영을 할 수 있었다. 다만 조사사업에서 공개하는 자료는 본풀이로 한정하였고, 그 결과 '초공본풀이', '이공본풀이', '삼공본풀이', '세경본풀이', '문전본풀이', '칠성본풀이', '체서본풀이', '지장본풀이' 등 8편을 얻을 수 있었다. 의례 전체의 무가를 다루지는 못하였다 하더라도 조사의 현실을 감안할 때 더욱 소중하다고 말하지 않을 수 없다. 해당 굿이 큰굿으로 벌어졌기 때문에 여러 본풀이가 행해졌고, 그 가운데 이른바 '일반신본풀이'라고 분류되는 8편을 채록하여 보고할 수 있었다.

본풀이를 구연한 이들이 제주시 북서부 출신 심방들이어서 이번 조사사업 지역과 더욱 연관성이 있기 때문에 다행이 아닐 수 없다. 비록 상가리 마을 자체의 구비전승은 아니지만, 넓게 보아 상가리가 포함된 북서부지역 출신 심방들이 행한 자료여서 조사사업의 취지에 해당한다고 여긴다. 한편 굿이 끝난 뒤에는 5월까지 심방을 찾아가 추가적인 조사를 실시하였다.

고연옥, 여, 1932년생

주 소 지 : 제주특별자치도 제주시 애월읍 하가리 974번지
제보일시 : 2011.4.20
조 사 자 : 강정식, 강소전

고연옥은 1932년생으로 애월읍 동귀리
에서 태어났다. 21세에 애월읍 하가리의
장씨 집안으로 시집가서 아들 3형제를
두었다. 학교는 다녀보지 못하였으나 글
은 익혔다. 결혼 뒤에 남편이 군대생활을
하기 위하여 육지로 나가자, 자신도 20대
초반에 1~2년 정도 잠깐 부산의 방적회
사에 다니다가 제주로 돌아왔고 그 뒤로
는 계속 제주에서 지냈다.

고연옥은 결혼 뒤에 무업에 들어섰다.
친정에는 무업을 하는 이가 전혀 없었다.
시집인 장씨 집안은 시할아버지 때부터 무업을 하였다. 시할아버지는 늦
은 나이인 45세에 심방이 되었지만 주위에 크게 이름을 떨치는 큰심방이
되었다고 한다. 그런 시할아버지의 무업을 나중에 며느리인 이씨가 이어
받았는데 곧 고연옥의 시어머니이다. 시어머니는 같은 애월읍 출신이었는
데 시집을 와서 심방이 된 것이다. 시아버지는 무업을 하지 않았다. 고연
옥 역시 시어머니의 뒤를 이어 심방이 되었는데, 친정의 친척들은 심방이
된 것을 무척 싫어하여 그가 드나드는 것을 달가워하지 않았다고 한다.

고연옥이 심방이 된 계기는 28세 무렵부터 겪은 신병이다. 길을 걷다가

도 갑자기 기절하고 밤에 자신이 굿을 하는 꿈을 꾸는데다가 이상하게 굿소리만 들렸다고 한다. 밭일을 하다가도 팽개치고 굿하는 데를 찾아가는 일이 잦았다. 남편이 말리고 주위 사람들이 미쳤다고 타박하였지만 자신은 굿판에 가는 것이 좋고, 심방이 되어 굿하는 일을 하고 싶었다고 한다. 그러다가 30세가 넘어서면서 심방일을 서서히 시작하였다.

처음에는 시어머니를 따라서 다녔는데 자신이 33세에 시어머니가 돌아가시자 그 조상을 물려받아 그때부터 본격적으로 무업에 나섰다. 고연옥이 모시는 조상은 모두 2벌이다. 시할아버지가 사용하던 멩두와 시할아버지의 멩두를 본메 놓고 시어머니가 자작한 멩두이다. 시할아버지 멩두는 물려받은 것이라 하며, 그 내력은 '구좌면 서화리 고좌수 첩이 먹구실낭 상가지에서 솟아난 조상 강씨 할망, 문씨 하르방'이다. 시어머니 멩두 역시 같은 내력을 지닌 셈이다.

고연옥은 시어머니가 돌아가신 뒤로는 주로 애월읍 구엄리의 김일병 심방이나 귀덕리의 이성윤 심방과 좀 다녔다. 그러다가 하귀리 강종규 심방과는 오랫동안 굿판에 함께 다녔다. 현재 함께 다니는 사람은 귀덕보살, 고덕유 심방 등이다. 일을 하러 주로 다니는 지역은 애월읍 납읍리, 광령리, 고성리, 제주시내 등이고 가끔 일이 나면 한림읍이나 서귀포시, 일본까지도 간다. 한편 자신의 신굿은 75세에 처음 했는데, 일반적인 신굿이라기보다는 그냥 역가 바치는 굿의 형식으로 하였다. 현재 마을의 신당을 맡고 있지는 않지만, 만약 단골들 다수가 청하여 함께 당에 가서 빌어주기는 한다. 자식들은 무업과는 관련이 없고, 수양관계를 맺은 이도 없다. 무업 관련 단체활동은 하지 않았다.

제공 자료 목록

10_00_SRS_20110420_HNC_KYO_0001 체서본풀이

이승순, 여, 1949년생

주 소 지 : 제주특별자치도 제주시 건입동 670-6번지
제보일시 : 2011.4.15, 2011.4.16, 2011.4.20
조 사 자 : 강정식, 강소전

이승순은 1949년생으로 제주시 오라동에서 태어났다. 호적에는 한 해 늦은 나이인 1950년으로 올라갔다. 초등학교는 졸업하였고 야학에도 다녔다. 남편은 정태진 심방으로 슬하에 아들 형제를 두었다. 이승순은 성편과 외편 모두 심방 집안이었다. 성편으로 증조할아버지는 오라동에서 아주 부유하게 살았다고 한다. 그런데 성편의 윗대 조상들을 모신 묘터가 장구를 받아 앉은 형국이어서 그로 인하여 심방들이 많이 날 거라는 말이 있었다고 한다. 그런 까닭인지 할아버지가 심방이 되었고, 그 슬하의 칠남매에서 다섯째와 여섯째 아들 역시 심방이었다. 여섯째 아들은 이진생 심방으로 일본에서 활동하였다. 이승순의 부모는 무업을 하지 않았다. 외편으로도 문창옥과 문옥선이라는 큰심방이 있었다.

이승순은 18세경부터 몸이 아팠다고 한다. 당시에 양복점에 일을 다니던 때였는데, 그 무렵 갑자기 몸이 아파서 신병 든 사람처럼 장구를 가져오라거나 북을 가져오라고 하였다. 그러자 외가의 문창옥 삼촌이 와서 굿을 하면서 틀림없이 심방이 될 거라고 말하였다고 한다. 게다가 역시 외가로 사촌이모인 문옥선 심방도 자신에게 심방일을 할 아이라고 말하였다. 그러나 형제의 강력한 반대로 굿판에 몇 번 놀러가도 일절 심방일은 하지 않았다. 그러다가 19세에 연애를 하여 시집을 갔지만 시집에서 심

방집 출신이라고 무시하는 바람에 26~27세쯤에 결국 헤어질 수밖에 없었다.

그 뒤 30세 되던 해에 현재 남편인 정태진 심방을 만났다. 이미 심방이었던 정태진은 이승순에게 심방을 하지 않는 것이 좋겠다고 말하였다. 그러나 팔자 궂은 남편을 만나서 그런 것인지 남편을 만난 뒤 얼마 없어 현몽을 하게 되었는데, 큰어머니네 집에 가서 육간제비를 찾아 가져와서 소명을 받으라는 내용이었다. 이승순은 이를 의아하게 여겨 즉시 남편과 함께 큰어머니 집을 찾아가 궷문을 열라고 하였다. 큰어머니는 조카의 갑작스러운 방문에 놀랐지만 궷문을 열어 뒤져보니 붉은 주머니에 담긴 육간제비가 정말 있었다. 큰어머니도 모르는 일이었다. 그래서 사정을 짐작해 보니 집안의 여섯째 아들이었던 이진생이 심방이 되기 전 제주에서 지낼 때에 제주시 남문통에 살던 용한 점쟁이 정씨 할머니를 평소 어머니처럼 잘 대접하였던 일이 생각났다. 정씨 할머니가 이진생에게 육간제비를 주었고 당시 이진생은 심방이 아니었으니 그 육간제비를 큰형수에게 알리지 않고 궤에 두었던 것 같았다. 나중에 이진생은 일본으로 건너간 뒤 심방이 되었고 거기서 활발한 활동을 하였다고 한다.

아무튼 현몽을 계기로 이승순은 육간제비를 가지고 돌아왔고 그 뒤로는 단골이 많이 늘었다. 자신은 팔자 그르치는 심방의 운명을 비교적 잘 받아들였다고 하며, 33세에 본격적으로 나섰다. 아무래도 남편인 정태진 심방이 많은 영향을 주었다. 이승순이 모신 멩두는 이진생 심방의 멩두를 본메 놓아서 자작한 것이다. 이진생이 사용하던 멩두는 본메 없이 직접 만들었기 때문에 특별한 조상 내력이 없다. 48세에 16일 동안 초신질을 바르게 하는 신굿을 하였다. 2011년에도 두 번째 신굿을 치렀다.

이승순은 주로 제주시내, 애월읍 애월리, 광령리, 고성리를 중심으로 활동하고, 일이 있으면 한림읍, 한경면, 대정읍 모슬포 등에도 간다. 이진생 심방의 조카라는 인연으로 일본 단골들이 많이 찾아 일본 오사카에도 굿하러 다닌 지 약 20년 정도 되었다. 현재 남편인 정태진이 2003년 후반부터 제주시 구좌읍 송당리 본향당을 맡았기 때문에 함께 당굿을 진행하고 있다. 안사인 심방과 함께 제주칠머리당굿보존회 활동을 약 10년 정도 했었으나, 안사인이 사망한 뒤 단체활동은 그만두었다. 자식들은 무업과 관련한 일을 하지 않는다.

제공 자료 목록

10_00_SRS_20110415_HNC_LSS_0001 초공본풀이
10_00_SRS_20110415_HNC_LSS_0002 세경본풀이
10_00_SRS_20110416_HNC_LSS_0001 이공본풀이
10_00_SRS_20110420_HNC_LSS_0001 칠성본풀이

정태진, 남, 1944년생

주 소 지 : 제주특별자치도 제주시 건입동 670-6번지
제보일시 : 2011.4.15
조 사 자 : 강정식, 강소전

정태진은 1944년생으로 애월읍 동귀리(현재 하귀1리)에서 태어났다. 호적에는 1946년으로 두 해 늦게 올라갔다. 집안의 원래 고향은 서귀포시 성산읍 난산리지만 조부대쯤부터 제주 서쪽인 동귀리로 이주한 것 같다고 한다. 아버지는 어머니와의 사이에서 아들 형제를 얻었는데, 어머니는 이미 다른 이에게서 얻은 자식이 있었다. 정태진은 어릴 때 어렵게 자랐다. 11세에 어머니가 돌아가시자 아버지는 다시 부인을 얻어 귀덕2리에서 살아버렸다. 때문에 정태진은 홀로 14세 때까지 남의 집에서 얹혀살았다. 형편이 어려우니 학업도 초등학교 3학년을 마치고 그

만둘 수밖에 없었다. 15세에는 귀덕2리로 아버지를 찾아갔다고 한다.

정태진은 16세 중반쯤부터 몸이 아프기 시작하였다. 몸이 아팠지만 특별한 신병체험을 하지는 않았다. 귀덕리 동네 사람들은 몸이 아픈 정태진에게 어디 가서 문점(問占)이라도 해보라고 하였고, 이에 정태진은 세 군데를 찾아갔는데 그때마다 팔자를 그르쳐야 몸이 편해지겠다는 말을 들었다고 한다. 당시에는 팔자를 그르친다는 것이 뭔지도 몰랐다. 성편 조상 가운데 무업과 관련된 일을 한 사람은 아무도 없었다. 다만 외편으로는 잘은 모르지만 외할아버지 정도까지는 팔자를 그르친 이가 있었던 것 같고, 어릴 때 돌아가신 어머니 역시 삼승할망처럼 불도로 일을 하였던 것으로 들었다.

정태진은 팔자를 그르쳐야 된다는 말을 듣고서는 17세에 하귀리에 사는 누님 부부를 찾아갔다. 누님은 어머니가 다른 이에서 낳은 자식이었는데 당시 무업을 하고 있었던 이옥련이다. 이옥련의 남편은 양대춘으로 역시 심방이었다. 누님 부부를 찾아가서 사정을 말하자 그들은 정태진에게 심방이 되라고 하였다. 그래서 17세부터 심방일을 배웠고 그해부터 굿판에 나서기 시작하였다. 무업을 시작하면서 처음에 어울린 이들은 누님과 매형을 중심으로 양태옥, 김제두, 문창옥 심방 등이다. 누님 부부와 매형의 작은아버지였던 양태옥 심방에게서 굿을 많이 배웠다. 굿을 처음 익힐 때부터 제주시내로 들어와서 주로 '목안굿'을 많이 하였다. 그러다 일이 있으면 정의와 대정 지역에서도 오라고 해서 제주도 동쪽 지역의 굿도 자주 접하였다. 서서히 단골들도 늘어나게 시작하자 23세에 결혼한 뒤에 멩두 조상을 마련하였다.

정태진의 첫 멩두는 양대춘 심방에게서 물려받은 자작멩두였다. 나중에 강종규 심방이 정태진에게 조상을 쓸 일이 별로 없으면 그 조상을 자기에게 달라고 해서 주었는데, 강종규는 일본에 갔다가 자신의 육촌 형님인 강종학 심방에게 그 멩두를 주어버렸다. 할 수 없이 정태진은 조상이 없어서 당시 장모의 조상을 빌려 일을 다녔다고 한다. 그러다가 단골들이 더욱 늘어나자 아무래도 다시 장만해야겠다고 생각하고 있을 때에 마침 강종규가 자기 장인의 멩두를 물려주겠다고 하였다. 정태진은 조상을 물려받지는 않고 그냥 빌려가겠다고만 해서 받아왔는데, 그 뒤 어찌어찌 사용하며 지내다보니 물려받은 셈이 되어버렸다고 한다.

강종규에게서 물려받은 조상의 내력은 '구좌읍 상세화리 고좌수 머구낭 상가지로 줄이 벋던 김씨 대선생, 서도노미 고씨 할망, 정씨 하르방, 어림비 고씨 할망'이다. 서도노미 고씨 할망과 정씨 하르방은 서로 부부간으로 강종규의 장모와 장인이다. 한편 멩두를 물려받은 지 얼마 되지 않아 그의 멩두 가운데 신칼 하나가 부러지는 바람에, 원래 쇠에 다른 쇠를 좀 섞어서 누님인 이옥련의 조상을 본메 놓고 다시 만들었다.

정태진은 53세에 부인 이승순 심방과 함께 초신질을 바르게 하는 첫 신굿을 16일 동안 했다. 사실 정태진은 23세에 첫 결혼을 하였지만 슬하에 자식이 없어 결혼생활이 순탄치 못하였다. 그러다가 35세에 이승순을 만났고 아들 형제를 두었다. 현재 부부가 함께 무업활동을 하며, 강순선, 서순실 심방 등과 어울린다.

한편 지난 2003년부터는 제주시 구좌읍 송당리 본향당을 맡아서 당굿을 한다. 송당본향당은 제주도 신당의 뿌리라고 알려져 있는 역사가 깊은 당으로, 당굿과 신당이 제주도 문화재로 지정되었다. 이 당은 예로부터 남자로 큰심방만 당을 맡는 내력을 가지고 있다. 한동안 당굿을 진행할 메인심방이 없어서 임시로 남자 심방을 빌어서 굿을 하였는데 결국 송당 주민들이 정태진을 찾아와 당을 맡아줄 것을 부탁하자 이를 받아들였다.

또 약 4년 전부터는 서귀포시 성산읍 수산업협동조합에서 하는 풍어제도 맡아서 한다. 약 30년 전에는 대한승공경신연합회(大韓勝共敬信聯合會) 회장을 맡아 1~2년 정도 활동하였고, 나중에 중요무형문화재로 지정된 칠머리당굿의 보존회에도 참여하여 활동했던 경력이 있다. 단골 지역은 주로 제주시이며 송당본향당을 맡았기 때문에 송당리 주민들도 단골로 삼는다. 육지에 가서 지냈던 적은 없다. 처음 심방으로 나선 뒤부터는 몸이 아프지 않았기 때문에 심방이 자신에게 다가온 운명으로 생각했고 그래서 무업을 중단한 적은 없었다고 한다.

제공 자료 목록
10_00_SRS_20110415_HNC_JTJ_0001 삼공본풀이

홍보원, 남, 1947년생

주 소 지 : 제주특별자치도 제주시 이도이동 1778-14번지
제보일시 : 2011.4.20
조 사 자 : 강정식, 강소전

홍보원은 1947년생으로 제주시 애월읍 금성리에서 태어났다. 초등학교 5학년을 마친 뒤에는 가족이 인근 마을인 귀덕리로 이주하였다. 애월중학교를 졸업하였다. 홍보원은 23세에 결혼하여 아들 형제를 두었다. 26세에는 귀덕리를 떠나 10여 년 정도 전라남도 여수에서 객지생활을 하였다. 직장도 다녔고 부인이 해녀여서 주로 해녀를 모집하고 관리하는 등 해녀와 관련한 일을 하였다. 그러다가 간염으로 몸이 아파서 일을 그만두고 37~38세쯤에 서귀포시 남원읍 남원리 삼촌댁에서 수양을 하게 되었다. 이때 수양하러 갔던 것을 계기로 무업에 들어섰다.

사실 홍보원의 집안은 성편으로 할아버지 대부터 무업을 하였다. 자신

의 할아버지 내외는 심방이 아니었지만, 작은할아버지가 심방이었다. 그 아래로 큰아버지인 홍창종과 아버지인 홍창삼은 모두 심방이 되었다. 어머니는 무업을 하지 않았다. 아버지는 젊었을 때 교인이었는데 몸이 아프게 되자 심방일을 하게 되었다고 한다. 홍보원도 특별히 신병체험을 한 것은 아니었으나, 몸이 아파서 수양을 갔던 것을 계기로 무업을 시작한 셈이다. 아버지는 홍보원이 무업에 들어서자 팔자 그르치는 것을 안타깝게 여겨 많이 울면서 자신을 만류했다고 한다. 굿판에 심부름이라도 하게 된 나이는 38~39세경이고, 본격적으로 굿을 시작한 때는 46~47세쯤이었다. 하필 그때쯤 아버지가 돌아가시기도 했고, 이왕 시작한 거라면 본격적으로 하자고 해서 나섰다. 심방 집안이지만 무업을 시작한 것은 늦은 셈이다.

홍보원이 모시는 멩두는 2벌로 모두 아버지에게 물려받은 것이다. 아버지가 애초에 모시던 조상은 외할아버지인 한림읍 옹포리 강인권 심방이 사용하던 것으로 유래가 없는 자작멩두였다. 다른 한 벌은 큰아버지가 모시고 있던 것으로 큰아버지가 사망하면서 아버지에게 넘겼던 것이다. 이 조상은 애월읍 곽지리의 이씨, 김씨 선생이 가지고 다니던 멩두라고 한다. 자신의 신굿은 하지 않았다. 자식들은 무업을 잇지 않았다.

홍보원이 무업을 하면서 함께 다닌 사람은 안사인 심방을 중심으로 한 생소 심방, 이만송 심방, 양창보 심방 등이었다. 단골 지역에 특별히 제한을 두고 다니지는 않았지만 주로 제주시내와 서쪽의 애월읍과 한림읍 등지로 다녔고, 일본 동경이나 오사카 등에서 연락이 오면 일하러 가기도 하였다. 집안 심방어른들에게 배울 기회가 없어 스스로 굿을 익혔는데 안사인 심방에게서 좀 도움을 받았다 한다. 현재 함께 무업활동을 하는 이들은 정태진 심방 내외, 이용순 심방, 김순옥 심방 등이다.

홍보원은 예전에 안사인 심방과 함께 제주칠머리당굿보존회에서 활동을 하였으나 안사인 심방이 사망하자 얼마 뒤에 단체활동은 그만두었다.

한편 특정한 마을의 신당을 맡은 적은 없다. 한때 2000년을 전후하여 약 5년 간 구좌읍 송당리 본향당의 당굿을 잠시 맡아하였을 뿐이다. 송당본 향당을 매던 문성남 심방이 사망하자 그 부인인 김순옥 심방의 부탁을 받 아 당굿을 대신 하여준 것이다. 송당본향당은 당의 내력 때문에 과거부터 오직 남자심방이 당을 맡아 굿을 해야 하기 때문이다.

제공 자료 목록
10_00_SRS_20110420_HNC_HBW_0001 문전본풀이
10_00_SRS_20110420_HNC_HBW_0002 지장본풀이

체서본풀이

자료코드 : 10_00_SRS_20110420_HNC_KYO_0001
조사장소 : 제주특별자치도 제주시 애월읍 상가리 모 굿당
조사일시 : 2011.4.20
조 사 자 : 강정식, 강소전
제 보 자 : 고연옥, 여, 80세
구연상황 : 이 자료는 2011년 4월 14일부터 같은 달 20일까지 제주시 애월읍 상가리 모
굿당에서 벌어진 일본 대판 김씨 댁 굿에서 얻은 것이다. 마지막 날인 4월 20
일에는 체서본풀이, 칠성본풀이, 문전본풀이, 액막이 등을 하였다. 체서본풀이
는 고연옥 심방이 앉아서 스스로 장구를 치면서 구연하였다. 말미→공선가선
→날과국섬김→연유닦음→신메움→본풀이→비념→주잔넘김→산받음→제차넘
김 등의 소제차를 두루 하였으나, 날과국섬김, 연유닦음은 간단히 줄였다.

체서본풀이

■ 체서본풀이>말미

[장구를 몇 번 치다가 이내 멈추고 말명을 한다.]

상당이 도숙게 뒈엇습네다~. 불쌍 적막헌 영혼 영신님네~, 에 일흔다
섯 영혼님 세남헤엿습네다. 동살량 심방(寢房) 우전 잉어 메살롸 잇습네
다~. 체서(差使)님은 영혼님 안동허고, 영혼님은 체서님 안동허영, 저싱더
레 가는 질, 체서님전 어간이 뒈엿습네다. 천앙처선558) 월직ᄉ제(月直使
者)~, 지왕체선559) 일직사제(日直使者) 인왕체선560) 방나자, 저싱처선 이
원게비, 이싱처선 강림도ᄉ, 삼신왕 삼처서(三差使) 시관장님, 어간이 뒈엿
수다. 밧물처선 거북ᄉ제 요왕체선561) 부원국ᄉ제, 아이 둘고562) 가던 체
서 구천 구불법체서(舊佛法差使) 도령체서(道令差使) 아미체서, 엄서체서
(淹死差使) 노정체서(路中差使)~, 도약(毒藥) ᄉ약체서(死藥差使), 신당 본
당체서(本堂差使), 맹도맹감(明圖冥官) 삼체서, 형방 조상 둘고 가던 체서
님네, 금일 영가(靈駕) 둘고 가던 체서님네, 성가(姓家) 웨가(外家) 삼사돈
(三査頓) ᄉ사돈(四査頓), 둘고 가던 체서님전 어간이 뒈엿수다. [심방이
다른 이에게 말한다.] (고연옥 : 이거 들러다줘.) 삼이 삼산향(三上香) 지드
툽네다. 영로주잔 게꼴아563) 도올립네다. 금탁 금ᄇ 십쓸 시권제 받아 올
립네다. 셍인(生因)은 본을 풀면 칼캉 불입네다. 귀신은 본을 풀면, 허락
허락허는 법입네다. 귀신이 본이야 다 알수 잇읍네까. 들은 데로 베운 데
로, 선후도착(先後倒錯) 헐지라도, 숭광564) 궤랑565) ᄌ부감젤 헙서. 난산국
히여들건 본산국 제ᄂ립서. 본산국 히여들건 난산국더레 제ᄂ려 하렴(下

---

558) 천황차사(天皇差使)는.
559) 지황차사(地皇差使)는.
560) 인황차사(人皇差使)는.
561) 용왕차사(龍王差使)는.
562) 데리고.
563) 다시 갈아.
564) 흉과.
565) 흉.

念)협서~.

■ 체서본풀이>공선가선
[장구를 치기 시작한다.]
에~
공선 공선은 가신공선
제저남산 인부역, 서주남 서준공서
올립네다.

■ 체서본풀이>날과국섬김
날은 봅서~.
올금년 헤는 갈라
신묘년(辛卯年)입네다.
양력은 이천십년
음력은 열두 둘
꼿이 좋은 꼿삼월 둘
열이틀 날 청헌 조상님네
오널꺼지 이거 칠일 불공 올렷수다.

■ 체서본풀이>연유닦음
낮도 영청 밤도 영청
신전 불공 올렷수다.
상당 중당 조사566) 말씀,567) 막 무깐568) 상당이 도숙게 뒈엿수다.

---

566) '초석(初席)'의 잘못.
567) '말석(末席)'의 잘못.
568) 마쳐서.

불쌍한 영혼 영신님네

삼사둔 ᄉ사둔

칠십다섯 뒌 영혼님네

영혼님 체서님 안동헙서.

체서님은 영혼님 안동헙서.

저싱더레 가는 질, 손에 사줄569) 풀령 갑서. 발에 박ᄉ570) 풀령 갑서.

저싱 용돗베 벌빵 풀령

양왈씨571)

나무 다끈572) 신작로로, 염불 불른 신작로로

나무아미 질 잡아, 세게 세게 왕셍극락(往生極樂)더레

좋은 국더레 지부쪄 줍센 허연

체서님전 어간이, 뒈엇수다.

삼이 삼산향 지ᄃ투와 드립네다.

영로주잔 게궐아, 도올려 드립네다.

■ 체서본풀이>신메움

난산국 히여들건 본산국 제ᄂ립서.

본산국 히여들건 난산국더레 제ᄂ립서.

지주낙형 과광성 신풀어 올립네다.

난산국더레 제ᄂ려 하렴헙서~.

[심방이 주위 사람엣에게 말한다.] (고연옥 : 요 보십쑬573)이라도 요레 갖다 놉서. 빈 체 이거. 제비 줍게.)

---

569) 포승. 흔히 '홍사줄'이라고 함.

570) 흔히 '박쉐'라고 함. 족쇄(足鎖).

571) '흔히 양활치멍'이라고 함. 활개를 치면서.

572) 닦은.

573) 그릇에 담긴 쌀.

난산국 히여들건 본산국더레 제느립서.
본산국 히여들건 난산국더레 제느립서.
지주낙형 과광성 신풀어 올립네다.
난산국더레 제느려 하렴헙서~.

■ 체서본풀이＞본풀이

엿날 엿적

동경국이 버물왕이 삽데다.

과양땅이 과양상이 삽데다.

동경국 버물왕이 아덜덜, 아옵 성제 솟아나옵네다.

우이로도 삼형제 께낍데다.[574] 알로도 삼형제 께낍데다.[575]

중세로[576] 삼형제 남앗구나.

이 아기덜 멩과 복 잇젠 헌 게, 십 리 베낏디 불당 돕제[577] 모아[578]

일천서당 뎅겨간다.

흐를은[579] 동게남 상저절, 서게낭 금법당, 여레화주님이

꿈에 선몽(現夢) 일러간다.

데스중이랑 나이 연만허영[580] 인간 세별(死別)허건, 에 시네방천 들어
강 낭 일천 바리 뗴여근, 불천스웨[581] 시경, 천당더레 만당더레 올려두고
소스중이랑 데스중으로 출령[582]

---

574) 꺾어집니다. 즉 죽었다는 뜻.
575) 꺽입디다.
576) 가운데 사이로.
577) '독채'의 잘못.
578) '무어'의 잘못. 지어. 마련하여.
579) 하루는.
580) 나이가 많아서.
581) 불사름.
582) 차려서.

동경국 버물왕이 아덜 삼형제

열다섯 십오 세 명이 메기난,[583] 올려간 들여당 푼체[584] 공양 헤염시면[585] 명과 복을 잇어날 듯헌다.

께어나난 꿈입데다-.

데스님은 나이 연만허난 인간 세별 허여간다.

시네방천 들어강 낭 일천 바리 떼영

불천스웨 시경

천당더레 만당더레 올려두고

소스중은 데스중으로 출령

혼 침 둘러 굴송낙 두 침 들러 비랑장삼

염넷데를[586] 목에 걸고

극베잘리[587] 등에 지고

손에 〇장 손에 목탁(木鐸) 잡앙

나무아미타불

동경국더레 소곡소곡 네려산다.

오단 보난 버물왕 아덜 삼형제, 일천서당 간 오단 청게낭 알에서, 노념놀이 헤염구나. 얼굴은 보난 관옥(冠玉)이로구나.

[말] 인물은 보난 춘성[588]이로구나. 버물왕 아덜 같아비다. "느네 동경버물왕 아덜가?" "아덜입네다." [소리] "놀기랑 놀라만은 열다섯 십오 세가 뒈면, 명이 메기렌." 일러두고 넘어가는구나에-.

삼형제가 와랑와랑 집더레 가멍, "날 낳아주던 아바님아

---

583) 끝이니.
584) 부처.
585) 하고 있으면.
586) 흔히 '염줄'이라고 함. 염주(念珠)를.
587) 마포자루. 중이 재미(齋米)를 담아 들고 다니는 자루.
588) 흔히 '충신'이라고 함.

날 키와주던 어머님아

무사589) 멩 즈르게590) 납디가?" "아이고 이게 무신 말고?" "소스중이 넘어가멍 우리 놀암시난, 열다섯 십오 세, 명이 메기렌 헙데다에-."

불러당 "권제삼문 받앙 가렌." 허난

"저레 가는 데스님아 소스님아, 버물왕 집이 오랑 권제삼문 받앙 갑서에-."

소곡소곡 네려산다.

문간 안에 당돌이591) 뒈엿구나.

혼착 끈은 네려놓고 혼착 발은 네여놓고

들어사며 나사며

"소승은 절이 뵙네다-."

[말] "늦인덕 정하님아 저레 나가 보라." "소스중이 오랏습네다." "권제삼문 네여주라." 권제삼문 네여주난, "어느 절에서 왔느냐?" "동게남 상저절 서게남 금법당, 여레화주가 올습네다. 헌 당도 떨어지고 헌 절도 떨어지난, 인간에 네령 집안마다 권제삼문 홉홉히 얻엉, 헌 당도 수리허고 헌 절도 수리허고, 명 즈른 이 명을 주고 복 즈른 이 복을 주고, 셍불(生佛) 없는 이는 셍불꼿을 주레, [소리] 네렷습네다에-."

"원천강(袁天綱)이나 가졋느냐, 화주역(四周易)이나 가졋느냐?"

"가졋습네다. 올라오라 우리 스주팔제나 보아 달라."

데척력(大冊曆) 소척력(小冊曆) 페와 놓고

초장 들엉 초파일(初破日), 이장 들엉 이파일(二破日), 제삼장 걷엉 보난

[말] "아이고 천하거부제로 잘삽네다. 아덜도 아옵 성제 낫수다. 어떠난 우이로 삼형제 께껏수다. 알로 삼형제 께껏수다." "아이고 잘도 알암수

---

589) 왜.
590) 짧게.
591) 당도가.

다." "이 아덜 삼형제 열다섯 십오 세가 뒈면 멩이 [소리] 메깁네다에–."

[말] "아이고 어떵 허영 이거 멩 잇을 수 엇입네까? 어떵 헨 멩을 잇입네까? 어떠난 죽을 점은 알고 [소리] 살 점은 모릅네까?" "훈 가지 방법 잇습네다.

이 아기덜 데공단 고칼로 머리 삭발허곡

중이 옷덜 문들앙⁵⁹²⁾ 입정, 우리 절간 오랑

푼처⁵⁹³⁾ 공양 허염시면, 멩과 복을 잇어날 듯헌다."

[말] "죽음광 삶 맞사랴. 게민 어떵 출령 갑네까?" [소리] "비단 삼 필 모단 삼 필

공단 삼 필 허영

은기(銀器) 놋기(鍮器) 출리곡

삼형제가 한 베썩 지엉 우리 절간 보넵소서."

흐를은 봄벳도⁵⁹⁴⁾ 드뜻헤여⁵⁹⁵⁾ 지난, 아이덜 삼형제 불러다놘 데공단 고칼로

머리 삭발 허여간다.

중이 옷덜 만들안 입져 간다.

"준지⁵⁹⁶⁾ 너븐⁵⁹⁷⁾ 금마답 훈번 걸으라 보저. 압더레⁵⁹⁸⁾ 걸어 보라.

둣터레⁵⁹⁹⁾ 돌아사 보라.

중이 행실이 나타나는구나."

비단 삼 필 네여준다. 모단 삼 필 네여준다.

---

592) 만들어서.
593) 부처.
594) 봄볕도.
595) 따뜻해서.
596) 진주(珍珠).
597) 흔히 '널은'이라고 함. '널어 놓은'의 뜻.
598) 앞으로.
599) 뒤로.

공단 삼 필 네여준다.

은기 놋기영 삼형제가 삼썩 갈라 지언

절간더레 가젠 허난 비옥ᄀ뜬 양지에(600)

주청 ᄀ뜬 눈물은, 연주반에 비가 지듯

울며 울며 "아바님아 어머님아, 오레 오레 살암십서. 절간에 강 명과 복 잇엉 오쿠다에-."

절간더레 올라간다.

절간에 들어간 정 간 거 상단에 올려간다.

중단에 하단에 올려간다. 산신당에

서낭당에 요왕단에

칠성단에 올렷구나. 삼칠 스물 ᄒᆞᆫ 번 절을 허여간다.

원불당에 원수룩 드려간다.

만불당에 만수룩 드려간다.

ᄒᆞ를은 염녜왕 명령 받은 처서님은, 인간은 버물왕 아덜더레, 동경국 동경국드레

눌고 간다 뜨고 간다.

아이고 간 바려보난

간간무중 엇엇구나. 조왕할망 소르륵 졸암시난,(601) 벡락(霹靂) ᄀ뜬 소리에

우레ᄀ치 질러

홍사줄로 스문절박(私門結縛) 시겨간다.

[말] "아이고 스제님아 ᄒᆞᆫ 베코만 눅여줍서.(602) 일러드리쿠다." ᄒᆞᆫ 베코 눅이난, "동경국 버물왕 아덜 삼형제, 열다섯 십오 세 멩이 멕이난, 동게

---

600) 얼굴에.
601) 졸고 있으니.
602) 누그러지게 하여주십시오.

남 상저절 서게남 금법당에, 명과 복 잇이레 [소리] 갓습네다-."

절간더레 눌고 간다 뜨고 간다.

절간에 들어간 [말] "이디 동경국 버물왕 아덜 왓느냐?" "아니 오랏습
네다." "이디 왓다는데 어디 갓느냐?" [소리] 버물왕 아덜덜 나오라

데스중도 나온다 소스중도 나온다.

일만 제자 나산603) "나도 버물왕 아덜이우다. 나도 버물왕 아덜이우
다." 일로 절로 왕왕작작604) 허난, 어느 것이 버물왕 아덜이며, 시간이 넘
으난 체서님은 [소리] 그데로 돌아가는구나에-.

이 아기덜은

버물왕 아덜 삼형젠

동으로 권제삼문 흡흡히 얻어간다. 서으로 권제삼문 흡흡히 얻어간다.

푼체 공양 허여간다.

원불당 원수룩 만불당 만수룩을 드려간다.

[말] 흐를은 너븐605) 팡606)에 삼형제가 도리도리 모여 앚안 보난, [소
리] 동경국더레 바라보난

고향 셍각 절로 난다.

아바지도 보고저라.

어머니도 보고저라.

족은아시 셍각헤보난 "옵서, 우리 절간에 하직헤영, 우리 우리 고향 촞
아강 아버지 어머니 옵서 얼굴 보게." "어서 기영 허라."

이젠

[말] 절간에 들어간, "아이고 데서님아 오널은 동경국을 바라보난, [소

---

603) 나서서.
604) 시끄럽게 떠드니.
605) 넓은.
606) 대가 되게끔 놓인 넓적한 큰 돌 따위.

리] 난데없이 고향 셍각도 나고

　아바지도 보고저라. 어머니도 보고저라.

　아이고 우리 보네여줍서." "삼 년만 살당 가라." "일 년도 못 살쿠다."
"일 년만 살당 가라."

　"단 사흘도 못 살쿠다."

　[말] "가기랑 가라만은 혼정(魂精)은 집이 가도, 체(體) 빌엉 못 간다.
과양땅을 당허면 [소리] 난데엇이 시장끼가 날 테니, 메우 메우 멩심혜영
과양땅만 넘어사라."

　비단 삼 필 네여준다. 공단 삼 필 네여준다.

　모단 삼 필 네여준다.

　은기 놋기영 멘딱607) 네여노난 삼형제가 삼썩 갈라지언

　푼체님에 하직헌다. 데스님에 하직헌다. 소스님에 하직헌다.

　불당 베낏디608) 나왓구나.

　과양땅을 당허난 시장끼가 난다.

　압더레609) 훈 자국 둣터레610) 두 자국썩 싀 자국썩 ○○난다.

　허베허찬 혜연, "아이고 이거 올레에 바려보난 과양셍이 올레 와졋구
나. 아이고 우리 베 고팡 죽음이나 우리 밥 얻어먹엉 죽음이나, 옵서 밥이
나 얻어먹게. 늬 귀에 풍경(風磬) 둘리고 왈강실강 천아거부제로 잘 살암
구나." "어서 기영 허라."

　이젠 큰성님 "나부떠 강 무으저.611)

　소승은 절이 뷉네다."

　"아이고 수장남아 절로 중이 세끼 들어왐져. 못 들어오게 허라."

　　　　　　　　　　　

607) 모두.
608) 바깥에.
609) 앞으로.
610) 뒤로.
611) 여기서는 '머무르다' 정도의 뜻.

웬 귀 심언 잡아 훈들리난

압마당에 박아진다.

아이고 아니 돌아와가난 "아이고 나도 강 보저. 성님만 밥 먹엄신가. 소승은 절이 뷉네다."

"아이고 따시 들어왐져. 못 들어오게 허라."

웬 귀 심언 잡안 훈들리난

뒷마당에 박아진다.

아이고 이젠 아니 와 가난, 큰성도 아니 와 셋성도 아니 와, "아이고 나도 훈○○ 바려보저." 들어사며 "소승은 절이 뷉네다."

[말] "아이고 이거 오널 제스 다 봣져. 중이 세끼덜 하나썩 둘썩 싓썩 훈 번에 들어완, 오널 제스 다 봣구나." 후육(詬辱)질 허여가난, "욕허지 맙서. 우리 본데 중이 아닙네다. 우리 동경국 [소리] 버물왕에 아덜

삼형제 열다섯 십오 세, 스고전명 멕이난

절간에 간 명과 복을 잇언 오람수다."

비단 잇이난 아무디 감으로, 밥이야 훈 적 아니 주카. 그떼라니 들어간 게, 낭푼이예612) 물 제왐613) 허연 밥 서너 숟가락 놓안

숟꾸락 서너 게 드리쳔, 잇돌614) 알에 놓아간다.

훈 적썩 두 적썩 먹어간다.

아이고 먹으난, 아이고 눈이 베롱베롱 정신이 나는구나에-.

[말] "아이고 성님아 이젠 살아지쿠다. 놈이 거 공히 먹으민 목 걸리곡, 공이 ○○ 싫으난, 옵서 이 비단 훈 자썩이라도 석 자, 석 자썩이믄 아옵 자썩 안네게."615) 그뗀 과양셍이 지집년, 그떼 그레도 곤616) 므음 먹단

---

612) 양푼에.
613) 말아.
614) 디딤돌.
615) 드리자.
616) 좋은.

보난 도둑이 염치가 [소리] 들어가는구나에-.

"아이고 도령님아 안사랑도 좋습네다.

밧사랑도 좋습네다.

안트레 올라옵서.

식은 밥도 잇습네다.

더운 밥도 곧 뒙네다.

어서 옵서.

좋은 날 시간덜 많이, 아메도617) 어두왕618) 못 갈 거난, 옵서 많이 지체헷당 옵서 넬랑 가게." "어서 기영 허라."

안트레 들어간다.

[말] "안사랑더레 옵서." 모두 앚져두고 술에 궤양○○○ 도약(毒藥)을 타난, 연약주를 만들안, ᄀ정619) 가난, "아이고 도령님아 밥헐 동안 베 고팜시난, 술이나 ᄒᆞᆫ 잔썩 먹읍서." "우린 절간에 뎅기난 술 안 먹읍네다." [소리] "절간에선 술 아니 먹어도, 베낏디 나오민 술도 먹곡 고기도 먹읍네다. 이건 술이 아닙네다. ᄒᆞᆫ 잔 먹으면 철년(千年) 살곡 두 잔 먹으면 말년(萬年) 삽네다." 그땐 귀가 ᄋᆞ짝헨 오레 산덴 허난, ᄒᆞᆫ 잔썩 먹어간다.

두 잔썩 먹어간다.

동더레 씰어지어간다.

서러레 씰어지어간다.

아이고 이젠 이 아기덜, 에~

오 년 묵은 ᄀᆞᆫ장물 삼 년 묵은 춤지름, 난 청동화리(靑銅火爐)에 난 와상와상 꿰완620)

---

617) 아마도.
618) 어두워서.
619) 가져서.
620) 끓여서.

웬 귀로 싱거간다.[621] 느단[622] 귀로 뻬어간다.

느단 귀로 질어[623]

웬 귀로 뻬어간다.

'아이고 느롯이[624] 죽엇구나. 우선 물건을 곱져사[625] 헐로구나.' 일흔 여덥 거부통쉐[626] 올안[627]

궤 올안 비단 아옵 필 탕탕 놓안 탁허게 중간[628] 절구절칵 중갓구나.

'아이고 이젠 영장을 치와사 허 컬. 어떵 허믄 좋으리'

수장남이 올레로 와가난, "아이고 수장남아 큰일 낫져. 넘어가던 손임 베 고프뎬 헨 밥 주고, 자당 가켄 헨 잠시카[629] 허단 보난, 아이고 죽엇 져. 이거 아무도 몰르게 바짓굴에 돌 담앙 똑똑 무껑,[630] 관청못에 강 들이쳥 오라.

종문세도 벳겨주곡

노비문세 네여주마."

아이고 이젠 밤이 밤중 돼난, 바짓굴에 돌 담으멍 독독 무껀, 관청못에 간 퐁당퐁당 드리쳐뒨 오랏구나.

"아이고 아척이랑[631] ○이 강 보라 터시냐.[632] 만약에 터믄 동네가 알

---

621) 심어간다. 즉 놓아간다는 뜻.
622) 오른.
623) 길어.
624) 생기가 없이 나른해진 모양.
625) 숨겨야.
626) 큰 자물쇠.
627) 열어서.
628) 잠가서.
629) 자는가.
630) 묶어서.
631) 아침에.
632) 떴느냐.

앙 면이 알곡 면이 알아가믄 국이 알앙 난리가 날 거난, 동세벽이 강 바
려보라.”

몰 멕이레 간 핑게 허연

간 바려보난

몰이 스뭇633) 꼿핀 거 봔 놀렌 압발 닥닥 치멍 코 닥닥 풀어가난, 아이
고 바려보난 물 가운디 삼색(三色) 고장이634) 피엇구나. 그 법으로 물은
몰무르기 압발 닥닥치곡 코 푸는 법입네다.

아이고 이제 집이 오란

[말] “아이고 간 바려보난, 영장은 아니 트곡 물 가운디 삼색 고장이
트여십데다. 붉은 고장635) 푸린 고장 노란 고장.” 과양셍이 지집년은 도
둑이 염치라, 욕심이 과단히 일어나부난, [소리] “아이고 나 강 봐살로
구나~.”

ᄀᆞ는데구덕에

마께636) 놓고 옷 하나 놓고

흔들흔들 가는구나.

간 바려보난 물 가운디 삼색 고장이 트엿구나. 물마께로 압더레 활활
뗑기멍

“나에게 태운 고장이건

나 압더레 동실동실 들어옵서.”

물마께로 압더레 활활 넹기난, 아피637) 오는 고장은

방글방글 웃는 꼿

두 번체 오는 고장은

---

633) 사뭇.
634) 꽃이.
635) 꽃.
636) 방망이.
637) 앞에.

용심이[638] 불럭불럭 나는 꼿

싀 번체 오는 고장은

눈물만 흘치는[639] 꼿

물마께로 확 건지와단[640] 놓안 구덕에 놓안

혼들혼덜 집더레 오라간다.

하도 고와노난 나갈 떼 보자 들어올 때 보자.

혼 고장은 일문전(一門前)에 걸어간다. 혼 고장은 뒷문전에 걸어간다.

혼 고장은 장기못데 걸어간다.

과양셍이 지집년 장 거리레[641] 나갈 떼에

압살장[642] 박박 메여간다.

들어올 때

뒷살장[643] 박박 메여간다.

셍깃뭇데[644] 맞상 출령 두갓이,[645] 밥 먹젠 허믄 욻 살장 궷살장

상투 우에 박박 메여간다.

"아이고 꼿은 곱다만은 헹실이 나쁘다."

박박 삐어단

청동화리에 놓안

불천수웨 시겨간다.

[말] 뒷칩이 할망 불 담으레 오랏구나. "애야, 불 엇이냐?" "솟강알[646]

---

638) 화가.
639) 흘리는.
640) 건져다가.
641) 뜨러.
642) 앞살적.
643) 뒷살적.
644) 셍깃무뚱에. '셍깃무뚱'은 마루방과 큰방 구들 사이에 세운 기둥 바로 앞의 마당.
645) 부부가.
646) 걸어놓은 솥의 아래.

에 봅서." 확확 헤싸보난[647] "불 엇다." "정동화리에 ○○불 피와낫수다 바려봅서." 정말 확 [소리] 걷언 보난

[말] "아이고 요디 불은 엇고 삼색 꼿이 잇저. 요거 보라. 붉은 꼿이여 푸린 꼿이여 노란 꼿이여." "아이고 어떠난 불 아니 담안 나 구실 믄직단[648] 손 실려완[649] 곱전 놔두난 이레 옵서. 나가……." 확허게 삐연

손에 놓안 동글동글
입에 놓안 동글동글
물엇다 바깟다[650] 허단 보난
입에 들어가난 얼음산에 얼음 녹아가듯
구름산에 구름 녹아가듯
소르륵기 네려가난, 밥에 밥네 나는구나.
국에 약네 물에 펄네
혼 둘 두 둘 석 둘 뒈가난 세금세금 정갈레[651]여, 웨미즛(五味子) 술도 먹고 싶어 간다.
일고 ᄋᆞ덥 둘
아옵 둘 열 둘 뒈난, "아유 베여 자라 베여."
아덜 하나 솟아난다. "아유 베여 자라 베여."
아덜 성제 솟아난다.
"아유 베여 자라 베여."
아덜 삼형제
혼 날 혼 시 솟아나앗구나.
이 아기덜은 천○○로 난 아기덜이라노난, 노는 것도 글소리, 자는 것

---

647) 헤쳐보니.
648) 만지던.
649) 시려워서.
650) 뱉었다.
651) 정금나무의 열매.

도 제주652) 공부소리

일곱 술 뒈난

일천서당 넹겨간다.

천하문장 뒈여간다.

열다섯 십오 세가 뒈난

과거허게 뒈어간다.

일천 선비덜 과걸 간덴 허난, "아이고 아바님아 어머님아 우리도, 서월653) 상시관(上試官)에 강, 과거 헤영654) 오쿠다." "일천 선비덜 강 과거 헤불믄 너네 안뒝 온다. 가지 말라." "뒛든 안뒛든 보넵서. 가쿠덴." 허난 "어서 가라."

이젠 과거허레 서월 상시관에 들어간다.

성담에 아침으로 즈녁 올 떼꼬지 앚아도, 선비덜이 과거 다 떨어지엇구나.

'아이고 우리 나 우리 헤여보저.' 삼형제가

관가에 들어간 흰 종이에 검은 글을 씌연

관가에 간 서월 상시관에 드리난, "야 이거 과걸 아기덜아. 믄딱655) 청 헤들이라."

큰성은656) 동방급제 주어간다.

셋아신657) 무과급제 주어간다.

족은아신658) 팔도 잡아 주어나간다.

---

652) 재주.
653) 서울.
654) 해서.
655) 모두.
656) 큰형은.
657) 둘째 동생은.
658) 작은동생은.

청가메 벡가메

벌련(別輦) 가메 쌍도레기659) 둘러탄다.

아피 선베(先陪) 두에 후베(後陪)

일만 군사 거느리고

육방하인(六房下人) 거느리곡

일기셍일660) 거느리곡

고랑나팔 거느리곡

피리 단자(短笛) 옥단자(玉短笛) 거느리곡

노피661) 든 건 청일산(靑日傘)

야피662) 든 건 흑일산(黑日傘)

비비둥둥 비비둥둥

와랑차랑 네려오라간다.

과양셍이 지집년은 정주낭 알에 검질 그늘에 간 바려보난

벌련 가메가 둥실둥실 오라가난

"아이고 우리 아기덜은 어디 선비 발짱에 죽어사 손땅에 죽어신가? 어디 간 아니 오람시니?

어떤 집이 세끼덜은 아이고 산천이 좋안

과거혜연 오람구나.

저런 세끼덜랑

엎어지라 데싸지라."663)

욕허단 보난 이녁 올레에 벌련 가메가 둥실둥실 들어오라가난

"아이고 우리 아기덜 가메 오는 걸 몰란 욕혜지엇구나. 얼씨구나 좋다.

---

659) '쌍교(雙轎)'의 와전.
660) 일기생(一妓生)을.
661) 높이.
662) 얕게.
663) 죽어라.

212   증편 한국구비문학대계 9-6

지화자라 좋다."

궁둥이춤이 절로 난다.

[말] 춤추단 바려보난 벌런 가메가 마당에 수북이 앚이난, 아이고 반가운 짐에664) 춤도 추지 말앙, 이제랑 문전상(門前床) 놩, 문전제(門前祭)나 지네보저. 문전상 놩 문전제 아덜 삼형제 절을 시경 느시665) 안 일어낭, '어떠난 안 일어남시.' 머리 걷언 바려보난 삼형제가 다 스들안666) [소리] 죽엇구나에-.

큰아덜은 압밧데667) 출병(出殯) 시겨간다.

셋아덜은 뒷밧데668) 출병 시겨간다.

족은아덜은 우영밧669)데 토롱(土壟) 감장(勘葬) 시겨간다.

관가에 들어간 "원님아 원님아, 어떤 일로

아덜 삼형제 낳고

삼형제가 과거허연 오고

삼형제가 죽는 일이

어떤 일입네까?

소지절체(所志決處) 시겨줍서."

아이고 영헨 소지(所志) 상제(箱子), 아옵 상젤 몰아드려도 절체(決處)를 못허난, "죽일 놈 잡을 놈, 우리나라 ○○○○ 다 팔아먹곡, 이런 절체 못 허는 짐치원이, 사표 네라 떠나라." 막상 욕혜여 부난, 헤뒹 가부난 아이고 짐치원은 '저넌 욕속에 죽어질로구나.' 특670) 지펀671) 호이탄복 허여

---

664) 김에.
665) 도저히.
666) 시들어서.
667) 앞밭에.
668) 뒷밭에.
669) 집 주위에 채소 등을 기르는 작은 밭.
670) 턱.
671) 짚고.

간다.

지동텡인은672)

[말] "원님아 원님아 어떠헨 호이탄복을 헙네까?" "말도 말고 이르도 말라. [소리] 이 ᄀ을에 과양셍이 지집년, 아덜 삼형제 낳고

삼형제가 과거허연 오고

삼형제가 훈 날 훈 시로

죽으난 아이고 절체헤도 절첼 못허난, 죽일 놈 잡을 놈 하도 욕싸아구리 죽어질 것 같아도, 고민을……. " "거까지 것사 걱정허지 맙서. 강림이 똑똑허고 역력헌 강림이

열다섯에 데방황수허고

동문에 각시 삼 첩

서문에 각시 삼 첩

남문에 각시 삼 첩

아옵 각시헨 살암시난, 이 집 저 집 뎅기당, 조반상안 떨어졍 문답허면 알 도레(道理)가 나옵네다."

아닐써라 강림인 아옵 각시헨 뎅기단 바려보난 조반 미참 허엿구나.

동안 마당에 나서난, "강림이 궐(闕)이여 강림이 궐이여~."

[말] "장안에 목심을 뻿기겟느냐? 저싱 강 염녜왕(閻羅王) 젭히겟느냐?" "장안에서 ᄌ각놈(刺客-) 손에 죽음이나 염녜왕 젭히레673) 강 죽음이나, 염녜왕 젭혀 오겟습네다. 본메본짱674) 줍서." [소리] 흰 종이에 검은 글을 씌연

본메본짱 주어간다.

말쩨랑 석 둘 열흘 헤여간다.

---

672) 통인(通引)은.

673) 잡으러.

674) 증표(證票).

아이고 저싱은 가켄 헤놓고, 저싱이 어디냐 이싱이 어디냐. "성방(刑房) 님아 이방(吏房)님아.

나 살립서 나 살립서. 이 노릇을 어떵 허믄 좁네까?"

"우리 ᄀ뜨민 살리주만은 너이 고을에 짐치원이난 우린 모른다. 혼저 갈치질 혼저 나가라."

상제 북망산천 올라가난

"친구님아 동간(同官)님아

날 살립서 날 살립서.

저싱더레 가게 뒈엿수다.

이 노릇을 어떵 허믄 좁네까?"

"아이고 우린 안 가난 모릅네다. 혼저 갑서. 혼저 갑서." '아이고 게메 친구도 필요 엇는 거로구나. 술칩이 갈 땐 친구가 많고 ○○이 올라갈 땐 혼자로구나.'

아옵 각시신디나675) 강 바려보저. "아이고 누님네야.

아지마님네야.

설운 정네야.

나 살립서 나 살립서.

저싱더레 가게 뒈엿수다.

이 노릇을 어떵 허믄 좁네까?"

"우린 아니 가나난 모릅네다. 혼저 갑서. 전송이나 가쿠다. 올레꼬지 전 송가쿠다.

술 받앙 갑서. 월미(元味) 받앙 갑서."

올레에 강 술이영 월미영 하영 네여걸어 가는구나.

그 법으로 영장 나갈 땐 올레에 강 술이영 월미, 케우리는676) 법지법

---

675) 각시에게나.
676) 흩뿌리는.

(法之法) 마련허엿수다.

아이고 이젠 큰부인 장게 가난 시상(世上) 놔분양,677) 큰부인신디나 강 바려보저.

이제 큰부인신디 춫아강

간 바려보난 오유월 한 더위에, 굴레망678) 방에에

도에남679) 절귀에

이어도 방에 보리 방에

물 적전680) 이어도 방에

"아이고 낭군님아

어떵 헤연 셍각난 오람수가.681) 저 올레 가시 걸언 오람수가?

문을 율련682) 오람수가?"

이어도 방에

들은 척도 아년 안터레 후르르 들어간게, 아이고 데문 율안 바련보난, 얼랑빈칙 얼랑빈칙, 방마다 청동화리 아옵 게 ○○놈구나. '엿683) 들은 말 이 틀림엇구나. 남즛 홀아방 삼 년 살믄

니가 닷 뒈 베룩이 닷 뒈 허곡

홀어멍 삼 년 살면

금단지 욮이684) 창 산덴 헨게, 이렇게도 잘 살암구나.'

구들에 들어간 이제 ○○ 확 둘러썬 누어간다.

강림이 큰부인님은 '오레만이 온 걸, 미와도 내 낭군 좋아도 내 낭군

___

677) 놔둔 채로.
678) '굴묵낭'이라고 할 것을 잘못 발음. 굴묵낭은 느티나무.
679) 복숭아나무.
680) 적셔서.
681) 옵니까.
682) 열어서.
683) 옛날.
684) 옆에.

앞으로 보아도 내 낭군 두이로 보아도 내 낭군

아이고 오레만이 온 걸 정심밥이나 헤영 출령 안네보저.'

정심밥 출련 은상 놋상 반상기를 출련

우끗허게 출련, 아이고 간 바려보난, 구들문을 더껴[685] 누엇구나 확 을안[686] 보난, ○○○ 누엇구나. "이거 어떤 일이꽈? 불○허레 ○○ 씨여놓안, 아까 들어올 때 나 놀레[687] 부를 때 나 놀레 에돌릅데가? 칭원허엿수가?"

○○ 확 걸언 바려보난, 눈물이 홍수가 돼게 잘잘 울엄구나. "아이고 어떵 헹 영 울엄수가?

아이고 어떤 일이꽈?" "그런 것이 아니라 각시 아옵 각시 첩헨 뎅기멍 이레저레 뎅기단 보난, 조반상 간 떨어지난 문답허난 저승에 강 염녜왕 잡혀오겟느냐, 이싱에 목숨 바찌겟느냐? 저싱 염녜왕 젭혀 오켄은 허고, 저싱이 어디니 이싱이 어디냐? 큰부인 박데(薄待)헌 줴ㄴ가, 오렌만이 오랑 죽엉 올 디 살앙 올 디 모르난, 사랑이나 풀엉 가젠 오랏습네다에-."

"아이고 요 본메본짱 네놉서 보저."

네어논 거 보난 흰 종이에 검은 글을 씌엿구나.

"이거 저싱 못 갑네다. 저싱 가는 건 붉은 종이에 흰 글 씌어사 가는 법이우다. 아이고 날짜도 이거 안 뒈엇수다. 나가 다시 씌엉 오쿠다." 이제 강림이 큰부인님은

열두 복 공단치메 입언

○○○ 허울너울 간다.

가단 보난 시네방천 들어간 줌지랑헌[688] 작지[689] 치멧통 솜박[690] 담아

---

685) 닫아.
686) 열어서.
687) 노래.
688) 자잘한.
689) 자갈.

놓고

원님아 동안(東軒) 마당에 간, "원님아 원님아 우리 낭군님 무슨 쮀를 짓어, 염네왕을 젭혀오렌 허엿수가?" 작진 술그렝이 비와두고, "아이고 날짜를 어디 영 헙네까. 붉은 종이에 흰 글 씨야 저싱 가주. 흰 종이에 검은 글은 저싱 못 갑네다." "아이고 내가 미차 몽롱(朦朧)헤엿구나." 그떼야 명지 석 자 가옷691) 헤연, 흰 글 번뜩번뜩허게 씨연

멩정(銘旌)거리 들렁 가는 법지법도 마련헤엿습네다—.

날짜랑 작지 ○○○ 메딱 헤여줍서. 작지 ○ 들어오난 셀 수가 엇이난 묵연허여간다.

소상 넘고 대상 넘고

쳇 담제(禫祭) 넘고

쳇 싯게692) 넘고

아이고 이젠 팔뤌(八月) 초ᄒᆞ를날 산소나 강 바려보저.

에~ [심방이 기침을 한다.]

[말] 아이고 이젠 간 "아이고 낭군님아 안심헙서. 저싱 가는 것도 이제 묵연히 오란 왓수다. 저싱 가는 체비도 붉은 종이에 흰 글 씨연 오랏수다." 영 허난 "큰부인이 큰부인이로구나." 아이고 이젠 동문(東門) 서문(西門) 각시 아옵 게딜 다 모여라. 다 모영 건쓸 서 말 쓸 주멍, 당○○○경 [소리] 이제

[말] "메도 늬 그릇 쳐 놓곡 시루떡도 늬 그릇 쳐 노라. 날랑 ○○○에 네려상, 좋은 이복체693) 헤영 오마." [소리] 이제 헤여뒹 가부난

○○○에 네려산 좋은 이복체 헤연, 허연 오란 바려보난

---

690) 가득.
691) 가웃.
692) 제사.
693) 의복.

아옵 각시덜 ○○○○건 메도 치고 시루도 쳐 낫구나. "아이고 이복(衣服)허연 왓수다 낭군님아, 이복 입읍서."

남방사주 접저고리

북방사주 붕에바지

한산모에 진차옷

섭수퀘지

○○ 벗엉 저 벌통 행경

서수○○ 미타리에

벡제반을 출려간다.

홍사주는 읏에 빗겨산다.

관장꽤(官長牌)는 등에 지여간다.

적베지(赤牌旨)는 쿰에[694] 쿰어간다.[695]

앞이멍에 ○○○쩨 듯이멍에 ○○○쩨

체서 헹착 체리난 휜헌게, 저싱 강 올만 허우다. 일가친척 ○○○덜 다 모여완, 인정 다과히 걸어간다.

죽엉 올디[696] 살앙 올디 몰르난, 에 친척덜 부모형제간 다 나완 인정 하영하영[697] 걸어갑네다에―

"아이고 낭군님아 시간 뒛수다. 혼저 나갑서." 이젠 낭군님 보네여두고

강림이 큰부인님은, 집에서 문전제(門前祭)를 지네여간다 조왕제(竈王祭)를 지네여간다.

문전하르방 ○○○ 걸쳐 ○○ 허울허울 가는구나.

'저 하르방 벗헤영 가저.'

---

694) 품에.

695) 품어간다.

696) 올지.

697) 많이많이.

가믄 가곡 둘으믄⁶⁹⁸⁾ 둘곡⁶⁹⁹⁾

사믄⁷⁰⁰⁾ 사곡

지치난 쉬엇구나.

절 삼베(三拜)를 드리난

[말] "아이고 어떠헌 도령이 노인에게 절을 헙네까?" "인간에 강림(姜林)이가 올습네다. 저싱 가는 길 어디로 갑네까?" "어 느가 강림도령이로구나. 너허는 행실은 궤씸허다만은 너이 큰부인님이, [소리] 정성이 기뜩(奇特)헤연, 문전하르방이 뒈노라. 우리 우리 식사나 허게." 이젠 밥을 네여 노난

"밥도 ᄀᆞ뜬⁷⁰¹⁾ 밥 떡도 ᄀᆞ뜬 떡이로구나. 느 밥이랑 저승에 강 먹곡 나 밥 갈랑 먹게."

문전하르방이 허는 말이 "가당 보민 조왕할망이 나타나민 알 도레(道理)가 나온다." 눈 깜박허난 하르방은 엇어불엇구나에-

요 제 저 제 가단 바려보난

조왕할마님이

은주랑 ○○ 지펀

헤얗게 출런

허울허울 간다.

가믄 가곡 둘으믄 둘곡

사믄 사곡

지치난 쉬엇구나.

절 삼베를 드리난, "어떤 도령이 노인에게 절을 헙네까?" [말] "인간에

---

698) 달리면.
699) 달리고.
700) 서면.
701) 같은.

강림이가 올습네다. 저싱 어들로702) 갑네까?" "느가 강림도령이로구나.
너 허는 헹실은 궤씸허다만은 너이 집이 큰부인님이 [소리] 정성이 기뜩
허여

홀 수 엇이 나왓노라.

요 제 저 제 가당 바려보면

헹기수가 당허면

헹기수에 헹기703) 드리쳐, 낭게704) 일롸 으뜩허믄 일흔여덥 공거릿
질705) 나온다에-"

할망은 엇어불고 가단 보난 헹기수가 당허난

헹기 드리치고

수건으로 더펑706)

"낭게야 낭게야"

일롸 엄뜩허난 일흔여덥 공거릿질이 나앗구나.

요 질은

천지천왕(天地天皇) 가는 질

천지지왕(天地地皇) 가는 질

천지인왕(天地人皇) 가는 질

혼합시가 가는 질

게벽시가 가는 질

월일○○○○○○ 가는 질

열다섯 십오 셍인(聖人) 가는 질

임신 중엔

---

702) 어디로.
703) 놋그릇.
704) 안개.
705) 갈림길.
706) 덮어서.

옥항상저(玉皇上帝) 데명왕(大明王)이 가는 질

땅 츠지라 지부 ᄉ천데왕(四天大王)이 가는 질

산 츠지난 산신데왕(山神大王) 가는 질

물 츠지난 데서용궁[707] 가는 질

법당 육간데서(六觀大師)

인간 할마님 가는 질

얼굴 츠지 서신국마누라가 가는 질

날궁 돌궁

월궁(月宮) 일궁(日宮)

지퍼[708] 야퍼[709]

시님 초공(初公) 가는 질

초궁전(初公前)이 가는 질

이궁전(二公前)이 가는 질

삼궁전(三公前)이 가는 질

정이○○ 전병ᄉ(前兵使) 신이○○ 신병ᄉ(新兵使)

원앙감사 원앙도사

범 ᄀ튼 ᄉ천데왕(四天大王) 가는 질

초제 진강데왕(秦廣大王)님에 가는 질이여

이제 초강데왕(初江大王)님에 가는 질이여

제삼 송겨데왕(宋帝大王)님에 가는 질이여

제네 오간데왕(五官大王)님에 가는 질이여

다섯 염녜데왕(閻羅大王)님에 가는 질이여

ᄋ섯 번성데왕(變成大王)님에 가는 질이여

---

707) 다섯 용궁(龍宮).

708) 깊어.

709) 얕아.

일곱 테선데왕(泰山大王)님에 가는 질이여

ᄋ덥 평등데왕(平等大王)님에 가는 질이여

아옵 도시데왕(都市大王)님에 가는 질이여

열에 식○데왕님에710) 가는 질이여

열하나 지장데왕(地藏大王)님에 가는 질이여

열둘에 셍불데왕(生佛大王)님에 가는 질이여

열싀 자도(左頭) 열네 우도(右頭)

열다섯 십이 동ᄌᆞ(童子)

십이 팔관

여레섯 십육 ᄉᆞ제 가는 질

삼멩감(三冥官)에 가는 질

일흔여덥 도멩감(都冥官)에 가는 질

삼처서(三差使)가 가는 질

천앙처ᄉᆞ(天皇差使) 월직ᄉᆞ자(月直使者) 지앙처ᄉᆞ(地皇差使) 일직ᄉᆞ제(日
直使者)

인앙처ᄉᆞ(人皇差使) 방나자

저싱○ 강림이

이싱 강림도ᄉᆞ

강림이 가는 길, ○○○이 헐렷구나.

하늘이 큰큰헌711) 길이로구나.

지에(地下)가 ᄀᆞ득헌 길이로구나.

관데썹을 가로 무꺼놓고

은장데로

길을 치며

---

710) 흔히 '십전대왕(十轉大王)'이라고 함.
711) 물건이 가득 담겨 있는 모양.

허우야허우야 질을 치며 저싱더레 가는구나.

가단 바려보난 이원소제(二元使者)가 질치단, 시장허고 조라완712) 속속속 앚안 졸암구나.

떡밥 상 네놓앙 "요거 먹엉 정신 출립서." 먹으난 눈이 베롱헨 정신이 나는구나에-.

[말] "염녜왕 가는 길 어들로 갑네까?" "가도 가도 못 갑네다. [소리] 검은 머리가 백발이 뒈도 못 갑네다." 에 말 굳단713) ○○ 뜨님아기 에산 신병(身病) 드난, 염녜왕이 원성기도처로 곧 네리게 뒈난, 석 자 오 치 데단 ○○질, 길을 다깎수다.

적삼 입언 옵데가?" "입엇수다." "혼 불렁 옵데가?" "혼 안 불럿수다." "적베진 가전 옵데가?" "가전 오랏수다."

적베지는 저싱 초군문(初軍門)에 부쳐두고

속적삼 들런

"강림이 본 강림이 본."

세 번 부르난 벌련 가메 싀 게가

동실동실 오라간다.

아피714) 오는 벌련 가메 빈 가메

두에 오는 가메 빈 가메

가운디 벌련 가메 탓구나. 그뗀 붕[鳳]에 눈을 부르트고

삼각산(三角鬚)을 거시리고

정동 Z튼 팔따지로

걷어 제쳐

홍사줄로

---

712) 졸려서.
713) 말하다가.
714) 앞에.

가멧부출 하메(下馬)엿구나.

"아이고 강림아 똑똑허고 역력허다. 가멧부출 풀어주라. 인정 주마 ㅅ
정 주마.

동방석(東方朔)이 불러단

동창궤(東倉庫)도 을라 서창궤(西倉庫)도 을라.

많이 많이 인정 다과히 거난, 가멧부출 풀엇구나-.

"우리영 ᄀ찌 강 상 받아먹게."

가멧부출에 돌아지언715)

가는구나.

간 바려보난 데통기 소통기 세와놓고, 원성기도 데령청 헴구나. 염네왕
도 살려옵서.

스제님도 살려옵서.

체스님 옵센 아녀부난,716) 신자리에 홍사줄 던지난, 수심방이717) 줌미
천718) 씨러지엇구나-.

역력헌 신스미 똑똑헌 신소미가 나산, "미쳐 몽롱헤엿수다. ○○○○○
강림체스님

오리정신청궤719)로

살려옵서."

나까시리 쳐다놓고 술양동이 스제상(使者床) 싱거간다.

술이영 쏠이영 하영하영

네여걸어간다.

오리정신청궤 허난, 아이고 강림체스님은

---

715) 매달려.
716) 안해버리니.
717) 수무(首巫)가.
718) 잠에 취하여.
719) 굿에서 신을 청해 들이는 한 제차.

수심방은 와들랑이 께여나앗구나.

그 법으로 우리 인간 벡성덜토 줌미쳣당 톡 께는 법 마련허엿수다.

강림인 하도 술 데접헤여부난 술 취헤연, 수제상 ㅇ丶ㅁ에720) 속속속 졸아 가암구나.

염네왕님은

염넷굿기 우에

신수퍼 앚앗구나.

[말] 아이고 이젠 강림이 께난 보난 엇언, '아이고 어디 가신고.' 에 막 찾아도 못 촛이난, 조왕할망신디 간 "아이고 조왕할마님아 염네왕 간 디 알아지쿠가?" "염넷굿기에 앚앗수게." 데톱 써난 파싹 ○ 낫구나. [소리] "아이고 강림아 똑똑허고 역력허다. 느 실력을 보젠, 염넷데 꼭데기 앚앗 단 오랏져. [말] 나 이 집이서 네일 모리꼬지721) 공소 마쳥 가크메 네려가 라." [소리] "아이고 등떼이에 본메본짱722) 벡여줍서." 등떼이에 이제 본 메본짱을 벡엿구나. "올 떼는 자유로왓다만은 갈 떼 어떵 갑네까?" "벡강 셍이 네놓건 벡강셍이 가는 데로 ㅂ짝 쫓앙 가라."

벡강셍이 네여논다.

오단 바려보난

헹기수가 당헌다.

헹기수에 웨나무 웨드리에 헹기수가 잇이난, 강셍인 눌아, 그 가단 물 에 탐불랑 빠지난, "아이고 나도 ᄀ치 빠져." 탐불랑 빠지난, 엄뜩허난 인 간세(人間世) 와지엇구나.

주먹 ○○○○ 베롱히 불리723) 싸지엇구나.724)

---

720) 옆에.
721) 모레까지.
722) 나중에 증거가 되는 사물.
723) 불이.
724) 켜졌구나.

아이고 간 바려보난, 아이고 강림이 큰부인님은, 아이고 담제헤연 올레 와네 걸명[725] 케우리멍, "아이고 낭군님아, 살앗거든 혼저 옵서. 죽어 혼 정으로 월미 받앙 갑서." 월메 올레와 케우려된[726] 들어가 문 톡 더끄난, 아이고 들어간 문 독독독 두드리난, "누게꽈?" "강림이가 뒙네다." "아이고 강림이가 올 리가 잇수가? ○○○○님은 오널 담제 챗 싯게 허는디, 아이고 뒷칩이 김서방 낼랑 왕 싯게 퉤물(退物) 언어 먹읍서." "짐서방이 아니고 강림이가 뒙네다. 문을 올아줍서." 겨우 창고냥[727] 고냥 똘롱[728]

"관데썹을 네여 놉서. 그디 표적을 헨 놔뒷수다." 관데썹을 네여노난, 안 테영 놔두단 "아이고 낭군님 오랏구나~."

문을 활딱 올안 느단[729] 홀목 잡아간다.

성펜을 셍겨간다.

웬 홀목[730] 잡아 웨편을 셍겨간다.

"아이고 아버님 요 옵서. 아버지랑 이 성편 느단 어께로 앚입서. 어머니랑 웨편 웬쪽더레 앚입서."

"아이고 아바님아

나 엇이난 어떵 살아집데가?"

"시믄 신간 엇이믄 엇인간

ㅁ디ㅁ디 셍각나라."

아버진 데털이로구나. 아버지랑 죽건 알에 시미 ㅅ단도 풀어불곡, 왕데 방장데 속 구린 걸로, ㅁ디ㅁ디 셍각나게

공 가파 드리쿠다.

---

725) 잡신을 대접하기 위하여 제를 지낸 뒤 제물을 걷어 던지는 일.
726) 흩뿌려두고.
727) 창구멍.
728) 뚫어서.
729) 오른.
730) 손목.

"어머님아 나 엇이난 어떵 살아집데가?"

"굴앙 알곡 아니 굴앙 모르커까? 가분 날부떠 눈에 송송

귀에 젱젱

자국자국마다

솜솜솔이 셍각나곡

가심이 먹먹허여라."

"아이고 어머님은 아기 상엣731) 무음 좋앙

아바지 아피 욕혜가도 펜벡헤여732) 좋곡, 맞존 것도 치메통에 감추와당

주곡 허난, 어머님이랑, 알에 치멧단도 감추는733) 마련허고

동더레 벋은 머구낭 방장데에 솜솜솔이 벡인 걸로

지레지레 셍각나게

공 가파 드리쿠다."

"아이고

[말] 아이고 성님아. 나 엇엉 어떵 살아집데가?" "아이고 맛좋은 거 먹

을 떼 셍각나고 ○○ 셍각나라." "형제간 옷 우잇 [소리] 브름이로구나.

각시 아옵 각시덜 모야오라. 나 엇엉 어떵 살아져니?" "우리 올레레 바

레단 보난 오늘꼬지 살앗수다." "다 시정헤영 가라.

큰부인님아

나 엇이난 어떵 살아집데가?"

"간 날부떠 우는 게 오널날꼬지 울엇수다."

"너월 씌영

아이고 데구 울라. 열녀 소저 세워주마."

아이고 이젠~ 헤염시난, 뒷칩이 짐서방 얻언 살아보젠, 술짜기 오란

---

731) 향한.

732) 편들어주고.

733) 꿰메는.

바려보난 "아이고 어늣 동안이 저싱에 갓다 와신고? 얼엉 살지도 못허곡 밀스(密書)나 헤여불저." 관가에 들어간

"강림이 저싱 강이랑 말앙 밤인 간 보난 머리는 두 게 몸은 하납데다. 낮이는 간 보난 뱅풍 두에 곱전734) 살립데다." "심어들여라."735)

심어들여간다.

[말] "야 너 저싱 가왓냐?" "가왓습네다. 넬모리 스오시(巳午時) 뒈민 오켄 헷수다." [소리] 이제는

옥에 가두난 큰각시 오라

만약 아니 오믄 죽일 걸로 허여 간다.

넬모리 스오시가 뒈난

동으로 독구름이 동실동실 뜨고 온다.

빗방울이 뚝뚝 허여간다.

번게 와작착 허난 염녜왕이 파삭 오랏구나~.

[말] 동안 마당이 다 비엇구나. "이 집 누게가 짓엇느냐?" "강태공(姜太公) 서목시(首木手)가 짓엇습네다." "불러들이라. 지둥이 멧 게라?" "스물 넉 게입네다." "○○난 곳 싸라."736) 하나가 남앗구나. 싼 피가 뿔긋헌다. "아이고 살림서 과연 잘못헤엿습네다." "강림이 어디 잇나. 네노라." 강림이 큰칼 벳기고 네여놓앗구나. 염녜왕 허는 말이, "염녜왕은 짐치원이 젭히주만은 짐치원이가 어쩨서 염녜왕 젭힐 수 잇느냐?" 그떼엔 강림이가 허는 말이 "저싱에 염녜왕도 왕 이싱에 짐치원도 왕입네다. 왕끼리 못 젭혀 오민 누게 젭힙네까?" 그떼 짐치원이가 허는 말이 "아이고 그런 것이 아닙네다. 이 구을에 과양셍이 지집년, 아덜 삼형제 낳고 삼형제 과거허연 오고 삼형제, 혼 날 혼 시에 죽으난, 절체헤 도레 절체허지 못헤 ○○

---

734) 숨겨서.
735) 잡아들여라.
736) 켜라.

○○○ 몰라도, 절첼 못헤여 죽일 놈 잡을 놈 하도 욕들어 죽어질 거 같아서 청헷습네다.” [소리] “불러들이라.

과양셍이 지집년 촛아오라.”

[말] 불러단 “너 아덜 삼형제 났느냐?” “낫수다.” “죽엇느냐?” “죽엇다.” “묻엇느냐?” “묻엇수다.” [소리] “무덤 강 ᄀ리치라.”[737]

[말] 무덤 ᄀ리치난, 큰아덜 묻어난 디도 거미줄만 싯고, 셋아덜 무덤 거미줄만 싯고 족은아덜 판 보난 [소리] ○○만 시엇구나.

[말] “너가 어느 거 아덜 죽연 묻엇느냐? 너 봉통○ 버물왕 아덜 삼형제, ○○○○○ 왐시난 비단에 호탕헨 죽연, 물에 들이쳔 꼿으로 환셍뒌 구슬헤연, 너도 먹어 원술 갚아보○○○○○○○중 알겟느냐? 으 야 어디 간 죽엿느냐 ᄀ리치라.” [소리] 연천강 연못가에 들어간

“요 물이우덴.” 허난

동넷 어룬덜

족박[738] 작박 들런

“물 퍼줍서.”

염녜왕 실력(神力)으로 이 아덜 삼형제가 오골오골 일어나는구나.

“과양셍이 지집년 너네 집이 강 이 아기덜 비단 삼 필썩 지왕 어멍국더레 보네라.”

○○○ 비단 세엇구나. 메딱 네난 이 아덜 삼형제에 삼 필썩 지완 어멍국더레 보네여두고

“아옵 쉐[739] 불러들여라.

일곱 장남 불려들여라.”

과양셍이 올려 테완 이제 이 골목 저 골목

---

737) 가리켜라.
738) 쪽박.
739) 소.

하고 끗어740) 뎅겨부난741) 추그렉이 낫구나. 허당 독독 뺏안742) 허○○
○ 모기 몸에 환셍헌다.

모○○○○○○ 이녁 뺨 떼리고

이제~

[말] "우리 아옵 세끼 ○○ 어떵 헹 삽네까?" "아옵 귀양 들어상743) 상
받앙 먹으라." "우리 일곱 장남 어떵 헹 삽네까?" "일곱 귀양으로 들어상
상 받앙 먹으라."

[소리] 아이고 이젠

[말] 염녜왕은 짐치원신디 간 "야 혼을 앚겟느냐744) 시체를 앚겟느냐?"
"시체 앚겟습네다." 초혼(初魂) 이혼(二魂) 삼혼(三魂) 뺀 [소리] 저싱에 가
부난, 이젠

[말] 우두가니745) 사시난746) "야 저싱 가난 어떵 혜니?" 펀펀, "저싱
가난." 펀펀, "이거 큰냥 헴구나." 툭 거치난747) 털글랑이 드러누원 [소
리] "아이고 죽엇구나. 강림이 큰부인한티 품 보네라."

이제 품 보네난, "아이고 어떤 일로 죽어신고?" 아이고 오단 보난 비녀
도 빠지고 동안 마당에 탕탕 울멍, 둥글아가멍 둥글어오멍 "우리 낭군님
이 염녜왕을 못 젭혀와십데가? 어떤 일로 죽엇수가?" 막 울단 바려보난,
일어나젠 보난 머리가 메방석 뒈고 즈끗디 보난 짚걸이 잇이난 머리 무껏
구나. 저고리 혼 짝썩 우이도 벗어지엇구나. 그 법으로 성복(成服)허기 전
엔 두루막 혼 착썩만 걸치는 법 마련허고

---

740) 끌고.
741) 다녀버리니.
742) 빻아서.
743) 들어서서.
744) 가지겠느냐.
745) 우두커니.
746) 섰으니.
747) 건드리니.

옛날은 머리 풀어낳 짚걸로 머리 무끄곡
헙네다.
초소렴(初小斂)허여 섭섭헌다.
데소렴(大小殮)허여 섭섭헌다.
입관(入棺)허여 섭섭헌다.
일포(日晡)허여 섭섭
동관(動棺)헤여 섭섭헌다.
게광(開壙)헤여 섭섭
하관(下棺)헤여 섭섭
봉분(封墳)헤여 섭섭헌다.
용미(龍尾) 제절(階節) 빼여 섭섭
산담허여 섭섭
초제[748] 이제[749] 삼우제(三虞祭) 졸곡(卒哭)허여도 섭섭헌다.
○○ 삭망(朔望) 헤도 섭섭헌다.
소상(小祥)허여 섭섭
데상(大祥)허여 섭섭
담제(禫祭)허여 섭섭헌다.
쳇 싯게도 섭섭헌다.
산소나 강 바려보자.
산소에 간 바려보난 풀이 덤방헷구나.[750] 앚앙 복복 비단[751] 바려보난
봉분이 시원헤 가는구나~.
그 법으로 우리나라에 전국적 다, 팔뤌(八月) 초흐를날 뒈믄 소분(掃墳)

---

748) 초우제(初虞祭).
749) 이우제(二虞祭).
750) 무성했구나.
751) 베다가.

허는 법지법 마련혜엿습네다~.

염녜왕은 저싱에 간 강림이ㄱ라[752] "인간을 젭혀오라." 적베질 주난 강림인

오단 바려보난

가메귀 보난 깡굴락 깡굴락

나도 강게(姜哥) ○○ 강게

"옵서 우리 성제 삼게. 어디 감습네까?" "인간을 젭히레 가노라." "적 베질 나 줍서. 어룬 올떼 아이 옵서. 아이 올 떼 어룬 옵서.

건물[753]에 건드리[754] 혜영 오쿠다."

게난 가메귄 놀게 트멍 폿닥폿닥 오단 바려보난

물 잡는 ○○ 시난[755] 먹어보저.

이레 주엇 저레 주엇 혜염시난

○에이 시끄럽덴 허멍 물폿 픽 던져부난, 팟닥 눌아부난, 적베지 문드 려부난,[756] ○○○○○ 데껴부난

돌코젱이 구렝이 나완 옴막 들러먹언 들어가부난

구렝인 어룩다룩 허곡 아옵 번 죽엉 열 번도 환셍허곡

아이고 강림이 이젠 어떵 ○○ 다 모여 앚안

울어나간다.

아이고 이젠

아척에 우는 가마귀는

손임 올 까마귀

낮에 우는 가마귀는

---

752) 강림에게.
753) 거슬러 흐르는 물.
754) 어긋난 순서.
755) 있으니.
756) 잃어버리니.

싸움 까마귀

초저냑에 우는 가마귀는

화제(火災) 날 까마귀

밤중에 우는 가마귀는

살연(殺人) 까마귀

폭낭에757) 상가지에 앚안 까왁까왁허난

동네 ○장 드는 법

중가지에 앚안 까왁까왁허난

○○○○ 죽는 법

하가지에 앚앙 까왁까왁허난

○○○○ 죽는 법

아이 둘고 가는 가마귀는

쳇 가지에 앚앙 우는 까마귀

까마귀가 반체숩네다.758)

[말] "너 어찌 헤서 인간을 ○○○○○○○ 노레만 불럽냐?" "말도 맙서. 물 죽은 밧에 들엇단 ○○○○○ 맞아부난, ○○○ ○○ 문드려부난 ○○○ 데껴부난, ○○○○○ 옴막 둘러 먹읍데다." 송낙 막뎅이로 [소리] 막 후려부난

아이고 가름막도 못 넘엉 앙글작사 앙글 앙글락 걸읍네다.

부에가 난 늘아가단 보난, 청비발 애기씨 물 질레759) 감시난

"저싱 글라 까왁

저싱 글라." "우리 집에 하르방 할망 잇수다. 아버지 어머니 잇수다."

"아이고 이제 어서 글라."

---

757) 팽나무에.
758) 반차사입니다.
759) 길러.

올레 어귓담에 앚앗구나. 아기씨 물팡에 허벅 부려두고

"하르바님 할마님아

아기 손지 갑서.

아바지 어머님아 아기들아 손지 갑서."

"느 ○○라. 느 가라. 무사 우리가 가느냐. 혼저 가라 혼저 가라. 느 구실 아이가." 올레엔 허벅 바싹 벌러두고, 이젠 저싱에 간 머치난

[말] "어찌 ○○○○ 젭혀왔느냐?" "건물에 건드리 이수농장법 아닙네까? 아이도 가고 어른도 가는 법 아닙네까?" [소리] "그럴듯 것도 그럴듯 허다.

이젠 동박섹(東方朔)일 젭혀 오라."

동방섹일 젭힐 수 엇이난

"흰 숯 검은 숯 씻엄시믄……." 동방섹이 넘어가단 "어찌 흰 숯 헤양케760) 우에 씻은단 ○○○ 말 잇나. 동방섹이 삼 철년을 살아도 흰 숯 검은 숯 씻어 벡숯 나 들어본 적 엇다." "요게 동방섹이로구나."

ᄉ문절박 시견

염녜왕 바찌난

혼 ○○에 올랏구나.

이싱법 저싱법 마련헙데다에ㅡ.

난산국 헤엿수다 본산국 헤엿수다.

열에 십일주 풀지라도

숭광 궬랑 ᄌ부감젤 헙서.

줴랑 잇건 삭(赦)혜영 혜벌(解罰)시겨줍서.

---

760) 하얗게.

■ 체서본풀이>비념

불쌍헌 영혼 스물, 아니 일흔다섯 영혼님네

안동허영

체서님

저싱 가건

왕셍극락더레

지나 부쪄줍서.

○○도 나게 맙서. ○○도 ○○나게 맙서.

○○○○질 날 일

앚아 울 일 사 울 일

인명은 축(縮)허고 낙루(落漏)뗄 일

다 막아줍서.

천앙쌀(天皇煞) 막읍서. 지왕쌀(地皇煞) 막읍서.

인왕쌀(人皇煞) 막읍서.

고뿔이여 헹불이여 염질(染疾) 토질(吐疾)

○○○○○ 일

○○○○덜

막아줍서.

꿈에 선몽 낭에일몽(南柯一夢) 주사여몽(晝思夜夢)

풍문조훼(風雲災害) 막아줍서.

날로 날역[日厄] 돌로 돌역[月厄]

월역(月厄)에 시력(時厄)

관송(官訟) 입송(立訟)

○○○ 막읍서.

갑을동방 오는 엑년(厄緣) 경신서방

벵오남방

혜저북방

중앙○○방

즈축인묘진사오미

신유술혜

○○○방

잡아오는 엑년

궂인 엑년 ○○○○○○더레 다 막아줍서~.

■ 체서본풀이>주잔넘김

[장구치는 것을 멈춘다.] 받다 씨다 남은 주잔이랑 저먼정 네여당 천앙 처서 월직스제, 지왕처서 일직스제 인왕처서 방나자, 저싱 강림 이싱 강 ○○, 삼시왕 삼처스 시관장님네, 주잔권잔 드립네다. 밧물처서 거북스제 요왕처서 부원국스제, 아이 둘고 가던 처서 구천구불법 처서, 신당 본당 처서 맹도맹감 삼처스, 형방처서 둘고가던 처서 금일 영가 처서님네, 에~ 처서님전 난산국 풀엇수다.

■ 체서본풀이>산받음

에~, 영 허영, 오랑 가는 질에 큰 걱정이나 엇곡 ○답761) 방울, 에~ 게믄762) ㅎ끔 조심허곡 헤야뒈카마씸? 영 허믄 ○든○섯님, 이번 오랑 가는 질에 천당 만당 시기곡, 몸도 편안허곡, ㅊㅊ이ㅊ 풀려줍네까? 우는~ 에~, 게믄 약도 먹곡 영 허연 ○○ 잘 혜염시믄, 조카마씸?763) 에~, 좋덴 헙건, 도제비764)로 판단시겨줍서. 에~ ○단장허곡, 본벵이 뒈어놓곡

---

761) 여덟.
762) 그러면.
763) 좋을까요.
764) 제비점. 쌀로 치는 점.

허난, [심방이 본주에게 말한다.] (고연옥 : 예. 조상네 막 착허덴양. 막 옷 덜 네고 질쳐주난 막 고맙덴양. 막 허고 이젠 어멍 아프는 거라도양, 이 몸에 조상에 원혼뒌 거 다 풀리곡, 속에 거 병 본벵이랑 약도 먹으멍 잘 헹 오레 살렝 헴수다양. 예. 경헴수다에.)

■ **체서본풀이>제차넘김**

○○○○ 숭광 궤랑 주부감장 협서. 줴나 삭 풀립서. ○○○○ ○○협 네다.

[심방이 큰심방에게 인사한다.] (고연옥 : 굿헷습니다. 큰심방예.) (큰심 방 : 속앗습네다.)

초공본풀이

자료코드 : 10_00_SRS_20110415_HNC_LSS_0001
조사장소 : 제주특별자치도 제주시 애월읍 상가리 모 굿당
조사일시 : 2011.4.15
조 사 자 : 강정식, 강소전
제 보 자 : 이승순, 여, 63세
구연상황 : 이 자료는 2011년 4월 14일부터 같은 달 20일까지 제주시 애월읍 상가리 모 굿당에서 벌어진 일본 대판 김씨 댁 큰굿의 둘째 날인 4월 15일에 구연한 것이다. 이 날에는 보세감상, 초공본풀이, 세경본풀이, 삼공본풀이 등의 제차가 진행되었다. 초공본풀이는 이승순 심방이 장구를 받아 앉아 스스로 치면서 구연하였다. 신자리에 앉아 반주 없이 말미를 하고, 장구를 치면서 공선가선→날과국섬김→연유닦음→신메움→본풀이→일부훈잔→비념을 하고 주잔넘김, 산받음, 제차므끔으로 마무리하였다.

■ **초공본풀이>말미**

[장구를 몇 번 친 다음 멈추고 말명을 시작한다.]

초공본풀이

삼천전저석궁(三千天帝釋宮), 이알은 바갓들로765) 천지월덕기766) 신수
푸곡767) 안으로는, 상저남은상당클 중저남은 중당클 하저남은 하당클 곱
은연당클, 추껴메엿습네다. 신을 멥긴 어젯날 초감제(初監祭)로 신메왓습
네다. 초감제로 신메운 신전님은, 어젯날 초감제에 떨어지던 신전님, 상
게768) 상판으로769) 옵서옵서 청허영 상당 중당 하당, 초서(初席) 말씀(末
席)꼬지 즈손덜 이룬 정성 천하 올라 금공서770) 설운 원정 올렷수다. 초
석시771) 넘어들고, 어젯날 옵센 허난 오늘은 먼동금동 데명천지(大明天地)

---

765) 바같으로.
766) 큰대에 달아매는 깃발.
767) 마련하고.
768) 큰굿에서 벌이는 초상계, 젯상계, 제오상계를 이름.
769) 흔히 '삼판'이라고 함. 상계에 해당하는 의례를 초상계, 젯상계, 제오상계라는 이름
　　으로 세 차례에 걸쳐 벌이는 것을 이름.
770) 추물공연을 이름.
771) 석살림을 이름.

붉안, 엿사흘날은, 집안간 김덱(金宅)으로 양덱(梁宅)으로 선데조상(先代祖上) 후망부모(後亡父母), 줴목줴상(罪目罪狀)을 다 풀려줍센 영 허시영 보세신감상 연드리 넘어들엉 잇습네다. 초공연질로[772] 엿날 엿 고옛 선셍님 광 몸받아 오던 부모조상 엿 선셍님네 일부혼잔 떼가 뒈엿습네다. 신이 아이 성은 이씨(李氏) 기축셍(己丑生) 양단무릎 제비 꿇엉, 송씨 삼춘임 게유셍(癸酉生) 몸받은 신공싯상[773] 하늘ㄱ찌 받아앗앙 설운 장기[774] 앞이 놓앙, 열두 가막쉐[775] 부전[776] 올리곡 오른손엔 차[777]를 받곡 왼손엔 궁을 받앙 깊은 궁에 든 어머님 앞은 궁드레 옵서 앞은 궁에 든 어머님 신가슴 열립센 영 허시영 오널은~ 초공연질로 일부혼잔 떼가 뒈엿수다 신이 아인, 신이 본(本)을 다 알 수가 잇습니까 베운 데로 들은 데로, 삼선양(三上香) 지도틉네다 영로삼주잔(零露三酒盞) 게굴아~ 올립네다. 신공시 엿선셍님전 금탁 금보십쏠 시권제 받아 위올리면 초공연질로 엿선셍님네 몸받은 선셍님네 부모조상님네 일부혼잔 떼가 뒈엿수다에-.

■ 초공본풀이>공선가선

[장구를 치기 시작한다.]

공신 공시는, 가신 공선

제주 남산 인부역 서준낭, 서준공서, 올립네다

■ 초공본풀이>날과국섬김

올금년 신묘년(辛卯年), 쳉명(淸明) 삼월 열사흘날

---

772) 초공연질은 초공맞이 혹은 초공맞이의 초공질침을 이름.
773) 공싯상은 심방의 조상이며 주요 무구인 멩두를 모시는 작은 상.
774) 장구.
775) 장구의 줄을 걸어매는 쇠고리.
776) 장구 양면을 연결한 두 줄에 끼워 조임을 조절하는 가죽 조각.
777) 채.

국은 갈라 갑네다, 강남(江南) 천저데국(天子大國)입곡, 일본 든 건, 주
년국, 우리 국은 데한민국

일제주군[778]

이거저(二巨濟) 삼진도(三珍島)는 ᄉ남혜(四南海), 오관땅(五江華), 육제
주,[779] 마련허긴

남혜바다로 뚝 떨어진, 탐라지(耽羅之) 제주섬중

현주소는 데판시(大阪市), 동성구(東成區) 동소교(東小橋) 삽네다 일본
주년국 사는 ᄌ손덜 뒈엿는데

■ 초공본풀이>연유닦음

제준 환고향(還故鄕)에 오란 조상 위찬허는 일 아닙네까

친정 땅은 제주시곡, 시갓땅은 테양리(泰興里), 뒈엿는데

어릴 적부떠

제주 한고향 놔던, 일본 주년국땅 들어강 ᄋ라 아기덜 탄싱(誕生) 허연
팔십 넘도록 살아온, 일입네다.

■ 초공본풀이>연유닦음>열명

곤명(坤命)은 양짜(梁字) ○짜 열짜 향년 ᄋ든ᄋ섯님 병인셍(丙寅生) 받
은 공서 올립네다.

일남(一男) 아덜은

경주 김씨 김○부

병술셍(丙戌生)

ᄉ남(四男)은, ○현씨는 병인셍(丙寅生), ○향이 기미셍(己未生) ○영이는
겡혜셍(丁亥生), ○보는 기사셍(己巳生) 받은 축원 올립네다.

---

778) '일제주(一濟州)는'의 잘못.
779) '육완도(六莞島)'의 잘못.

육십 넘도록

저 어머님 가슴에,

못 박다시피헌,

차남(次男) 아덜 김○국 신묘셍(辛卯生) 받은 공서 올립네다.

삼남(三男) 아덜은

김○삼씨 무술셍(戊戌生) 김○스에 메누리 게사셍(癸巳生)

○석이는 임술셍(壬戌生), ○기 게혜셍(癸亥生) ○제는 병인셍(丙寅生)
받은 공서 올립네다.

스남 족은아덜 데판시(大阪市) 셍야구(生野區) 쓰루하시[鶴橋] 삽니다.

김○범 씨 임인셍(壬寅生) 고씨 ㅈ부(子婦) 게묘셍(癸卯生) 경오셍(庚午
生)은 정묘셍(丁卯生) 받은 공서 올립네다.

장녀는 임진셍(壬辰生), 김씨 사우 혼 셍갑(生甲) 임진셍, 자녀 김○자
갑오셍(甲午生)은 김○자, 병신셍(丙申生)

오씨 사우 정묘셍(丁卯生) 스녀(四女) 아기 경자셍(庚子生)은 정묘셍 수
다 만헌 아기 ㅈ순덜 받은 공서 올립기는

■ 초공본풀이>연유닦음>집안연유

어떠허신 연유롭서~

메칠 전부떠 아픈 엿날광780) ㄱ찌781) 졸바로782) 걷지도 못허는 걸음에,
느는 비헹기 타멍

고향산천 오랑 어제 그지겟날부떤783) 제주시 서문 밧겻784) 나사면, 에
월읍(涯月邑)은 상간785) 제석천앙 굿당으로

오랑 이 공선 이 축원 올립기는

ᄋ든ᄋ섯님

어느 금고에 좋은 금전 제겨논 베 아닙니다만은

먹다 남아 이 공서, 입다 남아 이 축원 아닙네다.

밥광 옷은 엇어도,

얻어서도 밥이요 빌어서도 옷입네다만은

천지지간(天地之間) 만물지중(萬物之衆)

유인최구(唯人最貴)헙곡 소기욘인자(所貴乎人者)는, 이기지오륜법[786]중
이요

하늘광 땅 ᄉ이에

가장 귀헌 것도 인간입곡, 소중헌 것도 우리 인간입네다.

춘추(春草)는 연련목(年年綠), 왕의 손(孫)도

귀불귄(歸不歸)덴 말 잇습네다만은 허뒈

이간 군문 안 양씨 설은 어머님 ᄋ든ᄋ섯님

어릴 떼 제주시 제주 양덱(梁宅)에서

부유훈 가정에서, 큰뚤로 탄싱허난

어릴 떼에

아까운 부모 형제 놔두곡 일본 주년국 들어간

고셍고셍 몬[787] 허멍, 김씨 가정 인연 멪엉 ᄋ라 아기딜 탄싱허멍 살단
저 이건 십년이면 강산도 변헌덴 말 잇습네다.

십년 전서에 김씨 가정(家長) 죽언 이별 뒈여두고

많은 금전 허풍 브름에 다 불리다시피 뒈곡 많은 제산 간 곳 온 곳 엇
어지엉

---

785) 상가리.

786) '이기유오륜자(以其有五倫者)'의 와전.

787) 모두.

낳은 셋아덜 살아 이별 셍초목 불이 뒈영 저 어머님 가슴에 이 아기 오늘ᄁᆞ지 셍각셍각허곡

고셍허멍 살단 보난

모다 온 게 신병 모다 온 게 본병이 뒈다시피 허영

저 가슴에 건난 듯 신마인 듯

뒈여지영 금번 올금년 들어사난

나 이거 흐를 앚앙 삼시(三時) 시끼788) 먹을 거 조상 위찬허영 두 끼만이라도 먹주긴 셍각을 허여근

고향으로 오랑 데로 들렁

조상 공리 갚으곡 ᄋ든ᄋ섯님 저 가슴에 메쳐오던 한을 푸시곡

열 데왕(大王)에 등장(等狀) 들엄시면 저 아기덜

펜안허게 시겨줍셍 영 허시영

■ 초공본풀이>신메움

오널은

보세신감상 넘어들곡 초공연질로

엿날 엿 고옛 선셍님 ᄂᆞ립서.

글선셍은 공저(孔子)님 활선셍 거저(擧子) 불돗선셍 노저(老子)님 유씨데선셍(柳氏大先生)님

초공연질로 ᄂᆞ립서.

송씨 삼춘임 게유셍 진료헤여 엿날 영급헌 진좌수(秦座首) 월겟하르바님789) 네립서.

첵불일월(冊佛日月) 네립서.

---

788) 세끼.

789) 월계(月溪) 진좌수(秦座首). 진국태(秦國泰). 명의(名醫)로 회자되는 인물로, 전설의 주인공으로도 널리 알려짐.

불도일월(佛道日月) 네립서 산신일월(山神日月) ㄴ립서. 진연 진덱(秦宅)으론 하르바님 할마님 씨부모 양친부모님 ㄴ립서.

친정하르바님 할마님 낳아주던 아바님 어머님네, ㄴ립서 게유생 팔저 궂인 몸에 탄싱헌, 셋아덜~

오널은 초공연질로 [울먹이면서 말명을 한다.] 어멍 몸받은 상으로 승운이 아빠도 ㄴ립서.

몸받은 조상님은, 사위 쉐돌이 강씨 선싱 물림허던 일월 삼명두 몸받은 선싱도 ㄴ립서 그 뒤으론 김씨 동싱

몸받은

산신첵불(山神冊佛) 신장(神將)님네 네립서 박씨 동싱 몸받은 산신첵불덜

신장님도 초공연질로 ㄴ립서.

그 뒤으로~는

고씨 삼춘임 양친 씨부모 조상님 양친 친정부모님네 석만이 아바님 ㄴ립서.

씨부모 조상 몸받은 조상 옛선싱님 ㄴ립서.

홍씨 오라바님 몸받은 부모 아바님네도,

ㄴ립서 몸받은 선 선싱님네 웨진조상 ㄴ립서 신이 아이 몸받은 부베간 몸받은,

옛 선싱님네 부모조상님네덜,

초싱연질 발려주던 선싱님네 진씨 어머님도

ㄴ립서 초공연질로

신공시 게유생 몸받은 신공싯상으로 ㄴ립서 초공 난소생 어딜런고.

초공 성하르바님 천하금주님

여 천하데궐 금주님 ㄴ립서.

초공은 성진할마님 지하데궐 여주님도 ㄴ립소서.

초공 웨진하르바님

천하데궐 임정국 네립서 초공 웨할마님

지화데궐

임정국 부인임네

ᄂ립소서.

초공아바님 황금산 주접선생님네

초공어머님은

왕데월산 금하늘 노가단풍 ᄌ지명왕 아기씨

ᄂ립선 초공연질로

원구월둘 초으드레 본명두

신구월둘 열으드레 신명도 사여 삼구월 쓰무으드레 씨왕삼명두 ᄂ립서.

젯부기 삼형제, 너사문 너도령 궁이 삼형제 ᄂ립소서.

■ 초공본풀이>본풀이

엿날이라 엿적 천하데궐

임정국 데감님 지화데궐

김정국 부인님 사옵디다.

양도부베간 열다섯 십오 세 입장갈림허난

이십 쓰물 삼십 서른 ᄉ십 마흔 ᄉ십이 넘어가도

별진밧은 돌진밧 수장남 수별캄 거느려 천하거부로 잘 살아도 ᄌ식 없어 호오탄복허옵디다.

임정국 부인님

데감님 날만 붉아가면,

동네 금방상,790)

---

790) 방손(傍孫).

일천 선비덜 바둑 장기 뛰는 디 강 바둑을 뛰엉 돈을 따가면

선비덜 말이로다.

[음영] "천하데궐 임정국 부인님아, 야 데감님아. 야 주식도 엇인디 어느 바둑 장궐 뛰엉 돈을 따가민 어느 주식앞이 물림을 헐 것과?" 야 놀림을

받아간다.

흐를날은 심심허곡 야심허난

산천 구경 들어가난

이 산 저 산

[음영] 구경허단 바려보난 어늣동안 헤는 일럭서산(日落西山)에 기울어지곡 날은 어둑아가니 산천초목을 네려오단

바려보난

말 모른 가막세도[791] 날이 어둑아가민

높은 낭에~

에미 품을 춫앙 야 이거 오오조조 허곡

네려오단 바려보난

비조리초막에서,[792]

[음영] 왕천데소(仰天大笑) 웃움소리가 난 간 담 공기로[793] 눈을 쒜완 바려보난, 야 얻어먹는 게와시덜토[794] 아기를 낳, 어멍신디[795] 기어가민 아방 웃곡 아방신디[796] 기어가민 어멍 웃곡 왕천데소 웃으멍

살암구나에-.

---

791) 까마귀도.
792) 오막살이에서.
793) 구멍으로.
794) 거지들도.
795) 어머니에게.
796) 아버지에게.

그걸 본

임정국 데감님

[음영] 집으로 들어완 문잡아 누웠구나 늦인덕 정하님ㄱ라 "야 이거 데
감님 혼저 저녁 진짓상이나 저녁 드립센." 허난

"어서 걸랑 기영 헙센." 허여

늦인덕 정하님은

[음영] 저녁 진짓상을 차리난 "아이고 임진국 데감님아 이 문을 읍서.
이 문을 읍센." 야 영 허여도 문을 아니 올려가난 아이고

야 이거 임진국 김진국 부인님아

[음영] "어떵 허난 야 데감님 야 문을 읍 센 허여도 안으로 응구답을 안
허여 문을 중가 누웠수겐." 허난

그떼는 열두 폭 야 호탄치마

깍을 둘러입언

[말] "아이고 데감님아 어떵 허난 야 이거 안으로 문을 중가797) 눕디
겐." 허난 경 안 헤도 [음영] 문을 안 올아가난 "이 문을 읍센." 허여가난
[말] 그떼에사 난데엇이 부두나시 문을 열려가는구나. 문을 열언 들어간
"아이고 데감님아, [음영] 야 이거 어떵 헌 일로 저녁 진짓상을 들여보네
여도 [말] 저녁 진짓상도 아니 들여받곡 [음영] 야 안으로 문을 잠가 눕디
겐." 허난 "부인님아

그런 것이 아니고

[음영] 야 우리 별진밧을 허민 뭣 허멍 둘진밧을 허민 뭐 허멍 야 이거
천하거부로 살민 뭐 헙니까. 바둑 장기를 뛰여도 야 이거 선비덜앞이 아
기덜 없는 놀림을 받고 말 모른 가야 가막세도 날이 ᄌ물아가민798) 세끼
품을 촟아 오조조조 앚곡,799)

─────────────────────

797) 잠가.
798) 저물어가면.

야 이거,

[말] 비조리초막에 사는 게와시딜토 아기를 놓앙 왕천데소 웃으멍 사는디 우리 별진밧을 허민 뭣 허멍 둘진밧을 허민 뭣 헙니껜." 허난 "아이고 데감님아 우리도 웃을 일이 잇습니다." "우리가 뭘 놓고 웃을 일이 부인님아 잇습니껜?" 허난

그떼에는

"데감님아

은단평(銀唐瓶)에,

서단마게,

야 막앙,

야 [음영] 은단평에 서단마게 춤실 혼 줴 쫄끈800) 무껑 각빈장판(角壯壯版)에 야 소란만단지 문을 열곡 이레 둥글이곡 저레 둥글염시민 우리도 웃을 일이 날 겁니덴." 허난, "어서 걸랑 기영 허여 봅센." 허난,

그떼에는,

은단평에,

서단마게 춤실 혼 줴 쫄끈 무껑 각빈 모란장판에,

[음영] 소란만 단지 문을 열고 밤세낭 이레 둥그력 저레 둥그력 허여도 웃음이 아니 나는 게 어늣동안 붉는 중 몰르게 날은 먼동 금동 데명천지(大明天地)가 붉아불엇구나에-.

날은 붉으난

동게낭은 상중절 서게낭은 상세절 부처 지컨 데서(大師)님은

헌 당 헌 절 헐어지난

[음영] 인간처(人間處)로 네려상 시권제 삼문 받아당 헌 당도 수리허저 헌 절도 수리허저 명 없는 자 명 주곡 복 없는 자 복 주곡 셍불(生佛) 없

---

799) 앉고.
800) 질끈.

는 자는 셍불 취급 시겨주저 영 허여 이거 데서 헹착(行着) 출려 절간 알러레 인간처(人間處)레 시권제 삼문 받으레

소곡소곡 네려사옵데다-.

인간처로 네려사, 이 집 저 집 시권제 삼문 받으레 뎅기당 [음영] 천하(天下) 임정국 지헤(地下) 짐정국 부인님 먼정으로 들어사멍 나사멍 "예-소승은

절이 베옵니다-."

[음영] "어느 절 데서가 뒈옵네까?" "예 동게낭은 상중절 서게낭은 상세절 부처 지컨 데서중인디, 헌 당 헌 절 헐어지난 인간처로 네려사 홉홉이 시권제를 받아다 헌 당도 수리허곡 헌 절도 수리허저, 멩 없는 자 멩 주곡 복 없는 자 복 주곡 셍불 없는 자는 셍불을 취급 시겨주저 시권제 삼문

받으레 네려샃수다예-."

"데서님아 데서님아

단수육갑(單數六甲) 가집디가 오용팔과(五行八卦) 가집디겐?" 허난

[음영] "데서라 헌 것이 야 단수육갑 오용팔과 못 짚으는 데서가 어디 잇입니까?" "게건 우리 부베간(夫婦間) 훈번 단수육갑 오용팔갑이나 짚어 봅센." 허난 "어서 걸랑

기영 헙서-."

데서님은

ᄂ다 들러 단수육갑 웨오 들러 오용팔갑 짚어간다.

짚으단 데서님 말이로다.

"천하 임정국데감님

[음영] 지헤 짐정국 부인님아. 어떵 허난 당신네 부베간은 별진밧은 둘진밧 수장남은 수별캄 천하거부로 잘 살아도 삼사십이 넘어가도 ᄌ식 없어 탄복헌 일이 잇습니덴." 허난 "아이고 어떵 허민 우리도 ᄌ식 셍불을

가질 수가 잇수겐." 허난 "데벽미(大白米)도 일천 석 소벽미(小白米)도 일천 석 가삿베도 구만 장 송낙베도 구만 장 벡근을 출령 우리 절간 법당으로 오랑 석 둘 열흘 야 불공이나 드럼시민 아덜이나 똘이나 셍불이 잇을 듯 허켄." 일러가옵디다. "어서 걸랑

기영 헙서-."

그떼에는 데서님은

[음영] "높이 들러 알러레 시르르시르르 시권제를 네보넵서. [바랑에 떠놓았던 쌀을 비운다.] 혼 방울이 떨어지민 멩도 떨어지곡 복도 떨어집네다." 야 데서님은 시권제를 받아 절간 우터레 소속소곡

올라사불엇수다에-.

야 그떼에는

셍불을 보젱[801] 허난

강답(乾畓)에는 강나록[802] 츳답에는 츳나록[803] 모답에는[804] 모다 모나록[805] 싱거간다.[806]

데벽미도 일천 석 소벡미도 일천 석 출려간다.

가삿베도 구만 장 송낙베도 구만 장 출려

[음영] 감은 암쉐에 잔뜩 실어 양도 부베간(夫婦間)이 원불(願佛)을 들어가저 동게낭 상중절 서게낭 상수절로 절간 우터레 소곡소곡

올라가옵데다에-.

절간 가까이 들어사난

[음영] 절간 금마답[807]에 두쳐서 누웟던 늬눈이반둥게가[808] 야 양반이

---

801) 보려고.
802) 산도(山稻).
803) 찰벼.
804) 수답(水畓)에는.
805) 수도(水稻).
806) 심어간다.

오면 일어상 주꾸곡809) 중인이 오면 꼴리만 치곡 하인을 보면 두처서 주꾸던 늬눈이반둥게가 확 허게 이 위로 일어산

드리 쿵쿵 네 쿵쿵 주꺼간다.

데서님이 말이로다

[음영] "야 소서중아 저먼정 나고보라. 늬눈이반둥게가 일어서 드리 쿵쿵 네 쿵쿵 주꾸는 건 보난 인끼척이 분명허다." "어서 걸랑 기영 협서."

절간 저먼정 나고보난

"데서님아,

저 임정국데감님광

[음영] 지혜 짐정국 부인님 원불수룩차(願佛水陸次) 절간드레 들어오람수다."

어서 안으로 청허여 들어간다.

[음영] 데법당(大法堂)으로 들어간 부처님전 선신문안(現身問安)

위올려 두고

데벽미도 일천 석 소백미도 일천 석 가삿베 구만 장 송낙베 구만 장 위올려두고

또이 절간으로 들어간

[음영] 데서님전 문안인사 위올려 두고 아적이면

아적810) 공양(供養) 허곡, 산신단(山神壇)은 칠성단(七星壇) 제석단(帝釋壇)에

[음영] 밤낮을 야 이거 원불을 올려 가옵디다 원불을 올리는 게 어늣동안 석 둘 열흘 야 벡일이

---

807) 마당.
808) '늬눈이반둥게'는 눈 위에 반점이 있어 눈이 넷 달린 것처럼 보이는 개.
809) 짖고.
810) 아침.

뒈엿구나예-.

벡일이 뒈여지난

영 허 그떼에는

[말] 벡일 뒈던 날은 데추남 은저울데로811) 저울여보저.812) [음영] 벡
일 뒈는 날은 데추남 은저울데로 저울연 보난 "야 이건 임정국 데감님과
지혜 짐정국 부인님아 데추남 은저울데로 저울연 보난 당신네 출령 올 때
는 야 테산(泰山) ᄀ트나 데추남 은저울데로 저울연 보난 벡근이 못네 차
난 여궁여(女宮女)라도 솟아날 듯허쿠뎬."

일러가옵데다에-.

양도 부베간이

야 이거 절간 하직헤여 절간 알르레813) 소곡소곡 네려산다.

네려산 양도 부베간이

합궁일(合宮日)을 보안 [음영] 천상베포를 무어가는 것이 ᄒ두 둘 연 석
둘 뒈여가난

밥에 밥네 나간다 물에 펄네 국에 장칼네 나간다.

[음영] 세금 틀틀헌 틀드레814)도 오미저(五味子)도 정갈리815)도

먹고저라 허여간다.

[음영] 아호 열 둘 ᄀ득 찬 나는 건 베려보난 물 알에 옥돌 ᄀ뜬 아기
여 제비세 알아구리816) 같은 곱닥헌 여궁여(女宮女)가

솟아난다.

이 아기 알에도 놓지 말저

---

811) 대추나무 저울로. 본래 '데추남은 저울데'인데, '-은'이 뒤로 가서 붙은 것.
812) 저울질해보자.
813) 아래로.
814) '다래'의 일종.
815) 정금나무의 열매.
816) 아래턱.

[음영] 오름이민817) 시원허게 상다락에 노념시겨 간다 ᄀ을이민 중다락
에 노념시겨 간다 하 야 이거 겨울이면은 또뜻허게 이 아기 살리저
하다락에 노념을 살려 가는구나.

이 아기,

어늣동안

ᄒ 설 두 설,

마니찡818)은 던메찡819) 조메찡은 걸임징820) 허여간다.

허여가난 이 아기 어늣동안

[음영] 말 ᄀᆞᆯ아가난 야 이젠 "이거 귀헌 집이 아길수룩 일름을 늦게 지
우저. 이 아기 일름이나 지와보저." 이제는 이 아기 일름을 지운 게 "늦인
덕 정하님아 먼정 올레에 나고 보라. 게절(季節)이나 어떵 뒈여시니. 이
아기 이름이나 지우게." "어서 걸랑

기영 헙서예-."

늦인덕 정하님,

[음영] 먼정 올레에 나고보난 [말] "아이고 상전임아 [음영] 먼정 올레
에 나고보난 어늣동안 야 이거 이 산 앞은 발이 벋고 저 산 앞은 줄이 벋
어 구시월 단풍이 들엇수덴." 허난 아이고 그뗴에는 이 아기 이름이나 지
와살821) 걸. 이 산 앞은 발이 벋곡 저 산 앞은 줄이 벋나 구시월 단풍이
들엇구나. 구시월 ᄌᆞ진명왕아기씨로 이름 셍명을

지와가옵데다에-.

이름 셍명 지와두어간다.

어늣동안 ᄌᆞ진맹왕아기씨 열다섯 십오 세도 근당허여 간다.

---

817) 여름이면.
818) 도리도리 하는 모양.
819) 흔히 '던데'라고 함. 죄암죄암 하는 모양을 이름.
820) 걸음걸이 하는 모양.
821) 지워야 할.

[음영] 야 근당허난 그때에는 야 이거 임진국 데감님 천하공서(天下公事) 살저 지혜 짐진국 부인님 지혜공서(地下公事) 살저 야 이거 옥항(玉皇)에서 멩령(命令)허길 어디 영이라 거역(拒逆)헐 수 없어 늦인덕 정하님 불러다 놓고 "늦인덕 정하님아, 이 아기씨 남자자식 ᄀ트면 첵실(冊實)로나 돌앙822) 가주만은 여자ᄌ식이라부난 먼 길 돌앙 가지도 못헐 거난, 야 이 아기씨 우리가 연삼년(連三年) 천핫공서 지핫공서 인핫공서 살앙 올 때꼬지 궁(宮) 안네 가두왕823) 아기씨 야 궁기로824) 밥을 주곡 물을 주곡 옷을 주엉 키왐시민825) 오랑826) 종 야 반역을 시겨주켄." 허난 "어서 걸랑 기영 헙센." 허여돈 야 그때엔

어머님 아바님

[음영] 이 아기 여자식이로구나 짚은 궁에 가두젠 허난

아바님이 중근 문은 어머님이 수레 두곡

어머님이 중근 문은 아바님이 수렐 두언

임정국 데감님

지혜 짐진국 부인님은 천핫공서 살레 야 옥항드레

도올라불엇굿나.

[말] 도올라부난 늦인덕 정하님은 [음영] 야 ᄌ진명왕 노가단풍 ᄌ진명왕아기씨 야 이거 궁기로 밥을 주곡 궁기로 옷을 주곡

물을 주엉 키와 가는 것이

ᄒ를날은

동계낭은 상셍절 서게낭은 상세절 [음영] 야 주적선셍(朱子先生)이 일천 선비덜광 야 이거 달구경 놀이 허는 디 갓단 일천 선비덜 허는 말이 "저

---

822) 데리고.
823) 가두어서.
824) 구멍으로.
825) 키우고 있으면.
826) 와서.

달은 이거 곱기는 곱다만 곱게도 떠오람뎬." 허난

주적선셍 말이로다.

[음영] "저 달은 곱긴 고와도 달 까온데 게수나무 박히곡 저 달보단 더 고운 아기씨가 금년 열다섯 십오 쎈디 궁 안네서 컴젠." 허난 일천 선비덜 말이로다 야 주적선생님ㄱ라827) 그뗴에는 "그 궁 안네 그 애기씨 저 달보단 더 곱다허니 그 아기씨 얼굴이라도 강828) 방829) 오민 돈 삼천 냥을 모다 주켄." 허난 "어서

걸랑 기영 헙셴." 허여

주적선생님은

하늘과 ㄱ득헌 야 굴송낙 둘러 쓰고

비랑장삼 걸쳐 입고 철쭉데 짚어앚언

여 절간 알러레830) 소곡소곡 네려산다.

절간 알러레 네려산

천하데궐 임정국 데감님, 지혜 임진국 부인님 [말] 먼정 올레로 들어사멍 나사멍 [음영] "예 소승은 절이

뷔옵네다에-."

[음영] 소승은 절이 뷉네뎬 소리엔 늦인덕 정하님 나오란 "아이고 어딧데서가 뒈십니껜?" 허난 "동게낭 상중절 서게낭 상세절 부처 지컨 황금산 주적선생인디, 야 금년 궁 안네 가둔 아기씨가 열다섯 십오 세가 근당허연 명과 복을 떨어지게 뒈여지난 시권제를 받아다가 이 아기 멩과 복을 잇어주젠 시권제 받으레 네려삿수뎬." 허난

야 그뗴에는

---

827) 주자선생(朱子先生)님에게.

828) 가서.

829) 보아서.

830) 아래로.

"시권제를 네보넵센." 허난 [말] "큰상전임은 천핫공서 지핫공서 인핫 공서 살레 가불고 아기씨는 궁 안네 가두와부난 [음영] 나가 시권제를 네 보네쿠덴." 허연 시권제를

네보네젠 허난

[말] 황금산 주적선생 말이로다. "아이고 늦인덕 정하님, [음영] 야 이 거 시권제 소복히 네여주는 거보단 아기씨 손으로 [말] 혼 세 네여주는 것이 맞사지 안 헙니덴." 허난 "아이고 그것이 아니고 [음영] 아기씨는 야 이거 그냥 어머님 아바님 천핫공서 지핫공서 인핫공서 살레 가멍 깊은 궁 에 가두완 아버님이 중근 문은 어머님이 수레 두곡 어머님이 중근 문은 아바님이 수렐 두어부난 열릴 수가

없습니덴." 허난,

"게거들랑

[음영] 나가 이거 중근 문을 열려 안넬 테니 아기씨야 야 손으로 시권 제를 네보네쿠겐." 허난 그떼엔 "어서 걸랑 기영 헙센." 허난 그떼에는 황 금산 주적선셍님은 하늘옥항 도성문 열려오던 천앙낙훼 금정옥술발[831] 들러받아 [요령을 흔들면서 말명을 한다.] 혼 번을 둘러치난 천지가 요동 허곡, 두 번을 둘러치난 지하가 요동허곡, [요령을 멈춘다.] 삼싀번 둘러 치난 야 이른ᵒ덥 거심통쉐 아바님 어머님 중근 야 이거 문이

싱강허게 열립디다에-.

[음영] 열리난 야 그떼엔 궁아 노가단풍 즈지맹왕아기씨 하늘님이나 볼 건가 청너울을 둘러쓰고 지하님이나 볼 건가 흑너울을 둘러쓰고 아니 바 난 데서님 얼굴이나 붸어질 건가

벡너울을 둘러썬 [음영] 야 시권제를 소복히 떤

사푼사푼 걸언 나오라간다.

---

831) 요령.

주적선셍님은

[음영] 야 그떼에는 혼 착 귀야지는 입에 물고 혼 착 귀야지는

야 이거 손에 잡고

혼 착 손은 장삼 속에 곱젼

[음영] "높이 들러 알러레 [쌀을 비우면서] 시르르시르르 시권제를 네
보냅서. 혼 방울이 떨어지민 아기씨 명도 떨어지곡 복도 떨어져붑니덴."
허멍 높이 들러 시르르 시권제 주멍 시권제를 받단 야 이거 혼 착 차디귀
를 즈끗더레

쏠짝허게 뎅기니

[말] 야 빕던 쏠방울이 [음영] 알르레 떨어지난, "아이고 아기씨 상전임
아. 야 떨어진 술방울을 야 다 줏어담읍센." 허난 은세줄을 야 그뗀 아기
씨가 확허게 굽언 야

전데레 쏠방울을 줏어담앙 놓젠 허난

[음영] 장삼 속에 곱졋던832) 혼 착 손이 확허게 나오란 어늣동안 아기
씨 상가메를 야 이거 초펀(初番) 이펀(二番) 삼석번을 확확

쏠어가는구나에-.

[음영] 쏠어가난 그떼에는 노가단풍 즈지멩왕아기씨 확허게 일어산 "아
이고 이 중 저 중 궤씸헌 중이로구나. 양반이 집이 시권제 받으레 못 뎅
길 중이여. 우리 아바님 어머님 오면 청뎃섭으로833)

목 걸릴 중이로구나."

후육(詬辱)허여가난

그떼에는 황금산 주적선셍님

[음영] "아이고 아기씨 상전임아, 후욕(詬辱)허지 맙서. 누욕(陋辱)허지
맙서. 야 석 둘 열흘 야 뒈여가민 나 생각이 무디무디 날 겁니다. 날 촟앙

832) 숨겼던.
833) 푸른 댓잎으로.

오커들랑 동게낭 상중절 서게낭 상셍절 황금산 추적선셍을 춫앙 올 일이 잇일 겁니덴."

야 일러 가는굿나.

[말] 그 말 들언 아기씨는 '아이고 이거 이 기냥 필요곡절(必有曲折)헌 말이여.' [음영] 야 황금산 주적선셍 나고가젠⁸³⁴⁾ 허난

"늦인덕 정하님아

[음영] 저 허는 말이 야 이거 기냥 말이 아니로구나. 저 데저 데서중 송낙귀도 혼 착 꿰 끼와 이거 찢어오라. 장삼귀도 혼 착 찢어오렌." 허연 찢어다 주난 아기씨 품 안네 술짝허게 야 이거 송낙귀 장삼귀는 아기씨 장삼귀 야 이녁 야 품에 야 쏙허게 품어

가는구나에-.

품어돈

"이 중 저 중아,

[음영] 문을 야 중근 문을 열려시민 따시 이거 문이나 중가동 가렌." 허난 그떼에는 데서님은 따시 제처 야 이거 은 문을 하늘옥항 금정옥술발 들러받아 초펀 이펀 제삼펀 [요령을 흔든다.] 들러치난 다시 제처 열렸던 문이 절로 싱강

닫으와가옵데다-.

닫으완 황금산 주적선셍님은

절간더레 소곡소곡 올라산다.

[음영] 올라사부난 그떼부떠 아기씨는 궁 안에서 [말] 물을 들여도 아니 먹곡 밥을 줘도 아니 먹곡 [음영] 야 아기씨는 짚은 궁 안에서 피일촛일(彼日此日) 삼데 육데 야 ᄌ죽데로 금뉴울꼿⁸³⁵⁾이

뒈엿구나예-.

---

834) 나가려고.
835) 시든 꽃.

죽을 스경 뒈여가난

그떼예는

야허허

[음영] 아이고 늦인덕 정하님 ‘아이고 영 허당은 야 아기씨 상전임 궁 안에서 죽는 시간 모르게 죽어 죽여질로구나.’ 그떼예는

야아 허

천핫공서 살레 간 임정국 데감님

[음영] 지혜 짐진국 부인님앞이 “아이고 상전임아, 삼년 살 공서랑 석 둘 살곡 석 둘 살 공서랑 혼저 사흘 살앙 무청 옵서. 궁 안네 야 가둔 아기씨 상전임 밥도 아니 먹곡 물도 아니 먹곡 피일츳일 삼데 육데 야 이거 즈죽데로 몰라

죽을 스경이 뒈엿수다에-.”

그떼에는 양도 부베간이

야 공설 마천,

집으로 오랏구나.

[음영] 집으로 오란 우선 아기씨 방문이나 열리저 가난 이거 방문을 열려두난 야 그떼에는 아기씨 즈지 노가단풍 즈진맹왕아기씨 아바님 어머님 오랏덴836) 허난 우선 야 이거 강 아바님앞이 선신문안(現身問安)이나

드리젠837) 허연

야 아바님 전에

선신문안 들어가젠 허난

[음영] 베 이거 풀 フ짝838) 산 치마

입곡

---

836) 왔다고.
837) 드리려고.
838) 바짝. 곧추.

분상식수,839)

수상식수,

헤거울에 드릴 놓아간다.

몸거울에,

다릴 놓안,

[음영] 야 풀 산 과짝 산 치메 입언 아바님앞이 간 선신문안 드리난, 아바님이 말이로다. "설은 아기야. 눈은 어떵 허난 흘기눈이 뒈여시닌?" 허난 "아이고 아바님 오람신가840) 창공기로 메날 눈을 쒜단 보난 흘기눈이 뒈엿수다." "베는 어떵 허난 두룽베가 뒈여시닌?" 허난 "아바님 어머님 잇일 뗸 홉 삼실 허단 종반역 시겨주켄 허난 앚아 때 삼실 먹단 베려보난 베는 두룽베가

뒈엿수다."

[음영] 손발은 덩드렁ᄀ치841) 붓어시난 "아이고 ᄀ만이 앚안 먹단만 보난 손발은 덩드렁ᄀ치

붓엇수다에-."

[음영] "아이고 나 ᄯᅩᆯ애기 어서 어멍 방이 강 문안인사 드리라." "어서 걸랑 기영 헙서." 여부예842) 여ᄌᆞ식 무신 숭엄843)이

있으리요.

그떼예는

야 풀죽은 치메 걸쳐 입고

헤거울이 몸거울이 돌거울이 분상수시 수상식식 허연

[음영] 어머님앞이 간 문안인사 드리난, "아이고 설운 아기야. 눈은 어

---

839) 분장식(粉粧飾).
840) 오는가.
841) 나무 방망이같이.
842) 여부모(女父母)에.
843) 흉허물.

떵 허난 경 허여시닌?" "아이고 날만 붉아가민 아바님이 오람신가 더군다
나 야 어머님이 오람신가 창공기로 눈을 쒜완 보리단 보난 흘기눈이 뒈엿
수다." "손발은 어떵 허난 덩드렁ㄱ치 경 붓어시니?" "ㄱ만이 앚안 야 앚
인 디 앚안 먹단 보난 손발은 이거 야 덩드렁ㄱ치 영 뒈엿수다." "베는
어떵 허난 두룽베가 뒈여시니?" "홉 삼실 아바님 어머님 잇일 뗀 홉 삼실
허단 종반역 멕여주켄 허난 떼 삼실 앚안 먹단 보난 베는 두룽베가 뒈엿
수덴." 허난 그떼엔 "이거 기냥 일이 아니로구나-." 여부예 여자식 무슨
숭엄이 있으리요. 그떼예는 확 허게 어머님이

눌려들언

젯ㄱ줌을 틀언 보난

[음영] 젯줄이 가망케844) 사시난 "아이고 이 년아 저 년아, 죽일 년아
잡을 년아. 궁 안에도

ㅂ름이 들더냐.

[음영] 어서 바른 말을 허렌." 허난 "아이고 어머님아 아바님아. 나양
살려줍서." 늦인덕 정하님 죽이젠 허민, 아이고 아기씨 상전임 "아이고
나 쳅니다." 아기씨 상전임 죽이젠 허민 늦인덕 정하님 눌려들어 "아이고
나 쳅니덴." 하도 헤여가난 "어서 바른 말을 허렌." 허난 그떼예는

노가단풍 ㅈ지명왕아기씨

[말] "아버님아 어머님아. 그런 것이 아니고 [음영] 아바님 어머님 천핫
공서 살레 가불 떼예 야 이거 황금산 주적선생 야하 이거 나 이거 금년
열다섯 십오 세 스고전맹이라 명도 떨어지곡 복도 떨어진덴 허난 야 이거
우리 집이 시권제 삼문 받아당 맹과 복을 시겨, 제겨주젠 우리 집이 들련
늦인덕 정하님 손으로 시권젤 네여주젠 허난 아기씨 손으로 시권제를 네
여줘사 강 명과 복을 빌어주켄 허난 야 이거 하늘옥황 도성문 열려오던

---

844) 까맣게.

천앙낙훼 금정옥술발로 양아 황금산 주적선성님이 문을 열려주난 야 이
거 시권제를 네여오는 게 야 이거 장삼 속에 곱졋단 혼 착 손이 나 이거
확허게 나오란 야 나 상고막데기 나 상고 야 이거 머리 간 삼시번 쓴 줴
벳긴 없고, 야 하도 후욕허여가난 후욕허고 누욕허지 맙셴 허난 그 말이
비면헌 말이 아니난 늦인덕 정하님ㄱ라 장삼귀도 혼 착 끊어오라 송낙귀
도 혼 착 끊어오렌 허연 나 품에 품은 일 뺏긴

없습네다에-."

그떼예는

은데양845)에 물을 떠단

야 바련 보난

중이 ᄌ식 삼형제 앚앗구나 그떼예는

[음영] 아방 눈에 ᄀ리나곡 어멍 눈에 신지난846) 어서어서 나고 강

야 이거는

"베 안녯 아기 아방을 촞앙 가렌." 허난

[음영] 어디 영이라 거역헐 수 없어 야 아바님앞이 간

야하 허

영 허 이건, [음영] 마지막으로 절을 허연 나오젠 허난 "아이고 설은

나 똘아 니네 어멍 허는 일 나도 어쩔 수가 없구나만은 야 가당847) 가당

길을 험허거든

신청풍살 네여줄 테니

이걸 들렁

[음영] 길을 촞앙848) 가렌." 허곡 양하 어머님은 "니 ᄉ주 니 팔자여

---

845) 은대야에.
846) 'ᄀ리나곡, 신지난'은 흔히 'ᄀ리나곡, 시쩌난'이라고 하는데, 눈밖에 났다는 뜻.
847) 가다가.
848) 찾아서.

홀 수가 없는 일이여 야하 가당 가당

야하~

[음영] 거 길이 험허건 문민(門門)마다 인정 걸멍 가렌." 허멍

열두 복 치마

혼 폭씩 끊어주멍 인정을 걸렌 허멍,

야 네여주어 간다.

감은 암쉐예,

[음영] 줏어 실어 담안 늦인덕 정하님

거니리곡,

노가단풍 즈지명왕아기씨,

아방 눈에 실리 나곡 어멍 눈에 콜리 나 나 갈 길이 어딜런고 가는 것이

가단 보난 에여산에 불이 와랑와랑 꺼질 줄 몰란 부떰구나

[말] 부떰시난 "늦인덕 정하님아, 어떵 허난 저 산은 불을 꺼줄 몰랑 야 밤낫을 불만 부떰시닌?" 허난

"아이고 아기씨 상전임아 모른 말 맙서.

[음영] 야~ 죽어 이별은 나라에 데동(大同)헌 일입네다만은 살아 생초목(生草木)에 야 이별은

불이 아닙네까.

아기씨 상첸임 [음영] 어머님 아바님 살아 이별 뒈연 어멍 아방 가슴에 얼마나 불이 와랑와랑 부떰수가

그런 뜻으로 저 산은 에여산에 불이 와랑와랑,

부뜨는 산입네다."

가단 가단 보난,

건지산도 잇엇구나.

[말] "아이고 늦인덕 정하님아 이 산은 어떵 허난 건지산엔 허염시니?"

[음영] "아이고 아기씨 상전임아 모른 말 맙서. [말] 야 이 산을 넘젠 허민 처녀의 몸으로 아길 갖엉 어떵 머릴 풀엉 따왕 가쿠가. [음영] 이왕지선(已往之事) 가는

설은 낭군 찾앙 가는 길,

[말] 야 이거 머릴 풀엉 들어가질 못 허난, 야 이 산을 넘젠 허민 머리를 건지를 여꺼야849) 헙니다." 어서 게민 이왕지사

야아 허

건지 걸 머리야,

건지산에 당도허연 쉰 데자 수페머리 빗언,

건지도 여껴간다.

건지산도,

넘어간다.

청산 청수와당,

넘어간다.

벡산 벡수와당,

넘어간다 흑수 흑수와당,

넘어간다.

가단가단 보난,

[음영] 수류천리 야 이거, 낙수와당이 잇엇구나. "아이고 이 수류천리 낙수와당을 넘어가사 헐 걸, 아이고 이야 이 길을

어떵 넘엉 가리요."

[음영] 동촌(東村)으로 가면은 좀든 세예 야 요왕(龍王)에서 거북이가 나오랑 거북이 등에 탕 너 수류천리 낙수와당 넘어갓뎅 허곡 야

우리 서촌식(西村式)으로는

---

849) 엮어야.

황금산(黃金山)이,

신력(神力)으로,

서천강 연ᄃ릴 넓앙,

[음영] 수류천리 낙수와당도 넘어갓덴 말

있습니다.

수류천리 낙수와당 넘고보니

가단 가단 보난

송낙산도 보여간다 [음영] 송낙귀도 맞추난 맞아져간다

장삼귀도 보인다.

장삼귀도 맞추난 맞아진다.

철죽 ᄀ릇도850) 보여간다.

동게낭은 상중절 서게낭은 상세절

절간 안으로 소곡소곡 들어산다.

[음영] 절간 안으로 들어산 야 에기는 쳇동 ᄀ치 베곡 그떼에는 노가단
풍 ᄌ지명왕아기씨가 "누욕을 헤 야 이거 야 이거 황금 석 둘 열흘 야 이
거 열 둘이 뒈여가민 날 춫앙 날 셍각이 무디 낭 무디 낭 춫앙 올 거렌
허연, 아닌 게 아니라 아방 눈에 ᄀ리 나곡 어멍 눈에 신지 난, 춫이멍 물
으멍 수류 천릿길을 황금산 추적선셍님을 춫앙 오랏수덴." 허난 그떼예는
"후욕헐 뗀 어느 떼멍 누욕헐 뗀 어느 떼멍

난 춫앙 오랏건만은

[음영] 야 춫앙 온 공이 들멍 아니 들으멍 몰루와지난851) ᄎ나록 쇠 동
일 네여줄 테니 ᄒ나토 없이 착쌀852) 없이 다 깡853) 바찌면 야아

---

850) 금도.

851) 모르니.

852) 으깨진 쌀.

853) 까서.

춫아온 정성을 알쿠덴." 허난

"어서 걸랑 기영 헙서."

츠나록 싀 동이

[음영] 허여주난 그거 입으로 깐다 콥854)으로 까단

무정눈에,

영롱성에,

[음영] 바람소리에 오조조 허는 샛소리가 난 확허게 눈을 떤 보난

옥항에 부엉새,855)

네려오란 동이 바우에856) 앚안,

[음영] 착살 없이 하나토 없이 다 까졋구나. 그걸 ㅋ쿨이857) 불런, 황금산 추적선성임앞이 간 안네난 "아이고 나 춫앙온 정성은 이거

야 깊으구나만은,

[음영] 우리 절간 법은 부베간(夫婦間) 법이 엇이난

야 그떼예는,

적주산 네려가근,

적주산에 네려가고 보면,

적주부인이,

[음영] 잇일 거난, 그디 강 몸이나 우선 갈르렌." 허난, 따시 이거 춫앙 오민 다 뒐 건중 아는 게

아닌 아니라,

부이 절간 법은 부베간 법 엇넨 허난 황금산 주적선셍 곧는 말데로

적주산을,

---

854) 손톱.

855) 봉(鳳) 새.

856) 테두리에.

857) 깨끗이.

네려사젠 보난,

아이고 저 우리예,

적주산은 웨진땅도 뒈곡,

성진땅도 뒈엇구나.

비세ㄱ치 울멍,

불도할마님신디 강,

[음영] 야 이거 몸은 풀젠 허난,

원구월 둘 초ㅇ드레 근당허난,

알로 낳저 아바님 본메 아니로구나.

오른 ㅈ드렝이로858) 허우튼언 본명두도 솟아난다 웡이자랑.

신구월 열ㅇ드레 근당허난,

알로 낳저 본메 아니로다.

웬 ㅈ드강이로,859)

야 이거 신명두도,

솟아난다.

삼구월 스무ㅇ드레 근당허난,

알로 낳저 아바님 본메 아니로다 오목가심을 헤쳐

일월 삼명두도 솟아난다.

원구월 둘 초ㅇ드레 본명두도 웡이자랑,

신구월 둘 열ㅇ드레 신명두도 웡이자랑,

삼구월 둘 야 이거 살아살축 시왕 삼명두 야 웡이자랑,

아방 엇인 이 아기덜,

아덜 삼형제 솟아난다.

이 아기덜 킵젠860) 허난,

---

858) 겨드랑이로.
859) 겨드랑이로.

[음영] 노가단풍 ㅈ지명왕아기씨 바늘질 허멍 아방 엇인 아덜 삼형제
키와 가는 것이 이 아기덜 탄싱허난

우는 것도 글소리 자는 것도 글소리 걷는 것도 글소리 뒈엿구나.

이 아기덜

어늣동안 열다섯 십오 세 근당허여 간다.

근당허여 가난,

[말] "어머님아, 우리 돈 잇엉 일천 선비덜쾅 어느 일천 서당에 강 글
공부 못헐 거난, 우리 일천 선비덜 글공부 허는 디 강 굴묵지기도 허곡
붓지기도 허곡 [음영] 첵도 첵지기도 허멍 글 동녕 야 글이나 베우쿠다."

"어서 걸랑 기영 허라에-."

이 아기덜 삼형제 날만 붉아가민,

[말] 일천 선비덜 글공부 허는 디 강 굴묵도 짇어주곡, [음영] 야 이거
붓도 굴아주곡,

야 이거 첵지기도 허멍, [음영] 야 이거 어느 지금 ㄱ뜨민 공첵도 엇곡
연필도 엇이난 삼형제가 굴묵지기 허멍 야 손바닥에 이거 제를 끈끈끈끈
누뚜령861) 손끄락으로 제 우티862) 야 이거 야 혼 자 두 자 글을 벱는863)
것이 이 아기덜 그떼예 동녕글을 혜여 야 이거 동녕글을 혜여가곡 야 이
아기덜 양하 체 끈끈 누투려 누뚜령 체 우티 혼 자 두 자 글을 베와가는
것이 이 애기덜 이떼예 젯부기 삼형제 이름 셍명(姓名)을

지와 가옵디다-.

젯부기 삼형제,

이름 셍명 지와간다.

---

860) 키우려고.
861) 눌러서.
862) 위에.
863) 배우는.

흐를날은,

일천 선비덜이,

[음영] 서울 상시관(上試官)에 과거 보레 가게 뒈난, "어머님아, 우리도 일천 선비덜 과거 보는 디 강 야 과거나 봥 오쿠다." 야 그떼엔 돈은 엇이난 어머님 야 바농질 허여

품판 돈

[음영] 이 아기덜 모두와864) 주난 이 아기덜 야 이거 야 [말] 서울 상시관에 과거를 보는 게 가는 것이 일천 선비덜은 앞이 나상865) 걸곡866) 이 아기덜은 젤 뒤에 일천 선비 뒤에 걸음 걸엉

가는 것이,

[음영] 알로 데서가 올라오단, 야 이거 서울 상시관에 과거 보레 가는 일천 선비덜, 앞이서 "야 이거 거들거령867) 감구나만은 ᄆᆞ딱868) 과거 낙방 뒐 듯, 뒤에 오는 젯부기 삼형제는 야 과거 당선 뒐 듯허켄." ᄇᆞ름썹에 일천 선비 야 젯부기 삼형제 귀에는 아니 들려도 일천 선비덜 귀에는 그 말을

들렷구나예-.

[말] 일천 선비덜 '아이고 이거 젯부기 삼형제 둘앙869) 갓당은870) 우리는 과거 낙방 뒈여도 [음영] 저 젯부기 삼형제 과거를 줄 수가 잇이난 우리 아멩이나871) 젯부기 삼형제 떼여둥872) 가주.' 삼천 선비덜이

864) 모아.
865) 나서서.
866) 걷고.
867) 거들먹거리면서.
868) 모두.
869) 데리고.
870) 갔다가는.
871) 어떻게든.
872) 떼어두고.

의논을 허연,

가단 가단 바려보난,

베자수(裵座首) 칩이,

[음영] 큰 베낭이[873] 잇이난, 야 젯부기 삼형제ᄀ라 "야 너희덜 저 높은높은 야 이거 베낭 우티 올랑, 야 다님덜 ᄆᆞ딱 무껑[874]

야 다님 속에

[말] 삼형제가 베 삼천 방울을 마딱 땅, 곱게 네려오민 [음영] 너희들 야 서울 가는 디 돈 삼천 냥을 거두와 주켄." 허난, "어서 걸랑 기영 헙서." 굽은 디 굽억[875] 굽은 디 굽억, 젯부기 삼형젠 높은높은 베낭 우터레

올려근

야 다님을 무껀,

[음영] 야 이거 베를 잔뜩허게 탄 보난, 올라가도 네려가도

못 허는 성, 야 삼형제가 뒈엿구나.

[말] 그걸 놓아둰 기냥 야 일천 선비덜은

상시관에 과거 보레 가부니,

[말] 어늣동안 헤는 일럭서산(日落西山) 기울어지곡 날은 [음영] 어둑아지니,

야 이거 베자수 꿈에,

야허 비몽서몽(非夢似夢) 끗데,

[음영] 큰 베낭 높은 낭에 무지럭[876] 총각이

야 비몽서몽에 꿈을 꾸엇구나.

[음영] 아침인 날은 붉안 바련 보난, 아닌 게 아니라 야 젯부기 삼형제

---

873) 배나무가.
874) 묶어서.
875) 굽고.
876) 무지렁이.

가 야 이거 베낭 우티 걸터앚아시난, [말] "귀신이냐 셍인이냐? 귀신이건 옥항드레 도올르곡 셍인이건 네려오렌." 허난, "아이고 우린 젯부기 삼형 젭니다만은, 어젯날 일천 선비덜광[877] 서울 상시관에 [음영] 과거 보레 가는디, 우리 이거 높은 베낭 우티 올랑 베 삼천 방울을 바지에 땅 담앙 네려오면은 야 이거 돈 삼천 냥을

모두와 주켄 허난,

[음영] 높은높은 베낭 우트레 올려두곡 가부난 우린 밤세낭[878] 올라가 도 네려오도 못허는 야 비세ᄀ치 울어가곡 울어오는 [말] 젯부기 삼형제 가 됩니덴." 허난 "아이고 설운 아기덜, [음영] 니네덜 경 허난 나도 까옥 간밤에 니네덜 꿈에 선몽(現夢) 들엿구나. [말] 니네덜 혼저[879] 다님을 풀 렌." 허연, [음영] 다님을 푸난 알러레 베는 스르르 허게 숟아[880] 야 이거 다 떨어지난 "설은 아기덜 베낭 알러레 혼저 네려오렌."

영 허여근,

베낭 알러레,

[음영] 네려오난 식은 밥에 물제미[881]

야 이거 시장끼를 멀련,[882]

[음영] "설은 아기덜 혼저혼저 상시관에 강

야 이거

과거를 보렌." 허난,

[음영] 삼형제가 서울 상시관더레 올라가단 바려 바려보난,

어주에 삼녹거리,

---

877) 선비들과.
878) 밤새도록.
879) 어서.
880) 쏟아.
881) 물말이.
882) 물리고.

서강베포땅을,

근당허고 보난,

[음영] 청만주에미가 웨오883) 돌앙 느다884) 돌곡,

느다 벡만주에미가,

느다 들러,

웨오 돌암시난,

청비게 흑비게,

팔만금사짓페885)

[음영] 마련허여 두고, 그떼예는

삼형제가,

[음영] 간보 서울 상시관 올라간 보난 일천 선비딜은 어늣동안 상시관에 간 야 이거 동안(東軒) 마당드레

다 모연 과거를 보게 뒈엿굿나.

그떼예는

[말] 삼형제가 "아이고 이거 아니 뒐로구나 우리도 혼저886) 글을 썽, 저, 지동토인앞이라도 강 혼저 말을 일러보저."

그떼예는,

야 큰성은 천지혼합(天地混合),

두 번쳇 아시,

천지게벽(天地開闢),

[음영] 족은아시는 베포도업(配布都業)을 썬

야 지동토인신디

---

883) 왼쪽으로.
884) 오른쪽으로.
885) 팔문금사진(八門金蛇陳).
886) 어서.

상시관에 전갈을 부쪄두고,

삼도전 거리 수양버들낭 알에 누원 놀암더라.

상시관에서 일천 선비가,

[음영] 다 이거 야 혼 사람 혼 사람 과거를 붓 다 보아도 일천 선비가 다 과거 낙방이 뒈엿구나. 제일 마지막엔, 상시관임이

일어사젠887) 보난,

상시관,

앚앗단 책상 앞이,

[음영] 야 이거 야 글자가 잇언 반 보난, 야 이거 너무나 유식(有識)헌 글이로구나. [말] "이 글은 도데체 누게가 썬 들엿느냐?" "예 [음영] 젯부기 삼형제가 썬 들인 글입니다." "게건 젯부기 삼형제 이 글 쓴 사름을 혼저 야 촛아

들여보네라에–."

그떼예는,

어어 젯부기 삼형제,

동헌마당드레,

촛아 불러들여간다.

상시관에서,

[음영] "너네딜 삼형제가 뒈느녠?" 허난 "예, 삼형제가 뒙니덴." 허난, "이 글은 누게가 써……." "예 우리가 썻습니덴." 허난, "게건 혼번 이 글을 꼭 써보렌." 허난, "어서 걸랑 기영 헙센." 허연 그떼예는 야 종일 갖다주난,

젤 큰성은,

[음영] 발까락으로 천지혼합(天地混合)을 써 활활 써가는구나. 야 두 번

---

887) 일어서려고.

쩻 아시는 발까락에 붓을 젭지난[888] 천지게벽(天地開闢)을 활활 쓰곡, 야 족은아신 야 이거 베포도업(配布都業)을 확 허게

야 썬 들엿구나.

그떼예는,

[음영] "일천 선비덜 과거 낙방 뒈여도 젯부기 삼형제 야 너희덜 글을 쓴 거 바도 야 과거를 줄 만허다." 젯부기 삼형제 과거 당선

주어가는구나.

과거 당선 줏난,

[음영] 그떼예는, 야 이거 일천 선비덜이 "아이고 상시관님아 어떵 허난 중이 ᄌ식을

야 과거를 줄 수가 잇습니껜?" 허난,

[말] "어떵 허연 중이 ᄌ식인 중 알겟느넨?" 허난, [음영] "벡옥상을 꾸몃 음식을 먹는 거 보민 알 도레가 있습니덴." 허난

"어서 걸랑 기영 허라."

그떼예는,

벡옥상을 꾸몃,

[음영] "너희덜 과걸 허여시난 혼저혼저 좋은 음식을 너네 야 ᄆ음껏 먹으렌." 허연

들여보네연 나두난,

술광 궤기는,

[음영] 상 알르레 ᄆ딱 네리와불곡, 야 이거 ᄄᆞᆫ 음식만 먹어시난, 야 그 떼엔 확 눌려들언 [말] "아이고 상시관님아 이거 봅서. 술과 궤기는 상 알 르레 ᄆ딱 곱져불엇수게. [음영] 궤기 야 이거 음식을 먹는 거 바도 중이 ᄌ식을 야 분명허지 안 헛과. 중이 ᄌ식을 어떵 과거를 줄 수가 잇수겐?"

---

888) 끼니.

허난, 그떼엔 야 따시 과거를 주엇던 젯부기 삼형제 상시관에서 중이 즈식 과거 줄 수 없구나. 과거낙방 뒈여

시겨 가는구나-.

과거낙방,

시겨나간다.

과거낙방 시겨부난,

그떼예는,

어허어,

설으시던,

야 이거,

[음영] 흐를날은 야 활쏘기나 흔번 허렌 허난, 일천 선비덜이

모다 들어,

[음영] 활쏘기를 허는 것이, 한 사람 어느 흔 사람 활을 잘못 쏘난, 활을 쏘안 바도 일천 선비덜은 다 과거낙방 뒈여가는구나. 야 그떼예는 젯부기 삼형제가 상시관에 눌려들어, "야 상시관님아, 우리 야 이거 과거를 아니 주어도, 손제주라도 흔번 보앙 가쿠다." [잠시 전화 통화하느라 중단한다.] 야 그뗀 "우리 상시관님아 우리 젯부기 삼형제 과거 아니도 주어도 조난 손제주라도 흔번 부려보쿠다."

"어서 걸랑 기영 허라에-."

벡근 쌀데 천근 쌀,

천근 쌀데 벡근 활 와이둥둥 둘러받안,

[음영] 야 큰성은 흔 번 맞추난 연주만(延秋門) 야 우티 맞추곡, 양아 셋아시는 야아 야아 알을 맞추곡 족은아시는 흔 번을 둘러치난 야 이거 연주문이 왈랑허게 쓸어졋구나 그떼에는 야아 상시관에서 "아무리 중이 즈식이라도 손제주도 좋곡 글제주도 조난, 이 아기덜 과거 줄 만허다." 야 일천 선비덜 활쏘기를 허여도 과거를 못 주어도 젯부기 삼형제 따시

과거를

주어 가는구나에-.

큰아성은,

문성급제(文星及第),

장원급제(壯元及第) 팔도도자원(八道都壯元) 허여

일만관숙(一萬官屬),

삼만하인(三萬下人),

노비관속(奴婢官屬) 출련,

[음영] 와라차란 '아이고 어는 제랑 고셍헌 우리 어머님신디 강 우리 삼형젠 야 이거 동녕글을 허여도 글수 좋곡 활수 좋곡 제야 손제주 좋 안 과걸 허연 당선을 허연 어머님신디 강 어는 제랑 이 자랑을 허린.' 영 허연

삼형제가,

와라차라 오노렌[889] 허난,

오단 보난 여어허,

서강베포 어주에 삼녹거리 근당허고 보난,

[음영] 상시관 올라갈 뗴 청만주에미 벡만주에미가 웨오 둘러 느다 둘르곡 느다 둘러 웨오로 둘럿다 올 떼에도

따시 보난 그 체격이,

뒈엇구나 이거 기냥 일이 아니로다.

청비게,

흑비게,

얼어 비게,

틀어 비게,

---

889) 오노라고

설련을 허여간다.

설련허여 두고,

[음영] 와라차라 오노렌 허난, 야 삼천 선비덜이 옥황에 등장(等狀)을 들어 "중이 즈식 너미 방탕허게 낫구나. 어떵 과거를 줄 수가 잇수과?" 방탕허게 야 중이 즈식 난 노가단풍 즈지명왕아기씨

야 깊은 궁에 가두와가는구나에-.

[음영] 깊은 궁에 가두와돈 늦은덕 정하님ㄱ라 "저 이거 과거허영 오는 야 이거 젯부기 삼형제 강 어머님 엇그짓게날 죽언 야 이거 다 출 죽엇덴 허민

죽엿덴 허영,

[음영] 이문 편지 강 야 앗아 강 주민 종이 역시 야 이거

여 노비 [음영] 문세 걷어 주멘." 허난 "어서 걸랑 기영 헙센." 헤연

늦인덕 정하님은,

[음영] 일천 선비덜 써준 데로 이문 편질 갖언 간,

아이고 이거,

[음영] 젯부기 삼형제 와라차라 과거 허는디 헤연 네려사는 디 간 주언 "야 이거 이문 편질 봅센." 허연 이문 편질 확 허게 보난 아이고 어머님은 엇그지겟날

죽언,

출병막(出殯幕)을 허엿구나.

[음영] 아이고 그떼에는 젯부기 삼형제가 "어는 제랑 우리 삼형제 과거 허영 오랑 어머님신디 강 자랑허영 잘 모시젠 허당890) 바려보난, 아이고 우리 어머님 그만 허난 죽엇구나. 아이고 어머님 죽엉 어머님 엇인디 우리 과거 허민 뭣 허멍 등당을 허민 뭣 허리야.

---

890) 하다가.

삼만관숙 돌아가라.

육방하인도,

필오(必要) 없구나.

비비둥당도,

필오 없구나.

[음영] 상시관에 우리 과거나 안 혜영 오라시민 우리 어머님 죽지나 안 혜여실 걸." 야 과거 헌 거 마딱891) 상시관드레

뒈돌려 보네여돈,

저 헌 어머님 죽은 디,

[음영] 야 헹경(行纓) 벗언 우892) 터 이거 우 퍼진 두건 허연

야 쓰고,

야하 두루막 벗언,

야 걸천,

[음영] 아이고 어머님

야 우리,

야 머구낭893) 방장데에,

[음영] 짚언 집으로 오란 보난, 아닌 게 아니라 어머님 죽은 신체는 간 곳 엇고 어머님 죽언 혼 불러난 적삼만 지동에 걸어져시난,

"아이고 설운 어머님아 어딜 갑데가.

[울먹이면서 말명을 한다.] 깊은 궁에 갑데가. 얖은 궁에 갑데가.

[음영] 우리 삼형제 아방 엇이난, 야 키웁젠 허난, 얼마나 고셍 헙데가. 아무디 가민 우리 어머님을 촛앙 공을 갚으주.

어딜 가민 어머님을 촛아 보리요."

891) 모두.
892) 위.
893) 머귀나무.

[음영] 야 삼형제가 이논을 허는 게, 웨진땅을 촞앙 강 웨진 하르바님 신디나 가민 아이고 어머님이나

신 디894) 강 알 건가 영 허여근,

이거 웨진땅,

촞안 오란,

[음영] 웨하르바님신디 절을 허젠 허난 베석(拜席)자릴 네여주난 베석 자리

우트레895) 앚안,

[음영] "야 하르바님 어머님 젓부기 삼형젠데 어머님 간 곳을 촞젠896) 웬진국을 촞앙 오랏수덴." 허난,

웨하르바님 말이로다.

"설은 아기덜,

[음영] 니네 어멍 촞이커건897) 황금산 주적선셍이 느네 아방이메898) 니네 아바님 황금산 주적선셍을 촞앙 가민 어머님 간 곳을 알려준덴." 허난,

그펫 법으로서,

[음영] 아이고 이제는 신이 성방덜 아무디나 이거 조상을 야 이거 차에 테왕 가민 [말] 아무디나 강 툭 허게 놓곡 구석에라도 강 팍 허게 놔불곡, 기자 엿날덜은 소미덜 굿허여영 오민 우선 큰심방 집이 강 잔도 걸어 안네곡 조상도 올려주곡 헷주만은, 이젠 어느 제랑 이놈이 돈만 주민 기자 눈이 벌겅케899) 기자, 이 집 문 벳깃디900) 나가렌 허영, [음영] 영 헤엿수다

---

894) '신 디'는 있는 곳.
895) 위에.
896) 찾으려고.
897) 찾겠거든.
898) 아버니이니.
899) 벌겋게.
900) 바깥에.

만은 야 그 법으로 엿날은 신이 성방덜901) 조상을 톡 허게 정 가민 야 우선이나 데천한간으로 초석(草席)을 톡 허게 펴왕902)

야아 그거

[음영] 자릴 네여놔사 야 이거 조상을

그 데 부리곡 영 허여 낫수다.

(이승순 : 일본꺼지 강 돈 벌어먹엉 온 조상도 창 무뚱드레 기냥 들러데껴동 가는 시상이라마씸 삼춘 알암수가, 요세엔.)

(송춘일 심방 : 예.)

(이승순 : 야. 아이고 첨.)

영 허여근,

어허근,

이거 게민 황금산 주적선셍을 촛앙 가준 허연,

가단 가단 보난,

어주에 삼녹거리 서강베포땅을 어주에 삼녹거리 허여,

[말] 근당허고 보난, 너사문 너도령이 비새フ치 울엄시난, "아이고 어떵 허냐?" "아이고 우리 너사문 너도령 갈 디 올 디 엇인 몸입니덴." 허난 "아이고 니네 ᄉ주나 나 팔자나 우린 젯북기 삼형제난, 아이고 그떼에는 니네가 여기 시민903) [음영] 야 니네 이거

우리 어머님,

적삼 네단 걸로,

웬 골로 짚으곡 웬 골로 느단 골로 짚엉, [음영] 우리 육항렬(六行列)무엉 우리 니네가 여기 시민 이루 후제 우리가

야 먹을 연 입을 연 나수와 주켄." 헤여돈,

---

901) '신이 성방'은 심방.
902) 펴서.
903) 있으면.

황금산을 춫안 들어간다.

[말] 황금산을 춫안 들어간, 야 이거 "우리 젯부기 삼형제 뒈여 뒈엿수덴. 아바님 웨진국에 가난 웨진 하 웨진땅에서 황금산 추적선셍님이 [음영] 야 아바님엔 허연 [말] 아바님신디 춫앙 오민 어머님 간 곳을 안덴 허연 야 이거 황금산 추적선셍 아버님을 춫아 오랏덴." 허난 "아이고 설은 애기덜 춫앙은 잘 오랏져만은 중이 ᄌᆞ식은 상퉁904) 차는 법이 엇덴." 허난, "게민 어떵 허민 ᄌᆞ식 도례(道理) 헐 수가 잇수겐?" 허난, "야 니네덜 데공단 꼬깔 드려 머리 삭발(削髮)허렌." 허난,

"어서 걸랑 기영 헙서."

삼형제가,

데공단 꼬깔 드려 머리 삭발허연,

비랑장삼 걸쳐 입어,

[음영] 따시 제처 절 삼베를 드리난, "설은 아기덜 니네덜 어멍 춫이커들랑 야 좋은 심방질이나 허영 깊은 궁에 든 어머님 앞은 궁에 네놀리고 앞은 궁에 든 어머님 야 신가심을

열리렌." 허난,

"어서 걸랑 기영 헙셴. [음영] 어머님만 춫넨 허민

심방질이야 못헙네까."

그떼에는 젯부기 삼형제가 [음영] 어머님을 춫아보저

좋은 전싱 그리치젠905) 허난,

신산꼿906) 도올라근,

춤사오기907) 먹사오기 물사오기 비여다가 초쳇 북은,

---

904) 상투.
905) 그르치려고.
906) 깊은 산속의 수풀.
907) '사오기'는 벚나무.

[음영] 초쩻 붕은 아방국

야 이거 절간북을,

설립허여 가는구나.

둘쩻 붕은 꺼꺼다가,

깊은 궁 앞은 궁 제연 올리저 설운 장기 설립허여 간다.

설립허여 간고,

야 벡몰레밧디⁹⁰⁸⁾ 들어산,

아끈 닷단,

한 닷단,

야하 허여다가,

이거,

일월 삼명두,

설립허젠 허난,

이거,

야 아방 주던 게상전(-床盞)

어멍 주던,

모욕상잔(沐浴床盞) 설립허여 두어간다.

[음영] 하늘 보멍 오랏구나 하늘 천제(千字) 물으멍 오랏구나 올레 문쩨
(門字)

세겨 객(刻)을 세겨다가

아방 주던 게천문(-天文) 어멍 주던 게상잔,

일월 삼명두,

설립을 허여두고,

야아하,

---

908) 흰 모래밭에.

양반이 원수를 갚으쿠덴 허연,

야 일월 시왕데번지에,

신칼 설립허고,

[음영] 하늘 옥항 도성문 열려오던 천앙낙훼 금정옥술발

만들언 일월 삼명두 설립을 허여두고,

이젠 다 허여난 어머님을 모시젠 허연 서강 신산꼿 또올라 척사오기

먹사오기 물사오기 비여다 신풍낭을909) 비여다가

어주에 서강베포 들어가근

마흔ㅇ덥 초간주 서른ㅇ덥 이간주 쓰물ㅇ덥 하간줏집 마련허고,

이른ㅇ덥 빗골장에,

서른ㅇ덥 고무살장 쓰물ㅇ덥 모람장을 설립허고,

설은 어머님 동심절(同心結),

마련허곡,

설은 어머님,

여허어,

그뗴예는,

[음영] 다 이거 신전집을 마련허여 두고, 야 너사문 너도령

삼형제 불러다 놓아두고,

[음영] 우리 이제랑 좋은 심방질이나 허저. "아이고 큰성은 무엇이 좁

데가?"

"나는,

[음영] 서울 상시관에, 야 이거 [말] 갈 떼에 과거 금방 허연 벡옥상을

꾸면 주난 춤 좋아베라." [음영] 아이고 벡옥상을 꾸민 거 좋안 보난

큰성님은,

---

909) 팽나무를.

초감제(初監祭)를 설립을 헌다.

"셋아시 멋이 조니?"

"얼르레비 허튼끈이 좁다."

초신연맞이 설립허고,

그떼에 "족은아시는?"

"아이고 난 삼만관숙(三萬官屬) 육방하인(六房下人)이 좁다."

"아이고 족은아시랑 삼시왕을 발아 낫곡 발아 들어."

그떼예는,

족은아시,

[음영] 좋은 심방질을 허연 옥항에 등장을 들언 "아이고 옥항상저(玉皇上帝)님아 우리 깊은 궁에 든 어머님 촛아보젠 허연 우리 삼형제 좋은 전싱 팔제 그리쳤수덴." 허난 옥항에서도,

"아이고 설은 젯부기 삼형제야,

야 그뗀,

심방질 허엿구넨." 영 허연,

야아하,

야 깊은 궁에 든 어머님,

네여줏난,

[음영] 아이고 설은 어머님, 야 이거 ᄌᆞ시 아기는 어멍 보저 어멍은 아방 야 아길 보저

영 허연,

[음영] 상봉시기난, "아이고, 설은 어머님아. 깊은 궁에 가옵디가. 얖은 궁에 가옵디가. 설은 어머님 우리 촛아보젠 영 허연 우리 삼형제가 과거도 다 돌려보네 두고

좋은 전싱 팔저 ᄉᆞ주 그리쳤수다.

설은 어머님이랑 신전집이 앚앙 이싱 삼하늘로 들어사근,

우릴 삼형제 보고플 떼마다,

모람장 속에 앚앙 동산 세별 보듯이 우릴 봅센." 헤여뒌,

[음영] 다 이싱 삼하늘로 안져두고 "어머님아 우리 야 이거 양반이

원수를 갚으쿠덴." 영 허연,

옥항에 등장을 들언,

[음영] 야 황금산 신력으로, 서울 유정승 뜨님아기 남천문밧 유정승 뜨

님아기 야 질레에910) 앚안 삼도전거리에 앚안 놀암시난, 요것이 양반이

집이 뜰이로구나.

파란포에,

육간제비,

네류와 가는구나.

[음영] 파란포에 육간제비 네류우난, 야 그게 실련

이른여~,

예순일곱 나던 헤에 가단 보난,

[말] 자복장제(資福長子) 단뜰아기911) 집이서 즈복장제 집이서 울음소

리가 난, "아이고 어떵 허난 이 집인 영 울음굿이 낫수가?" "아이고 말도

말곡 일르도 맙서. 우리 집이 단뜰아기 죽언 오널 초소럼허젠 허염수다."

[음영] "아이고 영 허여 봅서. 진멕(診脈)이나 짚어보게." [말] "아이고 죽

은 애기 진멕 짚은 들 살아납네까?" "영 허여 봅센." 허연 진, [음영] 야

유정승 뜨님아기 진멕 짚어가난, 야 소엥 게꿈912) 게꿈

야 물어가난 [음영] "아이고 아기 죽지 아니 허연

시왕 시레에 걸럿수다.

[음영] 붉은 날 붉은 텍일 받앙 야 우선이나 이 애기 살리커건 급허게

---

910) 길에.
911) 외동딸.
912) 거품.

야 소지 벡지알

　소지데김허영,913)

　[음영] 이 아기 살아나커들랑 붉은 날 붉은 텍일 허영, 굿을 허영, 야 아기 살리커건 남천문밧 유정싱 뜨님아기 날

　춫앙 옵센." 허여두고,

　그떼는,

　소지알,

　데김허젠 허난,

　일월 삼명두로,

　[음영] 우리 인간 그뜨민 도장 찍는 식으로 으인타인(御印打印) 감봉수레914)

　야 찍어,

　일월 삼명두로 허연,

　야 소짐 데김 물려두고,

　[음영] 야 운둘린 게 아닌 게 아니라 야 즈복장제 단뚤애기 살아나난 아이고 이젠 이거 유정싱 뜨님애기를 혼저 춫앙 강 야 살아나난

　"굿을 허여사주." 유정싱 뜨님아기 춫앙 가난,

　"굿을 허여도렌." 허난,

　[음영] '아이고 이거 들은 말도 엇곡 본 말도 엇곡 야 본 도레도 엇곡 굿 가젠 허민 일월 명 삼명두도 엇곡 소미(小巫)도 엇곡 연물도 엇곡

　어떵 허영 굿을 가리요.'

　영 헌 게,

　영록성에,

　신전집을 춫앙 가난,

---

913) 장차 굿하겠다는 약속의 의미로 벌이는 간단한 의례.
914) '잠가서 봉(封)한 표지를 하고'의 뜻인 듯.

그떼예는,

[음영] "좋은 전싱 야 이거 그리 남천문밧 유정싱 뜨님아기우다만은 좋은 전싱 야 그리천 야 이거 첫 번으론 조복장제 집이 강 굿을 허젠

허염수덴." 허난,

그떼에는,

야 게건,

야 신전집서,

[음영] 야 "수양(收養) 양제(養子) 들렌." 허연 어서 강

어주에 삼녹거리 서강베포 신전집을 촛앙 강,

수양 양제 들어간다.

수양 양제 들언,

[음영] 야 일월 삼명두 연물 야 조상 물리곡 연물 멀리곡 소미는 너사문 너도령

삼형제 거니리영,

[음영] 조복장제네 집드레 굿을 가젠 헌 게, 가당915) 미시거옌916) 굴으코.917)

가단 보난,

공신 강신이 잇이난,

[음영] 아이고 우선 강 공신 강신이라도 허영 이 말을 들어 굿을 허준 허연 간

출려논918) 헐 말은 엇곡919) 허난,

신전 법은 공신허고 불돗법은,

_____

915) 가다가.
916) 무엇이라고.
917) 말할꼬.
918) 차려놓고.
919) 없고.

엄중헌 법으로,

공신 강신 허연,

굿을 허여난 법으로,

살아난 법이 잇습네다

■ **초공본풀이 > 일부호잔**

영 허시난,

초공연질로,

오널은,

글이랑 전득허곡 활이랑 유전허며,

어느 좋은 집 밧이라근,

물림허영 삽네까만은,

엿날 이건,

[음영] 시가에 진덱(秦宅)으로 엿날 하늘 천기(天機) 땅 처 땅 지하 바오
던 진씨 하르바님

월력 신력으로,

진덱에 씨녁 들엉 으라 아기덜 탄싱허영,

젊아 청춘 때에

[음영] 이건 으라 이거 나 세경 땅에 어느 제석(帝釋)에 농서 허여도 아
니 뒈곡 어느 장서 허여도 아니 뒈곡 젊어 청춘 때예 으라 아기덜 놔
동920) 야 진씨 가정 인간 종명

뒈여불고,

영 허난,

죽도 살도 못허여근,

---

920) 놓아두고.

[음영] 이거 이 조상은 어느 씨갓(媤家) 조상 허던 일이랑 물림헌 조상 아니곡 친정 조상 허던 일이랑 물림헌 일

아닙네다만은,

[음영] 피일추일(此日彼日) 삼데 육데 유울엉[921] 죽도 살도 못 허영 저 절간에 강 멧년간 부체[922] 공양허여도

몸에 신병 아니 낫곡 영 허난,

이거 제주에선 심방질 허단,

[음영] 아이고 저 일본 이거 주년국 들어간, [울먹이면서] 말 모른 금전 뚤랑,[923] 아이고 아닌 부모 아닌 형제간 다 삼다시피 영 허영 고향 오민 아기덜토 잇곡 뚤 아덜 손지 메누리덜 フ득허게 잇엉, 아이고 눔광 フ찌 부제(富者)론 못 살아도 웃음 웃엉 살건만은, 일본 주년국 돈 뚤랑 강 눔이 세껀 방 빌엉 다다밋방

혼자 앚앙 살멍,

아이고 이거 이 조 좋은 심방질 허젠 허난,

저 허,

이거 이씨 부모,

본메 둔 일월 삼명도,

허연,

갑신셍앞이 오랏단 따시 제처(再次) 일본 강씨 선생앞이 간 다이 쉐돌이,

강씨 선셍 몸받아 오던 이름 좋은 얼굴 모른 강종학이 선셍님,

[음영] 몸받아 오던 일월 삼명두 물림허영 일본 주년국서 [눈물을 훔친다.] 가지 높은 신전집 연양 당줏집 불돗집 하이고 모션 살단 보난, [섧게

---

921) 말라서.
922) 부처.
923) 따라서.

운다.] 일본에서도 이젠 어늣동안 좋은 세월 다 강, 육십 넘곡 칠십 넘곡 널 모리 팔십이

다 근당허여 오라가는 설운 삼춘님,

아닙네까.

[음영] 아이고 금번도 이 굿을 오젠 허난, 말도 많곡 한도 많곡, 아이고 아니 굴앙 모르멍 아니 들엉 모릅네까만은 허뒈, 조상에서 아멩이나 이 집안에 오랑 고향 오랑 이거 제석천앙 오랑 낮도 영청 밤도 영청 두 일레 열나흘 산사남 허곡 죽은 사남허곡 굿허영 이거 가는 길 이 단골 집이 아멩이나 굿허영 일본 주년국 가도 놈에 입에 낭 둘테기게 말앙, ᄋ든ᄋ섯님 몸 펜안 오랑 가는 디 시겨주곡 낳은 아기덜이라도 멧년간 펜안혜불어사 아이고 이거 놈으 말은 ᄀᆮ기924) 좋덴 고향 간 거들거려지게 굿허난 미시거라 영 허난 미시거라 이런 말

듣게 말게 허여근,

[음영] 아멩이나 앚아난 높은 덕을 조상에서 진자수 하르바님광 신력 잇는

조상에서 영급을 줍센 허영

오널은 독주점925) 없습네다만은 게랄안주(鷄卵按酒),

진씨 이거

[음영] 송씨 삼춘임 야

게유셍(癸酉生) 몸받은 신공시로

진씨 진자수 월겟하르바님도 ᄌ손덜 받아든 잔입네다 일부훈잔 헙서.

씨하르바님 할마님네 진씨 씨부모 아바님 어머님네 일부훈잔 헙서.

아지바님네도,

일부훈잔 헙서 여느 형제일신 일부훈잔 드립네다.

---

924) 말하기.
925) 닭고기.

드려가며,

송덱(宋宅)으로 친정 첵불일월,

여 일부혼잔 헙네다 저 송덱으로 하르바님 할마님네 아바님 어머님네
도 일부혼잔 헙서.

어느 오라바님네,

일부혼잔 드립네다 진씨 가정님도,

일부혼잔 드립네다.

그 뒤으로 승원이 아방,

[다시 섧게 운다.][음영] 아이고 아이고~, 얼마나 살젠 이거 놈에 입에
낭 둘테경 뎅기당, 보고픈 이 어멍 훈 마디 손 못 잡아보곡 어느 형제간
덜 앞에서 펫말 훈 마디 몰몬 못 혜영 죽엉 간 승원이 아빠도 오늘은 이
어머니 살아시민

오멍 가멍 나부 눌 듯 새 눌 듯 영 헐 걸,

어머님 드리는 잔입네다 가숙 아까운 승원이 아멩이나 잘 크늘롸줍서
승원이 드리는 잔입네다 형제일신덜,

드리는 잔입네다 일부혼잔 헙서.

몸받은,

옛날 이거허 초신연질 발려주던,

하귀(下貴)926) 이거 [음영] 강씨 부모님도 일부혼잔 헙서 정씨 부모님네
일부혼잔 헙서덜.

드려가며 그 뒤으론 김씨 동싱,

몸받은 산신일월 신장일월 첵불일월님네,

[음영] 일부혼잔 드립네다 일본 주년국 잇수다

박씨 동싱,

---

926) 제주시 애월읍 하귀리.

몸받은 산신일월 첵불일월 신장일월님네,

[음영] 야 못 거령 몽롱(朦朧)헌 주이 일월조상님네

일부혼잔 헙서.

드려가며,

또이~,

임신생(壬申生) 고씨 삼춘임 몸받은 양 진씨 부모 아바님 어머님네,

친정부모 아바님 어머님네,

일부혼잔 헙서.

[음영] 몸받아 오던 선셍님은 상세화리(上細花里)⁹²⁷⁾ 고좌숫덱(高座首宅)
머구낭 상가지 본메 놓던

선셍님네덜,

일부혼잔 헙서.

고씨 아지바님도 여어 그 뒤으로 석만이 아바님네,

일부혼잔 드립네다덜.

드려가며,

홍씨 오라바님 이거 나주 이거 큰아바님네 팔저 궂어오던 홍씨 아바
님네,

몸받아오던,

엿 선셍님네,

일부혼잔 드립네다.

웨진 조상님네,

일부혼잔 드립네다.

드려가며 혼 연질로 오랏수다덜.

성은 정씨 갑신생(甲申生) 당줏하님 이씨 기축생(己丑生),

927) 제주시 구좌읍 세화리.

하르바님 할마님네영,

일부혼잔 헙서.

몸받아오던 선셍님은,

상세화리(上細花里) 머구낭 상가지 상산세별 본메 놓던 고씨 선셍 아이 김씨 선셍님네,

[음영] 어림비도[928) 고씨 할마님 도노미도[929) 고씨 할마님

정씨 하르바님네,

일부혼잔 드립네다덜.

또이 셋아바님네,

일부혼잔 헙서.

신이 아이 뒤으로 팔저 궂어오던 하르바님 할마님 웨진 조상님네,

일부혼잔 드립네다.

아바님 어머님네,

설은 동건이 경오,

일부혼잔 드립네다.

드려가며 설은 오라바님네,

일부혼잔 드립네다덜.

드려가며 초신연질 발려주던,

진씨 어머님도,

일부혼잔 헙서.

진씨 어머님 몸받던 진자수(秦座首) 월겟하르밧님,

일부혼잔 드립네다덜.

드려가며,

이거 송씨 게유셍,

---

928) 제주시 애월읍 어음리.
929) 제주시 애월읍 봉성리.

[음영] 일본 주년국서 오랏수다 심방질은 한국서보단 일본서
더 오레 허엿수다 영 허난,

어허 일본,

데판(大阪),

게꼬 선셍님네,

일부혼잔 헙서.

저 양씨

삼춘임네,

보베 삼춘임네,

일부혼잔 헙서.

얼굴 모른 박복선이 선셍님네,

여 일부혼잔 드립네다덜.

드려가며 또이,

김씨 선셍님네 유미 삼춘임네,

일부혼잔 드립네다.

혼 안체에 놀던,

테신임네도,

보살임네 일부혼잔 드립네다.

드려가며,

또이,

야아허,

한국도 네팟골 김씨 선셍님네,

저어허,

일부혼잔 드립네다덜.

드려가며,

나문통(南門通) 가도 건이 나던 문씨 이모님네 일부혼잔 헙서.

오셍이 삼춘임네,

서으세끼 일부혼잔 드립네다덜.

드려가며,

묵은성930) 가도 고레원님네,

일부혼잔 협서.

저어허,

다끄네931) 가도,

안씨 선셍님네,

산지(山池)932) 가도,

야허하,

엿날 홍씨 선셍님네,

일부혼잔 드립네다덜.

덕지동도,933)

이씨 선셍임네,

오도롱도934) 이씨 선셍임네,

일부혼잔 드립네다.

드려가며,

동귀(東貴)935) 가도 양씨 선셍님네,

일부혼잔 드립네다.

하귀(下貴) 가도 강씨 아바님네,

정씨 어머님네,

---

930) 제주시 삼도2동에 속한 동네.
931) 제주시 용담동에 속한 동네. 수근동.
932) 제주시 건입동에 속한 동네.
933) '덕지동'은 제주시 이호동에 속한 동네. 덕지답.
934) '오도롱'은 제주시 이호동에 속한 동네.
935) 제주시 애월읍 동귀리.

일부훈잔 드립네다.

구엄(舊嚴)936) 가도,

양씨 선셍님네,

또이 다마짱 삼춘임네,

일부훈잔 드립네다.

열리 가도 김씨 선셍님네,

일부훈잔 드립네다.

서귀포(西歸浦) 가도,

솔동산,937)

박씨 선셍님네,

일부훈잔 드립네다 온평리(溫坪里)도,938)

엿날 ᄆᆞ음 좋던,

희금이939) 아지바님 히여 양도 부베간,

일부훈잔 드립네다 수산(水山)940) 가도 이씨 아지방,

일부훈잔 드립네다덜.

한동(漢東)941) 가도,

김씨 선셍임네,

일부훈잔 드립네다.

헹원(杏源)942) 가도 큰굿 십삼호,

몸받아오던,

936) 제주시 애월읍 구엄리.
937) 서귀포시 송산동의 한 동네.
938) '온평리'는 서귀포시 성산읍에 속한 마을.
939) 고 송희금 심방. 부인 현금순과 함께 무업을 하였음.
940) 서귀포시 성산읍 수산리.
941) 제주시 구좌읍 한동리.
942) 제주시 구좌읍 행원리.

이씨 삼춘 몸받은 엿 선셍님네,

일부훈잔 드립네다.

김녕(金寧)943) 가도 또이,

데경이 선셍님네,

일부훈잔 드립네다덜.

함덕(咸德)944) 가도,

야아하,

영철이,

또이 하르바님네,

또이 일부훈잔 드립네다 연자 아바님네,

일부훈잔 드립네다 드려가며 콜막945) 가도 박씨 선셍님네,

손당(松堂)946) 가도,

고씨 저 당 앞이,

야 앗던 고씨 고씨 선셍님네,

일부훈잔 드립네다 화북(禾北)947) 삼양(三陽)948) 가도 양씨 선셍임네,

일부훈잔 드립네다.

드려가며,

삼양(三陽) 가도 양씨 선셍임네,

일부훈잔 헙서.

화북(禾北) 가도 강씨 선셍님네,

홍씨 삼춘임네,

---

943) 제주시 구좌읍 김녕리.
944) 제주시 조천읍 함덕리.
945) 제주시 구좌읍 동복리.
946) 제주시 구좌읍 송당리.
947) 제주시 화북동.
948) 제주시 삼양동.

일부훈잔 협서.

김씨 선셍님네,

이씨 삼춘임네,

일부훈잔 드립네다덜.

드려가며,

또이 엿선셍 뒤으로,

여어 신펭이 오라바님네,

신숙이 오라바님 범선이 돈세

신을 버천 죽어가던,

신숙이네,

야 일부훈잔,

몽롱(朦朧)허엿수다.

성오 오라바님네,

야아 신이 아이,

큰웨삼춘,

웨숙모님네,

일부훈잔 드립네다덜.

또이 드려가며,

데정(大靜)949) 가도,

천저 금저 데선셍,

정의(旌義)950) 가도 천저 금저 데선셍,

멘공원(面公員)에 멘황수(面行首) 도공원(都公員)에 도황수(都行首),

임춘춘경(立春春耕),951)

949) 옛 대정현(大靜縣) 지역.
950) 옛 정의현(旌義縣) 지역.
951) 입춘굿. 입춘에 제주목 관아에서 전도의 심방을 모아놓고 굿놀이를 벌이면서 한 해

빨려오던 선셍님네,

항상 몽롱허염수다 문성남이,

설은 오라바님네,

일부혼잔 드립네다.

드려가며 엿 선셍 뒤으로,

북선셍 조막손이,

장구선셍 명철관이,

데양선셍 와렝이,

설쉐선셍 느저나저,

일부혼잔 협서.

요랑선셍(搖鈴先生) 흥글젱이,

천문선셍(天文先生),

신칼선셍임네,

상잔선셍(床盞先生),

바랑선셍님네,

기메 늘메 자리선셍님네,

일부혼잔 드립네다.

드려가며,

엿날,

구좌면(舊左面),

동촌면(東村面) 서촌면(西村面),

일본 주년국으로,

야 이름나게,

뎅기고,

생업의 풍등을 기원하던 굿.

굿 잘허고 ᄆᆞ음좋던,

[음영] 엿 선셍님네 야 이거 송씨 삼춘임 게유생 초공연질로

몸받은 신공시로 도걸어 게랄안주(鷄卵按酒) 일부ᄒᆞᆫ잔입네다에-.

일부ᄒᆞᆫ잔 드렴수다.

■ 초공본풀이＞비념

드려가며 엿 선셍임전 아뤄올 말씀 스뤄올 말씀 잇습네다.

[음영] 이간952) 군문 안네 양씨로 ᄋᆞ든ᄋᆞ섯님, 금번 고향까지 오랑

이 굿허영 가건953)

하다이,954)

[음영] 야 이거 강 앚아 탄복헐 일 사955) 낙루(落漏)헐 일 나게 맙서.

걱정 근심 시름 뒌 일, 어느 아기 손민으로 허영 데천한간

발 벋어 앚앙,

울곡 ᄀᆞ물일 덜,

나게 맙센 영 허영,

거슨 물 거슨 ᄃᆞ리 나게 맙센 영 허시곡,

이 굿 끗데랑 송씨 삼춘임 몸받은 야 조상에서 선셍임에서,

상단골 중단골 하단골에서 푸다시여 성주풀이 귀양풀이 불도맞이 일월

맞이 시왕맞이

덩드렁포 지영 나건 마께포를 지영 들게 허곡,

마께포를 지영 나건,

덩드렁포 지영 들게 허영,

---

952) 이 가내(家內).

953) 가거든.

954) 제발.

955) 서서.

안간주가 휘여지곡 밧간주가 지어지곡 간줏데가 부러지도록,

도전으로,956)

성(城)을 싸다시피 허여근,

먹을 연 입을 연 나세와 줍서.

하다 당줏ᄌᆞ순덜 몸줏ᄌᆞ순덜 진연간줏ᄌᆞ순덜 신장ᄌᆞ순덜,

쳭불ᄌᆞ순덜,

넉날 일 혼날 일,

나게 맙센 허영,

날로 날역,

둘로 둘역,

월역(月厄) 시력(時厄),

감송(官訟) 입송(立訟)에 초싱 입질로,

엿 선셍님네 일부훈잔입네다.

[장구를 멈춘다.]

■ 초공본풀이>주잔넘김

엿 선셍님 받다 남은 주잔(酒盞) 저먼정 나사민, 상안체에957) 중안체에
하안체에 똘라오곡 넉메물섹에 똘라오곡 어느 안체포에 똘라오곡 어느
구다몽에 어느 떡에 양하 이거 쏠에 똘라오곡 어느 보답에 똘라오던, 어
시력이 멩듯발 더시력이 멩듯발 게염958) 투기(妬忌)허던 멩돗발덜 저먼정
주잔권잔(酒盞勸盞) 많이 드려가며,

---

956) 시루떡으로.
957) '안체'는 심방이 무구를 넣어 지고 다니는 보자기.
958) 개염.

■ 초공본풀이>산받음

아멩이나 이 집이 펜안이나 시겨줍서~. 이 굿허영 가는 길, 송씨 삼춘임 몸받은 선셍님에서~, ㅇ든ㅇ섯님 오고 가는 길엔~, [산판점] 게멘 양오(兩位) 조상에서~, 걱정을 말렌 말……. [산판점] 굿허영 가도, [산판점] 하다 영 헷저 정 헤엿저 입만 멩심허곡, [산판점]

(이승순 : 굿허영 가도 아니 둘앙 다 큰심방이 굴을 거우다만은, 가민 ㅎ끔 말은 잇임직 허우다.)

(본주 : 누게 말헐 것도 엇수다게.)

(이승순 : 게난.)

[본주가 말을 더 잇지만 알아듣기 어렵다.]

(이승순 : 예 게난 저, 원 일로 갈른 절을 가든 뭐 궂인 미신 스록 털어동 가는 거 아니난 그건 문제가 아닌디, 가도 멩심허곡예.)

영 허영, 허민 아멩이나, ㅇ든ㅇ섯님 [산판점] 오랑 가는 디, 아기덜로 허영 펜안허곡 ㅈ순으로 허영, [산판점] 큰 걱정 근심이나 엇어지엉, [산판점] 게민 양오 조상에서 큰 걱정을 말렌 말입네까. [산판점][산판점]

(이승순 : 세물이라.)959)

[산판점]

(이승순 : 바.960) 세물이라. 기자 영 허여도 속숨헙서양.961) 경 허영 가민 궨찬여쿠다,962) 삼춘. 삼춘 잘허염서. 굿도 경 헤도 삼춘 양으로 걸음걸엉 오곡, 말 둘앙 알아듣곡 눈으로 보곡 굿헐 때 허주, 다 늙엉 다 늙엉 무신 말 못 알아듣곡 걷지 못헐 때 굿허영 무시것 헐 것과게양. 양. 잘 헤염수다.)

_____

959) '세물'은 사물(邪物).
960) 봐.
961) 조용히 계세요.
962) 괜찮겠습니다.

영 허민 그도 알알수다. 영 허민 성은 송씨 삼춘임 게유셍, [산판점] 아멩이나 이 조상에서, 이 아이 단골집이 오랑, 몸받은 진자수 월겟 하르바님에서영 첵불일월에서영 몸받은 조상에서영 앚아난 디 사난 디 헌서나 나게 말앙, [산판점] 조상에서, 걱정을 말렌 말입네까. [산판점] 조상에서, 오랑 이거 메칠 멧날 간장 썩이멍 오장 썩이멍, [산판점] 굿허영 가는 길이라도, 게유셍님도, [산판점] 아멩이나 몸을 펜안허여살 거난, 몸 펜안허곡, [산판점] 허느 게민 당줏아기963) 당줏ᄌ순 몸줏ᄌ순 주년간주 불돗ᄌ순덜로 허영 고향에서 이거 굿 끗낭 메칠 잇당 가곡 영 헐 거우다 영 허난, 야 조상에 몸받은 조상에서 당줏ᄌ순덜, 급헌 전화로 허영 오랑 가라 [산판점] 큰 걱정이나 엇어정, 야 이거~, [산판점] 이런 시름을, 다 조상에서, [산판점] 막아줍서 고맙수다. 고맙수다.

(이승순 : 궨찬으쿠다게, 삼춘도양.)

궨찬으곡 영 허면, [산판점] 고씨 삼춘이나, 하도 동서남북으로 하도 둑집 불려뎅기듯 불려뎅기는 어른이난,

(이승순 : 아이고 우리 연옥이 삼춘은 기자, 항상 바빵 펜안허커라.)

영 허민 홍씨 오라바님이나, [산판점] 지금 이거~, 큰어멍 어멍으로 허영, 어디 일을 가도 이 할망 둘이로 허영 영 허염신가 정 허염신가, [산판점] 걱정허곡.

(이승순 : 얼른 돌아가시민 헌디…….)

[산판점]

(이승순 : 만날 시름이라게. 걱정게. 양.)

영 허민~, 오라방이나 몸.

[산판점]

(이승순 : 몸은 기자 오라방 펜안허쿠다만은 걱정은 떠날 날 엇주. 이건

---

963) 이하 '불돗ᄌ순'까지 심방의 자손을 이름.

아는 일이난 홀 수가 없는 거라.)

영 허민, 성은 정씨 갑신셍이나, [산판점] 펜안허고, 신이 아이 기축셍 도, [산판점]

(이승순 : 고맙습니다. 고맙습니다.)

고맙습니다 고맙습니다.

■ 초공본풀이>제차무끔

초공연질로 옛 선셍님네 일부훈잔 떼가 뒈연 드렷습네다. 전무후무 몽롱(朦朧)허곡 잘못헌 일랑 다 신공시 옛 선셍님에서 다 쒜(罪)를 삭(赦) 시겨줍서. 신자리 벳깃디레964) 무너나겟습니다.965)

(이승순 : 궨찬으쿠다, 삼춘. 본가도 펜안허곡, 오랑 일 맡앙 왕 헌 어른도 펜안허쿠다.)

(본주 : 서로서로 펜안허여사주.)

(이승순 : 서로가…….)

(송춘일 : 돈 떡분에 그 돈 허영 먹엉 앚앗주 허여도. 이 공 드리믄 딱 덕 저, 뭔가…….)

(이승순 : 훈 가지 훈 가지 소원은양 꼭 들여줌직 허우다. 삼춘이, 예 어느 무신 인간으로네나 어느 금전으로나 훈 가지 소원은 꼭 들여 주쿠다.)

(본주 : 들여 주쿠가?)

(이승순 : 예. 예.)

(본주 : 경 허민 막 좋수다게.)

(이승순 : 예. 만족허게 무시걸 안 헤도양. 예, 예. 훈 가지 소원은 꼭 들여주쿠다. 예, 예.)

[잠시 다른 이야기를 나눈다.]

---

964) 바깥으로.
965) 물러나겠습니다.

예, 굿헷습네다.

세경본풀이

자료코드 : 10_00_SRS_20110415_HNC_LSS_0002
조사장소 : 제주특별자치도 제주시 애월읍 상가리 모 굿당
조사일시 : 2011.4.15
조 사 자 : 강정식, 강소전
제 보 자 : 이승순, 여, 63세
구연상황 : 이 자료는 2011년 4월 14일부터 같은 달 20일까지 제주시 애월읍 상가리 모
굿당에서 벌어진 일본 대판 김씨 댁 큰굿의 둘째 날인 4월 15일에 구연한 것
이다. 이 날에는 보세감상, 초공본풀이, 세경본풀이, 삼공본풀이 등의 제차가
진행되었다. 초공본풀이에 이어 세경본풀이도 이승순 심방이 장구를 받아 앉
아 스스로 치면서 구연하였다. 신자리에 앉아 반주 없이 말미를 하고, 장구를
치면서 공선가선→날과국섬김→연유닦음→신메움→본풀이→비념을 하고 주잔
넘김, 산받음, 제차므끔으로 마무리하였다.

■ 세경본풀이>말미

[제차가 바뀌는 사이 잠시 녹음이 이루어지지 않았다.] 덕입네다. 양씨
병인셍(丙寅生), 세경이 은덕으로 본데 고향은 제주시라도 일본 주년국꼬
지 강 오라 아기덜 탄싱(誕生)허영 팔십 넘도록 살아오기 세경이 은덕 뒈
엿수다. 신이 아이 금마벌석966) 나앚앙, 삼선양(三上香) 영로삼주잔(零露三
酒盞) 게굴아 올립니다. 이 즈순 어느 고향산천 살앙, 세경땅에 농업 농서
허영 열두 시만곡(-萬穀)을 다 받앙 권제를 못 올렴수다만은 데벡미(大白
米)는 소벡미(小白米) 낭푼967) 구득 사발 구득 시권제 받아올리며 신이 본
(本)을 다 알 수 잇습네까 베운 데로 들은 데로 금마벌석 나앚앙 세경신중

---

966) '신자리'를 달리 이르는 말.
967) 양푼.

난소셍968) 과광선 신풀어 삽서-.

세경본풀이

■ 세경본풀이>공선가선
[장구를 치면서 말명을 한다.]
공신 공신은 가신 공서
제저 남산 인보역, 서준낭 서준공선 올립네다.

■ 세경본풀이>날과국섬김
올금년 신묘년(辛卯年) 쳉명(淸明) 삼월 열이틀날
어느 ᄀ을 어떠헌 ᄌ순덜이
이 공서,

_____

968) 근본. 본풀이.

이 원정 올립네까

국은 갈라 갑네다,

강남(江南) 든 건

천저국(天子國) 일본 든 건 주년국,

우리 국은 대한민국

[음영] 일제주군969) 이거저(二巨濟) 삼진도(三珍島)는 스남혜(四南海) 오
간땅(五江華)은 육제주970) 마련헙긴~ 남혜바다로

뚝 떨어진 제주섬중

고향산천은 제주도 친정 땅은 제주십고,

시갓땅은

성산읍(城山邑)은 테양리(泰興里)

(청중 : 남원읍!)

남원읍(南元邑)

(이승순 : 남원면이 아니고 읍이우다 이젠.)

남원읍은 테양리, 뒈엿는데

■ 세경본풀이>연유닦음
■ 세경본풀이>연유닦음>열명

현주소는 데판시(大阪市),

삽네다.

양씨로

ᄋᆞ든ᄋᆞᆺ님,

받은 공서,

올립네다.

---

969) '일제주(一濟州)는'의 잘못.
970) '육완도(六莞島)'의 잘못.

기여 큰아덜 김씨로 예순ㅇ섯 손지아기 쓰물ㅇ섯 쓰물셋 쓰물아홉 여
쓰물셋 받은 공서 올립네다.

또이,

간간무레971) 뒌 아기 김○구 예순혼 설

데판시(大阪市) 후꾸시마(福島) 삽니다 김씨로 쉰넷

또이 김씨로 쉰아홉 받은 공섭네다.

손저아기덜 ᄌᆞ 서른 쓰물아홉 쓰물ㅇ섯 족은아덜 데판시 삽네다 김○
범씨 ᄀᆞ디 쉰 고씨 ᄌᆞ부(子婦) 마흔아홉

손남(孫男)은 쓰물두 설,

손녀(孫女)는 쓰물다섯 이거 뚤아기덜 늬 성제 사우972) 아기덜 받은 공
서 올립네다.

■ 세경본풀이>연유닦음>연유

세경신중 마누라님전,

날 넘는 공서 둘 넘는 축원도 아닙네다만은,

우리 인간은,

석가여레(釋迦如來),

공덕(功德)이요,

아바님전 뼈 빌곡,

어머님전 살 빌엉,

칠성단(七星壇)에 명 빌곡,

제석님전 복을 빌어

인간 탄셍허면,

세경에 은덕으로

_____

971) 어리론가 사라져 찾을 길이 없는 모양.
972) 사위.

세경땅에

집을 짓엉 살기도 세경이 덕입네다.

걸음 걷기 세경이 덕 상업허기 세경이 덕 농업 공서허기,

세경이 덕 부업허영 살기 세경이 덕,

세경땅에 열두 시만곡도 뿌령 살아가는 게

세경이 은덕 뒈엿수다.

살당 살다근,

죽어 저싱갈 떼에도 마지막으로 좋은 신체

세경땅에 문형 좋은 술 썩기도 세경이 은덕 아닙네까.

으든으섯님 어느 고향산천 살앙 세경에 부업 농업 상업은 못허여도

일본 강 팔십 넘도록

한강 바당 느는 비헹기 탕 조상 적선허영 가는 것도

세경이 덕 아닙네까.

살아서도 세경이 덕 죽어서도 세경이 덕,

낭 살기 세경이 덕 뒈엿수다.

■ 세경본풀이>신메움

세경 난소셍 어딜런고

세경 난소셍 질로,

동경 가림페973) 서경 부림페에,974)

수장남은 수벨캄에,

놀아오던 상세경 열두 시만곡 네류와주던

염주(炎帝) 올라 실농씨(神農氏)도 느립서 중세경 문도령님 느립서 하세

경은

─────────────────

973) 흔히 '가린석'이라고 함. 쟁기로 밭갈이할 때 소를 조종하는 밧줄.

974) '가린석'과 같음.

ᄌ청비 ᄂ립서.

정이 엇인 정수남이

정술덱이

뒈엿수다 세경장남

ᄂ립서.

제석하르바님 제석할마님,

ᄂ립서 세경신중 마누라님,

ᄂ립서.

세경 난소셍 어딜런고.

■ 세경본풀이 > 본풀이

옛날이라 어 저 임진국 데감님 조진국이 부인님 사옵데다.

열다섯 십오 세 입장(入丈) 갈림 시기난

별진밧은 둘진밧 수장남은 수뷀캄 거니리여 천하거부로 잘 살아도

ᄉ십 마흔이 넘어가도 ᄌ식 없어 호오탄복 허옵데다.

동게낭은 상중절 서게남은 은중절 부처 지컨 데서님은

헌 당 헌 절 헐어지난

시권제 삼문 받으레 네려사젠 허는 게 김진국 데감님

[음영] 날만 붉아가민 심심허곡 야심허난 동네 금방상 일천 선비덜 두

어 바둑 장기 뛰는 디 간 돈을 따가도 애기 엇인 데감엔975) 놀림을 받곡

야 어느~

말 모른 가막새도

[음영] 날이 ᄌ물아 가민 오조조조

허여 쒯 새끼 품을 ᄎ앙 앚곡

975) 대감이라고.

[음영] 얻어먹는 게와시덜토976) 아길 낭 앙천데소(仰天大笑) 웃으멍 살아가는 것이

상중절에 데서님은

인간처(人間處)로 시권제 삼문 받으레 소곡소곡 네려산다.

김진국 데감님 조진국이 부인님 [말] 면정 올레로 들어사멍 나사멍

"소승은 절이 뷔옵니다."

"어느 절 데서가 뒈옵니껜?" 허난 "동게남은 상중절 서게남은 상세절 부처 지컨 데서중이온데, 헌 당 헌 절 헐어지난

인간처로 네려상 시권제 삼문 받앙

헌 당도 수리허저 헌 절도 수리허저

셍불(生佛) 없는 자는 셍불을 취급시겨 주저 시권제 삼문 받으레 야 네려삿수덴."977) 일러간다.

"데서님아 데서님아 [음영] 우리 부베간도 어떵 허민 즈식 셍불을 가질 수 잇수겐?" 허난 "야 우리 절간 법당으로 오랑 석 둘 열흘 벡일 불공 드럼시민 아덜이나 뚤이나 야 이거 셍불을 잇을 듯허쿠덴."

일러간다.

"어서 걸랑 기영 헙서."

데서님은 시권제 삼문 받아근 절간드레 소곡소곡 올라간다

김진국 데감님광 조진국이 부인님 강답(乾畓)에 강나록 초답에 초나록 모답에 모나록

데벡미(大白米)도 일천 석 소벡미(小白米)도 일천 석 가삿베도 구만 장 송낙베도 구만 장 벡근을 체와앗엉 동게낭은 상중절로

원불수룩차(願佛水陸次), 소곡소곡 들어산다.

[음영] 들어산 "야 소서중아 저먼정 나고보라. 야 이거 인기척이 분명

---

976) 거지들도.
977) 내려섰습니다고.

허다." "어서 걸랑 기영 헙서." 먼정 올레에 나고보난 "김진국 데감님광 조진국이 부인님 원불수룩 드리레 우리 절간 법당드레 소곡소곡 들어삼수다."

안으로 청허여 들어간다.

부처님전 선신문안(現身問安) 위올려간다.

데서님전은,

선신문안 위올려두고

데법당(大法堂)으로 간 데벽미도 일천 석 올려간다.

소백미도 일천 석 올려나 가는구나.

서 낮인 연불 밤인 원불

낮도 영청978) 밤도 영청 원불수룩(願佛水陸) 드려간다.

드려가는 것이

흐를날은

[음영] 데추남 은저울데로 저울영 보저 그데엔 데추남 은저울데로 저울연

바련보난

[음영] 벡근이 야 못네 차난 야

그떼에는

[음영] "김진국 데감님아 조진국 부인님아, 데추남 은저울데로 저울연 보난 벡근이 못네 차난 집으로 강 합궁일(合宮日)을 청허여 천상베포를 무어봅서만은 아덜이나 뚤이나 셍불을 볼 듯

허덴." 일러 가옵데다에-.

"어서 걸랑 기영 헙센." 허연

어어 그떼에는

---

978) 날이 새도록.

어 집으로 돌아오란

합궁일을

청허여 들어가는 것이

은단평(銀丹瓶)에 서단마게 막앙 이리 둥글이곡 저레 둥글여도

웃음이 아니 난다.

웃음이 아니 나난

[음영] 야 이건 흐를날은 야 이건 아기 없는 이디 가도 아기 없는 야 놀림을 받곡 저디 가도 아기 없는 놀림을 받아가는 것이 은단평에 서단마게 춤실 흔 줴 쫄끈 무껑979) 이리저리 둥글여도

웃음이 아니 난다.

그떼엔 어늧동안

먼동금동 데명천지(大明天地) 붉앗구나

[음영] 데서님 내려오라 "원불수룩 드려봅서." "어서 걸랑 기영 헙센." 허연 석 둘 열흘 원불수룩을 드런 야 이거 데추남 은저울데로 저울연 보난 벡근이 못네 차난 "집으로 강 양도 부베간이 합궁일을 청허여 천상베포를 무어보민 알 도레가 잇수덴."

일러나 가옵데다.

그떼엔 양도 부베간이

절간 법당 하직허여

집으로 돌아오란

저 합궁일을 보아간다 천상베폴 무어간다.

[음영] 아닌 게 아니라 흔두 둘 연 석 둘 뒈여가난

밥에 밥네

물에 펄네 나간다 여 장칼네도 나간다 세금 틀틀난, 오미저(五味子) 틀

979) 묶어서.

드레 정갈레[980] 먹고저 허여간다.

아호[981] 열 둘

フ득 창[982] 나는 건 바려보난,

[음영] 물 알에 옥돌 フ뜬 아기여 제비새 알아구리[983] フ튼 곱닥헌[984] 야 월궁여(月宮女) 선여(仙女) 가튼 아기씨가

솟아나는구나예-.

이 아기 솟아나난

여름에는 상다락 노념시겨간다.

봄 フ을엔 중다락에 노념을 시겨간다.

하절(夏節)은 나민 이 아기 추울 새라 하다락에 야 노념을 시경 키와 간다.

이 아기 어늣동안

점메찡 좀메찡 던데찡도 허여가는 것이

[음영] 아이고 이 아기 도골도골 앉음징[985] 김징[986] 걸음징 말 콜아가 난 "이름이나 지와사 헐 걸." 이름을 집는[987] 게, 아바님 지운 이름은 아 이고 가련허다 가령비로 이름을 지와간다. 어머님 지운 이름은 이 아기 비록 여즈식(女子息)이라도 이 아기 설엉[988] 낳젠 허난 우리 양도 부베간 절간 법당에 간 석 둘 열흘 즈청(自請)허연 낫져 즈청비로

이름 셍명(姓名) 지와가는구나에-.

---

980) 정금나무 열매.
981) 아홉.
982) 차서.
983) 아래턱.
984) 고운.
985) 앉는 동작을 하는 모양.
986) 기는 동작을 하는 모양.
987) 짓는.
988) 임신해서.

흐를날은 ᄌ청비는

어늣동안

아호 열 설이 넘어가는 것이

[음영] 오렌만간이 금마답에989) 나고보난 늣인덕 정하님이 연서답을 허연 오란 너는 건 보난 하도 손이 고와지난, "늣인덕 정하님아 닌 어떵 허연 손이 경 고와졈시니?" "아이고 아기씨 상전임아, 모른 말 맙서. 종이 한집도 메일 연서답을 와라차라 허여가난 손광 머리 야 믄들믄들990) 고와졈수덴."

일러가는구나에―.

그떼에는

어 ᄌ청비 아기씨도

"늣인덕 정하님아

[음영] 아이고 경 허덴 허민 나도 연서답 갈 떼에랑 ᄀ찌 둘앙 가기 어찌허겟느냐?" "어서 걸랑

기영 헙서."

흐를날은 ᄌ청비 아기씨는

늣인덕 정하님 거니리고

[음영] 연서답을, 간 와라차라 허노렌 허난 하늘옥황 문곡성(文曲星) 아덜 문왕성(文王星) 문도령(文道令) 서천약국 거부선생앞이 연삼년(連三年) 글광991) 활을 베우레 지알(地下)에 네려사단 바려보난 난데 엇이 곱닥헌 선녀 아기씨가 처녀 아기씨가 앚안 연서답(-洗踏)을 허염시난 그데로 넘어갈 수가 엇어 "물이라도 [심방, 목이 마른지 물을 마신다.]

훈 주박 떠주면

---

989) 마당에.
990) 보드라운 모양.
991) 글과.

[음영] 마성 가쿠덴." 허난 "어서 걸랑 기영 헙서." ᄌ청비 아기씨 상전
임은 포주박에 물을 떤 야 이건 문도령 얼굴을 바려보난 하도 이거 고와
지난 야 그뗀 말이라도 혼번 건네보저 야 물 우티 포주박에 물을 거련 야
물 우티 버드낭 썹을 하나 동골동골 띄완 양손 받제허연

주어가는구나에-.

문도령님은

[음영] 그 말 그 물을 먹단 "어떵 허난 남자에 데장부(大丈夫) 먹는 물
에 야 나무 이파릴992) 띄완 줍수겐?" 허난 "아이고 질럴 끈어 먼 질 가는
도령님아, 모른 말 맙서. 야 길을 가당 물에 물을 먹당 물에 체헌 건 약방
약(藥房藥)도 없습니덴." 허난 "아이고, ᄆ음만 얼굴만 고운 중 아니

ᄆ음도 천하일색(天下一色)이 뒈엿구나."

"어디레 가는 도령이 뒙네까?"

[말] "나는 하늘옥황 문곡성 아덜 문왕성 문도령인디, 지알에 서천약국
거부선생앞이 연삼년 글을 활을 베 글광 활을 베우레 네려사는 길이엔."
허난, ᄌ청비 아기씨도 "아이고, 우리 집이 오라바님이 잇인디, 글공부 가
젠 허건 디가 연삼년이 뒈연 못 가난, 나 혼저 집으로 강 우리 오라바님
보네커메,993) 친구 벗을 허영 ᄀ찌 글공부를 가기가 어찌 허오리까?"

"어서 걸랑 기영 헙서."

ᄌ청비는

허단 서답(洗踏) 버려두고,

집으로 오란은 여자 방에 눌려들어 여자 입성 벗어두고

남자 방에,

눌려들어,

남자 입성 입언,

---

992) 잎을.
993) 보내겠으니.

[음영] 아바님 어머님 방에 간 "아이고, 아바님아 어머님아. 우리 어느 오라바님도 엇곡 아바님 어머님도 나이 연만(年晩) 뒈여가곡, 야 나도 글을 알앙 나둬얄 거난, 어느 이루후제 예문예장(禮文禮狀) 막펜지994)가 와도 누구가 볼 겁니까. 날이라도 글을 베왕 나두쿠다."

"어서 걸랑 기영 허렌." 허난,

그떼에는 ᄌ청비 아기씨는

아바님 어머님앞이 허급(許給)을 받안

[음영] 야 오란 "난 이거 야 지알에 ᄌ청비도령엔 헌다." "나는 옥항에 문왕성 문도령엔……." 야 이거 친구 벗을 허연 둘이가

그떼에는

서천약국

거부선셍앞이

글광 활을 야 베우레 들어나가는굿나.

들어가난

그떼에는

거부선셍 말이로다.

[음영] "너이덜 꼭 ᄀ찌 친구 벗을 허연 ᄒ 둘 ᄒ 날 ᄒ 시에 글공부 오라시난995), ᄒ 상에 앚앙 공부허곡, ᄒ 책상에서 공부허곡, ᄒ 상에서 밥을 먹곡, ᄒ 번 ᄒ 방을 쓰멍 글공불 잘 베우렌." 허난

"어서 걸랑 기영 헙서."

낮이는

ᄒ 책상에 앚앙

글공부를 허곡 ᄒ 상에 앚앙 밥 먹곡 밤이는 야 ᄒ 방에 앚앙 줌을 자젠996) 허난

---

994) 의혼(議婚)이 되어 신랑집에서 신부집으로 찾아갈 때 의례적으로 가지고 가는 편지.
995) 왔으니.

[음영] 즈청비는 ᄀ만이 여산997)을 허는 게 '아이고 나가 포주박에 물을 떠주 떠주던, 야 이거 즈청비 처녀야 여자로 타 이거 탄로(綻露)나 나민 그뗴는, 아방 눈에 ᄀ리 나곡 어멍 눈에 신지 나곡, 야 이거 글공부도 못 허영 가게 뒐 거난 없는 꿰나 부려보준.' 허연, 그뗴에는 야 즈청비가 은데양998)에 물을 ᄉ북허게 떤 가운디 간 놘, 야 은젯가락을 야 은데양드레 똑허게 걸이쳔,999)

"야 문도령아 문도령아,

[말] 우리 줌을 자민 맹심허영 자사켜.1000) 은데양에 은젯가락 걸친 거 물데레 떨어지민 [음영] 글도 활도 못허영 그뗴는 양친부모 눈에 ᄀ리 날 거난 메우 맹심허영 줌을 자게."

"어서 걸랑 기영 허게."

문도령은 야 이거 [음영] 은데양에 걸친 은젯가락만 물르레 털어지뎅 야 지카부뎅1001) 허당보민 줌을 못 장 설쳐간다.

즈청비는

줌을 자 간다.

뒷날은 거부선셍앞이 가면

문도령은 즈청비보단

글도 자원(壯元) 활도 자원 제주 자원 허여간다.

허여 가는 것이

[음영] 흐를날은 아멩허여도 거부선셍님은 문도령은 틀림엇이 남자로 붸우나,1002) 즈청비는 여자로도 붸곡1003) 남자로도 붸곡 구별헐 수가 엇

---

996) 자려고.
997) 생각.
998) 은대야에.
999) 걸쳐서.
1000) 자야겠어.
1001) 질까 보아.

이난, '이거 남자 여자 구별이나 이거 허준.' 허영, 야 그땐 둘이

　불러다 놓안 "너히들

　　넬날랑1004)

[음영] 혜 돋아 오는 디레 야 돌아상1005) 소변(小便) 굴길락이나1006) 혼번 허는 거 보민 야 알 도레(道理)가 잇덴." 허난 "어서 걸랑 기영 헙셴."
허난,

　그떼에 ᄌᆞ청비는

　왕데 목데

　허연은 옷에 놓앗단

[음영] 뒷날은 야 이거 오줌을 굴길락 허는 것이 ᄌᆞ청 문도령은 힘껏 굴겨도 아홉 방축 벳기 아니 나가곡, ᄌᆞ청빈 여상(如常) 오줌을 굴겨도 열 두 방축을

　나간다.

[말] 상1007) 오줌 굴기는 건 보난

　분명히 남자로 베엇구나.

흐를 경1008) 허는 것이 [음영] 문도령은 ᄌᆞ청비보단 소변 눌락허여도 떨어지곡 글공부도 떨어지곡

　활공부 제주 공부 떨어지여 가는굿나.

　흐를날은

　어어어

1002) 보이나.
1003) 보이고.
1004) 내일은.
1005) 돌아서서.
1006) 갈기기나.
1007) 서서.
1008) 그렇게.

문도령님

금마답에1009) 나고보난

가메기 젓놀게1010)에

편지 문안 보네엿더라.

[음영] 야 문도령은 그걸 보난, "지알에 거부선생앞이 연삼년 글광 활을 베우레 네려산 문도령아, 너 이젠 연삼년 글도 베울 만이 베와실 거, 활도 베울 만이 베와실 거, 제주도 베울 만이 베와실 거난 글공부 활공부 제주 공부 그만 허영 혼저혼저 옥항에 도올랑 약속헌 데로 서수왕에

입장 갈림 시기게 뒈엿저.

서수왕에

입장 갈림 들렌." 허난,

그뗴에는

문도령

[음영] 야 이거 옥항에 도올게레게 뒈게 뒈난 조청비도 "야, 거부선생님아. 우리 올 뗴 똑フ치 フ찌 야 오곡 フ찌 공부허곡

꼭フ뜬 첵을 앗엉

공부허여시메

[음영] 문도령 가가민 나도 어서 집으로나 가쿠덴." 허여간다.

"어서 걸랑 기영 허렌." 허연

문도령

나고 가는구나.

나고 가단 보난

어느 틈에

[음영] 야 이거 오란 모욕(沐浴)사1011) 허여나신디 세수사(洗手사) 허여

1009) 마당에.

1010) 겨드랑이.

나신디

　야 볼써 가

　문도령

　여~ 이거

　오랏구나.

[말] 오란, 야 ᄌ청비가 허는 말이 "문도령아 문도령아. [음영] 야 널라근 나보단 글도 떨어지곡 활도 떨어지곡 제주 자원 다 떨어져시난 널랑 알통에 강 ᄀ으라. 날랑 웃통에서 ᄀ으마."

"어서 걸랑 기영 허렌." 허연

　그떼에는

　문도령은

[음영] 알통에서 옷광 ᄆ들락허게 벗어동

　이레 참방 저레 참방

　몸을 ᄀ단 바려보난

[음영] 웃통에서 ᄉ미 야 옷 소메만 올련 물소리만 퐁당퐁당 넵단[1012] 알러렌[1013] 바려

　알통ᄃ렌 바려봇난

　문도령이

　이레 참방 저레 참방 몸을 ᄀᆯ암시난[1014]

　그떼예는 ᄌ청비가

　물 우트레

　야 나무썹[1015]을 허연

1011) 목욕(沐浴)이야.
1012) 내다가.
1013) 아래로는.
1014) 'ᄀᆷ암시난'의 잘못.
1015) 나뭇잎.

[음영] 글빨을 띄우는 게, "야 이거 멍텅헌 훈 일을 알곡 두 일 모른 멍텅헌 문도령아

야 니는

[음영] 글도 떨어지곡 활도 떨어지난 야 몸을 곱암샤? 닐라근[1016] 야 어서 몸을 시피 곱앙 오라. 날랑

집으로 몬저

가키여. [음영] 연삼년을 니영[1017] 나영[1018] 훈 상에서 훈 첵상에 앚앙 공부허곡 훈 상에서 밥을 먹곡 훈 방에 앚앙 줌을 자멍 연삼년 살멍 공부를 헤여도 남자 여자 구별 하나 못 허는 멍텅헌

문도령아ㅡ."

글빨을 썬 네려보네엇더라.

문도령은

이레 참방 저레 참방 모욕허단 바려보난 글빨이 있엇굿나.

[음영] 바련 보난 즈청비가 야 이거 '니영 나영 연삼년 야 훈 방에서 공부허멍 살아도 남자 여자 구별 못헌 멍텅헌 문도령엔.' 허연 글빨을

썬 보네엿굿나.

문도령은 그떼에야

[음영] '아이고, 이거 즈청비 야 나가 옥항에서 젤 체얌[1019] 네려줄 아 네려살 떼예 포주박에 물을 떤 야 이거 즈청비 처녀 아기씨인 줄을 나가 몰란 야 쏙아졋구나. 훈저 웃통드레 올라왕 훈저 말이라도 훈마디 더 굴아보저 홀목이라도 잡아보젠.' 허연 급허게 물 벳깃디 나오란

야 옷을 입젠 헌 게

1016) 너는.
1017) 너랑.
1018) 나랑.
1019) 처음.

양착1020) 가 훈 가달에 양착 가달 디물란1021)

삼ᄉ월

넉메말 둥글 듯 둥글어 가는굿나.

웃통에 오란

[음영] 보난 야 어늣동안 양아 이거 ᄌ청비 아기씨는

천방지축 집으로 가간다.

들어갓난

문도령이 그떼엣는

여어허

물 벳깃디 나오란 오라근 ᄌ청비 홀목을 잡젠 허난

[음영] 아이고 이건

ᄌ청비 말이로다.

[음영] "이 이걸 알민 우리 아바님 어머님신디 눈에 ᄀ리 나곡 신지 나
곡 난 이거 야 집 안트레 들어가지 못헐 ᄉ경이난, 야 문 벳깃디1022) 시
민1023) 나가 어머님 아바님신디 강 ᄆ딱1024) 문안인사 올려동

말쩨랑 니도 오렌." 허멍 "어서 걸랑 기영 허라."

문도령 문 벳기 세와돈 ᄌ청비는 안으로 들어가근

그떼엔 남자 옷을 벗어 여 걸쳐두고

여자 입성 입어앚언

ᄌ청비,

야 그떼엔,

[음영] 야 이거, 야 ᄌ청비신디

1020) 양쪽.
1021) 디밀어서.
1022) 바깥에.
1023) 있으면.
1024) 모두.

오라시란,

ᄌ청비,

야 이번,

[음영] 아바님 어머님신디 문안 디려돈1025) 야 "친구가, ᄀ찌 혼 상에 앚안 공부허엿는디 나만 이거 떨어지젠 허난

야 넬 붉는 날 직시(卽時)

옥황드레

[말] 잘 가게 허쿠다." "어서 걸랑 기영 허렌." 영 허연,

그떼에는 문도령은

안으로 들어간

[말] ᄌ청비신디 날은 초경(初更) 이경(二更) 야사삼경(夜-三更)이 깊어지곡 문도령은 [음영] 옥황드레 도오를 시간이 야

뒈엿구나예-.

도올를 시간이 뒈여붓난

그떼엔 문도령이

ᄌ청비신디 앞이

"ᄌ청비야 이 이거~

야 도실(桃實) 씨를

하나 줄 테니

[음영] 이걸 창문 밧겻1026) 싱경1027) 나 보듯 밤시민 야 나가 옥황에 도올랑 아바님 씨어머님신디 강 허급을 허영 지알에 ᄌ청비 너를 둘아가켄." 일러가는구나.

"어서 걸랑 기영 헙서."

1025) 드려두고.
1026) 바깥.
1027) 심어서.

그떼예는

어어어,

문도령은

도실 씰 줘돈

옥항더레

상천(上天)을 헤여간다.

뒷날부떠는

야 그떼에는

[음영] 야 이건 이 날이나 저 날이나 야 문도령 보고프민 창문 밖을 올
앙1028)

문도령 준 씨를 싱겅1029)

[음영] 야 도실꽃이나 활짝 피민 올 건가. 잎이 열려도 올 건가 아니 오
곡, 꽃이 피어도 아니 오곡, 야 도실 열메가 야 이거 올으민1030) 올 건가
허여도

아니 오라가는 것이

[음영] 어늣동안 옥황에 문도령 따문에 ᄌ청비는 지알에서

상사병(相思病)이 나다시피 허여가는굿나.

ᄒ를날은

[말] 줌은 아니 오고 문도령 셍각에 창문 밖을 올안 보난, [음영] 어늣
동안 야 이거 초경 이경 야사삼경이 붉아가난 혜변사름덜은 몰ᄆ시1031)
쉐ᄆ시1032) 거니령 산중산중(山中山中)

낭1033) 허레 들어간다.

1028) 열어서.
1029) 심어서.
1030) 열면.
1031) 말.
1032) 소.

낭 허레 들어갓난,

[음영] 야 이거 주청비 아기씨 상전임 "정술덱아, 야아 어늣동안 날이 붉아가난 헤변사름덜토 야 이거 물ㅁ시 쉐ㅁ시 거니령 산중산중 낭 허레 가는디, 야 정이 엇인 정수남이도 좀만 자지 말앙 혼저 드르에[1034) 강 낭이나 허영 오렝 허라."

"어서 걸랑 기영 헙서-."

저어~

정술덱인

정이 엇인 정수남이신디 간

[말] "정수남아 정수남아, 너 좀만 자지 말앙 헤변사람덜토 어늣동안 물ㅁ시 쉐ㅁ시 거니령 산중산중 낭 허레 가는디, 야 이거 주청비 아기씨 상전임 너도 좀만 자지 말앙 혼저 강 낭이나 허영 오렌 허염젠." 허난, "아이고 오널은 이거 날은 늦어불고, 넬날랑 [음영] 쉐 아홉허곡 물 아홉허곡 잘 이거 정심영[1035) 잘 출려주민 야 헤변사람덜 혼 둘 치 강 헤여오는 거 나 넬은 흐르 야 이건 흐를에[1036) 강 야 헤변사름덜 혼 둘 치 낭 허여당 데민[1037) 거만이 데미켄[1038) 강 일리라."[1039)

"어서 걸랑 기영 허렌." 허연

정술덱인

[음영] 야 오란 "아이고, 주청비 아기씨 상전임아. 정 정이 엇인 정수남이신디 간 굴으난[1040) 오널은 날은 늦어불곡 네일날은 쉐 아홉 물 아홉

1033) 나무.
1034) 들에.
1035) 점심이랑.
1036) 하루에.
1037) 쌓은.
1038) 쌓겠다고.
1039) 일러라.
1040) 말하니.

출령 네여놓곡 정심을 잘 출려주민 야 이거 헤변사름덜 흔 둘 치 낭 허여 오는 거 넬 흐를에 치 강 흔 둘 치 헤여당 눈 건만이 눌켄[1041] 허염수다."

"어서 걸랑 기영 허라에-."

흐를날은

정이 엇인 정수남이 낭 곳이 보네젠 허난

물 아홉도 질메[1042] 지왕 네여놓아간다.

쉐 아홉도

질메 지왕 네여놓아가는굿나.

정심도 출려주어간다.

정이 엇인 정수남인

물 아홉 쉐 아홉 거니리곡 산중산중 낭 허레 들어간다.

낭 허레 올라가는 것이 [말] 먼 길 걸어나난 시장도 허곡 베도 고프곡 먼 길 걸어나난 [음영] '야 이젠 야 이거 밥이 정심이나 먹엉 낭이나 허영 가준.' 허연

동드레 벋은 가지엔

쉐 아홉도 메곡

서르레 벋은 가지에 물 아홉도 메여두고

[음영] 정심이나 먹엉 낭 허영 가준 헌 게, [말] 먼 길 걸어난 디 정심 은 먹으난 ᄂᆞ끈(勞困)허연, 줌도 오고 일어살 셍각도 엇이난 이젠 아이고 이젠 베도 부르곡 허난 헨 중천(中天)에 떤 질 날 멀어시난 [음영] '에 점 이나 흔 줌 장, 낭을 허영 가주긴.' 허영

흔 줌 드끈[1043] 일어 줌을 잔 일어난 바려보난

[음영] 헤는 어늣동안 일럭서산(日落西山) 기울어지곡

1041) 노적(露積)하겠다고.
1042) 길마.
1043) 잔뜩.

동드레 멘 쉐 아홉도

소들소들

서르레

[음영] 야 이거 야 물 아 이거 야 아홉 머리도 소들소들 허여시난, 야 동서르레 이거 드러눈 쉐광 물을 바려보난, 궤기 셍각이 바싹 난, '에이 이젤랑 궤기 이거 쉐 혼 머리 잡앙 먹엉 간 것사[1044] 몰르주긴.'[1045] 허영

멩데낭

아 가시자왈[1046] 허여다

[음영] 멩게낭[1047] 벡탄숫불(白炭--) 잉얼잉얼[1048] 피와놘 황기 도치[1049]로 점점이 썰멍[1050]

야 이거 쉐 아홉도

구엉[1051] 먹어간다.

물 아홉 [음영] '요것만 먹엉 말주. 요것만 멀고 먹엉 말준.' 헌 것이 정이 엇인 정수남이 야 쉐 아홉도 다 구웡 먹어불엇구나.

물 아홉도 다 구웡 먹어가는구나에-.

쉐 아홉 물 아홉

[음영] 이구십팔(二九十八) 열여덥 머린 다 구워 먹언 나산 보난, 헤는 이젠 다 지언 날도 어둑아지곡, '이젠 황기 도치라도 둘러메영, 어서 집더레 네려사준.' 헤연 황기 도치만 둘러메연 집더레 네려사단 바려보난, 야 이거

1044) 것이야.
1045) 모르겠지.
1046) 가시덤불.
1047) 청미래덩굴.
1048) 이글이글.
1049) 도끼.
1050) 썰면서.
1051) 구워서.

물 우티 올리1052) 혼 쌍이 앚앗굿나.

정이 엇인

정수남이

[음영] 물 우티 앚인 올리 혼 쌍을 바련 보난 '아이고, 이젤랑 야 저거라도 올리 혼 쌍이라도 마추왕 강 [말] 상전임 눈에 들영 들어가준.' 허영, 황기 도치로 물 우티 앚인 올리 혼 쌍을 다락허게 야 물 우터레 던지난, 올리 혼 쌍은 물 우트레 푸드등 허게 눌안 어드레사 눌아나불어신디 몰르곡, 황기 도치는 물 우 물 알러레 톡 풍당허게 빠져부난, [음영] '아이고 이젠 이거 야 황기 도치라도

촞앙 가준.' 허연

입엇던

가죽 점벵이는

[음영] 낭 우티 걸쳐둥 물르레 들어산 이레 참방 저레 참방 물속을 헤천 뎅겨도 황기 도치는 야 어느 펄 속드레사 들어가불어신디 못 촞곡, 물 우티

벳깃디레 나오란

가죽 점벵인

[음영] 입젠 바려보난 야 이거 헤변사름덜 낭 허연 가단 '아이고, 요 거 구불텡이 허기 좋다.' 허연,

구불텡이 허연 네려가부난

동더레1053) 바려보아도

입이1054) 넙은1055)

1052) 오리.
1053) 동으로.
1054) 잎이.
1055) 넓은.

게낭입만[1056]

번들번들

서르레[1057] 바려바도

입이 넙은 게낭입만 번들번들 허엿구나.

[말] 께낭입으로 아이고 알을 곱추완[1058] 집으로 들어오진 못허곡, [음영] '야 이건 이 밤 저 밤 저 장항두[1059]에라도 강 곱앗당은엥에[1060] 야~ 아기씨 상전임이영 ᄆᆞ딱[1061] 줌들건 나 눅는[1062] 방드레 술짝허게 들어가 준.' 허연, 야 장항두에 간 보난 빈 항이 시난, 빈 항 속에 앚안 야 앚아시난 마침 야 이거 정술덱인 [말] 장이라도 거려당[1063] 장쿡이라도 끓령 정수남이 낭 허영 오민 주젠 장 거리레 간 보난 난 디 엇이 빈 항 뚜겡이가[1064] 돌싹돌싹[1065] 허염시난 겁이 바락 난, [음영] 아이고 확 허게 집으로 안체로 들어간 [말] "야 ᄌᆞ청비 아기씨 상전임아, 숭시(凶事) 아니민 제훱(災害)니다." "미신[1066] 일고?" "장 거리레 이거 정이 엇인 정수남이 장쿡이라도 끓령 주젠 장 거리레 간 보난, [음영] 아닌 게 아니라 빈 항 뚜껑이가 돌싹돌싹

춤을 췁수덴." 허난

그떼엣는

수장남(首長男)을 수벨캄(首別監)을 다 불런

1056) '게낭'은 누리장나무.
1057) 서쪽으로.
1058) 감추고.
1059) 장독대.
1060) 숨었다가.
1061) 모두.
1062) 눕는.
1063) 떠다가.
1064) 뚜껑이.
1065) 들썩들썩.
1066) 무슨.

[음영] "야 귀신이냐 셍인이녠?" 허난, "아이고, 이건 야 난 정이 엇인 정수남이렌." 허난, [말] "아이고 이거 미신 일이녠? 너 어떵 허난 낭 허레 간 쉐 아홉은 어떵 허엿느냐? 물 아홉은 어떵 허엿느냐? 바른 말을 허렌." 하도 죽일 팔로 둘러가난, 그떼에는 "아이고, 즈청비 아기씨 상전임아. 죽을지라도 나 오널 [음영] 야 좋은 구경거리라도 본 거 혼 마디 헤동 죽으쿠다."

[말] "무슨 좋은 구경거릴 헤엿느냐?" 야 즈청비 아기씨 상전임이 문도 령 따문에 상삿병(相思病)이 난 거 가트난1067) "아이 즈청비 아기씨 상전임아, 그런 것이 아니고 오널 쉐 아홉 물 아홉 [음영] 열여둡 머리 거느리고 [말] 산중산중 낭 허레 올라가단 보난, 테역단풍1068) 좋은 디서 하늘옥황 문왕성 문도령이 궁여청 시녀청 거니령 북 장귀 두드리멍 야 노는 것이 하도 좋안 구경허단 바려보난, 물 아홉도 간간무레 일러불엇수다.

쉐 아홉도 간간무레 일러불엇수다.

[음영] 나 이젠 이거 좋은 구경허여시난

나 이거 죽이고 죽어도,

[말] 원이 엇수덴." 허난, 그떼에는 죽일 팔로 둘르단 문도령엔 허난 귀가 오짝허연, [음영] 야 즈청비 아기씨 상전임이 [말] "정이 엇인 정수남아, 게민 이번만은 너 살려 줄 테니, [음영] 문도령 잇인 디 [말] フ리칠 수 잇겟느녠?" 허난

"어서 걸랑 기영 헙서."

그떼옛는

어허어

문도령이 [말] "아기씨 상전임아, 문도령 잇인 디 가젠 허민 나사 드릇 노변(路邊) 메날1069) 뎅기난1070) 걸엉 뎅기주만은 아기씨 상전임은 걸엉

1067) 같으니.
1068) 금잔디.

못 감, [음영] 야 이거 물을 타야 [말] 걸어야 갑니덴.” 허난 “어서 걸랑
기영 허라.” “넬날랑,

　물 혼 필을 네여놓아근

　야하하

　안장(鞍裝)을 잘 출리고

　정심을 허여봅서만은

[말] 상전임 먹을 정심이랑 은젠ㄱ를1071) 혼 뒈건 소금도 혼 뒈, 나 먹
을 정심이랑 은젱ㄱ를 혼 말 허거들랑 소금이랑 노는 둥 마는 둥 허영 기
자, 헤야 정심을 헙서.”

　“어서 걸랑 기영 허게.”

　뒷날은 마굿간에 간

　물 혼 필을

　이꺼1072) 네여간다.

　[음영] 야 물 안장을 지는 첵 허멍,

　구젱깃닥살을,1073)

　야 물 장 안트레 [말] 쏙허게 디물랸,1074) “아이고 상전임아 요 물 안장
드레 탑센.” 허연 톡 타난 구젱깃닥살로 물등은 꽉꽉 누뜨려가난 [음영]
야 물을 갑자기 잇단

　야 앞발 들싹

　뒷발 들싹 허여가난

　[말] “아이고 어떠난 영 허염시?” “아이고 즈청비 아기씨 상전임아, 물

1069) 매일.
1070) 다니니.
1071) ‘는젱이ㄱ를’의 잘못.
1072) 이끌어.
1073) 소라껍질을.
1074) 디밀어.

도 먼 길을 가젠 허민 몰머리코서를1075) 헤야 헙니다." "어떵 허영

몰머리코서를 허느닌?" 허난

그떼예는

정이 엇인 정수남이가

몰 앞으로 간

[말] 야 느람질1076) 싹 페완,

야 둑[鷄] 혼 머리 허여단

출려놓고

술을 허여다근

[음영] 혼 잔을 비완 몰머리 앞으로 간 허부적기 절을 허여돈, 야 이건, 야 술 혼잔을 몰 귀레 [말] 소로록허게 질으난 몰은 마니 닥닥 털어가난, "아이고 상전임아, 이거 봅서. [음영] 몰도 몰머리코서를 허난, 이젠 그만 먹켄 허염수게. 몰 먹단 나머진

종이 한집이나 먹읍네다에-."

발 벋언 앚안 몰머리코시 허여난 거, 다 먹언 몰안장을

자 고찌는 척 허멍 [음영] 구젱깃닥살을 탁 허게

양하 네류와가는구나.

네류와돈 정이 엇인 정수남이 [음영] 정심은 짊어지곡 이녁은 몰 야 몰 을 이끄곡 조청비 아기씨는

몰안장드레 테왕 [말] "어서 옵서 우리, 문왕성 문도령 노는 디 가게마 씸." 허멍

몰을 이껑1077) 가가는구나에-.

어어 가가는 것이

1075) 혼인잔치 따위에 신랑이 탈 말 앞에서 간단히 지내는 고사.
1076) 주저리를.
1077) 이끌어서.

그떼예는 가단가단 보난

애가 큰큰 몰랏굿나.

"야 정수남아,

[음영] 아이고 우리 오라, [말] 야 이거 먼 길 걸어나난 정심이나 먹엉

가게." "어서 걸랑 기영 헙서." 그뗀 물안장드레 네린, "야, 정수남아. 오

라 우리 저 낭 끄늘 알에 가민 야 이거 정심 먹기 조켜." "아이고, 아기씨

상전임아. 모른 말씀 맙서." "거 미신 말곤?" 허난, [음영] "우리가 저 그

늘에 앚앙, 맞앚앙 밥을 먹엄시민 [말] 먼 딋 사름은 보민 우릴 두갓이옌

헙니께. 두갓이가 낭 허레 오랏당 밥을 먹엄덴 허곡, [음영] 즈끗디[1078]

사름 보민 야 상전광 종이 혼디 앚앙 밥을 먹엄덴 숭을 헙니다." "게멘

어떵 허민 밥을 야 이거 정심을 먹느니?" [말] "상전임이랑 상전임이메

높은높은 동산에 강 앚앙 밥을 먹읍서. 날랑 종이 한집이난 아무 굴렁드

레라도 네려상 기자 야 밥을 먹쿠다."

"어서 걸랑 기영 허라예-."

그떼에는 즈청비 상전 아기씨 상전임은

[말] 벳[1079] 와랑와랑 나는 높은높은 동산에 앚안 범벅을 하나 뚝허게

끊어 먹으난, 경 안 허여도 먼 길 걸어나곡 벳[1080] 와랑와랑 나는 동산에

앚앙 애가 큰큰 몰른디, 범벅을 혼 덩어리 뚝 끊 뚝허게 끊어 먹으난, 짠

짠허연 목 알르레 네려가질 못허연, 야 먹을 수가 엇구나. [음영] 알르렌

바려보난, 꿩비에기만썩[1081] 야 이거

밥을 먹어간다.

[말] 그만이 보단, "정수남아." "예." "아이고, 난 경 안 허여도 먼 길

1078) 가까이.

1079) 볕.

1080) 볕.

1081) 까투리만큼.

걸어나난, 경 안 허여도 애가 큰큰 몰른디 야 이거 소금광 야 ᄀ를은 ᄀ찌 노렌 허난 혼 적 끊어 먹으난 짠짠허영 먹어지크냐?[1082] 닌 정심 어떵 맛이 어떵 허느니?" "아이고, 아기씨 상전임아 모른 말 맙서. 기자 놈이 집이 머심살이 허는 종이 한집이 기자 정심을 출령 먹읍니까. 난 아무 굴렁지라도 들어상 기자 베만 불르민 그만입니덴." 허난, [음영] "아이고 게거들랑 [말] 이것도 갖당 먹어불라." 아이고서 와랑와랑 돌아올라 오라 동산드레 올라오라, "아이고 상전임아 고맙습니다. 상전임 먹다 네분[1083] 건 아니 먹켄 헌 건 종이 먹곡 종이 먹다 남은 건 개나 먹읍네다." [음영] 그떼에는 ᄌ청비 아기씨 상전임 먹다 남은 건, [말] 굴렁데레 갖언 네려간, 상전임 먹다 남은 거는 반찬 삼곡

이녁 범벅은,

밥을 삼안

[말] 눈이 멜라지도록[1084]

꿩비에기 만썩,

어루에 두루혜에

밥을 먹어간다.

밥을 먹언

[음영] 동산드레 올라오란 [말] "아이고 갈 길이 멀어시냐?" "아이고 상전임아, 문도령 만나젠 허민 갈 길이 멀엇수다. 훈저 몰르레 탑센." 허연, 탕 가는 것이, [음영] 하도 애가 큰큰 몰라지난, [말] "정수남아, 아이고 오라 우리 여기 물이 잇져." 물으명 "아이고 상전임아, [음영] 드릇 노변 오면 아무 상 엇이 물을 먹지 못헙니다." [말] "이 물은 무신 물고?" [음영] "이 물은 궁여청 시녀청

1082) 먹을 수 있겠느냐.
1083) 내버린.
1084) 무너지도록.

손발 씻은 물입네다.”

가단 보난

물이 잇엇구나.

[말] “아이고 요 물은 미신 물고?” “아이고 요 물은 야 이거 야 소 물
덜이 들어상 야 이녁 냥으로 이녁 몸뎅이[1085] 시치멍[1086]

먹은 물입네다.”

가단가단 바려봇난

시네방에

[음영] 물이 굴라시난,[1087] [말] “정수남아, 요 물은 어떵 허느니?” “아
이고, 상전임아. 방 안네서 살아난 셍각만 허지 맙서. 드릇 노변 오민 아
무 상 엇이 물도 먹지 못헙니다.” “어떵 허민 먹느니?” [음영] “아이고 상
전임아, [말] 나가 이 물을 먹는 전레(典例)를 굴아주커메[1088] 꼭 나가 먼
저 먹엉 일어사건 똑 나 허는 데로 허영 상전임도 물을 먹읍서-.”

“어서 걸랑 기영 허라.”

그떼예는

[음영] 정이·엇인 정수남이 웃도릴 확 허게 벗언 [말] 높은 가지레 획
허게 걸쳐돈, 야 엎더젼 괄락괄락[1089] 물을 봉끄랑케 먹어난 [음영] 확 허
게 일어산 “상전임도 나와ᄀ치 꼭ᄀ치

물을 먹읍센.” 허난

“어서 걸랑 기영 허게.”

[음영] 그떼예는 ᄌ청비 아기씨

상전임은,

1085) 몸뚱이.
1086) 씻으면서.
1087) 고여 있으니.
1088) 말해 줄 테니.
1089) 벌컥벌컥.

야 것저고릴 벗언,

[말] 남 앞은 낭에 톡 허게 걸쳐돈, 야 이거 물러레 간 엎더전 물을 야 이거 물을 먹노렌 허난 정이 엇인 정수남이가 확 허게 눌려들언, [음영] "아이고 즈청비 아기씨 상전임아, [말] 물만 먹지 말앙 그 물굴메로[1090] 바려봅서. 하늘옥황 문국성 아딜 문왕성 문도령이, 궁여 시녀청 거니령 북 장귀 두드리멍, 노는 구경이

얼마나 좋수가ー."

[말] 즈청비 아이고 물 먹단 확 일어산 '나 요것앞이[1091] 지금꼬지

속아젓구나ー.'

[부엌에서 무엇이 타는 바람에 그것에 대하여 이야기 하느라 잠시 멈춘다.]

그떼에는

어어 그떼에는

[음영] 나 요것앞이 속아젓구넨 확 일어산 야 것저구린

입젠 바려봇난

[음영] 어늣동안 정이 엇인 정수남이 즈청비 야 이거 야 것저구린 벗은 거 높은 낭에 걸쳐불엇구나. [말] '아이고 요만 허민 어떵 허리.' "정수남아, 저 저구리나 나 네류와 주라." 그떼는 동서르레 바려도 아무도 엇이난, '에이고 나도 혼번 곱닥헌 아기씨 상전이나 안아보젠.' 허연 정이 엇인 정수남이가 확 허게 눌려들언, 즈청비 아기씨 상전임을 확 허게 품에 안젠 허난, 그떼에는 즈청비 아기씨 상전임이 셍각을 허는 게 '아이고 엿날 영력허고 똑독헌 문왕성 문도령도 혼 첵상에 앚앙 공부허곡, 혼 상에 앚앙 밥 먹곡, 혼 이불 속에서 좀을 자도 연삼년 나가 수절(守節)을 지켜연 야 살아오랏는디 겜으로[1092] 종이 한집 요거 하낫사 나가 넹겨치지 못

1090) 물그림자.
1091) 요것에게.

허리야.' 정이 엇이 확 눌려들엉 안젱 허민 "정이 엇인 정수남아, [음영] 나 안젱 허지 말앙 나 눕는 방에 강 보라 나 더끄던1093)

공단이불,

서단이불이,

[말] 더껴보민 나 안는 거보단 더 푹신푹신 좋아지다." 아이고 경 허여도 확 허게 눌려들엉 가심도 문직아1094) 보젱 허민 "아이고 정이 엇인 정수남아, 나 가심 문직지1095) 말앙 나 누는 방에 강 보민 요런 가짓겡이1096) 문직아 보라. 문들문들문들. [음영] 아이고 나 가심 문직는 거보단

더 좋아지다."

[말] 아이고 그뗀 확 허게 눌려들엉 입도 흔번 쪽허게 맞추젠 허민, [음영] "정이 엇인 정수남아, [말] 아이고 나 입 맞추젠 허지 말앙 나 누는 방에 강 보민 꿀단지가 잇져. 야 꿀이라도 흔 숫구락 떠먹어보라. 나 입 맞추는 거보단

알콤달콤

더 좋아지다."

[말] 영 헤도 확 허게 눌려들엉 안아보저. [음영] 정 허여도 확 허게 눌려들엉 안아보젠 허여가난 [말] '아이고 이만 허민 어떵 허리. 아이고 이젠 아니 뒐로구나.' "정이 엇인 정수남아, 영 허지 말앙 오널은 헤도 일력 서산(日落西山) 기울어지곡 아명허여도 집인 못 네려갈 거난, 호롱담을 줏어당 움막을 지엉, 니영 나영 움막 안네서 흐룻밤을 지세영 가기가 어찌 허겟느냐?" 그뗴는

"어서 걸랑 기영 협서-."

1092) 아무려면.
1093) 덮던.
1094) 만져.
1095) 만지지.
1096) 바리뚜껑.

정이 엇인 정수남이

[음영] 호롱담을 줏어다가 움막을 짓어가는구나. 움막을 짓언, "정이 엇인 정수남아, 아이고 닐랑 야 이거 움막 안트레 츤 부름쌀이라도

아니 들어오게

[말] 야 궁기1097) 막암시라. 날랑 움막 안네서 [음영] 불이라도 살롬시켜."

"어서 걸랑 기영 헙서."

그떼에는

[음영] ᄌ·청비 아기씨 상전임은 움막 안네서, 야 이거 불을 살루는 게 정이 엇인 정수남이는 세영1098) 어욱이영1099) 허여당, 움막 '아이고 요 궁기만 막아동 움막 안트레 들어강 ᄌ·청비영 제미나 보저.' [말] 요 궁기 막으민 안네선 ᄌ·청비는 저 궁기엣 거 확 빵 불살랑 치와불곡, 야 저 궁기 막으민 요 궁기 안넷 거 확 허영 불살랑 치와부는 게 정이 엇인 정수남인 기자 '어욱영 세영 허여당 요 궁기 저 궁기나 막아도 움막 안트레 들어강 ᄌ·청비영 제미나 보젠.' 헌 것이 야 궁기만 막단 움막 안만 벵벵 벵벵 돌단 보난 어늣동안 먼동금동 데명천진

붉아 불엇구나-.

[말] 붉아부난 정이 엇인 정수남인 엇인 부에1100)가 난

움막 안네 들어갓난

ᄌ·청비 아기씨 상전임이

[음영] "아이고 정이 정이 엇인 정수남아, 경 용심만 나지 말앙 나 동무립1101) 이거 베게 삼앙 누라. 줌이나 잘 잘 거여." [말] "어서 걸랑 기

1097) 구멍.
1098) 띠랑.
1099) 억새랑.
1100) 부아.
1101) 무릎.

영 헙서." 그떼에는 야 이거 ᄌᆞ청비 아기씨 동무립 비영 누렌 허난 서른 오둡 늿바디1102) 허우덩싹1103) 허멍, 확 허게 동무립을 비난,1104)

엿날은 야 이거,

품에 찻던

은장도(銀粧刀)로

[음영] 옛날은 부젯칩이 아가씨덜 [말] 요디 요만큼헌 칼 허연 영 허연 허여낫주. 요만큼헌 칼양. [음영] 야 이거 품에 찻단 [말] 은장도로 웬 귀로 ᄂᆞ단 귀레 ᄂᆞ단 귀로 웬 귀레 쏙허게 찔르난

할라산(漢拏山)에 저 산 구름 녹듯

얼음 녹듯 스르르허게 죽어간다.

움막 안네서 죽어도 죽으난

[음영] 어 ᄌᆞ청비 아기씨 상전임은 물을 탄 야 집으로 가는 것이 넘어가는 선비청마다 "어떵 허난 눌낭네1105) 눌핏네가 나고, 저 야 이거 [말] 아기씨 탕 가는 물 꼴랑이예 무지럭총각이1106) 바짝허게

돌라 부텃덴." 보여 일러간다.

[음영] 그 말 들언 집으로 간 먼정으로 간 야 이건 야 물을 메여돈 집으로 들어간, [말] "아버님아 어머님아. 여쭐 말이 잇습니다." "나 ᄯᆞᆯ 미신 말을 여쭈울 거니?" "아바님아 어머님아. 그런 것이 아니고, 정이 엇인 정수남인 어떵 셍각허곡 난 어떵 셍각허염수겐?" 허난, "아이고 설은 나 ᄯᆞᆯ아 거 미신 말고? 아명 ᄒᆞ루 열두 팟을1107) 잘 갈곡 일을 잘허는 [음영] 정이 엇인 정수남인들 이녁 애기광 ᄀᆞ찌 거느냐? 거 미신 말곡?" 허난,

---

1102) 잇몸.
1103) 기뻐서 입이 크게 벌어지는 모양.
1104) 베니.
1105) 피비린내.
1106) 무지렁이 총각이.
1107) 밭을.

"어머님아 아바님아,

그런 것이 아니고

오널

어어허

[음영] 정이 엇인 정수남이앞이 속안, 이만 저만 허연 나 살아나젠 움
막 속에서 정이 엇인 정수남이 죽여돈 오랏수덴." 허난, [말] "아이고 이
년아 저 년아, 죽일 년아 잡을 년아, 데동강에 목벨 년아. 멍에 씌왕 밧갈
년아. [음영] 어떵 야 기집년이 남도 낫져. 독험도 저 독허다. 어떵 야 이
녁 집이 사는

종이 한집을

이녁 손으로

죽이곡 살리느니.

어서어서 나고 가렌." 허난

그떼에는 ᄌᆞ청비 아기씨 상전임은

아방 눈에 굴리 나곡 어멍 눈에 신지 난

'어딜로 가리요?'

가단가단 보난

주모땅이 근당헌다.

주모땅을,

근당허고 바려봇난

[음영] 여 주모땅에 주모할마님이 비단클에 앚안 왈칵찰칵 [말] 비단을
짬시난 '물이나 ᄒᆞᆫ 사발 빌어먹엉 가주.' "아이고 할마님아, 질 넘어가는
길손인디, [음영] 애도 큰큰 몰라지난 물이나 이거 야 ᄒᆞᆫ 사발 빌어먹엉
가젠 허염수덴." 허난 "어서 걸랑 기영 허라." [말] 할마님은 비단을 짜단
정제레1108) 물 거리레1109) 가분1110) ᄉᆞ이예, ᄌᆞ청비 아기씨는

할마님 짜단 비단클에 앚안

왈갈찰각

비단을 차간다.

[말] 물 거련 오란 보난 야 이거 비단클에 앚안 비단을 짬시난, "아이고 설운 애기야. 비단이라는 건 혼 새간 걸리민 마딱 [음영] 이거 다 틀리는 거여." [말] 야 오란 보난 할마님 짠 비단보단 더 손메가 고왓더라. 아이고 그떼는 할마님도 욕심난,

"어드레 가는 길손인디?" 허난,

"난 지알에 즈청빈데

이만 저만 허연 아방 눈에 フ리 나곡

어멍 눈에 신지 난 몸 뒈엿수덴." 허난,

[음영] "아이고 느도 나도 웨로운 몸이난 게건 우리 집이 야 나영 フ찌 수양(收養) 양 이거 수양 뚤애기라도 들엉 비단클에 앚앙 비단을 짜멍 フ찌 살기가 어찌 허겟느냐?"

"어서 걸랑 기영 헙서."

여어 주모땅에 주모할마님이,

수양 양제(養子) 들언,

비단클에 앚아근 왈각찰각,

비단을 짜간다.

비단을 짜가는 것이

호를날은

[음영] 야 이거 새신랑 입을 관복(官服)을 짜가난, [말] "아이고 할마님아. 이건 누게 입을 건디 영 정성을 드렴수겐?" 허난, [음영] "아이고 그런 것이 아니고, 하늘옥황 문국성 아덜 문왕성 문도령 서수왕에 장게 가

1108) 부엌으로.
1109) 뜨러.
1110) 가버린.

젠 야 입을 관복이옌." 허난, "아이고, 할마님이 아이고 이건 나가 이거
치우쿠덴." 허난

"어서 걸랑 기영 허렌." 허연

[음영] 그떼에사 ᄌ청비 아기씨 상전임은 비새ᄀ치 울멍 '아이고, 문도
령 야 이거 지알에 날 생각허영 촟앙오켄 헌 것이, 야 이거 언약(言約)헌
디가 잇이난

나를 잊혓구나.'

비새ᄀ치 울멍 문도령 장게 갈 떼 입을 관복엔 허난

야 도폭(道袍)을 지우멍

[음영] 도폭 마주막 안썸[1111]에 ᄌ청비 야 이름을

수(繡)를 세겨가는굿나.

도폭을 지언

그떼에는

야 주모할마님은

도폭을 갖언 ᄌ부연질을 ᄌ부연줄로

[음영] 야 이거 옥황에 도올란 [말] 문도령신디 간 "아이고, 혼저 이거
입어봅셴." 허연 문도령님을 입지난, 마지막에 문도령이 도폭을 입으멍
입언 안썸 안ᄀᆞ을 메젠[1112] 탁 허게 바려보난, ᄌ청비 이름 석 자가 싹
허게 이거 수꼿을 이거 세겨져시난, "할마님아, 이거 누게가 입언 지은 도
폭입니껜?" 허난, "야 지알에 ᄌ청비 우리 집이 수양 ᄯᅩᆯ애기가 지은 도폭
이옌." 허난, [음영] '아차 나가 지알에 ᄌ청비 지금꺼지

잊혀졋구나.'

"할마님아,

[음영] ᄌ청비신디 강 이 밤 저 밤 새에, 야 문을 열렌 허건 옥황에 문

1111) 안섶.
1112) 매려고.

도령인 중 알앙 문을 열려줍센." 허영 강 일러줍센." 허난

"어서 걸랑 기영 헙센." 허여

어어 할마님은 오란

"ᄌ청비야

[말] 어떵 허난 니 지은 도폭을 입단 이건 누구가 지은 도폭이펜[1113] 허난 아이고 지알에 ᄌ청비 니가 [음영] 야 이거 지은 도폭엔 허난 야 옥황 사름이난 이 밤 저 밤 야 이거 이 밤 저 밤 새에 [말] 문을 열렌 허건 하늘 옥황 문도령인 중 알앙 문을 열려도렌 허여라." 아야

"알앗수뎬." 허연

아닌 게 아니라

이 밤 저 밤

[음영] 새예 뒈난 야 이거 창문 밧것딜로[1114]

엇인 듯이

군멜[1115] 비추와 간다.

[음영] "하늘 옥황 문도령이메[1116] 문을 열려줍센." 허난, [말] "아이고, 하늘 옥황 문도령님이민 [음영] 야 이거 문도령 따문에 정이 엇인 정수남이 움막에서 죽어시난 야 옥항 사름이니 옥항 서천꽃밧 들어강, 사름 살릴 꼿이나 혜여다 주민 문을 열려주켄." 허난,

"어서 걸랑 기영 헙센." 허여

따시 제처

문도령은 옥항에 도올란 서천꽃밧 들어간

말 굴을 꼿 피 오를 꼿 오장육부 오를 꼿

1113) 도포입니까라고.
1114) 바깥으로.
1115) 그림자를.
1116) 문도령이니.

[음영] 사름 살릴 꼿 헤여다 주난 [말] 야 이 밤 저 밤 새예 네려산 "사름 살릴 꼿을 헨 왓수덴. 문을 열려줍센." 허난, [음영] 야 그땐 야 이건 야 차 이거 문을 열련 [말] 사름 살리는 꼿만 확 허게 받아앚언 문을 톡 닫으난, "어떵 허난 사름 살리는 꼿을 허민 문을 올앙 상봉을 허여주켄 허난 어떵 허난 또 문을 닫암신?" 허난, "문도령님이건 야 이거 창궁기로 상손가락을 네물민 알쿠덴." 허난, 야 창궁기로 상손가락을 톡 허게 문도령이 네무난, [음영] 침데질 허던 바농으로,[1117] 꼭꼭 삼시번 찔러부난, 야 피가 뿔끈 나난, 문도령은 옥항 사름이메 부정이 탕심허연 옥항드레

상천허여 불엇수다에-.

상천허여부난

그떼예는

뒷날은 주모할마님

[음영] 아이고 영영 허연 "야 문도령 오라시닌?" 허난 "아이고, 할마님아. 그런 것이 아니고 나 이만 저만 허연 아방 눈에 ㄱ리 나곡 어멍 눈에 신지 난, 야 이거 야 옥항에 도올란 사름 살릴 꼿꼬지 헤오렌 허연 헤오란, 야 이거 [말] 아멩헤여도 인연이 아니 뒌 것 가트난 침데질 허단 바농으로 상손가락을 세 번 찔런 네물렌[1118] 허연 찔르난, 옥항드레 도올라 불엇수덴." 허난, "아이고 니 헹실도 나쁘다. 니 헹실이 오죽헤여사 어멍 눈에 ㄱ리 나곡 아방 눈에 신지 나느냐. 나 눈 벳깃디도 어서

나고 가렌." 허여가는구나에-.

그떼예는

ᄌ청비 아기씨 상전임은

사름 살릴 꼿 허연 주막[1119]으로 촛안 들어간

1117) 바늘로.
1118) 내밀라고.
1119) '움막'의 잘못.

뻬 오를 꼿 술 오를 꼿 말 굴을 꼿 피 오를 꼿 오장육부 오를 꼿

[음영] ᄌᆞ근ᄌᆞ근1120) 난 소낭 목챙이로 삼시번을 확 허게 후리난 야 움막 안네서 야 정이 엇인 정수남이 "봄줌이라 너미 잔 오 자졋구나." 와들랑이

도살아 나옵데다에-.

정이 엇인

정수남이 살려근 집으로 둘안1121) 들어간

[음영] "아버님아 어머님아, 정이 엇인 정수남이 살련 오랏수덴."

말을 허난

[음영] "아이고 혼다혼다 허여가난 기집년이 남도 낫져. 독험도 독허다. 야하 어떵 사람을 죽이곡 살리느닌, 어서 우리 야 셍전 눈 뻣깃디 나고 가렌." 허난, 정이 엇인 정수남이 살령 오라시민 어머님 아버님 야 이거 받아드려 주카부덴 허단 보난, 더 구박을 허난 아명허민 나 살아지리야. 그떼에는 야 이거 독허게 아방 눈에 ᄀᆞ리 나곡 어멍 눈에 신지 난,

아명허민 야 집안간 들여 맞으랴.

혼 설 적에 두 설 적에

열 설 열다섯 입단 옷 입성 싸앗언

나갈 길이 어딜런고

동으로 들어서 서으로 난다 서으로 들어 동으로 난다.

나던 나고 나단 보난

[음영] 삼도전1122) 시커리1123) 궁여 선여청 ᄀᆞ 찾안 비새ᄀᆞ치 울엄시난,
[말] "아이고, 어떵 허연 울엄신?" 허난, "그런 것이 아니고 하늘 옥항 문

1120) 차근차근.
1121) 데리고.
1122) 세 갈래.
1123) 세거리.

왕성 아덜 문도령님 야 즈청비 [음영] 야 지알에 즈청비 따문에 상삿병이 난 신엣 병이 나시난, 즈청비 먹던 물이라도 떠오렌 허연 야 비새ㄱ치 앚 안 울엄수덴." 허난, "야 게민 나도 즈청비 먹 야 물을 떠줄 떼니 나도 ㄱ 찌 즈부줄을 탕 옥황에 도올를 수가 잇겟느넨?" 허난,

"어서 걸랑 기영 헙서-."

포주박에 물을 떤 즈부줄을 탄

[음영] 아이고 여기는 문도령 아바님 어머님 이건 문도령 눈 방안이

뒈엿수덴 허난

초경 이경 야사삼경 깊은 밤이 뒈난

야 즈청비 아기씨는

[음영] 아기씨 사 아기씨는 야 문도령 야 사는 방 앞으로 간 [말] 초경 이경 야사삼경이 뒈난, 야 휘양나무 우티 올라간, 휘왕찬란허게 초성돌이 떠올라가난, [음영] "저 달은 곱긴 곱다만은, 달 가운데 게수나무 박히고 하늘 옥황 문도령만이 얼굴이 곱지 못 허덴." 서창허게 야 노래를

불러가옵데다에-.

놀레를

불러나 가는굿나.

불러가난

[음영] 야 그떼 야 "이건 야 [말] 요상헌 말이로구나." 그떼는 밧갓디 문을 확 허게 을안 나오란 보난, "귀신이냐 셍인이냐? [음영] 귀신이건 옥 황드레 도올르곡 셍인이건 낭 알르레[1124] 네려오렌." 허난, "아이고, 난 지알에 즈청비가 뒈덴." 허난, [말] "즈청비건 낭 알르레 네려오렌 혼저." [음영] 낭 알러레 네려오는 건 보난, 아닌 게 아니라 지알에

즈청비가 뒈엿구나에-.

1124) 아래로.

그떼에는

방으로 둘안 들어간 니 사랑 나 사랑 베풀어가는 것이

[음영] 야 낮이는 펭풍(屛風) 뒤에 야아 살리곡,

밤인 뒈면, 혼 방에서 부베간법(夫婦間法) 마련허영 살아가는 것이

[음영] 야 엿날은 세숫물도 떠당 야 궁여청덜 주민 더 더러와지곡, 야 수건귀도 혼 귀야지만 젖단

양 귀야지 젖어가는구나.

서수왕에선

[음영] 막편지 갖어 들이렌 혼저혼저 야 이거 [말] 흐를이 바쁘게 연락을 오라가곡 헤여가난 야 아니 뒐로구나. 흐를날은 ᄌᆞ청비가 문도령신디 "야 설은 낭군님아, [음영] 아명1125) 우리가 이거 기냥 지네영은 [말] 아니 뒐 거난, 아바님신디 강 예숙이나1126) 제경 옵서." [음영] "미시거옌 강 예숙을 제경 오느닌?" "야 아바님신디 강 묵은 것이 다 좋뎬 허건 서수왕에 장게 못 가켄 허곡, 아버지가, 야 새것이 좋뎬 허건 날 놔둥 서수왕에

장게 들엉 삽서-."

"어서 걸랑 기영 허겐." 허연

문도령이

[음영] 아바님신디 간 "아바님아 아바님아. 예숙 제낄 일이 잇습니다." "먼 예숙을 제끼겟느냐?" "아바님아,

묵은 장 맛이 좁니까 새장 맛이 좁니껜?" 허난,

"산뜻헌 맛은

묵은 장이 좋아도

깊은 맛은 새장만 못 헌다."

1125) 아무리.
1126) 수수께끼나.

"묵은 옷이 좁니까 새옷이 좁니껜?" 허난

[음영] "산뜻허게 입엉 혼 번 나가는 건 야 새옷이 좋아도 방장 이 야
방장 무장 입는 건

묵은 옷만 못 허다."

"새 사람이 좁네까 묵은 사람이 좁네까?"

[음영] "흐루 풋사랑은 새 사람이 좋아도 방장 무장 기냥 싸우멍 틀으
멍 갈리멍 엎으멍 데쓰멍이라도[1127] 문문허게 사는 건 묵은 사람만 못헌
다." [말] "아바님이 다 묵은 것이 좋뎅 허민 나 서수왕에

장게 못 가게 뒈엿수다ᅳ."

그떼예 "이거 미신 말이러냐?"

그떼예는

문곡성 아바님이

[음영] ᄌᆞ청비신디 완, "야, ᄌᆞ청비야 너가 우리 집이 메누리가 근시 야
적실허뎅 허면, 야하 벡단싯풀[1128] 잉얼잉얼 피와놩 칼썬다리를 바라 낫
곡 야 곱게 발아 들면 메누리로 야

받아 들이켄." 허난,

어디 영이라 거역헐 수 없어

벡탄숫불,

잉얼잉얼 피와노는구나.

ᄌᆞ청비가

명청(明天) ᄀᆞ뜬 하늘님아 벡탄숫풀 잉얼잉얼 피왕

[음영] "칼썬다리[1129] 발아 나곡 발아 들게 헤여줍서. ᄀᆞ랑빗발 세빗발
이나 네리와 줍센."

1127) 뒤집으면서.
1128) 백탄(白炭) 숫불.
1129) 신칼점의 하나로 칼날이 모두 위로 향한 점괘.

허여가는 것이

벡탄숫풀 잉얼잉얼 피와난

칼썬드리

[음영] 발아 낫곡 발아 오단 마지막에 야 휘 야 다 이거 발꿈치로 휘청 허난 피가 뿔긋허게 나난, 문도령 아바님이 벡탄숫풀을 잉얼잉얼 피와난 칼썬드릴 발아 낫곡 곱게 발아 들면 메누리로 받아들이켄 허난, "어떵 허난 눌낭네 눌핏네가 것듯 허느녠?" 허난, "아이고 아바님아. 모른 말 맙서. 여자라 헌 건, 열다섯 십오 세가 뒈여가민 전보름 후보름 법도

마련 뒈엿수다예-."

"그 말도 들언 보난,

그럴 듯 헤여지다."

서수왕에선

막편지 갖어 들이렌

[말] 야 ᄒ르가1130) 멀덴1131) 독촉을 허여가난, 야 즈청비가 아이고 설은 문도령신디레 "설은 낭군님아 아무 떼 강 오라도 올 거난, 강 물을 이거 탕 강 아맹이나 아맹이나 거기서 혼잔 술에 [음영] 야 이거 티가 걸엉 죽어질 거난 아무리 권헤여도 혼잔 술을 먹지 말앙 아명헤여도 난 서수왕에 장게 입장 갈림 못허켄 허여동

돌아상1132) 오라붑서."

"어서 걸랑 기영 허겐." 허연

문도령은

ᄆᆞᆯ을 ᄆᆞᆯ안장에 ᄆᆞᆯ을 탄

[음영] 서수왕에 들어사난, [말] 젤 체얌은 일가방상(一家傍孫)덜이 아

1130) 하루가.
1131) 멀다고.
1132) 돌아서서.

이고 이거 없는 웃음을 웃으멍 막편지 갖어 들이젠 [음영] "혼저혼저 네 여노렌." 헤여간다. [말] "못 가져 오랏덴." 혼 번은 죽일 팔 둘러간다 혼 번은

잡을 팔 둘러간다.

"야하 장게 못 오게 됏수다." [음영] "야, 막잔이여 첫 잔이여 마지막으로 게민 이별주여 작별주여 잔이라도 혼잔 받앙 가렌."

허여도 나오 뿌리천 나오는 게

먼정 올레 들어사난

코 혼 착 눈 혼 착 없는 열두 빙신(病身) 뒌 사람이

[말] "아이고, 나 술이라도 받앙 갑센." 하도하도 [음영] 권헤여 가난, 야 그럴 수 없언, '야하 겜으로사1133) [말] 야 벡비 벡보(百步) 벳깃디1134) 나오랏는디 나가 혼잔 술에 죽어질 일이엔.' 허연 하도 권에 부데껸 야 이거 혼잔 술을 먹은 게, 물 아 물 알르레 툭 허게 털어지난 죽음이 뒈난, 물은 역마이 김승이난

물만 집이 오랏구나에-.

ᄌ청비, [음영] 야 물만 집이 오라시난, '아이고 설운 낭군님 이만허민 죽엇구나.

어떵 허리.'

그떼예는

야하 ᄌ청비

[음영] 물을 탄 간 보난 아닌 게 아니라 [말] 쏙곡허난 죽어시난 물 우 터레1135) 야 이거

문도령 테와단

방 안네 눅져 놓아간다.

놓아두고 문도령 죽엇덴 허난,

아이고 이거 동네 금방상 일청년(一靑年) 일남자(一男子)덜

[말] ᄌ청비가 하도 얼굴이 고와지난, '나도 ᄒᆞᆫ 번 말을 ᄀᆞᆯ아보저. 얼굴을 보저.' 영 허여가는 게, [음영] '아이고, 나가 ᄆᆞ음을 독ᄒᆞ여야 살주 이데론 아니 뒐로구넨.'

영 허여근

ᄒᆞ를날은

여허 무쉣ᄀᆞ를1136) 헤여다

무세 ᄌᆞ베길1137) 허여놓아 간다.

허연 허연 이거

앞이서 먹언 허멍 [음영] "야, 이거 독험도 독허다. 야 우리 이거 두 번 다시, 야 이 여자영 말을 헐 수가 없는 거렌." 허연 동서르레1138) 다 도망치다시피 허여가는구나. '이만허민 어떵 허리. 엿날, 정이 엇인 정수남이도 움막에서 죽어 서천꽃밧 들어가

사름 살리는 꼿

허여다가

사람 [음영] 살려 놓아나시난,

야 나도

[음영] 야 서천꽃밧을 촛앙 강 아멩이나 사름 살리는 꼿을 헤여당

문도령을 살리주긴.' 영 허시여

그떼에는 ᄌᆞ청비 남자로 남자 허,

출려 앚언

1136) 무쇠가루.
1137) 수제비를.
1138) 동서로.

물을 탄 가단 보난

[음영] 죽은 학이새가[1139] 잇이난, "야 어느 것이 서천꼿밧고?" 허난 "요것이 서천꼿밧엔." 허난, 죽은 학이새를 서천꼿밧덜 가운데레 휙 허게 데껸[1140] 야 이거 서천꼿밧디 야 이거

넘보노렌 영 허난

그떼예,

그떼예는

[말] 야 이거 마침 서천꼿밧디 푸성감덱이 "어떵 허난 놈이 서천꼿밧을 넘보느녠?" 허난, "야 그런 것이 아닙네다. 눌아가는 학이새를 혼 화살에 맞찻는디 서천꼿밧 저 가운디 털어전 그걸 야 보젠 헴수덴." 허난, "경 안 헤여도 학이새가 우리 서천꼿밧디 들엉 마딱[1141] 금뉴울꼿을[1142] 주어 부는디, [음영] 야 혼번 너 제주도 제주다. [말] 춫아보젠." 허연, 푸성감덱 영 ᄀ찌 춫앙 간 보난 아닌 게 아니라 씨 멸망시길 야 수레악심 불러주는, 학이새가 서천꼿밧데 혼 화살에 확 꼬주완[1143] 탁 허게 가운디 떨어 졋구나. "너 제주도 제주만 허난 우리 집이

ᄌ원사우로 들어사라–."

"어서 걸랑 기영 헙셴." 허연

그떼예는

ᄌ청비

서천꼿밧,

부성감집이,

ᄌ원사우로 들어산다.

1139) 학(鶴)이.
1140) 던져서.
1141) 모두.
1142) 시든 꽃을.
1143) 꽂아서.

"서천꼿밧 구경간 요 꼿은 미신 꼿입네까?"

"말 굴을 꼿,

이 꼿은 피 오를 꼿,

술 오를 꼿 오장육부 오를 꼿

뻬 오를 꼿이로다."

[말] 그걸 오독독기 꺼껀 ᄆᆞ딱 가슴에 품언, 전보름 후보름 살아도 남자 전례를 안헤여가난, 서천꼿밧 부성감칩 ᄄᆞᆯ이 ᄒᆞᆯ른 아버님신디 간, "아이고 아바님아, ᄌᆞ원사우도 잘허엿수다. 전보름이 넘은 들 후보름이 넘은 들, 야 어떵 허연 남자 구실을 못헤염수겐." 헤연. 야 허난 그ᄄᆞ에는 ᄌᆞ청비를 불러다 "어떠 허난 너 춤 결혼허건 디가 전보름 후보름 넘어도, 야 이거 남자 구실을 안 허느냐?" 허난, "아이고 아바님아 장인어른님아, 그런 말을 맙서. 넬 모리 서울 상시관(上試官)에 과거 보레 가젠 허난 몸정성을 허염수다." [음영] 아이고 그 말도 들언 보난

그럴 듯허다.

ᄒᆞᆯ른날은

어어허

서천꼿밧

[말] 야 이거 서울 상시관에 과거 보레 가게 뒈난, 부성감칩이 ᄄᆞᆯ이, 아이고 ᄌᆞ청비신디 "아이고 설운 낭군님아, 결혼헤여낭 안적은1144) 얼굴도 알까말까 허는디, 강은에1145) 일년사 살띠 이년사 살띠 삼년사 살띠 몰르난, [음영] 용얼레기1146) 반착 똑기 꺼껑은엥에1147) 본메본짱으로1148) 줄 테니, 요 걸 갖엉 이러 이루후제1149) [말] 당신도 반착 나도 반착 갖엉,

---

1144) 아직은.
1145) 가서는.
1146) 얼레빗.
1147) 꺾어서는.
1148) 증표로.

이루후제, [음영] 일년이 뒈엿건 이년이 뒈엿건 삼년이 뒈엿건 [말] 야 날 촛앙 오랑 본메본짱 네여놉센 헤영, 진꾹진짱 맞이민 설운 낭군으로 받아들이쿠다."

"어서 걸랑 기영 허게-."

그걸 갖언 조청비 집으로 돌아오란

[음영] 야 사름 살릴 꼿 허연,

문도령 살려근

[음영] "아이고 설은 낭군님아, 설은 낭군 살리젠 [말] 서천꼿밧 부성감 집이 나 남정네로 출련, 야 이거 조원사우로 헤여시난, 그디랑 전보름 이디랑 후보름, 야 영 허멍 가멍오멍 기자, 큰각시네 집으로 족은각시네 집으로 멩이나 오레 잇엉 삽센." 허연 보네연 나두난, 전보름 뒈여도 아니 오곡, 후보름 뒈여도 아니 오곡, 아이고 혼 예 혼 둘이 뒈여도 아니 오곡 두 둘이 뒈여도 아니 오곡 석 둘이 뒈여도 아니 오라가난, '아이고 요 놈으 뭉근1150) 놈 어떵 허염신고? 혼 번이나 촛앙 강 보저.' 허여근엥에,

[음영] 야 그뗀 열두 복 홋단치마 곱게곱게

단장허여

촛앙 간 보난

[말] 아이고 이거 뭐, 남자는 남자는 웨모음, 가는 거 가민 간 딧 모음 오민 온 딧 모음, 눈 혼 번 큰각시 가시난 눈도 혼번 영 버롱이 턴 아니 보난, [음영] 아이고 이만 허민 나

살아지리야.

영 허여도

이거 [말] 영 헤도 소식 안 오곡 정 헤도 소식 안 오난 이제 가분 거주.

영 허연 아이고 이제는

1149) 나중에.
1150) 뭉그라진.

'이왕지서(已往之事) 와시난

[음영] 인간에 네려사젠 허민 열두 시만곡 씨나 갖엉 강 야 이거 세경 땅에 야 이거 씨뿌령 농서나 허영 살기 마련허주긴.'

영 허여근

염주(炎帝) 실농씨(神農氏) 들어 간 [말] 열두 시만곡을 다 받안, 말젠 모멀씬[1151] 젤 말제 받안, 어딜 놓고. 놀 디 엇이난, 엣따 모르겟다 소중길[1152] 확 벗언, [음영] 야 이거 모물씨 놔난 법으로 모물씨는 늬귀 나귀

소중깃귀

뒈엿수다.

오단 보난

지알 네려사단 바려보난

그떼예는

일곱 쉐 일곱 장남 [말] 밧가는 디, "아이고 넘어가는 길손인디 정심이나 먹단 거……." "아이고 우리 집이 장남 줄 것도 엇덴." 허난, 아이고 요 밧디랑 기자 첨 부젯칩이 밧이여만은 밧갈당 벳 보섭에 쌀기쌀성(煞氣 煞性)도 [음영] 불러주어불곡, [말] 장남덜 기자 갑자기 밧갈당 막 베아광 광랑잇징[1153] 들리게 헤영,

베도 아프게 헤여 불렌 허곡

검질씨도[1154]

지어 불게 허라.

오단 보난 노인 부베간

[말] "아이고 어떵 허민 뒙네까?" "아이고 우리는 기자 두 늙은이가 죽

1151) 메밀씨는.

1152) 하의(下衣)를.

1153) 광란증(狂亂症).

1154) '검질'은 김.

도록 죽도록 농서를 헐 게 잇습니까. 기자 거른이 공 거른 공으로 자 기 자 부지런헌 공으로 일년 네네 농서 지엉, 감은 암쉐에 기자 잔뜩 훈 짐 실으민 맙니덴." 허난,

요 밧디랑

오곡 난열

육곡 번성시겨 주기 마련헌다.

집으로 들어산 바려보난,

정이 엇인 정수남이가 벳깃딜로 저 문에 가난, [말] 아이고 아바님은 아니 볼 뗀 죽일 팔로 헤여돈 막상 보난 못허연 "아이고 아기씨 상전임 아, [음영] 아바님도 죽은 디 오레엿수다 어머님도 죽은 디 오레엿수덴." 허난,

아바님이랑 제석하르바님으로 들어상 상 밥읍서.

어머님은 제석할마님으로

[음영] 들어상 상 받읍서. 정이 엇인 정수남이랑, 칠월 열나흘 벡중사리 로 들어상

상 받기 마련헌다.

또 이젠

즈청빈 세경신중 마누라 들어사근

이 즈순덜

만민즈순덜

세경땅에 농업허영 살기 마련시겨주던 세경 은덕 아닙네까.

■ 세경본풀이>비념

살아서도 세경이 덕

죽어서도 세경이 덕

행궁발신(行窮發身) 허기도 세경이 덕입네다.

먹엉 먹고 입고

살아가기 세경이 덕입니다.

세경땅에

농업허기 공업허기

좋은 농서허여

살기 세경이 덕 아닙니까만은

옛날 남원읍(南元邑) 저 경줏김덱(慶州金宅)에도 엿날

[음영] 야 이거 독자(獨子)로 독자로만 네려오단 씨아이 ᄋ든ᄋ섯님 하르바님 떼부떠

아덜 니 성제(兄弟) 탄싱허연

물 혼 바리로

[말] 물도 벡 쉐 쉐도 벡 쉐

야 수장남 수벨캄을 거니리연

천하거부로 잘 살아오던 집안입네다.

또 이 양덱(梁宅)으로도

제주시에 살아도 옛날은 세경에 마딱 농서허연 살앗수다.

영 허시난

이 ᄌ순덜

하다이 금년 양씨 안전[1155) ᄋ든ᄋ섯님

금번 [음영] 야 세경땅 저 요왕도 세경이요 저 요왕 한강 바당을 ᄂ는 비행기 탕 눌아가곡 눌아오곡, 퍼짝허민 일본 가곡 퍼짝허민 고향 오랑 이거,

요 일 허염수다 영 허난,

하다이

1155) 굿하는 집의 여주인을 이르는 말.

오고가는 길에

세경땅에서

야 넘어질 일

푸더질 일

넉날 일 혼날 일

[음영] 나게 맙서 일본 주년국 저 아기덜 구루마1156) 탕 뎅기당 어느 구루마에

찍구 당헐 일덜

객지(客地)에서 넉날 일덜

나게나 맙서.

어느 야 지전소 탄기 지전소 탕 뎅기다

돋는 구루마에

오도바에1157)

인빨에

넉날 일 혼날 일 겁날 일

인명 축허곡

제명 낙루헐 일

나게나 맙서.

이 주순덜

[음영] 이거 옛날 흩어분 금전 제물 돌아오게

세경에서 금전은 돈 부군 시겨줍서.

제물 부군 시겨줍서.

주순 부군

시겨나 줍서.

1156) 자동차.
1157) 오토바이에.

여즈순덜

먹고 입고 행궁발신(行窮發身)

시겨나 줍서.

이 즈순덜

가지가지 송에송에1158)

세경에서

갑을동방 오는 액 경신서방

병오남방

건술건방

순(損)일러라 순일워라.

천앙 가민 천왕손 지왕 가면 지왕손

인왕 가면 인왕손

곳불 행불손에

염질(染疾) 토질(吐疾)

상한(傷寒)아 열병(熱病)

꿈에 선몽(現夢)허고

낭에일몽(南柯一夢)헐 일

[음영] 주사야몽(晝思夜夢) 들일 일덜 막아가며 세경신중 낭에 야 마누라서 이 즈순덜 야 돈 부군 제물 부군을 멩과 복을

다 제겨줍서-.

■ 세경본풀이>테우리청 지사빔

[장구를 멈춘다.]

세경신중 과광성 난소셍 신을 풀엇습네다. 세경신중 난소셍질로,

1158) 송이송이.

‖지사빔‖[장구를 다시 치기 시작한다.]

받다 남은 주잔 저먼정 나사면

동경 가림페 서경 부림페에 놀아오던 일소장

천앙테우리[1159] 지왕테우리 인왕테우리덜

일소장(一所場)에 이소장(二所場)에 삼소장(三所場)에 놀던 테우리청덜
이나

제주시 조천(朝天) 선흘(善屹) 목장 손당(松堂) 목장에

성읍리(城邑里) 목장에 테양리(泰興里) 목장에 놀아오던 테우리청덜

벳 보섭에 쌀기쌀성 불러주곡

광랑잇징 불러주던 테우리청덜

주잔헙네다

야 정이 엇인 정수남이 정술덱이 뒤으로

일월 정월이여 이월이여 삼월이여 수월이여 오월 유월청덜

저먼정 주잔헙네다

어느 제랑 세경 난소셍 신을 풀어 얻어먹저

수장남에 수벨캄에 펫 보섭에 놀아오던 테우리청덜

저먼정 주잔권잔 드립네다.

■ 세경본풀이>산받음

[장구를 멈춘다.]

주잔권잔 드려가며 세경신중 마누라에서도~, [제비점] 이 주순덜 입을
연 먹을 연, 아명이나 둘 셋 넷 다섯 열두 방울.

(이승순 : 아리가도 고자이마쓰.)

(본주 : 아이고, 아리가도 고자이마쓰.)

───────────

1159) '테우리'는 마소 돌보는 이.

고맙수다 영 허민, 아명이나 세경에서 울고 ᄀ물 어느 ᄌ순 세경에 발
벗어 앗앙 울고 ᄀ물 어느 ᄌ순 아기로 허영 울고 ᄀ물 일이나, [제비점]
엇어지곡~, 하나 두게 세게 네게, 세경신중에선, [제비점] 옛날 경춧김덱
에, 부제로 살고, ᄋ섯, 넷, 열혼 방울.

(이승순 : 아이, 아리가도. 영 봅서만은양, 저 지금ᄁ지는 멧년깐, 수웨
팔방문(四圍八方門)이 딱 닫현 운이 딱 닫혀분 넉시라. 굿헷덴 허는 것이,
이 기훼를1160) 잘 탄 굿을 허염수다, 삼춘. 기훼를.)

(본주 : 뉜 자단 두렁청이1161) 굿허염주게.) [웃음]

(이승순 : 예. 아니, 기훼를 잘 탄 굿혜염수다.)

(본주 : 아이고, 고맙수다.)

(이승순 : 이 저, 굿도양 무지껀 헷덴 뭐허는 것이 아니고, 이 첨 ᄀ리를
잘 탄양, 봅서만은 지금ᄁ지는 모든 것이 머 뒀수다만은 아까도 ᄀᆯ앗주만
은, ᄒᆞ끔영 훈 가지 소원씩 일루와줭, 겐찬ᄋ쿠다. 굿 굿헷덴 경 허는 것
이 아니고, 굿헌 덕을 보쿠다양.)

(본주 : 아이고 고맙수다.)

(이승순 : 첨, 인간, 인간으로도 기쁜 소식이요 돈으로도 기쁜 소식이요.
지금ᄁ진 막양 멧년깐 막 답답허게 살앗수다게. 예, 멧년깐. 견디양, 게난
오죽 ᄋ라 헷과게. 퀜찬ᄋ쿠다.)

(본주 : 우리 집이 조케도 ᄒᆞ끔 봐줍서.)

조케 조케~, 영등산에 덕들 남, [조카며느리에게 말한다.]

(이승순 : 메자 멧 설이꽈? 아방 멧 설이꽈?)

(조카며느리 : 칠십 ᄒᆞ나.)

(이승순 : 예?)

(조카며느리 : 칠십 ᄒᆞ나.)

1160) 기회(機會)를.
1161) 갑작스럽게.

이른하난~, 김씨로 이른하나님 뒈엿수다. [산판점] 몸이나 펜안허곡~, [산판점] 허는 일이난, 영 허민 삼시왕 군문질로, 좋아 군문, [산판점] 영 허면, [산판점]

(이승순 : 몸이 쪼끔 안 좋던가양, 아방이. 예.)

(본주 : 닛수게.)

(이승순 : 양?)

(본주 : 누원.)

(이승순 : 게메 나가 압니까, 뉘신디 앚아신디게. 쪼끔 중가진 이런 넉시라.)

몸이 안 좋안,

(이승순 : 어멍은 멧이꽈?)

(조카며느리 : 둘마씀.)

(이승순 : 칠십 둘.)

(조카며느리 : 흔나 알.)

(이승순 : 성은 미신 것과?)

(조카며느리 : 오씨.)

(이승순 : 오씨.)

오씨로 이른둘님이나~, [산판점]

(이승순 : 다리엣 병은 뭐 아는 병이난.)

아는 병이난 혜여도,

(이승순 : 막 어제께도 말 들으난 막 돌아뎅겸젠만 헴수다만은양, 돈으로도 손혜여 사름으로도 쫌 손혜여, 저 쪼끔 중가지는 운이라양. 겨곡 아방도, 에 몸이 쪼끔 안 좋수다.)

(조카며느리 : 안 줍니다.)

(이승순 : 예. 몸이 안 좋아. 게난, 병원에도 잘 뎅기곡 어멍은 아픈 다리는 홀 수가 없는 거라 이거, 이건. 아는 병이난 헌디, 아방이 쪼끔 안

좋아마씨. 예.)

  (본주 : 막아줍센 헤줍서.)

  (이승순 : 막아불민 살아집니까 터불어사주.) [웃음]

  (이승순 : 아덜 멧 살이꽈?)

  (조카며느리 : 저 족은아덜 말고 큰아덜 장게 안 간 것도 잇인디게.)

  (이승순 : 에, 장게사 미신 안 가는 거 미신. 저양……)

  큰아덜 마은둘이나~, [산판점]

  (이승순 : 족은아덜은?)

  (조카며느리 : 마은마씀.)

  (이승순 : 혼 설 머지로구나게양?) [산판점]

  (조카며느리 : 두 설 머지.)

  (이승순 : 두 설 머지. 아 ᄀᆞᆺ 마은.)

  (조카며느리 : 예.)

  [산판점]

  (이승순 : 야이도양, 올리,[1162] 올리양 미신 걸 상은에 막 기냥 이름을 날리와불던가, 경 아니민 점 장겔 보네영 집안에 운을 께여 불던가, 경 안 허민 네년ᄁᆞ지 이 아덜이 장게 못 가민 아방이 지든가 아덜이 지든가 ᄒᆞ끔 집안에 어멍이 ᄒᆞ끔, 막 ᄌᆞ드 ᄒᆞ끔이 아니고 ᄒᆞ끔 하영 ᄌᆞ들 일이 잇어. 예.)

  (조카며느리 : 아덜. 아덜 세각시만 시만 갈 거주만은 저놈이 세끼가 가지 아녀켄 허당 올린 가켄은 헙디다게.)

  (이승순 : 게난, 경 허고예, 경 허곡, 자꾸 그 헤말림이, 헤말림이 자꾸 뒈부는 거라. 예.)

  (조카며느리 : 장게를 가벼사.)[1163]

1162) 올해.
1163) 가버려야.

(이승순 : 예.)

(조카며느리 : 풀어질 거주게.)

■ 세경본풀이>제차무끔

세경 난소셍 과광선 신풀엇수다. 불법(佛法)이 우주(爲主)가 뒈엿수다.
불법전이랑, 불법전드레 위(位)가 돌아 가겟습네다.

나 영[1164] 굿헤엿수다.

이공본풀이

자료코드 : 10_00_SRS_20110416_HNC_LSS_0001
조사장소 : 제주특별자치도 제주시 애월읍 상가리 모 굿당
조사일시 : 2011.4.16
조 사 자 : 강정식, 강소전
제 보 자 : 이승순, 여, 63세
구연상황 : 이 자료는 2011년 4월 14일부터 같은 달 20일까지 제주시 애월읍 상가리 모
굿당에서 벌어진 일본 대판 김씨 댁 굿에서 얻은 것이다. 셋째 날인 4월 16
일에는 주로 불도맞이를 하였다. 이 자료도 불도맞이의 한 제차로 구연된 것
이다. 불도맞이를 맡은 큰심방이 동이용궁할마님질을 친 뒤에, 이승순 심방이
장구를 스스로 치면서 이공본풀이를 구연하였다. 독립제차가 아니라 다른 제
차의 사이에 구연한 것이므로 말미, 공선가선, 날과국섬김, 연유닦음 등과 주
잔넘김, 산받음, 제차넘김 따위의 소제차는 없다.

■ 이공본풀이>본풀이

이공 서천 도산국 난소셍 어딜런고.

주량산 이알은 원진국도 상시당 김진국도 상시당

천하거부로 잘 사는 원진국 데감님도

1164) 이렇게.

이공본풀이

즈식 없어 무후(無後)허곡 가난허게 사는

김진국 데감님도 즈식 없어 무후허난

ㅎ를날은

동게낭은 상중절 서게남은 은중절 부처 지컨 데서님은

헌 당 헌 절 헐어지난 인간처(人間處)로 [음영] 김진국 원진국 데감님

집으로 시권제삼문(-勸齋三文) 받으레

소곡소곡 네려사옵데다에-.

"우리 절간 법당 오랑 원불수룩(願佛水陸)이나 드려봅서." "어서 걸랑

기영 헙서."

ㅎ를날은

원진국 데감님은

원불을 가젠 허난

[음영] 김진국신디 간 "김진국 데감님아, 우리도 절간 법당으로 강 원 불을 드령 주식생불(子息生佛)을 갖기가 어찌 허오리까?" 김진국 데감님 말이로다. "나는 이거 절간에 원불을 가젠 허여도 수록체가 없습네다." 원진국 데감님이 "나가 수록체를 안넬[1165] 테니 フ찌 친구 벗을 혜영 가 기 어찌 허오리까?"

"어서 걸랑 기영 헙서."

원진국 데감님광

김진국 데감님은

데백미(大白米)도 일천 석 소백미(小白米)도 일천 석 가삿베도[1166] 구만 장 송낙베[1167] 구만 장 벡근 준데 출려 동게남은 상중절 서게남은 은중절 로 올라가멍[1168] 허는 말이

[음영] "김진국 데감님아, 당신네 집이서 아덜이 나건[1169] 뚤이 나건 우리 집이서 아덜이 나건 뚤이 나건 구덕혼서[1170] 허영 양사돈(兩査頓) 허 기가 어찌 허오리까?"

"어서 걸랑 기영 헙서."

원불수록 드리난

원진국 데감님 집이선 벡근이 못네 차난

김진국 데감님 집이서는

사라도령 솟아난다.

이 아기덜 어늣동안 열다섯 십오 세도 フ만(瓜滿) 차근

원강아미

1165) 드릴.
1166) 가사(袈裟)를 만들 천.
1167) 고깔을 만들 감.
1168) 올라가면서.
1169) 나든.
1170) 요람에 있을 때 약혼해 두는 일.

[음영] "아이고, 아바님아. 가난헌 집이 가도 나 ᄉᆞ주(四柱) 나 팔저(八字)난 아바님네 구덕혼서 헌 데로 야 이거 김진국 데감님 집이 씨집 가쿠다."

"어서 걸랑 기영 허렌." 허연

사라도령님과

원강아민

혼인 입장(入丈) 결혼을 시겨간다.

ᄒᆞ를날은

원강아미는 쳇동 ᄀᆞ찌

애기는 베영 연서답(-洗踏)을 와라차라 허노렌 허난

[음영] 하늘옥황 도세공권이[1171] 네려오란 야이야 "어디 사라데왕 살암수가?" "어떵 허연 춫암수가?" "나는 옥항에 멩령 받은 심부름군인디 사라데왕 옥항 서천꼿밧 꼿감관 꼿셍인으로 둘앙 가젠 멩령을 네리우난 오랏수덴." 허난

그떼에는 원강아미 허단 서답 나두고

집으로 들어오라

[음영] "설은 낭군님아, 저먼정 옥항에서 서천꼿밧 꼿감관 꼿셍인으로 멕이젠[1172] 허난 야 이거 사라데왕 둘레오랏수덴. 어디레 혼저 피헤붑센." 허난 "아이고, 부인님아 어디 영이라

피헐 수가 잇스리까?"

홀 수 없이 서천꼿밧 꼿감관 꼿셍인으로 가젠 허난

원강부인 "설은 낭군님아

아이고 먼 길 가는디 야 나도 가는 데꼬지 길 전송을 허영 가쿠다."

"어서 걸랑 기영 허렌." 허연

1171) '도세공권'은 서천꼿밭의 문서를 관리하는 신.

1172) 맡기려고.

원강부인 아기는 쳇동ㄱ찌 베고

부베간이 감감허는 것이

어늣동안 일럭(日落) 헤는 서산(西山)에 기울어지고 날은 어둑아지니

어욱1173) 페기1174) 으질1175) 헤연 무정눈에 줌이 든다.

어늣동안 먼동금동 데명천지(大明天地) 붉으난

천앙(天皇) 닥[鷄]은

고겔 들러 지리반반1176) 지왕 닥은 날겔 들려 인앙 닥은 졸길1177) 들러
지리반반 울어갓난

[음영] "설은 낭군님아, 이 둑 우는 도 소리는 어디서 난 둑 소립니까?"
"만연 들어 만연장제(萬年長者) 제인 들어 제인장제(子賢長者) 집이서 [말]
우는 둑 소리가 뒈여지뎬." 허난 [음영] "아이고, 설은 낭군님아. 아명혜
도 난 ㄱ찌 못 갈 일이난 제인장제네 집이 강 나

종살이라도

시겨 멧겨동1178) 갑서."

"어서 걸랑 기영 허렌." 허여

양도 부베간이

[말] 제인장제 집으로 먼정 올레로 간 [음영] "이 종 삽셴." 허난 큰똘
애기 "아이고, 아바님아. 저 종 상 나두민 우리 집이 망혜올 종입네다~."

셋똘아기 나오란

"이 종 삽셴." 허난

[음영] "아이고, 이 종 상 나뒷당 우리 집이 망혜올 종이로구나." [말]

1173) 억새.
1174) 포기.
1175) 의지를.
1176) 고요한 밤에 우는 닭의 소리.
1177) 꼬리를.
1178) 맡겨두고.

족은뚤애기 나오란 "얼마 받으쿠가?" [음영] "베 안넷 애기랑 은 벡냥, 어멍이랑 돈 벡냥 허영 사렌." 허난 안으로 들어간 [말] "아바님아 저 종 상 나뒀당, 벤 아기 나불건 아바님 심심 소일(消日)허멍 살기 어찌 허오리까?"

"어서 걸랑 기영 허라."

종역실로

들어간다.

어어 종역실로 들어가

원강부인 말이로다.

"이 근쳇법(近處法)은 어떵 헙네까?

우리 근쳇법은

[음영] 설은 낭군 먼 길 가젠 허민 야 맞상을 출려줍니다." [말] "어서 걸랑 기영 허라." [음영] 맞상 출려주언

맞상 받안 밥을 먹언

원강부인 다시 제처

[음영] "이 근쳇법은 어떵 헙네까? 우리 법은 설은 낭군 먼 길 가젠 허민 야 이거 먼 올레 벳깃디 나강 질 전송헙니덴." 허난

"어서 걸랑 기영 허렌." 허난

먼 올레 벳깃, 나가근

원강부인 말을 허길

"설은 낭군님아

[말] 벤 아기 낳건 이름이랑 뭐엔 지웁니까?" [음영] "아덜랑 낳건 할락궁이로 지우곡 뚤랑 낳건 할락데기로 이름 지우렌." 헤여돈, 야 사라도령님은 서천꽃밧 옥항드레

상천(上天)헤여 불엇수다ㅡ.

상천허여 붓난

원강부인

제인장제집이서

종역시를 마련허연 살아가는 게

[음영] 흐를날은 제인장제가 원강부인 눈앞이 방안에 들젠 허난, "아이고, 우리 법은 벤 아기 낭1179) 걸음 걸어삽니다." 걸음 걸어간 들젠 허난, "야 걸음 걷는 아기 열다섯 십오 세 뒈영 밧잠데1180) 데 지엉 밧 갈레1181) 가불어사 부베간법 마련헌덴." 허난

"어서 걸랑 기영 허렌." 허연

흐를날은

할락궁이

밧잠데 젼

[말] 밧 갈레 가분 세예 제인장제는 원강부인신디 방드레 들어가젠 허난 덩드렁마께1182) 즈끗디1183) 나뒷단 앞상문이 간 확 허게

네굴겨가난

[말] '아이고, 나-요 지금끼지 원강부인 요 종살이앞이

속아졋구나-.'

그떼예는

뒌 벌역(罰役)을 시겨가는 게

흐를날은

제인장제님

[말] 원강부인신디 "오널은 야 이거 밧디 강 혼 방울도 이거 네불지 말앙 방울방울 다 세여시난 좁씨 닷말 닷뒈 칠세 오리 오작(五勺)을 강 다

1179) 낳아서.
1180) 쟁기.
1181) 갈러.
1182) 짚신 따위를 만들기 위하여 짚을 두드리는 데 쓰는 나무 방망이.
1183) 가까이.

이거 골고루 삐여동 오렌." 허난

"어서 걸랑 기영 헙센." 허연

[말] 밧디 간 줌씨를 닷말 닷뒈 칠세 오리 오작을 다 삐여돈 오라시난 집으로 오라돈 "다 삐여돈 오랏수덴." 허난 제인장제 허는 말이 [음영] "야 오널 이거 씨 드련 보난 [말] 고추일(枯焦日) 하와일(禍害日) 멩망일 (滅亡日)이난 씨 드리지 못헌 날 씨 드려시난 혼 방울도 엇이 강 다 다시 제처

줏엉 오렌." 허난

원강부인

비새ᄀ치 울멍

[음영] 방울방울 다 줏어놓단 혼 방울 바려보난, 야 이거 장상 게염 지1184) 혼 방울 물언 땅속드레 들어가젠 허염시난 가운딜로 간 똑 허게 볼란,1185) "아이고, 요 장상 게염지야. 줌씨 혼 방울을 물엉 닌 땅속에 가 민 닌 일년 양석(糧食)이여만은, 나는 제인장제앞이

야하 죽을 목심 뒈는구나."

[음영] 가운디를 똑 허게 볼란,

줌씨 혼 방울을 삐연

닷말 닷뒈 칠세 오리 오작 체인

집으로 오라난 법으로

장상 게염지는

장귀 ᄆ작도1186) 가트덴1187) 영 헙네다.

집으로 오라간다.

1184) 개미.
1185) 밟고서.
1186) 마디도.
1187) 같다고.

종역시를 시기는 게 흐를날은

[말] 야 이거 할락궁이 밧디 가부난 콩 눌어난[1188) 디 간 야 콩방울이
나 줏어당 [음영] 할락궁이 콩이나 보깡[1189) 주젠 영 허연 콩 눌어난 디
간 콩을 봉가단[1190) 정제로[1191) 간 와닥와닥 비는 촉촉이 오곡

콩을 보끄노렌 허난

[말] 할락궁이 오란 보난 어머님이 난데 엇이 콩을 보깜시난 아이고 요
떼로구넨 허연, [음영] "어머님 저 올레예 급허게 촟암수다. [말] 혼저 갑
센." 허난, [음영] 원강부인은 급허게 촟암덴 헌 소리예 확 벳깃디레 나가
분 세예

콩 젓던 베수기[1192)

[음영] 할락궁이 즈끗데레 술짝허게 곱져돈[1193) "어머님 요 콩
다 카불엄수다-."[1194)

저 할라 원강부인 오란 보난

[음영] 콩 젓던 베수긴 곱져 불어시난 그떼에는 콩 보끄던
우터레

어머님 손 갓어단

[음영] 꼭 허게 눌런 "어머님아 바른 말을 헙서. 야 아바님이 누게꿴?"
허난, [말] "아이고 아방은 니네 제인장제옌." 허난, [음영] "아이고 어머
님아 그런 말 허지 맙서. 제인장제가 우리 아바님이민, 어멍영 나영 무사
종살이를 시깁니까.

1188) 쌓았던.
1189) 볶아서.
1190) 주워다가.
1191) 부엌으로.
1192) 죽젓광이.
1193) 숨겨두고.
1194) 탑버립니다.

바른 말을 협셴." 허난

그떼예는

"성진국은

김진국 데감 웨진국은 원진국 데감이여.

[말] 니 베 안네 잇일 떼 니네 아방은 옥항에 명령을 받아 서천꼿밧 꼿감관 꼿셍인으로

야 이거 가분 스이예

종살이로 살암덴." 허난

[음영] "어머님아, 게민 아바님이서 옥항에 서천꼿밧 꼿감관 꼿셍인으로 갓덴 허민 나 아바님 야 서천꼿밧을 촟앙 강 아야

어머님 원수를 갚으쿠덴." 허연

철리둥이

말리둥이

네여놓아간다.

범벅 세 덩어릴 헤여주난 혼 덩어릴 주면

철리(千里)도 간다

말리(萬里)도 간다.

가단 보난

초데김[1195) 이데김 삼데김굿이

있엇구나

가당 보난 시네방청에

[음영] 수양버들낭 잇이난 수양버들낭 우티 톡 허게 걸쳐 앚어시난, 말치 옥항에서 서천꼿밧 선여 궁여청 야 물을 떠당 서천꼿밧디

물을 주렌 허난

1195) '데김'은 다짐.

선여 궁여청은

[말] 야 물을 지르레 완 보난 물 굴메로1196) 바려보난, [음영] 야 무지력1197) 총각이 앚앗구나. 확 허게 바려보난, 수양버들낭 우티 무지력 총각이 시난, 선여 궁여청은 꽂감관 꽂신디 꽂셍인신디 간 [말] "어떵 허연 물을 안 떠오라시닌?" 허난, "무지력 총각이 잇엇수덴." 허난,

"어서 강 돌앙 오렌." 허연

돌앙 오난

"어어 그런 것이 아닙네다.

우리히

[말] 성진국은 김진국 데감님 주량산 이알은 웨진국은 웬진국 데감님이고 우리 아바님은 사라데왕인디, [음영] 우리 어머님은 원강부인입니다. [말] 나 베 안네 잇일 때 옥황에 멩령을 받아 아바님은 서천꽂밧 꽂감관으로 야 가부난, [음영] 어머님 원수를 갚으젠 서천꽂밧을 [말] 아바님을 촞앙 오랏수덴." 허난, "너가 나 즈식이며 아니 즈식이며 분명히 모르난……" 은데양에1198) 물을 떠다 상손가락을 꽉 허게 께물안, 야 물 우테레 피를

야아하

[음영] 띄완 보난 꼭 ᄀ뜬 피가 뒈여시난

"나 즈식이 분명허다."

그떼예는

[음영] "어 어머님 아이고 제인장제 집이서 죽을 목심이 뒈엿수다. 어머님 원수를 갚으크메 아바님아 서천꽂밧 꽂감관 꽂셍인으로 오라시난, 야 그 집이 수레멜망꽂이나 헤여 줍서."

1196) 그림자로.
1197) 무지렁이.
1198) 은대야에.

"어서 걸랑 기영 허렌." 허여

ᄒ를날은

할락궁이

아바님광 ᄀ찌

서천꽃밧 들어가

[말] "요 고 꼿은 무신 꼿입니까?" "요 꼿은 웃음 웃일 꼿이여. 요 꼿은 싸움헐 꼿이여. [음영] 요 꼿은 야 이거,

씨멜족 시길 꼿이여."

[말] 삼색 꼿을 오독독기 꺼껀 "어머님 원수를 갚으쿠덴." 허연 제인장 제 집이 오난, [음영] 야 제인장제간 "야 이거 할락궁이야 너 어떵 허난 일을 아니 뎅기고,

야어 허,

일은 아니 허고

너 죽일 팔로

[말] 둘르켄." 허난, 야 그뗀 "자인장제님아, 나 좋은 제주를 베왕 오랏수다." "뭔 제주를 베완 오랏느냐?" "일가방상을 다 불러들이민 좋은 제주를 보여 드리켄." 허난,

"어서 걸랑 기영 허라."

제인장제가

[음영] 일가방상을 다 모다 앚이난 소복히 앚이난, 웃음꼿을 네여놓안 삼세번을 확 허게 네운 훈둘르난,[1199) 일가방상덜이 다 웃어가난 "하이고, 너 첨 좋은 제주로구나." "제인장제님아, 더 좋은 제주가 잇습니다."

그뗴예는

"어서 걸랑 기영 허라."

1199) 휘두르니.

[음영] 싸움꼿을 네여놓안 삼시번을 확 네훈둘르난, [말] 야 금방 웃던 일가방상덜이 니 머리 나 머리 테작허멍 싸움박질 허여가난 그떼는 눌려 들언 죽이저 "요것이 좋은 제주녠?" 허난 그떼는 [음영] 양아 씨멜꼿 꼿 을 헤여난

확 허게

[음영] 악심꼿을 네여놓안 삼시번 네훈둘르난, 일가방상덜이 다 이거 야하 죽어간다.

족은뚤애기 살려놓안

어머님 "상전임아

[음영] 어머님 야 이건 간 꼿을 [말] ᄀ리칩센." 허난 그떼에는 제인장 제 족은뚤애기가 할락국이앞이 "아이고 날랑 살려줍서. 어머님 간 꼿을 ᄀ리치쿠뎬." 허난, [음영] "야~ 종이 야~ 종이 나가 어떵 상전이 뒐 수 가 잇습니까?"

야하 족은뚤애기

"상전임이 ᄀ리칩센." 허난

[음영] 야 제인장제 집이 족은뚤애기 하나 살려놓안 야

어머님 신 디 ᄀ리쳔 간 보난

어머님

야 신 죽으난 신노 왕데 ᄀ데

신동박낭1200)

야아 밧데레

케우�천 데껴부난

[음영] 아이고 설운 어머님은 좋은 술 좋은 얼굴은 문작문작 다 썩언 흑이 뒈고

1200) 동백나무.

물이 뒈고

[음영] 어머님 열두 심빼로 뎃뿌루기가1201) 뽀작뽀작 나시난, 아이고
설운 어머님, 열두 심빼로 뎃뽀 모작모작 뎃뽀로기가 나시난 "얼마나 어
머님 가심이 아픕디가." 어머님 누워난 디 흑인들 네불리엔 허연,

야아 방울방울 허는 게

고리안동벽1202)

자동벽1203)

신동벽1204) 멘들앗수다.

[음영] 그 법으로 야 이건 야 스당클에는1205)

열늬 방울

중당클에는1206)

오일곱 방울

[음영] 경 허는 경 허여난 법으로 야 고리동반에는

데를 꼬주곡1207)

가운디는 돔박꼿1208)을 하나 허영

고리동반

만드는 법입네다.

수레악심

불러주던

이공서천

1201) 죽순이.
1202) 방울 모양의 떡 일곱을 댓가지로 얽어 모양을 낸 것. ＝고리동반.
1203) '고리안동벽'을 달리 이르는 말.
1204) '고리안동벽'을 달리 이르는 말.
1205) 제청의 벽에 달아맨 선반이 넷인 굿에는.
1206) 제청의 벽에 달아맨 선반이 셋인 굿에는.
1207) 꽂고.
1208) 동백꽃.

도산국 난소셍 신풀엇수다.

■ 이공본풀이>비념

어어

양씨 여어허

ᄋ든ᄋ섯님

김씨로 예순ᄋ섯

또이 야 집 벳깃디¹²⁰⁹⁾ 나간 아기 예순흔 설

ᄀ디 쉰셋 ᄀ디 쉰넷

아덜 늬 성제에 가지가지 송에송에 이 아기덜

천왕악심 걸엉 갑서

지왕악심 걸엉 갑서.

인왕악심 걸엉 갑서.

정월 상상메

이월 영등멧질

삼월 삼짇메

ᄉ월 파일멧질

오월 단옷멧질

걸엉 갑서

유월 유둣메

칠월 칠석메

팔월 추석메

구월 당줏메

시월 단풍멧질

1209) 바같에.

오동짓둘 동짓메 육선둘은 늦인메는 뺀뜬[1210] 멧징

병원드레 가는 멧징

약방드레 가는 멧징 보살 둘레[1211] 가는 멧징

심방 둘레 가는 멧징

침 맞이레 가는 멧징

이 아기덜

깜짝깜짝 놀레는 징

헌 징 튼 징 아라 천징

이 집안에

산신악심 걷엉 갑서

요왕악심

불도악심 걷엉 갑서.

본당악심 걷엉 갑서 신당악심

영가악심

걷엉 가압서.

이 아기덜

앞장에 들엉

열두 풍문 숭문 조웨

강비릿징[1212] 물비릿징[1213] 콩느물은 너벅지심지[1214]

걷엉 갑서

유어 일본 주년국땅

엠마상에 악심에 놀던 악심이나

1210) 빠듯한.
1211) 데리러.
1212) 물기 없이 마르는 옴, 즉 개선(疥癬) 증세.
1213) 물기가 흐르는 옴 증세.
1214) '너벅지시'는 넓죽하게 퍼지는 허물.

지도상에

야 미나리상에

혜비이상에

야 놀던

악심덜

여 이랑 자 이거 모진 악심이랑

[음영] 오늘 동이용궁 할마님 이공서천 난소셍질로 이 집안에 구석구석 방안방안 열두 악심이랑 다 걷엉 터진 공방(空方)으로

전치송입니다-.

■ 이공본풀이>명신동자영게돌림

동이용궁 할마님 오늘은~ 동이용궁 할마님 혼 아홉 자 아이고 기자 주부감제협서 사람이 빠르난, 영 뒈엿수다 영 허난, 오늘은~, 예 이건~, 동자(童子) 섹동저고리 바지도, 하영하영[1215) 받앙 갑서. 야 동자 설은 아기 옛날 어느 이거 고향산천서 피로 물로 흘러불곡 단산(斷産) 뒈곡 유산(流産) 뒈던 설은 아기덜토, 오늘은~ 동자옷으로 섹동옷으로 허영, [신칼점] 하영하영, [신칼점] 받앙 갑서~. 그 뒤으론 이건 멩신(明神)이로구나. 고운 치마저고리영~, [신칼점] 하영 받앙 갑서. 피로 물로 [신칼점] 흘러불곡, 어느 무자(戊子) 기축년(己丑年)에, 품에 안앗당 죽곡 업엉야 둘당1216) 죽곡 안앙 죽곡 품 안네서 죽은 아기덜, 야 이거 어느 메누리 두이~ 악심 뒈여 가던 아기덜이영~, 형제일신(兄弟一身) 뒤에 악심 뒈여가던 이런 악심질덜이영 오늘은 떨어진 열다섯 십오 세 하다 서천꼿밧 야 이싱드레 돌아앚앙 멩(命) 쫄르게1217) 날 나주던 어멍 아방 야 셍각허영

1215) 많이많이.
1216) 뛰다가.
1217) 짧게.

울지 말앙, [신칼점][신칼점] 멩신옷 동자옷 저싱돈 헌페지전(獻幣之錢) 이
싱돈 혼페지전이랑 야 오널은 떡영 술영 많이많이 인정 받아 동서르레 각
산지산,1218) [신칼점] 오라난1219) 딜로 전 지송입니다.

칠성본풀이

자료코드 : 10_00_SRS_20110420_HNC_LSS_0001
조사장소 : 제주특별자치도 제주시 애월읍 상가리 모 굿당
조사일시 : 2011.4.20
조 사 자 : 강정식, 강소전
제 보 자 : 이승순, 여, 63세
구연상황 : 이 자료는 2011년 4월 14일부터 같은 달 20일까지 제주시 애월읍 상가리 모
　　　　　굿당에서 벌어진 일본 대판 김씨 댁 굿에서 얻은 것이다. 마지막 날인 4월 20
　　　　　일에는 차사본풀이, 칠성본풀이, 문전본풀이, 액막이 등을 하였다. 칠성본풀이
　　　　　는 이승순 심방이 앉아서 스스로 장구를 치면서 구연하였다. 말미→공선가선
　　　　　→날과국섬김→연유닦음→본풀이→비념→주잔넘김→산받음 등의 제차를 비교
　　　　　적 간단하게 진행하였다.

■ 칠성본풀이>말미

[심방이 장구를 몇 번 치다가 멈추고 말명을 시작한다.]

천왕기(天皇旗)는 지왕(地皇) 가고 지왕기(地皇旗)는 인왕(人皇) 가고 인
왕긴 각기 도숙엇수다. 상당이 도올라 도숙어, 도하전 떼 뒈엇수다. 칠성
(七星) 한집님전, 위(位)가 돌아 오랏수다. 자(座)가 돌아 오랏습네다. 칠성
한집님~, 난소셍 과광성 신을 풀저 칠성 한집님전, 삼, 삼선향(三上香) 지
드툽네다. 영로 삼주잔 게굴아,1220) 위올리며 칠성 한집님전 시권제 받아
위올리며, 칠성 한집님전 난소셍, 과광성 신풀어삽서~.

1218) 이리저리 흩어지는 모양.
1219) 왔던.
1220) 다시 갈아.

칠성본풀이

■ 칠성본풀이>공선가선
[장구를 치기 시작한다.]
공신 공신은
가신 공선
제저 남산 인부역
서준낭 서준공서, 올립네다.

■ 칠성본풀이>날과국섬김
올금년 신묘년
쳉명 삼월 둘
날은 십팔일 날
쳉명 삼월 열이틀 날

옵서 옵서 청헌 신전

낮도 영청 밤도 영청

올렷수다.

현 주소는

주년국 ○○시 삽네다.

■ 칠성본풀이>연유닦음

○씨 할마님 ㅇ든ㅇ섯

일남(一男) 아덜 예순ㅇ섯

손남(孫男)은 스물ㅇ섯, 손여(孫女) 아기 서른세 술

또이 스물아옵 스물셋

셋아덜 예순훈 설

○○시 ○○○○ 삽네다. 삼남(三男) 아덜 ○씨로 쉰에 넷님

○씨 즈부(子婦) 쉰아옵, 곧 서른 스물아옵 스물ㅇ섯 받은 공섭네다.

○○시 ○○구 ○○○○ 삽네다. ○씨로 쉰에둘님

○씨 즈부 마흔아옵

스물두 술 스물다섯, 여궁녀 아기덜 받은 공서 올립네다.

■ 칠성본풀이>본풀이

칠성 한집님전

난소셍 과광성 신을 품서.

본산국 난산국 어딜런고.

아방국은

장나라 장설룡 데감님, 어멍국은 송나라 송설룡 부인 뒈옵데다.

정설룡에 데감님 송설룡에 부인님

열다섯 십오 세 입장갈림[1221] 시기난

별진밧은[1221)] 둘진밧은[1223)] 수장남 수벨캄 거니리어, 천아거부(天下巨
富)로 잘 살아도

삼사십이 넘어가도 즈식 없어, 호오탄복 중에

동게낭은 상중절, 서게남은 은중절, 부처 직헌 데서님은

장설룡 송설룡 부인님네, 사는 집으로 시권제 삼문 받으레, 소곡소곡
네려사옵데다에-.

양도 부베(夫婦)님간

나오란 시권제를 네보네멍 "데서님아 우리도 어떵 허민, 즈식(子息) 생
불(生佛)을 가질 수 잇수겐?" 허난, "제숙 즈식 생불을 갖젠 허민, 야 칠성
제나 잘 지네봅시민 알 도레가 잇수덴." 일러가옵데다에-.

그떼에는

좋은 날을 받아 앚언, 갑을동방 전우생(牽牛星), 경신서방 직여성(織女
星), 남방 노인성(老人星) 테금성(兌金星), 데성군(大聖君)님 원성군(元星君)
님, 진성군[直星君]님 목성군[繆星君]님 게성군[關星君]님

일곱 칠원성군(七元星君)을 청허여 칠성제(七星祭)를, 잘 지네는 게

에~ 혼 둘 두 둘 아오 열 둘, ᄀ만(瓜滿) 차난

송설룡 부인 몸으로, 물 알에 옥돌 ᄀ뜬 아기여 제비세, 알아구리[1224)]
ᄀ뜬 곱닥헌[1225)] 여궁녀(女宮女)가 솟아나옵데다에-.

이 아기

어늣 동안 혼 술 두 술, 일곱 술 근당허난

장설룡 데감님은

장설룡 벼슬, 송설룡 부인님은, 송설룡 부인님 베슬, 살레 가멍 늦인덕

1221) 혼인.
1222) '별진밧'은 '별이 떨어진 밭'에서 비롯된 말로, '매우 큰 밭'이라는 뜻.
1223) '둘진밧'은 '매우 넓은 밭'의 뜻.
1224) 턱 아랫부분.
1225) 예쁜.

정하님ᄀ라, "아기씨를 우리가 연삼년(連三年), 살앙 올 떼꺼지, 물을 주곡 밥을 주곡 옷을 줭, 잘 키왐시면[1226)

종반역을[1227) 야 이거 시겨주켄." 허난 "어서 걸랑 기영 헙서."

아기씨는

어멍 아방 ᄀ른 말을 들언 놔뒀단, ᄒ를날은 장설룡 데감님 송설룡 부인님 벼슬 살레 가가난, 야 아바님 어머님 뒤를 쫓안, 가아 간다.

가는 것이

어늣 동안 혜는, 일럭서산(日落西山) 기울어지고

날은 ᄌ물아지니[1228)

어머님 아바님도 가단 조찬[1229) 가단 보난, 간간무레 일러불고[1230) 길은 일러불고 혜가 지언 앚안, 묵은 각단[1231) 세 각단 받고, 야 밧디 앚안 울엄시난

알로 삼베중이 올라온다.

첫 번째 데서중도 모른 첵 넘어간다. 두 번체 데서중도 모른 첵 넘어간다. 세 번체 데서님, 올라오단 바려보난

각단밧 속에서 아기 울음소리가 난, 가안 보난 곱닥헌, 시녀 ᄀ튼 아기씨가 울엄구나.

데서님은

야 [말] "아방국이 어디냐? 어멍국이 어디넨?" 허난, [소리] "아방국은 장설룡 데감님 어멍국은 송설룡 부인님인데

연삼년간

벼슬 살레 가멍, 야, [말] 나 늦인덕 정하님신디 멧겨뒁[1232] 가부난, [소리] 어머님 아버님 굳는 말 들언놔뒷단, 어머님 아바님 벼슬 살레 가아 가난

쫓아 앚언 오단 보난 가, 야 오단 보난, 어머님 아바님도 간간무레 뒈어불고, 헤도 일럭서산에 기울어지고 길을 일런, 비세ᄀ치 앚앙 울엄수뎬." 일러가는구나에-.

그 말 들언

데서님은 '장설룡 데감님 송설룡 부인님, 아이고 이 아기 낳젠 허난, 야 이거 칠성코ᄉ(七星告祀)를 지네영 난 장설룡 ᄄᆞ님애기가 분명허다에.' 그 떼에는

오장삼[1233) 뗏방[1234] 걸어 등에 업언

낮인 춘 벳[1235] 속에, 밤이는 춘 이슬 속에

맞이멍, 장설룡 데감님 송설룡 부인님, 집으로 오란, 먼 정으로 집 안터레, 디리치난

아기씨는 의질 헤영 촞앙 들어가는 것이, 집안 싱근 말팡돌[1236] 알에 간 ᄉᆞ려 앚아 가웁데다에-.

뒷날은

야 늦인덕 정하님 아기씨, 밥을 주젠 촞아봐도 엇곡 물을 주젠 촞아봐도 엇곡 옷을 주젠 촞아봐도, 야 엇이난 그떼에는 '아이고 아기씨 일러불엇구나.' 야 그떼에는 장설룡 데감님신디 송설룡 부인님신디

"아기씨는 밥을 주젠 촞아도 엇곡, 야 물을 주젠 촞아도 엇엉 간간무레

1232) 맡겨두고.
1233) 한 줌 정도의 띠나 짚을 모아 그 양쪽을 묶고 가운데를 헤쳐 제물을 담아 장삼처럼 어깨에 가로 멜 수 있게 한 물건.
1234) 멜빵.
1235) 볕.
1236) 말에서 내릴 때 딛는 돌. 하마석(下馬石).

가 돼여시난, 장설룡 송설룡 부인님아

　삼 년 살 공소(公事)랑

　석 둘만 살고

　석 둘 살 공소라근

　훈저 사을 네로 옵센." 허난, '아이고 어서 강 보저.' 야 양도 부베간이 집으로 오란 보난, 아닌 게 아니라 아기씨는 촞아도 촞아도, 애기씨 잇인디가 엇언, 간간무레가 돼엿구나에-.

　그떼에는 늦인덕 정하님 불러다 놓아, "아기씨 당장 아니 촞아 들이민 청뎃섭으로,1237) 목을 굴려 죽이켄." 후욕(詬辱)을, 네리와 가는구나.

　그떼엔

　[말] 마침 데서님이 넘어가단 "어떵 허난 장설룡네 데감님 집이 영, 소란허우껜?" 허난, [소리] "아이고 데서님아 그런 것이 아니고, 아기씨가 간간무레 돼엿수덴." 허난, "장설룡 데감님아 송설룡 부인님아, 아기씨는 부르면 데답허곡, 웨민1238) 들을 만헌 디 잇수덴." 일러가옵데다에-.

　부르면 들만 허곡 웨면 야, 들을 만헌 디가 잇덴 허난 집 안네 잇구나. 아기씨 야 촞아 보저 촞단 보난 아닌 게 아니라 애기씨는, 야 집안 싱근 말팡돌 알에 스려 앚앗구나에~.

　촞안 보난

　눈은 보난 곰방눈이 돼고

　코는 보난 말뚱코, 입은 보난 작박입이1239) 돼고

　손발을 덩드렁ㄱ찌 붓곡, 베는 두룽, 야 두룽베가 돼엿구나에-.

　[말] 아기씨 정체가 정체가 아니난, [소리] 은데양에 물을 떠, 야 아기씨 몸모욕이나 시겨 주저.

1237) 푸른 댓잎으로.
1238) 외치면.
1239) 주걱 같은 입이.

아기씨 은데양에 물을 떠단, 몸모욕을 시견

물굴메1240)로 바려보난

아기씨 베 안네, 아리롱아 다리롱, 공단 아기 서단 아기

일곱 아기가 스려 앚아시난, "아이고 이거 양반잇 집이 스당공중이 낫져. 야 죽일 수도 엇곡

먼 더레 귀양정베나 아무도 모르게 보네여불준." 허연

동이와당

쒜철이 아덜 불러다가

무쒜쟁이 불러다 무쒜술칵1241) 지언

일흔여덥 야 거심통쒜, 신광 체왕 야 스신요왕더레 귀양정베 띄와가는구나에-.

귀양정베 띄와부난 물이 들면

강변(江邊)에 놀고

물이 싸면

수중(水中)에 노는 것이

동이 와당1242) 서이 와당

살아오는 것이

어늣 동안 미리여기 고장 절고게1243) 직헌, 야 제주와당 들어온다.

제주와당 들어오란

산지포구로 들저

들젠 허난 산지, 칠머리한집 낙게로다 쎄여근 못네 든다.

어들로1244) 드리요

1240) 물그림자.
1241) 무쇠상자.
1242) 바다.
1243) 파도.
1244) 어디로.

화북(禾北)으로 들저

화북 들어가난 헤신당(海神堂), 용네부인(龍女夫人) 낙게여 못네 든다.

삼양(三陽)으로 들어사저

삼양 설가물게1245)

강낭하르방 강낭할망 일곱 ㅂ젯도 한집님 낙게여 못네 든다.

어들로 드리요.

신촌(新村)으로 들젠 허난, 신촌 큰물머리

고동지 김동지 설베 후베 헙던

날이여 둘이여, 오금상또 한집님 낙게여 못네 든다.

조천(朝天)으로

들젠 허난

조천 정중아미 정중부인

세콧한집 낙게여 못네 든다.

어딜로 들어사리.

저 북촌(北村)으로 들어사젠

함덕(咸德)으로 들어사젠 허난, 함덕 호물 두물

서물할마님 낙게여 못네 든다. 북촌으로 들젠 허난

낙랑성 페도목에 올라온

셍이하르바님 셍이할마님, 낙게여 못네 든다.

어딜로 들어사리.

김녕(金寧)으로 들젠 허난

김녕가 성세깃도

큰도안전 큰도부인 ㄴ므릿도

어~

1245) 제주시 삼양1동 설개, 삼양2동 가물개를 아울러 이르는 말.

낙게여 못네나 들어산다.

저 헹원(杏源)으로 들젠 허난

기미년 삼천 군亽

나주판관 나주목亽 낙게여 못네 든다.

한동(漢東)으로 들젠 허난 구월 구일

ㅂ름웃도 삼천초기연발

거니려오던

한집님 낙게여 못네 든다.

월정(月汀)으로 들젠 허난

월정 가난 수데깃도 낙게여 못네 든다.

어딜로 들어사리.

세화리(細花里)로 들젠 허난

어~ 손드랑ㅁ르

조계동산

천조 벡조 도네금상한집

낙게여 못네 든다.

동남(東南)으로1246) 들젠 허난

하로산또

닥밧하르방 닥밧할망 낙게여 못네 든다.

온평리(溫坪里)로 들젠 허난

맹오안전 맹오부인 낙게 못네 든다.

하도(下道)로 들젠 허난

고씨 여리불도

낙게여 못네 든다.

1246) '동남'은 서귀포시 성산읍 고성리에 속한 마을.

성산포(城山浦)로

들젠 허난

어 짐통경(金通政)

낙게여 못네 든다.

어들로 들젠 허라.

토산(兎山)으로 들젠 허난 알당 요왕 으드레또 웃당 서당팟, 신에신○○

낙게여 못네 든다.

테양리(泰興里)로 들젠 허난

몰나라 몰포수

세나라 세포수

일곱 소금막한집

낙게여 못네 든다.

옷기로[1247] 들젠 허난

옷긴 가난

웨오 들러 웨오 둧게 느다 들러 느다 둧기

어~ 한집 낙게여 못네 든다.

서귀포(西歸浦)로 들젠 허난

여 서귀포 술동산[1248]

광청하르방 광청할망

봉테하르방 봉테할망 낙게여 못네 든다.

중문리(中文里)

열리로[1249] 들젠 허난

올라 산신, 네려 제석또

1247) '옷기'는 서귀포시 남원읍 의귀리의 본디 이름.

1248) 서귀포시 송산동에 속한 동네.

1249) '열리'는 서귀포시 예래동. 상예동, 하예동을 아우르는 이름.

낙게여 못네 든다.

창천리(倉川里)로도 들젠 허난 창천리도 가난, 닥밧하르방

닥밧할망

낙게여 못네 든다.

조수(造水)로 들젠 허난 삼대바지 축일한집 낙게여 못네 든다.

어딜로 들어사리.

저 세당 덕수(德修)로

들젠 허난

영감또 쎄여 낙게여 못네 든다.

어~ 고산(高山)으로 들젠 허난 고산 오름허리 일뤠 축일한집

낙게여 못네 든다.

한림(翰林)으로

들젠 허난

영등성방 영등이방

아기씨 동저목 낙게여 못네 든다.

협제(挾才)로 들젠 허난

정축일(丁丑日) 정미일(丁未日)

혜모살 한집님 낙게여 못네 든다.

구엄(舊嚴)으로 들젠 허난 구엄 가도 송씨 할마님

신엄(新嚴) 가도 송씨 할마님

낙게여 못네 든다.

하귀(下貴)로 들젠 허난

돌코리 신산주한집 낙게여 못네 든다.

웨도(外都)로 들젠 허난 웨돈 가난 옥항상저

말젯똘아기

낙게여 못네 든다.

어딜로 들이요.

도두(道頭) 저~

벡게로1250) 들젠 허난

벡게 가난 야 서편 붉은 왕석

동편

야 김씨 하르바님 낙게여 못네 든다.

도두리(道頭里)로 들젠 허난

도두리 혼 도 두 도, 스물두 도 김씨 하르바님

낙게여 못네 든다.

몰레물로1251) 들젠 허난 철오안전 철오부인

낙게여 못네 든다.

다끄네로1252) 들젠 허난

제주시 와도

ᄀᆞ시락당 궁당 서당

과양당은 서낭당 각시당

여리불돗당

혜신당

열두 시우전 한집 쎄여, 못네 들언 칠성한집님은, 제주 섬중을 들어오
란 보난 동으로도 들젠 허민, 각 ᄆᆞ을마다 본향도 쎄고 신당도 쎄여지난,
못네 들언

다시 제츠 물게품에 홍당망당 떠뎅기단

함덕 서우봉

수진게로 들언

1250) '벡게'는 제주시 이호동에 속한 바닷가 마을.

1251) '몰레물'은 제주시 도두동에 속한 바닷가 마을. 사수동.

1252) '다끄네'는 제주시 도두동에 속한 바닷가 마을. 수근동.

노념헤염시난 함덕 사는 일곱 줌수(潛嫂)는, 아끈[1253] 망사리[1254] 한[1255] 망사리 아끈 테왁[1256] 한 테왁, 아끈 빗창[1257] 한 빗창 거니리어 서무봉 알로 물질이나 가주, 물에 들젠 바려보난, 난데엇이 무쉐술칵이 떠시난, "아이고 요거 아니 봐난 거 봐점져. 이 속에 금인가 은인간 혜연, 물질은 아녀곡 서로가 믄저 보앗젠 혜연, 싸움박질 허염시난

함덕 사는 김동지(金同知), 하르밧님

비늘 좋은 홍낙싯데 거니려 서무봉[1258] 알로, 볼락이나 우럭이나 야 나까 보젠 간 보난, [말] 난데엇이 일곱 줌수가 싸움을 헴시난, "어떵 허난 너네덜 혼 마을에 줌수덜이 물질은 아니허곡 싸왐신?" 허난, "아이고 하르바님아 그런 것이 아니고, 물질 오란 보난 야 이거 난데엇이 무쉐술칵을 주엇은 주윗는디, 이 속에 금인가 은인간 혜연 서로 싸움을 헤염젠." 허난, "너네덜 혼 마을에 줌수덜이 쌉지[1259] 말고, 이 안네 금이 들엇건 은이 들엇건 꼭ㄱ찌 갈랑 앚곡, [소리] 이 무쉐술칵을 나를 주민, 나가 쓸 도레가 잇덴." 허난 "어서 걸랑 기영 헙서예-."

김동지 하르밧님

무쉐술칵을 노피 들런

초펀 이펀 제삼펀, 탁허게, 야 노피 들런 앞-더레

야 이거, 열리난 무쉐술칵이 난데엇이 절로 셍강 올립다. 젤로 셍강 올리난, 함덕 사는 일곱 줌수덜은, 금인가 은인가 눌려들언덜, 갖젠 바련 보난 셍전 아니 봐난 거, 눈은 펠롱~

1253) 작은.
1254) 해녀가 물질할 때 해산물을 담아 놓기 위하여 그물로 엮어 만든 물건.
1255) 큰.
1256) 해녀가 물질할 때 몸을 의지하기 위하여 박으로 만든 물건.
1257) 전복을 따는 물질도구.
1258) 제주시 조천읍 함덕리와 북촌리 경계의 바닷가에 있는 오름.
1259) 싸우지.

세는 멜롱~

아리롱 다리롱아

공단 아기 서단 아기 일곱 아기가, [말] 스런 빙빙 앉아시난, "아이고 요거 징그럽고 추접허다.[1260) 아니 봐난 거 다 제숫데가리 엇이 봐졈져." [소리] 눈꼴덜 허멍 춤[1261) 바끄멍, 마니덜[1262) 닥닥 털멍덜, 야 발로 차멍 마딱 돌아사 가부럿구나에-.

야 그후로부떤 집이 가난, 많이 칠성한집님 많이 봔 마니 닥닥 털어보난, 머리에는 동촌 살어름 무쉐철망을 씌와 가는구나. 눈꼴 혜여부난 보은안게[1263) ᄌ진안게[1264) 도랑나팔쩡 혼나팔쩡 씌와간다. 야 춤 바까부난 야 이거 입도 토라지어간다.[1265) 야 칠성한집님에서, 조훼(災害)를 주언 흘를은 이거 붉엇닥 푸렷닥, 야 검엇닥 조훼를 주엉, 그떼부떤 몸도 아파지곡 망사리떼 거니리영 저 바당에 가도 어느 구젱기[1266) 전복 하나, 망사리에 ᄀ득이지 못 허연 아니 보여가난

아무 떼도 답답허곡 몸에 신병난 ᄀᆸᄀᆸ허민, 문점(問占)을 헐 떼난 엿날은, 저 설가물게[1267) 유명헌 이원신신디 간 문복허난

설가물게

이원신임 말을 허기를, "아이고 요 조상은 강남 천저데국에서 들어온, 영급헌 조상인디, 야~ 이 조상아피 숭엄(凶險)을 주어시난, 눈으로 강 꼭 본 데로, 칠성한집 일곱 칠성한집님 제 메치[1268) 제 신상 거리곡,[1269) 열

1260) 더럽다.
1261) 침.
1262) 도리질들.
1263) 안개.
1264) 짙은 안개.
1265) 비뚤어져간다.
1266) 소라.
1267) 제주시 삼양동.
1268) 맵시.
1269) 그리고.

두 가지 황하물색 일곱 가지 초록물색 세 가지 연반물, 아리롱 다리롱허게 잘허게 앚게방석 자리 보존 출령[1270] 칠성한집님 좋아허난, 야 이거 셍게란[1271] 청감주(淸甘酒)나, 일격 일격 잘 사나왕, 야 이거 젤 처음 봐난 딜로 강 잘 모시민 알 도레가 잇덴." 허난

그떼에는

집으로 돌아오란

붉은 날 붉은 텍일(擇日) 받아다가

칠성한집님

아리롱 다리롱 허엿구나. 야 이거 열두 가지 일곱 가지 세 가지, 야 이거 물색에다, 칠성한집님 본 데로 세는[1272] 멜록 눈은 펠롱허게, 다 이거 칠성한집님 야 본 데로 기려[1273] 놓안, 일격 일격

사나완 잘못헤엿수덴 혜연 젤, 봐나 젤 먼저 봐난 딜로, 서무봉 알로 수진게로 간

잘 모시난

야 그떼부떤, [말] 몸에 신병도 걷어준다. 아끈 망사리 한 망사리 거니령 아이고 칠성한집님 우리 오늘 물에 들젠 헴시난, 야 제수(財數) 스망(所望) 일러줍센 혜뒁, 절 혼 번 꼬박 혜뒁 물에 들민, [소리] 데전복(大全鰒)도 한 망사리

소전복(小全鰒)도 한 망사리

허여가난 "아이고 요게 조상(祖上)이로구나." 그떼에는 야 일천 줌수덜이, 칠성한집을 위허여 가난 함덕 사는 일만 어부덜토, 줌수덜만 위허랴 우리도 칠성한집님을, 위허준 혜영, 일만 줌수 일만 어부덜이, 칠성한집을

1270) 차려서.
1271) 날계란.
1272) 혀는.
1273) 그려.

다 위망허여 가옵데다에-.

위망허여 가난

그때부떤

훈물 두물 서물할마님은, 문저[1274] 들어온 토지지관(土地之官) 한집이곡 허난, [말] 야 앚아 생각을 허난, '칠성한집님 들어오기 전이는 ᄌᆞ순덜 아이고 서물할마님 서물할마님 허영, 야 이거 일 년 멧 번 과세(過歲)차 오단 야 이거 칠성한집님 들어온 후로부떠는, 어느 ᄌᆞ순 하나 밥 훈 그릇 헹 오랑, 먹으라 쓰라 아니 허난, 아이고 요거 칠성덜 한집 들어온 후 요것덜, 야 이거 탓이로구나.' ᄒᆞ를날은 나만 가도 아니 뒈난 야 서물할마님은 앚아 생각을 허단, 힘쎈 급수황하늘신디 간, "아이고 급수황하늘님아 옵서 우리 강으넹에 칠성한집님, 동서러레 마딱 야 이거 이 ᄆᆞ을 벳깃디 네조차불어사 우리가, ᄌᆞ순덜에 상 받을 거꿴." 헤연, [소리] "어서 걸랑 기영 헙서."

ᄒᆞ를날은

서물할마님은

[말] 힘쎈 급수황하늘 거니리고 칠성한집님신디 간, "너이덜 이 ᄆᆞ을에 들어온 후로부떠는 어느 ᄌᆞ순 메 훈 그릇 헤영 오랑, 먹으라 쓰라 안 허난 이것이 다 너이덜 덕……. [소리] 야 너이덜 따문에 허난, 너이덜 이 ᄆᆞ을 벳깃디 당장 아니 나고 가면 작데기로 너네덜 간 곳 엇이 동서러레, 마딱 케우려불켄 허난, 그때에는

서물할마님도 쎄어지곡 급수황하늘님도 쎄여지난

설운 칠성한집님, 일곱 야, ᄋᆞ세끼가 앚안 이논허는 게 [말] "아이고 설운 애기덜아 오라 우리 여기 앚앙 ᄀᆞ만히 먹을 팔자가 아니 뒈다." "어딜 갑네까?" [소리] "성안 들어가민 ᄌᆞ순덜이 하난[1275] 성안 들어강 겜으로

1274) 먼저.

1275) 많으니.

우리 테운 조순덜아피 강, 우리가 야 이거 부귀를 주엉 상을 받기 어찌허 겟느냐?" "어서 걸랑 기영 헙서." [말] "설운 아기덜아 오라, 우리 이거 조순덜, 야 이거 부귀와 영화를 시겨주는 조상인 중은 몰르곡, 우릴 보민 징그럽덴 허곡 추접허덴 허곡, 제숫데가리 벗어지덴 허난, [소리] 오라 낮 이랑으네 조순덜 인간덜 눈에 안 보이는 딜로 어디 넷고랑창으로 헤영 가 곡, 야 밤이라근

한질로 가멍

무을 무을 구경허멍 가게." "아이고 거 미신 말이꽈? 우리가 낮이 뎅기 당 물구루마 발에도 창 이거 죽어지곡, 경 안 허민 자 육지 사람덜 상 꾼[1276] 만나민 우리 먹엉 좋덴 헤영, 구엉도 먹어불곡, 야 이거 사쥬(蛇酒) 도 담앙 먹어분다. 게민 어머니 곧는 데로, 어서 낮이랑은엥에 데롯 길로 가곡, 밤이랑 야, 낮이랑 인간 아니 보일 넷고랑창으로 가곡 밤이랑 데로 길로 가멍 성안 읍중 조순 많은 딜로 들어가게마씸-."

"어서 걸랑 기영 허겐." 허연

칠성한집님은

서물할마님 급수할마님 쎄어지난 함덕 무을 벳깃디, 나고 오는 것이

낮이는~

인간덜 눈에 아니 띄울 딜 어디 넷고랑창으로 고랑창으로, 야 어느 가 수에 인간 발자국 아니 나난디, 가시자왈로

오라간다.

오란

조천 오란

만세 만세 천만세

"아이고 우린 살앗구나." 만세동산에 완 만세삼창 불러뒨, 진드르[1277]

1276) 땅꾼.
1277) 제주시 조천읍 신촌리의 지명.

오란

짐도 질다. 진드로로 이름 셍명 지와간다.

지금은 화북이옌 헷수다만은 엿날은 벨도(別刀)렌 헷수다. 베릿네 오란 성네 읍중 들어가젠 허민, 묵은 비늘 벗엉 낭에 걸쳐뒹 새 비늘 입엉 가게. 베릿네 오란 묵은 비늘 야 벗언 낭에 걸천 보난 벤직벤직 허다. 베릿네로

이름 셍명 지와두고

ᄀᄋ니ᄆ루[1278) 올라사난 아이고 숨이 ᄀ웃ᄀ웃 차다. 이제는 차덜이 잇주만은, 엿날은 동춘(東村) 사람덜 송ᄉ제판(訟事裁判)허레 성안더레 들어오당 ᄀ으니ᄆ루 올라나민, 숨이 ᄀ웃ᄀ웃 차다 송ᄉ제판 헐 셍각 아니 나켜. ᄀ으니ᄆ를로

이름 셍명 지와간다.

동문(東門)으로 들저.

동문지기 서문(西門)으로 들저.

서문지기 남문(南門)으로 들저.

남문지기 쎄여 못네 드난

야 어떵 헤연 제주 관디청[1279) ᄁᆞ지 오랏구나. "아이고 데 제주 제주시엔 혜영 관디청 오란 보난, 춤 너르기도 너르다. 구경허기도 좋다. 우리요 벳남석에[1280) 앚앙, 넘어가는 ᄌ순 넘어오는 ᄌ순, 잠깐 구경이나 허겐." 혜연, 야 관디청에 ᄉ려 앚아시난, 넘어가는 ᄌ순 넘어오는 ᄌ순덜 발로도 왕 툭허게 차불곡 눈꼴도 혜여불곡, 야 춤도 바꽈부난, "아이고 우리도 여기 잠깐 앚일 자리 아니 뒈다."

어딜로 가리요.

1278) 제주시 화북동에서 건입동으로 넘어서는 곳의 고개.
1279) 관덕정. 제주목관아에 있는 정자.
1280) 양지 바른 곳에.

제일 ᄆᆞᆫ저 제주시로 오란, 칠성ᄭᅩᆯ로[1281] 들어가는 것이, 아이고 우리 애기 일곱 ᄋ세끼 들어난, 제주 성안 오란 제일 ᄆᆞᆫ저 들어난 골목이여, 칠성골로

이름 셍명 지와간다.

지와두고

아이고 에도 쓰다 목도 큰큰 몰르다. 산짓물에 오란 보난 물이 좋구나. 산짓물을 먹언, 아이고 가심이 산도록허다.[1282] 산지물로 이름 셍명 지와두고, 산지물 너븐 팡에

ᄉᆞ랑ᄉᆞ랑 앚아 ᄉᆞ련 앚아시난

산지 거부제(巨富者) 칩이 송칩이, 메눌아기

ᄀᆞ는데질구덕[1283]에 연서답을 허저

연서답 허젠 허난 치메는 벗어 너븐[1284] 팡에 톡허게 걸쳐두고, 와라차라 ᄉᆞ답을 허연 ᄀᆞ는데질구덕에 ᄉᆞ답을 답안 톡허게 젼 치마를 입젠 치마를 확 걷언 보난, 아리롱아 다리롱아

공단 아기

서단 아기

일곱 아기가 ᄉᆞ랑ᄉᆞ랑, ᄉᆞ려 앚아시난, "아이고 나에게 테운 조상이건나 치마통더레 돌아앚입센." 허난, 야 그땐 칠성한집님 치마통을 받으난 치마통더레, ᄉᆞ랑ᄉᆞ랑 다 들어가는구나에-.

송칩이 메눌아기

치마통에 싸안, 데천난간으로 오란, "조상님네 좌정허고픈 데로 좌정헙센." 허난 제일 ᄆᆞᆫ저, 연양상고팡으로[1285] 스르르 스르르 다 들어가옵데

1281) 제주시 칠성통.
1282) 시원하다.
1283) 가는 대로 엮어서 등에 질 수 있게 만든 바구니.
1284) 넓은.
1285) 고방(庫房)으로.

다에-.

다 들어가난

'이거 기냥 일이 아니로구나.' 그떼에는

야 이거 어느 기일(忌日) 제술1286) 헤여나도 아이고 아무 조상 기일 제
ᄉ 헷수덴 헤영 상굽으로 강, 야 이거 궤도 문곡 칠성한집님 상 ᄄᆞ로 놓
앙, 오널은 이거 ᄋᆞ름1287) 농ᄉ 헷수다 봄 농ᄉ ᄀᆞ을 농ᄉ 헤엿수덴 허영
ᄆᆞᆫ저 곡식허영 상굽더레 톡허게 무어가난, 아닌 게 아니라 천하거부 잘
뒈여 가옵데다.

잘 뒈연

가단

야 송칩이 며눌아기 나이 연만뒈여

인간 하직 뒈여부난

[말] 세 ᄌᆞ순덜은 나난 '아이고 우리가 복을 조난 영 천아거부로 잘 살
암주, 미신1288) 칠성한집님 덕텍으로 잘 살암시랴.' 영 헤연, [소리] 야 칠
성한집을 그떼에는 어느 농술 헤여도 궤도 ᄆᆞᆸ지 안 허곡 어느 기일 제ᄉ
헤도 칠성한집님 적시,1289) 연양상고팡으로 왕 궤 안 모셔 가난, 야 그뗸
칠성한집님이, '아이고 요것덜 부러운 것 엇이 우리 덕텍으로 부군을 시
겨주단 보난, 우리를 반데헤염구나. 야 이거 숭엄(凶險)이나 불러주어뒁
나가주기-.'

그 법으로

천아거부로 잘 살던 송데장(宋大靜)1290) 칩이도, 야 흐를 아침에 다 망

1286) 제사를.
1287) 여름.
1288) 무슨.
1289) 몫.
1290) 송두옥(宋斗玉). 대정현감(大靜縣監)을 지냈다고 해서 '송대정'이라고 한 것인데, 이
     것이 '송대장'으로 와전됨.

허연 흐를 아침에 밥 거려 먹을 족순까락 하나 엇덴 허는 말이 요 말을 두고 허는 말입네다에-.

칠성한집님

어딜로 가리.

상한덱으로 헤연 상천꼴로 허연

야 이거

야 삼성혈(三姓穴)에 간 삼집ᄉ 헤여난, 야 제를 지네는 걸룡을 먹어도, 허기는 지난 "어머님." "나 ᄯᆞᆯ덜아. 오라 우리 이럴 것이 아니고, 각각히 목목히 마ᄯᆞᆨ 이녁만썩 다, 허터정[1291] 각각히 ᄎᆞ지허멍 상을 받기 어찌허 겟느냐?" "어서 걸랑 기영 허저."

큰ᄯᆞᆯ아기

"상눌굽도[1292] ᄎᆞ질 허쿠다.

중눌굽 ᄎᆞ지 허쿠다. 하눌굽도 ᄎᆞ질 허쿠다.

섬지기도[1293] ᄎᆞ지허쿠다. 말지기 ᄎᆞ지허쿠다. 뒈지기도 ᄎᆞ지허쿠다. 홉 지기를 ᄎᆞ지허쿠다." 제일 족은ᄯᆞᆯ아기는

"어머님아 나는

뒷할마님으로 야 어느 주젱기[1294] 하나 둘러써어근

기왓장 하나라도 집을 썽, 뒷할마님으로 들어상 울성 장안을, 돌아보멍 ᄌᆞ순덜 그늘루쿠다." "어서 걸랑 기영 허라."

그ᄯᅦ에는

야 어머님을

연양상고팡으로 안칠성으로, 야 들어산다. 족은ᄯᆞᆯ애긴 뒷할마님으로 들

1291) 흩어져서.
1292) '눌굽'은 노적의 바닥.
1293) '섬지기'부터 '홉지기'까지는 모두 곡식의 양을 재는 도구를 지키는 신.
1294) 주저리.

어산, 울성 장안을

츠질 허연 밧칠성으로

들어삽데다 영 허난 칠성한집님은, 산으로 가면 산지기도 잇곡 물로 가면 물지기도 잇곡 집으로 오면 집지기도 잇곡 터지기도 잇곡 눌굽지기도 잇곡 항지기도[1295) 잇습네다. 고팡지기도 잇습네다.

■ 칠성본풀이>비념

이 집안에

옛날 저 ○○리 경주 ○떡이, 씨가 뒈곡 친정 쪽은 ○떡이 뒈엿수다 옛날은 촌(村)에서, 시(市)에서나 무지건 농 ᄉ를 혜연 살앗수다 영 허난, 물론 안칠성도 위혜나실 겁네다. 밧칠성도 위혜나실 겁네다. 이젠 이거 세 ᄌᆞ순덜은 나곡, 야 이거 ᄋᆞ든ᄋᆞ섯님도, 어릴 때 일본 주년국 강 살안 이거 팔십이 넘도록 살아도, 조상 살아오멍 역ᄉ를 다 어떵 압네까 영 허난, 귀신 죽는 법 엇곡, 천 릴 가나 만 릴 가나 칠성한집님은 죽는 법 엇언, 아옵 번 죽엉 열 번 ᄒᆞᆫ 번을 더 ᄃᆞ, 환싱(還生)허는 법이난, 칠성한집님아, 옛날은 ᄋᆞ든ᄋᆞ섯님 님에도 천아거부(天下巨富)로 잘 살앗수다만은, 이제는 이건, 다 이거 돈이 슬슬 제산(財産)이 슬슬 다 녹아졋수다. 망간 중에 칠성한집님 잘못헌 췌(罪) 전ᄉ일(前事-)에

잘못헌 췌(罪) 췌랑 잇건 사(赦)아

벌(罰)랑 풀려주십서.

칠성한집님은

구월 상강(霜降) 네려가면

궁기마다[1296) 들어갓당 쳉명 삼월 ᄄᆞᄄᆞᆺ헌 봄, 야 돌아오난 이거 칠성한집님 ᄆᆞᆫ딱[1297) 바깟더레[1298) 다 나올 떼 뒈엿수다.

1295) 항아리지기도.
1296) 구멍마다.

칠성한집님

마불림에1299) 검불림에1300) 허게 뒈엿수다.

하다 ᄌ순덜 사는 울성 장안

죽은 설로

산 설로

눈에 펜식헐 일

나게나 맙서.

칠성한집님아

이 ᄌ순덜

저 머리에

두통(頭痛) 살어름찔

야 걷어줍서.

무쉐철망 걷어줍서.

눈에 침침 눈이 침침허곡, 눈껍제기가1301) 지곡 눈이 이거, 야 벌겅허

는1302)

징이나

도랑나팔 한나팔찡 걷어줍서.

보은안게 ᄌ진안겟징

오른 둑지1303) 청비게찡 웬 둑지 흑비게찡

걷어줍서.

1297) 모두.

1298) 바깥으로.

1299) '마불림'은 바람 맞음의 뜻.

1300) '검불림'은 흔히 '건불림'이라고 하는데, 역시 바람 맞을의 뜻.

1301) 눈꼽이.

1302) 벌겋게 되는.

1303) 어깨.

저~

일테 이테 삼테 스테 오테 육테에

야 숨은 징

절박허는 징

아침 저녁 조훼변식 허는 징

걷어줍서.

저 다리

네당불당 허는 징

칠성한집님아 양 다리에 수술을 헌 것도 다 잘못헤엿수다. 칠성한집님 조훼로도 줮건, 야 걸음 걷게 시겨줍서. 약이 물이라도 약이엔 허건 약덕을 시겨줍서.

칠성한집님아

또다시 이 ᄌᆞᆫ 데에랑 돈부군 시겨줍서 제물부군 시겨줍서. ᄌᆞᆫ부군 시겨줍센 허영

칠성한집님

난소셍 과광성 신풀엇수다. 칠성한집님이랑 팔마[1304] 여인쥬(如意珠)나 잔뜩 물엉, 안으로 꼬리 닥닥~ 세 번만 치건, 돈 제산 다 들어오게 시겨줍서.

■ 칠성본풀이>주잔넘김

[장구치는 것을 멈춘다.] 칠성한집님 난소셍 과광성 신풀엇수다. 칠성한집님 받다 남은, 주잔 저먼정 나사면 상궤지기 중궤지기 하궤지기, 상눌굽지기 중눌굽지기 하눌굽지기덜, 야 아리롱에 다리롱에, 일곱 아기 단 마을청덜 주잔권잔 드러가며

1304) 팔모. 여덟 모.

■ 칠성본풀이>산받음

칠성한집님에서 먹고 살을 군량미(軍糧米)나~, 네리와줍서 지금까지 잘 못허엿수다 영 허난, 칠성한집님에서도~, 너무나 몽롱(朦朧)허곡 잘못헤 엿수다 영 허난 금번은, 야 칠성한집님에도 다 떨어진 일 엇이~, 고맙수 다 고맙수다.

삼공본풀이

자료코드 : 10_00_SRS_20110415_HNC_JTJ_0001
조사장소 : 제주특별자치도 제주시 애월읍 상가리 모 굿당
조사일시 : 2011.4.15
조 사 자 : 강정식, 강소전
제 보 자 : 정태진, 남, 68세
구연상황 : 이 자료는 2011년 4월 14일부터 같은 달 20일까지 제주시 애월읍 상가리 모 굿당에서 벌어진 일본 대판 김씨 댁 큰굿의 둘째 날인 4월 15일에 구연한 것이다. 이 날에는 보세감상, 초공본풀이, 세경본풀이, 삼공본풀이 등의 제차가 진행되었다. 삼공본풀이는 정태진 심방이 장구를 받아 앉아 스스로 치면서 구연하였다. 신자리에 앉아 반주 없이 말미를 하고, 장구를 치면서 공선가선→날과국섬김→연유닦음→신메움→들어가는말미→본풀이→비념을 하고 주잔넘김, 산받음, 제차므끔으로 마무리하였다. 삼공본풀이는 본풀이 끝에 소미의 반주 도움을 받으면서 본풀이의 내용을 사설로 삼아 노래를 부르는 것이 특징이다.

■ 삼공본풀이>말미

삼천전제석궁(三千天帝釋宮)~, 시왕(十王) 문전(門前) 양서마을, 어간(於間)헤엿습네다. 밧겻들로는~,[1305] 천지월덕기[1306] 신수펀[1307] 잇습는데,

---

1305) 바깥으로는.
1306) 큰대의 깃발.
1307) 마련하여.

오널 아척~1308) 보세신감상 구성지 줴기 줴척(罪責), 마련허여 풀렷습네
다. 전싱 궂인 초공전, 팔저 궂던 초공전~, 난소셍 신풀어 있습는데~, 이
공 난소셍, 신풀고 삼천전제(三千天帝) 이알로, 농서 지어 먹고 살고 세경
이 덕입네다~. 우리 인간은 세경을 베반헐 수 없어, 걸음 걷기도 세경 떡
입니다 영 허난, 세경 난소셍 신풀어 있습는데, 삼공 안땅 주년국 과광선
신풀저 영 헙네다. 드님 전상 나님 전상 순보산이 데전상~, 전상 연드리
어간이 뒈엇습네다 삼도레 데전상, 마령마춤(馬糧馬草) 시권제 받아 위올
리며 삼선앙(三上香)~ 삼주잔(三酒盞) 게굴아 위올리며~ 삼공 주년국 난
소셍 신풀건 본산국더레 제ㄴ려 하렴헙서예-.

삼공본풀이

1308) 아침.

■ 삼공본풀이＞공선가선

[장구를 치기 시작한다.]

어~ 공서는 공서는 가서웨다.

인보역 서준낭 서준공서~

올립긴 황송헙뒈~

■ 삼공본풀이＞날과국섬김

날이로다 금년 헤론 갈라

신묘년(辛卯年) 둘론 갈라~

청명 삼월 둘 날은 보난~

어젯날 열이틀날 귀신(鬼神)은 하강(下降)~ 셍인(生人)엔 복닥일(福德日)

을 거두잡아[1309]

신전인 유망적선헙네다 오널은~

열나흘날 뒙네다 어느 ᄀᆞ을~

어떤 인간 드는 공서 영 헙던 국은 갈라 갑네다.

헤턴국도 국이웨다~

둘턴국도~

국입네다~

이실이 알랑국 동양삼국 서양각국~

첫서월은~

송테조(宋太祖) 설련허곡~

둘쩬 한성(漢城) 서울 셋쳰 시님 서울

넷쳬는 ᄌᆞ부 동경(東京) 서월~

다섯쳰 ᄌᆞ부 올라 상서월 안동방골[1310] 좌동방골 먹자골,

1309) 골라잡아.

1310) 이하 '모시정골'까지 한양의 동네 이름.

불턴데궐~,

모시정골,

경상돈 칠십칠관,

전라돈 오십삼관 뒙네다 하삼도(下三道)는 삼십삼관

땅은 보난 노기 금천지 땅입네다~

산은 보난

할로영산(漢拏靈山) 허령산입네다.

일제주(一濟州)는 이거저(二巨濟) 삼남밧(三南海)은 亽진도(四珍島) 오관

환(五江華)땅 육환도(六莞島) 마련허곡

할로영산(漢拏靈山)~

들어사면은 기슬기 웨동저 웨작교

오벽장군(五百將軍) 오벽선성(五百先生)

뒙네다 여신령(女神靈) 여장군(女將軍) 마련헙고

엿날 엿적에 당도 다 절도 파락시겨부난 절도 없곡 당도 없었다가,

한동 미양절 설련 마련허영

또 이전은 어시성1311) 단골머리1312)

아흔아홉골이라 혼 골 없어 범도 못네 납던 섬입네다.

성안 읍중 모인골1313) 영평(永平) 팔룔1314)

열사을날 고량부(高良夫) 삼성친(三姓親) 도업허고

고이왕은 즈시셍(子時生) 양이왕은 축시셍(丑時生) 부기왕은 인시셍(寅時

生) 마련허곡

정이(旌義) 현감(縣監) 살곡 데정(大靜)~은 들어사난

1311) 한라산 자락에 있는 오름. 어승생악.
1312) 골머리오름. 제주시 노형동 지경 어승생오름 동북쪽 아흔아홉골의 머리가 되는 위
치에 있는 오름.
1313) 삼성혈. 문헌에는 '모흥혈(毛興穴)'이라 하였음.
1314) '팔년'의 잘못.

온임을1315) 마련헙디다.

주목(州牧) 안은 들어사난 주판관(州判官) 마련헙디다.

명월만호(明月萬戶)~

곽진1316) 진조방장(鎭助防將) 마련허곡

항파두리(缸坡頭里)~ 짐통정(金通精) 시절 만리성(萬里城)을 둘러옵던 성입네다.

위(右) 돌아도 ᄉᆞ벡리 좌(左) 돌아도 ᄉᆞ벡리 마련헙기는 동수문밧 나사면은

서른ᄋᆞ둡

데도장넵네다.

서문 밧겻 나사난 마흔ᄋᆞ둡

소도장네 마련허고

■삼공본풀이>연유닦음
축원 원구자(願求者) 됩네다 본레 고향땅은 제주도라도 지금 현제 거주헙기는

데판시(大阪市) 동성구(東成區) 동소교(東小橋) 이정목(二丁目) 십○번지 십○호 거주 건명(乾命)허여

삽네다 어~

■삼공본풀이>연유닦음>열명
곤명(坤命)은~

양짜 ○짜 열짜 병인생(丙寅生) 됩니다 예순ᄋᆞ섯님

받은 공서 됩네다 아방 기린1317) 아기

1315) 원님을.
1316) 곽지는. 각진(各鎭)의 와전.

장남(長男)아기 김○봉이,

병술셍(丙戌生),

예순ㅇ섯님 받아든 공서웨다.

손남(孫男)아긴 김○헌이 병인셍 쓰물ㅇ섯 설,

받은 공섭네다.

또 이전 손녀(孫女)아기는 서른시 설 쓰물아홉 쓰물시 설 받은 공서 뒈

옵니다.

차남(次男)아기는 신묘셍(辛卯生) 예순에 하나 받은 공서 뒈옵니다.

삼남(三男)아기는~

무술셍(戊戌生) 쉬은넷 받은 공서

ㅈ부(子婦)아기 김씨로 에~,

게사셍(癸巳生)은 쉬은아홉 손남아기 뒙네다 임술셍(壬戌生)은 ㅈ 서른

받은 공서~

올립네다~

김씨 ㅈ순 게혜셍(癸亥生) 쓰물아홉 김씨로 병인셍 쓰물ㅇ섯,

받은 공서 올립네다~

사남(四男)아기는 어~ 임인셍(壬寅生) ㄱ디 쉰 ㅈ부 며늘아기 고씨로,

게묘셍(癸卯生) 마은아홉 받은 공서.

손남아기는~

경오셍(庚午生) 스물둘 받은 공섭네다.

손녀아기는 청묘셍(丁卯生) 스물다섯 설,

받은 공섭네다 장녀(長女)아기 임진셍(壬辰生) ㄱ 예순 사위애기 김씨

로~

임신셍(壬申生) ㄱ 예순 차녀아기 갑오셍(甲午生) 쉰ㅇ둡

1317) 그리워하는.

삼녀(三女) 뒙네다 병신셍은 쉬은ㅇ섯 설,

사위아기 오씨로 정묘셍 쉰다섯 설,

받은 공섭네다 ᄉ녀(四女)아기~ 경자셍(庚子生)은 쉬은둘,

사위아기 분가 금년은 정묘셍 쉬은다섯 설,

받은 공서 뒙네다.

■삼공본풀이>연유닦음>연유

날이 넘는 공서 둘이 넘는 공서,

아닙네다~.

헤 넘는 발괄(白活)도 아닙네다~.

중허고 귀헌 인간덜 아닙네까 영 허난 춘추(春草)는 연련목(年年綠) 왕
이 손(孫)은

귀불귓법(歸不歸法) 뒙네다.

왕이 손도 혼번 어차허여 혼번 가면 못 오곡 에에

말 좋곡 구변(口辯) 좋은 소진장[1318] ᄀ튼 인간도

체서(差使) 오란 글렌[1319] 허난 체서 못 달레여 저승 간 법이 잇고

우리 인간은 토란잎에 이슬 뒙네다~.

밥 먹어 베 부른 줄 알곡 옷 입어 등 ᄃ신[1320] 줄 아는 인간

뒙네다 무슨 철을 아옵네까 제 죽고 제 살 날 모른 건 우리 인간 아닙
네까.

명년(明年) 삼월 돌아오면은 죽엇던 풀도 에 도살아나 잎 잎은 피어 청
산(靑山) 뒈곡 꼿은 피어 화산(花山)이 뒈옵네다만은

1318) '소진 장의'의 와전. 소진(蘇秦)과 장의(張儀)는 춘추전국시대의 인물로 구변으로 이
　　　름남.
1319) 가자고.
1320) 따뜻한.

우리 인간덜은~ 세상 흔 세상,

살다가 명이 줄라근[1321]

저승 가면은 다시 못 오는 우리 초로인셍(草露人生)덜 아닙네까 영 허 시난

우리 인셍 귀헌 목숨~

명천(明天) ᄀ뜬 하나님에 메인 목숨입네다 지화(地下) ᄀ튼 지화님에 메인 목숨

뒙네다만은 허뒈

우리 인간은 타고 날 적에부떠 너는 멧 설ᄁ지 살라 영 허곡 멧 설ᄁ지 돈 벌엉 잘 살라 아무 떼 근당허면은

번 금전 솓아지곡[1322] 영 허여 저울데를 마련허여근 인간 탄셍허는 법 아닙네까.

집안 정중(庭中)에 양씨 안전~[1323]

[음영] 아닌 나이에 어릴 떼부떠~ 제주도 고향산천 뒈영 제주시 저 노형동(老衡洞) 넙은드르[1324] 조상 전지 선연(先塋)헌 땅 뒙니다 영 허난 살던 고향산천 놓아두곡~ 아까운 부모 형제일신(兄弟一身) 놓아두곡 영 허여근~ 이십 안네에 고향산천 떠낭 저 일본 가근 경주 김덱(金宅)이 지녁 들엉,[1325] 아이고 동안데주(東軒大主)~ 좋은 얼굴 좋은 처데에, 지금 현제 ᄋ든ᄋ섯님, 부베간(夫婦間) 뒈영 살앙 올 떼예~, 수만헌 금전도 많이 벌곡 좋은 제산도 많이 일르곡 영 허여근~, 아이고 팔십ᄋ섯, 당신 난 아기 놈 난 아기 구별 아니 허멍 간장 석으멍 오장 석으멍 살아온 ᄋ든ᄋ섯~, 살아온 역데를 몬 베풀엉 만단정횔[1326] 몬 일루저 영 허여도 글 좋은 서

1321) 짧아서.
1322) 쏟아지고.
1323) 굿하는 집의 안주인을 이르는 말.
1324) 광평(廣坪).
1325) 시집가서.

셀 둘아당 소설첵 ᄀ찌 엮어도 못헐 ᄉ정 뒌 양씨 안전 팔십ᄋ섯~, 아이
고 아이고 불쌍헌 아덜 아바지도 이른다섯 나던 헤에 아까운 가속 오유월
영청 물 기립 듯허는 아기덜 놓아두엉, [울먹이면서] 눈을 ᄭᆷ앙 저승드레
갈 떼에 가속(家屬) 홀목1327) 심엉1328) 만단정훼(萬端情話) 못 ᄀᆯ안, 저승
간 아덜 아방~, 아이고 아이고 불쌍헌, 남인가장(男人家長)님도 인간 모
진 병 버쳐 저승은 가도, 저승 가도 인간드레 돌아앚앙~ 우리 아덜 어멍
ᄄᆞᆯ르멍1329) 아이고 어떠나 허연 인간 ᄒᆞᆫ 세상을 살암신고 허영, 인간드레
돌아상 ᄒᆞᆫ번은 칭원허영 울엉도 들어가곡~, 저승 가도 ᄒᆞᆫ 동갑(同甲)에
간 영혼덜 ᄒᆞᆫ 성친(姓親)에 가던 영혼덜, 친구 벗을 삼아도 아이고 인간
살아신 떼 모양으로 아무가이1330) 아방 ᄆᆞ음 좋다 셈씨 좋다 영 허영,
　살아오는 저승 법 아닙네까 영 허시난
　이번 참엔
　이 가장 이 가숙(家屬)
　[음영] 지금 나이가 팔십ᄋ섯 근당 뒈여근 이거 멧 번 멧 ᄎ례 조상 데
접을 올리는 일입네다 영 허난 불쌍헌 아덜 아방, 아이고 저승에서도~,
아덜 어멍 이거 우리 조상님네~ 셍각허곡~ 나 셍각허곡~ 성편(姓便) 웨
편(外便) ᄆᆞᆫ1331) 셍각허멍 살아오람구나
　영 허영 엿말 ᄀᆞᆮ듯,
　사는 남인가장 아닙네까.
　영 허시니
　이번 참에~

1326) 만단정화(萬端情話)를.
1327) 손목.
1328) 붙잡고.
1329) 따르면서.
1330) 아무개.
1331) 모두.

조상님네 살아 먹는 목 살아 씌는 목,

이번 참 공양(供養) 올릴 띠 공양 올리곡

발괄[白活] 헐 띤 발괄 올리곡 영 허여근

조상 간장 풀렴시면은 우리

김덱에 ᄌ순덜 가지가지 송에송에[1332] 벌어지곡

영 허여근

아기덜~ 뎅이는 자국마다 잃은 금전 촟게 흐곡 잃은 제산 촟게 허곡

영 허여근

불쌍헌 양씨 안전 ᄋ든ᄋ섯님 아이고 지금 현제 나이가 웬만이 잡수난

[음영] 이번 참에 나가 걸어지곡 운신허여 질 떼에 나 살아셍전에 이젠 네가 조상 공이라도 ᄒ번 다ᄁ곡[1333] 영 허여근 경주 김덱에 좋은 청춘에 죽엉 간 영혼덜이영~ 전장(戰爭) 사고에 난 죽엉 간 영혼덜이영 그 뿐 아 니라 경줏 김덱 성편 웨편 영혼님네 ᄆ음먹어근

좋은 한이한복(韓衣韓服) 출려놓아근~

세남허영 어둑은 가슴 신풀리곡~ 가슴에 거미줄같이 싸영 저승 간 영 혼님네

신풀령

저승왕드레 지를 부쩌 안네저 영 헙네다.

그뿐만 아니라 친정 편으로도 성진(姓親) 성편 웨진(外親) 웨편 양위(兩 位) 영혼님네

아이고 제주 양덱에 엿날로부떠 이름나고 영헌 집안에 손멸(孫滅) 뒵 니다

영 허시니

이런 영혼(靈魂) 혼벽(魂魄)님네 신가슴을 풀리곡 영 허염시면

1332) 송이송이.

1333) 닦고.

양씨 안전 ᄋ든ᄋ섯 난 아기딜 뎅기는 질 묽은 질 묽은 도덕 시겨줄까

영 허여 원정 디리는 일

뒙니다~

그뿐만 아니라 ᄋ든에 ᄋ섯님 살아셍전 고셍헌 말 칭원헌 말 원통헌

말, 가슴에~

뎅이뎅이(1334) ᄆ쳐진(1335) 신가심을

풀리젱 허면은 산시왕질을(1336) 다까야 신가슴 풀리는 일입네다 영

허난

이번 참에

시왕전 앞으로

산시왕질을 데다깡 이번 ᄋ든ᄋ섯

이 가슴에 ᄆ디ᄆ디 ᄆ쳐진 심가심을 활짝 풀리영

인간에 줴 지은 일을 다 삭(赦)시겨주곡

영 허여근 앞으로 살당살당 멩이 줄랑(1337) 저승을 갈지라도 저승 초군

문에 성벌(刑罰) 데김헐 일 나게 말아근

열두 데왕(大王) 지부쩌 극락세게(極樂世界) 나무타불(南無陀佛) 줄잡아

살데 ᄀ뜬 곧은 질 활데 ᄀ뜬 넓은 질로

저승 곱게곱게 가게끔 시겨 줍센 영 허여 원정 드립니다.

산시왕질 데다끌 떼에

만단정훼(萬端情話) 일르거들랑

하다히

산시왕질 뒙니다 고운 질로

1334) 덩이덩이.

1335) 맺힌.

1336) '산시왕질'은 살아 있는 사람이 저승의 좋은 곳으로 가게 해달라고 기원하는 의례.

1337) 짧아서.

저승왕에 등장(等狀)을 드리는 일 뒈옵니다 영 허시난

경줏 김덱에 묽은 일월조상(日月祖上)님네영

첵불일월(冊佛日月) 조상님네 선달일뤌(先達日月) 조상님네 별감조상(別監祖上)님네 훈장(訓長) 이령좌수(留鄕座首) 통정대부(通政大夫) 가산데부(嘉善大夫) 놀던 일월님네영

또 이젠은 풍악일뤌(風樂日月)덜이영 여러 각 조상님이 잇습네다 영 허난 조상 간장 풀렴시면 ᄌ순 간장도

풀리는 법 뒈옵니다.

양덱으로 친정으로도 건이(權威) 우품(位品) 난

부모 선조 조상님네영 당진 오라바님

좋은 얼굴 좋은 처데 지엉 낭

제주도 ○○고등학교 설립헌 오라바님네 뒵니다 일름 건이(權威) 우품(位品) 난

오라방 영혼 혼벽님도

첵불일뤌 조상 뒈옵니다

신가심을 풀립서 원정을 드려가며

위(位)가 돌아갑니다 제(座)가 돌아 가옵니다.

글 허기 전상 활 허기 전상 숨부산이 데전상 뒵니다.

심방질 허기 전상 노름 허기 전상 뒵니다 말 잘 ᄀ는 것도 전상입니다.

글 잘 쓰기 전상 뒵네다 모든 우리 인간덜 추미(趣味) 부쩡 요것 저것 다 허는 일이 전상 없는 일은 아닙네다 전상 잇는 일은 다~

오널~

삼공 안땅 주년국 전상연ᄃ리로

신가심을 풀렴시면은 에

삼공 주년국에서 귀신 ᄀ치 알다니

ᄌ순에 안평데길(安平大吉) 시겨주곡 양씨 안전 ᄋ든ᄋ섯님 낳은 아기

덜 손지아기덜 가지가지 송에송에 벌어진 아기덜 **뒙네다**

글 허기 전상 활 허기 전상 아닙네까 영 허난 좋은 과거(科擧) 뒈게끔
시겨 줍서 영 허영

축원 원정 디려 갑니다.

■ 삼공본풀이>들어가는 말미

우(位) 돌아오랏습니다 제(座) 돌아오랏습니다

삼공 안땅 주년국

난산국이 어디며 본산국이 어디며

과광성이 어딜런고 영 헙거든

마령마추(馬糧馬草) 시권제[1338] 받아다 위올리며

삼산향(三上香) 삼주잔(三酒盞) 게굴아 위올리며

삼공 주년국 난산국데레 제ᄂ려 하감헙서-.

■ 삼공본풀이>본풀이

엿날이라 열적에

우잇녘에는 강이도령 알엣녘엔 강이서불이 사웁디다

ᄒ를날은 강이영신 강이영서이서불도 가난은 질이 공서[1339] 허여 살앗
구낭.

[음영] 이제야 강이영신 강이도령은 알엣녘에 강이영신 사는 ᄆ을에 풍
년이 들엇다고 소문 들어앚언 얻어먹으레 어서 네려가저 이제는 강이영
신 이서불은 우잇녘에 강이도령 사는 마을이 부제 마을 뒈여지덴 영 허여
소문 기별 들어간다.

이제는 서로가 우잇녘에 알엣녘에드레 알엣녘에 우잇녘에드레 얻어먹

1338) 권재(勸齋). 재미(齋米).
1339) '질이 공서'는 걸인으로 동냥을 하면서 사는 것을 이름.

으레 가다가 질레에서,[1340]

서로가 만난 통성명(通姓名)을 무으난,

"나는 강이도령입네다." "나는 강이이서불 뒙네다." 말을 허여간다.

이제는 가난허고 서난허여,[1341]

질이 공신헌 말을 다 통성명으로 나누언 바련 보난 혼 팔저(八字) 혼 수주(四柱) 혼 복력(福力)이 뒈엿구나에-.

그젯 날은~,

강이도령은 강이이서불 홀목 부여잡고 얻으먹으레 ᄆᆞ을ᄆᆞ을마다 거리마다 뎅기면서 얻어먹으레

뎅기다가 어둑으면은

[음영] 몰가릿집에[1342] 이제는 어느 집도 엇고 영 허난 으지(依支)허영 몰가리에 줌을 자곡 영 허는 게 강이영서이서불 강이도령

부베간법(夫婦間法)을 마련을 허옵데다-.

부베간법을 마련허난

이제야

[말] 이제 ᄄᆞᆯ아기 궁녀(宮女)아기가 탄생허엿구나 이 아기 혼 설이 넘고 두 술이 넘을 떼예 상다락에 노념헌다 중다락에 노념헌다 하다락에 노념을 허여간다.

[음영] 이 아기 혼 일곱 살 근당허난 이름 성명이나 지와보저 영 허연 이름을 집는 게 야- 이제는 감은장아기로

일름 성명을 지와 갑데다-.

이름 성명 지와놓고

이 아기~

1340) 길에서.
1341) '서난허여'는 앞의 '가난허고'에 운을 맞춘 말.
1342) 연자방앗간에.

혼 일곱 설 돼난 다시 부베간법 마련헤여 천상베포를 무엇더니만은 허뒈

아호 열 둘 준석(準朔) 차난 아길 나는 게

이제는 여궁녀(女宮女) 다시 탄싱허엿구나.

탄싱허난

이 아기도 혼 일곱 설 근당허니

이름 성명 마련허여 가는구나.

이 아기는 놋장아기로 일름 성명을 지와갑데다.

이름 성명 지와놓고,

이제는 살아가는 것이 셋뚤아기 탄싱허여 나난, 아이고 이젠 눈이 베롱허게[1343] 흐끔 살아지어 가는구나. 아이고 어어,

다시 제처 천상베포 무엇더니만은 허뒈 합궁일(合宮日)을 무어 천상베포를 무으난 다시 나는 게 다시 뚤아기 탄싱허여 뚤 삼형제 탄싱허엿구나-.

뚤 삼형제 탄싱허난 이 아기도 혼 일곱 설 건당허여 가난 일름 성명 지와간다.

일름 성명 집는[1344] 게

이제는 감은장아기로 일름을 지와 갑데다에-.

은장 놋장 감은장 뚤 삼형제

마련허곡

이제는 족은뚤 나난 ㅇ따가라[1345] 잘 살렌 헌 팔자가 돼여신고라[1346] 없는 집도,

1343) 희미하게 빛이 비치는 모양.
1344) 짓는.
1345) 아따.
1346) 되었는지.

일어난다.

없는 밧도

솟아난다 별진밧1347)은 돌진밧1348)

마련허여 가는구나

부제 팔명으로1349)

살아가는구나.

그떼예는

[음영] 아방 어멍 이제는 은장 놋장 감은장아기, 이제는 다섯 식구가 살림을1350) 사는 게 놈 부럽지 않게

잘 살아 가옵디다−.

잘 살아가는 것이

[음영] 아이고 아바님이 이제는 강이도령이 숭엄(凶險)을 드리젠 허난, [말] "나 뚤아기덜아, 나 방으로 들어오라. 굴을1351) 말이 잇노라." "뭔 말입네까?" 말을 허난 "큰뚤아기야, 너는 누구 덕으로 나왓느냐?" 말을 허니 "쳇쩨는 하나님이 덕입니다. 둘쩨는 지화님이 덕입니다. 셋쩨는,

[음영] 아바님이 덕입니다. 넷쩨는 어머님이 됩니다."

"나 뚤아기,

적실허다." 일러가는구나.

[음영] 셋뚤아기 놋장아기 불러난 "너는 누구 덕으로 나왓느냐?" 그와 같이 말을 허난 "느도 나 뚤아기가 적실허다." 영 허여 일러가는구나 족은뚤아기 불러다가,

[음영] "너는 누구 덕으로 나왓느냐?" "쳇쩨는 하나님이 덕이요, 둘쩨

1347) 큰밭. '별이 떨어진 밭'의 뜻.
1348) 큰밭. '달이 떨어진 밭'의 뜻.
1349) 부자임을 자랑하면서.
1350) 살림을.
1351) 말할.

는 지화님이 덕이요, 셋째는 아바님이 덕이요, 넷째는 어머님 덕입니다만

은 어머님 뱃똥[1352] 알

선그뭇[1353]이 덕입니다." 일럿구나에-.

그젯날은

"너는 나 똘아기가 아니로구나."

후욕(詬辱) 만발 허여 가는구나.

"어서 나고 가라." 일러간다.

아방 눈에 골리 난다 어멍 눈에

시찌 나가는구나.

그뗏날은

[음영] 부모 곧는 말이라 어느 말이라 거형(拒逆)헐 수가 없어지어 나고 오면서, '아이고 나가 아바님 어머님 못 살게 천번 숭엄이나 드려둥 나가저.' 일러가는구낭아.

그젯날은

감은장아기가 나오며

이제는 솟강알[1354]에 용달버섯 나게 마련허여두고

이제는 청지넹이[1355] 벡지넹이 흠으로

환싱(還生)을 시겨가는구나.

이제는

데말치 중말치 소말치도

뒤엎어지게 일러가는구나.

이제여 가면서 아버님 어머님

1352) 배꼽.

1353) 여성의 성기. '그믓'은 금.

1354) 솥 아래.

1355) 청지네.

당달봉사 시겨두고 먼정 올레레 나올라 나오라가는구나-.

그젯날은

족은뚤아긴 나고오난

[음영] 은장아기 '아이고 이거 설운 동생 아방 눈에 어멍 눈에 굴리 나고 시찌 나고 어서 나가불어신디 우린 어떵 허영 아바님 어머님 거느령 살 수가 잇시리야.'

영 허연

이제는 아바님 촛앙 가부난 아바님도 당달봉사가 뒈여지고 어머님도 당달봉사가

뒈여지엇구나.

그펫날은 은장아기 나고간다.

놋장아기도

아바님 어머님 방을 율안1356) 들어가난

[음영] "아이고, 이 아긴 아바님아 어머님아. 나도 이제는 어서 나고 가겟습니다." 말을 허난, "어서 걸랑 기영 허라." 이제야 말은 굴아도 아바님 눈에 어머님 눈에 난 이 아기덜

보이질 아니 허엿구나에-.

그펫날은

은장아기

설은 동싱 촛저 영 허연

[음영] 나고 가불곡 흐를날은 뒷집이 강셍이는1357) 이제야 아바님 창문 앞이 간 무사1358) 물사1359) 거려놔신디1360) 무신 죽사 쑤와놔신지 모르쿠

1356) 열어서.
1357) 강아지는.
1358) 무슨 이유로.
1359) 물이야.
1360) 떠놓았는지.

다만은 이야 할축할축 먹는 소리가 난 바려보난 아이고 뒷칩이 강셍이가
돼여진다 "요 강셍이야 어서 나고 가라."

후욕허여 보네여 불고

그젯날은

아이고 큰성님 셋성님,

이제는 설은 동셍 간 곳을 춫저 감감허고[1361]

가는 게

이제는

큰마퉁이 셋마퉁이 족은마퉁이가

마팟디 들어간 마를 파왓언 들어오는 소리가 눈에 띄우고,

귀에 띄어 가는구낭아.

그제에는 "큰마퉁이야 셋마퉁아

족은마퉁아

아이고 감은장아기 어디 살암시니?" "아이고 말도 말고 이르도 맙서.
우리도 감은장아기 설은 나 동싱 춫지 못허여 애를 쓰는 중입니다."

영 허연 말을 허난,

이젯날은 거리거리마다 므을므을마다 뎅기다가

[음영] 소문 듣기에는 이제야 감은장아기 아이고 남편 잘 만나 부제 청
기와집을 지어놓고 이제는 아주 속하닐[1362] 거느리고 이제야 잘 살암구낭
아 이제는 족은아시 난 아기덜 삼형제가 탄싱허난 이 아기덜토

큰마퉁이 셋마퉁이,

족은마퉁이

마팟디 마를 판

어서 들어오는 소리가

1361) 가고 또 가고.
1362) 하인을.

들리는 듯허여

[음영] 아이고 영 허연 족은아시 잘 사난 이제는 동네 걸인잔치나 혼번 허여 보저 영 허여놓고

가는 임도 읍서 오는 임도

읍서

영 허여

이제는 ᄆᆞ을 걸인잔치를 허여가난

이제야 아이고 큰성님 셋성님

뒙네다

'족은아시 잘 살아 ᄆᆞ을 걸인잔치를 허는디 어떵 허리요 촟아 가준.' 영 허고

[음영] 아이고 아방 어멍은 당달봉사가 뒈연 거리마다 ᄆᆞ을마다 주왁주왁 뎅이멍 얻어먹으레 뎅이는[1363] 이제야 아바님 어머님 뒈엿구나. 이제는 소문 기별 드려 걸인잔치 허는 딜 촟앙[1364] 가민 먹음 음식이라도 배불려 베불리 먹엉 나올 것이 아닌가 영 허연 촟앙 간 걸인잔치를

얻어먹엇구나.

그제야

[음영] 족은ᄄᆞᆯ아기가 허는 말이 "하르바님아 할마님아, 이제는 이거 내가 걸인잔치를 헌덴 허난 이거 촟안 옵데가?" 이런 말도 못 허연 "할망 하르방, 든[1365] 말 잇수가 본 말이 잇수가?" 영 허난 "거 뭔 말이냐?" 물으난 "들은 말도 엇고 본 말도 엇수덴." 영 허난 "아이고 건 미신 말이우까?" 그제야 "하르바님 할마님 들은 말 본 말이나 혼번 여쭤와 보십서." "어서 걸랑 기영 허라." "경 허건 하르바님 이젠 든 말 본 말이라근에 놀

1363) 다니는.
1364) 찾아서.
1365) 들은.

레로 일천 간장을

　삭허게 풀리십서-."

　‖놀레‖

　오널오널 오널이여

　네일 장삼 오널이여

　우잇녁에 강이도령

　알엣녁엔 강이이서불 거느리고

　통셍명 무어 혼 팔자 혼 복력 뒈엿구나.

　얻어먹으레 ᄆᆞ을ᄆᆞ을마다 거리거리마다

　얻어먹으레 뎅기멍

　날이 어둑어 몰가릿집이 줌을 자고

　천상베포 무어근

　큰ᄯᆞᆯ아기 솟아난다.

　셋ᄯᆞᆯ아기 솟아난다.

　족은ᄯᆞᆯ아기 은장 놋장 감은장 아기 솟아난다.

　ᄒᆞ를날은 아바님이 말을 허뒈

　큰ᄯᆞᆯ 셋ᄯᆞᆯ 어서 나 방으로 들어오라.

　ᄂᆞ네딜 누게 덕으로 나왓느냐.

　하나님 지화님 덕입니다.

　아바님 엄머님 덕입네다.

　나 ᄯᆞᆯ아기 적실허다.

　감은장아기 불러다가

　하나님이 덕이웨다

　지화님이 덕이웨다 일러간다.

　아바님 어머님 덕입니다만은

　어머님 벳똥 알

선그뭇이 덕입네다.
나 뚤아기 아니로구나.
어서 나고가라.
아방 어멍 눈에
골리 나고 시찌 나
나가는데
그젯날은
솟강알은 용달버섯
청지넹이 환생허고
아방 어머님
당달봉서 시겨두고
나고 온다.
그젯날은
큰뚤아기 셋뚤아기
아바님 어머님
방으로 들어간
설은 동셍 나가분디
우리도 나가쿠덴 영 허여근
아방 어멍 데오 나고간다.
족은뚤아기 잘 살앗구낭아.
아덜 삼형제 탄싱허여
큰마통이 셋마통이
족은마통이 거느리고
마판 들어오는 설운 아기덜
이젠 잘 살아가난
흐를날은 무을 걸인잔치나

허여보저 영 허여근

걸인잔치 허여간다.

셋성 큰성 설운 동싱 촛앙 간

걸인잔치 혜연 먹엇구낭아.

아바님 어머님 ᄆᆞ을ᄆᆞ을 거리거리

뎅기면서 얻어먹으레 뎅기단 보난

소문 기별 들언 족은ᄯᆞᆯ아기

ᄆᆞ을 걸인잔치 헌덴 허난

촛이멍 물으멍 걸인잔치 허는 디

촛앙 가난 이젠 먹을 거

베 부른 밥 먹고 영 허여근

아바님 어머님 들은 말 본 말

일천 놀레로

간장을 풀립서 일럿구나. 아바님 어머님 어둑은 눈도 펀득허게 뜨어납
서. [산판점]

이거~ 아방은 아방 어멍 당달봉사 시기난 영 허면~, [산판점] 아바님
눈도 뜨고 어머님 눈도 번득허게 뜨어낫구나.

■ 삼공본풀이>비념

[다시 스스로 장구를 치면서 말명을 한다.]

삼공 안땅 주년국 난산국도 풀엇수다.

본산국도 풀엇습니다 과광선 신풀엇습니다 영 허시니

전상연ᄃᆞ리 어간이 뒈엿수다.

글 허기도 전상 활 허기도 전상이여

솜보산이 데전상

밧갈기도 전상 뒈옵니다.

또 이전

어부 노릇허영 고기 사냥허는 것도 전상이 뒙니다.

그뿐만 아닙네다~.

노름허기 전상

뒙네다.

술 잘 먹는 것도 전상입네다.

소리 좋은 것도

전상입네다.

또 이전은

베슬허기도 전상

뒙니다 과거허기도

전상이 뒙네다.

영 허난

이런 전상연 두리로 삼공 주년국

이제는 난산국을 신풀어시난

이 전상 궂인 전상도 잇고 좋은 전상도 잇습네다. 좋은 전상 먹을 연

입을 연

나수와줍던

전상용머리랑

밧겻딜로 안트레

잉어 메살리곡

궂인 전상이랑

부자칩으로 어느 각 면장 허던 집안으로

어서 갑서

훈장살이 허던 집안으로

어서 갑서.

디려나 가면은

큰아덜 예순ᄋ섯

됍네다 압장에 들어근 어죽이는 궂인 전상

먼정

부제칩으로 돈 많고 제물 많은 딜로

어서 갑서.

드려나 가면

궂인 전상용머리랑

다 허구와당드레

신풀어

드려나가며

또 이전은

좋은 전상용머리랑 이 ᄌ순덜 머릿점드레 어서 신수퍼 사옵소서-.

디려나 가면은

이 ᄌ순덜 예명 올른 ᄌ순덜

없는 명도 제깁서 없는 복도 제깁서.

장수 장명 시겨줍서.

ᄉ만이 목숨 제겨나 줍서.

동방섹(東方朔)이 삼철년(三千年) 목숨

제겨나 줍서.

제기다가 남은 건

궂인 엑년(厄緣)

막아줍서.

동ᄋ로 서ᄋ로

남북으로 오는 엑

막아 멘송(免送)시겨줍서.

또 이제는

데천한간 발 벋어 울 일

나게나 맙서.

인명 축(縮)허고

인명 낙루(落漏)뒐 일덜

나게나 맙서.

궂인 수엑이랑

날로 가면 날역연 둘로 가면 둘엑연

월역(月厄) 시력(時厄) 관송(官訟) 입송(立訟)이랑

면송을 시겨줍서.

자축인묘진사오미신유술헤 건술건방(乾戌乾方)

오는 수엑년이랑 다 막아 면송시겨줍서에-.

■ **삼공본풀이>산받아분부**

[장구 치기를 멈춘다.]

　삼공 주년국 신풀엇습니다 영 허면은~, 과광선 신풀어시난, 이번 전상
연드리로, [신칼점] 이 군문을 잡안, [신칼점] 영 허면은, [신칼점] 에 ᄂ
단즈부드리, [신칼점][신칼점] 군문질로, [신칼점][신칼점] 영 허이면은,
[신칼점]

　(정태진 : 아리가도 고사이마쓰네.)

　고맙습네다.

　영 이번에 기도헌 덕이 돌아옴직허우다.

　(본주 : 경 험직허우꽈?)

　(정태진 : 예예예예. 이 저 군문 잡고 조상이 다 왕 상 받젠 허민 군문
을 잡아놩 다음에 즈부드리 놓으민 좋은 거우다. 게난양 이번에 정말 기

도헌 덕이 돌아오랑 옛말 굴으커메1366) 그 줄 압서.)

■ 삼공본풀이>제차ᄆ끔

불법이 어간뒈엇습네다. 신이 아이, 연당 알 굽어 신천허며, 넬 아척 근당허면은 옥항천신불도 일월연맞이더레, 불도연맞이더레 제돌아 가오리다에-.

문전본풀이

자료코드 : 10_00_SRS_20110420_HNC_HBW_0001
조사장소 : 제주특별자치도 제주시 애월읍 상가리 모 굿당
조사일시 : 2011.4.20
조 사 자 : 강정식, 강소전
제 보 자 : 홍보원, 남, 65세
구연상황 : 이 자료는 2011년 4월 14일부터 같은 달 20일까지 제주시 애월읍 상가리 모 굿당에서 벌어진 일본 대판 김씨 댁 굿에서 얻은 것이다. 마지막 날인 4월 20 일에는 차사본풀이, 칠성본풀이, 문전본풀이, 액막이 등을 하였다. 문전본풀이 는 홍보원 심방이 앉아서 스스로 장구를 치면서 구연하였다. '말미→공선가선 →날과국섬김→연유닦음→본풀이→비념→주잔넘김→산받음→제차넘김'이라는 전형적인 소제차를 빠짐없이 진행하였다.

■ 문전본풀이>말미

천앙긴1367) 지아(地皇) 지앙긴 인아(人皇) 가고~, 인앙기(人皇旗)는 각기 도숙어, 하전 떼가 뒈엿수다 들적 문전(門前), 날적 문전(門前) 일문전(一門前)~, 하날님전, 난산국 본산국, 지주낙형, 신풀저 영 헙네다~. 또시 난산국 신풀건, 받아 통촉, 하렴헙서~.

1366) 말할 것이니.
1367) 천황기는.

문전본풀이

■ 문전본풀이>공선가선

[장구를 치기 시작한다.]

에~ 에~

공선

공선은

가신

공서웨다.

제저남선

본은 갈라

인도역

서준왕

서준공선

말씀전
여쭈옵긴

■ 문전본풀이>날과국섬김

날은 갈라 올금년

신묘년(辛卯年)

둘론 갈라

청명(清明) 삼월(三月)

오널은 열여드레

어느 고을 어떠허신

자손덜이

이 원정

올리느냐 하옵거든

국은 갈라~ 갑기는

저 일본~ 주년국입네다.

○○○시 ○○구

○○○는

○○○ ○○○○

○○○ ○○

거주허여 삽네다.

원고장 지원지장 소원지자 뒈옵네다.

■ 문전본풀이>연유닦음

성은 ○씨 부인~, ○짜 ○짜 올금년

으든에 으섯님

드는 공서이옵고

수다 많은 아기덜 들며 나며, 드는 공서 여쭙기는

다름 아닙네다. ○씨 부인 ㅇ든ㅇ섯님

나이 웬만(年晚) 뒈곡 난 아기덜

성장허영 모든 일덜 다 허곡 손지(孫子) 아기덜토

질로 성장허여 가시는데

ㅇ든ㅇ섯님도 산 떼엔, 부모조상님에 혼번 등장(等狀)을 허영

공 가프저 영 허영

마음먹고 성심 먹엉, 원성기도라도 허여 보저 영 허영

이 제주 고향산천 들어오라근

이거 ○○암 굿당 임시 잠깐 빌엉 오랑

낮도 영청~ 밤도 영청

낮엔 네난1368) 가위(家戶) 밤에 불썬1369) 가위 붉혀

원성기도 데정청 올리저

청명 삼월 둘 열이틀 날

거두 잡안 밖으로는 천지월덕1370) 신수푸고

안으로는 고분연당클1371) 추겨 메영

삼천전제석궁 어궁전을 마련허여

일만 팔천 신우엄전님네

옵서 옵서 청허시고

열 명부(冥府) 시왕전하님도 옵센 허고

1368) 연기 나는.
1369) 불을 켠.
1370) 큰대. 제주도에서 큰굿을 할 때 마당에 높이 세우는 깃발.
1371) '당클'은 제주도 큰굿에서 제장의 벽에 높이 달아매어 제물을 차려 올리고 신의 거처를 상징하기도 하는 선반. '고분연당클'은 삼천전제석궁 당클을 전면에 두고 좌우에 마을영신 당클과 문전본향 당클을 두되, 시왕 당클을 따로 두지 않고 삼천전제석궁 당클에 함께 두는 것을 이름. '고븐당클굿'은 달리 '중당클굿'이라고도 하는데, 당클을 넷 두는 이른바 'ㅅ당클굿'보다 규모가 작은 굿임.

불도할마님도 옵서 청허여 돋우여

축원헐 디 축원허곡

비념헐 디 비념허곡

시왕전 어간허영 불쌍 적막헌

영가(靈駕) 혼벽(魂魄)님네

저승찔 데다깐

이거~ 낮도 일뤠, 밤도 일뤠, 두 주 일뤠 동안 이 기도 허영

오널은~ 천왕기는 지왕 가고

지왕기는 인왕, 인왕기는 각기 도숙어

하전 떼가 뒈엿수다.

주인 모른 공서(公事) 엇곡, 문전 모른 공서가 없어지난

상당 도숙을 떼가 뒈여근

일문전

하날님전

난산국은 본산국

지주낙형 과광성

신을 풀저 영 허시니

난시 본산국 과광성

본산국은 난산 난산국은 본산국더레 제ᄂᆞ려, 받아 통촉 허렴헙서~.

■ 문전본풀이>본풀이

옛날이라~ 옛적에

남선ᄀᆞ을 남선비, 여산ᄀᆞ을 여산부인, 사옵데다.

가난허고 서난허여, 아덜이사 일곱 형제 탄셍허여

살아가는 게~, 너무 가난허난, 흐를날은, [말] 야 여산부인이 이거 남
선비님 이거 남인(男人) 가장(家長)님안티 흐는 말이, "아이고 이거 가장님

아 가장님이, 우리 집은 가난허고 서난은 허여, 야 이거 식구는 만만혜여도 어찌 구명도식(救命圖食)허기가 힘이 드니 옵서 우리, 전베독선(專—獨船) 무어[1372] 타 나가근, 야 이거 무곡(貿穀)장사나 허영 구명도식 허기가 어찌 하오리까?" [소리] 남선비는 "어서 걸랑 기영 협서."

남선비는

굴미굴산[1373] 도올라

곧은 낭 비어다

전베독선 무어근

바람부는 데로 물결 치는 데로, 가는 게, 오동나라 오동고을 들어산다.

무곡장사 허시는데

노일제데귀일의 뚤 눌려들어

"아이고 선비 선비님아 선비님아~, [말] 이거 오뉴월 ᄌ작벳데[1374] 앚앙 장사만 허지 말앙, 옵서 우리집 안사랑도 좋고 밧사랑도 좋으난 옵서 우리집에서, [소리] 바둑 장귀 노념놀이나 허멍 무곡장사나 허기가 어찌 허오리껜?" 허난, 남선비는 그 말 들어지난 솔깃헨, [말] "아이고 고맙소. 어서 걸랑 기영 협서." [소리] 영 허여, 야~ 귀일이 뚤 호탕에 빠져근

이 날 저 날 보낸 게, 무곡장사 허여는 게

부부 동거 멫어간다.

혼 둘 두 둘 혼 혜 두 혜 연삼년, 지네가 가는 것이

무곡장사 혜영 벌어논 돈도 다 날리고 전베독선도 다 날려, 먹을 건 없어 체죽만 먹단 보난

당달봉사 뒈어 앚앙~ 욮에[1375] 체죽단지 욮에 차 앚안, "이 개 저 개

1372) 만들어.
1373) 깊고 깊은 산속.
1374) 땡볕에.
1375) 옆에.

주어 저 개." 드렷구나.1376)

흐를날은 이거 여산부인님은 [말] '야 이거 혼 혜 두 혜 이거 연삼년이
뒈여도 기별 소문도 없어지곡 허난 아이고 이거 필아곡절(必有曲折) 이거
무슨 일이 나앗구나. [소리] 이만허믄 어떵 허리.' 남인 가장이나 강 춫아
보저 영 허여, 흐를날은 아덜 일곱 성제(兄弟) 불러놓곡, "야 너이 아바님,
야 이거 무곡장사 떠난 지가 연삼년이 뒈여도 기별 소문도 엇고 허니, 어
찌허믄 뒈겟느냐? 너이덜 일곱 성제가 전베독선 무어주고 너이덜 하나,
혼 짚신 혼 베씩 무어주엉 허민 그걸 으정,1377) 나가 아버님 강 찾아오기
가 어찌허겟느냐?" "어서 걸랑 기영 헙서." 아덜 일곱 성제 전베독선 무
어주난, 무어주고 짚신 혜영 혼 베씩 무언 어머님, 야 안네난1378) 어머님
은, 야 명지와당1379) 실ㅂ름에1380) 순풍에 돛을 달아, 술렁술렁 가는 것이
　　오동나라 오동ㄱ을 서창가에1381) 데여간다.

　여산부인님은

　[말] 베에서 네렁 요 제1382) 저 제 가단 보난 지장밧디,1383) [소리] 야
새 드리는1384) 아이덜이 노레를 불러가는 게, "새야~ 새야~

　　너무 욕은1385) 체 말어라. 남선비 욕은 깐에도

　　노일제데 귀일이 똘 호탕에 빠져

　　무곡장사 다 날리고 전베독선 다 날리고

　　남돌쩌귀1386) 거적문, 비주리초막1387)에

1376) 쫓았구나.
1377) 가져서.
1378) 드리니.
1379) 명주(明紬) 같이 잔잔한 바다.
1380) 실바람에.
1381) 선창가에.
1382) 재.
1383) 기장밭에.
1384) 쫓는.
1385) 약은.

체죽단지 욭에 차 앗아근

이 개 저 개 주어 저 개 드럼구나. 주어라 휠~쭉"

[말] 지장밧디 새 드리는 아이덜이 그 노래를 불러가는디, 야 여산부인 지나가단 들어보니까 이거 필아곡절 이거 무슨 사연이 잇구나 싶언, "야, 설운 아기덜아 설운 아기덜아, 아까 니네 무슨 노래 어떵 헨 불러시니? 그 노래 혼번 춤 듣기 좋아라. 혼 번 더 불러줄 수 엇겟느냐?" "아이고 우린 아무 노래도 아니 불럿수다." "경 말앙 니네덜 혼 번만 불러주……, 나 니네 머리에 고운 뎅기라도 나 하나씩 돌아 돌아 메어주마. 혼 번 불러보라." [소리] 그 브름에1388) 아기덜, 다시 불럿던 노래 다시 혼 번 불러간다.

여산부인님

"야 설운 아기덜아, 거긴 어떵 어떵 허믄 춫앙 가지느니?" "요 제 저 제 가당 봅서. 남돌처귀 거적문, 비조리초막이 잇는 디, 그 초막에 남선비가 사옵네다."

여산부인 요 제 저 제 가단 보난

아닐써라 남돌처귀

비저 거적문, 비주리초막 잇엇구나.

여산부인 들어가단 보난

데천난간 체죽단지 욭에 차 앗안 남선비가 잇엇더라.

여산부인님

[말] 야 들어간 "아이고 선비님아 선비님아, 지나가는 여청(女丁)인데, 여기서 잠깐 쉬엇당 밥이라도 혼 끼 지어 먹엉 한숨 느려1389) 쉬엉, [소

1386) 나무 돌쩌귀.
1387) 아주 볼품없고 초라한 초막.
1388) 바람에.
1389) 내려.

리] 지나가기가 어찌 허오리껜?" 허난, [말] "아이고 부인님아 부인님아, 사정은 딱허나 아에도 우리집은 손님 멎을1390) 데가 못 뒈메, [소리] 다른 인간체(人間處)를 찾아보기가 어찌하오리까?" [말] "아이고 아무 곳간도 좋고 정짓간1391)도 좋수다. 잠깐만 빌립서." "하이고 아니 뒙네다 부인님아." "아이고 집은 사람은 난 디 낫곡 집은 젊어지엉 뎅깁네까? 아무 디도 좋수다." 하도 우격다짐으로 혜영 눌려 들어가난, [소리] 남선비는 마지 못헤 홀 수 엇이, "어서 걸랑 기영 헙센." 허급(許給)을 허난, 여산부인님은 정짓간에 들어간, 야 솟단지 뚜껑을 열언 베려보난 체죽만 쑤어난 누룽지만 데작데작 눌어시난, 야 코쿨 코쿨허게1392) 누룽지 긁언, 밥솟을1393) 씻어 앚언, 밥을 지어간다.

밥상을 준비허여근
밥상 들렁 남선비 아피1394) 강 놓아놓고
[말] "아이고 선비님아 이왕 밥을 혜영 먹는디, 이거 나 혼자 먹기가 적적허니, 옵서 우리 마주 앚앙 이 밥이나 먹어보기가 어찌 허오리껜?" 허난, 아이고 남선비는 "미안허우다. 이거 원 나가 어찌 밥을 먹을 수가……." "앗다 걱정허지 말앙 이 밥을 드으십서." [소리] "아이고 고맙수다. 남선비는 더듬더듬 숟갈을 찿안 손에 잡안, 밥을 옴씩옴싹 먹어 가다가
어~ 드르륵 주충 같은 눈물을 흘려간다.
[말] 여산부인 "아이고 선비님아 어찌 밥을 먹다 말고 경1395) 서러왕 눈물을 흘립네까?" "아이고 부인님아 부인님아 나도 원레는 남선ᄀ을 남

1390) 머물.
1391) 부엌간.
1392) 깨끗하게.
1393) 밥솥을.
1394) 앞에.
1395) 그리.

선비가 뒈여지고, 아무리 식구는 만만허고 가난허고 서난허게 살앗서도, 체죽은 아니 먹어난 이 쑬 쑬방울 입에 놓아본 지가 하도 오래연, [소리] 오레간만에 쑬방울을 입에 놓고 보난, 고향 처자 생각 나아근, 아이고 나도 모르게, 서러워집네다.”

[말] 여산 여산부인님은, “아이고 아이고 선비님아 나를 모르카?” “아이고 부인님을 내가 어찌 알 수가⋯⋯, 나 눈이 어둑언 부인님이 누군질 모릅니껜.” “나 목소리도 모르쿠가?” [소리] “글쎄 목소리는, 야 이거~, 들어본 듯헌 목소린 헤여도 도저히 생각이 아니 남수다.” “아이고 선비님아 나가 당신 부인, 여산부인이 뒈옵네다에-.”

[말] “아이고 부인님아 부인님아 어떵 헨 이거 여기까지 잘 춫안 오랏수다. 아이고 잘 춫안 오랏수다.” [소리] 양도 부분1396) 맞손 잡안 앚안 만단정훼(萬端情話)를 엮어 감시난, 노일저데 귀일이 똘년은 동네에 간 품팔이 허연, 제우1397) 술팍 치마깍에 받안 들어오단 베려보난, 야 남선비가 여산부인허고 앚안, 야 이거 만단ㅅ실(萬端事實) 엮엄시난, “이 놈아 저 놈아 남은 고셍 고셍허멍 체 훈 술박이라도 얻어당 죽이라도 쒕 베 불리 먹여주다 보거들랑, 어느 지나가는 여청네 붙잡아 앚앙 히히낙락 거리멍 웃음이 나오느냐? 이 놈 저 놈 죽일 놈 잡을 놈.”

후육만발(詬辱妄發) 혀여간다.

[말] 아이 그떼 남선비가 흐는 말이, “아이고 부인님아 부인님아, 그리 후욕만발을 허지 맙서. [소리] 이거 여산부인 남선ㄱ을 나 큰부인이, 나를 춫안 오랏수덴.” 허난, [말] 노일저데 귀일이 똘년은, 아 어는제 욕헤여난 추룩도1398) 아년,1399) “아이고 아이고 설운 형님아, 설운 형님아 어떵 헨

1396) 부부는.
1397) 겨우.
1398) 모양도.
1399) 하지 않고.

이 오뉴월 즈작벳디에 촛아옴도 잘 촛아 오랏수다. 아이고 잘 오랏수다. 잘 오랏수다." [소리] "아이고 설운 형님아. 옵서 우리 영 더운 디 앚앙 영 헐 게 아니라 우리 주천강 못디¹⁴⁰⁰⁾ 강 등물이라도 허영 오라근 만단 수실 엮으기가 어찌 허오리까?" "어서 걸랑 기영 허라." 야 여산부인님은 노일저데 귀일이 뚤, 야 이거 뚤롼¹⁴⁰¹⁾ 주천강 못디 강, 야 물을 헤연, 첨 방첨방 등물을 허여 가는디, [말] "아이고 설운 형님아 설운 형님아, 이레 돌아 앉입서. 나가 등물을 헤여 드리쿠다." "아이고 아시가¹⁴⁰²⁾ 돌아 앉이 라. 니가 저 남편 이거 뒷수발 허멍 허젠 허난 몸모욕이나 제데로 헤져시 냐. 니가 몬저¹⁴⁰³⁾ 돌아 앉아 등물을 헤여 주고 나중에 나를 헤 도라." [소리] "아이고 우로 지는 물 발등에 지는 법이우다. 설운 형님 먼저 돌아 앉입서." "어서 걸랑 기영 허라." [말] 마지 못헤연 여산부인이 돌아 앉이 난 노일저데 귀일이 뚤은, [소리] 물을 떤 등에다 물을 노멍 실겅실겅, 미 는 척허당 구불쩍 받안 발 자락허게 것밀려부난,¹⁴⁰⁴⁾ 야 여산부인은 주천 강 연못 속으로 소르륵기 쉬은 데자 방페머리 너울 지멍 소로록 소로록, 굴아앚아¹⁴⁰⁵⁾ 죽어가는구나에-.

노일제데 귀일이 뚤

여산부인 죽여두고

입던 입던 입선 이장(衣裝)덜

좀좀히 줏어 입곡 허영

집으로 들어 오라근

여산부인 목청으로

1400) 못에.
1401) 따라서.
1402) 아우가.
1403) 먼저.
1404) 떠밀어 버리니.
1405) 가라앉아.

영 허여근

야 모 여산부인 목소리 흉네 네멍, "아이고 남인 가장님아 가장님아 옵서, 우리 나가에가 남인 가장님을 춫앙 오라 허영 허는디 아기덜토 기다렴수다 옵서 우리 고향 산천 가게." "아이고 어서 걸랑 기영 협서. [말] 귀일이 똘년은 어떵 혜뒨 오랏수가?" "아이고 그년 헹실이 궤씸허연, 나 주천강 못디 거영 밀련 죽여뒨 오랏수덴." 허난, [소리] "아이고 나 이 정체 만든 년, 잘 혜뒨 오랏수다. 옵서 가게 옵서 가게."

고향 산천 들어오저 허시는디

어~

야~

흔 둘 두 둘 연삼년이

뒈여간다.

아덜 일곱 성제도

어머님

아버님 춫아오기 학수고데 기다려 봐도

기별 소문 없어지난

메일 아침 저 바당에 나가

바려보아도

어느 베 한 척, 지나가고 지나오는 베가 없엄더라.

흐를날은 보난

저먼정 저 수평선 위에 아뜩아뜩 보이는 게, 베 한 척이 들어 오람시난

야 이 제일 막네 일곱 일곱쩻 놈 녹디셍인, 야~, "아이고 설운 형님아 설운 형님아, 저먼정 베려봅서. 어머님 아버님 춫안 오람시난

어서 어서 드릴1406) 놓아 드리게."

1406) 다리를.

"어떤 드릴 놓으면 뒈겟느냐?"

(홍보원 : 아이고 막 코가 어떵 헨 간질간질.)

(주위 사람 : 휴지 갖다 드립니까?)

(홍보원 : 어.)

어~

큰아덜은

망건(網巾) 벗어 드릴 놓고,

[심방이 코를 푼다.]

어~

큰아덜은 망건 벗어 드릴 놓나.

둘쨋 놈은 두루막 벗고 드릴 놓나.

셋쨋 놈은

적삼 벗어 드릴, 넷쩨 놈은 중이(中衣) 벗어 드릴 놓나.

다섯쩨는

벌통 헹경(行纏) 벗어 드릴 놓고

ᄋᆞ섯쩨는

보선 벗어 드릴 놓아간다.

영력허고

똑똑헌

녹디셍인 칼선드리1407) 놓암~구나~.

[말] "아이고 아이고 설운 아시야 어머님 아버님 오는디 어찌 너이 좋은 드리 못 놓고, 어찌 칼선드릴 놓……." [소리] "내가 열 마디 말을 헌들 형님네가 믿을 수가 잇수리까? 아바님 어머님 이거 선창가에 베를 데영 네리는 거 보민, 알을 도레(道理)가 잇습네다." "어서 걸랑 기영 허라."

_____

1407) 칼날이 위로 향한 모양의 다리.

어느 때

베는 이제 선창가에 들어오랑, 베를 데여, 야 네리는 걸 보난, 야 아바님을 보난 눈은 어둑엇어도, 우리 셍겨준[1408] 아방은 분명은 허여도, 어멍은 베련 보난, 아이고 아이고 우리, 이거 아옵 열 둘 베 아프멍 우리, 베 담앙 낳아준, 어멍이 아니로구나, '아이고 아이고 이게 어떤 곡절이 잇구나', 아기덜 그레도 쑤군쑤군 눈치덜 보멍 눈치랑 체지 못허게 혜여그네, 모른 첵 허영, 어서어서 아바님 어머니나 모시저, [말] "아이고 어머님아 어머님아, 아버님 모셩 오젠 허난, 아이고 얼마나 고셍이 만만헙데가, 어서 아바님 모셩 어서 압상[1409] 걸읍서." [소리] "어서 걸랑 기영 허라." 노일저데 귀일이 뚤은 남선비 홀목[1410] 심언[1411] 압산 걸어가는 게, 길을 몰랑 이레 주왁 저레 주왁 이 골목도 들어가고 저 골목도 주왁주왁 허여 가난, [말] "아이고 어머님아 어머님아 이거 조석(朝夕)으로 멘날 걸어뎅기던 길 어떵 헨 춫지 못혜여 이레 주왁 저레 주왁 헙니까?" "아이고 설운 아기덜아 말도 말라 이거 먼 바당길을 오젠 허난, 멀미가 나고 수질기(水疾氣)가 난 정신이 엇언, [소리] 아이고 아이고 멘날 걷던 길도 나 못 춫일로구나, 어서 니네덜 압상 어서 어서 집으로 가게."

집으로 들어오라근

흐를 이틀 살아가단 베려보난

아바님 받던 밥상 아덜 받고

아덜덜 먹던 수저 밥그릇도 아방도 받아 가곡, 어죽뒤죽 뒤죽박죽, 엇바뀌어 가는구나.

아이고 일곱 성젠 "저거 보라. 분명히 우리 난 어멍이라시민, 츠레츠레

1408) 낳아준.
1409) 앞서서.
1410) 손목.
1411) 붙잡고.

아니 바깡 상도 놓곡, 야 밥도 떠놓곡 헐 건디 저것 보라 틀림엇는 우리 어멍이 아니여", 아기덜 이레 강 쑤군 저디 강 쑤군 쑤군허여, 눈치 빠른 노일저데 귀일이 뚤년은

'아이고 저 놈덜 나가 지 난 어멍 아닌 줄 눈치 체연, 이디 강 쑤군 저 디 강 쑤군 헴구나. 아이고 어 이만허믄 어떵 허리. 저 놈덜 골모다니 잡 아 죽여근 나가, 어~ 편안히 편안히 이 집 제산 도물려 받앙 편안허게 살아보저.' 영 허여

호를날은

[말] 노일저데 귀일이 뚤년, 아이고 베여. (청중 : 아이고 베여.) 아이고 베여, 아이고 무사게, 아이고 무사, [소리] 아이고 베여~, 아이고 베여.

죽어간다.

남선비는 놀려들언, [말] "아이고 부인님 어찌 갑자기 죽을 사경이 근 당혜……" "아이고 아이고 나도 모르쿠다. 우알로 삭삭 홀터가는게 아이 고 나 이거 혼 날 혼 시 못 살쿠다." [소리] "아이고 게믄 어떵 허믄 좋읍 네까?" [말] "아이고 남인 가장님아 그리 말앙, 어디 욜로 요디 강1412) 어 디 강, 사 [소리] 이거 문점(問占)이라도 헤여 봅서." [말] "어디 강 문점 헙네까?" [소리] "욜로 요레 가당 봅서. 데노상(大路上)에 멕1413) 써 앚인 점쟁이가 잇이난, 그디 강 혼번 살 점이라도 혼번 문점이라도 들어봅서." "어서 걸랑 기영 헙서." 남선비는 어글락 더글락 걸어나오라 가난

노일제데 귀일이 뚤 울담 넘어 뛰어나강 데노상에 강

어~ 멕을 썽 앚아 간다.

남선비가

놀려들어 "옵서 우리 문복허게."

"어떤 문복헙네까?" "우리 아기 어멍 죽을 사경 근당 뒈영

1412) 가서.
1413) 먹서리.

살 점이라도 잇건 들어보젠 오랏수다."

야~ 이거 노일저데 귀일이 똘, 소그락 손꾸락 오그락 페왁 오그락 페
왁 단수육갑(單數六甲), [말] 지프는1414) 척허당, "아이고 아이고 선비님
아, 아덜 입곱 성제 두엇수가?" "예 두엇수다." [소리] "아이고 이 일을
어찌 허민 좋으리. 아덜 일곱 성제 에를 네영 먹어사, 당신 부인이 살아나
쿠덴." 허난, "아이고 이런 못된 점젱이 년이 어디 잇겟느냐. 어느 부모가
자식 잡아 먹엉 살아날 부모가 잇겟느냐." 이런 못된 점젱이엥 후욕만발
허여놓고 집으로 들어온다.

귀일이 똘년 또다시 울담 넘엉 먼저 집으로 들어오랑 "아이고 베야 아
이고 베여."

죽어가는 시늉헌다.

남선비가 들어오난

"아이고 아이고 아기덜 일곱 성제 엘 네 먹어 살아남덴 헴져. 아이고
그 아기덜 어떵 잡아······." "거 모른 점젱이우다. 다른 디 강 들어봅서."
"어디 강 들읍네까?" "욜로 요레 가당 봅서. 삼도전거리에 강, 야 풀 브른
구덕1415) 써 앚인 점젱이가 잇이난, 그디 강 혼번 문복 지어봅서."

남선비도

걷는1416) 데로 간 들어보난 귀일이 똘 먼저 강

풀 브른 구덕 써언 앚아 잇이난, 거기 강 들어봐도, 야~ 이디 가도 혼
궁에 지고, 저기 가도 혼 궁에 지어간다.

열이믄 열 밧디1417) 강 들어봐도 혼 궁에 지난 남선비는, 천신 낙만이
뒈어 집으로 들어오난

1414) 짚는.
1415) 바구니.
1416) 말하는.
1417) 군데.

[말] 야~ "뭐엔 굴읍디가?" "이디 가도 혼 궁에 저디 가도 혼 궁에, 이를 어찌……." [소리] "아이고 아이고 나년이 팔자여, 나년이 수주여."

"아이고 이제 나 골무다니 죽엇구나 죽엇구나. 이를 어떵 허리." 손까락에 춤 불란 눈물깍을 뚝뚝 찍어 불르멍 우는 척허멍, 야 남선비는, 귀일이 뚤 즈드는1418) 거 보멍, 하이구 한숨만 푹푹 쉬엉 앉앙 잇곡, "아이고 아이고 이 일을 어떵 허리. 아이고 아이고 남인 가장님아, 아이고 아이고, 자식은 나믄1419) 자식이고 부모는 한 번 일러불믄, 촟아볼 수 없는 게 부몬디, 아이고 아이고 어찌 허민 좋으리오."

[말] "아이고 남인 가장님아 경 말앙 아기는 나믄 자식 아니꽈. [소리] 그 아기덜 잡앙, 야 엘 네영 나 먹영 나 살려줭, [말] 당신 밤 역사(役事)만 잘 혜여주고 잘만 생겨주민사,1420) [소리] 일곱 성제만 납네까, 하나 두 게 더 낳아도 낳아드릴 수 잇이난, 어~

그 아기덜 잡앙 나를 에를 네영 먹영 살려줍센." 허난

어리석은 남선비는

"어서 걸랑 기영 허자." 영 허영, 장도칼을 네영 정짓간에 강 앚앙, 실경실경 칼을 굴암시난1421)

이웃 청테마고할망은~, 야 불 잇건 혼 방울, 야 이거 빌엉 가젠 오란 베려보난 남선비가 칼을 굴암시난, "아이고 남선비야 어찌 허여 난데엇이 칼을 굴암시니?" "이만저만 아기덜 아기 어멍 아판 아기덜 에를 네영 먹어사 살아난덴 혜영 칼을 굴암수덴." 허난, "아이고 아이고 저 년 첩에 저 호탕에 빠젼, 제 정신도 아니구나. 저놈으 아기덜 잡젠 영 헴구나." 할마님은 불 담아 갈 셍각도 아니 허여근

1418) 걱정하는.
1419) 낳으면.
1420) 만들어 주면.
1421) 갈고 있으니.

할마님은 아기덜 글공부 허는 스당(書堂)에 눌려들언[1422]

"아이고 아이고 설운 아기덜아 어서 설운 아기 어서 도망가라. 도망가지 아녀믄 니네 다심어멍 손에딜, 죽게 뒈엿져. 어서덜 도망가렌." 허난 아기덜은 이게 무슨 말이런고.

아이고 아이고 녹디셍인이 허는 말이, "옵서 이거, 우리 이거 사람은, 이거 귀소문 허지 말앙, 혼 번을 헤여도 눈소문 허렌 헤엿수다. 나가 집이 강 아바님안티 강 봥으네[1423] 혼 번 예숙이라도[1424] 제여 제꺼봥 오기가 어찌 허오리까?" "어서 걸랑 기영 허라." 녹디셍인 집으로 들어간 베려……, 아닐쩌라[1425] 아바님이 칼을 굴암시난

[말] "아바님아 어떠헨 난데엇이 칼을 굴암수가?" "그런 게 아니라 니어멍, 니 난 어멍 죽을 사경이 근당허연 니네덜 에를 네영 먹어사 살아난덴 허난 니네덜 잡젠 칼을 굴암져." [소리] "아이고 아이고 아바님아 아바님아, 잘잘히 셍각헤엿수다. 우리 일곱 형제 인간 세상 테어낭 부모 덕에 공부도 허곡 헤영 이 목숨 이떼꺼지, 에~ 열명 보존헌 것도 다 부모 덕인디 부모 공을 언제민 가프리야, 셍각허엿는디 아버님아 잘뒌 일이우다. 옵서 이제 우리가 이제야 부모안티, 만에 하나 효도라도 허영~ 드리게 뒈여시난

아바님아 [말] 걱정 맙서 걱정 맙서. 흑주만은[1426] 아바님아, 나 혼 마디 말 혼 마디 들어보……." "어떤 말이 뒈겟느냐?" "아바님은 몸도 허약허고 눈도 어둑은디,[1427] 우리덜 잡앙 에를 네여근, 우리 그냥 네버릴 수가 엇지 아녀꽈. 감장(勘葬)이라도 시키믄 흑이라도[1428] 혼 줌씩 들어사

1422) 뛰어들어서.
1423) 보아서.
1424) 수수께끼라도.
1425) 아닌게 아니라.
1426) 하지만.
1427) 어두운데.

일곱 줌을 들어사, [소리] 우리 감장을 헐 건디 아바님 몸도 허약허고 눈
도 어둑은디, 힘이 딸령[1429] 어떵 헙네까. 그리 말앙 그 칼을 나를 주민
나가 나 손으로 ㅇ섯 형님 잡앙, 다 감장을 헤여 놓고 에 네영 가정 오커
메,[1430] 아바님 손으로 몸도 허약허나마, 나 하나만 잡아근, 흑 혼 줌만
들엉 날 더펑,[1431] 감장을 시키주민 좋을 일, 일일 듯도 헙네덴." 허난
　"아이고 아이고 나 아덜 착허다 착허다. 느 말 들어보난

　그거 맞는 말이여.

　어서 걸랑 기영 허라." 칼을 네여주난

　녹디셍인 나오라

　"아이고 설운 형님덜아 어서 가게 어서 가게."

　가게 가게 가는 길이라도 어느 목적이 엇고, 어딜 가코 아기덜 정처없
이 가는 게 굴미굴산 도올라 가는구나.

　가난 허기(虛氣)가 지치고 다치고 영 헤연 헤남석에[1432] 잠깐 앉앙, 쉬
단 등을 붙인 게 무정눈에 줌이 들어간다.

　줌이 들어 꿈에 선몽(現夢) 드리기를 죽어, 명왕(冥王) 간 어머님이 꿈에
선몽(現夢)을 드려간다. "아이고 설운 아기덜아 어찌 너이덜 무정눈에 그
렇게 줌만 자느냐? 나는 귀일이 똘, 야~ 꿰임에[1433] 빠져 오동ㄱ을 주천
강 연못디 수중에 줌을 자고 잇노라. 어서 어서 나 아기덜아 일어낭, 이
원수 가픔을 헤여줄 수 잇겟느냐?" "아이고 어머님아 어찌 허믄 이 원수
가픔을 헐 수가 잇습네까?" "그리 말고 올라 가당 베려보라. 노루 혼 마
리가 네려오람시니 그 노루, 둘러잡아 죽일 팔로 둘러가민, 알을 도레가

1428) 흙이라도.
1429) 달려서.
1430) 올 것이니.
1431) 덮어서.
1432) 양지 바른 곳에.
1433) 꼬임에.

잇어질 거여." "어서 걸랑 기영 헙서." ᄇ들랑이 께나 일곱 성제가 똑같은 꿈을 꾸엇구나.

"아이고 이거 죽은 어머님이 우리 살리저, 야 꿈에 선몽을 드런 우리를 인도허염져. 어서 올라가게 어서 올라가게."

아닐써라 올라가단 보니

노루 ᄒ 마리

네려오람시난

아기덜은 눌려들언 [말] 죽일 팔로 들어가난 노루가 ᄒ는 말이 "도령님아 도령님아 나를 놓아주민 살 길을 열려 드리쿠다." [소리] "어찌허믄 우리 살 길이 잇겟느냐?" "올라가당 봅서. 산톳¹⁴³⁴⁾ 에미가 세끼 ᄋ섯 마리 거느려 오람시난, 에미랑 씨전줒(-傳種)으로 놔두곡, 세끼는 ᄋ섯 마리 에를 네영 어머니 강 멕이당 보민, 알을 도레가 잇어진다." "어서 걸랑 기영 허……, 너의 말은 그레도 믿을 수가 엇으니 본메본짱¹⁴³⁵⁾이라도 두고 가라." 야 잡앗던 칼로 꼬리를 확허게 짤라부난, 야 이거 그떼에 쫄라분¹⁴³⁶⁾ 넋으로 노루 꼬리가 쫄라지고 피가 나가난 피라도 가두와 들이젠 영 허여, 벡지(白紙) 종이를 갓다 부찐 게, 야 노리 궁둥이가 하양헙데다에-.

아기덜 일곱 성제

올라가단 보난

아닐써라

산톳 에미가

세끼 ᄋ섯 마리, 거느렁 오람시난

야 아기덜은 에미는 씨전줒으로 놔두고 세끼 ᄋ섯 마린 잡아근, 에를 네여놓고 시장허고 허기가 지난, 멩게낭¹⁴³⁷⁾ 단단숫불 혜영, 야 구워 가멍

1434) 산돼지.
1435) 증거가 되는 사물.
1436) 잘라버린.

혼 점 혼 점 먹다보난 ᄋᆞ섯 마린 다 먹어, 베불려 놓곡

"어서 가게 어서 가게."

집으로 네려 오라

아~ 녹디셍이 ᄒᆞ는 말이

[말] "설운 형님덜아 동서남북으로 삐어졋건1438) 나가 웨어들건 그떼랑 눌려듭서." [소리] "어서 걸랑 기영 허라." 녹디셍인 들어가

"아이고 어머님아,

어머님아

어서 이 약 먹엉, 살아남~서."

[말] "그 약이 무슨 약이 뒈겟느냐?" [소리] "아이고 아이고 어머님, 중병(重病) 들엉 벽약(百藥)이 무효(無效)가 뒈어지고, 야 우리 일곱 성제 에를 네영 먹어사만이 어머님이 꼭 살아난덴 허난, 아이고 아이고 나~, 우으로 ᄋᆞ섯 형님 죽연, ᄋᆞ섯 에를 네연 오랏수다. 마지막으로 아바님 손으로 나 하나 잡앙 에를 네영 먹엉, 어머님 살아납서." "아이고 아이고 나 아덜, 누가 니네덜 보고, 성을 죽영 에를 네오렌 헤시니. 자식 잡앙 먹엉 살아날 부모가 어디 잇겟느냐? 아이고 아이고 나 노릇이여 나 노릇이여 난 아니 먹켜1439) 아니 먹켜." 허여간다.

[말] "아이고 어머님아 이왕지사 형님덜 잡앙 에를 네영 오라신디, [소리] 어머님이 이걸 아니 먹엉 어머님 아니 살아나믄 우리 어찌 눈 곰앙,1440) 저승더레 곱게 갑네까? 이걸 아니 먹으믄 우린 구천(九泉)에서, 만날 주야장찬(晝夜長川) 울어간다 울어온다 헐 일이우다. 어머니 이거 먹어사 우리가 곱게 저승 갑니께." [말] "아이고 아이고 거 너 말 들어보난 그

1437) 청미래덩굴.
1438) 흩어졌으면.
1439) 먹겠다.
1440) 감아서.

럴듯도 허다만은, [소리] 어찌 니 앞에서 먹겟느냐. 방 밖으로 나가불믄
나가 이걸 먹으마.” “어서 걸랑 기영 헙서.” 녹디셍인 나오랑 손까락에 춤
을 불롱,[1441] 야 창고망을 뚫런 들여단 베려보난, 야 노일저데 귀일이 딸
년은, 에는 아니 먹엉 피만 입바위에[1442] 뿔긋뿔긋 불롸놓고 에 ᄋᆞᆺ 마
린, 자리 밋데[1443] 속속히 금쳐간다.[1444]

    흔춤만에

[말] 녹디셍인이 들어가 “어머님아 어머님 먹읍데가?” “먹어…….” “어
떵 헤베꽈?” “아이고 게메 오장이 시원 석석헌[1445] 게 이제 꼭 일어나짐
직은 허다.” [소리] “아이고 아이고 고맙수다 고맙수다. 옵서 나가 마주막
이거, 살아 셍전에, [말] 어머님한테 하, 하나, 하, 흔 가지 나 효도라도
헤뒁 가쿠덴.” 허난, [소리] “하나라도 효도헤뒁 가쿠다.” “어떤 효도가
뒈겟느냐?” “어머님아 멧 날 메칠 자리 봉사 누울령 머리도 못 금곡 머리
도 못 빗엇신디, 머리에 니는 아니 꿰엇수가?[1446] 어머님 머리에 고단당
근 니라도 잡아뒁 가쿠덴.” 허난 “아이고 누가 부모 중병든 디 니 잡녠
헤니? 니 아니 잡나.” “아이고 아이고 어머님아 게커들랑[1447] 옵서 이거
멧 날 메칠 청소도 아녀난 이 방이 이거 쓰레기통이 뒈엿수다. 께끗허게
나 청소헤뒁 가쿠덴” 허난, “아이고 아이고 중병든 디 청소도 아니 헌다.”
녹디셍인 그 말 끗디

    삼각수(三角鬚)를 거스리고 붕(鳳)아 눈을 부릅뜨고 정낭 같은 풀뚝을
네여 걷어놓아

1441) 발라서.
1442) 입주위에.
1443) 밑에.
1444) 숨겨간다.
1445) 서늘한.
1446) 꾀었습니까?
1447) 그렇거든.

귀일이 뚤 쉬은데 자 방페머리 손목 힝힝허게 휘휘허게 휘어감앙 벡브름[1448] 우터레 넵다 갖다 부쳐두고, 자리 밑에 잇는 에 ㅇ섯 마리

양손에 ㄱ져 들렁 지붕상상 ㅈ추ㅁ를 도올라사근

"동넷 어룬덜아~ 동넷 어룬덜아. 날 뽕 정다십서. 다심어멍[1449] 둔 어룬덜 나를 보앙 정 다십서."

삐어두고[1450] "아이고 불쌍 적막헌 설운 형님덜아, 죽엇건 삼혼정(三魂精)으로 놀려들곡, 살앗거든 몸천으로 놀려듭센." 허난

동서남북으로 삐어졋던 형제간덜은, 우르르르 마당더레 들어사가난

아바님은 놀레영 올러레 돋단[1451]

정쌀[1452]에 발 걸려 쓰러진 게 목이 뿌러정 오도독기 죽어간다.

노일저데 귀일이 뚤년도 아이고 이왕 죽을 목숨, 저놈덜 손에 죽느니 나 손으로 죽주긴 혜영, 벡브름[1453] 허우튼언 통짓간에[1454] 들어강, 드들팡[1455]에 쉬은데 자 방페머리 칭칭칭칭 휘어감앙 목을 메여 죽어간다.

아덜 일곱 성젠~

아이고 아이고 촛단 베려보난 아버님이 죽어시난, 아이고 불쌍헌 아바님, 저 못된 저 년안티 걸련 노일저데안티 껄런 호탕에 빠젼, 아이고 불쌍헌 아바님, 제 명에도 비명(非命)에 갓구나. 아버님은 임시나 우선 출병(出殯)허엿당 감장을 허저, 압밧디다[1456] 임시 출병을 혜여놓고, 야 귀일이 뚤 촟아보젠 베려보난, 이거 통짓간에 드딜팡에[1457] 목을 메여 죽어시난,

---

1448) 바람벽.
1449) 계모.
1450) 뿌려두고.
1451) 뛰다가.
1452) 정살. 집의 입구에 있는 정낭에 걸어놓는 길쭉한 나무.
1453) 바람벽.
1454) 변소간에.
1455) 발을 딛을 수 있게 만든 자리.
1456) 앞밭에.
1457) 부춛돌에.

귀일이 뚤 끄집엉 금마담으로[1458]

네여놓앙

"이 년 저 년 죽일 년 잡을 년."

[말] 야 원수 가픔을 허젠 헌디 "어떵 허믄 이거 원수 가픔을 허코. 야 야 이거 머리체영, 그자 눈궁기영[1459] 어디 그 아방 좋아허던 그 고망이영 다 돌롸불엉[1460] 그자." [소리] 야 고단당근 곧젠[1461] 허여도 에~

그거 너무

영 헙네다. 허난

일일이 고단당근

여쭙질 아니 허쿠다.

아덜 일곱 성젠

귀일이 뚤 헐런

각각이 열두 각이 찢이고 발견

원수 가픔 허여간다.

허단 남은 건 도굿방에 놓앙

닥닥 삐견[1462] 불려부난

모기 몸에 직다귀 몸에

도환생

시켜간다.

아덜 일곱 성제

원수 가픔허곡

어~ 전베독선 타 앚언

1458) 마당으로.
1459) 눈구멍이랑.
1460) 도려버려서.
1461) 말하려고.
1462) 흩어지게 해서.

오동ㄱ을 들어가 주천강 못디 간 베려보난

연못은 붕붕허게 불어지언

야 ㄱ득 허엿구나.

아기덜 눌려들언 그 물은 다 풀 수 없어지난

아기덜 일곱 성제

양돗 무릅 꿇려 앚곡 양손 가득 모아 들러근

"아이고 아이고 천지신명님아

우리 어머님, 아무 췌도 엇는 어머님

노일저데 귀일이 뚤 호탕에 빠젼

이 수중에

영장 뒈연 줌을 잠수다.

우리 어머님

ᄆ른 땅 위에 나올령

어머님 살리저

영 허시는데

영급 수덕 잇건 이 물 좃게[1463] 허여줍서."

천지신명께 빌어간다 빌어온다.

아기덜

빌어놓고 눈을 떤 보난 어느세 주천강 연못이 ᄇ짝허게 좃아진 건 베려보난, 어머님은 술은 녹안 물이 뒈어불곡 뻘그랑히 뼈만 술그랑히 남아 잇이난, 녹디셍인 허는 말이 "설운 형님아 어머님 유골(遺骨)랑, ᄎ레ᄎ레 거두왕 모아 놓아근, 어~ 어머님 잘잘히 따까[1464] 뼈 끗마다 돌 끗마다 잘 따깜십서. 나랑 서천꼿밧 도올랑, 도환셍꼿 얻엉 오랑 어머님 살려 네 쿠덴." 허난, "어서 걸랑 기영 허라." 녹디셍인 서천꼿밧 도올라

1463) 좃아지게.
1464) 닦아.

꼿감관 꼿셍인 황세곤간

짓알네영

술 오를 꼿 피 오를 꼿

명 오를 꼿 도환셍꼿 얻어 네령 오고보난

어머님

유골은 추레추레 모아 놓안, 야 몸모욕 께끗허게 시켠 잇엇구나. 녹디

셍인 야 도환셍꼿 네여놓안 머리에서 발끗더레 우알로 삼세 번씩, 술술술

네려 쓸어가난

어머님

뼈 끗마다 술이 돌아가는구나.

술이 돌아 사름 형체가

완연허난

삼벡 육십 스혈 스테

혈기가 굴라 가는 게

어머님 명이 부터근

야 명(命) 부턴1465) 어멍 도환셍 허여 살아나~앗구나~.

[말] "아이고 늦인 봄줌이라 너무 너무 줌을 오레 잣구나." 버들랑이

께난 보난 아덜 일곱 성제가 우뚝우뚝 서시난, "아이고 설운 아기덜 나안

테, 나 이거 살리젠 나 아기덜 고셍허멍 오랏구나. 야 아바님은 어떵 헤

시?" "이만저만 죽언 아바님 압밧디다 임시 출벵헤여뒌 오랏수다." [소리]

"귀일이 딸 어떵 헤여……?" "그년 행실 궤씸헤영 각기 드련1466) 원수 가

픔을 헤엿수다." "잘 헤엿져. 어서 가게 어서 가게." 아덜 일곱 성젠 어머

님 모성 집으로 들어오랑

[말] 야 ᄒᆞ는 게 "아이고 어머님은 몇 년 몇 헤 수중에서 둘둘 실리

1465) 붙어서.
1466) 도려서.

멍1467) 좀을 자시난, [소리] 오널부떠 흐를 아정, 야 조석(朝夕)으로 정 이
거 흐를 삼시 번 뜨신1468) 불을 추멍,1469) 뜨신 음식 얻어 먹기 마련헙
서." 영 허영

이미님은 조왕(竈王)할망으로

어~

들어산다.

아바님은 올러레 돋단

죽어시난 주목 정살지신

설련을 허여 간다.

노일저데 귀일이 똘은

통짓간에 간

죽어시난

칙도부인

마련허여 간다.

큰아덜은 청데장군(靑帝將軍) 둘쩻 놈은 벡데장군(白帝將軍) 셋제 놈은
적데장군(赤帝將軍)

어~ 넷쩨 놈은 흑데장군(黑帝將軍)

마련허고

다섯쩨는 황데장군(黃帝將軍) 마련허여 간다.

오섯쩨는 명살방으로 들어상 얻어먹으라 마련허고, 야 녹디셍인, 일문
전으로, 점주허옵데다에-.

들적 문전 날적 문전

앞문전은 열여덥, 밧문전은 두여덥, 천제동방 일여덥1470)

1467) 추위에 떨면서.
1468) 따뜻한.
1469) 쬐면서.

데ᄇ름천왕[1471]
하늘님전
난산국도 헤엿수다.
본산국도 헤엿수다.

■ **문전본풀이>비념**
○씨부인 ᄋ든ᄋ섯님
사는 주당 저 일본 주년국
들어~
사는 주당 들어사근
일문전 하날님에서
잘잘히 그늘루왕 데청난간 발번어
데성통곡 허멍
울고 ᄀ읖을 일덜 나게 말앙
문전에서 잘잘히 발원허여
제수 ᄉ망(所望) 이루게 허여주고
어~
어~ 아기덜
오고가는 길도 잘잘히 거늘루와
만사형통덜
시켜주저 영 허영
일문전 하늘님에서
잘잘히 그늘롸줍서.
축원원정 드려가며

1470) 흔히 '일루럽'이라고 함.
1471) 흔히 '데범천왕(大梵天王)'이라고 함.

인명 축허고 제명 낙루뒈고, 시례법난 뒐 일덜 나게 맙서.

화덕진군 날 일덜 나게 맙서.

어느 강도 절도 들엉 실물수(失物數)도

나게 맙서.

어느 부엌 조왕(竈王)으로

구설수(口舌數)도 나게 맙서. 소도릴게1472) 나게 맙서.

열두 풍문제훼(風聞造化)

막아줍서.

자축인묘진사오미신유술헤 방에

오는 엑년덜

날로 날역(日厄) 둘로 둘역(月厄)

월역(月厄) 시력(時厄) 다 막아~줍서~.

■ 문전본풀이>주잔넘김

[장구치는 것을 멈춘다.] 드려가며~, 일문전 하날님에서, 받다 남은 주
잔(酒盞)덜 저면정 본당군줄(本堂軍卒)덜 신당(神堂)에 군줄(軍卒)이여 거리
노중(路中) 놀던 군줄덜이여, 열두 풍문 불러주던 군줄덜, 많이 많이덜, 주
잔권잔(酒盞勸盞)덜 드려가며

■ 문전본풀이>산받음

일문전 하늘님에서나~, 아이고 아이고 고맙수다 고맙수다.

(소미 고○○ : 아이고 아이고 고맙수다.)

영 허민, 이번 영 허영, 집안으로 가민 어찌, 입성주 날 일이나 엇엉,
걱정뒐 일이나 엇이카마씨~, 아이고 고맙수다. 맹심허민 집이 가도 큰 뭐

1472) '소도리'는 남이 한 이야기를 그 사람에게 전하여 말하는 것.

는 엇이쿠다. 예예 뭐.

(심방 송○○ : 고맙수다.)

■ 문전본풀이>제차넘김

좋은 제수 분부는 받아다 여쭈어 드려가며, 천신기는 지드투 흑신기는
지드투 각기 도숙어 하전 떼가 돼여, 이젠 옵서 청헌 임신임네 도올 임신
덜 도울루고 점주헐 임신 점주허고 돌아설 임신덜은 돌아설 떼가 돼여,
상당도숙음더레, 좌(座) 돌아 점주덜 하옵소서에-.

(홍보원 : 예.)

(심방 송○○ : 속암습니다.)

(홍보원 : 예.)

지장본풀이

자료코드 : 10_00_SRS_20110420_HNC_HBW_0002
조사장소 : 제주특별자치도 제주시 애월읍 상가리 모 굿당
조사일시 : 2011.4.20
조 사 자 : 강정식, 강소전
제 보 자 : 홍보원, 남, 65세
구연상황 : 이 자료는 2011년 4월 14일부터 같은 달 20일까지 제주시 애월읍 상가리 모
굿당에서 벌어진 일본 대판 김씨 댁 굿에서 얻은 것이다. 마지막 날인 4월 20
일에는 차사본풀이, 칠성본풀이, 문전본풀이, 액막이 등을 하였다. 지장본풀이
는 굿을 거의 마칠 때쯤 상당숙임을 하면서 바로 이어서 구연하였다. 홍보원
심방이 앉아서 스스로 장구를 치면서 구연하였다. 지장본풀이는 소미들이 북,
장구를 반주하면서 심방이 한 소절을 부르면 소미도 따라 부르는 방식으로
구연하는 것이 원칙이다.

지장본풀이

■ 지장본풀이>들어가는 말미

상당 도숙어~ 이젠, 예필제가[1473) 돼어 잇수다 만지장본 신풀건, 에~
받아 통촉 하렴덜 헙서~.

■ 지장본풀이>본풀이

[장구를 치기 시작한다.]

지장아 지장아

지장에 본이여

남산국 본이여

여산국 본이여

남산과 여산지

1473) 예필(禮畢) 때가.

자식이 없어서
무우나 허실 떼
어느야 절에사
영급이 좋던고
동게남 상중절
영급이 좋더라.
원수룩 드리난
세양주 땅에서
지장에 아기씨
솟을라 나던고.
첫 술이 나던 헤
하르밧님 할마님
아바님 어머님 무릅에[1474]
노념을[1475] 허더라.
ᄋ섯[1476] 술 나던 헤
하르바님 죽던고.
할마님 죽는고.
아바님 죽더라.
어머님 죽던고.
지장에 아기씨
어딜로 가리오.
웨삼춘(外三寸) 떽(宅)으로
술랍[1477]을 가더

1474) 무릎에.
1475) 놀이를.
1476) 여섯.

가는 날 부터서
술랍을 주던고.
하늘이 옷 주고
지아가 밥 준다.
옥항엔 부엉세
혼 눌겐 끌리고
혼 눌겐 덮는다.
지장이 아기씨
열다섯 십오 세
왕구녁 차는고.
서수왕 서편에
문운장(問婚狀) 오던고.
허급(許給)을 허더라.
신부가 가더
신랑이 오던고.
가는 날 저녁에
좋은 일 허더라.
셍남자(生男子) 보던고.
유기(鍮器)야 전답(田畓)은
몰무쉬1478)아올라1479)
다 물려 주더라.
씨하르방 씨할망
씨아방 씨어멍

1477) 술밥. 즉 한 숟가락의 밥.
1478) 우마.
1479) 마저도.

죽어야 가던고.

설우신 낭군님

죽어야 가더라.

셍남자 아올라

오독똑 죽더라.

지장에 아기씨

나년이 팔ᄌ여

어딜로 가리오.

동네야 금방상(-傍孫)

씨누이 덱으로

피방을 가더라.

혼 지방 넘으난

잡을 말 허던고.

죽일 말 허더라.

지장이 아기씨

훈두 술 입던 옷

다 걷어 놓고서

은장이 거리여

놋장이 거리여

다 버려두고서

주천강 연못데

연서답1480) 허더라.

청비발 아기씨

예숙을 제끼난1481)

1480) 빨래.
1481) '예숙을 제끼다'는 수수께끼를 한다는 뜻.

지어도 가더라.

동으론 소테스(小大師)가

서으론 소스(小師)가

요레야 오던고.

나 스주 굴립서.

전번은 좋아도

후번은 궂수다.

원아방 원어멍

셍남자꺼지사

전세남 올립서.

연서답 걷어서

돌아야 오는고.

서천강 연드리

저 폭낭[1482] 싱근다.[1483]

싱근 날 입 돋나.

누에 밥 멕인다.

누에 줌 제운다.

드리를 감는고.

강멩지 물멩지

짜아도 가더라.

초감제 드리여

이궁전 드리여

시왕전 떼리여

열데 자 아강베포[1484]

1482) 팽나무.
1483) 심는다.

으~ 혼 일곱 자

호름에 좀치여

지장이 아기씨

삭발을 허는고.

굴송낙 굴송낙

굴장삼 입는고.

동으로 들어서

서으로 나는고.

석 섬 쌀 서 말을

홉홉히 메와다

물 좀아 가는고.

동네야 금방상

청비발 아기덜

다 불러 놓고서

굴묵낭1485) 방에에

누에낭 절굿데

코공 콩콩

찧여도 가는고.

세 글러 가는고.

체할망 부르라.

체 알엣 ᄀ를은1486)

좀질도 좀질다.1487)

1484) 중이 들고 다니는 자루.
1485) 느티나무.
1486) 가루는.
1487) 잘다.

체 우엣 그를은
흙음도 흙수다.
초징 이징
제 삼징은
놓아도 가는고.
초감제 시리여
이궁전 시리여
시왕전에
위올려 가는고.
영가님에
위올려 가는고.
전세남 허는고.
후세남 허더라.
지장이 아기씨
살아야 셍전에
좋은 일 허엿져.
죽어야 갈 떼에는
새 몸에 가더라.
물 주며 쏠 주며
낫낫치
드려 가며
요 지장은
누가 일룬
지장인고
성은 ○씨 부인
○자 ○자

ᄋ든ᄋ섯님

이거 일롸 지장입네다. 지장만보살 신풀엇~수다~. [장구 치는 것을 멈
춘다.]

4. 수산리

▮조사마을

제주특별자치도 제주시 애월읍 수산리

조사일시 : 2011.4.16

조 사 자 : 허남춘, 강정식, 강소전, 송정희

　수산리(水山里)는 애월읍의 중산간마을로 하귀2리, 상귀리, 장전리, 용
흥리, 구엄리와 인접하여 있다. 제주특별자치도로 통합되기 전에는 '북제
주군'에 속해 있었으며, 한라산 정상에서 서북쪽으로 약 17km 지점에 위
치하고 있다. 수산봉 기준으로는 동남쪽에 있다. 이 마을은 민간에서 '믈
메', '물메', '물미'라고 불린다. 정상에 물이 있는 오름 주변에 형성된 마
을이라는 뜻이다. 『세종실록』, 『탐라지』, 『신증동국여지승람』, 『탐라순력
도』 등에도 옛 마을이름이 나타난다.

2007년 12월 현재 수산리의 인구는 420세대에 1,212명이다. 남녀의 비율은 비슷하다. 각성바지로 이루어져 있다. 수산리는 예원동(禮園洞), 상동(上洞), 당동(堂洞), 하동(下洞) 등 4개의 자연마을로 구성되었고, 이 가운데 상동이 거주자가 가장 많은 중심 마을로 본동(本洞)이라고도 한다.

마을의 주된 생업은 농업이다. 감귤이 주산업이며 오이, 수박, 참외, 방울토마토 등의 채소도 재배한다. 초지에 한우를 방목하여 축산업도 이루어진다. 중산간이어서 해안마을에 견주면 관광객이 많이 찾지는 못하지만, '항몽유적지' 등 인근 마을에 문화유적지가 있어 점차 마을을 알리고 있는 중이다. 게다가 애월읍 최대저수지인 '수산저수지'는 낚시꾼들이 많이 찾으며, 수산봉과 천연기념물인 '수산곰솔'이 있어 마을의 풍광을 더해준다. 교육이나 문화생활은 인근의 큰 마을인 애월리나 하귀리, 신엄리, 구엄리 또는 옛 제주시 지역에서 이루어진다. 예로부터 전승되어 온 무속신앙이 아직도 종교생활의 근간을 이루며, 수산봉에서 기우제(祈雨祭)를 지내던 역사도 가지고 있다.

이번 한국구비문학대계 조사사업에서 개인 집의 무속의례를 섭외하던 가운데 마침 수산리의 '맹감제'를 만날 수 있어서 다행이 아닐 수 없다. 맹감제를 진행한 심방들도 같은 애월읍 관내 출신자여서 이 지역 구비전승을 살펴보는 데 적절하다.

맹감제는 농사, 목축 등 생업의 풍요를 기원하는 무속의례이다. 대개 정초에 심방을 청해다가 집안에서 주로 '앚인굿'(앉은굿) 형태로 진행한다. 맹감제는 대표적인 가정신앙 가운데 하나인데, 보통 '문전제', '조왕제' 등 다른 가정신앙과 함께 행해지므로 다양한 의례를 한 자리에서 살펴볼 수 있는 이점이 있는 의례이기도 하다. 이번 수산리의 맹감제는 크게 '초감제, 세경본풀이, 넉들임, 맹감, 상당숙임, 엑멕이, 도진'의 순서로 이루어졌다. 이 가운데 맹감이 가장 핵심적인 제차로 맹감신을 청하여 흥겹게 놀리고 기원한다. 맹감본풀이기도 한 사만이본풀이도 이때 구연하고, 본풀이를 마친 뒤에는 바랑춤을 추면서 멩감신을 놀렸다.

　이번 수산리의 멩감제는 서부지역 무속의례를 섭외하던 중에 평소 협조적인 심방의 도움으로 조사할 수 있었다. 조사팀은 멩감제를 지내는 2011년 4월 16일에 심방을 따라 가서 집안의 대주에게 인사를 하고 조사사업의 취지를 설명하였다. 이에 멩감제를 지내는 집안에서도 조사를 흔쾌히 허락하여 주었다. 조사를 마친 뒤에는 심방에게 멩감제의 진행절차와 의미를 다시 한 번 확인하였다.

정태진, 남, 1944년생

주 소 지 : 제주특별자치도 제주시 건입동 670-6번지
제보일시 : 2011.4.16
조 사 자 : 강정식, 강소전, 송정희

정태진은 1944년생으로 애월읍 동귀1리
(현재 하귀1리)에서 태어났다. 호적에는
1946년으로 두 해 늦게 올라갔다. 집안의 원
래 고향은 서귀포시 성산읍 난산리지만 조
부대 쯤부터 제주 서쪽인 동귀리로 이주한
것 같다고 한다. 아버지는 어머니와의 사이
에서 아들 형제를 얻었는데, 어머니는 이미
다른 이에게서 얻은 자식이 있었다. 정태진
은 어릴 때 어렵게 자랐다. 11세에 어머니가 돌아가시자 아버지는 다시 부
인을 얻어 귀덕2리로 가서 살아버렸다. 때문에 정태진은 홀로 14세 때까지
남의 집에서 얹혀살았다. 형편이 어려우니 학업도 초등학교 3학년을 마치
고 그만둘 수밖에 없었다. 15세에는 귀덕2리로 아버지를 찾아갔다고 한다.

정태진은 16세 중반쯤부터 몸이 아프기 시작하였다. 몸이 아팠지만 특
별한 신병체험을 하지는 않았다. 귀덕리 동네 사람들은 몸이 아픈 정태진
에게 어디 가서 문점(問占)이라도 해보라고 하였고, 이에 정태진은 세 군
데를 찾아갔는데 그때마다 팔자를 그르쳐야 몸이 편해지겠다는 말을 들
었다고 한다. 당시에는 팔자를 그르친다는 것이 무엇인지도 몰랐다. 성편
조상 가운데 무업과 관련된 일을 한 사람은 아무도 없었다. 다만 외편으
로는 잘은 모르지만 외할아버지 정도까지는 팔자를 그르친 이가 있었던

것 같고, 어릴 때 돌아가신 어머니 역시 삼승할망처럼 불도로 일을 하였 던 것으로 들었다.

정태진은 팔자를 그르쳐야 된다는 말을 듣고서는 17세에 하귀리에 사는 누님 이옥련을 찾아갔다. 누님은 어머니가 다른 이에게서 낳은 자식이었는데 당시 이미 무업을 하고 있었다. 이옥련의 남편은 양대춘으로 역시 심방이었다. 누님 부부를 찾아가서 사정을 말하자 그들은 정태진에게 심방이 되라고 하였다. 그래서 17세부터 심방일을 배웠고 그해부터 굿판에 나서기 시작하였다. 무업을 시작하면서 처음에 어울린 이들은 누님과 매형을 중심으로 양태옥, 김제두, 문창옥 심방 등이다. 누님 부부와 매형의 작은아버지였던 양태옥 심방에게서 굿을 많이 배웠다. 굿을 처음 익힐 때부터 제주시내로 들어가서 주로 '목안굿'을 많이 하였다. 그러다 일이 있으면 정의와 대정 지역도 오갔으며, 그 덕택에 제주도 동쪽 지역의 굿도 자주 접할 수 있었다. 서서히 단골들이 늘어나게 시작하자 23세에 결혼한 뒤에 맹두 조상을 마련하였다.

정태진의 첫 맹두는 양대춘 심방에게서 물려받은 자작맹두였다. 나중에 강종규 심방이 정태진에게 조상을 쓸 일이 별로 없으면 그 조상을 자기에게 달라고 해서 주었는데, 강종규는 일본에 갔다가 자신의 육촌 형님인 강종학 심방에게 그 맹두를 주어버렸다. 할 수 없이 정태진은 조상이 없어서 당시 장모의 조상을 빌려 일을 다녔다고 한다. 그러다가 단골들이 더욱 늘어나자 아무래도 다시 장만해야겠다고 생각하고 있을 때에 마침 강종규가 자기 장인의 맹두를 물려주겠다고 하였다. 정태진은 조상을 물려받지는 않고 그냥 빌려가겠다고만 해서 받아왔는데, 그 뒤 어찌어찌 사용하며 지내다보니 물려받은 셈이 되어버렸다고 한다.

강종규에게서 물려받은 조상의 내력은 '구좌읍 상세화리 고좌수 머구낭 상가지로 줄이 벋던 김씨 대선생, 서도노미 고씨 할망, 정씨 하르방, 어림비 고씨 할망'이다. 서도노미 고씨 할망과 정씨 하르방은 서로 부부간으로 강종규의 장모와 장인이다. 한편 멩두를 물려받은 지 얼마 되지 않아 그의 멩두 가운데 신칼 하나가 부러지는 바람에, 원래 쇠에 다른 쇠를 좀 섞어서 누님인 이옥련의 조상을 본메 놓고 다시 만들었다.

정태진은 53세에 부인 이승순 심방과 함께 초신질을 바르게 하는 첫 신굿을 16일 동안 했다. 정태진은 23세에 첫 결혼을 하였지만 슬하에 자식이 없어 결혼생활이 순탄치 못하였다. 그러다가 35세에 이승순을 만났고 아들 형제를 두었다. 현재 부부가 함께 무업활동을 하며, 강순선, 서순실 심방 등과 어울린다.

한편 지난 2003년부터는 제주시 구좌읍 송당리 본향당을 맡아서 당굿을 한다. 송당본향당은 제주도 신당의 뿌리라고 알려져 있는 역사가 깊은 당으로, 당굿과 신당이 제주도 문화재로 지정되었다. 이 당은 예로부터 남자로 큰심방만 당을 맡는 내력을 가지고 있다. 한동안 당굿을 진행할 메인심방이 없어서 임시로 남자 심방을 빌어서 굿을 하였는데 결국 송당 주민들이 정태진을 찾아와 당을 맡아줄 것을 부탁하자 이를 받아들였다.

또 약 4년 전부터는 서귀포시 성산읍 수산업협동조합에서 하는 풍어제도 맡아서 한다. 약 30년 전에는 대한승공경신연합회(大韓勝共敬信聯合會) 회장을 맡아 1~2년 정도 활동하였고, 나중에 중요무형문화재로 지정된 칠머리당굿의 보존회에도 참여하여 활동했던 경력이 있다. 단골 지역은 주로 제주시이며 송당본향당을 맡았기 때문에 송당리 주민들도 단골로 삼는다.

육지로 나가서 지냈던 적은 없다. 처음 심방으로 나선 뒤부터는 몸이 아프지 않았기 때문에 심방이 자신에게 다가온 운명으로 생각했고 그래서 무업을 중단한 적은 없었다고 한다.

제공 자료 목록
10_00_SRS_20110416_HNC_JTJ_0001_s01 수산리 멩감 초감제
10_00_SRS_20110416_HNC_JTJ_0001_s04 수산리 멩감 멩감

10_00_SRS_20110416_HNC_JTJ_0001_s05 수산리 멩감 상당숙임
10_00_SRS_20110416_HNC_JTJ_0001_s06 수산리 멩감 엑멕이
10_00_SRS_20110416_HNC_JTJ_0001_s07 수산리 멩감 도진

이승순, 여, 1949년생

주 소 지 : 제주특별자치도 제주시 건입동 670-6번지
제보일시 : 2011.4.16
조 사 자 : 강정식, 강소전, 송정희

이승순은 1949년생으로 제주시 오라동에
서 태어났다. 호적에는 한 해 늦은 나이인
1950년생으로 올라갔다. 초등학교는 졸업하
였고 야학에도 다녔다. 남편은 정태진 심방
으로 슬하에 아들 형제를 두었다. 이승순은
성편과 외편 모두 심방 집안이었다. 성편으
로 증조할아버지는 오라동에서 아주 부유하
게 살았다고 한다. 그런데 성편의 윗대 조
상들을 모신 묘터가 장구를 받아 앉은 형국이어서 그로 인하여 심방들이
많이 날 것이라는 말이 있었다고 한다. 그런 까닭인지 할아버지가 심방
이 되었고, 그 슬하의 칠남매에서 다섯째와 여섯째 아들 역시 심방이었
다. 여섯째 아들은 이진생 심방으로 일본에서 활동하였다. 이승순의 부모
는 무업을 하지 않았다. 외편으로도 문창옥과 문옥선이라는 큰심방이 있
었다.

이승순은 18세경부터 몸이 아팠다고 한다. 당시에 양복점에 일을 다니
던 때였는데, 그 무렵 갑자기 몸이 아파서 신병 든 사람처럼 장구를 가져
오라거나 북을 가져오라고 하였다. 그러자 외가의 문창옥 삼촌이 와서 굿
을 하면서 틀림없이 심방이 될 것이라고 말하였다고 한다. 게다가 역시

외가로 사촌이모인 문옥선 심방도 자신에게 심방일을 할 아이라고 말하였다. 그러나 형제의 강력한 반대로 굿판에 몇 번 놀러가기는 해도 일절 심방일은 하지 않았다. 그러다가 19세에 연애를 하여 시집을 갔지만 시집에서 심방집 출신이라고 무시하는 바람에 26~27세쯤에 결국 헤어질 수밖에 없었다.

그 뒤 30세 되던 해에 현재 남편인 정태진 심방을 만났다. 이미 심방이었던 정태진은 이승순에게 심방을 하지 않는 것이 좋겠다고 말하였다. 그러나 팔자 궂은 남편을 만나서 그런 것인지 남편을 만난 뒤 얼마 없어 현몽을 하게 되었는데, 큰어머니네 집에 가서 육간제비를 찾아 가져와서 소명을 받으라는 내용이었다. 이승순은 이를 의아하게 여겨 즉시 남편과 함께 큰어머니 집을 찾아가 궷문을 열라고 하였다. 큰어머니는 조카의 갑작스러운 방문에 놀랐지만 궷문을 열어 뒤져보니 붉은 주머니에 담긴 육간제비가 정말 있었다. 큰어머니도 모르는 일이었다. 그래서 사정을 짐작해보니 집안의 여섯째 아들이었던 이진생이 심방이 되기 전 제주에서 지낼 때에 제주시 남문통에 살던 용한 점쟁이 정씨 할머니를 평소 어머니처럼 잘 대접하였던 일이 생각났다. 정씨 할머니가 이진생에게 육간제비를 주었고 당시 이진생은 심방이 아니었으니 그 육간제비를 큰형수에게 알리지 않고 궤에 두었던 것 같았다. 나중에 이진생은 일본으로 건너간 뒤 심방이 되었고 거기서 활발한 활동을 하였다고 한다.

아무튼 현몽을 계기로 이승순은 육간제비를 가지고 돌아왔고 그 뒤로는 단골이 많이 늘었다. 자신은 팔자 그르치는 심방의 운명을 비교적 잘 받아들였다고 하며, 33세에 본격적으로 무업에 나섰다. 아무래도 남편인 정태진 심방이 많은 영향을 주었다. 이승순이 모신 멩두는 이진생 심방의 멩두를 본메 놓아서 자작한 것이다. 이진생이 사용하던 멩두는 본메 없이 직접 만들었기 때문에 특별한 조상 내력이 없다. 48세에 16일 동안 초신질을 바르게 하는 신굿을 하였다. 2011년에도 두 번째 신굿을 치렀다.

이승순은 주로 제주시내, 애월읍 애월리, 광령리, 고성리를 중심으로 활동하고, 일이 있으면 한림읍, 한경면, 대정읍 모슬포 등에도 간다. 이진생 심방의 조카라는 인연으로 일본 단골들이 많이 찾아 일본 오사카에도 굿하러 다닌 지 약 20년 정도 되었다. 현재 남편인 정태진이 2003년 후반부터 제주시 구좌읍 송당리 본향당을 맡았기 때문에 함께 당굿을 진행하고 있다. 안사인 심방과 함께 칠머리당굿보존회 활동을 약 10년 정도 했었으나, 안사인이 사망한 뒤 단체활동은 그만두었다. 자식들은 무업과 관련한 일을 하지 않는다.

제공 자료 목록
10_00_SRS_20110416_HNC_JTJ_0001_s02 수산리 맹감 세경본풀이
10_00_SRS_20110416_HNC_JTJ_0001_s03 수산리 맹감 넋들임

수산리 멩감 초감제

자료코드 : 10_00_SRS_20110416_HNC_JTJ_0001_s01
조사장소 : 제주특별자치도 제주시 애월읍 수산리 508번지 고○수 댁
조사일시 : 2011.4.16
조 사 자 : 강정식, 강소전, 송정희
제 보 자 : 정태진, 남, 68세
구연상황 : 초감제는 7시 16분에 시작하였다. 정태진 심방이 맡았다. 초감제는 본격적인
의례에 앞서 관련된 모든 신을 청하는 제차이다. 정태진 심방이 앉인제로 진
행하였다. 먼저 서서 배례를 하고, 앉아서 반주 없이 말미, 스스로 장구를 치
면서 공선가선, 날과국섬김, 연유닦음, 살려옵서, 비념을 하고, 산받아 분부사
룀, 제차넘김으로 마무리하였다. 신도업(혹은 신메움), 군문열림, 살려옵서(혹
은 신청궤) 등의 제차를 살려옵서로 줄인 셈이다.

■ 초감제
[정태진(두루마기, 송낙)]

■ 초감제>배례(제청설련)
[공시상에 놓인 쌀사발에서 쌀을 조금
쥐어 제청방 이곳저곳으로 흩뿌린 다음
절을 한다. 대주와 본주도 뒤에서 절을
한다.]

■ 초감제>말미
[요령][장구를 받아 앉아 장구를 몇 번
치고 반주 없이 말명을 시작한다.] 연양

초감제

탁상 우전~, [요령] 좌우접상, 제청 설련이 뒈엿습니다~. 삼년일도(三年一禱), 삼멩감(三冥官) 하늘님전에, 원정 드리저~, 영 헙네다~. 탐라(耽羅) 제주도, 제주시 애월읍, 수산리 오○팔 번지~, 뒙네다~. 건명(乾命) 고○수 병술셍(丙戌生), 예순ㅇ섯 받아든 공서가 뒙네다~. 안느로 안성방 김○옥인 뒙네다 무자셍(戊子生)은 예순넷 받아든 공섭네다. 장남 아기 고○진이~, 무오셍(戊午生) 서른네 설~ 받은 공섭네다. 차남 아기~ 뒙네다. 고○방이 계혜셍(癸亥生) 스물아홉 받은 공서 올습네다. 데쥬(大主) 예순ㅇ섯 엿날, 부모 어머님 살아 셍신 떼예~, 일름 좋은 고○수, 단아덜[1488]로 탄셍혜영, 아바님은, 악메(惡魔) ㄱ튼 시국 만나, 금세상 하직허여, 아방[1489] 기리영,[1490] 독신으로 살아나저, 우잇 누님 하나 잇뎅[1491] 영 허여돈, 혼연 단신(單身)헌, 예순ㅇ섯~ 어머님 인간 살당 종명(終命)뒈영, 세상 버려불곡 영 허난, 예순ㅇ섯~, 아덜 성제 뚤 서너 네 형제 뚤아기덜은, 남으 역혜 징역강[1492] 아기덜 나멍 살아도, 큰아덜 서른넷, 스물아홉 족은 아덜, 지금 부모 실하(膝下)에~, 잇는 아기덜 뒙네다~. 예순ㅇ섯~, 이 아기덜 아덜 성제, 인간 오라난 금자코가 뒈곡 영 허여근, 네웨간(內外間), 앚앙 ㄱ곰 생각허곡, 이 아기덜 성제, 크어 나곡 영 허난~, 우리도 이제는, 엿날보단 갑ㅈ이나 먹어지곡 영 허염시난, 이젠, 부모 어머님도 엇곡 영 허여도, 어머님 산 떼예 이 아덜 잘 뒈는 거 보곡, 귀엽게 키웁곡 공부시기곡 영 허멍 나무 돌굽을, 조상ㄱ치 생각허영, 살아온 정네(丁女) 뒙네다 예순ㅇ섯, 이번 참에 삼멩감~ 하늘님을 위망적선허영, 아덜 성제, 없는 멩(命) 복(福)을 빌어줍센 원정 드리곡, 예순ㅇ섯~ 예순넷 네웨간~ 신체건강 시기곡, 뒐쳇 이력 잘 뒈게, 시겨 줍센 영 허영, 원정을 드리저 영

1488) 독자(獨子).
1489) 아버지.
1490) 그려서.
1491) 있다고.
1492) 시집가서.

헙네다. 앞으론 삼년~ 혼 번 삼멩감을 위망적선 올릴 거난, 삼멩감에서 이 주손덜, 장수장명(長壽長命) 시겨줍서 영 허여 원정 드립네다. 또 이전~, 예순ㅇ섯 네웨간, 아명이나, 이 아이덜 거느령, 살아보저 노력허여근, 하건, 농사는 별일입니다만은, 과수원도 잇곡 영 허난~, 과원할마님엔 잘 비념 올리곡, 영 허면 좋은 수확도, 나수와 줍서 영 허여, 원정을 드리곡, 하건 야체(野菜), 됍네다~. 하건 부업(副業)을 몬¹⁴⁹³⁾ 허영, 사는 주순덜이난~, 멧 가지 부업 허는 일이라도, 잘 뒈게 허곡 금년은, 여름철 당허여 가면 수박도 싱그저¹⁴⁹⁴⁾ 영 허여 생각을 먹엄시난, 하다이, 수확 떨어지게 말앙, 잘 열메 올앙¹⁴⁹⁵⁾ 자라나게끔 시겨 줍서 영 허여~, 도도이¹⁴⁹⁶⁾ 축원허저 영 헙네다. 삼멩감 하늘님전 초감제 연드리, 어간이 뒈엇습니다. 초감제로덜 신도업허게, 제청드레, 초감제로 살려덜 옵서예-.

■ 초감제>공선가선
[장구를 치기 시작한다.]
에~ 공선 공서웨다~
인부역 서준낭 서준공서~
올립긴

■ 초감제>날과국섬김
날은 갈라 갑네다.
금년 헤는 갈라 신묘년(辛卯年) 둘론 갈라 어~
청명(淸明) 삼월둘~

1493) 모두.
1494) 심고자.
1495) 열려서.
1496) 신들마다.

뒈옵네다~

날은 열나을날

뒙네다 어느 ᄀ을 어떠헌 인간이 드는 공서 올립니까.

국은 갈라 갑니다 헤턴국은 둘턴국 이실이 알랑국 동양삼국 서양각국~

쳇 서월은 송테조(宋太祖) 설련허곡~

둘쳰 한성(漢城) 서울 셋쳰 신임 서울

넷쳰 동경(東京) 서울 다섯쳰 ᄌ부 올라 상서울 마련허고

경상돈~ 칠십칠관입니다. 전라도는 오십삼관 뒙네다. 하삼도는~, 삼십삼관 뒙네다. 땅은 보난 노기 금천짓땅, 산은 할로영산(漢拏靈山) 허령산 뒙니다 일제주(一濟州) 이거제(二巨濟) 삼남밧(三南海)은 ᄉ진도(四珍島) 오강완땅(五江華-) 육한도(六莞島) 뒈옵니다.

물로 벵벵 돌은 제주섬중

할로영산

기슭에 웨동저 웨작교

오벽장군(五百將軍) 오벽선성임(五百先生-)

여장군(女將軍) 여신령(女神靈) 뒈옵니다.

엿날 연청(永川)[1497] 목사 시절

당과 절을 불천수 시겨부난 당도 파락 절도 파락

마련뒈엿습네다.

한동 미양절 설련허엿구나.

어시승 단골머리~

아흔아홉 골이라 혼 굴 없어 범도 왕도 못네 나던 섬입네다.

성안 읍중~

목은 과양(廣壤)

[1497] 이형상(李衡祥) 목사의 고향.

을축 삼월 열사을날~

고량부(高良夫)는 삼성친(三姓親) 도업허고 에~

고(高)이 왕 즈시셍(子時生) 양(梁)이 왕은 축시셍(丑時生) 부(夫)기 왕은
임시셍(寅時生) 마련허곡

정이(旌義) 정당(政堂)은 뒙네다 데정(大靜) 웃거문질 광오당 정이(旌義)
현감(縣監) 삽데다 목안 판관(判官) 삽데다 데정 원임 사옵데다.

명월(明月) 만호(萬戶) 곽진(各鎭)1498) 진조방장(鎭助防將) 사옵디다.

항파두리(缸坡頭里) 김통정(金通精) 만리성(萬里城)을 둘러오던

섬입니다 근~ 우(右) 돌아도 스벽리(四百里) 좌(左) 돌아도 스벽리 뒙옵
니다.

면(面)은 갈라 갑니다~

십삼 면 가운데 어~

제주시는 으~ 에월읍(涯月邑)은 어~ 수산(水山) 이거~ 모을

뒙네다 오○팔 번지

뒙네다 이 주당전

■ 초감제>연유닦음

탐라고씨(耽羅高氏) 주당전 뒙네다 건명은 고○수 병술셍 받은 공서
어~

안느론 안성방은~1499)

김○옥이 무자셍 제수님 받은 공서 뒙옵네다.

장남 아기 고○진 무오셍은 서른넷 춫남 아긴~

고○방이 인~ 뒙네다

게혜셍은 스물아홉 설

1498) 여기에서는 '곽지(郭支ㄴ)'정도로 쓴 듯.
1499) '안성방'은 굿하는 집의 여주인을 이르는 말.

받은 공서 뒙네다~

날이 넘는 공서

둘이 넘는 공서 아닙네다~.

혜가 넘는 연유로 올립기는

세상 천지만물(天地萬物) 중에 유기인이[1500] 이기오룬잣법,[1501] 마련허곡~

춘추(春草)는 연련록(年年綠) 왕이 손은 귀불귀(歸不歸)라.

우리 인간만이 손이라도 아차 스불류[1502] 뒈면

다시 못 오는 우리 인간덜

아닙니까 만은 허뒈~

인간은 토란잎에 이슬 아닙니까.

영 허니 우리 인간덜

밥 먹으면 베 부른 줄 알곡 옷 입으면 등 드신[1503] 줄 아는 인간덜

뒙니다 무슨 철을 압네까 제 죽곡 제 살 날 모르는 건 우리 인간덜

뒈옵네다만은 또로 이제는

구시월(九十月) 나무잎도 떨어졋다가 명년 춘삼월, 돌아오면은, 죽엇던 잎도 또 살앙

잎도 피엉 청산(青山) 꼿은 피엉

만발이 뒈건만은

우리 초로인간(草露人間) 뒙네다.

명사십리(明沙十里) 혜당화(海棠花)야 꼿 진다고 설워말아

글짜도 잇건만은

1500) '소귀호인자(所貴乎人者)'의 와전.

1501) '이기유오륜자(以其有五倫者)'의 와전.

1502) '사불여의(事不如意)'의 와전.

1503) 따뜻한.

인간은 토란잎에 이슬 아닙니까만은 허뒈

집안간에 정중(庭中)에 원역 뒈신 말씀전 올립기는

삼멩감 하늘님에 원정 들저 영 헙네다.

사람은 탄싱 허면은 질로 걸름 걷곡 농사 지엉 먹곡 각 부업 허곡 각 나무 싱경1504)

살곡 영 헙네다.

세경이 덕은 하늘 높으곡 땅 넓은 줄 모릅니까만은 영 허난

이번 참에 삼멩감님제로 원정 올립기는

삼멩감에서 집안 정중에

하다이 궂은 일 나게 말앙 데천난간

발 벋엉 울고 즈들 일 나게 맙서.

원정 디립니다 디려가면

장수장명 시겨줍서

동방색(東方朔)이 삼철년(三千年) 목숨

스만이 목숨

제겨 줍서 원정을 듭니다

그 뒤으로는~ 걸음 걷기 세경 덕 농사 지어 먹기

세경이 덕 아닙니까만은 허뒈

상세경 중세경 하세경~

뒵네다

오널은 세경 원정을 잘 들엉

이 즈순 예순에 으섯

하건 부업허는 거나

과수원 농장 허는 일이나 이 즈순

1504) 심어서.

이 앞으로 좋은

농사 풍년

시겨 줍서 원정을 드는 일

아닙니까

디려나 가면은~

부업도 여러 가지로 문1505) 헙니다.

영 허난~

어느 양파나 양베추나

또 이전 마늘이나

싱거도1506) 잘 뒈게 시겨 줍서

축원원정 드립니다

디려나 가면은~

금년은 여름철에

수박도 싱경 열메 잘 열앙 잘 살아나게

시겨나 줍서

원정을 듭니다.

드려나 가면은

예순으섯은~ 저 정운기(耕耘機) 몰앙1507) 뎅기는 질에

넉날 일이나 혼날 일이나

겁날 일이나 나게 말곡 영 허영

어느 시비 관청(官廳)에 뻘일 일을

나게 맙서 영 허여

원정을 듭니다.

1505) 모두.
1506) 심어도.
1507) 몰고.

황서(降者)는 불서(不死)웨다.

불서는 황섭네다.

지성이면 감천이요

유전가사귓법(有錢可使鬼法)이라 다

하늘 높으곡 땅 앞은 줄

몰릅니까 이번 참에

원정 드리는 데로 소원성추(所願成就)

시겨 줍서.

원정 드려가며는

지금 현제 예순ᄋ섯

저~ 정운기 기게(機械)도 세 기게 들여놧수다 영 허난

넉날 일 혼날 일~

나게 말곡~

영 허영 집안간엥 온평(安平)

만수무강 시겨 줍서

영 허영 축원 드립네다.

날은 갈라 갑네다 금년 혜로는

신묘년 둘론 청명

삼월둘

오널 열나흘날 뒵네다

■ 초감제>살려옵서

[계속 이어서 같은 방식으로 진행한다. 제청방 안에서는 이승순 심방이 데령상 옆에 앉아 계속해서 삼주잔의 술을 조금씩 떠넘긴다.]

[장구] 삼멩감제(三冥官祭)로딜 신오엄전임네 신도업허며, 제청드레딜 살려딜 옵서에-.

어느 신전 영 헙네까~.

올라 옥황상저(玉皇上帝) 이알로 네려 지부(地府) ᄉ천데왕(四天大王) 산으로 산신데왕(山神大王) 물론 다서용궁1508)

원효데서(元曉大師) 서산데서(西山大師) 육간데서(六觀大師)

살려살려 금덩1509) 옥당1510) 만이영등 쌍도로기1511) 둘러타며 벌런(別輦) 독게(獨轎)

둘러타며

호오호오 허며

제청드레

살려살려

살려옵서.

인간 ᄎ진 할마님 천앙불도(天皇佛道) 할마님 지앙불도(地皇佛道) 할마님 인왕불도(人皇佛道) 할마님

여리중전 불법 할마님네

살려덜 옵서.

금덩 옥당 만이영등 쌍도로기 둘러탕

제청드레

살려덜 옵소서-.

홍신국 데별상1512) 살려덜 옵서.

서신국 마누라님

살려옵서.

살려 두고

1508) 다섯 용궁.
1509) 호화로운 가마.
1510) 덩. 가마의 일종.
1511) 쌍교(雙轎)의 와전.
1512) 마마신.

전성 굿인 초공전

팔제(八字) 굿인 초공전

초공 성하르방 천하데궐 금주님

초공 성할마님 지하데궐 웨주님

초공 웨진하르바님

천하 임진국

할마님은 지화(地下) 임진국

초공 아방 황금산 주접선성 뎁네다.

원구월(元九月) 초으드레

신명두~

뎁네다

이거 신구월돌~

어~

여레드레

신명두

쓰무으드레 살아살축 삼명두

살려살려

살려덜 옵서.

드려두고

이공 서천 도산국

살려옵서 천게왕이나 벡게왕

살려살려

살려덜 옵서.

삼공 안땅 주년국

뎁네다

드님 전상 나님 전상

순부산이 데전상

살려덜 옵서.

제일 진간데왕(秦廣大王)

제이 초간데왕(初江大王) 제삼 송교데왕(宋帝大王)

제네 오간데왕(五官大王) 다섯 염라데왕(閻羅大王)

ᄋ섯 번성데왕(變成大王) 일곱 테산데왕(泰山大王)임네

여~ ᄋ딥 평등데왕(平等大王)

아홉 도시데왕(都市大王)임

열 십(十) 오도전륜데왕(五道轉輪大王)

어서덜 금덩 옥덩 만이영등

둘러타며

제청드레 살려살려

살려덜 옵서.

살려두고

어느 신전 영 협거든~

열하나 지장데왕(地藏大王) 열둘 셍불(生佛) 열셋 자두(左頭) 열네 우두
(右頭)~

열다섯 동저판관(童子判官)임네

살려덜 옵서.

여레 십육 ᄉ제관장(十六使者官長)임

뎁니다~.

천왕체서(天皇差使) 지왕체서(地皇差使) 인왕체서(人皇差使) 어금베(義禁
府) 박나자 도서나자

눈이 붉어 황서제(黃使者) 코이 붉어 적ᄉ제(赤使者)

입이 크다, 악심ᄉ제(惡心使者)

옥항 금부도서(禁府都事)

처서관장(差使官長)님

일직ᄉ자(日直使者) 월직ᄉ지(月直使者) 지직ᄉ자(時直使者) 헹직ᄉ자 궁직ᄉ자 사직ᄉ자임

에~ 저싱 이원ᄉ자(二元使者)님

인간 강림ᄉ자(姜林使者)님네

살려살려

살려덜 옵서.

어느 신전 영 헙네까.

천앙~ 가민 천앙멩감(天皇冥官)

지왕 가면 지왕멩감(地皇冥官)

인왕 가면 인왕멩감(人皇冥官)

뒙네다 동이 청멩감(靑冥官)

서이 벡멩감(白冥官)

남이 적멩감(赤冥官)

북이 흑멩감(黑冥官)

중앙 황신멩감(黃神冥官)님네 산신멩감(山神冥官) 제석멩감(帝釋冥官)

살려살려

살려옵서.

제석 삼멩감(三冥官)임네

금등 옥덩 만이연등

둘러타멍덜

제청드레

살려옵서.

살려두곡

이 곳덱(高宅)에~ 일름 좋은 고○수 예순에 ᄋᆞ섯 설

웃덱 선조 조상임네 고조부모 양위친(兩位親)

징조부(曾祖父)도 양위친

당진부모(當親父母) 하르밧님 할마님 양위간(兩位間)

살려살려 살려옵서.

또 이전은 하늘 ᄀ뜬 부모 아바님 하늘 ᄀ뜬 아바님

살려살려

부모 어머님네 살려옵서.

살려두곡

어느 오촌 뒈고 ᄉ촌 형제 삼춘간

어느

영혼빨이라도 어느 먼 궨당(眷黨) ᄇ딘1513) 궨당 성진(姓親) 성편(姓便)
웨진(外親) 웨편(外便) 영혼님네

살려살려

살려옵서.

살려두고,

또 이전은~

선조 데데 조상님네덜 다 삼멩감 기돗제(祈禱祭), 다 살려덜 옵서-.

살려살려

살려두고~

안문전은 여레덥 밧문전은 쓰물ᄋ돕 일루럽 데법천왕(大梵天王) 하늘님
뒙네다.

남도 집서 도엄전 물도 엄전 도집서(都執事)

뒙니다.

낳는 날은 셍산(生産) 츠지 죽는 날은 물고(物故) 장적(帳籍) 호적(戶籍)
츠지헙던

1513) 가까운.

지방관찰관(地方監察官)

한집님네

뒙니다 어서~

삼멩감 기돗제로 다 신수퍼 살 때가 뒈엿습네다.

수산은

이거~

산신또와 세경또 송씨할마님네, 뒙네다.

수산 그늘롸줍던1514) 한집님네 이 ㅈ순덜 이번 참에 한집에 갓다오저 ㅁ음먹어 동네 부정(不淨)도 많고 ㅅ정도1515) 많고 영 허난 못 갓다오랏수다만은 허뒈

삼본향(三本鄕) 한집님

하다히 ㅈ순에 줴척(罪責)을 다 풀려줍서

원정 드립네다.

드려가며 어느~

한집님은 앚아 철리(千里)를 보고 사 말리(萬里)를 봅던 한집님 뒙니다.

또 이전은 신중구엄(新中舊嚴)1516) 좌정헌 만년 폭낭1517) 알 신수푼 송씨 할마님네, 서편 김씨 하르바님네 당으로

살려살려

살려옵서.

드려가면은

신당한집님네 하귀리 돌코리 신주 뒙네다.

또 이젠 군항동은1518) 삼본향 뒙네다 알로 네려 요왕(龍王) 게하르

1514) 돌보아주던.

1515) '스정'은 앞의 '부정'에 운을 맞춘 말.

1516) 애월읍 신엄리, 중엄리, 구엄리.

1517) 팽나무.

1518) '군항동'은 애월읍 동귀리의 바닷가 마을.

방1519) 게할망 좌정헌 한집님네

다 모두 살려옵서.

살려두고

또 이전

불쌍헌 예순ㅇ섯 선조님네 부모 영혼님네

다 어서 옵서.

아니 굴아 모릅네까 귀신ㄱ치 알다 하니 어서어서

제청(祭廳)드레 다 ㄴ려 하감헙서.

원정을 드립네다.

드려가면은

안느로 안칠성 한집

밧갓딜론

밧칠성 한집 됍니다 성주 어- 조왕(竈王) 데신임네 어-

살려살려

살려옵서.

어느 신전 헙건 터신 지신(地神) 오방신장(五方神將) 네웨지신(內外地神)임네

살려살려

살려옵서.

드려나 가며

하늘 ㄱ튼 신공시 옛 선셍

신이 아이 몸받은

선조 조상임네

부모 하르바님

1519) 뒤의 '게할망'과 함께 포구를 돌보는 신.

할마님네

또 이전

셋아바지 네웨 큰아바지 부베간 셋아바지네

불쌍헌 날 나주던 어머님 뒙네다.

고모님네 네웨간

또 이전은

처부모(妻父母) 하르바님 할마님 아바님 어머님네

살려옵서.

설운 조케네

살려살려

살려두고

몸받은 조상임은

상세화리(上細花里)에 고좌수(高座首) 머구낭 상가지 줄이 번고

발이 번던

선성님

김씨 선성님네와 서도노미[1520) 고씨 할마님 정씨 하르바님 어린비[1521)
고씨 할마님

살려옵서.

살려두고,

또 이전은~

신이 아이 네웨간 신질 연질 발루와주던 진씨 어머님 월게 첵불 하르
바님 살려살려

살려옵서.

어느 큰굿 아니우다 이거 잠시잠깐 앗인제로[1522) 오고

1520) 애월읍 봉성리.
1521) 애월읍 어음1리.

삼멩감 위망적선 허염습네다.

엿 선셍님네 살아 천도천명

죽어 부도 데천명

뒙네다.

어서덜 살려덜 옵서에-.

살려살려

살려두고

집안에 정중에 올레 어구 마두지기덜1523)

떨어진 신전덜 이하 막론 없이 삼멩감 기돗제로덜 살려덜 옵서-.

■ 초감제>비념

살려두고

초감제 연ᄃ리로 다 신메와

드려나 가며

궂인 엑년(厄緣)이랑

소멸시경

ᄌ순 안평데길

시겨줍서.

초감제 연ᄃ리로 다 신메웁네다-.

■ 초감제>산받아 분부사룀

초감제 연ᄃ리~ 신메와 디려가며~, 영 허면 옵서옵서 청허는 신전임
네 다, [신칼점][신칼점] 어서, 군문을 잡앙 네려산덴 말입네까~. [신칼
점][신칼점] 고맙습니다. 초감제로 초점서를~, 받저 영 헙네다. 초감제에

1522) 앉아서 진행하는 작은 무의(巫儀).
1523) '마두지기'는 마굿간, 외양간을 지키는 신.

떨어진 신전 엇이 다, [산판점] 신수퍼~, [산판점][산판점] 하감헌덴 허건~, 고맙습네다~. [산판점] 삼멩감 하늘님에서 이 ᄌ순덜~, 명과 복을 제겨주곡~, 집안 데천한간~ 발, 발 벋엉 울 연목이나 엇엉, 지난덴, [산판점] 아이고 고맙수다. 영 허면은~, 농서 지어먹기도 세경이 덕이요, 걸음 걷기 세경이 덕이요, 영 허니 예순ㅇ섯이, 하건 부업 믄1524) 허염수다. 양파도 허곡~, ᄂ멀도1525) 싱그곡1526) 마늘도 싱그곡, 이것저것 부업엔 헌 건 다 허곡 영 허염시난, 올리, 삼멩감을 우로허곡, [산판점] 세경신주님은 잘 위망허영 축원허곡 허면, [산판점] 어~, [산판점] 고맙습네다~. 경 허민 과수원~, 밀감(蜜柑)이나, [산판점] 아이고 고맙습니다. 경 허고 예순ㅇ섯이 저 드릇 농장 갈 떼에 청운기(耕耘機) 몰앙 뎅기곡 영 허염시난 넉날 일이나 없곡 혼날 일이나 없곡 [산판점] 혼급헌 혼 받을, 엇엉, [산판점] 이 군문질로 멩심허렌 말입네까~. [산판점] 삼시왕 군문으로, [산판점] 영 허면은~, 금년 이거이거 음력 삼월돌이곡, 스월 오월~, 유월 칠뤌~, [산판점] 당허영~, [산판점] 영 허민 명심허민, [산판점] 명심헌 덕이나~, [산판점] 돌아오곡~, [산판점] 고맙습네다~. 지금 현제~, 정운기 기게도 세 기게 들여놓곡 영 허여시난, 하다히~, [산판점] 군문질로 걱정 말라 말입니까. [산판점] 고맙습네다~. 영 허면 데천한간에 발 벋어 앉앙 울 연목이나 엇엉 안펭데길(安平大吉) 시겨, [산판점] 준덴 허건, 웨상잔 똑히~, [산판점] 막음~.

(정태진 : 이 말 잘 들어이. 일로 옵서. 올리 멩감제를 허는 것이, 지금 어멍네는 이거 처음 허는 거지양.)

(본주 : 아니우다.)

(정태진 : 멧번 혜낫수가?)

1524) 모두.
1525) 나물도.
1526) 심고.

(본주 : 예게. 나 오난, 나 오나 완 혼, 혼 ······.)

(정태진 : 아니 아니. 어머니, 어머니 살 떼 허고, 죽은······.)

(본주 : 어머니 돌아가신 뒤엔 이거 처음.)

(정태진 : 게메. 처음이지예. 어머니 돌아간 뒤에 처음이고. 어머니 산 떼는 멩감 허여나서. 내가 알아저. 우리 데춘이 형님 잇인 떼 허여나서.)

자, 경 허곡, 이번에 영 산을 받아보니까, 멩감 허는 일은 잘허염수다. 잘허고 멩감에서 이제, 없는 멩 복도 제겨 주켄 허고 영 허는디, 나쁜 점은 뭐이냐 허면은, 이거 유월 칠뤌달에, 유월과 칠뤌달에는 어느 군문질예, 군문질엔 헌 건 질예 질, 질, 질레1527) 말 곧는디, 질레에 흥끔1528) 멩심허라. 멩심 아니 허면은 흥끔 좀, 놈이 입에 낭1529) 좀 드툴 일이 난다, 멩심허라. 멩심허믄 멩심헌 덕을 준다 영 허염시메 그 줄 알고, 부업은 허는 가운데 너무 부업을 여라가지, 짬뽕으로 허지 맙셴, 나가 이 말 곧고 싶으우다. 멧 가지씩을 허지 말고, 혼 두세 가지만 이렇게 헤영, 어- 두세 가지도 것도 상당히 많이 부업허는 겁주. 영 허난, 그정도만 헤영 너무 욕심 부리지 말앙 허면은 궨찮음직 허고 너무 욕심 부령 이것저것 막 벌려 놓다 보면은, 좀 버쳥,1530) 어- 부업이 어떻게 안 뒐 수도 잇고, 영 허난 흥끔, 에 욕심 부리지 말렌예. 영 허염수다 경 허고, 겐 욕심 안 부령 허민 궨찮을 거고, 또 미깡은,1531) 잘 올쿠다.1532)

(본주 : 올리마씨?)1533)

예.

1527) 길.
1528) 조금.
1529) 놔서.
1530) 부쳐서. 힘에 겨워서.
1531) 밀감은.
1532) 열겠습니다.
1533) 올해요?

(본주 : 올린1534) 안 올 걸로 막 저 꼿끄지 타신디.)1535)

무사? 무사 안 올 걸로.

(본주 : 작년에 하영1536) 올아나난 올리라근에 덜 올렷당 네년에라근에 허젠……)

아, 그렇게 숫자 낭을1537) 안 나게끔 낭을 손 봐부리면은 안 날 거고, 경 안 허믄 잘 열 거고 영 헐 건디. 걸랑1538) 영 끌암시난 알앙 헐 일이고 영 헌디, 과수원도 괜찮을 거고, 에, 에 올게 헷든 안 올게 헷든 에 그만 허면은 먹을 만 실만 허곡, 영 허우다1539) 영 허고, 또 큰아덜 족은아덜도, 뎅기는 질에 큰 걱정은 엇이쿠다.

(본주 : 족은아덜 자이 잘……)

아니 족은아덜도 아니 그뗀, 나가 막 좋고 궂인 거는 액막이 헐 떼는 점을 헤가지고 나가 판단을 헐 거고, 지금은 상을 잘 받고 안 받는 것만 말씀을 드리난, 조순덜이 다 무음 정성을 이렇게 헤가지고선 뭐 허는디 이번엔, 삼멩감제(三冥官祭)도 잘허는, 잘허염져. 에 세경에 덕도 줄로라. 영 허염시난 것보다 더 존 일이 뭐가 잇수가.

(본주 : 맞수다게.)

경 허난 이번 참에 공든 덕이 돌아올 듯 영 허염수다양. 경 허곡, 저, 예순ㅇ섯은, 정말로 영 끌으민 뭐 허여도, 금년, 작년과 금년, 호끔 궂어. 궂고 영 허염시난에 큰아덜도 궂어. 족은아덜만 궂인 게 아니라 족은아덜도 궂주만은 큰아덜도 궂어. 설움이 잇던지. 경 허난, 궂고 영 허난, 말제에라근에 엑(厄) 잘 막곡 영 헤여불면은양, 에, 괜찮으쿠다. 이 점꿰(占卦)

1534) 올해는.
1535) 땄는데.
1536) 많이.
1537) 나무를.
1538) 그것일랑.
1539) 합니다.

로 보건덴 궨찮으쿠다. 엑 막을 때 점 다시 헤봐야 아, 좋고 나쁜 거는 판단헐 거난, 지금꺼지는 상을 잘 받암시난예. 그 줄 알고, 이제 세경본 풀엉 점 받앙, 보민 또 하건 부업허는 것이 좋고 나쁜 것도 판단이 나올 거, 영 허난 그 줄 압서양.[1540]

■ 초감제>제차넘김

좋은 분부는 여쭈앙~, 잇습네다~. ᄌᆞ순에 소원뒌 금공서, 설운 원정은, 얼굴 눗 굴며, 메 진지 지어 위올리며, 천하 금공서드레 도올려 드립니다에-.

수산리 멩감 세경본풀이

자료코드 : 10_00_SRS_20110416_HNC_JTJ_0001_s02
조사장소 : 제주특별자치도 제주시 애월읍 수산리 508번지 고○수 댁
조사일시 : 2011.4.16
조 사 자 : 강정식, 강소전, 송정희
제 보 자 : 이승순, 여, 63세
구연상황 : 세경본풀이는 농경신의 본풀이다. 농업을 주로 하는 집안이기에 시간이 오래
          걸림에도 불구하고 구연하였다. 반주 없이 말미로 시작하여, 스스로 장구를 치
          면서 공선가선, 날과국섬김, 연유닦음, 신메움 등을 간단히 구연한 뒤에 본풀
          이를 하고 이어 비념을 하였다. 주잔넘김은 지사빔 장단으로 하고, 장구를 밀
          어낸 뒤에 산받음을 하였다. 산받음에서는 각종 농사의 풍흉을 일일이 점쳤다.

[이승순(평상복, 장구)][앞서 정태진 심방이 초감제를 마치면서 추물공연으로 넘긴다고 하였으나 추물공연은 건너뛰고 바로 세경본풀이로 들어간다. 말미도 생략하고 바로 장구를 치면서 공선가선을 시작한다. 감기 기운으로 목이 쉰 상태이다.]

1540) 아세요.

■ 세경본풀이＞말미

[장구를 몇 번 친 다음 멈추고 말명을 시작한다.]

삼년일데(三年一禱) 삼멩감을~ 위망허곡, 알로 네려 제석천앙, 신중 마누라님전 위(位)가 돌아오랏수다. 자(座)가 돌아오랏수다. 우리 인간은, 부모 열련 탄싱허면 먹은 이도 세경이 덕 입은 이도 세경이 덕, 헹궁발신(行窮發身) 허기 세경이 덕, 농업 상업 부업 허기 세경이 덕입네다. 이간 군문 안, 고씨 병술셍 무자셍, 양도 부베간

세경본풀이

놈광 フ찌 어느 좋은 직장셍활 못 허곡 좋은 손기술 베운 거 없어지엉, 세경에 부업허영 사는 ㅈ순덜 뒈엿수다. 낳은 부모 어머님 살아셍전부떠, 삼멩감을 위망허곡 삼세경을 위망허여 살아낫수다. 이 ㅈ순덜 올금년 신묘년 만국 이거, 쳉명 삼월 열사흘날 열나흘날 뒈엿수다. 오늘은 세경신중 난소셍, 과광선 신을 풀저 삼선향(三上香) 지도틉네다 영로 삼주잔 게 굴아 위올리며, 세경신중 난소셍 과광선 신풀어삽서-.

■ 세경본풀이＞공선가선

[장구를 치기 시작한다.]

공신 공시는 가신 공서
제주 남산 인부역 서준낭 서준공서

■ 세경본풀이＞날과국섬김

올금년 헤는 신묘년 쳉명 삼월 열나을

제주시 에월읍 수산리 오○팔번지 삽네다

■ 세경본풀이 > 연유닦음
고○수씨 병술셍 김○옥씨 무자셍
고○진씨 무오셍 고○방씨 계혜셍 받은 공셉네다.
날 넘는 공서 둘 넘는 축원도 아닙네다.
세경 신중 난소셍 과광성 신을 풀저 영 헙네다.

■ 세경본풀이 > 신메움, 들어가는말미
산세경은 영주(炎帝) 올라 실롱씨(神農氏) 중세경은 문도령 하세경은
ᄌᆞ청비 정이 엇인 정수남이
정술덱이
거니려오던 세경신중 난소셍 과광선 신을 풀저 영 헙니다.

■ 세경본풀이 > 본풀이
엿날이라 엿적
김진국 데감님, ᄌᆞ진국이 부인님
열다섯 십오 세 입장 갈림허난
별진밧은 둘진밧 수장남은 수벨캄 거니리여
천하거부로 잘 살아도 ᄌᆞ식 없어
무후(無後)뒈난 ᄒᆞᆫ를날은 동게남 상주절
부처 지컨 데서님 시권제 삼문 받으레 소곡소곡 네려산다.
김진국 데감님 양도 부베간이
[말] "어떵 허연 네려삿수가?" "절간에 헌 당 헌 절
헐어지난
시권제 삼문 받아다 헌 당도 수리허곡 헌 절도 수리허곡

명 없는 자 명 주곡 복 없는 자 복을 제겨주곡 셍불(生佛) 없는 자는 셍
불 취급 시겨주저 시권제 삼문 받으레 네려삿수덴." 허난

시권제를 받아

절간으로 소곡소곡 올라산다.

흐를날은

양도 부베간이 데벡미(大白米)도 일천, 소벡미(小白米)도 일천 석, 가삿
베1541) 구만 장 송낙베도1542) 구만 장, 벡근 준데 출려근 동게남은 상중
절로

원불수룩(願佛水陸) 들어간다.

석 둘 열흘 원불수룩 드럼시난

흐를날은 데추남은 저울데로 저울연보난 벡근이 못네 차난

양도 부베간이

집으로 네려와근

합궁일(合宮日)을 정허여 천상베폴 무으는 게

여궁여(女宮女)가 솟아난다.

이 아기 어늣동안 걸음징허여가난

[음영] 일름이나 지와살1543) 걸 아방 지운 이름은 가련허다

가령비로

이름 셍명 지우고

[음영] 어머님 지운 이름은 이 아기 여자식이라도

즈청허연 낫저

즈청비로

이름 셍명 지와간다.

1541) 가사(袈裟) 만들 옷감.
1542) 고깔 만들 천.
1543) 지어야 할.

흐를날은

주청비

금마답에1544) 나고보난

[음영] 늦인덕 정하님이 연서답(-洗踏)을 허연

너는 걸 바려보난

[말] 하도 손이 고와지난 "늦인덕 정하님아 어떵 허난 손이 경1545) 고우넨?" 허난,

"그런 것이 아니고

종이 한집도

연서답을 허여가난 그떼예는

손광1546) 발이

[말] 고와졈수덴." 허난 "게건 나도, 흐를날랑 연서답을 돌앙1547) 가라."

"어서 걸랑 기영 헙서."

연서답을 강1548)

[심방이 옆에 있던 정태진 심방에게 웃으면서 말한다.]

(이승순 : 물 흐끔만1549) 줍서.)

(정태진심방 : 물? 물? 물 흐끔.)

[심방이 단골에게 부탁한다.]

(이승순 : 또신 물 흐끔 줍서.)

와락차락 허노렌 허난

1544) 마당에.
1545) 그렇게.
1546) 손과.
1547) 데리고.
1548) 가서.
1549) 조금만.

ㅎ를날은

야 이거 하늘옥항 문왕성, [옆에 있던 정태진심방이 걱정하는 말을 한

다.] 문곡성 문왕성 문도령이

야 그떼에는

야 이거 서천약국[1550) 거부선셍아피, 글공불 뼤우레, 네려사단 바려보

난, 곱닥헌[1551) 처녀 아기씨가

연서답을

허염시난

아이고 그데로 넘어갈 수가 엇언, "길 넘어가는 도령인디, 야 물이나

혼 주박

떠줍센." 허난

"어서 걸랑 기영 헙서." 야 그떼에는 물을 혼 주박, [본주가 물을 떠다

주자 한 모금 마신다.] 물을 혼 주박 떠주난 그떼에는, 야 물을 먹단 바려

보난, 나무썹이[1552) 떠시난, "어떵 허난 남자에 데장부(大丈夫), 야 먹는

물에 나무썹을 띄완 줍수겐." 허난, "그런 것이 아니고, [물을 한 모금 더

마신다.] 야 먼 길 가당, 야 물에 급허게 물 먹당 물에 체헌 건, 약방약(藥

房藥)도 없습니덴." 일러가는구나에-.

말을 들언 보난

야 이거 처녀 아기씨가, 얼굴만 고운 거 같안 보난, 마음씨도 고왓구나.

그떼에는

"어드레[1553) 가는 도령이 뒈십네까."

"나는 하늘옥항 문곡성(文曲星), 아덜 문왕성(文王星) 문도령(文道令)인

1550) 서천서역국(西天西域國).

1551) 고운.

1552) 나뭇잎이.

1553) 어디로.

디, 서천약국 거부선셍아피, 연삼년(連三年) 강 글을 베우레 네려사노렌."

허난, "아이고 나도 우리 오라바님 잇인디, 글공부 가젠1554) 허건 디가

　연삼년이 뒈어도

　가질 못허난 マ찌 가기가 어찌 영 허오리까." "어서 걸랑 기영 헙서."

그떼에는

　ᄌ청비는

　허단 서답 버려두고, 집으로 가건

　남자방에

　눌려들언 남자옷을 입언, 어머님 아바님 방에 눌려들언

　그떼에는

　야 이거, 야~, 우리~

　"어머님아

　아바님아

어머님 아바님도, 나이 원만(年晚) 뒈여불고 나가 이루후제 시집을 가젠 혜영, 예문예장(禮文禮狀) 막편지,1555) 받아도 볼 사람이 엇이난, 여자이 몸 나도 글이라도 베왕 놔두쿠다." "어서 걸랑 기영 허라."

　그떼에는

　어서 걸랑

　허급(許給)을 받안

　야 길 베낏디1556) 나오란 보난, 문도령이 시난, "나는 옥황에 문도령입니다." "나는 지알에 ᄌ청비 도령이옌." 혜연, マ찌 친구 벗을 혜연, 서천약국 거부선셍아피, 글광 활을 베우레 가가는구나에─.

　거부선셍 말이로다.

1554) 가려고.
1555) 예장(禮狀).
1556) 바같에.

"꼭 ᄀᆞ찌 친구 벗을 혜연, 글공부를 오라시난 훈 상에, 야 이거 훈 책상에서 공부허고, 훈 상에서 밥을 먹곡, 훈 방을 쓰멍[1557] 연삼년 글공부를 허라." "어서 걸랑 기영 헙서."

낮이는 훈 상에 앚아근

밥을 먹곡 훈 책상에 앚앙

글을 뱁곡[1558]

훈 방을 쓰렌 허난, 아이고 훈 방을 쓰당 나가 여자 몸으로라도, ᄌᆞ청비 처녀 아기씨로, 야 이거 탄로나민 아방 눈에 ᄀᆞ리 나곡 어멍 눈에 씬지 날 거난, 없는 꿰나 부려보준 허연

은데양에 물을 소북허게[1559] 떠단, 은데양[1560] 우터레[1561] 은젯가락을 걸천, "야 문도령아 문도령아, 은데양에 걸친 은젓가락 물 알에 떨어지민, 글도 떨어지곡 활도 떨어질 거난, 야~

메우 멩심허렌

야 좀을 자렌." 헌다. "어서 걸랑 기영 허라." 문도령은 은데양에 걸친, 은뎃가락, 은젯가락만, 떨어지카부덴 허당 바려보면

글도 떨어지곡

활도 떨어지곡

제주 자원(壯元) 떨어져가난, ᄒᆞ를날은

거부선셍님이 문도령은 틀림엇이 남자로 보여도, 야~ ᄌᆞ청비는 여자로, 여자도 붸와보곡[1562] 남자도, 야 붸와가난 이거 구별을 못헐로구나. "녤날랑[1563] 너이딜, 동 혜 돋아오는 동더레[1564] 돌아상, 소변(小便) ᄀᆞᆯ길

1557) 쓰면서.
1558) 배우고.
1559) 가득하게.
1560) 은대야.
1561) 위로.
1562) 보이고.

락1565)이나 혜여보라." "어서 걸랑 기영 헙서."

그떼에는 ᄌ청비는

어~ 왕데 목데

옷 속에 고져 곱져놔뒷단1566) 뒷날은, 오줌 굴길락을 허는 것이, 야 문 도령은 여상(如常)히 힘껏 굴겨도 아옵 방축, ᄌ청비는

심상히 상 굴겨도, 열두 방축을, 나아간다.

나아가난 그떼에는, 야 거부선셍도, 틀림엇이 ᄌ청비, 남자로 보엿구 나에-.

남자로 보연

ᄒ를날은

문도령이

야 금마답1567)에 나오란 보난, 가메귀1568) 젓눌게에1569) 편지를 보네엇 구나. 편지 문안을, 받안 보난 옥항에서, 야 문곡성 아바님이 "문도령아 너 지알에 네려가, 연삼년 글도 붸울만이 붸와실 거, 활도 붸울만이 붸와 실 거난

글공부 ᄆ 마 마쳥, 혼저1570) 옥항더레 도올랑, 약속헌 데로 서수왕에 장게갈……." 혜연, 야 편지 문안 보네여시난

문도령은

그걸 가젼

거부선셍아피 간, "아이고 선셍님아 나 지알에 네려상, 연삼년 강 글도

1563) 내일은.
1564) 동쪽으로.
1565) 갈기기.
1566) 숨겨두었다가.
1567) 마당.
1568) 까마귀.
1569) 겨드랑이에.
1570) 어서.

뷔울만이 뷔와실 거, 활도 뷔울만이 뷔와실 거난, 이젠 옥항더레 도올랑, 서수왕에, 장게 가렌 허난 나 옥항더레, 도올르게가 뒈엇수다.”

말을 허난

ᄌᆞ청비도

그 말을 들언, “아이고 우리 ᄒᆞᆫ 날 ᄒᆞᆫ 시에 ᄀᆞ찌 오라시난, 문도령 가게 뒈민 나도 ᄀᆞ찌 가쿠다.” “어서 걸랑 기영 허렌.” 허여

어~ 일천 서당

나고 온다.

나고 오단 ᄇᆞ려보난

날은 하도 더워지난, ᄌᆞ청비가 “문도령아, 야 너는 나보단 글도 떨어지고 활도 떨어지난, 저 알통에 강 ᄀᆞᆷ으라. 날랑 웃통에서 몸이나 ᄀᆞᆷ앙 가켜.” “어서 걸랑 기영 허렌.” 허연

그떼에는

웃통에서

ᄌᆞ청비는 소미만 걷언 물소리만 팡당팡당 넙단1571) 알통더레 ᄇᆞ려보난, 문도령은

알통에서

웃광 문들렉기 벗어뒌 이레 참방 저레 참방 몸모욕을 허염구나.

몸모욕 헴시난 나무썹에 글을 썬, 야 물 우터레 띄우는 게, 야 “문도령아 문도령아, 연삼년 니영 나영 ᄒᆞᆫ 첵상에 앚앙 공부허고, ᄒᆞᆫ 상에서 밥 먹곡, 야 이거 ᄒᆞᆫ 방을 써도 남자 여자 구별을 연삼년 살아도 못허는, 멍텅헌 문도령아.” 야 글을 썬 보네여시난

그떼에는 야 몸을 ᄀᆞᆷ당 글빨을 보난, 야 그떼에사 문도령은, ‘나 이떼까지 ᄌᆞ청비 처녀씨, 처녀 아기씨아피 속아지엇구나-.’

1571) 내다가.

그떼에는 웃통더레 빨리 오랑, 야 이거 ᄌ청비 말이라도 훈번 굴아보

저, 홀목이라도 심어 보젠 영 헌 것이

급허게 물 베낏디 나오란, 옷은 급허게 입젠 허단 바려보난, 훈 착 가

달에 양착 가달 디물련1572)

삼사월

눙메 둥글 듯

둥글어 가는구나. 웃통더레 오란 보난, ᄌ청비는 어늣동안 천장 만장

갓구나.

뒤를 조찬 간

ᄌ청비가 집더레 들어가젠 허난, 문도령이 확허게 홀목을 잡아가난,

"아이고 문도령아 이 홀목을 노라. 우리 아바지 어머님 알민, 그떼에는

연삼년 글공부 헌 것이 다 헌ᄉ가 뒈곡 어멍 아방 눈에, ᄀ리 나곡

신지 난다."

"어서 걸랑 기영 허라."

그떼에는 ᄌ청비가 안으로 들어간, 남자 방에 눌려들어 남자 입성 벗어

두고 여자 방에 눌려들어, 여자 입성

입어 앚언

아바님 어머님 방에 눌려들언, "아바님아 어머님아 덕텍으로 나, 야 연

삼년 글을 잘 붸안 오랏수다. 명심보감(明心寶鑑) 동이보감(東醫寶鑑)

ᄉ력초간(史略初卷)

다 이거 깊은 글을 혜연 오랏수다." "아이고 나 ᄄᆞᆯ에기 기뜩(奇特)허다

착허다. 어서 니 방으로 들렌." 허난 "아버님아 어머님아, 그런 것이 아니

고, 연삼년간 ᄀᆞ뜬 친구 벗이 글공부 허단 오널은 날은 어둑아부난, 야 잠

시 잠깐 잇단, 넬랑 가켄 헴수다." "어서 걸랑 기영 허라에-."

1572) 집어넣어.

그떼에는

어~

즛청비

문 바깟디 나오란, 야 문도령을 둘안1573) 들어간, 문도령신디

야 그떼엔

초경 이경 야사삼경이 뒈난, 문도령은 옥항 사람이난 밤이 깊으난, 이 밤 저 밤 써에 옥항더레, 도올를 시간이 뒈여지곡 허난, 문도령이

"즛청비야

난 옥항 사람이난 아멩1574) 헤도 이 밤 저 밤 쎄에, 옥항더레 도올를 거난, 야 도실(桃實) 씨를 하나 네여줄 테니, 나 보듯 창문 바껏 싱경, 야 그걸 보암시민, 야 옥항에 도올랑

아바님 어머님 허급을 허영, 지알에 너를 둘레1575) 오켜." "어서 걸랑 기영 헙서."

그떼에는

저~ 문도령은

야 창문 바껏, 창문 발라 나보듯 보렌 헤연 도실 씰, 야 싱경 보렌 헤여 뒌 줘돈 옥항더레 상천헤부난, 즛청비는

누는 방안 도실 씨를, 하나 싱거 간다.

어늣동안

혼 잎 두 잎 올리민1576)

문도령이 지알에 즛청비

춫앙 올 건가 헤도 아니 오라간다. 아이고 도실꼿이나 피민 올 건가 헤

1573) 데리고.
1574) 아무리.
1575) 데리러.
1576) 열리면.

도 아니 오곡, 도실 올메나[1577] 올민 올 건가 혜도 아니 오라가난, 야 그 떼에는, 야 문도령 셍각이, 조청비가 상사병이 뒈어가는구나에-.

흐를날은

조청비

그 날도 문도령 셍각이 좀은 아니 오곡, 아침 세벡이 문은 올안 보난, 혜변(海邊) 사람덜은 어늣동안 물무쉬 쉐무시 거니리언, 산중 산중 낭허레 갓더라.

"정술덱아~, 혜변 사름덜토 날 붉아가난, 낭[1578] 허레 가는디 정이 엇인 정수남이, 좀만 자젠 허지 말앙 혼저[1579] 강, 낭이나 혜영 오렌 강 일리라." "어서 걸랑 기영 협서."

그떼에는

야 자 이거

야 정술덱인, 정이 엇인 정수남이신디 강 "정수남아 정수남아, 넌 어떵 허난 먹어지민 자빠졍 좀만 잠시니. 좀자지 말앙 혼저 강 혜변 사름덜토 낭 혜영 오는디 낭이나 허레 가렌, 아기씨 상전님이 일럼덴." 허난

"정술덱아

오널은 날은 다 이거 붉안 늦어불곡 허난, 네일날랑 쉐 아옵 물 아옵, 야 이거 네여놓곡, 정심이나 잘 출령 네여주민, 혜변 사람덜, 이거 혼 둘을 강 낭 혜여당 데미는 거 만이, 난 넬 강 흐를, 어~

혜변 사람덜

혼 둘치 낭 헌 거 만이나, 넬 흐를에 강 혜당 데미켜."[1580] "어서 걸랑 기영 허라."

1577) 열매나.
1578) 나무.
1579) 어서.
1580) 쌓을게.

즈청비

신디 오란 굴아간다.

"어서 걸랑 기영 허라."

어 흐를날은, 정이 엇인 정수남이 낭 허레 보네젠 허난

쉐 아옵도

질메1581) 지왕 네어논다. 물 아옵도

질메 지왕 네어논다. 정심을 출려주어간다.

쉐 아옵 물 아옵 이구십팔, 열여덥 마리 거니리고 정이 엇인 정수남이

산중 산중

낭허레 올라가단 보난, 헤는 이거 중천에 뜨고 먼 길 걸어나난 시장허

곡 베 고판, 아이고 이젠 이거 정심이나 먹엉 낭이나 헤영 가준 헤연, 야

그떼에는, 정심은 먹으난 봄 헤라, 헤는 진진허고 정심은 먹으난, 느끈(勞

困)헤연, 야 이거 졸음도 오곡 허난, 훈 줌 드끈 장 일어낭 낭이나 헤영,

가준 허영

동더레 벋은 가지에

쉐 아옵도 메곡

서러레 벋은 가지에

물 아옵도 메여두곡

정심 먹언 훈 줌 드끈 장 일어난 보난, 진진헌 헤에 물 훈 번 아니 멕

이곡 촐1582) 훈 줌 아니 주언, 쉐광 물은 동서러레 마딱1583) 자빠전 걸러

져시난, 아이 드러눈 쉐광 물을 바려보난, 궤기 셍각이 바싹 난, '아이고

저 쉐나 물이나 하나 잡앙, 먹엉 간 것사 몰르주긴.' 허연

그떼에는

1581) 길마.
1582) 꼴.
1583) 모두.

ᄌᆞ끗더레1584) 바려보난 바싹 물른, [심방이 물을 마신다.] 멩게낭이1585) 잇이난 바싹 물른 멩게낭을 헤다, 멩게낭 벡탄(白炭) 숫불을 잉얼잉얼, 피와낭 황기 도치로1586) 점점히 쓸멍 멩게낭 우터레, 걸치멍 익어시냐 ᄒᆞᆫ 점, 설어시냐 ᄒᆞᆫ 점 먹는 것이, 어늣동안, 쉐 아옵 ᄆᆞᆯ 아옵도 다 먹어부럿 구나에-.

정이 엇인

정수남이

쉐 아옵 ᄆᆞᆯ 아옵 다 먹어뒨, '아이고 요 일을 어떵 허영 좋으리.' 이젠 황기 도치만 둘러메연, 집더레 네려사단 보난, 물 우티 올리1587) ᄒᆞᆫ 쌍이 앚아시난, '아이고 저 물 우이 앚은 올리 ᄒᆞᆫ 쌍이나, 야 마쳥 상전임 눈에 드령, 드려가준.' 허연

황기 도치로

물 우티 앚은 올리 ᄒᆞᆫ 쌍을 다락허게 마치난, 올리 ᄒᆞᆫ 쌍은 물 우터레 푸드득이 눌안 어드레사 눌아가불어신디 몰르곡, 황기 도치는 물 알에, 퐁당 빠져부난

'아이고 이젠 황기 도치라도 건정 가준.' 헤연, 입엇던 가죽 점벵이는 벗언 낭 우터레 톡 걸쳐뒨, 물 속더레 들어간

이레 참방 저레 참방

허여도

황기 도치는 못 춫곡, 물 베낏디 나오란 가지 입엇던, 야 이거, 야 가죽 점벵이

입젠 바려보난 헤변 사름덜 낭 허연 가단, 아이고 요거 구불텡이 허기

1584) 가까운 데로.
1585) 청미래덩굴이.
1586) 도끼로.
1587) 오리.

좋덴 헤연, 구불텡이 허연 가부난

그떼에는

동더레 서러레 바려봐도

입이 넙은

게꽝잎만

번들번들 허여시난

그걸, 입1588)이 넙은1589) 야 이거, 께낭입으로 야 이거~, 알을1590) 곱치완,1591) 안으로 들어가진 못허곡, 야 바려보난 빈 항, 야 빈 항아리가 잇이난, 아이고 저 이거 장항 뚜으로 강, 빈 항 속에나 곱앗당,1592) 다 곱 들어불건 나 눅는1593) 방안더레1594) 들어가젠 헤연, 빈 항 속에 간

곱안

뚜껭을 톨허게 더껀

잇노렌1595) 허난 마침~, 즈청비 아기씨 상전임은, "정술덱아~." "예." "정이 엇인 정수남이 낭 허영 오게 뒛져. 혼저 국이라도, 장이라도 거려 당1596) 국이라도 혼 솟 끓엿당,1597) 야 밥을 주렌." 허난, "어서 걸랑 기영 헙서."

즈청

말을 허난

그뗀 정술덱인, 장 거리레 간 보난 난데엇이 빈 항 뚜껭이가 둘싹둘싹

1588) 잎.
1589) 넓은.
1590) 아래를.
1591) 감추고는.
1592) 숨었다가.
1593) 눕는.
1594) 방안으로.
1595) 있노라고.
1596) 떠다가.
1597) 끓였다가.

춤을 춰가난, 그떼엔 겁이 바락 난

그떼에는

"아이고 아기씨 상전임아, 장 거리레 간 보난 난데엇이, 빈 항 뚜껭이 가 둘싹둘싹 춤을 춥수덴." 허난, "아이고 이거 숭시 아니민 제훼(造化)우 덴." 허난

그떼에는

어~ 간 보난

아닌 게 아니라 빈 항 뚜껭이가, 둘싹둘싹 춤을 춰 가난, "귀신(鬼神)이 냐 셍인(生人)이냐, 귀신이건 옥항(玉皇)더레 도올르곡 셍인이건 나오렌." 허난, "아이고 난 귀신도 아니, 야 정이 엇인 정수남이가 뒈우덴." 허난

항 속에 앚안 말헤 가난, "수장남아 수뻴캄아, 야 오널 정이 엇인 정 수남이 쉐 아옵 물 아옵 거리런 낭 허레 가렌 허난, 저디 곱앗구나.[1598] 저 항 속에 곱은 정이 엇인 정수남이를 혼저, 야 죽일 팔로 둘르렌." 일 러간다.

일러가난 그뗀 정이 엇인 정수남이가, 야 이거 셍각을 헤연 보난, ㅈ청 비 아기씨 상전임이 문왕성 문도령 따문에 상사병(相思病)이 난 거 같으 난, 야 나 거짓말이라도 문도령 말이라도 헤영 나 목숨을 살아나젠, "아이 고 이거 ㅈ청비 아기씨 상전임아

혼번만 살려줍서. 나도 ᄀᆞᆯ을[1599] 말이 잇습니다." "너가 뭔 말을 ᄀᆞᆯ으 겟느냐?"

"그런 것이 아닙네다.

오널 쉐 아옵 물 아옵 헤영, 산중 산중 낭허레[1600] 올라가단 바려보난, 야 하늘 옥항 문곡성 아덜 문왕성 문도령이, 테역단풍[1601] 좋은 디서 선

1598) 숨었구나.
1599) 말할.
1600) 나무하러.

녀청1602) 궁녀청1603) 거니려, 북 장귀 두드리멍 노는 걸 보난 하도 구경이 좋안, 구경허단 바려보난, 쉐 아옵도 간간무레 일러불엇수다 물 아옵도 일러불엇수다. 쉐 아옵 물 아옵이라도, 하나라도 촞앙 오젠 허단, 가시자올1604)로 뎅기단 보난 입엇던, 옷도 갈기갈기

다 찢어져불엇수다.

나 이젠 꿀을 말을 다 꿀, 야 곧고 문왕성 문도령 노는 거 난 보아시난, 나 죽여도 좋~수다."

그떼엔 죽일 팔로 둘리던 ㅈ청비도 문도령 말이엔 허난, "아이고 게민 정이 엇인 정수남아, 너 이번만은 살려줄 테니, 야 이거 문도령 잇인 디 ㄱ리킬 수 잇겟느냐." "예 ㄱ리킬 수 잇습니다." "어서 게건 문도령 잇인 디, ㄱ리치라."

"어서 걸랑 기영 협센." 허연

"상전임아

문도령 잇인디 가젠 허민, 아이고 아기씨 상전임은 걸엉 못 갑니다. 물을 타사 갑니다." "어서 걸랑 기영 허렌." 허난, 뒷날은

ㅈ청비 탕 간, 물을 이꺼1605) 네연

물안장을 씌우멍

물안장더레 구젱기딱살1606)을 하나 똑허게, 놓아간다.

"상전임아

정심을 협서." "어떵 혜영 정심을 허느니." "드르 노변(路邊) 가면 짜게 먹어야 할 거난, 상전임 먹을 정심이랑, 는젱ㄱ를1607) 혼 뒈 허건 소금도

1601) 금잔디.
1602) 선녀(仙女)들.
1603) 궁녀(宮女)들.
1604) 가시덤불.
1605) 이끌어.
1606) 소라껍질.

혼 뒈 헤영 フ찌 놓곡, 나 먹을 정심이랑 느젱フ를 혼 말 허건, 소금이랑 노는 둥 마는 둥 헤영, 정심을 협서." "어서 걸랑 기영 허라."

그떼에는

야 다 출려간다.

"상전임아 요 몰러레 탑센." 허난, 몰안장더레 타젠 허난, 구젱기딱살로[1608) 몰, 등 간 꼭꼭 눌려가난

몰은 앞발 들싹

뒷발 들싹 헤 가난, "아이고 정수남아 어떵 허난 영 헴시?" "몰도 먼 길을 가젠 허민, 몰머리코스를[1609) 헤야 헙니다." "어떵 허영 몰머리코스를 허느니." 야 먼정으로 느람지[1610) 페와 놓고

둑[鷄] 혼 무리

잡아다 놓고

야 아피 술으를

야~

야 거 술을 갖다 놓안, 야 정이 엇인 정수남이가 몰 앞더레 야, 절을 혼번 꿉박 헤 두언, 종제기[1611)에 술을 비완, 그떼에는 몰 귀레 스르륵허게 지난,[1612) 몰은 마니[1613) 딱허게 털어가난, "아이고 요거 봅서 이젠, 야 몰머리코스를 허난 몰도 그만 먹켄 헴수게. 몰 먹다 남은 건 종이 한집이나 먹읍네다." "어서 게건 어서 먹으렌." 허난, 그떼에는

발 벋어 앚안

1607) 잘 빻아지지 않은 쌀가루.
1608) 소라껍질로.
1609) 혼례 따위에 신랑이 집을 나서기 전에 말 앞에서 지내는 간단한 의례.
1610) 낟가리.
1611) 종지.
1612) 길으니.
1613) 도리도리.

야 먹언 야 몰안장 고치는 첵 허멍, 구젱기딱살을 톡허게 가져뒌

몰안장더레 테완

정심은 지어 앚언, 물을 이껀, 산중 산중

올라간다.

올라가단 바려보난

그떼에는

먼 길 걸어나난

어~

"정수남아

오라 우리 정심이나 먹엉 가게." "야 어서 걸랑 기영 헙서." "아이고 야 정수남아 오라 저 낭 그늘이 좋다 우리 저디 강, 우리 강 정심이나 먹엉 가게." "아이고 상전임아 그런 말 허지 맙서 거, 거 무신 말입네까." "무세엔." 허난, "아이고 상전임아, 저 ᄇᆞ름 술술 부는, 야 낭 그늘 알에 강 우리 상전임광 ᄀᆞ찌 정심 먹어가민, 먼 딧 사름은 보민 우리 두갓이가 낭 허레 오랏당, 두갓이가 앚앙 정심 먹엄뎬 허곡, ᄌᆞ꼿디1614) 사름은 보민 상전, 야 종이 앚앙 정심 먹엄뎬, 숭을 봅니다."

"어떵 허느니?"

"상전임이랑

상전임이메, 높은 동산에 앚앙 정심 먹읍서 난, 종이 한집이난 기자 아무 굴헝더레라도1615) 네려상, 정심을 먹쿠다." "어서 걸랑 기영 허라."

그떼에는

ᄌᆞ청비는

높은 동산에 앚앙, 야 이거 벳1616) 와랑와랑 나는 디 앚안, 범벅을 혼

1614) 가까이.

1615) 구렁으로라도.

1616) 볕.

덩어리 뚝허게 끊어 먹으난 짠짠혜연, 먹을 수가 엇엇구나. 굴헝더레 바려보난, 정이 엇인 정수남이

야 이거 정심을 먹엄구나.

"아이고 정, 정수남아 니 정심 맛은 어떵 허난." 허난, "아이고 상전임아, 종이 한집이 기자 맛을 출령[1617] 먹읍네까. 아무 디나 앚앙 기자, 베만 불민 그만 아닙니까 상전임은 어떵, 정심 맛이 어떵 헙네까." "정이 엇인 정수남아 그런 말 말라. 상전 노릇 허기도 힘드는 거여. 경 아녀도 벳와랑와랑 나는 높은 동산에 앚안, 짠짠헌 범벅을 흔 덩어리 끊어 먹으난난, 도저히 먹을 수가 엇덴." 허난, 아이고 그땐

"정수남아

이거 앚당[1618] 먹어불렌." 허난, "어서 걸랑 기영 헙서." 동산 우터레 와랑와랑 둘아오란, "아이고 상전임아 홀 수가 엇습니다. 상전임 먹다 남은 건 종이 먹곡 종이 먹다 남은 건, 게가 먹읍네덴."

영 허연 그떼에는, ㅈ청비 먹던 범벅은 반찬을 삼곡, 이녁 범벅은 밥을 삼엉, 어루에 두루에

먹어간다.

먹어 앚언

가는 것이

가단 보난

"야 우리 정수남아, 에가 콘콘 먹으난 몰르난, 아이고 오라 우리 이 물이나 먹엉 가게." "아이고 상전임아, 드르 노변 오민, 아무 상 엇이 물을 못 먹읍네다. 이 물은, 물ㅁ쉬[1619] 케, 야 이거 쉐ㅁ쉬가[1620] 들어상

1617) 차려서.
1618) 가져다가.
1619) 마소.
1620) 소가.

먹는 물입네다."

가단 보난 물이 잇엇구나.

"아이고 정수남아 요 물은 어떵 허니." "아이고 상전임아 요 물은 궁녀청(宮女-)[1621] 시녀청(侍女-)[1622] 손발 씻인 물입네다."

가단 보난

시네 방청에

물이 골랏더라.[1623]

"아이고 정수남아 요 물을 먹엉 가게." "아이고 상전임아 이 물은 먹젠 허민 전례(前例)가 잇습네다." "뭔 전례가 잇겟느냐." "야 상전임아 이 물은 먹젠 허민 나가, 몬저 먹으크메 나데 나 먹는 데로 꼭 헤영 물을 먹읍서." "어서 걸랑 기영 허라."

그떼에는

정이 엇인 정수남이

웃도릴 벗언

웃가지에 쉬익허게 더꺼뒌, 야 업더견 물을 골락골락 먹언, 확허게 일어산, "상전임도 요와 같이, 물을 먹읍서~."

그떼에는

즈청비는

물을 먹젠 허난

야 이거~

웃저고릴 벗언

가지에 톡허게 걸쳐뒌, 업더견 물을 먹노렌 허난, [심방, 목이 말라 물을 마신다.] 정이 엇인 정수남이 즈꼿딜로[1624] 간, "아이고 상전임아 그

1621) 궁녀들.
1622) 시녀들.
1623) 고였더라.

물만 먹젠 말앙, 물굴메1625)를 바려봅서. 하늘 옥항 문도령, 야 시녀청 궁녀청 거니려, 북 장귀 두드리멍, 노는 구경이 얼마나 좋수가.” 물 먹단 확 일어산, ‘아이고 나 요거아피1626) 속아젓구나~.’

그떼에는

일어산 저고릴 입젠 바려보난

어늣동안 정이 엇인 정수남이

높은 가지에

걸쳐나 붙엇구나.

“정수남아

저 저고릴 네류와주라.”

그떼는 동서러레, 바려도 아무도 엇이난, 야 ᄌ청비, ‘야 이거 아기씨 상전임 훈번 안아 보저.’

야~

영 허난

“야 이거 정수남아, 이러지 말곡, 아멩 헤도 헤는 일럭서산(日落西山) 기울어지곡, 오널날은 어둑앙 집인 못 들어갈 거난 호롱담을 줏어다가, 움막을 짓엉 니영 나영, 움막 안네서 ᄒ롯밤을 지셍1627) 가기가 어찌허겟느냐.” “어서 걸랑 기영 헙서.”

호롱담을 줏어다가

움막을 지어어근

“정수남아

널랑 추운 ᄇ름쌀이나 아니 들어오게, 바깟디서 궁기나1628) 막암시라.

1624) 가까이로.
1625) 물그림자.
1626) 요것에게.
1627) 지새고.
1628) 구멍이나.

날랑 안네서 불이나 살롬시켜." "어서 걸랑 기영 협센." 허여

정이 엇인 정수남이

움막 벳낏딜로

이거 어욱이여 세1629)여 헤당 요 궁기 막으민, 움막 안네서 조청비는, 저 궁기엣 거 확 빵 불살룽 추와불곡, 저 궁기엣 거, 야 빠민

이 궁기엣 거

확허게 빵, 불살룽 추와불곡 허는 것이 정이 엇인 정수남이, 움막 베낏디서만 벵벵 돌단 보난, 어늣동안 날은 붉는 줄 몰르게, 먼동 금동 데명천지(大明天地)가 붉아불엇수다에-.

날은 붉아부난

그떼에

정이 엇인 정수남이

엇인 용심이 난, 움막 안터레 들어오난, "아이고 정이 엇인 정수남아, 엇인 용심만 네지 말앙, 야 이거 나 동무립더레1630) 나 동무립더레 업더정1631) 줌이나 자렌." 허난, 서른여덥 잇바디 허우덩싹 허멍, 조청비 동무립더레, 톡허게 베게 삼아 누난

무정눈에 줌이 든다.

조청비는

가심에 품엇던 은장도(銀粧刀)로, 오른 귀로 웬 귀레 웬 귀로 오른 귀레 지끄난

저 산 얼음 녹듯

구름 녹듯, 움막 안네서 스르륵허게, 정이 엇인 정수남이 죽어가옵데다에-.

1629) 띠.
1630) 무릎으로.
1631) 엎드려서.

죽어부난

즈청비는

몰을 타근

야~ 집으로 오는 것이

야 질 넘어가는, 선비청마다,[1632] "아이고 어떵 허난, 저~ 이거, 처녀 아기씨 탕, 네려사는 물에는 눌랑네 눌핏네가 거뜬허고, 야 물 꽁장이에, 무지럭[1633] 총각이 바짝 부떤, 야 이거 감덴."

일러간다.

그 말을 들언, 야 그떼엔, 야 즈청비는, 이 말을 들언 집으로 간, 벡보 (百步) 베낏디 먼 정으로, 물을 메여두고

그떼에는

집으로 들어간

"어머님아 아바님아, 야~ 골을 말이 잇습니다." "나 뚤에기 거 무신, 말을 골으렌." 허난 "어머님아 아바님아 그런 것이 아니고, 정이 엇인 정수남이 이만 저만 헤연, 나 목숨 살아낭 나 수절(守節)을 지키젱,[1634] '움 막 안네서 정이 엇인 정수남이 죽여뒁[1635] 오랏수덴." 허난, "아이고 기 집년 독허도 독허다. 양반이 집이 스당 공중이 낫져. 야 이 일을 어떵 허 느니.

어서~

나고 가렌." 영 허난

그떼에는

야 즈청비가

1632) 선비들마다.
1633) 무지렁이.
1634) 지키려고.
1635) 죽여두고.

비세マ치 울멍

야 아방 눈에 マ리 나곡 어멍 눈에 신지 난, 나고 오는 것이

어딜로 가리오. 가단 가단 보난

주모 땅이 근당헌다.

주모 땅을

근당허고 바려보난

주모할마님이 주막에서, 비단클에 앚아 왈각잘각 비단을 짬시난, "할마님아 질 넘어가는 길손인디, 에가 칭칭 무르 ㅁ, 몰르난 물이라도 흔 적1636) 먹엉 넘어가젠 헴수덴." 허난, "아이고 어서 걸랑 기영 허라." 비단을 짜단 할마님은 정제레,1637) 물 거리레, 가분 서에1638)

즈청비

비단클에 앚안, 왈각잘각 비단을 짜노렌 허난 할마님은 오란 보난 비단을 짬시난, "아이고 설운 아기야 비단이라 한 것은, 흔 세가 걸르민 몬딱 다 틀려부는 거여." 바련 보난 할마님 짠 비단보단, 즈청비 손으로 짠 비단이 더 고왓수다.

아이고 그떼

"설운 내 에기

야 어떵 허난 영 손메도 고우니. 야 어디, 어디서 오는, 야 에긴딘."1639) 허난, "지알에 즈청빈디, 아바님은

김진국 데감님

어머님은 즈진국에 부인님인디, 나 이거 즈청빈디, 하도 이거 아바님 눈에 マ리 나곡 어멍 눈에 신지 난, 갈 디 올 디 엇인 몸이 뒈엿수덴." 허

1636) 모금.
1637) 부엌으로.
1638) 사이에.
1639) 애기냐고.

난, "게거들랑 야 우리 집이 수양(收養) 뚤에기로 들엉, ᄀ찌 비단이나 짜멍, 살기 어찌허겟느냐." "어서 걸랑 기영 헙서."

비단을 짜는 것이

ᄒ를날은

할마님이 주모할마님이, 하도 이거 도폭(道袍)을 정성스레 짜 가난, "아이고 할마님아 이거, 야 누구가 입을 이거 도폭을 영 정성스리 헴수겐." 허난, "그런 것이 아니고

하늘 옥항 문곡성 아덜

문왕성 문도령이, 서수왕이 장게 갈 떼에 입을 도폭이엔." 허난, 그떼는 ᄌ청비가 비세ᄀ치 울멍, '아이고 이거~, 야 에약(豫約)헌 디가 잇이난 지 알에 ᄌ청비, 나를 잊혓구넨.' 허연

"할마님아

아이고 이 도폭은 나가 지으쿠다." "어서 걸랑 기영 허라." ᄌ청비가, 문도령 장게 갈 떼에 입을 도폭이엔 허난, 야 문도령 입을 도폭을 지으멍, 안썹에

꼿숫자로

지알에 ᄌ청비 삼자(三字)를 세겨간다.

도폭을 지난 할마님은 ᄌ부줄을 탄

옥항더레 상천허여

문도령신디 간, "아이고 서수왕에 장게 갈 떼 입을 도폭을 헤 오라시난, 문도령님 ᄒ번 입어봅센." 허난 "어서 걸랑 기영 헙서." 문도령님은 도폭을 입언

어~

야 이거 안곱을 메젠 확허게 바려보난 꼿으로, ᄌ청비 이름 삼자를 써시난, 아차 그뗸 '나가 지알에 ᄌ청비를 몽롱(朦朧)헤 지엇구나.' "할마님아 이건 누게가 지은 도폭입네까." "우리 집이 수양 뚤에기, ᄌ청비가 지

은 도폭이옌.”

일러간다.

그떼에는 “할마님아, 난 옥항 사람이니, 이 밤 저 밤 써에[1640] 네려살거난 ᄌ청비아피 강, 야 이 밤 저 밤 써에 문을 올렌 허건, 문도령인 중 알앙, 술~짝허게 문을, 올려줍센 강 일러줍서~.” “어서 걸랑 기영 헙서.”

주모 할마님은

지알에 네려산

“ᄌ청비야

아이고 난데엇이, 문도령님은 도폭을 입단, 이거가 누구 지은 도폭입니껜 허난 우리 집이 수양 ᄄᆞᆯ에기, ᄌ청비가, 야 지은 도폭이옌 허난, 옥항 사람이난, 이 밤 저 밤 깊은, 야 이거 초경 이경 야사삼경이 뒈민 옥항 사람이난, 야 문을 올렌 허건, 문도령이카부덴 혜영 술~짝허게, 문을 올아도렌

일러렌.” 허난

“어서 걸랑 기영 헙센.” 허여

아닌 게 아니라

초경 이경 야사삼경 밤이 뒈난, 야 바깟딜 바깟디서, 야 굼메[1641]가 으신드신 혜여가난, “누게가 뒈시우껜?” 허난, “야 나는 옥항 문도령님이 뒈시네난.” 허난, “아이고 문도령님 때문에 정이 엇인 정수남이, 움막에서 죽어시난, 옥항 사람이니 서천꼿밧 들어강, 야 이거 야, 정이 엇인 정수남이 살릴 꼿이나, 혜여다 주민, 야 이거 문을 올려주켄.” 허난, “어서 걸랑 기영 헙센.” 허여

문도령은

다시 제ᄎᆞ(再次)

1640) 사이에.
1641) 그림자.

옥항에 도올란

피 오를 꼿 말 골을 꼿 사름 살릴 꼿을 혜연, 오란, "이 밤 저 밤 써에, 사름 살릴 꼿을 혜여 오난 문을 올렌." 허난, 야 문을 올안, "요것이 사름 살릴 꼿이렌." 허난 꼿만 확 받아 앚안, 문을 탁허게 더끄난, "어떵 허난 조청비님아 문을 더껌수겐."[1642] 허난, "아이고 게민 사름 살릴 꼿은, 받앗수다만은, 야 문도령님이 분명허건 창궁기로, 상손까락을 네물민,[1643] 나가 알 도레(道理)가 잇수덴." 허난, "사름 살린 꼿은 받아 어서 걸랑 기영 헙서." 창궁기로 문도령, 상손까락을 네무난 침데질 허단 바농[1644]으로, 삼싀 번 꼭꼭 간 찔러부난, 그떼에는

문도령님은 옥항 사름이니, 부정이 탕심[撑天]허여 옥항더레 상천혜여 부럿구나.

상천허여 부난

그떼에는

뒷날은 주모 할마님이, "아이고 조청방 조청비야, 이만 저만 혜영 간 밤이 아니 오라시냐?" "아니 할마님아 이만 저만 헨 영영, 혜불엇수덴." 허난, "니 허는 행실(行實)이 오죽 궤씸혜사, 어멍 눈에 フ리 나곡 아방 눈에 신지 나느냐. 어서어서, 나 눈 베낏디도 나고 가렌." 허난, 그떼에는 조청비는

문도령 혜다 준 사름 살릴 꼿을 혜연, 조 정이 엇인 정수남이 죽은 디 움막에 춫앙 가근

열두 신뻬에

술 오를 꼿

말 골을 꼿

1642) 닫습니까 하고.
1643) 내밀면.
1644) 바늘.

피 오를 꽃 오장육부 오를 꽃을 ᄌᆞ근ᄌᆞ근 놓안, 횅낭 모쳉이로

삼석 번을 휙허게 후리난, 정이 엇인 정수남이, 야 움막 안네서, "봄ᄌᆞᆷ이라 너무 자졋구나.", 와들랑허게 살아나앗구나.

살아나난

그떼에는

정이 엇인 정수남이 둘안

집으로 들어간, 먼정에 정수남이 세와둰, "어머님아 아바님아, 정이 엇인 정수남이, 야 살려오랏수덴." 허난, "기집년이 남도 낫져 독험도 독허다. 어떵 사람을 죽이곡 살리느니. 아이고 나 눈 베낏디 나고 가렌." 허난

정수남이 살려오민, 어머님 아바님, ᄌᆞ식으로 받아들이카부덴 허난, 더~

이거~

나고 가렌 영 허난

그떼에는

야 ᄌᆞ청비

ᄒᆞᆫ 설 적에 두 술 적에 세 술 적에, 입던 이복 다 싼, 나 갈 길이 어딜런고. 동으로 들어

서으로 난다.

서으로 들어서 동으로 나단 바려보난, 삼도전 ᄉᆞ커리 근당허고 바려보난

궁녀 셔, 궁녀 시녀청이 울엄시난, [심방이 물을 마신다.] "어떵 헨 울엄시?" 허난, "아이고 우리는, 하늘 옥항, 궁녀 시녀청인디 문도령님이, 지알에 ᄌᆞ청비, 야 상전 아기씨 상전 따문에 사 신여병이 나시난 먹던 물이라도, 떠오렌 ᄒᆞ연, 우리가 어떵 ᄒᆞ연 ᄌᆞ청비 먹던 물을 알 수게 잇수겐 ᄒᆞ연, 옥항에 도올를 수도 엇고 영 ᄒᆞ연, 울엄수덴." 허난

ᄌᆞ청비가, "계민 궁녀청 시녀청님, 나가 ᄌᆞ청비 먹던 물이라도 포주박

에 떠줄 테니, 나도 ㄱ찌 ㅈ부줄을 타, 옥항더레, 상천헐 수가 잇수겐." 허난, "어서 걸랑 기영 헙서."

그떼에는 포주박에 물을 떠근

궁녀청 시녀청 거니리어

포주박에 물을 떠근

어~ ㅈ부줄을 탄

옥항더레 올라간, "아이고 요것은 문도령 아바님 어머님, 요 방은, 문도령이, 야 잇인 방이우덴." 허난, 그떼에는, 이 밤 저 밤

밤이 깊어지난

ㅈ청비가 문도령 누운 방안, 방 아피, 큰 나무에 간 걸터 앚언

초경 이경 야사삼경이 근당허여 가난, 초셍달이 떠오라가난 ㅈ청비가 서창허게, 노레를 부르는 게, "저 달은 곱긴 곱다만은 달 가운데 게수나무 박히곡, 하늘 옥항 문도령 얼굴만이 곱진 못허덴." 허난, 야 그 말을 들언 방 안에서, 그 노렐 들으난

야~

'어느 누구가 야 나를 거느렴신고.' 문을 확허게 율안[1645] 오란 보난, 나무 우티 걸터 앚언 곱닥헌[1646] 처녀 아기씨가 노렐 불럼시난

"누구가 뒈십네까?"

야 이거 "난 지알에 ㅈ청비렌." 허난, "ㅈ청비건 낭 알러레 네려오렌." 헤연, 야 네려온 거 보난 아닌 게 아니라, 지알에 ㅈ청비가 뒈엇구나.

방으로 들언 둘안 들어간

낮이는 펭풍(屏風) 두에서, 숨경[1647] 살리곡 밤이는, 혼 방에서

부베간 법 마련허여

1645) 열어서.
1646) 고운.
1647) 숨겨서.

살아간다.

살아가는 것이

야 그뗀, 서수왕에서 입장 갈림, 야 장게 가기로 헤시난 서수왕에서는, 어느제랑 막편지를 가져 들이겟느냐. 예문예장을 보네겟느냐. 하도 하도 독촉헤여 가난, 즈청비가 '이거 아니 뒐로구나.' "야 설운 낭군님아, 이거 야~ 아바님신디 강 예숙1648)이나 제꼉 옵서." "무시거엥 예숙을 제꼉 옵니까." "아바님신디 강, 야 예숙을 제꼉, 묵은 것이 좋뗀 허건 서수왕에 장게 아니 가켄 허곡, 세 것이 좋뗀 허건

서수왕에 장게 강 살기

마련협서." "어서 걸랑 기영 허라." 문도령은 그뗴에는, 야 아바님신디 간

"아바님아

아바님아

예숙을 제끼겟습니다." "너가 뭔 예숙을 제끼겟느냐." "예 묵은 장 맛이 좁네까 세 장 맛이 좁네까." "산뜻헌 맛은 묵은 장이 좋아도, 깊은 맛은 세 장만 못헌다."

"묵은 옷이 좁네까.

세 옷이 좁니껜." 허난

"세 옷 산뜻허게 혼번 입엉 나가는 건, 세 옷이 좋아도, 방장 무장 입는 건, 묵은 옷만 못헌뗀." 허난, 그뗴에는, "아바님이 묵은 것이 다 좋켄 허민, 아바님 말데로 나 서수왕에 장게 못 가게 돼엇수다."

그뗴에는

야 문도령 아바님이 즈청비신디 오란, "즈청비야 즈청비야 너가 우리 집이, 메눌리가 적실허커덜랑, 야 벡탄 숫불 잉얼잉얼, 야 피와놩, 칼썬다

1648) 수수께끼.

리 발아나곡 발아들면, 메누리로 받아들이켄." 허난, "어서 걸랑 기영 헙서."

그떼에는

벡탄 숫불

잉얼잉얼 피와놓안

칼썬 칼을 세완, 칼썬드릴 발아나곡 불아오는 것이, 마주막에

발뒤꿈치로

눌랑네 눌핏네가 뿔끗 나난, 문도령 아바님이, "야 어떵 허난 칼썬드리 발아나곡 발아들민, 메누리로 받아들이켄 허단 바려보난, 눌랑네 눌핏네가 건뜩허느닌." 허난, "아이고 아바님아 모른 말 맙서. 여자라 헌 것은, 열다섯 십오 세가 넘어가면, 야 제 구실 허영, 전보름 후보름 법이 잇습네다." 그 말도 들언 보난

그럴 듯 헤여지다.

어~ 그떼에는

살아가는 것이

서수왕에선, 하도 이거 예문예장 가져들이렌 하도 독촉을 헤여 가난, ᄌ청비가 문도령신디 "아이고 설운 낭군님아, 아무 떼 야~

가도

강 오라야 헐 길이난, 야 혼잔 술에 티가 부떵[1649] 죽어질 꺼난, 아무리 권허여도 혼잔 술만, 야 먹지 말앙, 야 장게 못 오켕 헤뒁 오라붑센." 헤연, 야 이거 물을 탄 보네연 놔두난

장게 서수왕에 간 날

일가방상(一家傍孫)덜이

다 모다 왓안, 야 이거 혼 번은 죽일 팔 혼 번은 잡을 팔 허단, 야 혼잔

1649) 붙어서.

술이라도 먹엉 가렌 하도하도 권허여 가난

그떼에는

뿌리쳔 나온 것이

먼 베낏디 나오난, 웬 인간이 업더젼,[1650] "아이고 도련님아 이 술이라도, 혼잔 받앙 갑센." 하도 권허여 가난, 야 그떼에는 뿌리칠 수 없언, 몰 우티서[1651] 혼잔 술을 받아먹는 게, 야 이거 혼잔 술을 스르르륵허게, 목 알러레 네리우난, 야 굿이

몰 알러레

툭 털어젼, 야 문도령은 죽으난, 몰은 역마에 기시……, 야 이거 짐승이난 몰만 집이 오라시난

야 ᄌ청비

아이고 설운 낭군님 혼잔 술이, 티가 들엉 죽어질 거렌 허난, 아이고 역마에 낀 슴이난 몰만, 오랏구나.

그떼에는 몰을 타 앚언

몰 가는 데로 간 보난 아닌 게 아니라, 문도령님이 죽어시난 몰에 테와근

집으로 들어온다.

집으로 들어오란

방 안네

문도령

야 모셔두고

옛날 정이 엇인 정수남이도 죽을 떼, 서천꼿밧 들어간 사름 살리는 꼿 헤다가, 야 정수남이 살아나시난, 나도 서천꼿밧 아멩이나 촟아 들어강, 사름 살리는 꼿이나 혜여당, 문도령 설운 낭군을, 살리주긴 허연

1650) 엎드려서.
1651) 위에서.

남정네

야 남자 입성 벗어, 야 이거 도령ㄱ찌 출려 앚언 물을 탄, 가단 보난

죽은 화기세[1652]가

잇엇구나.

그뗴에는

죽은 화기세를 흔 화살에 탁허게 꼬주완,[1653] 서천꼿밧을 춫아간, 서천
꼿밧더레 휘익허게 던져뒌, 서천꼿밧더레

야 이거

넘보노렌 허난 마침 서천꼿밧디 주인, 부성감 덱은 서천꼿밧을 돌아보
레 완 보난, 야 이거 아니 봐난 도령이, 서천꼿밧을, 넘봠시난 "어떵 허난
남으, 야 이거 서천꼿밧을 넘보느녠." 허난, "아이고 그런 것이 아닙니다.
눌아가는 화기세를 흔 화살에 탁허게 맞혓는디, 야 이거 서천꼿밧디 가운
디 털어지난, 그걸 춫젠[1654] 화기세를 춫젠, 야 이거 야 넘봠수덴." 허난

서천꼿밧디 부성감 덱이 허는 말이로다. "경 아니어도 화기세가 들엉
우리 집, 우리 서천꼿밧디, 금뉴울꼿을 다 죽엇는디

너 제주도

제주만 허다. 춫아보렌." 헤연, 아닌 게 아니라 춫안 바려보난 서천꼿밧
가운디, 야 이거 화기세 흔 화살에, 마 맞안

잇엇구나.

야 그뗴에는 부성감 덱이, "야 우리 집이 ㅈ운사우로[1655] 들기 어쩌겟
느냐." "어서 걸랑 기영 헙서."

그뗴에는

1652) 학. '학의 새'에서 비롯된 말.
1653) 꽂아서.
1654) 찾으려고.
1655) 자원사위.

ㅈ청비

서천꽃밧 부성감 집이

ㅈ운사우로 들어간다.

ㅈ운사우로 들어간

전보름 후보름 혼 둘 두 둘 석 둘

뒈어간다.

뒈어도 야 그떼에는 이거 멧 둘이 지나가난 부성감 집이 뚤이 흐를날

은, 야 이거 부성감신디 아바님신디 간, "아바님아 아바님아, ㅈ운사우도

잘햇수다 어떵 허난 전보름 후보름 멧 둘이 지네어도, 야 이거 남자 구실

을 안 헴수덴." 허난, 혼 번은 ㅈ청빌 불러다가, "어떵헌 일이넨." 허난,

"아이고 아바님아 그런 것이 아닙니다 네 네일 모레, 상시관(上試官)에 과

거(科擧) 보레 가젠 허난 몸정성을 헤염수덴." 허난, 그 말도 들언 보난 그

럴 듯허구나.

흐를날은

ㅈ청비가

서울 상시관에 과거보레 가켄 허멍 가젠 허난, 부성감 집이 뚤이, "아

이고 설운 낭군님아 우리가 혼인을 헤영, 야 이거 안적은1656) 얼굴도 익

숙지 안 허곡 헌디, 서울 상시관에 과거보레 가민, 일 년사 걸릴티1657) 이

년사 걸릴티 삼 년사 걸릴티, 야 몰르난, 이루후제 춫앙을 와도 얼굴사 잊

어불엉 몰를디 몰르난, 야 용얼레기1658) 반착 똑기 거껑,1659) 본메본

쌍1660)으로 네여 네여 안넬1661) 거난, 이루후제 날 춫앙 오랑 본메본짱

1656) 아직은.
1657) 걸릴지.
1658) 머리빗.
1659) 꺾어서.
1660) 증표.
1661) 드릴.

네여줍센 허건, 용얼레기 본 야 이거 반착 네여줹 진꿍지짝 맞이민, 설운 낭군으로 받아들이쿠덴." 허난, "어서 걸랑 기영 허렌." 헤여뒨

용얼레기

반착 주난 그걸 가져

즛청비는 지, 야 집으로 오란

사름 살릴 꽂을 헤연 오란, 야 문도령 살련, "설운 낭군님아, 야 이거 서천꽂밧 부성감 집이, 즛운사우로 들어나시난 나 과거허레, 오켄 헤연 거짓말 헤연 오라시난, 야 그디랑~ 전보름 날랑 후보름 헤영, 가멍 오멍 삽센." 헤연 보네연 놔두난

어 전보름 뒈여도 아니 오라간다.

후보름 뒈여도 아니 오곡, 멧 둘이 뒈여도 아니 오라가곡, 영 허난 '아이고 이거 죽어신가 살아신가, 아이고 이거 편지문안이나 보네야준.' 헤연, 편지문안을 멧 번 보네여도, 소식도 엇곡 허난, '아이고 아멩이나 이거 나데로 강 혼번, 눈으로 확은 확인이나 헤영 오준.' 허연

그떼엔

열두 복 홋단치마

막을 둘러입언

부성감 집이 촞안 간 보난, 야 이거 문도령은, 야 이거 부성감 덱이 똘 허고

살암시난

'아이고 영 허난 남자 모음은, 가민 간 디 모음 오민 온 디 모음이로구나.' 즛청비가 촞앙 가도 눈도 거두떤 아니 보난, '아이고 아멩 허민 나 살아지랴.

이젤랑 옥항에 도올라시메

열두 시만곡(-萬穀) 씨나 허영, 인간에 강, 야 열두 시만곡 씨를 뿌령, 부업헤영 살기, 마련허주긴.' 영 허영

ㅈ청비는

어 옥항, 염주(炎帝) 올라

실농씨(神農氏)

들어가근

야 이거, 야 열두 시만곡 씰 받는 게, 제일, 야 이거 다 놓단, 제일 마지막에 ᄆᆞ물씨1662) 놀 디 엇이난 '에이 소중기1663)라도 확 벗어그네, 야 ᄆᆞ물씰 담주긴.' 헤연, 소중길 벗언 ᄆᆞ물씰 담아난 법으로써, 야 ᄆᆞ물기

소중기끼

야 삼각형이

뒈엿수다. 이젠 'ᄂᆞ물씨는 어떵 허리 에 손에라도 가정 가주긴.' 헨, 야 이거 손에 양손에 줴엉1664) 오단, 사르르 흘려부난

드릇ᄂᆞ물

뒈엿덴도

영 헙네다.

야 열두 시만곡 씨 가젼, 지알에 네려사단 보난 일곱 장남에 일곱 쉐가 밧 가는 디가 잇어, "아이고 질 넘어가는 나그넨데 시장허난, 밥이나 ᄒᆞ끔 얻어먹엉 가쿠덴." 허난, "아이고 우리 일곱 장남 줄 디도 엇덴." 허난, 아이고 요 밧디랑으네 농ᄉᆞ 부제 칩이 밧이라도, 야 씨랑 들이건 검질1665) 씨만 쳐 일롸불고, 야 이거 씨도 벗어불게 허고, 밧 갈당 벳1666) 보섭도, 야 이거 쌀기쌀정 불러주곡, 장남덜 광란이찡1667)도

불러주기 마련허여 간다.

1662) 메밀씨.
1663) 속곳.
1664) 쥐어서.
1665) 김.
1666) 볏.
1667) 광란증(狂亂症).

네려사단 보난 노인, 할마님 하르바님이, 야 농술 지엄시난, "아이고 할마님아 질 넘어가는 나그넨데 밥이나 잇건 혼 적 얻어먹엉 가쿠덴." 허난, "아이고 어서 걸랑 경 헙서. 저~ 작벽[1668] 우티 강 보민 동그랑차롱[1669]에, 우리 두 늙은이 먹던, 밥 잇이난 그 차롱착[1670] 올앙 보민 밥 잇일 거우덴." 그떼는 밥을 먹언

"할마님아 하르바님아 여기 농스 지민 어떵 뒙네까." "아이고 부지렁 공으로 나 농스 지엄주, 우리 일 년 네네 우리 늙은이 농스 지어도, 감은 암쉐에 혼 짐 잔뜩 실으민 그만입네덴." 허난, 아이고 이 밧디랑으넹에 가난허곡 서난허영, 밧이랑 족아도

씨랑 들이건

오곡(五穀) 아녈

육곡(六穀) 번성(蕃盛)

야 시겨줍서.

오렌만간이 집을 촛안 완 보난, 야 벳기 백 보 벳깃딜로 정이 엇인 정수남이가 살앙, 허부적기 절을 헤여가난, "아이고 엿날 과거 전亽(前事) 셍각을 허민, 죽일 팔로 둘르고 파도, 아이고 이젠 마딱[1671], 야 이거 넘은 일이로구나. 야 아바님은 어떵 헤시니 어머님은." "아이고 즈청비 아기씨 상전임아, 아바님도 죽은 디 오레엿수다. 어머님도 죽은 디 오레엿수덴." 허난, 아바님이랑

저~

제석하르바님으로 들어상 상 받읍서. 어머님이랑 제석할마님으로 들어상 상 받읍서. 야 정이 엇인 정수남이랑, 칠월 열나흘, 벡중사리로 들어상

1668) 돌무더기.
1669) '동그랑'은 흔히 '동고량'이라고 하는데, 대오리로 네모나게 엮은 도시락용 채롱.
1670) 채롱.
1671) 모두.

상 받기 마련허라. 여~.

ᄌ청비

세경신중

마누라로 들어상 상 받기 마련허여 가옵데다.

세경신중 난소셍 신풀엇수다만은, 보통 문도령이, 야 상세경이엔 헙네다만은 열두 시만곡, 네려와주던 염주(炎帝) 실농씨(神農氏)가 상세경이우다.

문도, 야 중세경은 문도령, 하세경은 ᄌ청빕네다.

정이 엇인 정수남이

정술덱이

거니려 오던 세경신중 난소셍, 과광성 신풀엇수다.

■ 세경본풀이>비념

이 집안에

엿날 이거, 야 예순여섯님

엿날

제주도 무자(戊子) 기축년(己丑年)

악헌 시국(時局)에

하늘 ᄀ뜬 아바님 이어불고, 단단독ᄌ(單單獨子)

웨아덜로

살아오젠 허난, 어머님 살아실 떼부떠 이 아덜덜, 울엉[1672] 삼년일데(三年一禱) 삼멩감을 위망허곡

상세경을

위망헌 야 집안이 뒈어지난 메누리 떼 오라도, 삼년일데

삼멩감을 위망허염수다.

1672) 위하여.

이 ᄌᆞ순덜

하다히

야 이거

야 메칠 전 어머님

일 년 삭망(朔望)

여~ 복(服)을 벗엇수다 영 허난, 야 이 ᄌᆞ순덜 올금년

삼멩감에서

제석천왕 삼멩감 제석에서

하다히 어느, 야 경운기 탕, 밧 갈레 갓당

경운기살 부러지게 맙서.

앞바퀴에 뒷바퀴에

양도 부베간이

드릇 노변 뎅기당 야 경운기 엎어질 일

넉날 일

벳 보섭에 쌀이쌀성 불러줄 일

광란이찡 들게덜 맙서.

뵈운 기술은 세경에 부엄혜영, 사는 ᄌᆞ순덜

야 이거 간낭[1673]도 허곡

마농도 허곡

ᄋᆞ름[1674]이면 기자 꿰[1675]도 조끔 허곡

영 헙네다.

콩 농ᄉᆞ도 헙네다.

마농도 허곡

1673) 양배추.

1674) 여름.

1675) 깨.

야 이거 과원 하르바님 과원 할마님에서, 으름은

야 꼿 피엉

봄이민 꼿 피엉 으름이민 둥메엉

가을 들어가민

올메1676) 엽니다.

쒜으름1677) 열게 헙서 무쉐으름1678)

열게 헙서.

이 즈순덜, 과원 하르바님 과원 할마님에서, 하다 이거 꼿 피엉 올메 올아가건 궂인 병혜충(病害蟲) 들게 맙서. 궂인 광풍(狂風) 들게 맙서. 궂인 브름 들게 맙서.

상인(商人)이라도 오건, 아이고 저 이거, 야 서울 상인덜은 다 깍젱입니다 영 허난,

야~

제일

저~

어느 광주 목포에서 오민

거짓말만 후림데 허멍덜, 야 줄 돈도 아니 주곡 영 헙네다 허난,

경상도

정직헌

충청도서나

손임덜

많이 오게 허영

가수원(果樹園) 하르바님 가원(果園) 하르바님 가원 할마님 하다 열메도

1676) 열매.
1677) 쇠처럼 단단한 열매.
1678) 무쇠열매.

상품으로 잘 이거 올앙,¹⁶⁷⁹⁾ 좋은 깝¹⁶⁸⁰⁾ 받게 시겨 줍서. 올린 이거 수박
도 허젠 허염수다 영 허난, 궂인 병혜충 들게 말앙, 양도 부베간이 붉으민
드릇 노변서 살곡, 어둑으민 집이 들어오는,

야- 적막헌 주손덜 뒙네다 영 허난,

수박이라도 갈건 야 가지가지 송에송에

좋은 열메, 잘 올앙

[말] 좋은 상품으로 허영 좋은 값 받게

시겨줍서~

이 주순덜

데천난간

질 벋어 앚아

울고 구물 일덜

[말] 결혼 못헌 주순덜랑 좋은 인연 들어오랑 이 집이 테운 메누리 들
어오랑 결혼 시겨줍서. 직장 뎅기는 주순덜 직장 녹 떨어지게 맙서. 장서
허는 주순덜

가는 손님 오는 손님

야 귀인상봉(貴人相逢), 시겨줍서.

[말] 어느 아 이 아기덜 어린 소녀로 허영덜 양두 부베간이

야 허~

울고 구물 일덜~

야 허~

관청(官廳)에 뽑지고 인명(人命) 축(縮)허곡, 제명에 낙누(落漏)헐 일, 나
게 맙서. 운전허영 뎅기당, 삼도전 스도전 오거리에 초경 이경, 야사삼경
길에, 넉날 일 혼날 일 혼비벽산(魂飛魄散) 헐 일, 허~

1679) 열어서.
1680) 값.

나게나 맙서.

갑을동방(甲乙東方) 오는 헤 경신서방(庚辛西方), 헤저북방(亥子北方), 병오남방(丙午南方), 건술헌방(乾戌乾方), [음영] 막아가며 야 이거 세경신중마누라에서 이 즈순덜 먹을 연 입을 연

다 나수와 줍서-.

■ 세경본풀이>주잔넘김

[지사빔] 세경신중 난소셍 신풀엇수다.

저먼정 나사면, 천왕테우리, 지왕테우리, 인왕테우리, 어~ 일소장(一所場)에, 이소장(二所場)에, 삼소장(三所場)에 놀던 테우리청덜 주잔(酒盞)협네다. 경운기에 쌀성 불러주곡, 벳 보섭에 쌀성 불러주곡, 장남(長男)에 광렝이찡 불러주곡, 가수원(果樹園)에서 어느 궂인 병에 죽던, 봉에깃징 불러주던 이러헌 테우리청덜, 수장남(首長男)에 수벨캄(首別監)에 놀아오곡, 영 허고~ 일월(一月)이나 이월(二月)이나 삼월(三月)이덜 많이 정술덱이에 놀아오던 꿈에 선몽(現夢) 낭에선몽(南柯一夢) 일몽 어느제랑 세경 난소셍 신풀엉 얻어 먹져 얻어 쓰져 허던 [음영] 이런 테우리청덜 주잔권잔(酒盞勸盞)입네다. 주잔권잔은 많이많이 지넹겨 드려가며,

■ 세경본풀이>산받음

[심방은 장구를 치우고 정태진 심방이 주는 쌀대접을 받아 앞에 놓는다.] 아이고 삼년 후제랑 왕 좋은 목청으로 더 잘헤여 안네쿠다. 아이고 신이 아이도 멘날 굿밧서만 살당 보난, 나도 인간이라 목이 쉬어수다. 영 허난, 가원하르밧님 가원할마님에서나~, [제비점] 둘 셋 넷 다섯 열두 방울 [본주에게 제비점 쌀을 건네준다.] 고맙수다. 영 허민 가원(果園)에서라도~. [제비점]

(정태진 : 이거 두게 싸믄 안 뒈는 거라.)

(본주 : 하난 다 뒈신가마씸. 안 뒈켜.) [웃음]

[마루에 등을 하나 더 켠다고 하는 것이 그만 불을 끄고 만다.]

(정태진 : 이거 어떵 허난게.) [웃음]

영 허면 [제비점] 하다 이~ 가원에서도 고맙수다. [본주에게 제비 쌀을 건네준다.] 영 허민. 이 봄 나민 멩심헙서. 가원지기도 잇고 낭지기도 잇곡 기자 칠성 한집님 ᄀ치 영 산설로 죽은설로 눈에 펜식도 허곡 영 허쿠다양. 게난 약 뿌릴 떼도 멩심헤영 경 허곡 헙서양.

(정태진 : 산설로 죽은설로는 뭐냐면 베염 곹은 거 보인다는 거주.)

영 허민 올리 간낭1681)허고 부업 마농이영 간낭이영 헴수다. [제비점] 영 허난 그자 [제비점] 간낭에도~ [제비점] 큰 손혜나 엇곡 마농에도 손혜나 엇곡 마농에는 돈을 먹을로구나만은~. [제비점 쌀을 본주에게 건네준다.]

(본주 : 옥수수에나 돈 먹어질 거지.)

옥수수에나 경 허면~, [제비점] 궨찬으쿠다. 부업은 테와수다.1682) 부베간이 부부가 테와서. 경 헤도 [제비점 쌀을 본주에게 건네준다.] 아무걸 헤도 막 씰 벗어부나 큰 손혜 엇어, 이떼까지.

(본주 : 이떼까지 그런 데로.)

예게. 게난 영 헌다 정 헌다 헤도 저 아맹 아맹 부지런헤도 이 세경땅에 부업을 안 테우면 어떵 손혜가 날 건디, 경 헤도 어떵 어떵 막 큰 손헨 안 가져서. 게난 이딧 아지방이나 어멍이나 부업은 테왓수다. 난 모르쿠다만은, 초헹길이우다만은예.

(정태진 : 아니 아니 부업 텝기는 아지망이 테와서.)

이딧 아지방사 무시거게, [제비점] 아지망 얼굴 하나로 밥 먹엉 살암주. [제비점]

1681) 양배추.
1682) 타고났습니다.

(본주 : 아지방이 테왓주게. 아지망은 안 테완……)

에 것이 아니우다. 아지망이 테와서.

(정태진 : 아니 아니 아니.)

영 허면~ [제비점] 세경신중 마누라에선, 먹을 연 입을 아따 아무걸 수박에도 궨찬허고 옥수수에도 궨찬허곡, [본주에게 제비점 쌀을 건네 준다.]

(본주 : 고맙수다.)

지네봅서. 지네봅서. 고맙수다. 영 허곡 이거 아무리 시데가 게화(開化) 떼라도 잘 헴수다게. 이첨 멩감은 겨고예 요제 메누리덜은 안 헐 거 고…….

(본주 : 안 헐 거고 나 데끼지만.)

성님 실 떼까지나 그자 메헤 허는 거 아니난게. 삼년에 혼 번.

(본주 : 경 허당 잊어불엉은에 혼번 넘어불믄 오레뒈불곡예.)

아이 따신 삼년에 혼 번 나가 전화허쿠다.

(본주 : 경 헙서. 진짜로. 경 헤.)

영 허영예.

(본주 : 혼 번 잊어불민 육 년이라.)

육 년에 육 년에 뒝 혜도양 잘 헴수다게. 경 허고 엣날 혜난,

(본주 : 옛날 혜여나난게, 영 허영 허민……)

(정태진 : 어멍네. 어멍.)

설릿당도[1683] 또 헴수게. 설릿당도 또 허는 디 많아.

(본주 : 게난 우리 어무니도 영 저 막 오레는 아니 혜여난 거 닮아양.)

예.

(본주 : 그추룩혜신디.[1684] 나 흥끔 살기 좋아가난 힘[1685] 시작허나네.)

1683) 그만두었다가도.
1684) 그처럼 했는데.

저 경 허도양…….

(정태진 : 맞아 맞아.)

어멍이 돈을 테와서. 아지방 에돌아.

(정태진 : 어멍이 고생 많이 헌 어멍이주게.)

[심방이 본주 손녀에게 쌀을 집어준다.]

(본주 : 고맙습니다 헤.)

(본주 손녀 : 고맙습니다.)

■ 세경본풀이>제차넘김

불법(佛法)이 우주(爲主)가 뒈엇수다. 불법전이랑~, 츠…….

[본주에게 말한다.]

(이승순 : 메 칩서.)

(본주 : 메 천.)

불법전데레 위(位가) 돌아가겟습네다. 궨찬우쿠다.

(정태진 : 에, 속아서.)

(본주 : 아이고 고생혜수다. 무슨 차 메실차 안네카?)

(이승순 : 아무것도 좋수다.)

[심방이 테우리고사상에 있던 음식을 걷어 종이에 놓고 싼다. 종이에 싼 것을 본주에게 주면서 밭에 가서 묻으라고 한다.]

수산리 멩감 넉들임

자료코드 : 10_00_SRS_20110416_HNC_JTJ_0001_s03

조사장소 : 제주특별자치도 제주시 애월읍 수산리 508번지 고○수 댁

1685) 함.

조사일시 : 2011.4.16

조 사 자 : 강정식, 강소전, 송정희

제 보 자 : 이승순, 여, 63세 외 1인

구연상황 : 넉들임은 놀라서 정신적인 충격을 받은 경우에 넋이 빠져나갔다고 믿고 그 넋을 찾아 다시 환자에게 들여 넣어주는 의례이다. 자동차 사고로 고생했던 작은 아들을 앉혀놓고 진행하였다.

■ 넉들임＞넉들임

[이승순(평상복)][신자리에 본주 아들이 나와 앉아 있다. 그 앞에서 심방이 요령과 넋들일 옷을 잡고 말명을 한다.]

[요령] 어~ 날과 둘은 어느 날, 올금년 헤는 신묘년(辛卯年) 뒈엇수다. 야~ 둘중에는, 쳉명(淸明) 삼월 둘,

[본주와 정태진 심방이 차를 마시고 하라고 한다.]

(이승순 : 아니 아니 헹 허쿠다. 먹읍서 먹읍서.)

[요령] 쳉명 삼월 둘 오널, 날은 열나흘날 어느 ᄌ순이 드는 공선 협건, [요령] 제주시는 에월읍 수산리, [요령] 야- 이거, 고○○ 게헤셍(癸亥生), [요령] 넉나건 디는, 작년도에, 양력, [요령]

[심방이 본주를 바라본다.]

(본주 : 구월 오일.)

구월 오일날 운전혜연, [요령] 야- 이거 제주시로 가단,

(본주 : 아니 상귀로1686) 올라 수산리.)

상귀로, [요령] 수산더레 올라 오단, 어- 이거 타부지 [요령] 인간, 확허게 급헌 질테장군 갈를 떼에, 넉낫수다. 혼낫수다. 겁낫수다. 어- 우리 인간은 넉 엇이민 못 삽네다. [요령] 천지왕(天地王)에 뜬 넉 네보넵서. 지부왕(地府王)에 뜬 넉 네보넵서. 바구왕에 뜬 넉 네보넵서. 옥황에 뜬 넉 네보넵서-. [옷을 든 왼손을 높이 든다.] 세경 문지 금지에 흐튼 넉 네보

1686) 애월읍 상귀리.

넵서. 데롯 길에 소롯 길에, 야 삼도전1687) 스도전거리에1688) 허튼 넉, 그떼에 급허게 [요령] 웨헌 인간 이거 질 갈라 올 떼에, 아홉 귀양 일곱 신앙 무둣 구양 신앙 삼처서에, 흐튼 넉을 네보넵서 운전데에 앚앙 흐튼 넉이로구나. 압바퀴에 뒷바퀴에 야 흐튼 넉이로구나. 고○○씨 게혜셍 [요령] 야 지금 꼬지-, 야 흐튼 넉이랑 삼선향 지드틉네다. 입던 상의장(上衣裝) 둘러받아, 어- 몸천에

넉들임

뜬 넉이랑, [요령-] 마흔 으덥 상가메 상소설 삼하오천 금일 신살축 버벙궁 뚤어, [고○○씨 머리에 입김을 불어 넣는다.] 어마 넉들라. 초혼 복. [정태진 심방이 장구를 친다.]

어 넉 낫구나 혼 낫구나 겁 낫구나. 야 이 즈순 운전허연-, [요령] 야- 이거 데로(大路) 신작로(新作路)에서 급헌 질테장군. 야- 이거 타부진 성친 눌려들 떼에, 야- 이거 얼마나 넉 나고 혼나곡 겁나수가 야 오널은 삼멩감에서 넉을 촞아 네보넵서. 야 얼굴 모를 선망조상(先亡祖上)에서 넉을 촞아 네보넵서. 체서길에 넉나수다. 이 즈순 야 이거 체서에서 넉을 촞아 네보넵서. 야 지방 성주 문전(門前) 조왕(竈王)에서, 야 이 즈순 몸천에 흐튼 넉이랑, 서른 으덥 중가메 중서서 삼하오천 금일 신살축 버벙궁 심어 혼넉 줍서, 코-. [환자의 머리에 입김을 불어 넣는다.] 어마 넉 들라. [장구]

혼낫구나 겁낫구나. 이 즈순이-, [요령] 야- 넉이라 헌 것은 십 년만이, 이십 년만이도 촞입네다, 이 즈순. 야- 이 즈순 고○○ 게혜셍, [요령] 야- 이거 지금꼬지 몸천에 흐튼 넉입네다. 브름살에 흐튼 넉 구름살에 흐튼 넉, 압바퀴에 뒷바퀴에, 엔진에 야 흐튼 넉 야 운전데에 앚앙, 인간으로

1687) 세거리.
1688) 네거리에.

허영1689) 넉낫구나. 야- 이 즈순, 그 때에 급헌 질테장군 눌려들 떼에 넉이 나곡 혼이 나곡 혼겁이 상천허엿구나. 죽어 저싱 갈 떼는 삼혼법이여, 이싱 저싱 삼녁법입네다. 갑을동방 경신서방 혜저북방 몸천에 흐튼 넉이랑 스물 ♀덥 하가메 하수설로 제삼녁 옵서. 코. [요령][환자의 머리에 입김을 불어 넣는다.][장구]

야- 우리 인간은 넉날 떼에, [심방이 신자리에 있는 물그릇을 든다.] 넉이 나민 머리꺽이 으식헙네다. 머리 궁기 궁기 넉 점주 시겨줍서. 야- 고○○씨 게헤셍 삼가메로 초녁 듭서. [장구][옷끝으로 사발의 물을 적셔 환자의 머리에 떨어뜨린다.] 중가메로 이녁 듭서. 제삼녁을 들어줍서. 머리꺽이 으식허민, 등꼴이 오싹헌덴 허는 말도 잇입네다. [손바닥으로 환자의 등을 치면서 말명을 한다.] 등테 이테 삼테 스테 오테 육테 요 넉 들여줍서. 오른 둑지1690) 청비게 찡으로 넉 돌아옵서. 웬 둑지 흑비게 찡으로 넉 돌아옵서.

[앉은 채로 물사발과 옷을 들고 말명을 한다.] 야- 이 즈순.

[환자에게 묻는다.]

(이승순 : 무시거 허멘? 일은 무시거 뎅기멘? 어디 뎅기멘?)

(고○○ : 네? 컴퓨터 하는 거요.)

(이승순 : 어?)

(고○○ : 컴퓨터요.)

(이승순 : 컴퓨터?)

야- 이 즈순, 야- 눈으로 본 넉입네다. 귀로 들은 넉이로구나. [손바닥으로 환자의 가슴을 가볍게 탁탁 치면서 말명을 한다.] 그떼에, 어마중장 헐 떼 넉날 떼에 얼마나 가심이 탕탕헤수꽈. 얼마나 심장이 놀레엿수과. 야 이 즈순- 야 심장으로 넉 돌아옵서. 안네 복으로 밧네 복으로 넉 돌아

1689) 해서.
1690) 어깨.

옵서. 가슴으로 넉 돌아옵서. [손바닥으로 어깨를 치면서 말명을 한다.]
하다 운전데에 앉건 운전헐 떼랑 손발이 달달 떨게 허게 맙서. 눈에 헛것
도 보이게 맙서. 겁나게도 맙서 혼나게도 맙서. [물사발을 제상 쪽으로 높
이 들었다 내리면서 말명을 한다.] 야- 이 주순, 야 오늘은 이거 삼멩감에
서 네어주는 물입네다. 할마님에서 하르밧님에서 네어주는 물이로구나.
[장구]

우리 인간은 야 이거 멋번 넉난 거 네불민 장게도 무음데로 헤말림세
가 들엉 장게도 무음데로 못가곡, 허는 일도 아니뒈곡, 야- 영 헙네다. 영
허난 오늘 [다시 어깨를 탁탁 치면서 말명을 한다.] 초넉 이넉 제삼넉 아
끈넉 데운 데넉 들영, [환자의 어깨에 손을 얹은 채 말명을 계속한다.] 넉
물을 먹거들랑 피질을 골라줍서. 혈질을 골라줍서. 운전데에 앚앙 두번
다시 넉나게 허게 맙서. 하다이 운전혜영 뎅겨도 가심 탕탕허게도 맙서.
겁나게도 맙서. 야- 이 주순, 넉난 거 오레 네불민, 가심에 궂인 피가 야
뒈영 피가 이거 궂곡 혈이 궂어가민, 모든 병이 나타납네다 영 허난, 이
물 먹거들랑 궂인 피 궂인 혈랑, 데소변으로 크콜이[1691] ᄆ딱[1692] 네려와
동, 몸천에 야 이거, 넉난 넉이랑 몸천……

[환자에게 말한다.]

(이승순 : 세 번만 먹어불어.)

[환자, 물사발을 받아들고 물을 조금씩 마신다.]

몸천더레 스르르 스르르 넉 점주 시겨줍서, 이 주순~, [제비점] 넉이
나곡, 물에서도 혼번 크게 넉나나서.

(이승순 : 어느 요왕에서냐? 어느 넷가 물에서냐?)

(본주 : 어디서 뎅기멍사 어떵 혜신지 알아집네까?)

셋, 넷. [헤아린 쌀알을 쌀사발에 던져넣는다.] 영 허면~, [제비점] 오

1691) 깨끗이.
1692) 모두.

널 삼멩감 앞으로 이 즈순,

(이승순 : 그추룩 크게 저 뭐헐 떼랑, 그 떼에 기냥 넉 들여불고 영 헤 사주기.)

[쌀알을 헤아려보고 쌀사발에 던져넣는다.] 아홉 귀양 일곱 신앙에, [제 비점]

(정태진 : 넉난 거 넉 아이 넉들영 네불면은…….)

(이승순 : 아니 뒈여. 아니 뒈여.)

[제비점] 밤이 헛손질도 허곡 선뜸도 나곡 영 헙네다. 영 허난, 아홉 귀 양, [쌀알을 헤아린 뒤에 쌀을 사발에 던져넣는다.] [제비점] 아홉 귀양 일곱 신앙에~,

(이승순 : 어디 급허게 죽은 친구 잇어?)

(고○○ : 네?)

(이승순 : 급허게 죽은 친구 잇어?)

(고○○ : 아니요.)

(이승순 : 응?)

[쌀알을 헤아린 뒤에 쌀을 사발에 던져넣고 다시 쌀알을 조금 집는다.] [제비점]

(이승순 : 어느 고등학교 중학교 떼라도? 엇어?)

이 즈순, 항상, 항상 아홉 귀양 일곱 신앙이 딱 똘은 그 뭐라. 응 급헌 일이 항상 자네 조룸에는 딱 조찬 뎅겸시난, 차 탄 뎅겨도 멩심허곡 경 허여잉. [제비점은 본주에서 건네준다.]

(고○○ : 네.)

(이승순 : 이거 먹어붑서. 경헤사주. 경 안 허민 안 뒈여.)

■ 넉들임>넉들임>넉새ᄃ림

넉날 뗀 넉새가 들엇구나. [이승순 심방이 신칼과 요령을 들고 일어서

며 넉새ᄃ림을 한다. 정태진 심방이 장구를 치며 따라 부른다.]

넉새를 ᄃ리자
혼새를 ᄃ리자
천황새 ᄃ리자
[요령을 고○○씨 머리 위로 한 바퀴 돌린다.]
지황새 ᄃ리자 [신칼을 양손에 나누어 잡고 신칼치메를 고○○씨 머리
위로 넘긴다.]
옥황엔 부엉새
지알에 도덕새
영락엔 호박새
넉새 혼새 [신자리 앞에 놓인 쌀그릇에 있는 쌀을 집어 물그릇에 넣
는다.]
주어라 훨쭉 [신칼과 요령을 오른손에 모아 잡고 신칼치메와 요령끈을
고○○씨 머리 위로 넘긴다.]
요 새가 들어근
아니고 ᄃ리면 [신칼을 왼손에 옮겨 잡고 요령을 흔든다.]
고○○씨
압바쿠 뒷바쿠에
○○○에 헨들에 앚앙 [신칼치메와 요령끈을 고○○씨 머리 위로 넘
긴다.]
넉새 혼새 ᄃ리자.
머리에 두통새
귀에는 눌구새 [신칼치메를 고○○씨 머리 위로 넘기고 요령을 흔
든다.]
눈에는 곰방새

코에는 소임새

입에는 하녜새

목에는 천징 フ른징 [신칼을 잡고 어깨를 두드린다.]

가심에 즈녁새

오금에 조작새

금전에 손혜혜여

질테장군

넉새로다

정월 상상메찡

이월 영등메찡

삼진 메찡 드리자

스월 팔일메찡

오월 단옷메찡

유월 유둣메찡

칠월 칠석 팔월 추석

구월 당줏메찡

시월 단풍메

오동짓둘 동짓메

육섯둘은

늦은메 ㅂ뜬메랑

시왕 올라 데번지로

■ 넉들임>넉들임>푸다시

[신칼치메로 환자의 몸을 찌르는 모양을 한다.]

써어나라

써어

써어나라

써어

써어나라

써어나라

써어나라

써어나라

써어나라

[신칼점]

써어나라

(정태진 : 아따 좋다.)

일어사불어.

[이승순 심방이 물그릇을 들고 입에 물을 한 모금 물고 일어나는 고○○씨 뒤로 뿜는다.]

(정태진 : 헛쒸. 헛쒸.)

넬 ᄒ루만 뒈지고기 횃거리 먹지 말아. 넬 ᄒ루만. 뒈지고기 횃거리 먹지 말아. [심방이 요령과 신칼을 공싯상에 올려놓는다.

[본주에게 말한다.]

(이승순 : 밥 가져 옵서. 요걸랑 아덜 밥 헹 멕이곡.)

[신자리에 있던 물그릇을 본주에게 준다.]

(이승순 : 요걸랑 솔리¹⁶⁹³⁾ 강 비와붑서. 넉 들여난 쑬랑 밥 헹 멕이곡 아덜. 죽 쑤지 말앙은에.)

[본주가 물그릇을 받고 쌀그릇도 함께 가지고 간다.]

1693) 살짝.

수산리 멩감 멩감

자료코드 : 10_00_SRS_20110416_HNC_JTJ_0001_s04
조사장소 : 제주특별자치도 제주시 애월읍 수산리 508번지 고○수 댁
조사일시 : 2011.4.16
조 사 자 : 강정식, 강소전, 송정희
제 보 자 : 정태진, 남, 68세 외 1인
구연상황 : 멩감은 이번 의례 가운데 가장 핵심적인 제차이다. 멩감신을 청하여 흥겹게
   놀리고 기원하는 제차이다. 멩감본풀이이기도 한 사만이본풀이도 이때 구연
   하였다. 본풀이를 마친 뒤에는 바랑춤을 추면서 멩감신을 놀렸다.

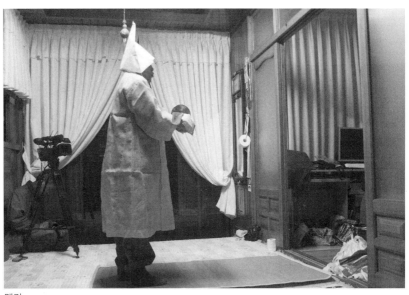

멩감

■ 멩감>말미

[정태진(두루마기, 송낙)][정태진 심방이 두루마기를 입고 송낙을 쓰고
요령을 들고 신자리에 서서 말명을 한다.]

[요령] 삼멩감님전 위(位) 돌아 오랏습네다. 제(座)가 돌아 오랏습니다.

[요령]

■ 멩감>날과국섬김

에~ 날은 어느 날 둘은 어느 둘, 금년 헤론 갈라 갑니다. [요령] 신묘년~, 둘 중엔 청명 삼월둘, 뒈옵네다. 날은 보난, 열나흘날입니다. 국은 [요령] 갈라 갑기는 헤튼국 둘튼국, ○○ ○○국 동양삼국, 서양각국 뒙네다. [요령] 쳇서울 송테조(松太祖) 둘첸 한성(漢城) 세쳇 시님 네쳰 동경(東京), 다섯첸 즈부 올라, 상서울입니다~. [요령] 엿날, 경상돈 칠십칠 관, 전라는 오십삼 관 하삼돈 삼십삼 관 뒙니다 에~, [요령] 땅은 노고 금천 지땅 뒙니다. 산은 할로영산 일제주(一濟州) 이거저(二巨濟) 삼남밧(三南海)은 스진도(四珍島) 오관안(五江華)땅 육관도(六莞島) 뒈옵네다ᅴ. [요령] 물로 벵벵 돌은 섬 중, 할로영산 오벽장군(五百將軍) 오벽선성(五百先生) 여장군(女將軍) 여신령(女神靈) 뒙네다ᅴ. [요령] 엿날 열적에, [요령] 어시성 단골머리 아혼아홉 골이라 흔 골 못네 차 범도 왕도 엄도 못네 난 섬입네다. 성안 모힌굴[毛興穴] 영평(永平) 팔뤌(八月) 열사흘날 고량부(高良夫)는 삼성친(三姓親), 도업뒈엇습네다. 에~. [요령] 고이 왕은 즈시셍(子時生) 양이 왕은 축시셍(丑時生), 부기 왕은 인시셍(寅時生) 뒙네다. [요령] 정이(旌義) 정당(政堂) 광정당(廣靜堂), [요령] 뒙네다. 정인(旌義) 현감(縣監) 데정(大靜)은 [요령] 들어사면, [요령] 이십칠 도 주목(州牧) 안은 팔십여 리 뒙네다 주이 주판관(州判官) 마련허고, [요령] 에~ 멩월(明月) 만호(萬戶) 곽진(各鎭) 진조방장(鎭助防將) 마련헙데다. 항파두리(缸坡頭里) 짐통정(金通精), [요령] 만리성(萬里城)을 둘러옵던 섬입네다~. 에~. [요령] 우(右)돌아도 스벽 리 좌(左) 돌아도 스벽 리, 뒙네다 십삼 면 가운데, [요령] 에~ 제주시 에월읍은, [요령] 상귀리~ 수산리 뒙네다. 오○팔 번지, [요령] 저 올레에, 올레 문쩨(門字) 마당 드난 마당 장쩨(場字) 집 가쩨(家字) 마련헙고, [요령] 이 주당전은 탐라 고씨 주당전 뒙네다.

■ 멩감>연유닦음

동안데쥬(東軒大主), [요령] 고○○ 금년 예순여섯 받은 공섭네다. 안으로 안성방 [요령] 뎁네다~. 김○○ 금년 예순네 설 받아든 공서가 올습네다~. [요령] 장남 아기는 고○○이 뎁네다. 서른네 설 족은 아덜 고○○이 쓰물아홉 받은 공서, 올습네다~. [요령] 이 주순덜 어떤 때문으로, 이 원정 올립네까 영 허옵거든, [요령] 날이 넘는 공서, 둘이 넘는 공서도 아닙네다. 삼년일도 삼멩감제로, 원정 드리는 일, 올습네다~. [요령] 돈과 금은 잇당도 엇곡, 엇당도 잇는 법입네다. 돈은 철물 철셱입네다. 일시 천금 중헌 것은, 인간 목숨 벳기 중헌 게 잇으리까 영 허난, [요령] 에~, 세상천지 만물중에 유기인자1694) 이기오륜법1695) 마련헙고, [요령] 춘초(春草)는 열연목(年年綠) 왕이 손은 귀불귀법(歸不歸法) 뎁네다. [요령] 우리 인간 왕이 손이라도 훈번 어차 허면은 토란잎에 이슬법 뎁네다~. [요령] 우리 인간은~, [요령] 훈번 어차 수불유가1696) 뒈면은 다시 못 오는 길입네다 영 허니, [요령] 멩년 춘삼월 돌아오면 죽엇단 풀도 돋아나고, 잎은 피어 정산(靑山) 꽂은 피어 화산(花山)이 뎁니다. 에~. [요령] 우리 인간 막상 잘 살아야 칠십 고레(古稀), 팔십 당년 구십 평생 단 벡 년 미만 뎁네다. 영 허시니, [요령] 우리 인셍은 인간 타고 날 떼에 너는 멧살 나도록 살라 영 허영~, 수주팔저(四柱八字) 전셍을 그렁 나는 법 뎁네다. 또 이전은~, [요령] 얼굴 좋고 처데 좋아 인간 탄셍(誕生)헌 사람덜토 명이 쫄라~, 열다섯 미만 정풍(驚風) 정세(驚勢)에 가곡, [요령] 아무리 못나곡 처데가 엇어도, 오레 오레, 칠십 팔십 당년 구십 평생 사는 법 뎁네다 영 허시니~, [요령] 우리 인간은~ 토란잎에 이슬 フ뜬 무음 뎁네다~. [요령] 영 허니, [요령] 집안 정중에, 고○○ 예순으섯~, [요령] 뎁네다 김○

1694) 소귀호인자(所貴乎人者).
1695) 이기유오륜자(以其有五倫者).
1696) 사불여의(事不如意)가.

○이 예순넷 네웨간이, 무음먹고 뜻먹어, 이거 부모 어멋님 살아 셍신 떼에 삼멩감(三冥官)을 유망적선혜엿수다~. [요령] 나준 부모 어머님 인간 사후 청산뒈여, [요령] 저승가불고 [요령] 영 허영 허근, [요령] 이젠, 이 아기 단 아덜, 전데전손(傳代傳孫) 마련허여, 삼년에 일도, [요령] 삼멩감을 유망적선허기 뒌 일입네다. 영 허시난~, [요령]

■ 멩감>신메움

천황멩감님네, 지황멩감 인황멩감님 오날은 삼멩감제로, 기도원정 드리는 일, 뒙네다~. 삼멩감에서, 이 즈순덜 예맹(列名) 올른 즈순, 엇인 명 복을 길이 보전 시겨줍서 영 허여 원정을 들곡, 삼멩감 하늘님에 동수(等訴) 들엄시면은, 엿날도~ 드리는 공서는 페허는 법이 엇어 줴는 짓인 딜로 가고 공은 다끈 딜로 간덴 말 잇습네다 영 허시니, [요령] 예~ 삼멩감 하늘님 [요령] 동이 청멩감 서이 벡멩감 남이 적멩감 북이 흑멩감 중앙 황신멩감 뒙네다. [요령] 산신멩감 제석멩감, 산신멩감 두엔 요왕멩감 선왕멩감 뒙네다.

■ 멩감>본풀이
■ 멩감>본풀이>들어가는 말미

일흔ㅇ덥 도멩감(都冥官)님전에 [요령] 난산국을 풀저, [요령] 본산국을 풀저, 영 헙네다. 삼멩감님은 [요령] 스만이 난산국 신풀건 본산국을 제느립서.

■ 멩감>본풀이>본풀이

엿날이라 엿적에~, [요령] 주년국 스만이가 열다섯, 십오 세 건당허니 입장 결혼허여도, [요령] 즈식은 나는 게, 콩그르 풋그르 오망삭삭 탄싱허여 낫고 간난은 질이 공선허게 사옵데다. [요령] 흐룰날은 밥 달라 옷 달라 우는 아기덜 잇어지니, [요령] 이 아기덜 어떵 구명도식(救命圖食)허리요. 영 허연-, 처가숙(妻家屬) 광페머리 쫄라 앚아 서울지장 안네 들어가, [요령] "이 머리 삽서." 영 허여 하나 "얼마나 받겟느냐?", "돈 석냥을 줍센." 영 허난, [요령] 돈 석냥을 받아 핫언 이린 날은~, [요령] 오다가 바련 보니 어떤 노인 노장이 마세총(馬上銃)을 손에 들러 "이 총 삽서." 영 허여 말을 허여 가는구나. [말] "얼마나 받겟습네까?" [음영] "돈 석냥을 줍서." 영 허니 그 총을 돈 석냥 주어 사 앚언, 집으로 돌아오란, 이제야 상기 밋디1697) 톡허게 세와두언, 처가숙 불러~, [요령] "넬 아침이랑 [요령] 먼동 금동 데명천지 붉아가거들랑, 이리야 쳇둑소리 나거들라그네 밥을 헤여놓고 약도리에, [요령] 이제는 동고랑에 밥을 쌍 점심밥을 출려놓자." 영 허여 말을 허니, [요령] 그옛날은~, [요령] 쳇둑 울어~ 먼동 금동 데명천지 붉아가는구나~. [요령] 그 뒤에는 마세총을 들러메고 약도리 등에 지고 이젯날은 산중 산중더레 올라가다가 바려보니 꿩사농 노루 사슴 사농을 문 허여 가는구나. [요령] 이제는 사농에 미쳔 헤 지는 줄도 모르게 사농을 헤엿구낭아~. 헤는 서산에 떨어지고 집으로 올 수가 없어지여, [요령] 이제는~, [요령] 이젠 짚은 산골~ 뒙네다 어설게에 줌을 잔, 이제는 삭다리1698) 헤여놓아 불 살라놓고 [요령] 영 허여~ 줌을 자는 데 초경(初更)이 건당헌다. 이경(二更) 삼사경(三四更)이 건당허난, [요령] 난데 없이 "ㅅ만아 ㅅ만아 ㅅ만아." [요령] 삼세 번을 부르난, 그젯날은~ "예. 저가 ㅅ만이가 뒙네다." 말을 헤여 그제는, "너는 나에 테운 즈순이니, 나 이 벽년조상(百年祖上)이노라. 나를 모사다1699) 집안에 강 연양 상궤팡(上庫房)에 모사 초ㅎ를 보름 잘헤여 주곡 삼멩일(三名日) 떼에 메 흔 기(器)만 거려놓아1700) 달라." 영 허여 입으로 헤뿌리난, 그 제에는 ㅅ만이는 사농헌1701) 거 걸머지고 벡년조상 업어 앚언, 집으로 오랏구나~.
[요령] 가속신디 허는 말이, "이 조상은 나에 테운 조상이난에~, [요령]
초흐를 보름 잘 헤여주고 삼멩일 떼에, 메 흔 기 거려 놔도렌 소원허난
그와 ᄀ치 허여보자." 영 허여 말을 허니 처가속은 초흐루 보름 헤여 간
다. 삼멩일 때 메 흔 기 떠 놓아간다. [요령] 그제야, 가난 질이공서허게
살단 ᄉ만이 이제는 삽시에~ 없는 금전도 나수운다. 없는 제물 제양도
나수와 간다. 부제 팔명으로 [요령] 살아가는구낭아. 그 떼야~, [요령] 흐
룰날은, 이제이는 잘 살아지곡, 돈 벌어 귀천없이 살아지여 가난 조상 생
각을 아니 허여, 초흐를 보름 아니 허고 삼멩일 떼에 메 흔 기도 아니 떠
놓곡~ 영 허연~, [요령] 그제는, [요령] 아니 뒐로구나. 영 허여~ 벡년
조상을 뗑그르르릉 뗑그르릉 영 허여, [요령] ᄌ순덜 께독시기젠1702) 헤
여도 께독 아니 헤여가난 시ᄁ럽다 허연 뒷밧더레1703) 데껴부난에~,1704)
[요령] 그제는 ᄉ만이 꿈에 선몽(現夢)을 들엿구나. [요령] "ᄉ만이는 너
네일 모리 ᄉ오시(巳午時)가 근당허면은 서른서이 ᄉ고 전명이 메기여."
영 허여 일러가는구나~. [요령] 활딱 께어나니 꿈에 선몽이로구나~. "이
거 어떤 일일런고." 영 허연~, 연양 상궤광에 바려보니 벡년조상이 없어
지고 뒷밧디 바려보니 벡년조상이 잇이난, [요령] "아이고 전서(前事) 후
서(後事) 잘못헌 일을 풀려주십서." 영 허여 원정을 드려봐도, [요령] 에~
벡년조상에서 열두 풍문조훼(風雲災害)를 불러주어가는구나. [요령] 그젠
ᄉ만이, [요령] 이제야 각기 삼 필 모단 삼 필 비단 삼 필 삼삼은 구 아홉
필 출려놓아, [요령] 지장산세미물 ᄀ으로 간, 이제나 젯상(祭床) 펭풍(屏
風) 신수퍼1705) 놓고 굽엉일억 굽엉일억 허여가는구낭아. [요령] 저승,

1700) 떠놓아.
1701) 사냥한.
1702) 깨닫게 하려고.
1703) 뒷밭으로.
1704) 던져버리니.

에~, [요령] 삼처서 관장님은 스만이 잡히레, 네려오라간다. 지장산세밋 물 ㄱ이에 바려보니 펭풍 젯상 첫구나. 스만이 굽엉일억 굽엉일억 허염시 난에~, [요령] 그제엔~, [요령] 비는 놈암피¹⁷⁰⁶⁾ 진다고 스만이 츠마이 잡혀갈 수가 엇엄더라. [요령] 그젠 인간에 스필이란 인간이 있엇구낭 아~. [요령] 그떼는~, [요령] 열 십짜(十字) 알에 입 구짜(口字) 하니 [요령] 이제는 스필이가 뒈어지니, 스만이 데신 스필이 저싱 둘앙 가난 법이 잇습네다. 그 뒷날은~, [요령] 스만이는 서른서이 스고 전명을 잉어놓고 이제는~, [요령] 전 팔십 후 팔십 일벡예순 살을 살기 시겨가는구낭아~. [요령] 스만이 [요령] 목숨 부떠 잉어 살아나니, 그떼는 [요령] 공이 먹고 공이 숨킬 수가 없어지여~, 에이~ [요령] 저승 [요령] 염네왕(閻羅王)에 역가(役價)라도 바찌저 영 허여, [요령] 안으로 스에(四圍) 당클 줄싸메고 밧겻들로 천지염넷데 삼버리줄 줄싸메여 천우지 집안법으롭서,¹⁷⁰⁷⁾ [요령] 에~ 염라왕을 청허여, [요령] 역갈 밧쩌가는구낭아~. [요령] 발라 제¹⁷⁰⁸⁾ 질라제¹⁷⁰⁹⁾ 속데전(贖罪錢)으로 돈 천금(千金) 일 말량(萬兩) 출려 놓고 이 집 역가원정을 밧쩌, 도전 받아 점서를 알안 보난, 스만이 전 팔 십을 제겨주마, 후 팔십을 제겨주마 영 허여 점서가 네리니, [요령] 하늘 ㄱ치 고맙습네다. 시왕ㄱ치 고맙습네다. 영 허여~ 기도 필봉(畢封)허여~, [요령] 스만이 오레 오레 길이 보전허여 살아온 역사도 잇고 영 헙네다~. [요령] 스만이~ [요령] 이제는 천하거부 잘 살아, 이제야 못 살아난 원풀 이 올렷습네다.

1705) 마련하여.
1706) 놈에게.
1707) 천원지방(天圓地方) 법으로.
1708) 기원자의 한 팔 벌린 길이를 나이만큼 재서 바치는 피륙.
1709) 기원자의 키에 해당하는 길이를 나이만큼 재서 바치는 피륙.

■ 멩감>석살림(비념)

영 허난 [요령을 공싯상에 놓고 바랑을 양손에 나누어 잡는다.] 삼멩감 하늘님에 금바랑 연지로~ 다 풀려줍서. [바랑을 치며 말명을 한다.]

‖덕담‖

천왕멩감도 신느립서

지왕멩감도 신느립서

인왕멩감도 신느립서

동이 가면 청멩감이나 [이승순 심방이 장구를 친다.]

서이 벡멩감도 신느립서

북이 흑멩감 남이 적멩감 신느립서

산신멩감도 신느립서

제석멩감도 신느립서

요왕멩감도 신느립서

선왕멩감도 신느립서

일흔으덥 도멩감도 하감을 헤여

간장간장 다 풀려놉서

삼멩감에 신풀립서

금바랑 연지로 다 풀려놀자

옥바랑 전지로 다 풀려놉서

제석멩감 하늘님아

금바랑 옥바랑 전지 다 풀립서

이 주순덜 오곡 ○○ 육곡 풍등 잡곡 풍등

시겨근에 부제팔명 시겨줍서

어느 미깡밧이나 가원 하르방 할마님 뒈옵니다

좋은 수확도 나수와 줍서

어느~ 부업허여

간낭 ᄂ몰이여 양배추여

어느 마늘이여 다마네기 뒈옵네다.

열두 가지 부업ᄭ지라도

아명이나 세경농장에서

좋은 금전 나수와 줍서

좋은 제산도 나수와 줍서

축원원정 만술 드려가며

예명 올른 ᄌ순덜

없는 명도 제겨줍서

없는 복도 제겨줍서

엿날 ᄉ만이 목숨 제겨줍서

동방석이 삼철년 목숨 제겨줍서

삼멩감 하늘님 간장 간장

다 풀려~ 이번 참에 [바랑점]

고맙습네다.

[바랑을 공싯상에 올려놓는다.]

수산리 멩감 상당숙임

자료코드 : 10_00_SRS_20110416_HNC_JTJ_0001_s05

조사장소 : 제주특별자치도 제주시 애월읍 수산리 508번지 고○수 댁

조사일시 : 2011.4.16

조 사 자 : 강정식, 강소전, 송정희

제 보 자 : 정태진, 남, 68세

구연상황 : 상당숙임은 앞서 청했던 주요 신들을 돌려보내기 위한 제차이다. 마지막으로
위계 순서대로 모든 신들에게 술을 대접하면서 돌아갈 때가 되었음을 알린다.
'일부훈잔', '필부막잔'이라고 하는 소제차가 주를 이룬다.

상당숙임

■ 상당숙임>일부호잔

[요령을 다시 잡고 서서 흔들며 말명을 한다.]

[요령] 에~ 삼멩감 하늘님은~, 금바랑 전지 옥바랑 전지로~, [요령] 신가심 열렷습네다. [요령] 삼멩감 하늘님전, 이번 참에~, [요령] 에~ 기도 원정 받앙 돌아갈 떼가 뒈엿습네다~. 어~. [요령] 신우엄전님 옥황상제(玉皇上帝) 이알로 지부ᄉ천(地府四天) 이알로, [요령] 산신데왕(山神大王) 다서용궁님네, [요령] 원효데서(元曉大師) 서산데서(西山大師) 육한데서(六觀大師)님네 필부잔 받아 하전 떼 뒈엇습네다. 드려가면은~, 어~, [요령] 인간 청용산 할마님 천황불도(天皇佛道) 지황불도(地皇佛道) 인황불도(人皇佛道), 여리신전 불법할마님도 잔 받아, [요령] 이 ᄌ순덜 머릿점에 은동을 허곡, [요령] 영 허십서~. [요령] 어~ 초공전 이공전 삼공전 뒙네다 필부잔 받아 예필(禮畢) 하전 떼가 뒈염습네다. 어~. [요령] 진관데왕

(秦廣大王) 초관데왕(初江大王) 송게데왕(宋帝大王), [요령] 오관데왕(五官大王) 염라데왕(閻羅大王) 번성데왕(變成大王) 테선데왕(泰山大王) 평등데왕(平等大王) 도시데왕(都市大王) 십전데왕(十轉大王) 지장데왕(地藏大王) 열둘 셍불(生佛) 열셋 좌두(左頭) 열네 우두(右頭) 열다섯 동저판관(童子判官)님네, [요령] 필부 막잔 받아 하전 떼 뒈엇습네다. [요령] 여레 십육(十六) 스제관장(使者官長)님네 잔 받아 하전헙서. [요령] 옥황 금부도서(禁府都事)~ 천황처서(天皇差使) 지황체서(地皇差使) 인황체서(人皇差使) 월직(月直) 일직(日直) 지직(時直) 헹직 공헹 사자 관장님네 저승 이원스제(二元使者) 인간 강림스제(姜林使者) 관장님네 질로 노정(路中) 객서체서(客死差使) 낭에 절령체서(結項差使) 돈물 용궁체서(龍宮差使) 신당(神堂) 본당체서(本堂差使) 맹두맹감(明圖冥官) 삼체서 관장님네 필부 막잔 받아 하전 떼가 뒈엿습네다. 어~. [요령] 남도 엄전 도집서(都執事) 물도 엄전 도집서 낭는 날 셍산(生産) 죽는 날 장적(帳籍) 호적(戶籍) 인물도셍(人物都成) 추지허는 한집님네 수산 이거~, [요령] 토지관 한집님~ 산신데왕(山神大王) 송씨 할마님네여 또 이제는~, [요령] 김씨 영감님네 다 모두, 필부잔 받아 하전 떼가 뒈엿습네다 신중구엄(神中舊嚴) 송씨 할마님네 다 일부 한잔 헙서. [요령] 하귀리 돌코리 신당 한집님네 동귀리 삼본향 게로육서 궤하르방 궤할마님네 일부 혼잔 잔 받읍서. [요령] 필부 떼 뒈엿습네다. [요령] 어~. [요령] 상마을1710) 영가(靈駕) 중마을 영가 하마을 영가 혼신님네 예순ㅇ섯 [요령] 고조 증조 당조부 양위친 부모 아바님네 어머님네 또 이전~, [요령] 아바님 형제뻘 영혼 혼벽님네양 또 이전은 삼사춘(三四寸)에 오륙춘(五六寸) 먼 **궨당**(眷黨) 부딘1711) 궨당 성진 성편 웨진 웨펀님 필부 [요령] 막잔 드립네다에-. 드려가면은, [요령] 신공시 도ㄴ리면 엿날, [요령] 선성 엿날 황수님네 신이 네웨간 몸 받던 조상님네 하르바님 할마님,

---

1710) 저승세계의 하나. '중마을', '하마을'도 같음.
1711) 가까운.

[요령] 큰하르바지 네웨간 셋아바님네 [요령] 나준 아바님 어머님네 필부 혼잔 협서-. [요령] 어~. [요령] 고모님네 네웨간 일부 혼잔 드립네다. [요령] 드려가며 몸받던 조상님네 [요령] 일부 혼잔 드리며, 처부모 하르바님 할마님 아바님 어머님네 서룬 조카간 일부 혼잔 잔 받읍서. [요령] 어~ [요령] 또 이젠 몸 받은 조상님은 상세와리(上細花里) 고좌수 머구낭 상가지 줄이 벋던 김씨 선성님 서도노미1712) 고씨 할마님 정씨 하르바님 어른비1713) 고씨 할마님네 일부 혼잔 잔 받읍서. [요령] 드려가며는 신질 연질 불류와주던1714) 신씨 어머님 신유생 월게 첵불 하르바님네 훈반 일반, [요령] 필붓잔 드려가며, [요령] 어~ [요령] 또 이전은~ 집안 정중 됍네다. [요령] 성주 조왕 칠성 한집님네 일부 혼잔 [요령] 도걸어 드려가면은, 오방신장 네웨지신님네 도걸어 일부 혼잔 받으며 필봉 떼가 뒈엿습네다-. [요령] 필봉 떼 뒈여가며 웃철변 허여다 지붕 상산헙네다. 알에 잡식은 헤여다, 삼천 시하군병 어- 언어 먹저 언어 씨저 언어 얼어가니 굶어 추워 벗어 허던 임신덜이여, 동설룡 서설룡 남설룡 북설룡, 놀던 [요령] 임신덜이여 철년 골충 말년 골충 지기덜, [요령] 많이덜 드립네다에.

수산리 멩감 엑멕이

자료코드 : 10_00_SRS_20110416_HNC_JTJ_0001_s06
조사장소 : 제주특별자치도 제주시 애월읍 수산리 508번지 고○수 댁
조사일시 : 2011.4.16
조 사 자 : 강정식, 강소전, 송정희
제 보 자 : 정태진, 남, 68세
구연상황 : 엑멕이는 지금까지 정성을 다하였으니 그 대가로 나쁜 액을 막아달라고 비는

1712) 제주시 애월읍 봉성리.
1713) 제주시 애월읍 어음1리.
1714) 바로하여 주던.

제차이다. 날과국섬김, 연유닦음 등은 앞서 맹감에서 한 것으로 대신한 셈이고, 신메움, 역가바침도 상당숙임의 일부혼잔으로 대신한 셈이어서, 간단히 방엑만 하고 바로 산받음을 하여 간단히 마치고 말았다.

엑멕이

■ 엑멕이 > 방엑

시걸명 드려가며는~ 에~ [요령] 체서 관장님전, [요령] 뎁네다. [정태진 심방, 신자리에 앉아 말명을 한다.] 엑년(厄緣) 막아줍서 영 허여 체서님에서 원정을 드렷습네다. 천황체서 지황체서 인황체서 어금베(義禁府) 박나자 도서나자 월직ᄉ자 일직ᄉ자 지직ᄉ자 행직ᄉ자 공인ᄉ자 어~, [요령] 저승 이원ᄉ제, 어~ 인간은 강림ᄉ제 관장님전에, 천우 방엑을 막아줍서. 어-, 체서관장님아 엑년 막는 방법은, 옛날 ᄉ만이가 네운 법입네다. 영 허난~ ᄉ만이도 서른서이 ᄉ고전명이 메기다 지장산세밋물 ᄀ으로 가, 각기 삼 필 모단 삼 필 거느리여, 어- 엑년 막아 전 팔십 후 팔십

살아온 베가 잇어났이니, 야- [요령] 이 ᄌ순덜, 물레물색 데령허며, 어-
[요령] 발라제 질라제 다라니(陀羅尼), 지전(紙錢)으로 오늘은 쳬서님에 많
이 바쪄, [소리] 엑년 소멸 시겨 주십서 영 허여, 쳬서 관장님전, [음영]
에- 질라제 발라제로, 불꽂네 연꽂으로, 술아 연사보전헙네다-. [요령]
어- ○○[1715] 예순ᄋ섯, 엑년 소멸 시겨줍서-. 김○○, 예순넷 엑년 소멸
시겨줍서-. 아덜-, 어-, 고○○이, 서른네 설 엑년 소멸 시겨줍서. 족은아
덜 고○○이, 엑년 쓰물아홉 엑년 소멸 시겨줍서. 불꽂 네 연꽂으로, 술아
영사보전이웨다-.

■ 엑멕이>산받음

드려가며~, 엑년 소멸시겨, 줍서 영 허여, 어~, 엑년이나 막아준덴 말
입니까~. [산판점] 영 허면, [산판점] 이 군문질로 엑년 소멸, 시겨준덴
허건, [산판점] 아이고 고맙습네다, 고맙습네다. 영 허면은 고○○, 예순,
ᄋ섯~, [산판점] 엑년 멩심허면, [산판점] 고맙수다 영 허여, 어~, 예순
넷, [산판점] 이 ᄌ순, [산판점] 울고 ᄌ들 연목 엇엉, [산판점] 난덴 허건,
[산판점] 가문공서,[1716] 연반상, [산판점] 시겨줍서. 고맙습네다. 서른네
설, [산판점] 이 아기덜, 걱정 시름뗄 일, [산판점] 멘송(免送)시겨 줍서.
[산판점] 어~, 고맙습네다. 족은아덜 스물아홉 [산판점] 이 ᄌ순, 양도막
음[1717]입네까, 양도이, [산판점], 걱정뒙네까. [산판점] 좋와 웨상잔(外床
盞), 똑허게 군문질로~, 엑년 소멸 시겨 줍서. [산판점] 가문공서, 고맙습
니다. [산판점] 영 허면은~, 이 둘이 청명 삼월둘이곡 ᄉ월둘 오월 유월
칠뤌, [산판점] 영 허면은~, 팔 구월 시월 동짓둘 섯둘, [산판점] 영 허면,

1715) 대주(大主)의 이름.
1716) 점괘의 하나. 상잔 하나만 엎어지고 나머지 상잔과 천문이 자빠진 경우. 운수—최
   길, 청신—내림, 송신—지체.
1717) 산판점 점괘의 하나. 상잔은 엎어지고 천문은 자빠진 형태. 운수—불길, 청신—지
   체, 송신—떠남을 의미.

[산판점] 혼급헌 운액, 고맙습네다. 영 허면은 데천한간[1718] 발 벋어 울고 즈들 일이나 엇엉 일이 난덴 허건, [산판점] 똑기 웨상잔을, 가문공서~, [산판점] 시겨줍서~. [산판점] 영 허여, 원정 드립네다. [산판점] 양도막 음으로~, [산판점] 영 허면~, [산판점] 고맙습네다.

[본주에게 산받은 결과를 말한다. 이른바 분부사룀이다.] 멩감 숙여서, 체서님에, 엑년을 막안 영 군문 네리는 것이, 에 이번에 멩감님을 잘 혜염수다. 잘 허염서마씨. 에 잘 허는 일이고, 멩감님에서도 즈순덜, 멋 몰라도 몰라도 정성이 기특허다. 곱게 상을 받아서 명과 복을 제겨 줄로구나 영 허고, 체서님에서도 이제 예순ᄋᆞ섯이 쪼끔 금년에, ᄉᆞ월 오월 유월 칠 뤌둘ᄁᆞ장은 궂어. 궂인디 조금 이, 즈동차를 ᄆᆞ나 정공기(耕耘機)를 ᄆᆞ나 허여도 ᄒᆞ끔은 멩심을 헤야 뒈 커라. 쪼끔 멩심허지 아녀민 안 뒈여. 어, 경 허곡, 점서(占辭) 나는 건 보니까, 무슨 뭐, 아기덜로 허영 걱정 뒈영 둘으라[1719] 기라 허라 헐 일은 엇엄직 허우다.

(본주 : 어따, 경만 아녀민 좋수다게.)

예, 경 허고, 이제 예순에 ᄋᆞ섯도 이번에 삼멩감 올리고 체서에 엑년 막곡 영 허난 이점저점 겸사겸사 영 허영, 아 춤말 삼멩감에서도, 없는 명 복을 제겨 주켄양, 영 허염시메, 큰걱정 허지 말라. 영 허염수다. 예, 또 아덜, 큰아덜도 금년에 데운(大運)이요 궂인 운이라. 족은아덜도 궂어. 다 궂인디, 이번에 삼멩감제로 엑년 막고 영 허난, 큰 울고 즈들 엑년은 멘송 시켜 주켄 헴시메양, 그 줄 압서예.

(본주 : 큰아덜 영 봅서. 어떵, 어디…….)

아, 장게라도 가지커냐?

(본주 : 장게나 가지커냐…….)

[산판점] 영 허면은~, 고○○이 큰아덜 서른넷, 어느 인연이나 만낭,

1718) 대청 한가운데.
1719) 달려라.

[산판점] 영 허면~, 입장결혼헐, [산판점] 영 허면~. [산판점]

경 헌디 점꿰로 보건딘 바려보니까, 뭐, 여자가 엇엉 못 가는 건 아니라쿠다.

(본주 : 경 허민 무사 못 가마씨. 여자만 잇인 후제사, 가지주. 여자 엇엉 못 감주.) [웃음]

아니, 점꿰는 그런 점꿰라. 여자 엇엉 장게 못 가는 그런 건 아니라. 견디 아덜 그 장게 가구정1720) 허염신디1721) 모르쿠다만은, 장게 못 가진 아녀쿠다. 양.

(본주 : 아무디라도 가만지민 뒈주.) [웃음]

아니, 아니 이거 영 굴으믄1722) 이거 뭐헌 말이주만은, 지금 서른닛도, 에 부모네가 걱정허는 건 다 알긴 알암서. 모르지 아녕. 영 허는데, 장게 가고 싶은 ᄆᆞ음이 잇어도, 또 만나는 여자도 좋다는 사름이 뒈므로 인연이 뒈는 거지, 그렇지 아니민 인연이 뒈는 게 아니기 떼문에, 그게 뭐 덤벙덤벙 함불로 덤벙덤벙 데들 수가 없는 입장이고, 그러기 떼문에 좀 셍각허는 과정도 잇수다.

[산판점] 영 허난~.

(본주 : 족은아덜, ᄒᆞ끔 봐줍서.)

절데 큰아덜, 장게 못 가카부덴 원이랑 허지 맙서.

[본주가 무엇이라고 말하지만 알아듣기 어렵다.]

ᄀᆞ만 십서보저. [산판점] 오늘라근에~, [산판점] 영 허면~, [산판점] 이런 운수로 허영 부모덜 ᄌᆞ들고 울고 걱정 시름허영, [산판점] 영 허여. [산판점]

이거 집이, 나 이거 촷 단골로 왕, 멩감제 허근에 이상헌 말 ᄀᆞᆯ암젠 허

1720) 가고자.
1721) 하는지.
1722) 말하면.

카부다.

(본주 : 아니우다.)

웨냐면은, 큰아덜이나 족은아덜이나, 족은아덜이나, 이거 이녁 ᄆ음과 뜻 데로 안 뒈는 원한(原因)이 잇수다. 이거 ᄀᆮ기가[1723] 거북헌 말 ᄀᆮ타도, 솔찍이 말허주 어느 춤말로, 부모 조상엥 헐카, 청춘에 죽은 남셋발엥 허카, 아, 여셋발엥 허카, 이런 점꿰로만 나타남신게. 게난예 이러헌 영혼 두에 아홉 귀양 일곱 신앙이, 이 아기덜 성제 앞장을 어지령, 앞도 막아불고 뒤도 막아부는 넉시라. 알아들엄수과 이 말을. 그런 영혼이 잇어?

(본주 : 젊은 떼 돌아간 어른은 옛날에 우리 오, 나 오기 전에 어디 저 씨고모님도 젊은 떼 돌아가고…….)

에, 또 남세, 남자.

(본주 : 아버지가 막 젊은 떼…….)

아이 거 돌아간 건 우리가 아는 ᄉ실이고, 견디.

(본주 : 경 헌디 남자 어른은 엇어.)

잇어 잇어. 영 헌디,

(본주 : 나가 알 건디는 엇인디.)

엇어? 점꿰(占卦)로 그렇게 점꿰가 나오는데.

(본주 : 게, 나 몰르쿠다.)

영 허면은~, [산판점] 이렇게 점서가 삼시왕군문으로 팡팡 주고 군문으로 팡팡 주는디 엇다 엇다 허면은 어떻게 헐 것이냐. 영 허면은~. [산판점][산판점]

게난 나 이거 점서 나는 데로 ᄀᆞ라, ᄀᆞ라주는 거뿐이니까, 뭐 영 ᄀᆞ랏다고 헤서 뭐, 큰 뭐, 어, 걱정 시름 뒐 일은 아니고, 게난, 사실이 그렇다는 거지 미신 뭐, 점꿰가 그렇게 남수다 허는 말로써 나가 말 허는 거지

1723) 말하기가.

나가 무슨, 나 입으로 찍어올려서 말허는 것은 아니니까, 게난, 어디 강 잘 아는 사름신디 강 점이라도 호 번 헤봅서만은, 나 굳듯이 점꿰가 나올 거라 어느 산, 산으로, 어, 점껠 나오나, 경 아니면은 아까 나흥고 ㄱ치 일 청춘(一靑春)에 죽은 남셋발,[1724] 남세(男邪) 여셋발이[1725] 나타나서, 이렇게 아기딜 앞장을 막, 막아불고 잇수다. 이런 점서가 분명히 나올 거우다. 게난 걸랑 나가 영 꿀아드렴시메, 에, 뭐······.

(본주 : 경 허면은, 그 상에 허여사 뒈여마씨?)

그 상에 드리는 거, 공을 드리라······. 공을 드려야지게 경 허게 뒈면은. 예 공을 드리게 뒈면은, 경 허고 영 꿀으민 뭘 헤도, 이제 씨아바님도 씨아바님도 청춘에 억울허게 돌아가시고 이영 허니까.

(본주 : 나가 알기로는 경 벳기는[1726]······.)

게 모른 것사게 어떵 헙니까게. 알고도 아니우다 기우다 허는 것도 아니고, 게난 그것이 문제가 아니라, 에 물론, 에 어머니 산 떼에 이런 점꿰가 나왕 어머니가 귀로 들어시민 훤히 알주만은, 어머니 후세가 아주망네니까 확실히 모르주게.

(본주 : 난, 난 온 후제는 경 헌 일이 엇이난. 난 잘 모르쿠다.)

게난 이 큰아버지나 족은아버지나 엇어?

(본주 : 아 작은아버지는 나 온 후에 돌아가시긴 허여도 막 젊은 떼는 아니난.)

아 족은아버지가 들엉 험젠 헌 것이 아니고, 게난에, 저 ○○[1727] 이제 당 아버지 형제뻘이 뒈나, 청춘에 죽은 셋발이, 에 형제뻘이 뒈나, 경 아니면은 어느 고모뻘이 뒈나, 이런 영혼이 남세 여세(女邪)가 잇어.

1724) 남자(男子) 영혼으로 인한 사기(邪氣)의 기운.
1725) '여셋발'은 여자(女子) 영혼으로 인한 사기(邪氣)의 기운.
1726) 밖에는.
1727) 대쥬(大主) 이름.

(본주 : 게난 나가 영 허여근에 어머니 살아게신 떼도 나 오기 전에 고모님도 돌아가시고, 또 작은아버님영 나 오기 전에 돌아가시난에 알주, 그 전에 거는 나가 모르주마씨.)

모르주게. 알렝 헤도 알 수가 없는 거주게. 게난 것도 모르주 ○○가,[1728] 어멍 산 떼 이런 말 저런 말 글아나 준 바가 잇어시면 모르주만은, 그런 말 못 들어보면은 것도 모를 건 사실이고. 영 헌디 나 점꿰로는 있어요. 겐디 영 글으믄 뭐 헤여도 앞으로 흥끔 숨 쉬영 살아져 가거들랑, 아버지 어머니 가슴 씨원이 흔번 열려줘. 진짜로 아버지 어머니 셍각허영, 가슴 흔번 씨원이 열려줘. 영 허영 어떵 허영 큰아덜이나 장게가곡, 영 허거들라근에, 어떵어떵 허영 영 허영, 뭐 허영 조상 셍각도 허곡 부모 셍각도 헤여사주, 이거 무신 나가 무신 뭐 이녁 동창네 집이 왕은에[1729] 이거 저거 무신, 뭣 허렝 허염져 뭐 허염져 뭐 근는 거 닮수다만은, 그 후에도,

(본주 : 아니우다게. 게도 글아줄 말은 글아줘사주.)

집안에 온갖 펜안 펜안허젱 허면은 아 이런 저런 걸 다 이제 들음이 병이고 안 들음이 약이라고 이제 허주만은, 부모 공 갚으는 것도 자식 도리니까. 즈손 도레로 게니까 흔번 뭐 헤지거들랑 부모 공도 하영[1730] 갚으곡 영 협서예. 겐디 엑도, 저 ○○만[1731] 흥끔 걱정 뒘서. 나가 이 산 산질로 봐서는. 게난에 조끔 차 자동차도 멩심허영 몰곡 청운기(耕耘機) 같은 것도 멩심허영 몰곡,[1732] 영 허여근에, 스월 오월 유월 칠뤌까지, 넉, 넉둘, 넉둘간 막 궂어. 흥끔 멩심허고. 게난 멩심허믄 멩심헌 덕이 주켄[1733] 헴시니까.

1728) 대주(大主)가.
1729) 와서.
1730) 많이.
1731) 대주(大主)만.
1732) 몰고.
1733) 주겠다고.

예 뒛수가. 들을 말 잇건 더 들어봅서, 이떼.

(본주 : 들어볼 말은 아기덜 똘덜 하부난에 그런 거⋯⋯.)

아니, 아니 저 똘덜도 이떼 산 받는 거니까. 똘 똘.

(본주 : 똘? 겨믄 똘덜 허게 뒈믄 사위, 사위허곡⋯⋯.)

아, 사위허곡 똘만 거느립서게. 큰사위⋯⋯.

(본주 : 큰사위 마흔하나.)

성이 뭐인디?

(본주 : 강씨.)

장씨?

(본주 : 강씨.)

강씨. 성은 강씨 사위애기 마흔하나~, [산판점] 이딘 궨찮은게. 예, 똘?

(본주 : 서른아홉.)

서른아홉. 영 허면은 고씨로 서른아홉, [산판점] 똘아 이디 부베간에 궨찮으커라. 또.

(본주 : 게민 양씨 두 번체 사위.)

예.

(본주 : 서른일곱.)

양씨 사위애기,

(본주 : 서른ᄋᆞ듭.)

서른ᄋᆞ듭, [산판점] 궨찮음직 허곡, [산판점] 고씨로 서른~. [산판점] 이딘 성제가 다 궨찮은게. 또.

(본주 : 사위 김씨로.)

김씨로.

(본주 : 서른ᄋᆞ섯.)

서른 [산판점] ᄋᆞ섯~. [산판점] 영 허면은, [산판점] 이 ᄌᆞ순덜~, 어~, [산판점] 이 서른ᄋᆞ섯 기냥 몸이 아니여 넉난 몸 닮다. 넉난 거 닮다. 사위이. 어디 삼도전거리냐,[1734] 산이냐 물이냐, 넉낫수다 넉난 거 막 혼두 번이 아니라. 경 허곡 뚤은,

(본주 : 동갑.)

동갑. 서른으섯? 고씨 아기 서른으섯, [산판점] 뚤은 궨찬연디[1735] 사위가 넉난 걸로 나타남서.

(본주 : 경 허고 또로 체씨(蔡氏) 서른둘.)

췌씨(崔氏)?

(본주 : 체, 체.)

췌. 체씨로 서른둘?

(본주 : 예.)

췌씨로 서른두 설~, [산판점] 뭐 큰 걱정 엇이컨게.

(본주 : 동갑네기 뚤.)

동갑(同甲)? 서른두 설 고씨 아기~, [산판점] 걱정이나 엇입니까. 큰 걱정 엇어. [본주, 웃는다.] 또 들어볼 말 엇수가. 의심 엇이 들어봅서게.

(본주 : 잇수다게.)

(대주 : 족은아덜만 잘 뒈여불민⋯⋯.)

(본주 : 족은아덜만 ⋯⋯. 가인 사고나곡 허여나부난, 차 몰앙 나가가민 걱정뒈여근에⋯⋯.)

아이, 족은아덜 아까 넉 들여시난, 넉난 거 넉 들여시난, 넉을 미리미리 안, 안, 안 들여부런 허니까 거지, 미리미리 직시직시 직시직시 넉을 들여불어야돼.

(본주 : 어떵 어떵 이레저레 허단 보난에, 시간도 넘어불곡⋯⋯.)

경, 경 허는 거주게. 이번 허주 저번 허주 허멍. 경 허는 거라마씨.

(본주 : 시간 넘어부난 이젠 또 다른 떼 허곡 허단 보난.)

1734) 세거리나.
1735) 괜찮은데.

경 허는 거. 경 허는 거.

(본주 : 이젠 뒈엿수다게.)

예, 뒈엿수가? 이젠 의심 엇이 다 들어밧지양?

(본주 : 예예.)

지금 말 또 무시 거 안 들어반 뭐 뭐 안 굴아줘라 뭐헤라 허지 말앙.

(본주 : 아니우다.)

드려가며~, [이때 대주가 큰아들 결혼 문제를 다시 꺼낸다.] 어? 결혼.

(본주 : 아까 들엇수게.)

누게 큰아덜? 나 아까 인칙[1736] 굴아, 굴아줫잔아. 아, 굴을 뗀 어디 갓다와서게.

(본주 : 저디 갓다와부난.) [웃음]

■ 엑멕이>제차넘김

드려가면은~, 도이도전풀이레 돌아가오리다에-.

수산리 멩감 도진

자료코드 : 10_00_SRS_20110416_HNC_JTJ_0001_s07

조사장소 : 제주특별자치도 제주시 애월읍 수산리 508번지 고○수 댁

조사일시 : 2011.4.16

조 사 자 : 강정식, 강소전, 송정희

제 보 자 : 정태진, 남, 68세

구연상황 : 도진은 모든 신을 본래의 자리로 돌려보내는 체차이다. 신명을 위계 순서대로 거명하면서 돌아가시라는 사설로 노래를 하였다. 이어 콩이나 팥을 온 집안 구석구석 뿌리면서 "쑤어쑤어!"라고 외치고, 다시 마루로 돌아가 술을 입에 머금었다가 "푸!" 하고 뱉어내는 것으로 마쳤다. 이렇게 한 뒤에 심방은 아무

1736) 일찍이.

런 인사도 없이 서둘러 본주의 집을 떠났다.

도진

[정태진(평상복)][바로 도진으로 넘어간다.]

올 적엔 옵센 헙네다.

갈 적엔 갑센 헙네다.

연봉 안체 호성 안체 거느리며 도웨도진 헙서.

강진 도웨헙서. 웨진 도웨헙서.

에~ 어느 신전 영 헙건,

올라 옥항상제 이알로,

초이공전 삼공전,

지장 셍불데왕,

어- 삼본향 어허- 각서 영혼 혼벽님네~,

도이도진 헙서.

신공시 엿 선생님네랑~, 안체포로~ 어서~ 가게 뒈엿수다 어서 글읍
서~. 집안 정중에, 또 이전은, 성주 오방, 칠성 조왕 오방신장 네웨지신님
네~, 점제헙서. 점제시겨가며 방안방안 구억구억1737) 살이 난다.

(정태진 : 저디 뭐 콩이나 미신 걸로 흔 줌만 이레 앚엉 옵서.)

도이도진 떼가 뒈엿수다.

도이도진으로~,

상성주에 살기살썽,

중성주에 살기살썽~,

(정태진 : 문덜 올아붑서, ᄒᆞᆷ끔씩~.)

들어가며 무쒜불미 앗아나며

[콩을 구석구석 뿌리면서]

쑤어나라 쑤어나라

써나라 서어나라!

방안방안 구억구억 쌀기쌀성 낫구낭아.

헤여나라.

허! 허!

허나라!

쑤어나라.

쑤어나라.

[술을 한 모금 입에 물었다가 "푸!" 하며 내뱉는다. 대주가 바깥채에
도 가서 콩을 뿌려달라고 한다. 심방, 바깥으로 나가 바깥채에도 콩을
뿌린다.]

방안방안 구억구억~ 아이고 이 모커리에 아이고 살기살성이라도 앗아
나멍 앗아 들멍

1737) 구석구석.

수어나라! 수어나라!

[잠시 대주가 앞서 간 곳을 찾지 못하여 지체한다.]

살기살성이랑 무쳇뽀롱이로,

[대주를 발견하고 바깥채의 안으로 들어가서 콩을 구석구석 뿌리면서 말명을 한다.]

살기살성 앗아나멍 앗아들며 쑤어나라 허! 쑤어나라. 쑤어나라. 수어나라. 쑤어나라.

방안방안 살기살성이랑 쑤어나라. 서어나라. 서어나라. 서워나라. 서어나라. 써어!

헛수!

에- 시걸명 잡식으로 못 먹거니 못 씌거니 말앙 헹차 발영헙서-.

5. 장전리

제주특별자치도 제주시 애월읍 장전리

조사일시 : 2011.3.~2011.7.
조 사 자 : 허남춘, 강정식, 강소전, 송정희

 장전리(長田里)의 구비전승 조사는 2011년 3월부터 7월 사이에 집중적
으로 이루어졌다. 물론 그 전에도 몇 차례 마을을 방문하여 조사취지를
설명하고, 적절한 제보자를 선정하는 노력을 기울였다. 그리고 노인회관
을 방문하여 정식으로 조사를 시작하기 전에 친밀감을 형성하는 시간도
아울러 가졌다. 실제 조사는 노인회관에서 이루어졌다. 장전리의 많은 어
르신들이 노인회관에 매일같이 많이 모여 담소를 나누거나 소일거리를
하기 때문이다. 민요의 경우 여럿이 함께 만들어가는 분위기가 있기 때문
에 노인회관이 적절하였다. 서로 선후창을 바꾼다거나 같은 노래를 여러

제보자가 부르게 하는 등의 방법으로 그 다양성을 살펴보려 하였다.

장전리는 애월읍의 중산간마을이다. 제주특별자치도로 통합되기 전에는 '북제주군'에 속해 있었다. 옛 '제주시'를 기준으로 하면 서쪽 중산간도로를 따라 약 14km 정도 떨어져 있다. 마을의 동쪽에는 고성리, 서쪽에는 상가리, 북쪽에는 수산리, 남쪽에는 소길리가 있고 항파두리 토성과 이웃하고 있다. 장전리는 삼별초의 대몽항쟁을 바탕으로 할 때 적어도 고려시대에 형성된 마을로 추정되니 오랜 역사를 가진 마을이다. 삼별초의 항쟁 시기에 훈련하던 장소 가운데 하나가 장전마을 일대라고 전해진다. 민간에서는 '장밧', '진밧'이라고 부른다. 『탐라순력도』를 비롯한 옛 지도에 마을 이름이 나타난다.

2007년 12월 현재 장전리의 인구는 277세대에 692명이다. 남녀의 비율이 비슷하나, 남자가 약간 많다. 각성바지로 구성되어 있다. 장전리 역시 '제주 4·3사건' 당시에 마을이 소개되었고 나중에 주민들이 마을을 재건하였다. 현재 마을은 본동과 양전동으로 이루어져 있다. 이 마을은 주된 생업은 감귤 등의 농업이다. 서부 중산간도로에 인접하여 교통이 편리한 곳이며, 인근에 항몽유적지 등이 있어 관광객의 접근이 점차 늘어나고 있는 추세이다. 교육이나 문화생활은 애월리 등 인근 마을이나, 옛 제주시 지역 등에서 이루어진다. 마을 내 종교생활은 아직 전통적인 민간신앙이 바탕으로 이루고 있다.

이번 조사에서는 민요를 채록하였다. 전체적으로는 밭농사를 하는 마을 생업의 양상이 민요에 드러나고 있었으며, 유희요도 일부 들을 수 있었다. 다만 이 마을 역시 예로부터 전해오는 구비전승이 빠르게 사라지고 있음을 느낄 수 있었다. 생활양상이 변하였을 뿐만 아니라 나이 든 세대들이 점차 사라지기 때문이다. 기존 조사에 따르면 이 일대는 항몽유적지 등과 관련하여 설화도 일부 전승되는 것으로 파악되었지만, 현재 이를 잘 기억하여 구연할 만한 적절한 제보자를 찾는 일이 수월하지 않았다.

강춘호, 여, 1922년생

주 소 지 : 제주특별자치도 제주시 애월읍 장전리 372번지
제보일시 : 2011.3.31
조 사 자 : 강정식, 강소전, 송정희

강춘호는 장전리 광양거리에서 4남매 중
막내로 출생하였다. 위로 언니와 오빠 둘이
있다. 17세에 장전리 셋동네에 사는 한 살
위 양창부와 결혼을 하였다. 슬하에 8남매
를 두었다. 장전리에 거주하면서 주로 조나
콩, 메밀과 밭벼 등의 농사를 하였다.

제공 자료 목록
10_00_FOS_20110331_HNC_KCH_0001 아기 홍그는 소리
10_00_FOS_20110331_HNC_KCH_0002 ᄀ레 ᄀ는 소리
10_00_MFS_20110331_HNC_KCH_0003 봄이로구나

고춘방, 여, 1928년생

주 소 지 : 제주특별자치도 제주시 애월읍 장전리 1068-2번지
제보일시 : 2011.3.31
조 사 자 : 강정식, 강소전, 송정희

고춘방은 신엄리에서 외동딸로 태어났다. 18세 때 장전리에 사는 양천
종(현재 86세)과 결혼을 했다. 결혼 후에 장전리와 좀 떨어진 곳에서 살았
다. 현재 알동네 서컷(서동네)에 살고 있다. 이 곳으로 시집 온 이후로는
다시 신엄리로 가도 물질을 못하게 하였다고 한다. 장전리에서는 주로 보

리, 콩, 밭벼 등의 작물을 키우면서 생활을
하였다. 4·3 당시 소개령이 내려서 신엄리
에서 지내기도 했다. 결혼 후 자녀는 아들
넷과 딸 하나를 두었다. '밧볼리는 소리' 같
은 일노래는 결혼 이후 일하면서 소리를 익
히게 되었다고 한다.

제공 자료 목록
10_00_FOS_20110331_HNC_KCB_0001
　 ᄀ레 ᄀ는 소리
10_00_FOS_20110331_HNC_KCB_0002 방에소리
10_00_FOS_20110331_HNC_KCB_0003 밧 볼리는 소리

김여옥, 여, 1933년생

주 소 지 : 제주특별자치도 제주시 애월읍 장전리 1032-1번지
제보일시 : 2011.3.31
조 사 자 : 강정식, 강소전, 송정희

　김여옥은 애월읍 광령리에서 3남매 중 둘
째로 태어났다. 위로는 언니와 아래로는 남
동생이 있다. 20세에 장전리 '알벵듸'에 시
집을 와서 3남 4녀를 낳아서 길렀다. 자녀
들은 현재 제주시나 육지에 나가 살고 있다.
'촐비는 소리'를 비롯한 민요는 결혼 전에
광령리에서 살 때 친정어머니가 부르는 것
을 들으면서 익혔다고 한다. 일하면서 심심

하거나 피곤할 때 괴로움을 잊고자 친정어머니를 비롯한 어른들이 부르
는 것을 들으며 노래를 익히게 되었다고 한다. 시집 온 이후에도 밭일이

힘들 때면 그렇게 일노래를 불렀다고 한다. 주로 농사일을 하였는데, 봄에는 보리, 가을에는 콩, 팥 농사를 지었다고 한다.

제공 자료 목록

10_00_FOS_20110331_HNC_KYO_0001 흔다리 인다리

10_00_FOS_20110331_HNC_KYO_0002 춤 홍아기소리

양창부, 남, 1921년생

주 소 지 : 제주특별자치도 제주시 애월읍 장전리 372번지

제보일시 : 2011.3.31

조 사 자 : 강정식, 강소전, 송정희

양창부는 장전리에서 나고 자랐다. 18세에 같은 마을의 강춘호와 혼인하였다. 슬하에 8남매를 두었다. 주로 조, 콩, 메밀, 밭벼 등의 농사를 지으면서 살았다.

제공 자료 목록

10_00_FOS_20110331_HNC_YCB_0001
  말잇기 노래

10_00_MFS_20110331_HNC_YCB_0002 이수일과 심순애

진춘부, 여, 1930년생

주 소 지 : 제주특별자치도 제주시 애월읍 장전리 329번지

제보일시 : 2011.3.31

조 사 자 : 강정식, 강소전, 송정희

진춘부는 고성리에서 태어났다. 고성리 마을은 바다가 멀어 물질은 하지 않았다. 어렸을 때는 주로 아기들을 돌보면서 지냈다고 한다. 결혼 전

에는 친구들과 모여서 '예숙제끼기',[1738]
'옛말곤기'[1739] 등을 하면서 놀았다고 한다.
친정은 아버지와 오빠들이 모두 공부를 하
였으나 딸들은 공부를 시키지 않았기 때문
에 곁에서 들으면서 조금씩 익히게 되었다
고 한다.

제공 자료 목록
10_00_FOS_20110331_HNC_JCB_0001
　　말잇기 노래
10_00_FOS_20110331_HNC_JCB_0002 꿩꿩장서방
10_00_FOS_20110331_HNC_JCB_0003 아기 홍그는 소리
10_00_FOS_20110331_HNC_JCB_0004 ᄀ레 ᄀ는 소리

1738) 수수께끼.
1739) 옛날 이야기 하기.

아기 홍그는 소리

자료코드 : 10_00_FOS_20110331_HNC_KCH_0001
조사장소 : 제주특별자치도 제주시 애월읍 장전리 448-2번지(경로당)
조사일시 : 2011.3.31
조 사 자 : 강정식, 강소전, 송정희
제 보 자 : 강춘호, 여, 90세
구연상황 : 조사자 요청에 의해 구연하였다.

　　　자랑자랑 윙이자랑

　　　우리아기 잘도잔다

　　　윙이자랑

　　　저레가는 금동개야

　　　우리아기 제와주라

　　　아니제와주민 짚은짚으난

　　　물더레들이쳣다 네쳣다허키여

　　　윙이자랑

ᄀᆞ레 ᄀᆞ는 소리

자료코드 : 10_00_FOS_20110331_HNC_KCH_0002
조사장소 : 제주특별자치도 제주시 애월읍 장전리 448-2번지(경로당)
조사일시 : 2011.3.31
조 사 자 : 강정식, 강소전, 송정희
제 보 자 : 강춘호, 여, 90세
구연상황 : '아기홍그는 소리'를 끝내고 자청하여 'ᄀᆞ레 ᄀᆞ는 소리'를 구연하였다.

이여 이여 이여

이여도ㅎ라

시집오란 보난

가난허고 서난헤여

동네칩이 ㄱ레굴레 갓수다

ㅎ룰저냑에

밀닷말 ㄱ르난

참메 떡을 ○○○○○ ㄱ젼오란[1740]

시아바님 ㅎ나

시어머니 ㅎ나

시아지밧님 ㅎ나

시누이ㅎ나 안네단보난

ㅎ나이 남안

서방님이영 ㅎ착썩

갈먹엉 살앗수다

이여이여 이여

이여도ㅎ라

나놀레랑 산넘엉가고

물넘엉갑서

이여이여 이여도ㅎ라

ㄱ레 ㄱ는 소리

자료코드 : 10_00_FOS_20110331_HNC_KCB_0001

1740) 가지고 오니깐.

조사장소 : 제주특별자치도 제주시 애월읍 장전리 448-2번지(경로당)

조사일시 : 2011.3.31

조 사 자 : 강정식, 강소전, 송정희

제 보 자 : 고춘방, 여, 84세

구연상황 : 청중들이 요청하니 구연하였다.

　　　　이연 이여~~~ 이여도ᄒ~랑

　(제보자 : 것도 잊어부난 헤지크라.)

　(보조 조사자 : 천천히 하십서. 천천히.)

　　　　이여~이연~~~~ 이여도ᄒ~~랑

　　　　집인들면~~ 정ᄀ레소리에

　　　　이여이연~~~~ 이여도ᄒ랑

　　　　요즘비는 베엮어는소리

　　　　이여이연~~~ 이여도ᄒ랑

　　　　잊어부런 허젠허난 못헐로구나

　　　　날은들면

　(제보자 : 아이고 잊어불어서.)

방에소리

자료코드 : 10_00_FOS_20110331_HNC_KCB_0002

조사장소 : 제주특별자치도 제주시 애월읍 장전리 448-2번지(경로당)

조사일시 : 2011.3.31

조 사 자 : 강정식, 강소전, 송정희

제 보 자 : 고춘방, 여, 84세

구연상황 : 조사자가 요청하자 청중들이 권유하여 구연하였다. 옛날에는 아주 잘 불렀는
　　　　　데 지금은 기억이 나지 않는다고 하였다.

이여이여 이여도ᄒ라

이여이여~ 이여도ᄒ라

쇠콜방에 세글럼더라

이여이여~ 이여도ᄒ라

큰딸에기 쇠콜방에도 세글럼더라

이여이여~ 이여도ᄒ라

보리서말 남방에놓안 짓다보난

거어떵혜영

짓이렁보난 잘못지언

요거보라 요처럭지라 쿵당쿵당

이여이여 이여도ᄒ라

밧 볼리는 소리

자료코드 : 10_00_FOS_20110331_HNC_KCB_0003

조사장소 : 제주특별자치도 제주시 애월읍 장전리 448-2번지(경로당)

조사일시 : 2011.3.31

조 사 자 : 강정식, 강소전, 송정희

제 보 자 : 고춘방, 여, 84세

구연상황 : 자청하여 구연하였다. 제보자는 다 잊어버렸다고 하다가 한번 불러보겠다고
하면서 구연하였다.

허령 하량~ 허러러러 어허~ 하~량

어러러러러러러 허허허

요모쉬덜아1741) 저모쉬덜아

고닥고닥 불려드라1742) 세걸리지말앙

1741) 요 마소들아.

에~~량~ 하~량 와와와

저물 막으라 저거 막으라

어~ 어러러러 돌돌돌

요밧듸 요용시[1743] 지엉

훈말지기에 일천석곡석 네와드라

어허허허허 에헤~~량 하~량

낭기나건 굴이뒈여 잎이나건 어렁지영

으름이랑나건 쉐으름 정강적것 시겨줍서

에헤헤 헤~~량 하~~량

훈말지기에 일천석 시겨줍서

우리집이 시꺼당 곡석고팡 넣당남건

우작듸 노적치영

(제보자 : 멧 솜.)

멧 천 석을 시겨줍서

어러러러러 에헤~ 량 하~량

어러러러럴

저몰막으라 저거저레 둘암져[1744] 저거막으라 저거막앙 훈저몰라

어러러러러 에헤~ 량 하~량

훈다리 인다리

자료코드 : 10_00_FOS_20110331_HNC_KYO_0001

1742) 밟아달라.
1743) 요 농사.
1744) '달아나다'라는 뜻임.

조사장소 : 제주특별자치도 제주시 애월읍 장전리 448-2번지(경로당)

조사일시 : 2011.3.31

조 사 자 : 강정식, 강소전, 송정희

제 보 자 : 김여옥, 여, 79세

구연상황 : 조사자가 여러 민요 제목을 나열하다가 '혼다리 인다리' 말이 나오자 청중들이 김여옥을 지목하면서 불러보라고 권유하였다. 김여옥은 다리를 펴고 앉아 다리세기를 하면서 구연하였다. 다리세기 놀이에 대하여 설명하기도 하였다. 마지막에 걸린 다리를 접어 빼는데 그것이 이긴 것이라고 하였다.

> 혼다리 인다리 거청게
> 신나노자 버문게
> 어어장장 공노공노
> 아롱다롱 돌깜 세끗

출 홍아기소리

자료코드 : 10_00_FOS_20110331_HNC_KYO_0002

조사장소 : 제주특별자치도 제주시 애월읍 장전리 448-2번지(경로당)

조사일시 : 2011.3.31

조 사 자 : 강정식, 강소전, 송정희

제 보 자 : 김여옥, 여, 79세

구연상황 : 청중들이 상대방이 선소리 먼저 하면 남은 사람이 받는소리를 하겠다고 서로 권하다가 제보자가 구연하였다.

(청중 : 이거 출 홍아기소리주게.)

> 뜨러-- 함하~고허
> 으허~-- 어허~ 하하
> 에헤헤-- 홍아방아로 놀고간다 찍-

(보조 조사자 : 이거 무사 찍- 하는 건 무사 하는 거마씨?)

(제보자 : 출 비멍 출 착 데끼는1745) 거.)

(제보자 : 혼 곡지만양 시작헤시난 フ만서.1746) 이동산이 저동산이 이동산이 저동산이.)

　　　뜨러-- 함하~고허허

　　　이동산 저동산 게헤길동산

　　　으허~- 어허~허허야 하하

　　　에헤헤-- 홍아방아로 놀고가자 찍-

(제보자 : 아이고 아이고.)

말잇기 노래

자료코드 : 10_00_FOS_20110331_HNC_YCB_0001
조사장소 : 제주특별자치도 제주시 애월읍 장전리 448-2번지(경로당)
조사일시 : 2011.3.31
조 사 자 : 강정식, 강소전, 송정희
제 보 자 : 양창부, 남, 91세
구연상황 : 조사자가 계속 노래 제목을 말하며 물어보니 생각이 난다고 하면서 구연하였다.

　　　저산더레 꼬박꼬박 하는건 뭣고

　　　미삐젱이여

　　　미삐젱이는 힌다

　　　히민 하레비여

　　　하레비는 등굽나

　　　등굽으민 쉐질멧가지여

1745) 던지는.
1746) 가만 있어.

쉐질멧가지는 늬구멍난다

늬구멍나민 시리여[1747)

시린검나

검으민 가마귀여

가마귄 늡뜬다

늡뜨민 심방이여

심방은 두드린다

두드리민 철젱이여

철젱인 쫍진다

쫍지민 긍이여[1748)

긍인 붉나

붉으민 데추여

데춘 돈다

돌민 엿이여

엿은 흘튼다

흘트민 기레기여

기레긴 보리먹나

보리먹으민 소여

소는 뿔두나

뿔엳으민 강록이여

강록이는 뛴다

뛰민 베룩이여

베룩은 묻다

물민 베염이여

베염은 길다

길민 쉐골이여

쉐골은 소원한다.

말잇기 노래

자료코드 : 10_00_FOS_20110331_HNC_JCB_0001
조사장소 : 제주특별자치도 제주시 애월읍 장전리 448-2번지(경로당)
조사일시 : 2011.3.31
조 사 자 : 강정식, 강소전, 송정희
제 보 자 : 진춘부, 여, 82세
구연상황 : 제보자가 자청하여 구연하였다.

저산 뒤에 꼬박꼬박 헌거 뭣꼬

미뻬젱이여

미뻬젱이는 힌다

히민 하레비여

하레빈 등굽나

등굽으민 쉐질멧가지여

쉐질멧가진 늬구멍난다

늬구멍나민 시리여

시린 늬구멍나

시리 시린검나

검으민 가가기여

가가긴 늅뜬다

늅뜨민1749) 심방이여

1749) 날뛰면.

심방은 두드린다

두드리민 철젱이여

철젱인 좁진다

좁지민 깅이여

깅인 붉나

붉으민 데추여

데춘 둔다

둘민 엿이여

엿은 흘튼다

흘트민 기레기여

기레긴 뭐~

꿩꿩장서방

자료코드 : 10_00_FOS_20110331_HNC_JCB_0002
조사장소 : 제주특별자치도 제주시 애월읍 장전리 448-2번지(경로당)
조사일시 : 2011.3.31
조 사 자 : 강정식, 강소전, 송정희
제 보 자 : 진춘부, 여, 82세
구연상황 : 조사자의 요청에 따라 구연하였다.

꿩꿩장서방 어찌어찌 사느냐

그럭저럭 사노라

오년묵은 콩ㄱ루에

삼년묵은 풋ㄱ루에

오신도신 줏어먹고 사노라

날잡으레 오는체신

총능둥이 둘러메고

으슬드 으스락드스락 오람구나

(제보자 : 아이고 그건 모르크라.)

아기 홍그는 소리

자료코드 : 10_00_FOS_20110331_HNC_JCB_0003
조사장소 : 제주특별자치도 제주시 애월읍 장전리 448-2번지(경로당)
조사일시 : 2011.3.31
조 사 자 : 강정식, 강소전, 송정희
제 보 자 : 진춘부, 여, 82세
구연상황 : 조사자의 요청에 의해 구연하였다.

자랑자랑 웡이자랑

칭올칭올 잠노레로[1750]

꿋찻다가 또울면서

세끈세끈 꿈나라로

꿋찻다가 또울면서

자랑자랑 웡이자랑

ᄀ레 ᄀ는 소리

자료코드 : 10_00_FOS_20110331_HNC_JCB_0004
조사장소 : 제주특별자치도 제주시 애월읍 장전리 448-2번지(경로당)
조사일시 : 2011.3.31
조 사 자 : 강정식, 강소전, 송정희

1750) 자장가로.

제 보 자 : 진춘부, 여, 82세

구연상황 : 조사자의 요청으로 구연하였다.

이여이여~ 이여도ᄒ라

나놀레랑~ 산넘엉가라

너 놀레랑~ 물넘엉가라

이여이여~ 이여도ᄒ라

전생궂언~ 구월에날낳안

이여이여~ 이여도ᄒ라

우리어멍~ 날날적에

헤도달도 엇은날에

날낳그네 나영도나 울엄구나

이여이여~ 이여도ᄒ라

봄이로구나

자료코드 : 10_00_MFS_20110331_HNC_KCH_0003
조사장소 : 제주특별자치도 제주시 애월읍 장전리 448-2번지(경로당)
조사일시 : 2011.3.31
조 사 자 : 강정식, 강소전, 송정희
제 보 자 : 강춘호, 여, 90세
구연상황 : 조사자가 다시 요청하니 구연하였다. 노래가 끝나고 조사자가 노래 제목을
물었지만 기억이 나지 않는다고 하였다.

아~ 봄이로구나 봄

이팔청춘 방긋웃는 봄이로구나

금강산 호랑이 으르르릉

금강산 호랑이 으르르릉

녹단에 진달래 셍글셍글

녹단에 진달래 셍글셍글

얼싸좋네 봄이로구나

앞동산 꾀꼬리 꾀꼴

앞동산 꾀꼬리 꾀꼴

뒷산에 뻐꾸기 뻐꾹

뒷산에 뻐꾸기 뻐꾹

얼싸좋네 봄이로구나

아~ 봄이로구나 봄

이팔청춘 방긋웃는 봄이로구나

(청중 : 이거 춤 아주 옛날 노래여.)

이수일과 심순애

자료코드 : 10_00_MFS_20110331_HNC_YCB_0002
조사장소 : 제주특별자치도 제주시 애월읍 장전리 448-2번지(경로당)
조사일시 : 2011.3.31
조 사 자 : 강정식, 강소전, 송정희
제 보 자 : 양창부, 남, 91세
구연상황 : 제보자가 자청하여 구연하였다.

데동강변 부병누에 산부하는
이수일과 심순애 양인이로다
악수온정하는 것도 오늘뿐이요
부부헹실 산보함도 오늘뿐이라
수일이가 학교를 마칠떼까지
순애야 어찌하여 못참앗느냐
남편이 부족함이 있는연구냐[1751)
그웨에 금전에 탐이낫더냐
낭군이 부족함이 아니지만은
당신을 웨국유학 시키저하여
부모님에 말씀데로 순종하여서
김중배에 가정으로 시집을갓소
순애야 반병신뒌 이수일이나
이레뻬도 일게의 이기남아라
이사이 나처에 돈을삼아서
유학을 하러하는 내가아니다
순애야 반닷이[1752) 네년이오면

1751) 연고(緣故)냐. 이유냐.
1752) 반듯이.

금이신양 솟아있는 저기저달은

나에 피눈물을 흐르게하여

보이도록 하리로다 남에이기상을

(제보자 : 끗.)[1753]

▌엮은이 소개

허남춘 성균관대학교 국어국문학과를 졸업하고, 동 대학원 국어국문학과에서 문학 박사학위를 받았다. 제주대학교 국어국문학과 교수로 재직 중이다. 제주대 학교 탐라문화연구소장, 박물관장을 역임하였다. 현재 한국무속학회 회장을 맡고 있다. 주요 저서로『제주도 본풀이와 주변 신화』(보고사, 2011),『설문 대할망과 제주신화』(민속원, 2017),『이용옥 심방 본풀이』(공저, 제주대학교 탐라문화연구소, 2009) 등이 있다.

강정식 제주대학교 국어교육과를 졸업하고, 한국학중앙연구원 한국학대학원에서 문학박사학위를 받았다. 현재 제주대학교 강사, 제주학연구소 소장으로 활 동하고 있다. 주요 저서로『제주굿 이해의 길잡이』(민속원, 2015),『제주도 조상신본풀이 연구』(공저, 보고사, 2006),『동복 정병춘댁 시왕맞이』(공저, 보고사, 2008),『제주도 큰심방 이중춘의 삶과 제주도 큰굿』(공저, 민속원, 2013),『아시아 신화 여행』(공저, 실천문학사, 2016) 등이 있다.

강소전 건국대학교 국어국문학과를 졸업하고, 제주대학교 대학원에서 문학박사학 위를 받았다. 현재 제주대학교 강사, 제주대학교 탐라문화연구소 특별연구 원이다. 주요 저서로『동복 정병춘댁 시왕맞이』(공저, 보고사, 2008),『제주 도 큰심방 이중춘의 삶과 제주도 큰굿』(공저, 민속원, 2013),『이용옥 심방 본풀이』(공저, 제주대학교 탐라문화연구소, 2009) 등이 있다.

송정희 한국방송통신대학교 국어국문학과를 졸업하고, 제주대학교 대학원 박사과 정을 수료하였다. 현재 한국아동국악교육협회 제주지부장을 맡고 있다. 주 요 저서로『동복 정병춘댁 시왕맞이』(공저, 보고사, 2008),『이용옥 심방 본 풀이』(공저, 제주대학교 탐라문화연구소, 2009) 등이 있다.

증편 한국구비문학대계 9-6
제주특별자치도 제주시 ③

초판 인쇄 2017년 12월 21일
초판 발행 2017년 12월 28일

엮 은 이 허남춘 강정식 강소전 송정희
엮 은 곳 한국학중앙연구원 어문생활사연구소
출판기획 유진아

펴 낸 이 이대현
펴 낸 곳 도서출판 역락
편   집 권분옥
디 자 인 안혜진

주   소 서울시 서초구 동광로46길 6-6(반포4동 577-25) 문창빌딩 2층
등   록 1999년 4월 19일 제303-2002-000014호
전   화 02-3409-2058, 2060
팩   스 02-3409-2059
이 메 일 youkrack@hanmail.net

값 55,000원

ISBN 979-11-6244-159-6 94810
      978-89-5556-084-8(세트)